芥川龙之介全集 第④卷

五卷装

高慧勤 魏大海 主编

论评 评书评 剧记录 人物杂

山东文艺出版社

一九二六年二月作者于东京站饭店

一九二五年初夏于田端的书斋　　　镰仓时代于书斋

我鬼窟书斋扁额

目 录

评 论

短歌杂感 …………………… 揭　侠译　3
摈弃不良倾向 ……………… 揭　侠译　6
大正八年（1919）六月的文坛
　　　　　　　………………… 揭　侠译　15
艺术及其他 ………………… 揭　侠译　22
致有岛生马君 ……………… 揭　侠译　27
大正八年的文坛 …………… 揭　侠译　29
大正八年度的文学界 ……… 揭　侠译　31
汉文汉诗的意趣 …………… 揭　侠译　44
大正九年（1920）四月的文坛
　　　　　　　………………… 揭　侠译　48
大正九年度的文艺界 ……… 揭　侠译　53
法兰西文学与我 …………… 揭　侠译　60
罗宾汉 ……………………… 揭　侠译　63
文艺杂感 …………………… 揭　侠译　72
答一批评家 ………………… 揭　侠译　79
无产阶级文艺之可否 ……… 揭　侠译　81
随想 ………………………… 揭　侠译　83
小说的戏剧化 ……………… 揭　侠译　85

明日的道德 ……………………	揭 侠译	88
偏颇之见 ………………………	揭 侠译	101
关于文部省的《假名用法改定案》		
………………………………………	揭 侠译	135
"私小说"论小见 ………………	揭 侠译	140
关于"私小说" …………………	揭 侠译	145
答藤泽清造君 …………………	揭 侠译	146
文艺讲座"文艺一般论" ……	揭 侠译	147
文艺讲座"文艺鉴赏" ………	揭 侠译	165
俳句之我见 ……………………	揭 侠译	176
关于凡兆 ………………………	揭 侠译	179
近松君的正宗小说 ……………	揭 侠译	181
关于泷井君的作品 ……………	揭 侠译	183
片断 ……………………………	揭 侠译	185
侏儒警语 ………………………	林少华译	186
芭蕉杂记 ………………………	揭 侠译	259
续芭蕉杂记 ……………………	揭 侠译	290
文艺杂谈 ………………………	揭 侠译	293
戏剧漫谈 ………………………	揭 侠译	298
关于《今昔物语》 ……………	揭 侠译	301
文艺的，过于文艺的 ………	刘立善译	307
续文艺的，过于文艺的 ……	刘立善译	369
文坛小语 ………………………	刘立善译	375
关于明治时代的文艺 ………	刘立善译	377
小说作法十则 …………………	刘立善译	380
十根针 …………………………	揭 侠译	383
西方之人 ………………………	刘立善译	387

续西方之人 …………………… 刘立善译 408

书　评

《未来》创刊号 ………………… 侯　为译 423
关于松浦的《文学的本质》 … 侯　为译 425
《翡翠》（片山广子著） ……… 侯　为译 427
《薄雪册子》（久保田万太郎著）
　　　………………………… 侯　为译 428
《来自驹形》（久保田万太郎著）
　　　………………………… 侯　为译 429
《藤娘》（松本初子著） ……… 侯　为译 430
《微明》（新井洸著） ………… 侯　为译 431
《代表诗选》（若山牧水　金子熏园共选）
　　　………………………… 侯　为译 432
《晋明集续》读后感 …………… 侯　为译 433
《高丽之花》读后感 …………… 侯　为译 436
关于《镜花全集》 ……………… 侯　为译 439
《镜花全集》的特色 …………… 侯　为译 442
《太虚集》读后感 ……………… 侯　为译 444
《冬草》读后感 ………………… 侯　为译 447
平田先生的翻译 ………………… 侯　为译 449
《轮回》读后感 ………………… 侯　为译 451
《野猪、鹿、貉》 ……………… 侯　为译 453
《庭苔》读后感 ………………… 侯　为译 455
《发自狱窗》读后感 …………… 侯　为译 457

剧　　评

评《结婚之前》 …………………… 刘立善译　463
有乐座的《杀害女人的油店地狱》
　　………………………………… 刘立善译　468
剧评一束 …………………………… 刘立善译　470
新富座的《一谷嫩军记》 ………… 刘立善译　480
帝国剧场上演的俄罗斯舞蹈 ……… 刘立善译　484
市村座的《四谷怪谈》 …………… 刘立善译　488
金春会的《隅田川》 ……………… 刘立善译　494
曲艺场 ……………………………… 刘立善译　499
Gaity（歌提）座演出的《莎乐美》
　　………………………………… 刘立善译　503

人　物　记

岩野泡鸣 …………………………… 张云多译　511
丰岛与志雄 ………………………… 张云多译　513
菊池宽 ……………………………… 张云多译　515
佐藤春夫 …………………………… 张云多译　517
久米正雄 …………………………… 张云多译　518
江口涣 ……………………………… 张云多译　519
大须贺乙字 ………………………… 张云多译　521
近藤浩一路 ………………………… 张云多译　523

南部修太郎 …………………… 张云多译 525
菊池宽（又及） …………………… 张云多译 527
小杉未醒 …………………… 张云多译 529
森先生 …………………… 张云多译 531
恒藤恭 …………………… 张云多译 532
久米正雄（又及） …………………… 张云多译 535
谷崎润一郎 …………………… 张云多译 537
佐藤春夫（又及） …………………… 张云多译 539
饭田蛇笏 …………………… 张云多译 541
久保田万太郎 …………………… 张云多译 544
宇野浩二 …………………… 张云多译 546
室生犀星 …………………… 张云多译 547
泷田哲太郎 …………………… 张云多译 548
泷田哲太郎（又及） …………………… 张云多译 550
夏目先生和泷田 …………………… 张云多译 552
夏目先生 …………………… 张云多译 553
大町桂月 …………………… 张云多译 556
刚强才子和温柔才子 …………………… 张云多译 558
岛木赤彦 …………………… 张云多译 559
萩原朔太郎 …………………… 张云多译 561
犬养健 …………………… 张云多译 564
内田百闲 …………………… 张云多译 565

杂　　录

自序跋

校对之后 …………………… 侯　为译 569
写于《罗生门》之后 ………… 侯　为译 572
我与创作 …………………… 侯　为译 574
《开化之杀人》附记 ………… 侯　为译 576
《巴尔塔萨尔》之序 ………… 侯　为译 577
《影子灯笼》附记 …………… 侯　为译 578
写于《黄雀风》之后 ………… 侯　为译 579
《梅·马·莺》小序 ………… 侯　为译 580
《杜子春》附记 ……………… 侯　为译 581
《夜来之花》附记 …………… 侯　为译 582
《点心》自序 ………………… 侯　为译 583
《娑罗花》自序 ……………… 侯　为译 584
写于《邪宗门》之后 ………… 侯　为译 585
《春服》后记 ………………… 侯　为译 586
《春服》普及版前缀 ………… 侯　为译 587
俄译本短篇集序 ……………… 侯　为译 588

序跋

《春城诗集》序 ……………… 侯　为译 590
《心灵的王国》跋 …………… 侯　为译 592
《桂月全集》第八卷序 ……… 侯　为译 595
《井月诗集》跋 ……………… 侯　为译 596
写于《一茶诗集》之后 ……… 侯　为译 597
《菊池宽全集》序 …………… 侯　为译 599
《文艺趣味》序 ……………… 侯　为译 602
The Modern Series of English Literature 序
　　………………………… 侯　为译 604
《各种风骨帖》序 …………… 侯　为译 610

《春的外套》序 …………………… 侯　为译 611
《镜花全集》目录开口 …………… 侯　为译 613
《近代日本文艺读本》缘起 …… 侯　为译 615
《未翁南甫诗集》序 ……………… 侯　为译 620
《弱冠》后记 ……………………… 侯　为译 621
《芜村全集》序 …………………… 侯　为译 622
《笑话》序 ………………………… 侯　为译 624
《新编复仇全集》序 ……………… 侯　为译 625
《道芝》序 ………………………… 侯　为译 628
《我的日子我的梦》序 …………… 侯　为译 631
《人鱼之叹》（广告） …………… 侯　为译 632

答问
森先生的风格 …………………… 侯　为译 633
谷崎的文章 ………………………… 侯　为译 634
栩栩如生的文章 …………………… 侯　为译 636
铃木的小说 ………………………… 侯　为译 637
我所厌恶的女人 …………………… 侯　为译 638
写小说始自朋友煽动 ……………… 侯　为译 639
反串女角 …………………………… 侯　为译 641
寄语有志于文学家诸君 …………… 侯　为译 642
我爱读的书 ………………………… 侯　为译 643
谷崎润一郎论 ……………………… 侯　为译 644
我的生活 …………………………… 侯　为译 645
久米正雄印象 ……………………… 侯　为译 647
答问 ………………………………… 侯　为译 649
爱读书籍印象 ……………………… 侯　为译 650
痛感危险 …………………………… 侯　为译 652

卓别林及其他 ……………… 侯　为译 653
《新潮》问大正十一年（1922）年度计划
　　……………………………… 侯　为译 654
答《新潮》问月评存废 ……… 侯　为译 655
答《新潮》问文坛沉滞的原因
　　……………………………… 侯　为译 656
谈在《中央公论》通宵写作的感受
　　……………………………… 侯　为译 657
我若生为女子 ………………… 侯　为译 658
答《新家庭》对旅行和女人的感想
　　……………………………… 侯　为译 659
《澄子的短歌》 ……………… 侯　为译 662
我的生活（之二） …………… 侯　为译 663
答《文艺俱乐部》问东京感想
　　……………………………… 侯　为译 666
西装与和服 …………………… 侯　为译 668
真情实感 ……………………… 侯　为译 669
假如我有来生 ………………… 侯　为译 670
我的桌子 ……………………… 侯　为译 671
云峰 …………………………… 侯　为译 672
几无索求 ……………………… 侯　为译 673
藤森的《马脚》 ……………… 侯　为译 674
《年糕小豆汤》 ……………… 侯　为译 675
答《妇女画报》喜爱何等女人
　　……………………………… 侯　为译 676

评论

短歌杂感

揭　侠译

尾山君要我写点什么，可我不太了解歌坛。究竟懂还是不懂短歌，自己也颇感疑惑。敬请读者把我写下的话语视作杂乱无章的感想算了。

短歌杂志上，近来出现了一种叫作生活派的短歌。可能是十分失礼的挑剔，我着实搞不懂，钟情于这一派短歌的各位先生是怎么想的。诗歌那么"平庸"，如果嫌这样讲不好听，就说成那么"现实生活化"或那么"民众化"好了。总之与其吟咏那么平庸的心境，倒不如别去挖空心思玩这三十一个字的游戏，直接选择诗歌或者小说等更便于叙述的形式。这种短歌，再怎么夸奖也断难达到让人折服的地步。更何况社会主义的三行吹嘘，真的是不良习气。

抛却巧拙问题不讲，我认为和歌与俳句应该去捕捉那些难以言表的心理活动。捕捉到的东西正因为是鲜活的，才越发让人感觉可贵。和歌假如都像生活派的作品那样在散文式的境界中徘徊，是没有任何出路可言的。

我对一茶的绝大部分诗句不满意的原因正在于此，虽然它不是什么生活派的和歌。诚然，一茶的诗句不坏，可谓人的情感横溢，然而却少了元禄大家所拥有的苍古沉痛之趣。下一个冷酷的评语，甚至可以说他的诗句能让某个剃头铺的掌柜感动，而且恰恰是这一点帮助提高了一茶的名声。这也不是没有可能。

以下是我的观察，不足为凭。自斋藤茂吉以后，或者自"紫杉派"出现以后，现代和歌基本上像是面目一新。其关系，和文坛因武者小路氏或"白桦派"而盛的道理大致相同。除去个别持有偏见的人，文坛上谁都承认武者小路氏或"白桦派"的功绩。但不能不让人感到遗憾的是，歌坛的先生们在承认斋藤氏或"紫杉派"功绩方面太缺乏虚心坦怀的胸襟。不客气地说，斋藤氏或"紫杉派"带给歌坛的影响，比起武者小路氏或"白桦派"带给文坛的影响来，恐怕还要更大一些。既然承认他人的功绩与本人的尊严并无关系，那么大度一些又有何妨呢？（申明一下：本人既与"白桦派"没有任何关系，也从来没有得到过"紫杉派"的任何恩惠。）

过去，马拉美曾被 Poète des poètes《诗人中的诗人》推举过。当时的举荐人中好像还有科佩。遗憾的是，如此坦诚的胸怀不只是歌坛没有，日本的整个创作界有没有都让人怀疑。

有一天看杂志，发现了一篇说斋藤氏和歌坏话的文章。坏话里，作为样品引了一首和歌：

冬阳柔和轻撒下，竹林寒霜变水滴。

那坏话妥当与否且不论，当我读到说这首和歌连一个土块的价值也没有时，不得不为鉴赏评价上竟存在如此大的差距而震惊。既然在和歌的评价上相去甚远，我不由得想到：那么对小说的评价也当然是没准儿的了。这种坏话至少可以使人联想起"难度无缘众生"的真理,所以还是有点益处的。只是不知为什么,我还是有些可怜说坏话的人本身。

我没有读过很多和歌。在伟大的歌人中间,自己好像与赤人和家持的缘分很浅。贯之不用讲,就连对西行法师也莫名其妙的没有什么劲。这一点,我曾被喜欢山家集的谷崎润一郎氏大骂过一通。之后虽然时而翻看一下,但还是没能达到五体投地的地步。西行是芭蕉的老师,但我感觉就像魏尔兰佩服丁尼生一样,徒弟方面更加了不起。所以当看到有的先生钦佩芭蕉同样钦佩西行时,就很容易产生非常失敬的想法:"这人钦佩芭蕉究竟是不是真的?"当然,这很有可能是外行人喜欢排个顺序的心理在起作用。

有人把和歌没有成为文坛的中心势力看成了歌人之罪。但依我看,其实全怪文坛上像我这样理解和歌的人太多。倘若不信,请让作家、批评家写篇和歌方面的文章一试便知。说不定我这篇杂感也会成为其中的一个好例。不懂和歌的一帮人集中在一起,胡乱大喊大叫:"拿出感人的东西来!"就和瞎子去了展览会,要求退还入场费的道理一样。这样下去,即使大歌人层出不穷,和歌肯定也永远难以走到文坛的中央。

废话写了一大堆。其中虽然有很多错误,但我自认为并没有说一句假话。请和歌的专家看在这一点上,多多包涵无用之处。

大正七年(1918)一月

摈弃不良倾向

揭 侠译

一

里见弴君有一天在这个杂志上写了一篇论文，叫作《摈弃不良倾向》。旨在指出评论家轻蔑作家的才能与手段是错误的。对此，我深有同感。

才能暂且不论。就说手段吧，原本就不应有什么"过于高明"的评价。

人常说，艺术就是表现。凡是没有表现的东西，不管作者有怎样的思想，以及酝酿了怎样的情绪，这在作品的评价上与空空如也并无二致。作家的所见所感只有全部表现出来，才能成为批评的对象。假如按照现今通行于世的做法，给这个表现手段取名为"腕"，那么说它"过于高明"不就过分奇怪了吗？

我再重复一遍，艺术就是表现，而且所要表现的当然只是作家自己。那么无论手段怎么高明，技巧怎么巧妙，也丝毫没有办法摆脱作家自身的所见所感。当然，社会上往往把作品创作的程序做以下考虑：即首先有一个内容，然后再通过某种技巧表现出这个内容来。可是，这只不过是不懂创作内情，或者虽懂创作内情但对其间有欠省察之人的想法。举个简单的例子来说，单纯的一个"红"与"像柿子一样红"，并不是雕虫小技的添加问题，而是从一开始就有某种感觉上的差异。不是有没有技巧，而是内容有着差异。

不,应该是技巧与内容合一的表现本身的问题。所以,表现手段的问题只应以"巧"或"拙"来区分,并不是谁想过分就能够过分得了的事情。

那么,所谓的"过于高明"是什么意思呢?我自身缺乏这方面的经验,说不准。但我以为,所指多半是"有某种超越技巧的东西"这种意义相反的一面。如果是的,那么此时明显就是"拙",而绝不是什么"过于高明"。或者用更妥当的话来说,这个作品已经在内容与技巧不即不离的表现层面上失败了。同样,所谓"有某种超越技巧的东西"的批评,严格说来也不过是个简单的比喻。事实上说的是"有某种超越技巧的东西"一样的技巧。如此,自然是"巧"了。

除此以外,如果还有什么"过于高明"的意思,那就只能解释成这类评论家讨厌这种手段。这当然是个好恶的问题,无论好与恶都是评论家的自由。只是,此时尽量避免使用"过于高明"等容易使人误解的字眼儿,倒可以维护文艺评论家的声誉。

二

现在回到才能的问题上来。与表示手段的"腕"不同,麻烦的是"才"从一开始就包含了某种褒贬的意思在内。"才"是才子之才,才人之才,好像和轻佻浅薄是同义词一样地使用着。既然在这种意义上使用,那么"才"这东西,不用讲就知道并不是什么好玩意儿。有才气的作品,毫无疑问应当唾弃。我由衷地认为,如此蔑视"才"的评论家的意见是合情合理的(其实这种意见不讲也知道,所以其本身也难逃无用之讥)。只是,若据此理由硬给小山内薰君、谷崎润一郎君、里见弴君、佐藤春夫君、久米正雄君的作品打上落选的红色标签,那就俗不可耐了。诚然,在他们的作品里有某种意味上的才气是事实。可是此时的"才",究竟是不是属于才子之才、才人之才、轻佻浅薄之才呢?这种来弄清所含语义,就一味抬高自己的做法,与日本中世基督徒们堂而皇之挥舞"天主"这一"Deus"意译,仿佛自己就真的成了天主,于是佛祖菩萨、八百万神灵统统成了自己的属下一样,在拘泥于字面意思的角度上讲两者是完全相同的。

那么,上述作家的"才"是什么呢?这就像《帝国文学》上一期一个署名秋风岭的人所指出的那样,他们的个性与众不同是不争的事实。但如果硬要从这不同的东西中寻出某种相同的特色来,那基本可以归纳如下:他们把人生放在某种特殊的位置上进行观察。因此,其表现也伴随着某种特殊性。或者可以进而视为这种特殊性也已经折射到了文章之中。不知何时成为问题的"多角度表现"(新技巧以及新技巧派也同样),其实不就是赋予这种特殊表现的名称吗?因为新词语不是自己创造的,所以难以断言确实如此。从眼下来说,对所谓的"才"只能做出这样的解释。

假如"才"是这样的,那么要消灭它就绝不像文艺评论家自己所想象的那样容易,那样省事。近来在一部分人中间,向现实主义看齐的呼声,如同驱赶"才"这个蝗虫的锣声一样响声大作。和过去的客观主义以及平面描写一样,这也并不是消灭"才"的特别有效的武器。之所以这样讲,是因为无论如何也难以理解现实主义与"才"存在着势不两立的关系。在明辨这个问题之前,按照顺序首先让我们来看看向现实主义看齐的主张是何物,然后再稍微议论一下其正确性如何。

三

当然,有人呼吁向现实主义看齐,但如果不是要在当今的日本开设极端的左拉主义分店，那就绝不是单纯的写实主义。上个月的《新小说》上有一篇本间久米君的文艺时评，叫作《浪漫主义乎？现实主义乎？》（不巧，手头没有其他的趋向现实主义论，请予谅解）。文中说道："真正的现实主义，就是居伊约所说的彻底的深入挖掘真实存在的艺术，就是通过挖掘真实存在，奋勇抵达我们的目光所不熟悉地层的艺术，就是彻头彻尾现实的艺术，就是彻底的现实主义的艺术。"说真正的现实主义就是彻底的现实主义的艺术，这种议论就好像是在说"了不起的 genius"是"伟大的天才"，让人觉得滑稽。不过，本间君所主张的意思并没有因此而特别难以理解。其他的问题不清楚，唯独关于现实主义的定义，本间君也属于我们同道之士。他的意思好像是说，真正的现实主义就是直接贯彻真实存在——即首先能够满足我们真正要求的艺术。直到这一点，我们还是非常一致的。

但是，接下来聆听其向现实主义看齐的主张，却发现本间君不再提这个定义，一方面攻击浪漫主义，另一方面给予"作为现实主义中心流派的我国的自然主义"以热心的鞭策，号召它尽快向现实主义看齐。究竟现实主义和浪漫主义是不是水火不能相容？虽然很值得怀疑，但这个问题我们暂且不去管它。首先让我们来看看本间君认为浪漫主义不行的理由——这理由与刚才明快犀利的现实主义的定义相比，颇为晦涩难懂。基本上能够让人明白的理由有两点：一是称现在主张浪漫主义已经过时；一是说浪漫主义是"仅凭单纯的空想，唤起趣味的艺术"，是"单纯的游戏文学"，是"单纯的趣味主义的文艺"。为方便起见，我们从第二个理由谈起。假如浪漫主义确如其高见是那么一种主义，那真的应该消灭。在这一点上，与现实主义的定义问题一样，本间君与我等为同道之士是毋庸置疑的。这样说，和上面称浪漫主义为"单纯的游戏文学"自然属于两个问题。那么，本间君痛骂浪漫主义的理由在哪里呢？

让人遗憾的是，我翻遍了文艺时评也没有找到，而只有一处说"我排斥陈旧意义上的浪漫主义"，陈旧意义上的浪漫主义似乎即意味着"单纯的游戏文学"。但是作为十九世纪一大精神运动的浪漫主义，仅以"单纯的游戏文学"一语是难以了事的（即便今天看来有很多地方值得谴责）。这自然说明关于确切的浪漫主义其"词语所包含的文艺史意义，时至今日没有必要再来重新诠释"。可是除此之外，本间君经常武断地使用"不用讲"、"无可争议"等豪言壮语，却不肯把恰当的道理摆出来。对本间君而言就算是"不用讲"也明白的事，如果听者不明白，那么把意思交代清楚，是丝毫也不会损伤到作为评论家的本间君的威严的。然而事实上适当的理由不清不楚，所以话再多也是无济于事的。既然如此，我们先对这种议论敬而远之，下面来倾听一下他的原始理由。他说："关于近代文艺史上的现实主义、浪漫主义这词语所包含的文艺史意义，时至今日没有必要再来重新诠释，最近代的文艺基调不是浪漫主义而是现实主义，是不争的事实。……因此，如果强求把以前的文学史家们赋予特色的浪漫主义无条件地照搬到今天来，那就是明显的时代错误。"如此单看引文，煞是威风，确有大手笔之风。当然，要成为大手笔，还必须满足那两个条件中的一个。也就是说，本间君应该证明在今天的文坛，他看到了"强求将以前文学史家们赋予特色的浪漫主义无条件照搬到今天来"的倾向。或者证明今日文坛所有的浪漫主义精神，都与"以前文学史家们赋予特色的浪漫主义"完全一致。如果前者是事实，本人虽不才，也会批判其时代错误而不肯甘居他人之后。在下虽能力有限，却愿附骥尾，为攻击浪漫主义添柴加火，并希望以攻击施莱格尔兄弟的亨利希自居。所以本间君在这一点上，也无疑属于我们的同道之士。只是遍观世界，无论日本还是西方，都没有发现"强求把以前的文学史家们赋予特色的浪漫主义无条件地照搬到今天来"的情况，这不能不令人遗憾。假如这是自己的孤陋寡闻所致，当然要另外求教于本间君。只是关于这一点，事实上至今没有得到本间君的任何垂教。这样一来，论点便不得不转为后者。而这一点的理由也是颇为大胆的。因为，假如他要证明这个理由的正确性，那他就不能承认各个时期的浪漫主义有什么差异，势必按照文艺史上主义的新陈代谢顺序，将其统统称之为时代错误。确实，本间君自身也流露出了这种口吻。仅仅凭借浪漫主义之后出现了现实主义这样一个文艺史上过去的事实，就说主张浪漫主义是时代错误；那么，单纯凭借现实主义之后出现了象征主义以及新浪漫主义这样一个文艺史上的过去事实，本间君自己倡导的现实主义也难免是一个时代错误。如果不损伤本间君谦逊的美德，这里将君与歌德相比。晚年的歌德信奉古典主义，仅仅凭借古典主义之后出现了浪漫主义这样一个文艺史上过去的事实，亦可将之称为时代错误。不是吗？不用说，这是一个滑稽的两难推理。

　　如同以上所辩，本间君根本没有掌握什么理应非难浪漫主义的有力根据。只是从头至尾，辛辛苦苦罗列了一堆连投稿人都知道的浪漫主义坏话，并因此而称：在这个范围内如果不是"现实主义中心流派的我国的自然主义"，则难以解救目前文坛的颓势。这，也不能不叫人感到万分的奇怪。（自然派，特别是日本的自然派，究竟是不是居伊约所说的现实主义的中心流派呢？问题太复杂，故不在此议论。）如此看来，本间君在攻击浪漫主义方面是失败了，继而把现实主义的继承权交给自然派也失败了。所以，在当初的立论目的之中唯一成功的是他给现实主义下了一个定义。当然要给某个主义下个定义绝非易事。所以，本间君文艺时评的功绩也应该得到相应的评价。但是，从本间君自己吹嘘说是"法国的一个叫居伊约的人说了同样的话"来看，如今他也是难以承受独创荣誉的。

　　那么，本间君的文艺时评是彻头彻尾的胡扯吗？那倒不尽然。

诚然，逻辑是混乱的，论点也不能服人。但是，凡多少同情该君的人都应该不难看出，在其混沌的原料主义的行列之中，本间君也朦胧并直觉地感受到了某些真理。那真理是什么呢？就是说现实主义这东西与自然派及浪漫派不属于同一类，其位置在与之相反的方向。自己方才急于揭本间君之短，以下则稍举君之所长。既然君之文艺时评含有真理，那么理应阐明其不可小视的原因所在。

　　君说，"真正深刻触及现实的幻影，真正透穿现实之底的梦境，已经不再是单纯的幻影，已经不再是梦境。这实际上是一般所说的超出现实的现实。"如君所言，是否始终真实并不受所描写的事件和场景支配。高师直窥测澡堂也罢，李太白成鱼变仙也罢，就是说即便使用通常所说的浪漫主义素材，如果表达出来并无缺憾，那么就是捕捉到了"一般所说的超出现实的现实"。因此，从本间君的立场上说，只是追求素材上描写现实且主张向现实主义看齐的言论，就成了不屑一顾的庸俗之见。于是君进一步列举了实际事例，讲道："比之标榜现实主义的左拉所描写的人生图景，浪漫主义者巴尔扎克的梦境和幻影，将给予我们远远更多现实的味道。"就是说现实主义云云，对于什么浪漫主义抑或自然主义，只是存在于"体味到现实"的表现之中。已经作古的浪漫主义者巴尔扎克就曾经持有现实主义思想。将来日本的各位浪漫主义作家，当然亦非没有成为此等意义上现实主义者的可能。有人称，今日文坛"探求现实不彻底，观照现实平淡单调且呈庸俗化"，而这"不是靠浪漫主义便可打破、可转向的"。这种说法已经成为明显的谬误。莫泊桑"以不同于居伊约的话语阐明了现实主义的真髓"。他说，"提供比事实本身更完整、更显著、更可靠的事实的幻影"，这正是作家应该努力的方向所在。越是他所说的幻影主义者，就越能深刻地洞穿现实，越能透穿现实的存在。这时，所有不同主义的作品都将等同于现实主义的作品。"因此，在这种情况下倡导浪漫主义不仅其倡导本身"不再是"一个时代错误","而且这在事实上……产生回避现实的不良倾向的可能性"也是没有的。所以,在下评论本间君的文艺时评之初,故意避而不谈的问题即浪漫主义与现实主义并非水火不容的问题。事实上本间君已在他的文章中妥善解决了前述问题。只是该君过于蔑视浪漫主义,或者过于支持自然主义,而忽视了这半直觉所感到的真理,并把逻辑之车推偏了方向。这才下了一个与自己导出的结论完全相反的结论。这显然是一个很大的遗憾。

古时,预言家巴兰试图诅咒以色列,反而祝福了它。如今,本间君本意为了消灭浪漫主义,反而鼓励了它。当然,我自己也不知道这能不能看成本间君作为评论家的荣誉。虽然他自身没有意识到,但正是因为有了这一点,其文艺时评才勉强摆脱了无谓的饶舌。我希望至少在这一点上与本间君共同祝福。

四

以上,列举了现实主义并不依赖主义这样一个带有反论的事实。原本希望接下来重新回到"才"的问题,由此按照自己的观点谈论一下浪漫主义和自然主义的关系,并在此基础上重新回到"腕"的问题,而使自己的论述有个完结。可是在本间君的文艺时评上消磨了太多时间,以致现在早就到了规定的字数和交稿的期限。只得就此搁笔。通过前面的内容,想必基本可以想象得出:只要不对"才"字从坏的意义上作解,便与"向现实主义看齐"不发生矛盾(当然,假如不认可我关于"才"字的解释那只好自便。届时再聆听高论好了)。

里见君曾指出轻视才能和手段是错误的。总之,我在这里的所言所辩是步其后尘,谈了与他相同的主张。不过,即使论者的观点相同，在道理以及细微之处我与里见君无疑仍存在很大的差异。担心由此而累及里见君，顺便恳求他予以理解。

大正七年（1918）十月十六日

大正八年（1919）六月的文坛

揭　侠译

在写月评之前，想预先做个交代。

本人的月评是小说月评，不是戏曲、诗歌以及评论的月评。而且，之所以不涉及其他文艺领域，自然并不是因为我特别看重小说，而只是报纸的版面不够、自己时间不够的结果所致。所以，有关专家哪怕有惊天动地的大文字发表，自己作为月评家却缺乏关注，希望能够原谅。

此外，小说月评也不是对当月发表的所有小说的评论，而只是对偶然间进入自己视线的小说的评论。因此福兮祸兮，不能说在那些没有进入自己月评的小说中，就断然没有笔落风雨惊的杰作。倘若杰作的作家及读者不责怪自己的怠慢，幸甚。

最后，对那些偶然间进入自己视线的小说的评论，其实也只是自己关于其作品的极其杂乱无章的感想。所以，自己绝没有利用这个月评来制造天下公论或不知天高地厚的意思。即或有，也还没有做好把那些东西套进去的逻辑模子，而无法灌输到读者的头脑中去。既然如此，如果还有这样的期待无疑是头脑发呆。因此，只要我自认为是感想，就请读者也以一种"不就是读了小说之后的印象吗"之类的轻松心情去读。否则，那些小说作家自不待言，我自己也会深感麻烦。

罗列了这么多任意的要求，但我个人要把这个月评推出的所具资格，说到底有九成要看读者对我个人是否感兴趣来决定。在这个意义上，我对自身委实平庸而不足以唤起大方兴趣感到羞愧。同时还要附加一句，那就是对于被我拽进连自己也心中没底的月评中的文坛诸君，在下深表歉意。

下面，言归正传。我最初读的是相马泰三氏的《昨夜子》(《新潮》)。在这个小说里，我遇到一位在兄嫂家寄宿待嫁的、与作品同名的女主人公。但遗憾的是，昨夜子这个人物塑造得过于单薄，简直难以成为作品之名。我以为原因可能在于，落脚于哥哥家之后的描写没有落脚前的描写那么得要领。前面那一节，挺有意思。矿山的一个年轻事务员逮苍蝇喂杜父鱼，所以读到末尾时，就琢磨着昨夜子如果也像杜父鱼一样活跃就好了。

接下来，读的是吉田絃二郎的《马铃薯田》(《新潮》)。在这里遭遇到的是一个感情强烈的九州女，她害怕情人去战场而试图弄瞎其双目。像我等这样好奇心特别强烈的人，最想了解的就是那等可怕的事件。可糟糕的是，作者只是彻头彻尾讲述了农民情人的故事，看来吉田氏对马铃薯比对女人更有兴趣。如果能这样忠实地把里里外外的心理都交代给读者，也会很有趣味。可惜作者不时地驻足不前，感叹什么"浅蓝色的天空"啦，赞美什么"红宝石一样的"石榴啦，这种半成品似的小说让人感觉太不够劲儿。

接下来读的是加藤武雄氏的《悲惨恋话》(《雄辩》)。加藤氏是位谦厚的长者，他在小说的后记里，把自己的作品与广津和郎氏《滚落的石头》相比，流露出了褒他贬己的谦逊。在我读来，该作品根本无须对《滚落的石头》俯首。S的恋爱心理的确有冗长之嫌，但写得合情合理。我甚至觉得有些地方比《滚落的石头》还要好。不过，这需要和广津氏商量商量才能肯定。顺便介绍一句小说中出现的有趣的话："我像将棋中的棋子一样僵硬，越来越手足无措。"本人想象着那将棋棋子一样僵硬的人的模样，感觉心情格外愉快。

接下来，读了丰岛与志雄氏的《警戒线》（《雄辩》）。火灾现场的描写细致清晰，很是生动，并让我由此想起了年迈的母亲和青年主人公在滚滚浓烟中的惨状。我认为这就足够了。可丰岛氏还要借主人公之口，拼命攻击布下警戒线的警察们。这种攻击进而蔓延，一直蔓延到与火灾全无直接关系的主人公上夜班还不肯罢休，真让人费解。我想，这应归于丰岛氏的忙中出错。

之后，读了谷崎精二氏的《嗣郎夫妇》（《雄辩》）。遗憾的是，这也是一部艺术上陷入瞳孔放大的小说。嗣郎哭丧着脸说，我想把你弄成一部长篇。可冬子却低着头说，对我来说短篇就可以了。这么着读者便只好说，或长或短请作家你来任选其一吧。当然，作者假如泰然处之说就这种长度最好，本人也只能说句"悉听尊便"且知趣而退。不过，谷崎氏一贯笔法老到，不妄作奇怪的脂粉之体。本次在这一点上也颇让人感到欣慰。

下面读了佐藤春夫氏的《某个晚上》（《雄辩》）。这是《田园的忧郁》中的一部，小说照例描写了一个内外浑然一体的神经质的世界。如果天下有可怕的美这种东西，那么似乎可以评价为：这种美在《某个晚上》之类的作品中可谓磅礴。我和佐藤氏一起，好不容易才在昏暗的壁龛上找到了那盏灯；在狗和猫的围绕下，死死地盯住那灶膛里燃烧的煤油之火——在经历了种种平凡而愈显奇怪的事情以后，才费尽力气地完成了小说的最后一行。这时，犹如被文明的狐狸迷住、彷徨行走在夜间海市蜃楼的厨房似的，产生了一种非常奇异的心情。我很想鼓吹：喜欢这种奇异心情的人，确实应当读读《某个晚上》。只是我想，如果佐藤氏把满屋充满煤油味儿的地方再写得详细些，那奇异心情将会更加浓厚。

在体验了《某个晚上》以后，本人又在中户川吉二氏的带领下，去买了《水蜡树虫》（《新小说》）。中户川氏有一位濒死的姐姐，为了给姐姐买那没什么作用的水蜡树虫，他特意受命从菊坂到御成街道出差。在离开菊坂的宿舍以前，我心理上本来是难以与中户川氏一起行走的。但当他打起如意算盘的时候——硬是把姐姐想成已经死去，这样姐姐的病反而可能出现什么奇迹而一下子好起来，我这才开始和他肩并肩地担心濒死的姐姐的身体。接下来，一度乘上了电车的他，突然瞧见了街上行走的哥哥，竟迫不及待地飞奔下车。这时，我也心急火燎地从电车上飞奔而下。最后，当他在冰雪融化的御成街道边哭边跑、边哭边走的时候，我也不由得哭丧着脸跑啊走的。就这样，他终于买到了水蜡树虫。他的文坛处女作也因此取得了物有所值的成功回报。

水上泷太郎氏的《纽约—利物浦》是一部平缓、愉快的小说。对于这样的作品，人们往往容易给出平淡无奇的评语。然而，无奇正是它的价值所在。假使插进什么撞大运的事件啦、心理活动啦等东西的话，反而会破坏那静中有动的文趣。前面读到的尽是些急切的（其中也有因情理而急切的）小说，所以当我乘上这艘纽约至利物浦的轮船时，才爬上了阳光明媚的甲板，眼观蔚蓝色的大海，着实让人心旷神怡。

弃船登陆以后，碰上了岩野泡鸣氏的《山总兵卫》（《文章世界》）。总兵卫，何许人也？原来是一个掏大粪的，满嘴脏话、乡音浓重，而且特别心狠手辣。这个总兵卫，因涉嫌偷小孩而正在接受警察的调查。此时的他，去掏大粪却和那里的房主干了一仗，想起死了孩子的老婆那肿胀着乳房悲伤迷茫的样子，不由得沮丧起来。小说就是这样一部带有野趣的作品，而且还有关于粪尿的评价，什么"眼下只要吃上好的，就能拉出好肥料来"等等。可是主人公总兵卫却像是个彻头彻尾编造出来的人，一点儿也不生动活泼。我想，这可能是因为岩野氏全然进入没有掏大粪人的内心所致。只有一处，就是总兵卫为他老婆胀挺挺的乳房往外吸奶的情形，与前后的描写相比显得格外醒目。作为天下男人中的一员，可能是岩野氏也有此种经历的缘故吧。

南部修太郎氏的《鬓角的伤痕》(《三田文学》)和《少年的日子》(《新时代》)一起，同是少年时代的追忆。两者都美丽而且完整。特别是《鬓角的伤痕》，主人公那与天真儿童时代相呼应的现时心情，写得情意缠绵，且区分得恰到好处。只是，那情意有时过于缠绵。但与此同时，仅仅是那股作家尚未错位的"纯"就令人感动。顺便说一句，主人公看到梅雨季节河流的水势时曾在心里想："这下鳗鱼作难了吧？"读到这里我的心情也回到了往昔，真想脱口答道："是的，作难了。"

回过头来，再看看须藤钟二氏的《麻风病病人》(《早稻田文学》)。作品中也有缠绵情趣。可是，某些过分精于此道的机敏却令人略感困惑。不过，作者随处可见的意气风发给人以愉快之感。若这样把麻风病人弥助再更加详细地（侧面描写亦可）加以刻画，说不定会成为很棒的精心之作呢。只是，我连想都不忍去想的地方是那一场恐怖的梦——弥助光着脊背，露出蟠龙文身，大摆武把式的情景。

说到梦，藤森成吉氏的《青蛙》(《帝国文学》)就像作者开头一行中所说，这是一个仿佛如梦的故事，"恍惚梦境般的、假话似的故事"。我们曾暗自期待，藤森氏作为一名不盲目追赶潮流的作家，不久的将来能成大器。然而读了《青蛙》，只能遗憾地说实在不知道他写作的目的和手段是什么。比起他《山》以后的各部作品来，这部作品的思路混乱得出奇。

接下来读了谷崎润一郎氏的《青瓷色的女人》(《改造》)。呈现在我们面前的又是西湖月夜、又是投水自尽的中国女人，真让人觉得如同读了新的《剪灯新话》一般。在他的《美食俱乐部》里，有一段吃芦笋的描写，吃着吃着那芦笋就会慢慢变成女人的手指。同样，在现实世界逐渐演变成梦一样结局这一点上，这部小说与那芦笋也有着异曲同工之妙。只可惜女人的手指意外地少，多少让人觉得不够尽兴。因此我想，若能打造一部长篇，将此作为第一回并写出汉译巴尔扎克一样的新《驴皮记》，那就有意思了。展开百段锦绣，随处可见他那一贯殚精竭虑、绚丽多彩的美词佳句，哪怕只是添加一句话也有蛇足之嫌。在这一点上，近来的谷崎氏进一步形成了浑然天成之境。出人意料的是，世间仿佛没有注意。

把我从西湖月夜中绑架到蜀山薄暮的，是江口涣氏的《巴西候》（《改造》）。这部作品开篇便写女人的手指，什么猴子啦、老虎啦、狼啦等动物变化成人并且人模人样地举办宴会，真是非同凡响。总的来说，要使女人的手指真的成为女人的手指——就是说要使幻想的作品得以成立，则必须有相应的现实描写以及手法来保证。在这一点上《巴西候》并不十分过硬。但总体看来还是相对巧妙地统一在了一起。不过，我以为最后关于村夫子的解释，不去点明倒也无妨。这样一点，给人一种注释整个作品的感觉，有些得不偿失。因为作者只是想写站立于蜀道夜幕中的凶恶猛兽。我想那已足够。

正宗白鸟氏的《孝顺姑娘》（《大观》），则以简练的笔触巧妙描写了有些弱智的阿吉和手脚不灵的母亲。特别是母子吃柏饼（译者注：槲树叶包的带馅年糕）交谈的一段，短暂的对话中饱含着脉脉的悲哀之情，着实令人佩服。只是后半部分不如前半部分生动，实属憾事。

小川未明氏的《与画分别之夜》（《大观》），简单说来是一部司空见惯的小说。讲得详细一点，就是孩子似的单纯感觉与孩子似的幼稚思想掺杂合一的小说。所以无论好坏，可以说作品展现了小川氏的童心未泯。因此本人所得到的也照例是平常的印象而已。

田山花袋氏《枯萎的草》（《中央公论》），写了肺病患者面临死亡时的心情。可写得好坏难有保证。

上司小剑氏的《黑王之国》(《中央公论》)，乃是一部带有讽喻性质的小说。这是作者近来常用的手法。记得，本人曾读过他的乌托邦小说，倍感惶恐。所以要读《黑王之国》时，就觉得有必要暗自鼓起勇气。不料读来却意外顺畅。作品中不乏有趣之处。如果不是那么夸张地把人叫作魔鬼云云，就更加精彩。在西方，最近有西方作家像瓦莱斯、法朗士等人，亦以这种创作获得了成功。说起日本也有一位名叫上司的同类作家，或许可以振奋一下人心。不过这是成功之后的话，请千万不要误解。

加能作次郎氏的《蒸鸡蛋羹》(《太阳》)，从试图刻画有钱人平冈的层面上来讲，无疑是成功之作。而从成功的层面上讲，读后觉得挺有意思，也是自然的。但与平冈对话的S君时不时乱拍马屁，委实令人作呕。假如S君真是坏蛋或笨蛋，倒也能够忍受。可实际情况并非如此，所以心情给搞得怪怪的。假如S君是加能氏自己，可以毫不过分地说他在写活自己方面是失败了。加能氏自然不是S君那样的浅薄之人，这已为天下人所尽知。

有岛生马氏《谎言的果实》(《解放》)是一部宏伟的小说。所以，起初有些不太敢碰。可是听到社会反响不太好的传言后，倒觉得作品说不定别有特色。于是读了这部小说。小说里老是出现一个名叫常子的女人来信，很是叫人惊讶。我琢磨着，也许作者对于收集情书情有独钟？当我硬着头皮把那一封封常子的书信读完时，没料到仅仅此类东西竟然就是真正的前篇。这又让我大为惊讶。当然在不读后篇的情况下很难准确断言。总之，前篇使人不敢对前景寄予奢望，却是事实。

艺术及其他

揭　侠译

　　艺术家必须力求作品的完美。否则,服务于艺术便没有任何意义。倘若心怀人道的激动,而仅仅表现这般激动,那么单纯的说教亦可同样表现。既然是为艺术而艺术,那么我们的作品所给予的激动就必须首先是艺术的激动。为此,我们只有力求作品的完美而别无他途。

　　为艺术的艺术,一步走错就会掉进艺术的游戏论中。
　　为人生的艺术,一步走错就会掉进艺术的功利论中。

　　所谓完美,并非指称完美无缺的作品。而是完全实现分化发达的艺术上的种种理想。总也达不到这个要求,艺术家应该感到羞耻。所谓伟大的艺术家,就是这完美领域规模最大的艺术家。歌德便是其中一例。

　　当然,人不能超越自然赋予他的能力限制。但如果因此而懒惰,就会连那限制之所在也搞不清楚。所以大家都要有争当歌德的精神,致力奋勇向前。总是扭扭捏捏的不好意思争当歌德,多少年过后是连歌德家的车夫也当不上的。自然,到处吹嘘自己马上要当歌德了,也没有必要。

当我们奔向艺术完美之路时，有某种东西会妨碍我们的前进。是苟且偷安之念？不是。那是一种更加不可思议的东西。就好像登山的人越往上爬，越莫名其妙地留恋云层下面的山麓一样。这样说如果还不明白——那么，这种人于我终归只能是个无缘的众生。

树枝上的一条毛毛虫因为气温、天候、鸟类等敌人，不断遭遇生命的危险。艺术家为了保护自己的生命，也必须闯过这毛毛虫一样的危险。尤其可怕的是停滞。不，艺术之境是无停滞可言的。不进必退。艺术家一旦退步，往往伴随着自动作用。意指作家老是写同样的作品。自动作用一旦开始，则必须认为：这便是艺术家的濒死状态。我自己在写《龙》的时候，显然已经濒临死亡。

持有更为正确艺术观的人，未必就能写出更好的作品。想到这一点而感到凄凉的人，难道就我一个？但愿不只是我自己。

内容是本，形式是末。这种说法颇流行。但这却是貌似真实一样的谎言。所谓作品的内容，必然是与形式同为一体的内容。如果有人认为首先有一个内容，形式是其后制造出来的，这是对创作的真谛一无所知者的说法。举个简单的例子就可以明白。《幽灵》中的奥斯瓦尔特说"想要太阳"这一句话，谁都大体上清楚。"想要太阳"这句话的内容是什么？坪内博士过去在《幽灵》的解说中，曾将它译为"黑暗"。当然，"想要太阳"与"黑暗"在道理上可能是相同的。但在话语的内容上，两者真的是相隔白云万里。"想要太阳"这句庄严话语的内容，除了"想要太阳"这种形式之外根本无法表现。能够准确把握形式、内容并将之融为一体，正是易卜生的高明之处。埃切加赖在《唐璜之子》的序言里之所以对此大加赞赏就不足为怪了。如果把那句话的内容与那句话的抽象意义混同，就会因此而产生错误的内容偏重论。恰当梳理内容的并不是形式。因为形式存在于内容之中。或者说反之亦然。不理解这种微妙关系的人，艺术将永远只是闭合的书本而已。

艺术开始于表现，结束于表现。不画画的画家、不作诗的诗人这一类话，除了作为比喻之外，没有其他任何意义。这比说"不白的白粉笔"还要愚蠢。

然而，奉行错误的形式偏重论也是灾难。恐怕比奉行错误的内容偏重论实际上会带来更大的灾难。后者至少不给星星而给陨石，可前者怕是见到萤火虫也会当作星星的。从素质、教育以及其他角度来说，我常常引以为戒的是千万不能被这种错误的形式偏重论的喝彩声弄昏了头脑。

当用心阅读伟大艺术家的作品时，我们时常会被那伟大的作品所征服，虽然还有其余的作家，但仿佛全都看不见。就像是盯着太阳看的人把眼睛转向其他地方时，周围变得一片黑暗。我第一次读到《战争与和平》时，说不出是多么轻视其他的俄国作家。这是不正确的。我们必须知道除了太阳以外还有月亮和星星。歌德对米开朗琪罗的《最后的审判》叹服之时，就曾以从容的态度对轻视梵蒂冈的拉菲尔表示了犹豫。

艺术家为了创作非凡的作品，在一定的时候或一定的场合下有可能会把灵魂出卖给恶魔。这意思当然也包括我可能做出这种事来。当然，可能还有人比我更容易做出。

来到日本的梅菲斯托菲尔说："不论任何作品，没有挑不出毛病的。贤明的文艺评论家应当做的,只是把握自己挑出的毛病被普遍承认的机会。然后利用这个机会,巧妙地诅咒该作家乃至他的前途。这种诅咒有双层效应,一是对社会,二是对作家本人。"

艺术的懂与不懂,是无法用语言解释的。有人说,水的冷热喝后才能知道。懂艺术也与这道理相同。有人认为只要读了美学的书就能成为评论家,这就像只看了导游图就以为能够遍游日本而不会迷路一样可笑。可笑归可笑,社会则有可能会被欺骗。不过,艺术家——不,社会也同样,只有桑塔亚那的话,怕是……

我同情艺术上的一切反抗精神。哪怕那反抗有时是针对我自己的。

艺术活动是有意识进行的,无论什么样的天才都同样如此。这就是说,倪云林在画石上之松的时候,让松枝全部都朝着一个方向。这时伸展松枝会给画面带来某种效果究竟是为什么?我不知道云林清楚与否。不过,朝同一方向伸展会产生某种效果他肯定是一清二楚的。假如他并不清楚,云林就不是什么天才,而只是一具自动的偶人。

所谓无意识的艺术活动,只不过是燕巢里安产贝(注:传说中的贝)的别名。正因如此,罗丹才蔑视安斯皮拉西恩——灵感。

昔日,塞尚听到有人评论德拉克诺瓦随意在某个地方画画后,曾郑重其事地表示反对。塞尚可能只是准备谈论德拉克诺瓦。但他在反对别人的评论之中,再明白不过地显示了塞尚自己的本来面目——为掌握显露艺术激动的、某种必然的规律,白汗百回也在所不辞的、令人可畏的塞尚面目。

活用这个必然的规律，就是我们所说的技巧。所以轻视技巧的人，要么根本就不懂得艺术，要么把技巧这个词用于贬义。二者必居其一。一方面在贬义上使用，一方面又高傲地大呼不行不行，这就和把素食当成吝啬的别名从而把天下所有的素食主义者都叫作小气鬼一样。这种轻蔑又有什么用呢？所有的艺术家都应该加倍磨炼自己的技巧。用前面倪云林的例子讲，就是应该深入领会那为了产生某种效果而把松枝归向一方的窍门。"用灵魂写，用生命画！"这类贴一层金箔的花里胡哨的话，只是面向中学生的说教。

单纯是可贵的。但艺术上的单纯，是复杂达到顶点后的单纯，是用榨油绞木绞了又绞，最后绞出的单纯。在得到这种单纯之前，要积累多少创作的千辛万苦。对于这一点没有觉察的人，即使经历了六十劫磨难，也仍旧一面孩子似的牙牙学语，一面又自认那学语是胜过德摩斯梯尼的雄辩。轻而易举的单纯，不如复杂。我不知该怎样接近真正的单纯。

危险的不是技巧，是玩弄技巧的小聪明。小聪明容易在认真不够的地方蒙人。说起来丢人，我的丑作中也夹杂了一些玩弄小聪明的作品。恐怕我的任何敌人，也都乐于承认这个真理吧。但是——

我安于现状的秉性一旦满足于高雅之气，就有可能使自己一成不变地堕于风流魔子的境地。只要我的这种秉性不变，我就必须向人、向自己公开坦陈我的信条，哪怕是出于对人对己的意气，也必须阻止自己形成一个硬壳。我之所以这样大肆饶舌，也是出于这个目的。自己若不竭尽全力，好像那不能被超度的时刻就会渐渐地临近。

大正八年（1919）十月八日

致有岛生马君

揭　侠译

　　看到十二月份的《新潮》，有岛生马君在上面说我对他的小说《谎言的果实》的评论是挖苦。这么说或是你的自由。但你后来在一个聚会的席间，说我遇到你时"显得张皇失措，说前几天的评论非常失礼，然后鞠了一个躬"。是啊，我的态度在你看来也许显得张皇失措。但你接下来又说："我自己也时不时地发表比那还要猛烈、还要直接百倍的严厉评论，可是见到作者的时候从来没有鞠过躬。因此，我暗想自己太傲慢了，还是芥川君人好。"这么一来，在这么一个大社会上，很可能会立即被人领会成：有岛生马君是硬骨之士，芥川龙之介则是软骨之汉。对我来讲可谓是莫大的麻烦。

　　我是对你说过"失礼了"。之所以那样说，是出于私交上的礼仪，是妄加评论多有得罪之意。如果你把我的话当成在你的面前张皇失措而说"失礼了"，那是你的误解。你说道："我自认自己并不狭隘，不会把对作品的批评和人际关系混为一谈并因此伤感情。"那么，想必你一定能够理解我不"把作品批评与人际关系混为一谈"，才在见面时说道"失礼了"。误解就误解吧，没有办法。只是为了将来，我有必要说明一下我的态度。我不论是否在你面前，都会毫不犹豫地把你的小说《谎言的果实》视为败作。虽然时至今日，也是和昨日没有什么不同。请记住这一点。

你的误解就算是误解，我也有话要问你。当天晚上在我说"失礼了"的时候，你说："绝非讽刺，评论真的非常好。""绝非讽刺"的意思，是说你的"非常好"不是讽刺我呢？还是我对于《谎言的果实》的评论不是讽刺你而非常好呢？怎么理解都没有关系。总之，你称赞了我的评论是事实。数月过后的今天，曾被你称为非常好的评论，果然变成了挖苦、低级的评论。我是否应该把你的"非常好"和我"失礼了"，同样解释为私交上的礼仪呢？不过，把挖苦、低级的评论称为"非常好"，这辞令也太富于私交礼仪了吧。特别是，你不是以傲慢之人而自许吗？而我骂了你的小说《谎言的果实》。正因为不得不骂，这才向熟悉的你说了声"失礼了"。你认为我的评论是挖苦，是低级的评论。当然从道理上不能说——正因为你不得不这么认为，这才向熟悉的我说了声"非常好"。我可以付之一笑。但你自己阳奉阴违，反倒把我说成阳奉阴违似的，简直是荒唐透顶。不客气地说，我不得不对你的用意有所怀疑。

这篇文章不是作品的评论。因此，它当然会影响到我和你的人际关系。这一点，也请你记住。

最后说几句，你寄语给我说："与其无谓地道歉，更希望你把作品的失败之处更加具体、明确地指出来并告知于我。"如前所述，我的话不是无谓的道歉。不过，我肯定答应你的要求，会"把作品的失败之处更加具体、明确地指出来"。我准备抽空在不远的将来，并很乐意满足你的希望。

大正八年（1919）十二月

大正八年的文坛

揭 侠译

今年的新作家中,《永远的情侣》作者宇野浩二君好像最受欢迎。

可是在文坛的后台,好像有些人给出的评价格外差,说是宇野的小说戏谑性太强等等。如果连这种程度的戏谑也加以指责,那么小说家写小说时不仅仅容必须端正,而且情理上也不得不摆出一副胸怀治国平天下经纶的面孔才行。

小说的世界不是梦想兵卫的哀伤之乡。宇野君怎么啦,他要想戏谑的话尽可以比以前更加倍地大大戏谑一番。

必须说:只要有吉尔·布拉斯或者八笑人,就是天下群起而攻之,宇野君也尽可以放心。

不,不必远去海外或往时寻找例子。可爱的海贺变哲君作为你的好学长,不就在你的眼前吗?

书籍方面,斋藤茂吉君的《童马漫语》实在是难得的佳作。本来当时就想写点儿感想的,可觉得斋藤君是诗坛的第一块牌子,其水平远远胜出我们,心存这种越分的顾虑,也就放下了生性懒惰的笔。

可是直到今天,关于这本书应有的评论竟没有在任何一个地方出现。这种情况多半与诗坛的后街以及胡同有关,人们想到这里也可能就认了。但作为门外汉的我还是要多少鸣上几句不平。

下面,我这门外汉就《童马漫语》让人佩服的理由谈两三点意见。首先，我喜欢斋藤君诗歌创作的认真态度。说认真，并非阅兵式上将军们那般词语威严的认真。斋藤君总能在别人径直走过的地方一次又一次地驻足思考。一个始终保持如此认真态度的人，没有超常的精英魂魄是根本做不到的。

要赶速度得快往下写。其次，是文章的品位之高很可贵。

最后让人感到愉快的一点是，透过字里行间依稀看到了斋藤君自身的面孔。

虽然还有心写写关于《童马漫语》中的诗论及其他内容，但现在不允许，只好留待日后去做。同时，我希望有哪位这方面修养更高的诗人也好、批评家也好，要是能堂堂正正地或褒或贬而不必劳我这门外之汉，则最好不过。

同人杂志《人》的创刊无疑也是本年度文坛上值得注目的一件事情。页数快不够了，话不能细说。要说《人》的特色是什么，缺乏作为杂志的特色就是其特色。

这样说有些难听。但意思说的是：虽然同人诸君的面孔有一种特色，但相比之下各位的作品中却没有某一特色的共同点。所以，这话丝毫无损各位的名誉。既然同人们都是各自拥有自己独特位置的作家，那么硬要说特色的话，当然是理应必须具有的赫赫有名的特色。必须承认今日的《白桦》及昨日的《昴》这一类同人杂志，都无法在这一点上与《人》之没有特色的特色、这种古今独有的特色相比。

顺便提一句，《人》的各位同人都是我的相识。所以值此搁笔之际，我愿意模仿古代的神耶和华，来祝福这"非凡的凡人"——《人》的旺销。"生吧！增吧！充满大地吧！"

大正八年度的文学界

揭 侠译

一 概观

在对本年度文坛各位作家的创作进行鸟瞰式的观察之前，我准备先从总体上概括论述一下整个文坛所处的形势。

本年度的文坛，特别是小说界，好像没有发生特别显著的变化。而文坛以外，特别是政治经济方面，像今年这样波澜不断的年份倒是少有的。不过，那波澜几乎没有对文坛造成多大影响。虽然诗歌戏剧方面好像偶尔有一点儿反响，但并没有形成格外明显的、可以关系到大局的气势。也就是说，今年的文坛继续保持了这两三年来的倾向，正处在一个潜移默化的过程之中。因此，要概论今年的文坛就不得不对这两三年来的倾向做一个说明。

那么，这两三年来的倾向是怎样的呢？为了方便起见，我准备在说明这个问题之前先对上一个时代做一番回顾，粗粗浏览一下自然主义以来的文坛大势。自然主义将文艺上的理想放在"真"这个字上，是不言而喻的事实。当时大获好评的长谷川天溪氏《现实暴露的悲哀》等作品就雄辩地证明了这种事实。然而物穷则变，随着田山花袋氏久久君临文坛，一群厌倦了崇拜自然主义"真"字的作家在文坛举起了新的以"美"为标语的反旗。这就是永井荷风氏归国后，以他为中心并风靡一代的唯美主义运动。同时，在持这种主义的作家的作品中，很少有人不带有享乐性或恶魔性，或至少带有情绪本位的色彩。像已故的上田敏氏的《旋涡》、铃木三重吉氏的《小鸟之巢》、谷崎润一郎氏的《刺青》以及永井荷风氏的《冷笑》等，都是名副其实的、富于唯美主义倾向的作品。可就在这时，由于其反动力的促使，又一新的运动在文坛的一角徐徐兴起。有趣的是，这个运动也依然带有反自然主义的倾向。但是这伙人同时还献身于理想之"善"，而不肯在崇拜"美"的问题上俯首称臣。也就是说，在具有反自然主义倾向的浪潮中出现了两股方向各异的波涛。不用说，正是武者实笃氏站出来统率了这个新运动。必须承认：以他为代表的人道主义比起前期兴起的唯美主义来，在内容上则更加彻底。因为，从物质主义人生观的层面上说，自然主义和唯美主义出人意料的有着一脉相通之处（今天看来似乎有些滑稽，但永井荷风氏究竟是不是自然主义者的问题在他归国后不久即成为了文坛争论的焦点，想必此例可以用来说明其间的关联）。但人道主义以它那理想主义的人生观，明快地斩断了和自然主义的链锁。同时还必须指出，人道主义基于它的技巧排斥论，一方面与唯美主义截然相反，而在技巧方面则有些接近自然主义。

　　两三年前又出现了一批新作家，从而给文坛带来了新的气象。这批人还没有形成先前运动那样的、团结在共同旗帜之下的有形的团体。从面孔上讲，大致可以分为学习院出身的白桦派、早稻田大学出身的新早稻田派、帝国大学出身的新赤门派。但是各派以及各个作家的主张之间差距很大，甚至很难找出什么共同点来。其证据之一是，如果把有岛武郎、里见弴、广津和郎、葛西善藏、菊池宽、久米正雄等几位作家的名字排列在一起，无论谁搭眼看去肯定都会首先看到他们之间的不同而不是共同点。但是如果把他们集中在一起和以前的作家相比，却可以发现他们具有某种特色。这种特色就是：他们在整体上有意识或者无意识地力图调和"真""美""善"这三个打自然主义运动以来分别君临文坛的理想。当然，他们之间由于其个性的驱使,在更看重三个理想中的哪一个上或许有着差别。结果"新技巧派"或"新现实派"的评价加在了他们中的两三人头上。但总的来看,他们对于三个理想中的任何一个都不冷淡。他们或多或少地感觉到,人缺乏其中的任何一项都无法安宁。因此可以毫不夸张地说,他们的作品比起他们以前各位作家的作品,即便不能说更为深刻,至少是更为复杂,更具丰富的特色。足以雄辩说明这种综合倾向的:一是他们取材的多样性,二是他们富于技巧上的变化。这里说的,就是这两三年来逐渐占据了文坛支配地位的五六名作家所代表的最新势力。

以上所说大正八年的文坛保持了这两三年来的倾向,意思不外乎是指还没有出现可以替代它的运动或倾向。当然,单单从作家们每月所发表的作品看,本年度的文坛依然存在着自然主义、唯美主义、人道主义以及其他中间色彩的各种倾向,就像战国时代的群雄一样有着各立门户之观。但是文坛淘去淘来的波浪,或能动或被动地都在这些作家的身上留下了某些痕迹。从这个意义上说,现代的文坛正在向着上述人道主义以后的新倾向进行凝聚式的运动。总而言之,大正八年的文坛保持了近两三年来的倾向而且孕育着生动活泼的综合性精神,如同那炉膛中的面包,如同那棚架上垂下的葡萄,乃至如同那孵卵的老母鸡,正在静静地胀大。

我将在以下几节把各种主义分成条目,对文坛各位作家的创作加以论述。如果读者不会因为这种区分而误解各位作家的真实则幸甚。

二 自然主义诸作家

往年身为自然主义总指挥的田山花袋氏,本年度好像一直都在忙于长篇的创作。虽然也有两三个短篇在《中央公论》和《新小说》上发表，但对他来说只不过是闲余的笔戏，作为作品当然只是些小品。说起他的长篇，我们遗憾地看到《河沿之春》、《白色的鸟》和《弓子》等作品，从观照和表现这两个方面归根结底都没有超出原来的花袋氏。不过这些长篇比起他往年惊动文坛的《妻》和《乡村教师》等作品来，并不见得逊色。就算在创作热情上不如以前，就其手法而言，毋宁说近来的花袋氏高明了许多。作品之所以没有唤起文坛的任何反响，不得不说这完全是文坛主流变迁的结果。

和花袋氏一样，本派的骁将德田秋声氏也从本年度开始基本上不写短篇了。而且，作为长篇作家的秋声氏让人感到遗憾的是，好像迄今也还没有得到一次机会从而超越他的《强梁》。

比起花袋、秋声二位，正宗白鸟氏的活跃真有为自然主义残垒喷吐万丈光芒之观。白鸟氏在本年度发表了《不应有之事》等多篇题材各异的短篇。无论哪一篇，构成其基调的都是白鸟氏的虚无思想。而且，这思想在他本年度的许多作品中似乎更增加了一种冷铁般的音响。白鸟氏已经在人生中看不出生活的欢乐。当然他也不相信在人生的彼岸存在着常寂光土。在这个意义上可以肯定地说，白鸟氏的艺术是始于否定、终于否定的艺术。坦率而言，我认为这种思想腐蚀人生并因此是憎恨这种态度的一员。但是当我把白鸟氏作为一个惯有这种态度的作家而面对他的作品时，又经常不得不佩服他手法的非凡。我想：凭借这一点，白鸟氏和秋声氏二人真的堪当滔滔自然主义作家之中的双绝之名。

继白鸟氏之后，相对活跃的是上司小剑氏，亦可谓之为"社会主义式的自然主义者"。在小剑氏本年度发表的作品中因其与众不同而值得关注的，是他寓意社会改良论的《黑王之国》等作品。可是这些作品仅仅停留在与众不同上，就其艺术完美的程度而言，与莫里斯、威尔斯、法朗士等人的乌托邦浪漫是不可同日而语的。

可以视为小剑氏成功之作的，很可能是《爱国者》之类的短篇，他那自然主义作家中唯一谐谑家的面孔从中依稀可见。

中村星湖氏好像本年度也发表了许多作品。从中所表现出来的星湖氏，似乎减少了一分其独特的抒情性，但同时却新增加了一分观照上的理智倾向。不过迄今为止，他还没有推出一部足以震撼文坛视听的过硬的作品来。

最后，可以说自然主义文学巨匠岛崎藤村氏把一年间的劳苦全部倾注在《新生》一作中。《新生》也是藤村这样的老作家发现的上好素材，他可以把自己空前的努力放在作品中进行尝试。虽然是叔侄之恋这样的大问题，但《新生》主人公的自我批判却有过于简单之嫌。因此，主人公持有肯定态度的心情不能不说太自私了。不客气地说，不正是因为这种观照上对自己的姑息，才使得今日文坛疏远了藤村氏吗？

在论述自然主义作家时顺便提及岩野泡鸣氏，仅仅是因他的年龄和文坛地位而采取的权宜之计。泡鸣氏在近一两年间，一直格外勤奋。从思想领域到艺术领域，他的活动涉及面很广。眼下有必要作为问题提出的只有两点：一是他的一元描写论，二是作为其理论实证的许多短篇。一元描写论的关键在于强调作者要完全成为作品中的一个人物，称这对于人生的艺术再现是绝对必须的条件。这个一元描写论是泡鸣氏信仰的立足点，大有毋庸置疑之观。总之，挟此理论，他甚至不惜痛击多元描写的小说家托尔斯泰以及陀思妥耶夫斯基。那无疑是很壮观的。不过，且不论一元描写论的对和错，意外的是泡鸣氏的短篇中好像佳作不少。特别是《阿常》一作，巧妙地写活了低俗的女性，这一点使得该作成为他本年度作品中最杰出的作品。

三　唯美主义诸作家

　　作为唯美主义作家尽情享受鬼才之誉的谷崎润一郎氏，本年度尤其在下半年似乎要尝试着从他一以贯之的恶魔主义倾向中向外跨出一步。且这一步面对的方向好像就在于更完整和更人性，进一步形容的话就在于阳光和空气更加流通的天地间。或许因为这个缘故，他本年度的作品很少有浑然天成之作。除了中国纪行外，其他都充满了容易产生破绽的焦躁之气。就连那博得好评的《一个少年的胆怯》，也依然可以透过纸面感觉出这种动摇来。同时正因为这个原因，润一郎氏的将来有很多地方值得予以关注。因为，他如果能够闯过目前自己所面临的难关，我们就可以拥有我们自己的巴尔扎克。

　　与润一郎氏相反，进一步向前推进自己一贯倾向的作家恰恰是佐藤春夫氏。佐藤春夫一方面是一位感觉极其纤细的人，同时另一方面又是一位文坛上罕见的能言善辩的作家。分别代表着这两方面的作品，一是《田园的忧郁》，一是《阿绢和她的兄弟》。本年度的春夫氏虽然没能拿出一部足以发挥他善辩特色的作品来，但他却更加深入地进入了自己那独特的、异常感觉的世界。《海边的望楼》就能够真实雄辩地说明这一点。只是春夫氏的独角戏台因为其独特而相应的狭隘，所以我不得不遗憾地发出疑问："未来的他作为作家能不能顺利大成呢？"

　　本年度，自从砚友社时代以来始终以此主义立足的文坛耆宿泉镜花氏，好像也没有机会发表他的杰作。不过必须添加一句，即去年动笔、今年出版的《芍药之歌》却有几年辛苦的集大成之观。

　　最后出于同前述岩野泡鸣氏同样的理由，我对是否把久保田万太郎氏、小川未明氏、小山内薰氏三人列在这个主义名下，不得不多少抱有一些犹豫。我所论述的是"本年度文坛概观",不妨在此权宜举出。久保田万太郎氏自从《枯干的树枝》以后一时断了好手之响,小山内薰氏也只是发表了两三个短篇,因此本年度两人好像都没有表现出特别的活跃。只有小川未明氏,虽十年如一日地沉浸在他那独特感觉的世界中,今年的作品却不时含有对于社会问题的感想等。未明氏出现这种新倾向,当然未必因他对思潮潮头有敏锐观察,但依稀之中却可看到他向上的努力。不过,像他这样天禀的艺术家有时使用幼稚论客的口吻,我想说这简直让人感到悲哀。另外,像长田干彦氏也理应是属于这个主义的作家。但是,既然他的创作属于通俗小说的范畴,而且既然其通俗小说比之花袋氏的长篇更加非艺术化,那么也就看不出在此说来讲去的必要性了。

四 人道主义以及其后的诸作家

(一)白桦派 进入本年度后,武者小路实笃氏逐渐开展起他的活动。与其说作为小说家,莫如说是作为社会活动家。因此,或多或少引起了文坛反响的实笃氏的作品,只有《奇怪的原稿》。可这作品与其说是小说,倒更像是感想一类的东西,不足以透出他作为《其妹》作者的艺术天赋来。令人感觉遗憾。毋宁说基于同样的意义,我愿意赞扬他《白桦》上连载的长篇《幸福者》的朴实浑厚。

志贺直哉氏在今年上半年只发表了三篇作品。但《十一月三日下午的事》、《流行感冒和石头》这两篇,依然是足以加重志贺氏名声的、极其简练的作品。每逢执笔,他真的是除了应描写的东西之外,几乎没有一石一草之赘。与此相对,描绘出的东西则名副其实,是那活生生的大自然本身的一部分。如果能把塞尚说成是画家中的画家,那么真的可以把志贺直哉氏称为小说家中的小说家。

本年度的文坛之所以比较冷清，其中一个原因很可能就是因为，像他这样的作家下半年没有动手写作的缘故。

有岛武郎氏在本年度的收获可以归结到《一个女人》这部作品上。《一个女人》是在原连载于《白桦》的长篇《一个女人的一瞥》的基础上，进行了彻底修改而面目焕然一新的作品。我当然会毫不犹豫地承认，《一个女人》之中也可以看出他那业已有了定评的宏大气势。但同时也对未能从中发现纯真的、富于艺术感动的寂光净土而感到悲哀。

里见弴氏除了《今年竹》之外只发表了两三个短篇。但他完成了《倔强懦弱》这样有震撼性的心理描写佳作。我认为，这足以使人对他的前途抱有期待。

本年度，长与善郎氏好像也没有发表什么特别吸引文坛视听的作品。但他单刀闯关的努力，好像一直在不懈地进行。善郎氏绝非一般评论家认为的那样，是一个笨拙得没商量的作家。我在想：如果他能够勇往直前永不停顿，难保不会出人意料地早早出现黑贝尔式铿锵有力的戏曲或小说。

有岛生马氏只是部分发表了长篇《谎言的果实》。但他那独特、清新的描写，已经黄鹤一去不见了踪影。我不得不为他也为文坛感到惋惜。另外，本派的新作家还可以举出近藤经一氏。但论述其作品的机会无疑不是现在，而是在不远的将来。

（二）新早稻田派 广津和郎氏取材于自己实际生活的革命，他的作品似乎以此为主。其中，没有事实根据的《怀抱死儿》好像不及据实创作的《阿光》成功。从这一成一败之中，我以为可以同时看到他的长处和短处。

在富于缠绵情趣方面，谷崎精二、相马泰三、吉田絃二郎三氏大体形成了等差级数式的序列。对于小说创作原则一类东西的理解，味道最浅的精二氏反而好像最为深刻。虽然三个人本年度都没有发表特别醒目的作品,但精二氏的短篇却有着九仞之功亏于一篑的遗憾。我想正因如此,精二氏成为优秀奠基人的日子已经为时不远。

加能作次郎氏的作品本年度依旧多是以自己自传式的奋斗经历作为材料。他的小说丝毫没有讨嫌之处。在老到这一点上,甚至超过精二氏。但有时却显得呆板而缺少灵气。《驱逐》大概是他消除了这种毛病的作品之一。

葛西善藏氏是一位富于东方气质的作家。给予他作品以独特品位,可以说正是这种气质。我读善藏氏短篇的时候,经常会联想起吟咏世道艰难诗歌的山上忆良的诗。他在本年度好像又进一步拓展了这独自的世界。像《马粪石》、《不能者》,都在这个意义上说明着善藏氏的进步。

作为本年度的新作家和英雄,确实是宇野浩二氏给本派带来了崭新的光彩。在作品的品位方面,浩二氏绝不是善藏氏的对手。然而至于其擒纵自如的笔力,恐怕即使在人才济济的新早稻田派中,也没有人能出浩二氏其右。他通过《痛苦的世界》、《辗转》、《永远的情侣》等作品,在文坛的一角一举打开了机智幽默的世界。让人遗憾的只是浩二氏的作品中太缺乏啼哭嬉笑的妙趣,因而不足以使他成为真正的幽默大师。为了他的前途,我热切希望有一天在他心中的戏子眼里也能够含上一滴泪水。

继宇野浩二氏之后终于在本年度的文坛崭露头角的,是《乡愁》的作者加藤武雄氏。其他还有水守龟之助、须藤钟一等人也都作为本派的一员,各自做出了相应的工作。在此,只好仅录其名。

(三)新赤门派　菊池宽氏为了把人性写活,本年度更加煞费苦心。在宽氏所属的"新思潮"同人的作品中,普遍暗藏着重点的"主题小说"占多数。但我想这种倾向最为明显的,就是他的作品。其中《恩仇的远方》，社会反响最为热烈。可是于质于量最能代表他当前作品的，不如说是他在大阪《每日新闻》上连载的《友人与友人之间》。

久米正雄氏今年春天大病之后，其作品好像增加了一脉纯真之味。本来就是天生的诗人，且擅长描写清新感觉的他，若能永久不失去这纯真之味，屠格涅夫式的艺术也可能很快地将由他而建立。唯独遗憾的是，只有《山鸟》一篇作品可以支持我们强调的这种期待。

作为本派的新进作家同时登上文坛的，有《异象》同人舟木重信、第五次《新思潮》同人中户川吉二、佐治祐吉三氏。舟木重信氏无论从素质还是修养上，都在接近趋于病态的神经中枢，走的好像是暗示凄惨的人之内心世界的道路。所感遗憾的只是其笔力不及，致使他的初次问世之作《悲哀之夜》，未能在文坛引起特别明显的反响便一闪而过。其次，中户川吉二氏继承了里见弴的风格，擅长精雕细刻的心理描写。但尚且年轻的他可能由于人生观方面还不够成熟，有时容易陷入心理描写上的琐碎主义。像成名作《水蜡虫》，正因为成功地避免了这种毛病，才成为优秀的作品。最后，佐治祐吉氏目前只发表了一篇《干瘪的苹果》。因此这里仅仅指出他的感伤主义多少带有一些新意。

江口涣氏不是作为新进作家而是作为作家引起了文坛注意，可以说始于本年度。他的无论哪一部作品都充满了黯淡的热情。像《马丁》，像《恶灵》，都带有这种烙印。只是其热情有时会破坏作品的和谐，从而使关键的效果减色。这构成了江口涣氏艺术作品还不十分完美的证据。

与江口涣氏相比，如同山间湖泊一样安静的是丰岛与志雄氏的作品。他的抒情味道比秋天还要爽朗。尽管无人能比，但让人感觉无奈的是，本年度的与志雄氏疏于创作。

进入本年度后，藤森成吉氏首次发表了多篇可以显示特色的短篇。虽然他有师事铃木三重吉氏的传说，但其抒情之中没有三重吉氏那极其纤细之感。相反却流淌着自然气息一样的朴素的清新。《旧先生》便是能够充分显现这种特色的作品之一。

最后说说作为本派一员的自己。多少有些自信的作品，除了《我遭遇的事》、《基督上人传》之外并无一篇发表。所以在写这个评论的时候，环顾四周顿生忸怩之感。

（四）新三田派　从被文坛所承认的年代上来说，在此列出水上泷太郎氏似乎有欠得当。但是，鉴于他的力量最近才开始在作品上爆发出来，权宜列示于此。无论笔力还是艺术气质，泷太郎氏都是引领文坛潮流的作家。只是他观察人生的目光被一翳所遮，有时不够透彻。因此，《星期日》这样的长篇往往有失于单调之嫌。但他描写自己国外经历的短篇，特别像《纽约—利物浦》这样的作品，其情其景凡笔触所及简直可以称为永井荷风之后的第一人。

南部修太郎氏当然不如泷太郎，但他作为本派的新进作家也是一位风格坚实的作家。如《鬓角的伤痕》，又如《猫又先生》，在他追忆性的短篇中有许多作品富于率直之美。只是气魄方面略显不够，令人遗憾。

小岛政二郎氏虽然只发表了一篇《森林的石松》，但从作品带有淡淡的江户人一样的风情这一点上讲，也不愧为独特作家中的一员。他的作品常常使人联想起几董的诗情句境，以及那般纤细典雅的枯寂。因此，如果有人通过南部修太郎氏可以窥见水上泷太郎氏之一斑，恐怕他也能够通过政二郎氏听到久保万太郎氏的遗响。

立于以上四派之外，挟自叙传体小说问是非于文坛者是室生犀星和岛田清次郎两位。室生犀星氏的诗名天下已有定评，其处女作《幼年时代》和《性觉醒的时候》这两部小说的成功之处，可说也在于诗一样的真情流露。岛田清次郎氏的长篇《地上》，虽有更加接近于通俗小说之观,但作品出自一个年仅二十岁的青年之手,至少在笔力雄健这一点上可以让人想见他未来的大成。顺便提一句,据出版商的广告讲,《地上》一书是一部两千页共三卷的长篇,仅本年度发表的《潜于地下》一卷就已经超过了三百张纸。对于同样写下了两千页长篇《不朽之像》的著者江马修氏来说,题材与读者合二为一的新进作家的出现,真的是找到了一个很好的竞争对手。

五 评论、戏剧、诗歌

按照最初的计划,应当也对这几个方面做一番鸟瞰式的观察。但是如今看来,计划中的页数有限,截稿日期也已超过,因此只能大致地顺便提上几句。

评论界的停滞十分厉害。虽有西宫藤朝氏、宫岛新三郎氏这样新进的气锐评论家,但他们都缺少类似于小宫丰隆氏往年在文坛的起码的权威性。使人感到绝大部分的现代评论家,其鉴赏能力、逻辑头脑以及构成以上基础的学识多寡,都无法与铮铮的作家们相抗衡。因此,他们的评论未免显得过于低调而不足以影响文坛的大势。近来,唯独片上伸氏手执稳健秀逸之笔草就了清新警世的时评差强人意。

戏剧的创作也好像很不景气。看一下国民文艺协会的成立,其上演剧目也没有什么别开生面的东西。久米正雄氏的《三浦造丝厂主》和菊池宽氏的《顺序》,基本上可以说是本年度戏剧界的全部收获。对此怫然叹息者想必不会仅仅是我一人。比起评论与戏剧的不景气,诗歌方面却好像充满了生机和活力。至少,像今年这样频繁出版诗集、和歌集是近来少有的事。我以为在本年度出版的诗集中最具特色的,应举西条八十氏的《砂金》、千家元麻吕氏的

《虹》、室生犀星氏的《第二爱的诗集》。从《虹》与《第二爱的诗集》中，可以听到的是惠特曼那大河般的韵律。反过来看《砂金》，这里仅有雷尼耶或古尔蒙式的夕光幽花世界，而没有煤烟之气的飘浮。这两个倾向——也就是说为人生的艺术？还是为艺术的艺术？这一诗歌创作的态度问题，今后也将长期成为诗坛的一个悬案。其他关于短歌方面，斋藤茂吉氏、岛木赤彦氏的"兰派"事实上已经统治了现代的歌坛。这里，仅仅将此记录在案。

汉文汉诗的意趣

揭 侠译

读汉诗汉文有无益处？我认为有益处。我们所使用的日语，即便没有法语来自拉丁语的关系，也受到汉语的很大恩惠。这并不仅仅是因为我们使用着汉字。汉字就算是变成罗马字，从久远的过去所积蓄的中国式的表达方式，也还是存在于日语之中。所以，读汉诗汉文既有益于日本古代文学的鉴赏，也有益于日本当代文学的创造。

那么，读了汉诗汉文有什么样的益处呢？这可不容易说清楚。总之，说汉诗汉文与说中国文学是一码事。问这个问题，就如同问"读了英国文学或法国文学会有什么样的益处"？这是一个茫然不清、难以把握的问题。当然想回答的话也不是完全不能回答。但若不好好准备，容易答得乱七八糟。如果遇到文章俱乐部的记者提问之后才开始考虑，那是不行的。

这里只说说平素所想到的一两件事。汉文汉诗一般被认为都是一些笼而统之的枯燥文字。而实际上并非如此。有许多作品的神经是极其纤细的。如高青邱（明）的：

树凉山意秋，
云淡川光夕。
林下人不会，
幽芳与谁摘。

这首五言绝句说的是薄暮秋天的林间景致。可就连那空气也描写得如此静谧。另外，抒情诗般的感觉一般被认为与汉诗基本无缘，但也未必。著名的韩偓（唐）《香奁集》诗集里就充满了此等诗作。从中引一首叫作《想得》的七言绝句如下：

> 两重门里玉堂前，
> 寒食花枝月午天。
> 想得那人垂手立，
> 娇羞不肯上秋千。

少女羞羞答答不愿上秋千之想，简直就是生田春月君诗中的一幅场景。(顺便提一句，《香奁集》中有篇《咏手》诗，专门歌颂女人的手如何之美，极为精致，有暇者可一读为快。) 还有，在吟咏恋爱以外感情的诗作中，也意外地有很多诗与我们的心境相合。下面举一个比较新近的例子。孙子潇的《杂忆寄内》，即从旅途寄往家的诗中，有这样一首七言绝句：

> 乡书遥思路漫漫，
> 幽闷聊赖鹊语宽。
> 今夜合欢花底月，
> 小庭儿女话长安。

诗人的乡愁，看来我们可以非常自然地接受。另外再从清朝诗人中举出一首，赵瓯北的《编诗》说：

> 旧稿丛残手自编，

> 千金敝帚护持坚。
> 可怜卖至街头去,
> 尽日无人出一钱。

对于我们这些卖文为生者,无疑会有同感。虽有啰唆之嫌,但还是再举一首。下面是著名的杜牧(唐)诗:

> 江湖落魄载酒去,
> 楚腰纤细掌中轻。
> 十年一醒扬州梦,
> 赢得青楼薄幸名。

此诗可以使人联想起吉井勇君。就是这样,汉诗之中包含着与我们现在的心情紧密相连的东西,绝不可一概地加以蔑视。即使单单抽出描写自然的诗句来看:

> 枣熟随人打,
> 葵荒自欲锄。(杜甫)

> 高山残子落,
> 井深冻痕生。(僧无己)

> 疏篁拔晚笋,
> 幽药吐寒芽。(雍陶)

实际上,仅仅秋冬也有很多东西能让我们感到诗人敏锐的诗眼。因此读了汉诗,至少在这种范围之内值得我们学习的东西没曾想就有这么多。

  想必此外还有很多有益之处。但前面已经讲过没有什么准备,所以今天就谈到这里。望见谅。另外,只是说了汉诗而没有说到汉文。这是因为引用例文不方便,再者担心一旦扯起汉文来篇幅会拉长。这一点也请多多包涵。

大正九年(1920)一月

大正九年（1920）四月的文坛

揭 侠译

　　隔了好久，又来进行月评。不过，只是对繁忙之中好不容易才读过的作品做个评论。

　　长田秀雄氏的《大佛开光》（《人间》），是一部五幕十二场的大作。不光收集这么多的史实，还要编成这样一部戏剧，我想绝不容易。不过让我来说，这部戏的两大主干——大佛开光的伟业和平成宫里的党争，缺乏相互配合协调发展之趣。因此那难得的铭感有注意力被冲散之嫌。为免此难，则必须预先将有关此间经纬的人物更加紧密地相互串联在一起（既然早已不拘泥于史实，那么就可以多多利用行基和真备的对立）。从部分结果来看，大体上好像开头的地方好一些，特别第一幕第二场的市场景象非常美。最后一幕，发疯的葛城若女登上了大佛的手掌。这好像是作者较为得意的构思，但我并不以为然。

　　中村吉藏氏的《井伊大老之死》（《早稻田文学》），也是一部不忍仅用数行来谈论是非的大作。可能由于戏剧的中心是井伊大老一人的缘故吧，全戏比较顺当整齐。只是技巧确实太陈旧。像闭幕时的场面——井伊大老无限感慨地说："啊，葵要枯死吗……葵要枯死吗……"这比大佛开光中的疯女还要打击我的兴趣。

　　三宅几三郎氏的《通向死》（《行路》），是这种同人杂志上罕见的佳作。像他这样斩除冗杂、敏锐捕捉关键之处，并不是凡骨之人所能做到的。我认为他的素质大有可为。假如他能够坚持培养其素质，文坛肯定会在不远的将来又得到一名令人瞩目的青年作家。

正宗白鸟氏的《破坏前》（《改造》）依旧是老手。在他的笔下，人数众多的一大家人还是被描写得那么巧妙而自然。

德田秋声氏《某个小小的丢丑事》（《改造》）也同样不辱老手之名。不过，平淡之极处尽是一些歌人的所谓"平常事"，有陷入"平常事"之嫌。

志贺直哉氏的《在山上的生活》（《改造》）是一部令人快意油然而生的作品。末段尤其美。

藤森成吉氏的《盗窃者》（《改造》）利用了有趣的素材。可是由于作者的原因，使人觉得镜头的焦点没有对准侠杨。换句话说，篇幅不多但给人的印象却意外地散漫。只是侠杨自身的话语中倒是加进了一些气氛，让人不时地感到"此人不错"，并为之破颜一笑。

室生犀星氏《苍白的人和车》（《改造》），读后亦很愉快。外面的雪景、贫穷的诗人，都描写得既平静又舒服。概括而言，他的作品总之是诗人的小说，而不是小说家写的小说。正是这一点让我等佩服，同时也有一种没有吃饱的感觉。如果他的目光更加锐利一些——这样想，果真只能是得陇望蜀之叹吗？

室生犀星氏的《两株毒草》（《雄辩》）也是篇可爱的小品文。可以说，室生氏的感觉描写与佐藤春夫氏一样，都比较特别。在这个作品中，三层楼的旧家，漂亮猴子一样品行不端的青年，还有那戴着金边眼镜，皮肤细嫩、白滑的三十岁女人等，也都写得生动而巧妙。只是他有时一旦沉湎于其感觉描写，反而会使那些来之不易的印象失去整体上的光彩。上面的女人描写，就多少带有这种味道。

岩野泡鸣氏的《美人》（《雄辩》）是一部描写怪女人的小说，说的是良家妻子的妹妹以高等娼妓为副业。能够感觉出"似有这样的女人"，本可以肯定作者真的取得了成功。但是读着读着，却发现作者的主观认识与买下这女人的实业家——主人公之间并没有什么差别，叫人感到颇为不快。

上司小剑氏的《石童丸》（《大观》）也是一部稳健的作品。奇怪的是，最初一回的描写很松弛。如果能够更加紧凑一些并且与最后一回形成呼应的话，读起来的感觉肯定要好得多。

广津和郎氏的《三名患者》（《文章世界》）绝非拙劣之作。虽然作者预先声明主人公是初中三年级的学生，但我仍然感觉主人公好像就是现在的广津氏。

锅井克之氏的《心之虫》（《文章世界》）十分练达，让人简直看不出是出自于业余爱好者之手。特别是主人公想起父亲的那一段，牢牢抓住了应该抓住的东西。若是只把这一段描写得更为详尽，或许能出现更加精彩的作品也未可知。

水守龟之助氏的《伐树》（《文章世界》），显示出作者才华横溢。但伐树一段的铭感却出乎意料地不太强烈。若想使它更加生动，必须深入祖母或者其他人物的心中。

舟木重信氏的《烟》（《新潮》）是一部可以表现出其特色的短篇。但是主人公的想法等，让我觉得很不满意。至少，我觉得只是写活了一些细枝末节。

加能作次郎氏的《发狂前》（《新潮》）似乎显示了加能氏今后要开拓的新领域之一角。效果呢，很遗憾，比他过去的东西要差得多。特别是晚报的青花事件以后，确实不自然之讥在所难免。然而，既然要执意打破这硬壳，加能氏还是应当勇往直前而不要因为我的坏话而畏缩为好。

细田民树氏的《无尽的败局》（《新小说》）乃堂堂一部力作。他把那层层累累的大场面展现在读者面前，此等手腕堪称与有岛武郎氏棋逢对手。这一点，值得钦佩。但是如此纵横挥洒，不曾想给人的铭感却并不强烈。让人觉得虽然他的描写触及了大大小小的犄角旮旯，但是头脑并未相应到达。例如，主人公廉吉帮助作为情妇的叔母堕胎以后，竟用了整整两页纸来诉说感慨。不知怎的，总让人觉得那感慨是虚的，而并非由衷迸发的呻吟。我认为这缺点很是可惜。特别出现在细田氏这么一个有为的作家身上，更加可惜。笔健之士向来容易陷入油滑佻达之弊。为避免这一毛病，才正是要回归屡屡提倡的现实主义。他应当留意之处，不正是在于此间的动静吗？

泉镜花氏的《新江户礼品》（《新小说》）是一如既往的妙笔。只是不知怎么回事，文中出现了一两处类似"现象的"这种生僻的新词，我感觉非常刺耳。

南部修太郎氏的《疑惑》（《太阳》）大体上比较平缓。作品的内容总起来说，是妻子在沉睡之中呼唤了其他男子的名字，丈夫因此起了疑心。就这么一件小事。当然，一件小事亦非绝对不能构成小说。可是如果只是把表面上弄得平滑和缓，归根结底也只能称之为平庸之作。要想把丈夫的心理写活，那就不仅仅是要进一步，而应进两步、进三步地踏入对象的心中。

岛崎藤村氏的《斋藤先生》（《太阳》）在无忧无虑的运笔之中，确有大家的镇静。但同时也有我并不羡慕的低回趣味。

冈田三郎氏的《兵营时代》（《太阳》），整部小说共分为六回。卖淫妇阿稻出现的第五回写得最差。而三个士兵走在原野雪地的第二回，则描写得相当犀利。顺便说一句题外话，我以为冈田氏的性情之中甚至有他独特的冷静和透彻。在我过去所读的他的作品中，就连最失败的作品中，也充满了他那出奇清澈的冷。正是这一点，似乎能够让我对他的将来有所期待。所幸的是，这部《兵营时代》足以增强我的这种期待。

久米正雄氏的《在工厂背后》（《中央公论》）写得颇为顺畅。

代叔的插话有点儿长，可其他并没有什么不足。哪怕只是两三行的景致描写，也能使人充分看出作者独特的鲜艳光彩。若给予冷酷评价的话，就是面包太大而黄油太薄。作者也还年轻，可以多加修炼，进一步深入题材。

里见弴氏《夜樱》（《中央公论》）的意图可予首肯。但作为里见氏的作品，并非佳作。小说描写一个画家可在尺五的绸子上挥洒自如，但在彩色纸上画夜樱却不能像摆弄绸子那样画出满意的作品来。与此相比，《错认的无声电影解说员》（《改造》）一篇的效果确实好。然而，我想《夜樱》至少在作者的创作意图上，还是有很多地方值得同情。

菊池宽氏的《盗者被盗者》（《中央公论》）与他的同类作品一样，丁是丁卯是卯组织得非常严密坚实。让这个作者写这种东西，不论摆到哪里都相当稳妥。所谓他已从主题小说的境地毕业，比较一下《若杉审判长》，谁都会理解这一点。

宇野浩二氏的《迷茫的灵魂》（《中央公论》）依旧精练。"三"、"四"比"一"、"二"要好。感觉只是"三"亦可出一短篇。哪怕没有完结，光读这么多也是可以的。只是有些让人担心：当唯一的《苦的世界》变成一本书的时候，就会意外出现与作品中的题材重复而单调起来。这或许是杞人忧天，但慎重起见还是附加上这么一句。

也许是久违的缘故，当读了葛西善藏氏的《千人澡堂》（《解放》）后，我有一种奇妙的亲切感。从宇野氏一下转向葛西氏，好像是刚才还听空也和尚念经的耳朵这次则要听《安心打灰》了。这种味道倒也不错。《千人澡堂》是一部彻头彻尾靠这种味道支撑的小说。

月评到此结束。

大正九年度的文艺界

揭　侠译

小　序

　　我不是文艺批评家。虽无力发表什么高级的作品，但总之是作为小说家为世人所知。所以，尽管我自己希望对于文坛的种种倾向尽可能保持公平，可也出乎意料地难以实现公平。而且，出于小说家的立场，我往往只是表扬那些向小说家即内行进行倾诉的作品，而可能贬抑那些向一般读者即外行进行倾诉的作品。所以，我对于自己的文坛鸟瞰图能否描绘得准确，持有几分怀疑。

　　重复上面的意见，总之我是一个小说家。身在文坛，所以对小说界的情况略通一二。可是对于小说界以外如诗歌啦、评论啦或俳句啦等等，并没有特别精通的自信。不，甚至可以说我并未阅读多少这方面的作品。因此，我的鸟瞰图仅仅限于小说——就算勉强把眼界再开阔一些，也只不过是对于小说和戏剧两方面的瞭望。这幅鸟瞰图涉及其他方面时，例如什么地方有什么样的高山、冰河啦，什么样的森林一望无际啦，乃至什么样的大河之水迤逦流淌直至远方啦，我是丈二和尚摸不着头脑的。

　　下面还有一个请求，希望能够得到理解。这就是，我去年论述文坛的时候，那张鸟瞰图的山河曾是各位作家的业绩，图中土地的高低远近曾是各个流派的主张。但是今年我打算一改去年的做法，准备画一幅以文坛事实为中心的鸟瞰图，而从表面上、整体上加以把握。之所以如此，乃是因为我想到，鉴于年鉴的性质，这样做可能更利于向社会上的广大读者介绍文坛的现状。以上三点就是说，我的鸟瞰图眼界非常狭窄；另外在某种程度上可能不怎么公平；最后，这张鸟瞰图并不是以各个作家以及各个流派为中心。既然要读这篇《大正九年度的文艺界》，那么就请把这三点牢牢记在心中。否则，我的鸟瞰图给你带来的只有疲倦和失望，而不会是其他什么东西。要是那样，本文的读者自不待言，就连作为作者的我本人也太可怜了。

一　新进作家辈出

纵观大正八年度下半年至九年度的文坛，最为醒目的就是新进作家的不断涌现。室生犀星、细田民树、细田源吉、田中纯、冈田三郎、佐佐木茂索、泷井折柴、水谷胜、佐治祐吉、关口次郎、石丸梧平、福田正夫、三宅几三郎——除了这些人之外，如果把《早稻田文学》、《新小说》所推荐的新进作家也一一数上的话，可能人数会多得不得了。当然，这些新进作家在文坛所占的地位有各种各样的差异，既有成名成家的堂堂人士，也有不少人士仅仅只是向文坛寄上了自己的处女作。概而言之，事实上比起有岛武郎氏、里见弴氏作为新进作家初登文坛时的惊人景象，目前还没有一个新进作家能够那样吸引文坛的视听于一身。

这几年，文坛的局面有了明显的转变。简短说来，就是摆脱了自然主义的枷锁。促使局面产生这种变化的，毋宁说是当时的几位新进作家的力量。因此，那是新进作家创造了机会。但现在不是这样，局面已经转变了。文坛在葬送旧人的同时，腾出了很多容纳新人的余地。所以，许许多多的新进作家一个接一个地登上了文坛。也就是说这次与前者正好相反，是机会造就了新进作家。因此数量虽多，但颗粒却不匀称。整体上有着一阳来复草木同时发芽之趣。这样一来，即使有的作家其天分不亚于有岛武郎和里见弴氏，却难以像有岛武郎、里见弴氏得到承认时那样惊动文坛的视听。岂止如此，稍有差错的话，草、树、水苔等眼下都会被同等看待的。虽然非常笼而统之，但这就是去年以来辈出的新进作家的现状。

然而，这样的状态是不应该永远持续下去的。我刚才说到，过去是新进作家创造了机会，而现在是人数众多的作家被机会所造就。可是再想一想，不论过去和现在，凡是自然主义之后的新进作家，无一例外都是由于同一形势下的春意而发芽的树木和小草。因此在文坛的局面完全转变以后，不论杂志的编辑们再怎么煽动文坛的景气，对于新进作家的需要也肯定会自然减少。不，最后一个时期内会彻底消亡是惯例。实际上，新进作家辈出的现象从本年度的下半年开始已经逐渐走下坡路。《新小说》的第八期向文坛介绍了几名新进作家，然而却没有在文坛引起任何反响。且不论新进作家的实力如何，必须说这确实是对于新进作家的需要已经减退了的征兆。

二　文艺的多样化

文坛局面变化使之产生了许多新进作家。这在上面已经提到。然而这些新进作家的千差万别，并不仅仅表现在他们于文坛所占的地位上。众多作家各自艺术上的差别也同样是各不相同的，其千姿百态怕是狂欢节的队伍也要退避三舍。当然这不仅仅局限于文坛，而是权威倒下之后必然发生的现象。不过这里要提请注意的是：从艺术信条上来看，这些新进作家中仍有基本可以称为"自然主义信奉者"的作家。这看起来可能和我在"新进作家辈出"一节中的言说有些矛盾。可出现这样的新进作家，确实也因为同样的原因。因为，文坛的局面变化使得新进作家辈出变得容易。"变得容易"并不仅仅是指提倡新的艺术信条变得容易这层意思，同时也指新面孔的出现变得容易了。另外，绝大部分的新进作家因为前面提到的理由，在某种意义上具有反自然主义的倾向。这种倾向五六年来统治了文坛。这无疑进而成为出现回归自然主义的新进作家的原因。

众多新进作家在艺术差别上呈现多样性这一事实，与整个文坛自然主义一统天下的过去相比，简直就是一幅缩小了的图画——一种由火葬场转移到舞厅的景象。实际上，像今日文坛这样艺术差别的多样化，在我国很可能是自明治初年以来从未有过的事。既有德田秋声氏这样的自然主义作家，也有武者小路实笃氏这样的人道主义作家。既有菊池宽氏这样坚守昂然理性的作家，也有室生犀星氏那种生活在敏锐感觉中的作家。既有有岛武郎氏那般景仰惠特曼的作家，也有宇野浩二氏这样令人想起斯特恩的作家。其他若详细数来，很可能会让人觉得在日本的文艺界中开放的鲜花并没有寒带温带热带的区别呢。

文艺的多样化，一方面肯定是好事。但是好的一面容易伴随着不好的反面也是事实。文坛已经解放。放了的东西会生乱，想必是理所当然。但是其"当然"，并非是不可避免的"当然"，而是一个不加以避免则会自我灭亡的"当然"。遗憾的是，文坛不仅停留在解放上，而且已经有了某些动乱的迹象。鉴于年鉴的性质，我不准备历数这种时癖而只是在下面的条目中举出其中的一个问题。

三 为模特的模特

这弊病之一，就是为模特的模特。本来，像近年来这样自叙传式小说如此丰富的情况，在文坛是不多见的。每个月在各种杂志上发表的绝大部分小说，都是直接取材于作者自身的生活（这里有各种各样的原因，今天暂不作为问题）。既然是自叙传式的小说，那么作者的家人乃至亲朋好友就难免要在作品中出现。不用与西方的作家相比，也可以看出我国作家交际的范围极其狭窄。一般说来其交际范围好像仅限于作家朋友之间。因此一旦要写自叙传式的小说，在那小说里，马上就会有很多文坛知名的作家们戴着一眼就能看穿其假名的面具登场。

既然认可自叙传式的小说，那么出现这种情形无疑也应当允许。可我叫作"为模特的模特"的东西，指的是把这些现实中的登场人物——即模特用于艺术以外的目的而不感到羞耻的倾向。即便不是全部也是绝大部分，这倾向所表现出的小说的目的，在于对模特本身的兴趣。当然，这不外乎是一个作者意图何在的问题。所以，当我实际阅读了作品并准备指出这种倾向的时候，"是不是为模特的模特？"这种界线很多情况下容易产生暧昧之点。但是，现在的文坛特别是大正九年的文坛存在着这种不良的倾向，则是毋庸置疑的事实。

然而，如果这种不良倾向仅仅出自对于模特本身的兴趣，倒还可以宽恕。可如果进而一步是为了伤害模特这个人从而不顾暴露其他人的隐私或者家庭内幕，就已经不光是在艺术上而且在道德上也是必须忌讳的问题了。不，如果仅仅是不顾暴露其他人的隐私或家庭内幕，也还可以暂且不论；若是进一步捏造虚假的故事并有意连累他人的话，则可以说是艺术家的堕落莫过于此。然而，在现今的文坛，我们可以不止一次地发现这种例子。

四　文艺的社会化

当我们再次回到"文艺的社会化"问题上来的时候，会发现如今的文坛的确就是狂欢节的游行队伍。在这个艺术区分多样化的文坛，文艺作用于社会的机会也好像比过去多了许多。这既是社会对文艺渐次有了理解和同情的结果，同时也是文坛方面主要是指在写作的内容上，较以前更多出现了面向社会大众的作品的结果。要说其实际表现是什么的话，那么首屈一指的无疑是通俗小说的进步。

本来通俗小说这东西的诞生，就是由于存在着一些既对"讲谈（说书）"不满，又对小说缺乏理解的读者。换句话说，当社会与文艺在某种程度上被隔离的时候，它就像唯一的一条两者共同开掘的运河。因此，社会与文艺结成更加紧密的关系时，这条运河当然肯定会掀起澎湃的浪涛。不，毋宁说自然的大河自必贯穿两者之间，以取代旧日的运河。

通俗小说取得进步，是在久米正雄氏的《萤草》以后，或者再往后推就是长田干彦氏的几部长篇陆续出版以后。大概从去年开始，文坛上染指这一方面的新人进一步增多。久米正雄氏写了《不死鸟》，菊池宽氏写了《珍珠夫人》，里见弴氏写了《今年竹》，志贺直哉氏最近也准备写这种长篇。如果这种倾向能够按照理想前进的话，人们所说的通俗小说这东西或许几年之内会变成堂堂的艺术性长篇巨著。

但文艺向社会渗透的迹象并不只是表现在通俗小说的进步上。另外一个不可忽视的现象是，以前与文艺无缘的新、旧戏剧演员们渐渐上演起了新作家的戏剧。像中村吉藏氏的《井伊大老》，山本有三氏的《生命之冠》，菊池宽氏的《恩仇的远方》以及《藤十郎之恋》，又像武者小路实笃氏的《其妹》等等，不仅都被上演，而且在社会上也取得了相当大的成功。述及文坛这样一步步带给舞台以影响，虽有话可讲但话题会转移到戏剧界上去，所以这里还是不去展开为好。

接下来，打算顺便提一提"改造社"所尝试的新讲谈计划。从某种意义上讲，这或许也可以看作是一个文艺接近社会的实际事例。不过，通俗小说的进步是由于读者对现在的通俗小说有所不满而必然发生的现象。可"讲谈"的读者与此相反，对"讲谈"并没有什么不满。不，毋宁说"讲谈"就是"讲谈"——它与小说的不同之处正在受到讲谈读者的欢迎。所以说，新讲谈计划比起通俗小说的进步来，缺乏欲罢而不能的气势。它之所以没能取得特别显著的成功，确实是自然的结果。也就是说通俗小说的进步和剧坛的新机遇是社会与文艺互相接近的结果，而新讲谈计划却可能被人说成是文艺单方面无益地进行了应当挤进社会的努力。因此，我在给新讲谈计划冠以"文艺社会化的一例"之名上感到犹豫。

法兰西文学与我

揭 侠译

我上中学五年级的时候，读了都德的《萨福》这部小说英译本。当然，怎么读的，那读法是靠不住的。也就是胡乱翻翻字典，一页一页地翻看一下罢了。但那却是我最初接触到的法国小说。我已经记不清楚自己是否曾经被《萨福》所感动。只是记得有五六行文字，描写了从舞会回来时巴黎的黎明景色，自己非常喜欢。

后来我读了阿纳托尔·法朗士的小说《苔侬丝》。记得当时《早稻田文学》新年号上发表了安成贞雄君写的介绍，我读了介绍以后立刻到丸善书店把它买来。对于这本书我真是佩服得不得了。(直到现在，如果有人问我：在法朗士的著作中，最有意思的是什么？我会马上回答是《苔侬丝》。接下来是《蹼掌女皇烤肉店》。我并不认为著名小说《红百合》有什么更佳之处。)当然，小说中很有意思的地方，我只能断断续续地明白。不过我还是在《苔侬丝》的行间用五色铅笔画满了线。那书我现在仍然保存着，当时画线的地方以尼希亚斯的话居多。尼希亚斯这个人，是一个满口警句的亚历山德里亚高等游民。这也是我上中学五年级时候的事。

进了高中以后，外语能力有所提高，于是也时不时地拿法国小说来读。但并不是像专于此道的人一样有系统地读，而是随手拈来，漫不经心、浏览式地读。其中记忆清晰的是福楼拜的小说《圣·安东的诱惑》。虽然挑战了好几次，但最终也没有能把这本书读完。当然，后来见到了罗塔斯丛书的紫色封面英译本，因是胡删乱砍的节译，所以轻轻松松地就读完了。当时的我满以为自己已经读懂了《圣·安东的诱惑》，实际上全是托了那紫色书的福。最近读了克贝尔先生的小品集，先生也说这小说和《萨朗波》挺无聊的。我高兴极了。但是，两者比较起来，我倒觉得《萨朗波》更有意思。还有，我对莫泊桑是既佩服又讨厌（直到现在，仍有两三部作品读起来叫人不痛快）。还有，不知因为什么缘故，一直到上大学以前也没有读过左拉的一部长篇。还有，从那个时候起，我就莫名其妙地觉得都德挺像久米正雄的。当然，那时的久米正雄刚刚在第一高等学校的校友杂志上发表诗作，所以都德显得伟大得多了。还有，我饶有兴趣地读了戈蒂叶。作品确实绚丽无比，无论长、短篇都让人愉快。然而，并没有觉得极富声誉的《莫斑小姐》有西方人说得那么好，也没有觉得《阿巴塔尔》以及《埃及艳后的一夜》等短篇，值得乔治·穆阿顶礼膜拜。同样是取材于堪道勒斯吕底亚国王的传说，但赫勃尔却写出了那可怕的《吉格斯和他的戒指》。可戈蒂叶的短篇呢，无论是主人公的国王还是其他什么人，都缺乏勃勃的生气。不过，这是相隔很远的后话了，当我读赫勃尔的剧本时，发现编辑在序文中提出了一个像是很有道理的看法，说戈蒂叶的短篇很有可能给了赫勃尔以启示。我于是再次找出戈蒂叶的书来看，就更加加深了我的印象。还有——算了，太啰唆了。

总之，即使给人说自己在高中期间读了什么什么书，也没有多少意思。顶多算是瞎蒙人好了。只是，既然专门讲这事，就多说上几句。就是说，当时或者说在以后的五六年间，我所读的法国小说基本上距离现代不远，或者说是现代作家写的东西。大致往远里说，也就是夏多布里昂——再远一些哪怕到极限，也不过是卢梭啦、伏尔泰啦，更远的就没有了（莫里哀是个例外）。当然，文坛上笃学之士很多，也许有哪位大家连 Cent nouvel les Nouvelles du roi

Louis Xl 也读过。但是除了这种以外，基本上像我读的这类小说，可以说是文坛一般人士都在读的法国小说。这么一来，或许也可以这么讲——谈谈我所读过的法国小说，也就和大文坛有了密不可分的联系，所以可不能把这话当成耳旁风听。这样还觉得摆谱没有摆够的话，那么就成了：我只读了这么些书，就说明法国文学给文坛带来的影响也不外乎只有这些书嘛。文坛既没有受到过拉伯雷的影响，也没有受到过拉辛、高乃依的影响。只是主要受到了十九世纪以后的作家的影响。证据就是，在最衷心景仰法国文学的各位先辈的作品中，也没有所谓的雷斯普里·科洛阿的磅礴。即使十九世纪以后的作家中，时而有来自葛尔（Gallia）精神的、奔腾般的笑声响起，文坛也只是装聋作哑。在这一点上，日本的文坛就像鸥外先生的小说所描写的一样，是一个永远认真的送葬行列——或许可以这么讲。因此，我的这番话，就更加不能当成耳旁风来听。

大正十年（1921）二月

罗 宾 汉

揭　侠译

我讲演的题目这里写的是"罗宾汉"。其实这并非我的讲演题目。我起初答应进行这次讲演的时候，题目定的是"英国的贼"。可是，这次讲演会的程序表很可能会呈送到英国皇太子殿下手中。到那时，如果是"英国的贼"，便十分不妥，因而我接到了必须改换题目的命令。但眼下要讲的事情却依旧不过是英国的贼。不仅如此，当英国皇太子殿下光临的时候，我想将会在好多地方举办好多次这样的讲演会。这样一来，想必会涉及英国的文学啦，英国人的国民性啦等等。总之有关英国各种情况的讲演，将会在好多地方举行。但是我想，虽然届时会有各种各样的讲演，怕是任何地方都不会有关于"英国的贼"的讲演。总之我的题目是"英国的贼"，说文雅些，是英国的盗贼吧，我坚信进行这个讲演是妥当的。然而，这并不是我选择"英国的贼"这个讲演题目的全部理由。此外，还有第二个理由。不过这一点会在讲演进行的过程中自然明白的。还有，有命令说下面还有很多内容，时间不够，要尽量简短，尽量抓紧，所以我中间要跳过去一些，快马加鞭好了。但司培德教授出场的时候说好只讲十分钟，可实际讲的时间好像比十分钟要长。因此我也可能会长一点。正像我刚才讲的那样，"罗宾汉"虽然不是我的讲演题目，但既然要谈英国的盗贼，也还不得不以罗宾汉开个头。罗宾汉是个什么样的人呢？这个人是英国古时候一个有名的贼，又有什么"苏格兰的艾文霍"之类称呼，有一些奇怪。没有时间去查所以就没查。不过我记得是出现在一部叫作《塔里斯曼》的小说中。就是这样一个在小说里面出现的贼，出现在民谣里的机会也很多。如果去丸善、中西屋等书店看，会发现专门写罗宾汉的薄薄的书有很多——是不是很多不清楚，应该是有那么一些的。我想今天来的各位中也会有不少人知道这种情形。我并不是在这里为书店做广告，只是觉得大家在我的讲演以外更多了解一些罗宾汉这个人为好，仅仅是提醒一下而已。

罗宾汉这个人居住在英国的舍伍德森林。同伙有很多人，都穿着清一色的林肯绿。林肯是英国的一个地名。他们都穿着当地生产的绿色的衣服，或手持弓箭、棍棒，或腰别刀剑，在森林里横行无阻。说横行无阻，当然不是说他们在森林里漫步，而是见人就抓。抓了人，把钱抢过来。他们主要抢劫的目标是地方保安或僧人，抓住有钱的僧人把钱抢过来。他们的同伙中间也有一些有名的人，首先是一个叫作利德尔·约翰的绿林好汉。一说利德尔，听起来像是很小的样子，其实是一个身高七尺的大汉，且武艺非常了得。另外有一个叫傅拉阿·塔克的僧人，此人在艾文霍中起的作用很大很重要。所以，可能有许多人对他都有所了解。虽然是一名僧人，但根本就不守清规戒律，既拉弓射箭又使刀弄剑。此外，还养了一大群个头很大的看家护院狗，只要傅拉阿·塔克一声令下便会立即扑上去咬人。对于我这样的人来说，这种僧人最可怕，把他视为《水浒传》里的鲁智深一点也不会错。还有一个女人叫梅德·玛里安，是头领罗宾汉的情人。另外，还能数得出几个知道名字的人。一个叫威尔·斯台伍得勒，箭术了不得；一个叫威尔·司卡莱特，红发汉子，罗宾汉的表兄弟。大概是老表。还有个别在民谣中或者什么地方出现的人物，如一个叫阿兰·阿·德尔的，是乡村的一个混混。以上这些人合起伙来闹腾。罗宾汉这个人虽然是贼，但帮助强者，错了，是帮助弱者（笑声），说错了喝彩也没用。此人是个扶贫济困专与强者作对的好汉。因此，在英国民众中口碑很好。即使从现存的文献中也可以看出这一点。像是很了不起。十六世纪前后，有一个僧人叫毕萧朴·拉提玛——罗宾汉大显身手的时候是狮子王里查德在世的时代，毕萧朴·拉提玛这个人去了英国的一个地方，但是人到了地方，教堂的门却紧闭着进不去。于是他就在外面等。可是等啊等，总不见来人。大约等了一个来小时的工夫，教堂的一个男子这才拿着钥匙什么的打开了大门。问及刚才为何迟迟不开大门，对方解释说：今天刚好是罗宾汉的纪念日。纪念罗宾汉的日子，全村要请来戏子演戏。村里人说，与其听僧人说教，还不如为了罗宾汉的光荣看戏的好。于是全村出动都来看戏了。就是这样，罗宾汉不论是在英国的城镇还是在乡村，处处受到极大的欢迎。但是，这种对罗宾汉的崇拜，并不一定是对贼的崇拜。虽然多少有点儿崇拜贼的意思，但却不能全用崇拜贼来解释。总而言之，人们所崇拜的是罗宾汉一样传说中的英雄。例如，挪威的皮阿·金德，还有对面德国、法国、荷兰、比利时的奥劳伊兰·束莱盖尔等传说中的英雄。如此看来，罗宾汉在勇敢、蔑视天下一切权威、大口喝酒大口吃肉、随心所欲纵横天下等方面，同他们是非常相似的。因为罗宾汉也同时带有很多这些传说性的英雄气概，所以并不能根据以上内容就说英国人喜欢贼、喜欢盗窃。虽然不能肯定英国人喜欢做贼的人，但深入对照文献来看，英国人似乎真的有一点儿喜欢贼呢。写下这方面东西的人非常有名，叫阿佰·卢布兰……不是日本的阿部，就是说不是阿部次郎氏的阿部，而是僧人阿佰。阿佰·卢布兰这僧人，是一个法国的洋和尚。十八世纪初来到英国的时候，他写了封信。查看一下信的内容，只见那信中说：英国人爱贼胜过法国人好多倍。一旦有名的大盗被捉住后判成死刑，在押往断头台的途中，无论哪个国家都会热闹非凡，人们都会争相去看热闹。但是英国人狂热地争相去看盗贼的死刑，并不是争着去看行刑时那人头被绞断的残酷场面，而确实以一种为他就要遭受最大危难的英雄送行的心情，而陷入极度的狂热。还有，实际上罗宾汉之后，了不起的大盗的确在英国频频出现。仅仅是我来之前抄写下来的几个名字就有：库若德·第尤巴尔、第克·塔宾、乔那森·王尔德、杰克·歇帕德，这些都是有名的大盗。——说来，时间肯定不够。这里仅举两三个代表性人物。下面说说方才举出的第二个人物第克·塔宾。此人一副绅士派头。"贼"用英语说，叫作"a gentleman of the road"。按照字面意思的解释就是绅士·强盗。也就是做盗贼非常讲礼貌，礼数周到地做贼。刚才提到的阿佰·卢布兰在英国期间写了很多信，有些信时不时地提到第克·塔宾的情况。据他讲述的故事说，某个绅士在去什么地方的途中被塔宾抓住。要么拿钱来，不拿钱就要命，于是就翻那人的口袋。可是，口袋里并没有多少钱。见此情景，塔宾先生说，你既然没钱，也就没有办法收你的钱。好，跟我来，我请你吃饭。一起吃完了饭，接着送绅士上路时又说，下次再经过这里，多带点钱来。天下恐怕没有哪个笨蛋特意带钱让人去抢的，总而言之就这样放人走了。书信又曰：一个叫密斯特·席的人在剑桥落入塔宾之手。塔宾只给他留下了一块怀表、一个鼻烟壶和两个先令的钱，其余的全都抢去了。抢劫以后，塔宾对遭抢的密斯特·席说：阁下如果向警察局报告，阁下的麻烦可就大了。最好不要做这种事情。遭抢的人当然说"我明白"，也就算了。可是几年过后，密斯特·席去新市场看赛马什么的，竟在人群中和塔宾不期而遇。观看着赛马，塔宾提议两人赌一把。对方也表示同意，于是两人就赌开了。据说结果塔宾输了，既然输了，他就老老实实把输掉的钱交给了密斯特·席。后来，这个密斯特·席对阿佰·卢布兰说：我为自己能用正当的方法把被塔宾抢去的钱讨回来感到光荣。最厉害的例子是，据说有一个老太太把一笔钱藏在了一个地方，塔宾为了逼她招出藏钱的地方，就把她放在火堆上烧烤。即使是这样的事情，当时的民众也不说多么多么残酷。其中也可能有人说残酷，但普遍的较为一致的看法则认为是很好的玩笑、挺有意思的玩笑。可见塔宾的威望之高。

刚才讲了塔宾。塔宾的前面还有一个人，名叫库若德·第尤巴尔。此人也是绅士·强盗，同样是绿林豪杰，与塔宾并无二致。原先不准备说第尤巴尔的，既然说到这里了就顺便提他几句。他是个了不起的大盗，曾骑马从约克到伦敦跑了二十四个小时。他被执行死刑的时候，塔宾那时也同样，说是他们临死的时候都会穿上漂亮的衣服，在胸前的纽扣孔内插上一朵鲜花，从容奔赴死亡。另外，预先说好了库若德·第尤巴尔被执行以后，他的尸体将被某个医生加以解剖。这么一来，群情激愤，大呼"我们光荣的盗贼岂能容忍外科医生随便解剖"，乱民就在第尤巴尔的尸体被从刑场运往解剖场所的途中袭击了警察，夺回了尸体，接下来高唱着凯旋之歌，把尸体扛到了墓地，然后放进了深深的墓穴。为防止再次被人挖出来解剖，所以埋得很深很深，而且撒上了生石灰。名声真是够好的呢。大致说来，罗宾汉相当于日本的义贼，而塔宾、第尤巴尔则因为彬彬有礼所以是礼贼——如果有这个词的话，就是礼贼。接下来，第三个人是杰克·歇帕德，此人既不是义贼，也不是礼贼。而是一名纯粹的剽悍无双的盗贼。这个家伙被送进新门监狱的时候，脚镣手铐铐得牢牢的。就是这样，据说还是给他冲破监牢逃掉了，真乃好汉也。而且，被处死的时候说是只有二十三岁，真乃天才也。这先生临死的时候，据说也穿了最好的衣服，胸前别了朵花。他刚死后，不论在什么地方，只要有人说话，那必定全是关于歇帕德的事。而且，还出版了关于歇帕德的书。出了他的画。有个叫"Sir·里查德·松西尔"的人，既然名字带有"Sir"可见当时是个很受尊重的画匠。这个人特意画了歇帕德的像。于是其名声大振。那人气，不得不说远远超过了贺川丰彦以及岛田清次郎二位。

这"Sir·里查德"画的歇帕德的画像一出来，一本叫作《英国杂志》的杂志就登出了诗。具体说来，就是一千七百二十四年十二月二十八日的那期杂志刊登了诗。那首诗非常奇特，这里只介绍最后一节。内容是这样的：亚历山大大帝因阿佩莱斯而不朽，恺撒因阿乌莱力阿斯而不朽，克伦威尔因利利而不朽，大盗贼杰克·歇帕德因Sir·里查德·松西尔而不朽。诗中说，就像阿佩莱斯画了亚历山大大帝的画像一样，Sir·里查德·松西尔画了盗贼杰克·歇帕德的画像，这是千古流芳的大好事。如果画家是我的话，看见这诗会生气。可据说Sir·里查德·松西尔这画匠却十分高兴。既然诗都出来了，当然戏也上了舞台。是部哑剧，一个叫萨孟德的人演的。当戏剧在多尔里·连剧场轰轰烈烈上演的时候，那背景就和实景一模一样，像杰克·歇帕德经常和盗贼伙伴一起喝酒的酒馆原貌一般，据说是以此吸引观众。

关于这个歇帕德，据说当时最滑稽的当属教士在街头说教时，曾引歇帕德为说教之例。大致内容是：人只是在意自己的肉体安全，这样去不了天堂。要想去天堂，则必须关注精神。像那个大盗歇帕德，为了保住自己的肉体……说为了保住肉体不太对头，意思是说他进了牢房则设法越狱，警察追赶则到处逃跑。为了这个目的，他做了许许多多的好事。你们这些人为了得到精神上的拯救，也必须向歇帕德学习，大胆尝试做各种事情。据说，教士们曾在街头如此说教。

第三个盗贼是乔那森·王尔德。这个人是被菲尔丁、笛福等大作家们写进他们作品中的非常有名的盗贼。这个家伙名声特别坏。为什么名声特别坏呢？这是因为他缺少了歇帕德那样非凡的勇气和力量，同时也没有罗宾汉那样的气势以及扶危济困、勇挫强敌的精神，也没有塔宾先生的彬彬有礼之风。只是非常狡猾，盗窃的方法很是巧妙。而且，为了自身的安全而不惜向警方出卖自己的同伙，所以没有什么人缘。当他被押赴刑场的时候，人们拿起石头啦、土豆啦、臭鸡蛋啦什么的向他投去。这情形与第尤巴尔的尸体被抢走时那凯旋似的情形相比，简直是天壤之别。

如此赞叹伟大盗贼的，并非只是英国国民。日本自古以来也有石川五右卫门、鼠小僧次郎吉等有名的大盗。同样，法国、德国、意大利、西班牙等国到处也都有许多伟大的盗贼。为什么贼在民众中有这么高的威信呢？因为，贼这东西有着做贼的英雄主义，也就是勇敢的行为吧。贼人的勇敢是民众最容易看到的，谁都可以一目了然的英雄主义。虽然用了一个"最"字，但唯独军人是个例外。说军人的英雄主义比盗贼还容易看到。这绝不是贬低军人。仅从容易看到上讲，还是军人的英雄主义更容易看到。如果像古代那样一对一地单打独斗决出胜负的话，其英雄主义就更加容易看到。仅次于军人容易看到的，是盗贼。我们为了不真的被抢去钱财，为了不使妻子儿女一家老小受害，都拼命把门户关得严严实实。贼人趁夜深人静的时候破门而入，这种英雄主义会给我们的实际感受带来真切的刺激。不仅如此，如果我们自己遭了抢当然会发火，可如果是别人被抢，特别是非常有钱的财主如岩崎啦、三井啦这些有铜墙铁壁护院、主人盛气凌人的地方，如果有人钻进去抢了他们，岂不是一件快事。我前面说了三个贼：塔宾、歇帕德，还有最后那个乔那森·王尔德，再往前面数还有罗宾汉这样的义贼。所以就像我刚才讲的一样，只要想到三四个贼人诸如塔宾这样的礼贼，歇帕德这样只是厉害的强贼，王尔德那样非常奸诈的奸贼，就会明白群众爱盗贼并非不自然，就会明白群众爱盗贼的道理所在。同时我想，从这几个贼人受到欢迎的程度上，或也表现出英国国民的特点来。

为什么这么说呢？下面说说所举的第三个人杰克·歇帕德。他既没有像罗宾汉一样扶危济困勇挫强敌，同时也没有像塔宾一样彬彬有礼循规蹈矩。然而，英国国民却不惜向强贼杰克·歇帕德倾注了满腔的热情。拿这一点和日本对比的话，就会发现在日本受欢迎的盗贼某一点上必定是人道主义者，而没有只是强者而后世赫赫有名的盗贼。请看鼠小僧的例子，他不是拿钱接济了穷人吗。石川五右卫门的实际情况如何我并不了解，但从戏剧中看，他也是一个有情有义颇为可爱的贼。但是回过头看看熊坂长范，却丝毫没有一点人道主义的地方。此贼说来说去就只有一个强字，因此他也只有最后被牛若丸一劈两半去见阎王的惨死为世人所称道。可能熊坂长范与杰克·歇帕德并不是一路人，但相比之下英国人热爱杰克·歇帕德。总之是热爱强贼之处，或许正是英国国民的本质所在。这样认为好像没有什么不妥当。即英国国民热爱强者，换句话说，英国国民是热爱力量的国民也表现在这一点上。下面看看罗宾汉。罗宾汉第一次和七尺有余的猛男利德尔·约翰见面是在桥上。当时，罗宾汉在森林里行走，走着走着遇见了一条河，河上架着桥。他要从桥的一侧过河，可一条大汉从对面走来也要过河。你让开！你让开！说着说着两人就扭打在了一起，而两人因此成了朋友，约翰成了罗宾汉的手下。当时利德尔·约翰向罗宾汉说了些什么呢？他说，你把我狠狠地揍了一顿，我也就这么狠狠地热爱你。本人翻译不好……就是说我被你打得够戗，正因为那股劲既狠又猛，所以我对你罗宾汉格外有好感，大致是这个意思吧。这利德尔·约翰的话，或许是实际代表了所有英国国民的话语呢。如果把这种议论再深入一步的话，则可以多角度地进入文学上的问题，实际上我也做了进入的准备，并且已经把它写在了这里，但是时间拖得太长了，全部省略。

总之，英国国民是坚强的国民，是 Strong men，是世界其他民族中罕见的 Strong men。热爱强贼歇帕德的情绪是一种在力量面前置各种理想以及道德于不顾的情绪，而不是蔑视这些东西的情绪，英国国民的头脑里没有什么蔑视不蔑视的问题，只是当面对某种非凡的力量时发出十分自然的感动。虽然每个民族或多或少都有这种倾向，但英国人却强烈得多。Might is right，力量就是正义，这不是英国人的心境。做这种思考需要从容。英国人的心境没有这种从容，而是更直截了当。我认为如果让英国人来说，那就是：Might is might，Right is right。即使这样，却对 might 抱有超过 right 的或等同于 right 的尊敬。说来，英国国民是天生具有现实主义者一样心境的、坚强的国民。

此次英国威尔斯皇太子来日本访问，对此我们表示欢迎。欢迎归欢迎，可我不想讲如下的话：什么英国和日本一样都是毗邻大陆的海岛帝国，两国在地理形状上近似啦，什么日英结为同盟已经几年过去啦等等。我不想通过讲这种国际性的伪善的话来表示欢迎。其实，那种认为海岛帝国的海岛形状相似所以英国和日本就应该友好的看法未免过于孩子气。就算是日英同盟，还不知道是谁真的感到困惑呢。抛却这一切伪善，值此欢迎理应君临的 Strong men 的君主皇太子之际，下面这样讲如果不算失礼的话，值此欢迎热爱着莎士比亚和伟大盗贼的英国的皇太子殿下君临之际，我想表示欢迎的诚意。我之所以把盗贼定为讲演题目的第二个理由，就在于这一点。（鼓掌）

大正十一年（1922）四月十三日
于英国文学讲演会

文艺杂感

揭 侠译

　　我真的身体不好，头不好，心脏不好，肠胃不好，没事的地方目前只有两叶肺、肝脏、肾脏，可能这也不行了，但总而言之眼下还没事，其他大部分都不好。因此，原准备推掉今天的讲演，可是拒绝的信迟迟没能发出，又想既然好不容易接受下来那就上台讲讲，于是便来了。也就是说，出于遵守承诺我现在站到了这里。实际上，目前大夫禁止我读书和写字。为争取大夫把我的讲演给禁止了，便对大夫说："讲演怕是不行吧？"可大夫却说讲演没问题。形式上等于是：自己担心不行，可人家说没事，于是才无奈地来到了这里。

　　情况就是这样，当然没有做什么讲话的准备。在这一点上，非常不负责任。其实，今天上午我还一直在琢磨："是去好呢，还是不去好呢？""是打电报呢，还是不打电报呢？"想来想去拿不定主意。可今天的天气实在太好了。所以来的想法占了上风，这么着就来了。这里写着的讲演题目是"论天才"。这个题目作废。但是，这并不意味着什么话也不讲了。我今天来，是从我的家田端出门的，先是乘山手线的电车到了目白，又从目白坐人力车到了这里。我早就知道有个学习院大学，可不知道在什么地方。因为不知道有多远，就坐了人力车。刚坐上去，就到了地方。很是吃了一惊。来的时候，在田端车站等电车，可电车老是不来。大夫禁止我抽烟。但我喜欢抽烟，所以也就偷着抽。当时我掏出了一支香烟，一边抽一边等电车，同时考虑着讲话的内容。眼睛碰到了口中叼着的烟。于是又做有关香烟的思考。烟草这东西是从美洲传到欧洲去的。传说什么罗马早就有烟草或阿拉伯早就有烟草，那是骗人的鬼话。烟草从美洲传到欧洲的说法才是真的。据说美国的印第安人在种植烟草的时候，就有烟叶卷的雪茄。传到欧洲之后，雪茄烟进了一步变成了纸卷烟。我们现在抽的敷岛啦朝日之类的香烟，据说是源于欧洲人的发明。这里顺带提一下，看来当时的人还不怎么习惯抽烟，尼古丁的毒性也太厉害了些，说是有人曾以抽烟的方式来自杀。且说自杀者的身旁堆了几十个烟头。漫无边际地念及这些事，想来想去就想到了我抽的烟。我抽的烟是朝日牌的。一毛二一包。这朝日牌的纸卷烟是如何制成的呢？一般是不会考虑这种问题的，但是等车期间我硬是考虑了这个问题。这是纸卷烟，也就是把烟草卷进纸里的意思吧。正是卷进纸里的这种形式，使得朝日牌，别的什么牌子也都可以啦，总之使纸卷烟得以成立。同时，也产生了纸卷烟这个东西的内容。我觉得在这种情况下，卷进纸里的这种形式和纸卷烟这内容看似分离却没有分离，而处于不即不离的关系之中。这不仅仅限于纸卷烟。雪茄那种仅把烟叶卷起来的形式，亦可使之成为雪茄。也就是说，纸卷烟可能是雪茄的变形。我以为这不即不离的关系或许可以直接适用于说明文艺之内容与形式的关系。举个例子就会容易明白的。例如，歌德《浮士德》中的梅菲斯托菲尔所说的话中，好像有一句台词是："一切议论都是灰色的，常青的只是金色的生活之树。"过去学过，记不清了，原文应是这样的：

  Grau ist alle Theorie,

  Und grün des Lebens goldner Baum.

  社会上通常把这两行的内容解释成：理论是枯燥的，生活才最可贵。同时，把所谓的灰色啦、金色啦、生活之树啦等全都作为点缀，也就是作为形式来加以解释。然而，关于内容与形式的这种看法并没有说到点子上。这么一来，意思只能是指思想与话语有区别。我认为"一切议论都是灰色的，常青的只是金色的生活之树"这两行内容，只有通过"一切议论都是灰色的，常青的只是金色的生活之树"这种形式才能表达，不借助其形式就无法表达出来。这样一种形式与内容的表现是不即不离的，所形成的关系是一去俱去，一在俱在。思考问题的时候电车来了，于是我就上了车。其余的后来渐渐深入思考，但在什么地方想了些什么就不说了。接下来只交代和讲演有关的事。

我认为，形式与内容本来是一个东西。可是为了便于说出两层意思，于是允许使用形式和内容这两个词来表达。经常有这样的现象，两个东西到了一定的地点后变得没有了差别。比方说绘画和花纹的关系，哪里是绘画，哪里是花纹，好像一目了然，其实并不清楚。花纹中有极其近似于画的东西。同样，绘画的某种东西也近似花纹。不过，有时为了方便不得不把绘画和花纹区分开来。比如去帝展或美术展览会观看画展，当站在画前说句"花纹不错呀"，画画的人听了会不高兴的。再举一个例子，是动物和植物的区别未必那么分明。到底是动物呢还是植物呢，搞不清的东西有很多。但是，假如我对在座的诸位说，"原来生长了这么多的植物呀"，想必大家一定会愤怒不已。像站在讲台上的我，或许就是可怜的植物。这样，要把形式和内容截然分开进行考虑是不太可能的。思考内容和形式的问题，思考日本的文艺以及支配日本文艺的文坛是如何发展起来的问题……首先声明一下，我今天的讲演是胡诌八扯。本来今天的讲演不应该使用文坛啦、文艺啦这些特殊方面的材料，而应该找一个大家都感兴趣的题目。可是刚才讲了我是个病人，所以只好想到哪里讲到哪里。这一点希望各位多多原谅。

要说我们日本的文艺是如何发展起来的，是这样的。我中学毕业的时候是个自然主义的时代，有很多人读岛崎藤村氏的《破戒》

等作品。论及自然主义时代，那是砚友社时代告一段落之后的时代。自然主义小说高举的大旗是描写真实，其宗旨是为了真实而不惜牺牲美。但是在我中学毕业的前后，出现了与之相抗衡的运动。这个运动中最初出现的是《昴》和《三田文学》，就像《文章世界》和《早稻田文学》代表着自然主义一样，前者也代表了新的运动。就像自然主义以田山花袋氏、国木田独步氏为代表一样，新运动的先锋则是永井荷风、谷崎润一郎等各位先生。给运动起个名字的话，就叫作唯美主义运动。人们掀起这个新运动以反对自然主义，标榜的宗旨是：针对自然主义的真而倡导美。其标志就是唯美主义作家们的作品。通过阅读可以发现，即使他们并未露骨地主张美，他们在文坛立足也肯定主要靠的是作品的美的情调。木下杢太郎以及其他人写了新剧本，都是很美的剧作，或许有些美过了头。接下来，又有一个新运动几乎与这个运动接踵而至。这就是以杂志《白桦》为代表的人道主义运动。这个运动是一个非常有趣的运动，首先这人道主义运动是反对自然主义的，同时又是唯美主义的反动。唯美主义也是为反抗自然主义而产生的。人道主义运动手提着两杆枪走了出来，一杆是反对自然主义，一杆是反对唯美主义。观察一下唯美主义，通俗的说法是从形式上，其实应该是从言语上来说，唯美主义和自然主义断然不同。这一点只要比较一下双方的作品就会明白。自然主义小说家认为文章字句的洗练是次要的，问题的关键只在于抓住真实。然而，其后兴起的唯美主义运动的各位先生则全力倾注于字句的洗练和文章的锤炼。不过，取来唯美主义各位先生的小说一读，却能惊奇地发现其文章竟有着与自然主义作家的人生观颇为相似的地方。相似的地方是什么呢？那就是唯物论或物质主义。永井荷风氏就是一个很好的例子。他究竟是自然主义者呢，还是新型作家呢？当时曾经成为一个问题。现在想起来显得好笑。但当时却众说纷纭是一个难题。由此可见，唯美主义和自然主义在人生观上有着类似之处。可是，自然主义者标榜"真"，唯美主义者标榜"美"，人道主义者标榜"善"。虽然如此，看一下人道主义的各位先生的作品，就会发现在语言或者文章方面与自然主义者是紧握着手的。从这一点上说，似乎有走回头路又回到了自然主义的味道。走回头路这话不好听，意思是类似。我认为两者均不像唯美主义的各位先生一样特别在意字句的洗练，而是写什么东西都追求一个快字，在这一点上两者极其类似。但是，思想却非常不同。这里所强调的，不用讲，是理想主义。这三个运动，正好是从我升高中的前后开始一直到高中升大学这期间的文坛状况。当然，这期间我只是一个看人垂钓的闲人，或者像厄尔巴岛上的拿破仑一样什么也没有做。这之后又出现了新的气象。是什么气象呢？虽然不知道有什么派，也没有什么杂志，但是这股新气象是一种较之过去的流派更加具有综合特色的气象。这股气象很贪心，对"真"、"善"、"美"都送上钟情的眼神，试图在各个方面都完满无缺，虽然不敢保证每一部作品怎么样，但总之出现了这种倾向的作品。这是从作品方面来讲的，同时理论方面也认识到形式与内容在表现上是一致的。在当今的文坛，作家也好评论家也好，相当多的人都持"艺术就是表现"的说法。关于"艺术就是表现"这句话的意思，请原谅我不能详细解释。但考虑到现在都在说这句话，我担心的是现在会不会出现比过去更注重形式而忽视内容的倾向。听到从我的嘴里说出这种话来可能有人会感到意外，不过我认为现在可能存在着重形式而轻内容的倾向。

为什么呢？因为最近在文坛有两位小说家进行了论战。一位是菊池宽氏，小说家兼批评家，我的朋友。另一位小说家是里见弴氏，也是我的熟人。二位论战的问题是什么？那就是艺术内容的价值。里见氏说，艺术只要巧妙就可以；而菊池氏则认为，作品只是巧妙还不够，希望作品有一种打动人心的东西。打动人心的东西是什么？那或许不是艺术的价值，不是单纯的艺术而是某种别的价值，是存在于宗教、哲学之中且能诉诸最高功利主义的价值，也就是其他价值。菊池希望作品有这种东西。论战中里见氏所说的话，我觉得没有什么可以挑剔的，倒是认为非常正确。菊池氏的说法也是对的。我也希望文艺作品能有一种打动人心的东西。其实让人感动的作品都是打动人心的作品。然而，若是在文艺本身的价值之外追求这种东西，则未免过谦。菊池氏把那价值的标准放在了文艺之外，我担心他在不知不觉之中陷入了艺术上的偏重形式之弊。为什么？因为艺术就是表现。如果把表现从艺术中抽掉，那么艺术就不成为艺术。一旦失去表现，艺术就不是艺术，这是确定无疑的。然而这样讲，并不能说明打动我们内心的、比如人道主义的激动就可以存在于艺术价值标准之外，假设艺术就是表现，那不妨说有表现的地方才有艺术。

举个例子，就会很清楚。比方说，在大街上有个小孩眼看要被电车撞上，这时有个工人挺身而出救下了孩子。这时，我们将因此而感动。同时，眼看小孩要被电车撞上于是挺身而出救下了孩子的那个工人以及当时那瞬间的情景，不是非常艺术吗？这样说尽管会遭到来自道德上或其他方面的批判。再举一个例子，假如这里有一场出于宣传目的的演说会，演说家侃侃而谈打动了听众。带给人们感动的，想必不会只是演说的内容，也来自于演说家自身的声音啦、言语啦、手势啦等表现力。如此说来，难道不可以说这里也含有艺术的意味吗？我无论怎么想——刚才说了我近来头脑不好使，所以非常没有自信，在允许的范围内我不好使的头脑尽力思考的结果是：像菊池宽氏那样狭义地解释艺术，我担心大概是陷入了时弊。假如尊重那些抽去了打动人心之处的小说，就会像世纪末的法国艺术走入绝境一样，只能出现一些非常乖巧的、单纯追求一点的小家子气的作品，而伟大的作品就会失去现身日本的机会。因此，我不愿这样狭义地解释艺术，希望把艺术看作能包容更加宽广的任何题材、任何思想的东西，这就是我此番讲话的动机。

在我似乎到二十岁又似乎没到二十岁的时候，刚才讲了，这期间我只是一个看人垂钓的闲人，或者像厄尔巴岛上的拿破仑一样什么也没做，在第一高等学校的图书馆里，我看了一本书。那是一本英国书，写了十九世纪末的各种运动。其中写了比尔兹利的绘画。据说比尔兹利的绘画起初怎么也得不到前人惠斯勒的承认。可是在某人家中，有人拿出比尔兹利的画给其他人看，据说惠斯勒当时也在场，他因讨厌比尔兹利最初并没有看画。但是当他渐渐把目光投向了那幅绘画，最后目不转睛地盯住那幅画时，却说："漂亮，漂亮。"此时，比尔兹利双手掩面大哭一场。我当时就想，如果能像比尔兹利一样得到惠斯勒的承认，该叫人多么高兴啊。现在已经年纪大了，再想什么"如果能像比尔兹利一样得到惠斯勒的承认，该叫人多么高兴啊"，显然不合时宜。但是即便今日，我依然想得到惠斯勒承认一般的喜悦。就算为了这一点，我也不愿意把艺术看得过于狭窄，而希望它是朝气蓬勃的、自由自在的、更为广阔的东西。因此，我想哪怕不是以此为专业的人，也有必要培养看清内容与形式二者关系的眼力。

东拉西扯漫无边际，这就是我来此途中想到的一些事。

大正十一年（1922）十一月十八日
于学习院特别邦语大会

答一批评家

揭 侠译

　　一位批评家在《新潮》第九期上，谈论了芥川龙之介的艺术。对他给予我的艺术评价，暂时还没有辩论的必要。我眼下想说的，是有关我的感想部分，或是可以进行逻辑思考而不需要抬死杠的部分。

　　一、我这样写了："所谓作品的内容，必然是与形式同为一体的内容。"这位批评家好像也承认这一点。我还写道："内容是本，形式是末——这种说法颇流行。但是，这是貌似真实一样的谎言。"据说这位批评家不承认这种说法。但是，既然形式和内容同为一体，按理说当然分不出孰本孰末。假设能够分清本末，想必双手相击发出声响时也可以轻易地判断出是左手响的还是右手响的。这位批评家所说的"不清晰的内容"也一定是伴随着"不清晰的形式"。

　　二、我还这样写道："不画画的画家、不写诗的诗人这一类话，除了作为比喻之外，其他没有任何意义。"这位批评家说这也是谬论。然而，既然"艺术的本质在于表现"的说法是成立的，那么不能表现的艺术家就理应不能是艺术家。另外，其实哪有不画画的伦勃朗，哪有不写诗的芭蕉呢？有的只不过是不幸的空想家。而且，这位批评家还对我的上述文章进行了随意的解释。其一说是在芥川龙之介看来，"那些不写诗的诗人和不画画的画家已经不是诗人和画家了"。其二说是芥川龙之介"只承认画出来的画和写出来的诗,却认识不到没有画出的画和没有写出的诗"。对于我上述文章做这种解释是不能容许的。

这批评家尚且小儿。除此以外,我再也无话可说。

大正十一年(1922)

无产阶级文艺之可否

揭　侠译

　　文艺并不像人们通常认为的那样与政治无缘。毋宁说，文艺的特色也存在于同政治的关系之中。无产阶级文艺近来刚刚艰难起步，倒有些姗姗来迟之观。粗算起来，Crainquebille来到这个世界已是二十年前，因此称其姗姗来迟绝非我的夸张。

　　而且说起无产阶级文艺——或其他什么的，总之说起带有政治色彩的文艺来，容易遭到蔑视。可是，通向帕尔那索斯山山顶的道路也和东京市区的道路一样，不一定能让艺术至上主义者感到心满意足。其实在自古以来的雄伟篇章中，许多篇章的声誉一半有赖于各种各样的政治原因。有人若不信，可以看看雨果的人气。有人如果连这也懒得去做，那么就想想山阳的名声。使《日本外史》名扬天下的，较之诗人、历史学家的山阳，难道不更是作为尊王家的山阳吗？如此看来，很难说无产阶级文艺家中不会出现第二个山阳和雨果。

　　当然，艺术至上主义者可能会说：因政治的原因，迟将文明传于后世是一种耻辱。我对这种艺术至上主义者抱有尊敬和好感。（不单单是艺术至上主义者，我对各种各样的至上主义者——例如按摩至上主义者，也经常怀有好感和尊敬。）然而，像雨果或山阳那般同苍生悲喜与共，应该不应该蔑视呢？无论怎么想，我都相信这比雕虫小技的夸耀更高出一等。

　　只是我所希望的，在于不问无产阶级还是资产阶级都不要失去精神的自由，在于看破敌人私欲的同时，也要看破自己的私欲。想必任何人都难以绝对做到这一点。但并非不可能。假如将无产阶级的统统视为好的，资产阶级的统统视为坏的，天下真的很简单。简单肯定是简单了——否，日本的文坛理应受过自然主义的洗礼。还有谁再向贤明的诸公提起自明之理呢？

人类是否不断进步的呢？对此，多少持有疑问。比较四道将军和西伯利亚派遣军的各位将军，何者更为进步呢？我常常百思而不得其解。纵然迟迟，好像也在进步。纵未进步，将来也必使之进步。我尤其尊重的是精神的自由。德国国民或欧洲洲民——乃至全人类，皆曾受惠于路德维希·别尔内。但受惠于歌德者肯定超出数倍。然而，别尔内却以"不顾民众幸福的冷血动物"来辱骂歌德。（请勿责怪我仿效歌德。我不仅仿效歌德，而且要仿效众多的前人。）

可是无产阶级的文艺至上主义者可能会说，除了无产阶级文艺之外便再也没有可以促使人类进步的文艺。假如真的那样讲，犟脾气的我仅就文艺而言只能向诸公说："未必吧。"但愿有幸记住：我对一切至上主义者——如按摩至上主义者也抱有尊敬和好感。

大正十二年（1923）一月

随　想

揭　侠译

最渴望得到水的人，是水囊中没有备水、骑在骆驼背上的旅行者。最渴望正义的人，是在社会中找不到正义的、资本主义统治下的革命家。这样看来，我们人类最热心追求的东西，就是我们最为缺少的东西。说到这里，谁都不会怀疑吧。

假如这是真理，那么最渴望得到腿的人，就是割去了腿的伤残士兵。最渴望爱的人，就是失去了爱的恋人。最渴望认真的人——这不得不按照我的逻辑来说，渴望认真的小说家、渴望认真的评论家、渴望认真的戏剧家等等，所有的人都是在他们自己心里缺少了认真的俗人。他们本来就没有理由说别人不认真，况且把种种非难加在具有喜剧精神的人身上，就更加是一种僭越非分的粗暴行为。

另外，历史告诉我们：自古以来认真的艺术家，绝不会挥舞着认真来吃喝。在他们的作品里，或多或少飘荡着难以抑制的笑。就连以辛辣闻名天下的易卜生，也不是那种强忍着剧痛而高举认真的招牌、没有七情六欲的怪物。《彼尔·英特》暂且不讲，那《野鸭》中迸发的东西就是雷鸣般的笑声。《鳄鱼》以及《叔父的梦》的作者陀思妥耶夫斯基，开起玩笑来也绝不落于人后。而与自己丈夫接吻的时候担心衣服会否起皱，这是托尔斯泰笔下的女人。用一只假眼看着人生而不肯停止说教，则是斯特林堡描写的男人。

据逻辑论证，所谓认真的小说家、评论家、戏剧家缺乏认真乃是毋庸置疑的事实。当然，并不是所有的人都没有想到这种结论。

其实，有人已经基本上暗暗地感觉到了。

比如武者小路实笃氏就是认真艺术家中的一员。对于这一点，相信谁都不会怀疑。但是，说到思想、文体皆与武者小路颇为相似的仓田百三氏，持怀疑态度的就会很多。可以不必去问武者小路实笃氏和仓田百三氏究竟哪个人的手法更好。只是把认真作为问题的话，两者似乎也大致相同。但不可思议的是，人们并不这样认为。这就说明在武者小路实笃氏和仓田百三氏之间一定有所不同。那么，什么地方不同呢？武者小路实笃氏的认真之中有着可爱的幽默闪现。关于一休和尚以及曾吕利新左卫门，如今没有再来说明的必要。除掉大蛇的素戈鸣尊甚至有着加入舞蹈行列的雅量。就连创造地球的神在呼唤滑稽天使的时候，也无所顾忌地大喊："滑稽！"但是仓田氏笔下的"亲鸾上人"，则摆着一副悲痛的面孔。不，不光是"亲鸾上人"。"俊宽"诅咒平家。"布施太子"悄然入山。"父亲"——还没有读过。如果广告无误的话，父亲也在担心。

武者小路氏经常不认真。仓田氏经常认真，经常摆出一副认真相，连生和死都多少让人怀疑。鲸鱼经常认真。广告人经常认真。埃及国王的木乃伊等尤其经常认真。仓田氏的认真被怀疑，不得不说是理所当然。

据帕斯卡的说法，人是会思考的芦苇。芦苇会不会思考——这我不敢断言。但是，芦苇唯独不会像人一样笑则是肯定的。在看不到笑脸的地方，不仅仅是认真，甚至人性的存在也难以想象。理所当然，无法对向往认真的小说家、评论家、戏剧家抱有敬意。

——假浅香三四郎之名

大正十二年（1923）六月

小说的戏剧化

揭 侠译

关于卖文的法律好像极不健全。比如把一个短篇交给某杂志社，有若干张纸，得到了若干元的报酬。此时，这若干元的报酬只是卖那小说的钱呢，还是卖那写了小说的若干张稿纸的钱呢，法律上并没有做任何规定。如果是我们的稿纸也就算了，假如是夏目先生的文稿当然会产生问题。不过，这样的事怎么着都行。当前最棘手的事情是侵犯著作权的问题。

例如，菊池宽最近把小说《义民甚兵卫》改编成了三幕戏剧。假设戏剧由我改写而不是菊池亲自来做，这时我或出于友谊或按照惯例，肯定都要在大体得到菊池的许可以后再动笔改写，而且会把稿费乃至演出费的几成老老实实地奉上。但是，万一既未得到许可，又把稿费乃至演出费全部独吞，那我也用不着交纳罚款和坐监狱。不，既然日本的法律没有关于这种侵犯著作权的明文规定，明天也还会像昨天一样大大方方地散步呢。

假设菊池宽是被芥川龙之介侵犯了著作权，多半也还能够作罢。这至少在宣布了绝交以后，事情也就基本上了啦。可是，当被一个八竿子打不着的君子抢先下了手，可能只好自认倒霉。当然，菊池可能宁愿倾家荡产也要在法庭上讨回权利。但是即便是提出诉讼也不一定能胜诉，这显然极其不合理。

自然，这并不仅仅发生在日本，英国也同样如此。直到 Shaw 的 Admirable Bashville 第一次成书的一九一三年之前，两国应该是相同的。(这是萧伯纳把自己的小说《Cashel Byron's Profession》改编为戏剧的名字。萧伯纳理所当然地在戏剧的序文中指出了法律上有关侵犯著作权的缺陷。否则,对法律生疏的我可能永远也不会觉察到这种问题。或许在一九一〇年前后,我自然而然地感觉到了这个问题。)

对付这种法律上欠缺的方法,就是要像菊池宽或萧伯纳一样,当有小说可以改编为戏剧的时候由作者自己来改编成戏剧。然而不写戏剧的作者(比方像我),是做不到说改就改的。这么一来,一大群这样的作者就好像乱世之民只得听任野武士们的拦路抢劫了。这不能不说是与圣朝大正极不相符的治安混乱。

另外,关于著作权的所在问题,就法规大全来看其规定好像很暧昧。总之,我们这些卖文的作者没有得到今日法律的恩惠是千真万确的。

另一个顺便思考的问题,是作者自己把小说改编成戏剧的好坏问题。比如,菊池宽把《义民甚兵卫》从小说改编成了戏剧。但《义民甚兵卫》是应当以小说的形式表现呢,还是应当以戏剧的形式表现呢?这是菊池宽预先就要考虑,或者说不能不考虑的问题。把它先写成小说,然后再变成戏剧,难道不会招来"把昨晚的生鱼片弄来做凉拌鱼丝"一样的非议吗?至少,这显示出了一不小心把该做凉拌鱼丝的东西做成了生鱼片一样无能——做这种解释也是有可能的。

可是,并没有同一题材不可用于两个方面的道理。不,即使不把小说改编成戏剧,也可以从小说到小说。例如,久米正雄等不就是把唯一的一次失恋弄成了无数的小说吗?(这样说,不是嘲笑久米。比起失恋了无数次却连一篇小说也写不出的新时代的青年来,久米要高出好几个档次。)何况从道理上讲,把小说改成戏剧剧本并不是什么丢人的事。当然,有一方或许会更杰出些。但是,这道理就等于在说同一个作者既有优秀作品也有劣等作品。

当然，论者肯定会这样讲：那仅限于特定的场合，即改编戏剧的角度不同于写小说的角度，否则怎么打折扣，也难以逃脱无能的责难。这种说法，基本上言之有理。的确，假如弄成戏剧以后比小说更加出色，过去的无能或许要受到责备。相反，假如没有把改编成戏剧一定会更加出色的东西加以改编，自然现在的无能比过去的无能就更加值得非难。此外，就算是改成戏剧以后反而比小说的效果要差，也不好一概加以非难，因为这给不看小说的读者提供了另一个鉴赏的机会。例如，假设命令莎士比亚为福特家的孩子写童话故事，就算是效果多少差一些，他也很可能会把《骚动》改为童话的。何况像前面说到的那样，某种著作权受到侵害是得不到法律保护的。这么一来，会写戏剧的作家既然恰好有可以改编成戏剧的小说，那么迅速地将它改编为戏剧，难道不是十分得当的处置吗？

当然，如果硬要说"过去的无能也不行"或"效果差些也混账"——那么就成了"汝等之中无罪者，可先用石头击打他"。对于这样的论者，我只能报以一丝苦笑。

大正十三年（1924）二月

明日的道德

揭 侠译

今天迟到了。原来我把十号下午三点,不知道怎么搞的,记成了十三号下午三点。所以,今天早上接到快信以后我大吃一惊。另外今天两点还有个会要我出席,因此就更加狼狈,让大家等了一个小时。上午写的稿子,就这么急急忙忙地赶了过来。因此,讲话可能没有什么条理,请大家随便听听并多加谅解。我本来就不是一个能够有条有理讲话的人,但你们和我的职业相仿——说职业或许失礼,那么叫天职也可以。总之,咱们从事着相仿的天职。所不同的是,你们教的是比大人还要聪明的小学校的孩子,而我只是拿小说给还没有小学生聪明的大人们看的。我这个与大家职业基本相仿的人关于今日的伦理问题或道德讲一讲自己的思考,若能多少引起各位兴趣则深感荣幸。此外还有一点要预先声明一下,我刚才讲了我和你们从事着相同的职业,但我是写小说的。一说小说,挺了不起似的。社会上都这么说,也只好称作小说了。总之,我是一个写称之为小说一类东西的人。因此我的讲话可能涉及文艺,大家不感兴趣。这也是职业习惯身不由己,亦请多多包涵。虽然人们把这叫作王婆卖瓜,可实在是不得已的事。另外,我接到了"速将讲演题目告知"的信。可因旅行给耽误了。如果预先针对圈外人并且准备好讲演题目的话,自然再好不过。可是做事不周没有写,的确十分遗憾。

我的讲演题目是"明日的道德"。这个明日,不是今天过后的明日之意。而是说的下一个时代。若问下一个时代究竟是过了多少年以后的时代，这是非常暧昧的。或许今日之中有明日，明日之中有今日也未可知。然而，敬请各位就把"今日"、"明日"极其相对地加以考虑吧。

在考虑今日的道德之前，先来考虑一下昨日的道德。昨日的道德是怎样的呢？首先概括地说，应当是"明治以前的道德"这样一个问题。就像许许多多的人所说的，那是一种封建主义的道德。今日看来，封建主义的道德是一种十分脱离实际或极端理想化了的、实行起来很困难的道德。之所以这么说，是因为这道德把忠臣、孝子、烈女一类理想上的人物定为一个目标，要求人们努力向这些典型人物看齐。但是人很难完全实现这种道德标准。看一下过去的特别是德川时代的图书，就会发现一些今天看来十分滑稽的事儿。我的朋友菊池宽的小说里，就写了这样一件事情：在将军家的守灵之夜，仆人因为失笑出声而不得不剖腹自杀。笑这种事，任何场合下都难保不发生。特别像我这样神经质的人，越是不能笑的时候就越想笑。这里有个小插曲。那是我大学毕业的时候，当今的天皇陛下驾临毕业典礼，我们去领毕业证书。我没有夏装——并不是因为穷而是兴趣的问题——所以就光着膀子外罩一件冬装出了门。毕竟是七月十号，热得真是受不了。典礼上放着花冰，我就用小刀割了一块包在手绢里夹在胳肢窝下。轮到山川校长致辞的时候，我那洋相出得简直无地自容。如果在古代出现这种情况，我是必须剖腹自杀的。什么东西使这种封建时代的道德得以成立或者延续呢？使之成立或者延续的意思，并不是指封建时代的道德本质，不是说封建时代的道德离开了它就不能成立的意思。而是说它便于成立的原因，与其叫作原因或许称为条件更好吧。那么，使之延续的条件是什么呢？条件自然是形形色色，但最显著的恐怕就是批判精神的匮乏。下面，就让我们观察一下这种批判精神匮乏的表现形式。首先纵向地、按照时间流逝的方式来看，它没有把距离我们遥远的过去的人，即过去的忠臣、过去的孝子、过去的烈女，看成有血有肉与我们同样的人，而是看成了某种神的化身。例如，像儒家所倡导的尧舜便是其中一例。让这真有其人还是假有其人都存在疑问的人物具备完美无缺的德行，而后世的人则朝着这目标努力地去追赶。然后再横向地、按照空间排列的方式看，原来人们一旦离开了自己所居住的城镇，交通就非常不便，所以就产生了山的对面似乎三家两户地居住着《八犬传》中的人物一样的感觉。何况那边有万里波涛相隔的中国，想必更把那里二十四孝的传说信以为真。纵横的说明基本就是这样。另外，过去有士、农、工、商的阶级区分，从町人的角度看上面的阶级，是无法了解那些大名、御三家、御三卿或将军家的。很久以前，在我偶然读到的一本书中，写了古代大名"参勤交替"路上的事——卑俗之语真是难以启齿。说的是大名如何拉大便。大名也是要大便的，但大名拉大便若是给士以下的人看到是危险的（不知道是不是这种解释）。总之此事有关尊严。然而谁也不能憋五十三个驿站，所以就把那大便拾起来装进铺有沙子的木樽，然后把它送到江户或者自己的领地。原来就有阶级的差别，下面的人不知道上面的人是不是和自己一样的人，再加上这些人为的做法故意掩盖其人性，当然就更加无法了解真相了。这些原因加在一起的结果，就产生了昨日的道德。

是今日的道德取代了昨日的道德。维新的先觉们不约而同地成为富于批判精神的现实主义者这样一个事实，证实了昨日的道德如何脱离实际，如何太富理想主义色彩。日本没有恰当的词语，只好使用西洋词。看一下维新先觉们的用语，就会发现他们都发扬了批判主义的精神。如林子平就说过日本桥的水连接着英国泰晤士河，如今看来这话平常得一塌糊涂。但是，这种说法对于当时的人可能给予了不可言说的新鲜刺激。给予了刺激本身，就足以说明当时的人失去了批判精神，变得何等理想化或者何等空想化。虽然这种例子举起来会没完没了演说也会拖长，但还是再举一例。长州藩的村田清风第一次通过东海道看到富士山的时候，说了一句："久闻富士伟，实看比思低，释伽与孔子，想必亦如此。"也可以说是不带任何夸张的富士真面目的观感。

　　日本昨日的道德基本上如上所述。整体而言，昨日的道德与今日的道德是不一致的。归根结底今日的道德所以产生是由于昨日道德的反动，因此两者当然不一致。但是，这里有一个奇怪的问题。诚然昨日的道德与今日的道德不一致，可是今日的道德却有可能和前天的道德并存。说它奇怪其实也不奇怪。假如今日的道德是对昨日道德的反动，那么昨日的道德就应该是对前日道德的反动。于是，今日的道德就成了对前日道德的反动之反动，自然和前日的道德可以并存。不仅道德问题，文艺的历史也是这样。如浪漫主义到达顶点以后，作为其反动产生了自然主义。当自然主义到达顶点之后，作为它的反动又产生了新浪漫主义。浪漫主义和新浪漫主义正如其名字所显示的那样，拥有并存也就是两立的可能性。

　　日本今日的道德同样逃不出这个原则，它和昨日的道德是不能并存的。仔细翻阅历史，就会发现很多封建时代的道德和封建时代以后的道德相冲突的事例。如文部大臣森有礼遭暗杀事件，我认为就是两种道德相冲突的表现。就这样，上一个时代的道德和下一个时代的道德是相互冲突的。像只有群山中的高山才能得到早晨的阳光一样，掌握新道德的人如果不是时代的先觉者是接受不到新光明的。当时的先觉者虽然已经掌握了新道德，但贤明的民众却抓不住光明。因此，实际的社会状态往往是先前的道德与其后的道德可以同时存在于一个社会之中。我今年三十三岁，当我还是孩子时，仍然残留着很多今天看来属于封建时代的道德，并有许多次因此而感到困惑。最突出的一个事例（最近在其他东西上也写过此事），就是我上小学的时候受到了关于二宫金次郎的教育。金次郎的老子,说老子有些失礼,就叫爸爸吧。金次郎的爸爸是何等人物并不清楚。金次郎给我们的教诲是:事实上,他家境贫寒,因此他种过田,打过草鞋,却挤出时间读书学习,最后成为一个了不起的人物。我们也想步金次郎的后尘,为了出人头地,哪怕千辛万苦也要好好读书。但是今天看来,这种道德无疑对父母很有利,对孩子却非常不利。今日不幸丢失了小学课本,就没有机会读书了。我们在赞美金次郎之前,大概会对他的父母感到愤怒,因为是他的父母把金次郎丢进了一个非得种田、打草鞋的家庭。事实上,我正在气愤。但这旧时代的道德已经过去,新时代的道德已经到来,我把它叫作今日的道德。今日的道德是什么?一言以蔽之就是个人主义的道德。就像刚才说的一样,这里也同样不是指称个人主义的本质,而是令之得以成立的条件。条件是什么?这就是批判精神的觉醒,它是作为使前面提到的封建时代道德得以成立的、批判精神匮乏的必然归结而出现的。如刚才所讲,我们今天从时间上、空间上、阶级上都已经不相信古人心目中的忠臣、孝子和烈女。当然,也许是基本不信而部分相信。这么说来话越拖越长,但与后面的论述有关,所以还是要讲的。诚然,我们不相信忠臣、孝子、烈女的存在。但我们却好像相信西方的艺术家都比日本的艺术家高明。这难道不是空间上的批判精神尚未觉醒吗?还有,我们似乎相信古代的艺术家都比当今的艺术家高明。这难道不是说明我们缺乏时间上的批判精神吗?另外一提资本家就是恶魔,一提无产者就是善魔——说善魔有些奇怪,总之认为是神的受虐待的儿子,这也可以说是在阶级上的批判精神尚未觉醒。

那么,又是什么东西使得我们今日的批判精神觉醒了呢?这有各种各样的原因,但如果把其中最突出的原因拿出来,概括而言可以说是西方文明的恩惠。这一点表现在文艺上,就是自然主义文学的功绩。我虽然常说自然主义文学的坏话，但功绩还是要承认的。我想，假设日本的文坛没有出现超过砚友社的文艺，我们无论如何也不会像今天这样感受到自由的精神。从日本文坛的历史上来说，自然主义以后的时代——我的高中、大学时代，是一个新道德兴起取代旧道德的、充满了生机和活力的时代。那时的各种出版物中最频繁出现的一个字眼是什么？那就是"我"字。说明无论做什么都强调"我"。杂志上出现了"ego"的音译，也就是"我"的意思。在书籍方面，京都的朝永三十郎氏出了一本《近世"我"的发展史》。数年后，菊池宽出版小说《我鬼》也是那个时代的痕迹。当时给我留下的最深印象，是我在读高中时候的事。当时的校长是新渡户稻造氏，他给我们上伦理课。（实际上，我隔三差五逃课，曾请人代我回答问题。但是先生的课很受欢迎，有时候听还是听的。）有一天，先生在上课的时候说了这样一番话。他说，人都有形形色色肮脏的东西，哪怕伙伴之间，假如都互相毫不客气地把自己丑陋的一面暴露出来，相互间会产生厌恶，社会也就不能成立。一方心里想原来这家伙那么下流，自己同流合污也没有关系，最后便一同堕落。听先生讲了这番话以后，我非常气愤，而且那股气愤前后持续了四五年。可是现在对于新渡户先生的寥寥数语，还是多少产生了某些真理的认识。不过当时心想，无论我们自身怎样丑恶，毕竟只是一种事实。混淆事实真是岂有此理。因此打那以后，我再也没有去听伦理课。这么说，可绝不是要攻击新渡户先生，只不过援引一个例子，用来说明当时的我们怎样尊重如实的"我"。

今日个人主义道德支配着天下。我们在某种程度上互相承认卑鄙的存在。但是，古代的人不仅口里不说自己的弱点，而且也不愿被别人知道。每一个人都在努力否认自己还存在着弱点。然而今天的我们坦然地亮出自己的弱点。最显著的例子是近来报纸的广告，广告的标语变得人性化。说来，里见弴君和久米正雄君曾经主办了杂志《人》。在我们看来，这并没有什么不可思议的地方。但实际上给杂志起名为《人》，无疑是古往今来从未有过的事情。其证据是，《人》的编辑到什么地方去，当自我介绍说是"我是从《人》来的"以后，那里的女佣肯定会露出一副吃惊相。由此可见，《人》这名称在当时也是不可思议的。类似的例子不胜枚举。我有一个朋友，搞哲学的。此人早在写大学毕业论文的时候，就写了"康德的纯粹理性批判"。所以总是说些特别钻牛角尖的话。这里有一个说明他如何钻牛角尖的例子。有一次他对我说，他怎么也搞不明白"待合"（译者注：召妓酒馆）的作用。那作用，他当然不会明白的。四五天以前我们见了一面。到底是研究康德的，两人一见面话题就一下子跑到了康德那里。我没读过康德，但读过他的介绍文章。于是也摆出了一副似曾读过康德的面孔。这么你一言我一语地说来说去，只听朋友对我讲："我对康德的良心的绝对命令抱有怀疑。从日本人的伦理态度看，不能脱离幸福和快乐来考虑问题。丢了这些东西，人好像就不是人了。"连他这样的人也说出这样的话，足可证明迄今为止，天下被个人主义的大潮流所推动。

但是这里让人感到十分困惑的是，所谓人是十分"sentimental"的。本来"sentimental"（用日语来说就是感伤主义吧）之类感伤主义和批判精神应当是无法并存的。而前人以批判精神把握的，后人则加以继承。比如我发挥我的批判精神，写出了把握某种现实的东西。尔等读了以后，认为的确如此。那么产生同感的你们，是否像最初提起问题的我那么富于批判精神，便值得怀疑。举此等例子有些对不住大家。当然反之亦然。就是说，附和你们的我，是否像先驱者的你们那样富于批判精神值得怀疑。这样一来，虽说是由批判精神的觉醒产生了今日的道德或个人主义，却因感伤主义的影响，难以保证不向无批判的方向发展。这一点我想大家能够理解。可是为了慎重起见，还是再举一例。假设买书画古董。我以我的眼光买下了一个真迹传给子孙。到此为止，还是蛮有批判性的。但我的子孙就不一定能够批判性地收集相仿的东西。今日的道德中有可能产生这种倾向。而正在产生的证据，就是刚才我所讲到的刊登在报纸上的书籍广告与实际不符。广告中有"人性的"广告词，猜想书中内容有关于人性痛苦、人性悲哀的描写，所以就想亲眼证实一下，可打开一看，书中主人公的痛苦和悲哀多半并无太多人性色彩。这里并不是在说作者状态不佳时的作品。状态不佳时，只会出现人和冰激凌界线不清的东西。这里说的不是这样的东西，而是说大多数情况下的主人公与其说是人性的，毋宁说是动物性的。就是这样，不幸的我们总是被感伤主义所驱使。就像要骑上马去的时候一样，一下从右边跨到了左边，而又一下从左边跨到了右边，总是越过马鞍而失去骑到正中的机会。或许人永远也骑不到马上。但是，距离地球的灭亡还有五六百万年，首先以今天的历史来判断将来是有问题的。所以我想，当前最好还是进行骑马练习为妙。无论哪个国家的历史都显现出了如下情形：这种感伤主义将被加在某种道德性的看法之上。于是，时势被这滔滔的潮水所推动而跑向极端。这时会有反对这种潮流的先生出现，力图阻止这种潮流。例如，近代西方文学史上最显著的时期是易卜生写《玩偶之家》的时候。大家知道，易卜生的《玩偶之家》中的主人公娜拉，不愿意总是当一个像玩偶一样的妻子，而与丈夫大吵一通离家出走。逃离家门以后，怎样生活都是令人生疑的。戏剧就此落幕，以后的事情忽略不计。当然，先于易卜生二十年，法国就有一个叫作利·拉贡的小说家在他写的剧本里描写了相同的问题。作品虽然没有易卜生出色，但写作的时间要早。剧情是：妻子离家以后，舞台马上暗下来。不久，天亮了，舞台渐渐明亮起来。丈夫仍然精疲力竭地假依在桌子前。这时，认识到离开了丈夫自己无法生活的妻子回到了家中。易卜生的《玩偶之家》轰动了俄国、德国、法国、英国，这潮流后来还波及了日本。于是，天下的善男信女都起来反抗，再也不愿意感伤地恪守《玩偶之家》的教导。这时一个叫斯特林堡的人同样以《玩偶之家》名义发表了短篇。可能有不少人了解这个作品，是说一个海军士官的妻子，与一个老处女交上了朋友。对方是易卜生的崇拜者，读过《玩偶之家》。妻子越来越相信这个朋友的话，最后对自己的丈夫说：我再也不愿意做你的玩偶了。丈夫十分懊丧地说：你不是玩偶，你是妻子，你不仅满足了丈夫物质上的需求，还满足了我精神上的需求。妻子答道：在满足物质需求的同时，满足精神需求是不可能的。等于说黑又同时是白。丈夫仍然硬着头皮说：可以说黑同时又是白呀。看你的阳伞，不就是表面白里面黑吗？之后，妻子的母亲向女婿面授一计。丈夫回家以后，装出一副若无其事的样子，把妻子的朋友请来共进晚餐，席间向老处女频频调情。老处女立即感觉到了爱情的来临。这么一来，妻子妒火中烧，把老处女赶了出去。于是，一家又恢复了幸福的生活。就是这样，新道德因为加上了感伤主义，总是容易走向极端。把这拿来对照一下现代日本，就会发现自然主义文学之所以陷落也是由于这弊端的缘故。就是说，自然主义文学把人写得过于下贱。这一点人人都是这么说的。可西方文明的影响也正在走向感伤主义。今天如果不说些什么带洋味的话，就会被人说成落后于形势。最近在上野动物园举办美术展览会，警视厅和美术家之间发生了争议。焦点是罗丹的作品是否可以任人看。美术家基于美术家的立场说，罗丹的作品没有必要用布遮盖。这道理谁都会说。文学青年也是这样说的。警视厅似乎也认为，只要对一般民众无害就没有什么关系，但对一般民众有害的话是不行的，所以还是用布遮盖的好。这肯定是考虑到了幼儿园的小孩这一层因素。可是，西方人一般是非常讨厌把皮肤暴露给他人的。暴露出皮肤的人被说成是野蛮人。我到上海以及汉口等地方去，日本领事就唠叨得很，使得我既不能穿着浴衣散步也不能光着脚走路。这风气也传到了日本。近来，女人除了穿日本布袜，还要穿上能够包住迎面骨的袜子。可见西方人把暴露肉体看成耻辱。当然，晚礼服却是露背的。欧战以后变得比过去更露。罗马教皇对此非常担忧说，假如是一个善良的天主教徒是不应该把后背暴露的。当然他的话没有什么效果。这话有一些跑题了，下面言归正传。展出裸体画或者展出裸体雕刻，我想无论怎么分辩都是和西方人耻于光脚的现象相矛盾的。这么说，有人可能会讲：你的头脑太陈旧，一旦变成绘画或雕刻就是美，就不会产生物质性的欲望。但实际上只能认为，西方的俗人们是通过绘画或雕刻来抚慰他们物质上的欲望的。今天，有资格进入特别展室观看罗丹雕塑的人，是官员和大学教授，顶多还有专科学校的学生。这样，贫苦家庭出身的孩子进不了专科学校，因此也就看不上罗丹的雕塑。与其设立这样的限制，倒不如唯独向看了罗丹的雕塑而能抑制住物质欲望的人开放最恰当。就是说，在特别展室设一个脱衣室，让人光着身子进去，如果发现哪一个人有物质欲望起来的征候则罚款千元。敢于冒此风险一看的人，才有观看的资格。这样讲，好像大大贬低了美术家而替警视厅说话。不过警视厅也有不对的地方。在我们看来不会带来物质欲望。可警视厅不这样认为。由此看来，上到警视总监，下至基层巡警，集中了一帮物质欲望特别旺盛的人呐。这当然是国家之耻辱。法国有个叫法朗士的人说过这样的话：在卢夫尔和卢森堡，裸体的雕刻全部都用葡萄叶遮盖住了前面。这样做是不应该的。一开始就露出来，人们什么也不会想。故意遮住就有了问题。因为人的联想作用是非常微妙的。这样做，等以后到了葡萄园的时候，是会产生很奇怪的感觉的。的确如他所说。

　　啰里啰唆，占用了很长时间。下面简单做一小结。假如今日的道德是个人主义的道德，那么就不难想象明日的道德是与这个人主义的道德相反的东西。明日的道德与个人主义、利己主义不同，但想不出贴切的词语用来表达。这么说吧，我们很容易就能知道它是一种比今日更加利他主义的，或更加共存主义的道德。当然，刚才已经说到今日、明日的区别比较模糊，明日的道德不一定还没有开始，可以认为正在开始。同样，可以肯定有很多人具有明日的道德。已经讲了，明日的道德是和今日的个人主义道德相反的。可能有人会问：明日的道德会不会照样重复昨日的道德？但严格说来，历史是不会重复同一情景的。所以，我想明日的道德在不是个人主义这一点上，即使与今日的道德不同，但也一定不会照样继承今日之前的即昨日的道德。对此缺乏理解的道德家，有时是堂堂的大道德家发出议论说，为使今日日本国民松懈的道德警醒，发动全体国民读《论语》、建孔庙，将更能善导国民的思想。议论之滑稽，自不待论。当然，我不知道《论语》的出版费用从哪里出，建孔庙的费用又从哪里来，也可能只是开玩笑说说而已。下面再来看看前面曾引以为例的明治维新。当时就有一件非常有名的事情：岩仓具视公有一次和一个叫玉松操的人谈论起明治大业，他问对方是不是应该以建武中兴为基础。玉松操回答说，不，应该追溯到神武创业的古昔。听到此话，据说岩仓具视公非常佩服。我不知道这是不是事实。但就算是如他所讲恢复到神武创业的古昔的样子，那么神武创业是个什么样子呢？连玉松操本人也肯定不清楚。我认为那只是在当时的情况下，把理想中的政治状态这个意思换成了"神武创业的古昔"来表达。因此，就拿明治维新来说，也并不是一味地在过去的道德中寻求典范。如果错误理解历史，认为今日只要回到过去就可以国泰民安，是愧对维新古老之人的。

明日的道德不是今日的道德，已经如前所述。要回答那是一种什么样的道德，或许不是我的责任。假若要回答的话，我以为至少有一点是可以大胆理论。也就是说,那将是一种以某种社会团体为目标的道德,这团体即使是以国家啦家族啦为中心,总之是有许多人聚集在一起的团体。我想唯独这一点将是确定无疑的。再重复一下我的观点,我说今日的道德与昨日的道德不能并存,同时还认为今日的道德也与明日的道德不能并存。在今日的道德和明日的道德之间,如同今日的道德和昨日的道德之间一样,发生冲突是很自然的。因此把会发生硬想成不会发生是胆怯。另外看一下报纸,这种现象就会经常进入我们的视线。还有,我说了今日的道德即使和昨日的道德相抵牾,但却可以和前天的道德并立或共存。同时,明日的道德即使和昨日的道德不并存,却可能有共存之处。假如业已证明是这样,那么封建时代的道德家也就有可能意外而又容易地与明日的道德家握手。这是真正的道德主流的发展方式。但从日本现在的国情看,除了自然发展的一面之外,还有着各种各样复杂的影响。总之,近五六十年来日本取得了进步,因此有一种冬至和夏至同时来临之观。在此情况下,如果加上本来的旧习,还有来自物质方面的诸多威力的话,那么日本现在之道德状态的复杂或极其混沌,则是非常明显的。且人所固有的感伤主义分别加进这个大旋涡中,一个个分辨不清敌我地在那里昏头昏脑地争吵,所以愈加显得混乱。假如真是忧国之士,我想会对今日日本道德状况不可收拾的光景大声叹息。所以,我们——这样讲也包括你们在内,当前我们为了日本国民,从整理昨日、今日、明日道德的必要性上,首先要脱离感伤主义,把所有看到的事情都如实地述及天下。这么说像是很了不起的样子呢。其实你有心这样教,人家也未必愿意学。总之应努力具备一种教导天下的心理准备。就是说,我所谓的道德毋宁说是伦理教育的希望。虽说是极其陈腐的希望,但希望无所谓新旧。不要感情用事,而是要回到孔子所说的中庸之道上来,冷静地观察事物的本来面目。哪怕只是一种努力的方向,我也想助它一臂之力。讲话杂乱无章，特别是后面赶得很急。原因前面已讲。今天到此为止。对不起各位。

大正十三年（1924）六月十日
于第22届全国教育者协议会

偏颇之见

揭　侠译

广　告

以下几篇文章是谈论几个人的作品。不，是表明我对他们的好恶。

如在这几篇文章中寻求千古的铁案，当然是非常危险的。我丝毫不想夸耀，表明自己的批判是公正的。实际上，我很遗憾得不到公平的关爱。毋宁说，那是一种不愿意得到其关爱的美德。

如在这几篇文章中寻求谦虚的精神，同样也大错特错。所有批判的艺术，都和谦虚的精神势不两立。尤其我的文章，则是自负和虚荣心的抽水泵。

如在这几篇文章中寻求轻佻的态度，可谓缺乏理解莫过于此。为赶在截稿之前，我必须匆忙动笔。在这种情形下依然能够持轻佻态度的，唯有力量巨大之人。

这几篇文章，除了显示出我的好恶之外，其他基本上没有什么可取之处。只是，我尽可能直率地表达了我的好恶。假如要我举出一点儿可取的东西，唯有一颗不敢作假的心。

《晋书》中说："正旦元会，设白兽樽于殿庭，樽盖上施白兽，若有能献直言者，则发此樽饮酒。"我在下面的几篇文章中，献上了直言即自己的偏颇之见。可有谁为我发白樽，赐一勺酒予我？至少，可有人为支持我的偏颇之见或树立偏颇之见的权威，而助我一臂之力？

一　斋藤茂吉

　　论述斋藤茂吉可不是一件轻松的游戏。至少对我而言，不是一件比其他人更能一蹴而就的游戏。为什么呢？因为斋藤茂吉已在我的心中一隅扎下了根。当我还是高中生的时候，一次偶然的机会读了初版的《赤光》。眼看着《赤光》把一个新的世界呈现在我的面前。之后，我便和茂吉一起爱上了蝌蚪的生命，爱上了浅茅原野的风吹草动，爱上了青山墓地，爱上了三宅坂，爱上了午后的电灯光，爱上了女人手背的静脉。冷静注视这样的茂吉，就是冷静注视我自己本身。冷静注视我自己——不，即使我是在写他人不得观看的日记，也必然怀有一颗设想第三者在场的虚荣心。自然，无论如何也不能像看待行人一样看待我自己。

　　我鉴赏诗歌的眼睛，并未给任何人麻烦。我是主动请斋藤茂吉将它打开的。十几年前在距离户山平地很近的租借房的二楼，假如没有读到《赤光》，我现在或许还像猫头鹰一样不能窥视伟大诗歌的阳光呢。海涅、魏尔仑、惠特曼——随手拿起这些红毛诗人的诗就读，也是在这个时代。可要进入他们帐下，我的外语水准过于浅薄。而且，即使我有上田敏、厨川白村二人加在一起的外语水准，我能否真正吃到他们的血肉也还是个疑问。（直到现在，我也无法理解他们诗中的音乐效果。偶尔认为自己已经理解的，屈指算来也只有十首左右。）因此，就算当时全然没有读过他们的诗，也并不觉得后悔。可是假如，万一失去了阅读《赤光》的机会——实际考量起来，也可能意外地不会后悔。但是肯定，我会像幸福的批评家一样对自己的色盲，毫无觉察且大言不惭地说什么"和歌绝不可能成为文坛的中心势力"。

此外，茂吉不只是打开了我认识诗歌的眼睛。也帮我打开了认识所有文艺之形式美的眼睛。眼睛？或者叫作耳朵也未尝不可。假如我没有得到这样的耳朵，怕是就连"懒起恋床笫，搅梦是春雨"这样的声音也会不痛不痒地从耳边溜走。目前得益的，是眼睛也好是耳朵也罢，都无所谓。总之，直到现在我的这双眼睛还能看到《万叶集》，还能看到《猿蓑》。就连《赤光》和《璞》——如果让我直率放言的话，连《赤光》、《璞》中的几首劣作，也都看在了这双眼睛之中。

论及斋藤茂吉，由于以上的原因，至少对我来讲不是一件比其他人更能一蹴而就的游戏。但却需要有人，论及茂吉的和歌价值或之于歌坛的功罪，以及他在短歌史上的位置。（即使现在没有，百年以后也必定会有个把人，或赞美茂吉，或怒骂茂吉，总之理应有人出来认真地对付《赤光》作者。）因此要把斋藤茂吉放在俨然客观的舞台之上加以审视，须暂且留待他日。这里我想论述的是：为何茂吉左右了我这个后辈的精神自序传？为何我在歌人茂吉那里发现了艺术的向导？为何我在不知不觉中继承了他的一缕血脉？也就是说为何当时的我喜欢上了茂吉？

可是回答这个"为何"，要比提问更加困难。这么讲，并不是说根本找不到答案。毋宁说，不得不为太多的答案而茫然。比如，可以"为何爱上了曾根崎的娼妓小春"这样一个问题，来质询天满的纸匠治兵卫。想必治兵卫单手摸着算盘，立马会举出各种各样的理由来，什么头发漂亮啦，眼睛漂亮啦，再不然就是手脚柔软感觉好啦等等。我对茂吉的喜好，也与这个例子相同。说到茂吉的特色，单此内容恐怕也要费上几页纸。茂吉在《阿寻》的连作中，吟咏了善男的恋爱。在《仙逝的母亲》连作中，诉说了尘世的生生灭灭。在《口哨》的连作中夸耀了取材无所回避的大胆。而在《干草》的连作中，则史无前例地玩弄起了隽锐的感觉。"大山是首领，住在此村中，只因有他在，舒畅乐开怀。"这样的诗句传达了怡然的诙谐。"黑圆球真好，豆柿成熟了，小鸟奔食去，霜露沾多少。"此作大可使人产生朴素画趣的联想。《喔喔》、《森森》的 Onomatope（声喻）吹进来一股新鲜的气息。在《父母所生》及《海此岸》的佛教用语里，涌动着新鲜的血液……

这些特色或多或少可以回答"为何"的问题。可即将使它全部列数于此，也不能完全回答"为何"的问题。诚然，小春的眼睛和头发大概是各具特色的。但治兵卫所爱的是一个叫小春的女人。说眼睛和头发有特色，其实只是因为它表现了一个叫小春的女人。这么一来，只要你抓不住小春这个人，就根本没有办法圆满回答"为何"的问题，而且抓住小春这个人——是否就抓住了治兵卫其人，也还是千古的疑问。至少在现有的文章里，好像并没有明显表现出抓住了的结果来。可是我在抓住我所喜欢的茂吉的基础上，还必须写一篇文章。纵然清晰把握是人的能力所不及之事，但哪怕是出于情面，也必须在大体勾勒出清晰面容的基础上履行交稿的约定。因此，我要再次向茂吉的众多特色，投去"为何"的同样疑问。

说是"阳光来自东方"。很遗憾这句话却不适合于近代日本。至少在艺术方面，好像它经常地来自于西方。艺术——不这么夸张地说也可以，仅就文艺而言，放眼望去便可看出，近代日本大致上像是蒙受了近代西方的恩惠。或者说，像是进行了模仿西方的尝试。当然，我这里一说模仿，可能就会立即招来非难。现实的情况是，"善于模仿"这句话替代了加于日本国民头上的恶名在使用着。然而，无论什么人为了模仿都必须理解被模仿的原物。纵然有深浅的差别，也必须理解原物。理解肤浅的例子是所谓的猴子学人。（善良的猴子一旦对人类的行为有了深刻的理解，便很可能再也不会模仿人了。）理解深刻的例子是艺术之士所进行的模仿。就是说，模仿的好坏并不在于模仿的本身，而应当在于理解的深浅。另外，即便是肤浅的理解，也必须说胜过没有理解。比较起孔雀以及蟒蛇来，猴子能够悠然地坐在进化阶梯的上部，明确地告诉人们这一事实。"善于模仿"这句话并不一定是关系到我们日本人脸面的形容。

如上所述，艺术的模仿扎根于深刻的理解。何况，当这种理解透彻的时候，模仿就基本上已经不再是模仿。例如，如今已经成为古典的国木田独步的《正直者》，是对莫泊桑的模仿。但是称《正直者》为模仿，就如同称拿破仑的事业是模仿了亚历山大大帝的事业一样。诚然，独步似乎像莫泊桑一样看待人生。但那是因为独步自身也成了莫泊桑。或者说，因为在独步那里形成了一种微妙的"独步·莫泊桑"组合。进而，如果以警句说出的话也可以说：那是因为人生也模仿了莫泊桑。"人生模仿艺术"这一王尔德的警句，可以传递此中的消息。人生？大自然当然也可以。王尔德说过，在印象派产生以前，笼罩在伦敦街区上空的茶褐色的雾是不存在的。无疑，在凡·高产生以前，浓绿的、光彩夺目的扁柏也同样并不存在。至少是，水灵灵的掩耳短发下透出一张微微发红的面颊的少女开始行走于银座的大街，的确是在雷诺阿产生之后——最近才有的事情。

方便起见，我再重复一下说过的话，当艺术理解透彻的时候，模仿就基本上已经不再是模仿。毋宁说是由于自他融合而花朵自然绽放的创造。探访一下模仿的痕迹，任何一部古今的作品都不会全然崭新。另外探访一下独自性的根基，任何一部古今的作品也都不会全然陈旧。《正直者》如上所述，是独步和莫泊桑两者组合的产品。这么讲，并不是说只有署名属于独步，而是说整篇之中都显露出了独步的独自性。因此，独步所看到的人生，并不一定是从头到尾都模仿了莫泊桑。这一点就王尔德自身而言，他也理应没有严格规定人生模仿艺术的程度。实际上也是这样,自然和人生如果运用了王尔德的警句,就不得不称为复制得十分不准确的三色版。像银座街头的少女等尤其是最拙劣的三色版。

近代日本的文艺一方面横向地模仿西方,另一方面纵向地致力于在日本土地上扎根的独自性的表现。既然是日本给予了自己生命,那么斋藤茂吉也并不例外。不,茂吉是这两方面最完备的歌人。对于发自正冈子规《竹之里歌》的《兰》的传统有着深刻了解者,也不会怀疑《兰》的同人之一茂吉所具有的日本人气质。茂吉是一个向天下大声疾呼的人,在"我们的脉管里,祖先的血液有节奏地流淌着。对我们而言,我们这些祖先的分身倘若疏远祖先激情难抑吐露的词语,是虚伪的。对你们来说也是虚伪的。"然而,就在这样的日本人之中,有人时而也会极其明显地步寻万里海外的先行者足迹:

　　一条大道亮堂堂,此生此路不彷徨。
　　辉煌之路漫长长,大风呼啸成已往。
　　荒原光闪闪,一条道路现,许或性命丢,于此无怨言。

凡·高的太阳多次照耀了日本画家的画板。但是像《一条路》这样照耀出如此沉痛风景的,想必并不多见。

　　粗大毛榉树,直挺迎风立,绿叶显生机,日照旋涡起。
　　万顷作物颗粒满,疾风掀浪过谷田。
　　南瓜如火遍地滚,对面路上农夫归。

读了这些和歌,宛如观看了后期印象派画展中的一些作品。这么说来,还有人物画:

> 长廊狂人味洋溢，独自圆目睁行走。
> 海滨篝火亮低燃，光腚童子戏潮来。

而且有些作品，连创作这些画作的画家自身也被描写出来：

> 画画男子到冬原，展开画板画飘烟。

几位幸福的诗人或在歌唱玫瑰之中，或在歌唱炸药之中，夸耀着他们心中的西方。但可以拿他们的西方与茂吉的西方相比。茂吉的西方，充满了自然而深刻的美。而并非他们那样只有感受的产物，乃是坦诚剖析自我及可怜灵魂的产物。我并非要把以上举出的和歌称为茂吉生涯的绝唱。但我的确从中强烈感受到茂吉磅礴迸发的激情，同时的确强烈感受到他那矿炉之底火花四溅的西方。

我在上面讲到，"近代日本的文艺一方面横向地模仿西方，另一方面纵向地致力于在日本土地上扎根的独自性的表现。"我还提到，"茂吉是这两方面最完备的歌人。"普天之下，或有人秀歌多于茂吉。但是确定无疑的是，对于近代日本文艺——至少是对于我托命于此的同时代的文艺，《赤光》作者却是唯一居于象征地位上的歌人。歌人——不一定局限于什么歌人，除去两三个例外，必须说在所有的艺术人士当中，没有一个人能像茂吉那样象征了一个时代。与其仅以大歌人相称，莫如说还有更加宏大的、足以使更加广阔的人生产生震撼的方面。我之所以喜欢茂吉，归根结底不就是因为这个原因吗？

> 曾想我母生我时，用尽年轻悲壮力。

在下不才，也会偶尔感觉到生母的力量——近代日本的"年轻悲壮之力"。从我自身来说，我由歌人斋藤茂吉那里寻找到艺术上的引路人，丝毫也不是偶然。

二　岩见重太郎

　　一代豪杰岩见重太郎，据说后来改名为薄田隼人正兼相。当然，这一点除了讲谈师以外并无任何学者保证。由此看来，或许不是事实也未可知。但即使不是事实，因此而轻视岩见重太郎的话，那就大错特错了。

　　第一，岩见重太郎是一个比历史上实际存在的人物更富生命力的人。其证据是，可以拿同时代的人物——例如大阪五奉行之一长束大藏的少辅正家与岩见重太郎比较。一身练武之人打扮的岩见重太郎的英姿，立即会活生生地浮现在眼前。可正家呢，是大个子还是小个子我们也搞不清楚。而且因为这个关系，岩见重太郎支配着我们的感情十倍于正家。我们即使在报纸一角看到了"长束正家久病不愈，药石无效"的讣告，也不至于感到特别难过。可是如果重太郎长逝的号外或其他的东西出来，就算是菊池宽这个在戏剧《岩见重太郎》中捉弄过豪杰重太郎的无情汉，也会禁不住怃然落魄的。而且不仅止于我们的感情，重太郎还支配了我们的意志。玩打仗游戏的小学生模仿的是岩见重太郎自不待言，就连我每当与人论战的时候，也都立即有了一种铲除大蛇的重太郎的豪情。

　　第二，岩见重太郎是一个比呼吸了现代空气的人物（如后藤子爵）更富生命力的人。诚然，子爵也许是日本产生的政治豪杰之一。可不管是一个怎样的豪杰（如后藤新平其人体格魁伟、戴副眼镜、时而发出哈哈的大笑声），却总是一个可以放在某个框子里的人物。甲看到的子爵，不会比乙看到的子爵多一只眼。正因如此，所以十分准确同时也十分憋屈。假如甲把大象的体重视为理想的体重，那么体重比大象轻的子爵，当然不能充分满足甲的要求。

又如乙把麒麟的身长视为理想的身长，那么身长短于麒麟的子爵，同样必须做好无法获得乙之赞成的精神准备。豪杰岩见重太郎也会受到限制，例如必须是一名练武之人打扮。但这一限制乃是橡皮筋一样可伸可缩之物。甲乙两人看到的重太郎未必相同。正因如此，并不十分准确却又十分自由自在。憧憬大象体重的甲，必定承认重太郎的体重与大象相差无几。而讴歌麒麟身长的乙，也自然会发现重太郎的身长与麒麟相仿。这不仅仅是肉体上的限制，精神上的限制也是同样。比如，就拿勇气这个美德来讲，后藤子爵与我们同样都必须把能够成为怎样的一个勇士作为一生的问题。然而，天下的勇士则把能够成为怎样的一个重太郎作为问题。由于这个原因，重太郎要比后藤子爵更容易给我们的情和意带来巨大的影响。我们对于在天桥立迎战强敌的重太郎，禁不住由衷地不安。可是，对于在众议院的讲坛上迎战强敌的后藤子爵，我们却可以用极度冷淡的态度对待。

　　不可小视岩见重太郎的原因，就是所有架空的人物不可小视的原因。所谓架空的人物，并不只是指传说中的人物，同时还要加上被社会上称为艺术家的近代传说制造业者所制造的架空的人物。我们可以小视凯泽·威廉。但小视在一穗灯光下读炼金术之书的浮士德则是错误。浮士德所写的借款单据等，任何图书馆都没有收藏过。但是，浮士德直到今天还在柏林的某个咖啡馆一隅喝着咖啡。我们可以小视劳合·乔治。但小视在三个妖婆面前询问命运的麦克佩斯则是错误。麦克佩斯佩带的短刀等，任何博物馆都没有收藏过。但麦克佩斯依然在伦敦某俱乐部的一室之内抽着雪茄。他们比起过去的人物自不待言，甚至要比现在的人物更不可掉以轻心。不，他们要比制造出他们来的天才还要长命。耶稣纪元三千年的欧洲，想必已经忘却了易卜生的大名。可是勇敢的彼尔·英特肯定还俯视着黎明时的海湾。如今，古怪的寒山拾得正在薄暮的山峦游荡。但制造出他们的天才——丰干其人所骑的老虎足迹，怕是早已消失在天台山的落叶之中。

我在上海的法国租界访问章太炎先生的时候，在悬挂着剥制的鳄鱼皮的书房里，探讨了日中关系。那时先生讲述的话语，至今仍在我的耳边响起。"我最厌恶的日本人是讨伐鬼之岛的桃太郎。对于喜欢桃太郎的日本国民，也不能不多少有些反感。"先生的确是位贤人。我时常听到外国人嘲笑山县公爵，赞扬葛饰北斋，痛骂涩泽子爵。但是，还从来没有听到过任何日本通，像我们章太炎先生这样一箭射向自桃而生的桃太郎。且先生的这支箭比起所有日本通的雄辩来，包含的真理要多得多。桃太郎也会长命的吧。假如他是长命的，那么在暮色苍茫的鬼之岛的海水边，孤独的五六个鬼也许会为曾经有着隐身斗笠和隐身伞的祖国而叹息——但是，在论述日本政府的殖民政策之前，我必须论述岩见重太郎。

重复一下前面我讲的话，岩见重太郎是一个比起古人来自不用说，甚至比当今的人更富于生命力的、不可小视的人物。诚然，丰臣秀吉比起岩见重太郎来，也许毫不逊色。可那明显是连环画《太阁记》主人公的传说性人物的力量。否则的话，在同一历史舞台上演出了大戏的德川家康，也要像丰臣秀吉一样光芒四射才能说得通。另外，当今之人所天真崇拜的英雄目标，大抵是罩在他们头顶之上的虚构的光环。不用讲，大千世界古往今来少不了这种光环制造业者。例如，写了《罗曼·罗兰传》的善良的斯特凡·茨威格，就是完全可以代表着他们的人。

我对于岩见重太郎有一种轻视感是真的。重太郎也和国粹会的壮士一样，好像不怎么思索。比方说，他可爱的妹妹阿辻丧命牢中以后他才开始破监，又如很奇怪的相信梦中传言，又如不辨大事迟迟不去报仇雪恨等等。但是，一说要铲除狒狒和大蛇他却马上来了劲儿，总是这样分不清孰轻孰重。这一点被菊池宽氏捉弄也无可奈何。可是，岩见重太郎有着足以补偿他的任何恶行的美德。不，不一定是美德。毋宁说是立足于善恶彼岸的独一无二的特色。岩见重太郎勇猛过人（当然重太郎的一群同类是例外）。重太郎一声怒吼，粗壮的监狱隔框会像麻秆一样立即断开；狒狒和大蛇在他的一击之下，只能是即刻毙命；转动那千人难移的巨石，更是小菜一碟。他曾经在由良之滨的海边，一下子俘虏了千名海盗，也曾在天桥立报仇的时候，击溃了两千五百人的敌军。总之，必须说重太郎的勇猛天下无敌。这种强壮勇敢，其本身就有着给我们末世众生的心带来莫大欢喜的特色。

小心翼翼的精神宦官，随便发出什么样的非难都可以。自天神造大海、固岛根以来，我们真正爱的，经常就是这样强壮的勇敢者，经常就是这样的将善恶踩躏于脚下的英雄豪杰。我们的心从来没有摆脱过罪恶意识。青丹之城奈良都的民众曾把吃鸡蛋视为罪过。相比之下，现代东京的市民则把不吃鸡蛋看作罪过。这当然不仅仅是鸡蛋问题。"自我"信仰薄弱的、永久处于胆怯状态的我们，甚至对于我们内心的自然也抱有一种罪恶意识。可是，英雄豪杰却不像我们一样被罪恶意识所烦扰。实践伦理的教科书自不必问，即使对神明佛陀的御览也满不在乎地付之一笑。之所以付之一笑，是"自我"信仰强烈的结果。比如，看一下神代豪杰素戈明尊，素戈明尊肯定受到了相当于"千位置户"的刑罚。但是，即使受到了刑罚，却丝毫没有什么罪恶意识搅扰素戈明尊的心。不然的话，当他刚刚在高天原的外面露出刑后之身，绝不会有勇气那么快、那么恬然地砍杀保食神的。我们从如此旺盛的"自我"中，可以感受到温暖我们心灵的火焰。或者，能够感受到我们想要达到的超人的面孔。

真的，我们热烈地爱着岩见重太郎，而且爱得很自然。但是，如果把我们的这种爱单纯解释成对于强者的爱，那么就歪曲了我们。确实，几个政治家和富豪可能正站在善恶的彼岸。可是站立于彼岸经常是他们的秘密，而且他们从来就没有摆脱过对于这种秘密的罪恶意识。秘密不一定值得责备。确实，古往今来的英雄豪杰为了驱使像家畜一样的我们，好像也时常戴着假面具。可是，为罪恶意识所困扰，显然不是英雄豪杰的所为。与其说他们强，不如说他们弱，弱到被病态的欲望所支配的程度。假如认为这是谎言，那么可以试着把他们在监狱里关上三年，他们必定会发现亲鸾上人而不是尼采。我们所爱的豪杰，距离他们最远。假如拿什么来和他们作比较，必须说即便是无声电影里的豪杰也具备了几等超人的相貌。确实，我们更爱的是无声电影里的豪杰，而不是他们。哈里肯·哈奇被当代富豪击倒在地的情景是惨不忍睹的。但是，当代富豪是害怕哈里肯·哈奇的——害怕到要把哈里肯·哈奇打倒在地的程度。对于他们这样一群人，我怀疑人们是否感兴趣。

岩见重太郎的英雄故事对我们有意义，前面已经讲了。可是，重太郎的一个个冒险并不总带给末世的我们同样的兴趣。最让人感兴趣的是破监和铲除狒狒这两件事。打破一国的牢狱，同破坏国法并无二致。狒狒也不是单纯的狒狒，而是年年接受现身御供的、称之为牛头明神的妖神。这么一来必须要说，重太郎在打破牢狱的同时蹂躏了人间的法律；接着，又在铲除了狒狒的同时，蹂躏了偶像的法律。这不仅仅局限于重太郎一个，而是上至素戈明尊，下到米哈伊尔·巴枯宁这些豪杰的生涯的象征。不，进一步讲，也是所有单行独步之人思想生涯的象征。迄今为止，他们蹂躏了人间的虚伪和神明的虚伪。想必将来还会义不容辞地蹂躏一切的虚伪。重太郎铲除的狒狒的子孙，现仍在尽情享受现身御供。牢狱——牢狱不止是在市之谷，那些连自己是囚犯也觉察不出的、身着新时代服装的一对对囚犯夫妇，正络绎不绝地行走在银座大街的街头。

人类的进步是缓慢的，或许比蜗牛爬行的脚步还要缓慢。但是不论怎样缓慢，事实上就像法朗士所说的"将会徐徐实现贤人们的梦想"。古时，中国的贤人在观看车裂之刑、牛鬼蛇神之像的同时，也曾梦想了尧舜治世。（从过去之中寻求将来是我们经常做的事。我们心中的眼睛，好像和童话中的青蛙的眼睛结构多少有些相同。）尧舜之世，今天仍然横卧在云烟远方。但是，车已经不像古代那样使用于车裂之刑了。牛鬼蛇神之像，也只是陈列在古董店的铺面或者博物馆里。此等变化纵然称不上是进步，但人类的文明也不过只经历了数千年的时间。可据说人类的文明要等到六百万年以后才会埋葬于地球的冰雪之下。人类在悠久的六百万年里，很有可能取得巨大进步。至少相信这种可能性不能单纯说是痴人说梦。假设这种确信是事实，那么人类的将来必须落入我们热爱的岩见重太郎之手，必须落入打破牢狱、杀死狒狒的超人之手。

我认识岩见重太郎是在本所竹仓的租书店。不，不仅如此。认识羽贺井一斋、奸妇妲己、国定忠次、佑天上人、万事通阿七、发结新三、原田甲斐乃至佐野次郎左卫门，总之认识那些闾巷无名天才传说中的人物，全部都是在这家租书店。直到现在我也忘不了那家夏天西晒的窄小店铺。檐端挂着一个玻璃风铃，下面提溜着诗签。另外，靠墙堆放着几百本讲谈速记书。最后在陈旧的苇编门后，有一个满脸皱纹的老太正在做花簪。啊，我对那家租书店该有多么怀念！教会我文学的，既不是大学也不是图书馆，而恰恰是那家萧条的租书店。我从码放在那儿的书籍里，得到了一生也受用不尽的教导。而学到称之为超人的、无政府主义者的尊严，也是其中之一例。诚然，超人一词可能是读了尼采之后才有的语汇。但是超人这个东西——伟大的岩见重太郎啊，你腰别传家宝刀、横眉面对天下的英姿，早就把毅然决然下山而来的查拉图斯拉伟业，灌输到我幼小的心灵里。那家租书店怕是早就没了踪影。可岩见重太郎直到如今，还在我的心中保持着勃勃的生命。他总在人生的十字路口悠然地扇扇子，一边……

三　大久保湖州

　　一个秋天的夜晚，我走访了位于本乡的大学门前旧书店。此时，我看见店前陈列台丢放的杂书上面，有一本过时的十六开菊版书附着一张纸条——"大久保湖州著，家康与直弼，实价五十钱"。我掸了掸书上的灰尘，翻开瞧了瞧书中的内容。内容如书名所示，收集了关于德川家康与井伊直弼的史论。可是偶然翻看的地方，是夹在附录中的杂文。《人的一生》——我在其中的一篇杂文里，发现了写有这样文字的东西。

人的一生

德川家康	大久保余所五郎
不可急。	不可迟。
心生奢望，应思窘困时。	心中失望，应思得意时。
视愤怒为敌人。	视怯懦为敌人。
只知胜而不知败，祸将及身。	安于负而不知胜，损将至身。
不及优于过。	为优于不为。

　　我不由得报以微笑。这位湖州的大久保余所五郎，在与征夷大将军德川家康比较处世训的长短。不可思议的是，在他的处世训中没有市里坊间流传的教科书臭气，而是漂浮着他自己所接触的人生的气息。"心中失望，应思得意时。"从这一行文字当中，似乎也可以看出热情洋溢的才子面貌。我不经心地把目光移向了下面的《镰仓漫笔》。不经心地——但是，我的好奇心立即感受到了近来少有的刺激。首先使我喜悦的，是对于历史学家的几行评价。

"假若徂徕像白石一样钻研历史,其史眼必可在白石之上。《南留别志》一读便知。

"将赖山阳视为历史学家,非也。日本政记的论文多为浅薄之见,不足为取。"

接下来产生兴趣的是不足半页纸的史论:

"《大日本史》的主旨,说是在于勤王。水户黄门想起此书,说是读了《伯夷传》之后有感而生。周武王是当时的强者。伯夷是试图抑制当时的强者以正名分而不为所用之人。黄门为何对古代中国的一位不平者产生同感而欲编写体现勤王的国史呢?幕府乃当时强者。想必其意在抑制幕府以正名分也。而德川实乃其宗家。难道置宗家的利益于不顾?世上啧啧言称黄门乃贤明之人。此等人物还能看不出朝廷重而德川轻的道理来?黄门这里的真意甚是可疑。有必要深究他同情不平者的内心。世间亦传说,当时的将军纲吉与黄门不和。吾不知得意与否是否关系到《大日本史》的编撰。不能只听冠冕堂皇的话,更要看其背后。

"家康对于朝廷的方针是敬而远之。信长、秀吉等皆抬出朝廷以谋事,家康却相反。即使'关原大阪之战'也没有装出领受朝旨、王师皇军之体,而是作为武家与武家之争,并不借用朝廷力量。这其实是家康的深谋远虑之处。现在到了德川末世,高喊勤王之徒以尊崇朝廷为名谴责幕府,说起来像是东照宫的遗意一般。但这是不知真情者的歪理邪说。认为朝廷掌权就可以行使将军政治的想法是可笑的。新井白石确非凡夫,似理解个中奥妙。说到底,家康也是一个讨厌公卿做派的人。"

但是最让我感觉愉快的,还是表现出作者自身性格的几行感想:

"人到三十,可交老人及少年。

"吾不饮酒,却喜好让人饮酒并与之交谈。

"初次访人,可若无其事地仔细观看并记下室内模样。后每每造访,必留意其室内变化。不久,发现主人有掩口的怪癖。

"要想了解一个人物,最好看他花钱的方式和对妻子的态度两方面。假如世间有妻子亲自研墨动笔,用日记记下丈夫的日常起居,以及记下金银出纳账,便再也没有比这更好的传记材料。

"世间都说好的人,实际上并非了不起的大人物。都说坏的人,也不见得那么坏。古今皆如此。要知道某个人的分量,不可忘记除去世评的成见。

"有了智慧,有人性情变烈而有人性情变弱。

"应当想方设法尽量节省劳力,取得更多成功。这么说,并不是要大家都去当什么投机业者。但要知道,所有人事都多少带有些投机性质。

"应当知道:面对愚人而不能扬扬得意的政治家,没有在舆论政治的时代做政治家的资格。"

那种认为不论男女只要后面没有提溜着一条尾巴就是一个普通人的看法,是三千年来的谬误。要想成为一个普通人,首先那个被称为脑髓的灰白色的块状物也必须具备一个普通人的皱襞。这个叫作大久保湖州的书生,确实有着一个摆脱了孔雀和猴子的普通人的脑髓。不,或许绝非仅仅是普通人。不可思议的是,他的文章冷峻之中充满了热情。天下再没有什么能够像这样的文章一样,清晰地告诉我们超出一个普通人脑髓的所在路标。而且——实价是五十钱。我掏出了皱巴巴的五十钱票子,决定买下深蓝色布皮包面的《家康和直弼》。

买下来后打开一看,卷头首先有近卫公的题字,接下来还有重野成斋、坪内逍遥、岛田沼南、德富苏峰、田口鼎轩等人的序文,并有水谷不倒写的《大久保湖州君小传》,以及著者蓄着明治趣味式胡须的照片。原以为湖州乃一介无名书生,不料知己还是蛮多的。可生活在现代的我们不了解湖州，也是事实。因此必须说，在宣传《家康和直弼》方面，就连诸名士的金玉序文亦告失败。这一点是足以令我感觉沮丧的一个发现。原本以为是个才子的大久保湖州，或许只是一个大学教授中司空见惯的、庄严的呆子。我在长夜的电灯之下，怀着这种疑惑首先读到他的大作"家康篇"……

这已经是前年的事了——为慎重起见写下来，则是大正十一年秋天的事情。打那以来，我一直想利用什么机会介绍这名被人遗忘的历史学家。可拖来拖去拖到了今天。既然说介绍，那么肯定要讲大久保余所五郎是个才子的事。不，湖州是明治时代产生的、为数不多的才子中最具特色的一个。想必诸君也会对这种赞美报以怀疑的微笑。诸君确信，从古至今的才子无一遗漏地全都得到了诸君的抬爱，何况最具特色的才子更没有被等闲视之的道理。事情正如诸君所说。首先，古往今来的才子，并不因为是才子的缘故才合了诸君之意，而是因为合了诸君之意也才成为才子。就是说，使才子成为才子的，应当讲是你们而不是才子自己。诸君在这一点上确实比神灵还要全知全能。任何才子只要吃了诸君的闭门羹，就全完了。肯定薄命也难保。因此，尾形干山穷死于萧条的陋巷。也因此，大久保湖州于明治三十四年出版、定价一元二十钱的著作被以"实价五十钱"卖出。

我把湖州叫作才子。在诸君微笑之前，可以暂时把这个词放一放。然而，我必须为没有得到诸君抬爱、光荣的薄命湖州而哀悼。据说，湖州后来至少在有识之士中间，并没有被完全地忘记。但是湖州的母校，当年的早稻田专科学校——现在的早稻田大学，却把片上伸、本间久雄、宫岛新三郎等大有作为的批评家推向了社会。可大久保湖州之名，迄今却从未登上他们的椽大之笔。他们都是非常忠实于他们职业的批评家。或许多少有些过于忠实其职的遗憾。恰恰漏掉了湖州，与其说是怠慢之罪，毋宁说和我们一样是无知之罪。他们甚至记住了有万里海涛相隔的法国、英国、俄国的一群小作家的名字，可是却记不得相当于他们前辈的天才之名。称这样的湖州为薄命，想必不会说我夸张吧。另外，即使为湖州在早稻田大学前面建造一尊铜像或者其他的什么，他依然是一个薄命的历史学家。诚然，《家康和直弼》或许可以传达他的面貌。但他毕生的事业是集大成的《井伊直弼传》。他为这个事业，倾注了三十六年的心血。可是死亡在夺去了他的生命的同时，也夺去了《井伊直弼传》。"壮志未遂中途断，西天应去不复还"——据水谷不倒的《湖州君小传》讲，临近死亡的他，把满腔的遗憾都寄托在了这样一首和歌之中。如果连这也不叫薄命的话，还有什么叫作薄命呢？我至少须为这位中道倒下的贤达薄命而哀悼。

大久保湖州的作品，第一是《德川家康篇》，第二是《井伊直弼篇》，第三是《关于遗老实历谈》。所谓《关于遗老实历谈》，只不过是一篇考证史料价值的、三十页上下的论文。当时"正值明治维新前后，出现了许多参与国事遗老的切身经历谈"。其二的《井伊直弼篇》，相当于《井伊直弼传》计划中的都市部分，也收集了三篇论文即《关于井伊大老非开国论者》、《冈本黄石》和《长野主膳》。但是唯有最先提到的《德川家康篇》，很幸运地没有成为半成品。不，我相信，毋宁说那是令前人枉然的、响当当的独特的成品杰作。

《德川家康篇》由论述了少年家康的《德川家康》、论述了中年家康的《鬼作左》和论述了老年家康的《本多佐渡守》三篇论作组成。（当然，湖州并不是按照这个顺序来撰写论文的。《德川家康》写于明治三十一年（1898），《鬼作左》写于明治三十年（1897），《本多佐渡守》则写于明治九年（1876）——也就是说执笔的顺序恰恰与作品的顺序相反。）这些论文并不一定是金玉名作。同时，也并没有立足于什么特别崭新的历史史料。然而这些论文展现在我们面前的征夷大将军德川家康,比起历史上的所谓的家康来,却数倍地更像真正的家康。例如,《德川家康》中有如下一节文字,论述了家康对于女人的态度,各位不妨一读。

"家康之子,男女共十六人,分别出自十人之腹,除夫人所产二子以外,其余皆侧室所生。(中略)最后借阿胜之腹生下末女时,已是把将军之职让给了儿子,自己隐居于骏府,亦见是老当益壮的六十六岁之时。其他,有如花被豪杰戏折却未能结子、空空凋谢之人,亦应不止于一二。的确,家康亦未能逃脱英雄好色的古话。秀吉于讨伐北条阵中,曾寄书至淀君,言'二十日左右定往,以遂搂抱若君(鹤松)之愿。幸而亦可使尔睡于一旁,以不负尔期盼之心'。虽说天真烂漫,但也难脱痴情外露之嫌。家康表面上虽然不见此迹象,但归根结底是言与不言之别,其实两雄均为多情之男。不言者盖深。

"话虽如此,但不愧为深思熟虑之家康,不似秀吉将一家灭亡之种撒于闺门之中。其首先禁止奢侈,女人亦被归入严禁之列,内眷之中亦行俭素之风。察那本多佐渡守曾在秀忠将军之师傅一句谏言下无言以对之情景便可知。在骏府,女眷为萝卜咸菜过咸所困,便向家康诉苦。家康召来主管厨房事务之松下常庆,吩咐其可将咸淡控制好些。该老人进于主人之前,贴耳嘀咕些什么,主人无话,唯笑而已,老人就此退下。

"老人嘀咕着:'如今咸菜这样咸早晚费用尚且甚多,如依内眷口味将菜调之咸淡适宜,真不知费用会有多少。请不必将内眷们的话放在心上才是。'一者常庆乃咸辣之汉,二者家康大笑之肚肠亦更咸辣。得天下之后尚且如此,三河之事可想而知。(中略)

"'近年来念唱日课六万遍,乃老人多余之劳。众人皆劝减去数遍。诚然减少数遍将轻松,然而自幼生于战国,杀人无数,如此至少可消罪也。且此身自年轻时未曾一日有闲,如今即使欲习何技亦属多余之举。因此,吾将念佛视为每日功课,每日早起晚睡专心此事不敢懈怠。所以,进膳时间亦只存念佛之影。'由此话语看来,可知其背后行迹亦无放纵之举。然而,就连秀吉也告诫'不可将心交于女人',那么家康清净洁白的念佛之谈,也只可以看作曾一度置数名侍妾于身边之汉的话。除了消除杀人之罪以外,莫不是捻动了难言忏悔的念珠?有一徒士之人曾向内院的女眷递送书信,相传徒士头领松平若狭守因此获罪而被处以改易之刑,由此可见内院的纪律之严正。另外不可忘记,即使在古板的规则中也有一条专为主人方便的通融之道。三河时期,想必百事格外轻松。家康随年纪增长,渐渐熟于处世之道……(中略)

"'本人常常召集老臣听其评议,不敢一人专权独断'之行迹,历历留于史册。用于表面政治的方法,也已应用于控制内院的女眷,努力不独使一名女人得宠无疑。生下十六名子女的十名妻妾,没有哪个生下两人以上的孩子,岂能没有深刻的原委?想必绝非偶然之事。"

这个德川家康,不光是一个爱行女色的老爷,还是一个实行计划生育的政治家。这显然不是我们三百年来耳熟能详的家康,而是一个远比我们耳熟能详的家康更加人性化的家康。或者说更加像人的家康——各位或许要对我的过于平凡的话语报以微笑。"像人"这说法,当然并不意味着非凡或其他。因为所有的新刊小说或戏剧等,都在广告中必然地宣传什么"人性的痛苦"啦、"人性的生活"啦云云,把很有人味的万般事情作为卖点。但这些小说以及戏剧又有多少真的如同广告所说,抓住了很有人味的什么东西了呢?特别是那些英雄传记的作者,不是天真无邪的英雄崇拜者,就是古色苍然的道德主义者。当然,他们中的个别人也许在说明人味是什么。但他们的很有人味,实际上是否像他们鼓吹的那样真有人味?倒是一个疑问呢。他们大概总会俨然对各位这样说:"英雄当然也不是凡人。既然没有生而为神，那么肯定也还是要具有凡人的一面。因比我们为了在我们面前树立起某个人物，而且要让大家承认那是一个英雄，就必须在指出他非凡一面的同时，也指出他凡人的另一面。从前的传记英雄之所以缺少人性味，就是因为这方面的准备不足……"

可是有了这种准备，难道真的就可以像他们说的那样，表现出人性味很浓的英雄来吗？比如，各位可以翻看一下你们所鄙视的《汉楚军谈》。《汉楚军谈》的汉高祖又是入秦始皇之梦，又是斩白帝之子的大蟒蛇，大大表现出了他非凡的一面，与此同时也着力刻画了他喜好女乐、傲视文士这不亚于凡人的另一面。但是必须说，能从《汉楚军谈》的汉高祖这里发现帝王的真面目者，唯有三尺童子而已。顺便再举一个例子的话，那就是报纸的报道——这是比各位的《汉楚军谈》常常更加不值得信任的历史。报纸报道的大臣，又能体察民意，又能拥护宪政，大大显示出他非凡的一面。但同时也大大显示出他撒谎、盗窃金钱之类极其平凡低下的另一面。这里暂且不谈于报纸报道的大臣中寻找英雄的真面目，哪怕能发现凡人的真面目——必须说：若非三尺童子，也只能是六尺童子。如此说来像他们说的那样，既指出某人非凡的一面，又指出其凡人的一面来，从道理上讲丝毫也没有说明英雄所以为英雄的原因。他们就像是全然不顾道理、患了神经衰弱的耶和华一样，创造出了他们所谓的人性味很浓的英雄。其结果又是怎样呢？他们堆积如山的传记中浮现于我们面前的是：犹如两头蛇一样左右分别露出非凡的一面和凡人的一面来的、滑稽的精神怪物。英雄崇拜者的英雄，与其说是英雄，倒不如说是神更妥当些。道德主义者的英雄，假如不是太好，可能就是太坏。但是他们的英雄只要保持了某种统一性，即使没有多少人性味，也显示了玩偶味的可爱。可是一部分传记作者的所谓很有人性味的英雄，就连这种可爱劲也没有表现出来。尤其他们所创造的征夷大将军德川家康，更是一个最令人不快的怪物。是比那所有引诱了圣安东尼的地狱的喽啰们都更加让人不快的怪物。

即便不与这些怪物相比，湖州的德川家康也自然而然是非常人性味的英雄。这种区别来自何处？在论述家康的时候，湖州并不同时指出他非凡、平凡的两方面，而只是指出凡人的一面与非凡人一面这两者互相融合的一点——毋宁说于英雄之中，指出了一个默默营生的完整的人。假若硬要掰字眼的话，或许这与在指出不是凡人一面的同时也指出凡人一面不过差之毫厘。但事实上却有隔绝了千里山河的差异。指出不是凡人的一面的同时也指出凡人的一面来，想必就是平庸的作者也可以做到。然而，要指出一个神采奕奕的完整的人来，则必须等到一代才子的出现。湖州之所以凌驾前人的原因，就在于他的锐利目光使得他指出了一个完整的人。为了从历史人物中寻求一个完整的人，湖州一直像是颇费心机。比如在明治二十七、二十八年前后《随感录》的随笔里，有一节这样的记录：

"读书而心绪忽然触及古人，静夜仰月感慨涌然而及古人。同情之念沸沸而起。此时观察他，沉思他，大抵可无误。"

进而，几乎同时代的《传记私言数则》所涉及者全部是这方面的内容。

"据事实而悟心术，悟心术进而解事实。然而，其间往往有矛盾。人为外界事物所制，曲己意而行违心事。说明此中隐秘之关系为至要。

"人是短处和长处的缝合物。有一长则必有一短与之相伴。见短处，即可知其长处。君子见过而知仁，亦是此意。明辨能与不能者，始可谈人。

"立于人世，各自皆占一个地位。见者，要站于同等地位见。绝不可由上往下看，或由下往上看。一乡之人应以一乡之目观之，一国之人应以一国之目观之,天下之人应以天下之目观之。"

在湖州看来,这些话讲述的都是对于历史人物的观照态度。可湖州是不是单单给予古人这种观照了呢?不,对于连德川家康也冷眼以对的大久保湖州,又有谁可以命令他单单给予历史上的人物这种观照呢?根据水谷不倒的《湖州君小传》所述:"君(中略)接人宽容,好客。所以,叩君门者每日不绝。而若问客人之种类,大概有属于未来的政治家、文学家、诗人、美术家、史学家、哲学家、企业家等。"所说的属于未来的政治家、文学家、诗人、美术家、史学家、哲学家、企业家等,当然肯定都是文化人。想必湖州对于这些人,也倾注了他那独特的锐利目光吧。同时,他也许从这些人之中发现了贪婪、奸诈、鄙俗、愚昧和散漫,却又常常能由此感悟到令之同情的完整的人。我相信:湖州所以是湖州,在他从德川家康这个英雄身上发现了一个完整的人之前,就已在所谓属于未来的政治家、文学家、诗人、美术家、史学家、哲学家、企业家等一群人之中发现了完整的人。伟大的中国贤人说:"温故而知新。"诚然,温神功皇后之故,有可能会知勇敢主张妇女参政者之新。但是,反过来温新而知故也是确实的。而且,根本不知道新而只是一味地寻故,便会落入新故两茫然的魔境也是确实的。不幸的是,当代的传记作者大体上都安于这个魔境。他们相信他们了解历史上的人物。但是,他们从来没有真正了解作为人的他们自身以及他们的父母妻子,那么他们又能在多大的程度上,窥见模模糊糊的历史人物心脏呢?湖州基于这一出发点,已经与前述作者分道扬镳,迈出了自己的精进之步。必须说,湖州笔下的德川家康之所以能够成为很有人味的英雄,并不是偶然的。

"家康派遣自己的庶出之子于义丸,另让石川数正之子胜千代、作左卫门之子仙千代陪伴,赴京城。(让我说,是小牧山战后向京城里的秀吉处送交了事实上的人质。)于义丸乃黄门秀康的幼称，奴婢阿万所生。家康爱之而孕，阿万为躲避嫉妒心甚强的筑山夫人的嫉恨，躲藏至本多丰后守广孝的家老本多半右卫门的门下。相传作左卫门秘密告诉家康，从而营救之。（中略）作左将生下的孩子视为自己的孩子一般加以抚养。三岁时，兄信康带领这爱弟前来拜见家康，始而被抱在真正的父亲膝下。最为喜悦的人，不是父亲，不是兄长，甚至不是那幼子，而真的应该是作为他人的作左卫门。

"本不是一件把孩子送给众多友方武士的大家做养子而值得庆贺与高兴之事，众人都认为这只是交给一时交和的敌国的幼小人质。其中，尤其作左卫门这种念头最为强烈。因此，虽然战国时代不共戴天的仇敌之间尔虞我诈是常事，但是他那豪迈之性又怎能将此付之一阵冷笑而了事？而且，如今连自己养育多年的公子也不得不作为其牺牲品的难题，直接降到了作左的头上。（中略）为使鲠谔的作左首肯，家康必定花费了一番劳苦。而作左尽力抑制自己以奉难违的君命，也必定使出了千钧之力加以勇敢决断。如此，作左强忍把年仅十一岁的幼子交付不识之人的痛苦，最后竟将自己唯一的爱子也交了出去，让其伴随共同前往。报效主人的一片赤诚之心何等美也。离别之际，作左钢铁硬汉的悲哀之情仿在眼前。想必从此以后，作左的心常常飞往京城，跑到两个孩子身上，同时也更加密切关注起了秀吉的一举一动。（中略）

"这期间，（中略）在德川的家中，人们以日益增加的敌意和猜测时刻了望着京城的上空，因担心居心叵测的秀吉随时可能攻来而不能安睡。就在这时，形形色色的流言纷飞，其中传说秀吉将杀于义丸的风闻深深刺痛了一家人的心。（中略）家康不愧为能忍之人，冷然地说：'秀康如今已不是我子，乃秀吉之子。杀之乃秀吉不义。要杀便杀。'想来，秀吉往往惯用威吓屈人之术，但并非是连杀之无益的笼中小鸟也滥加杀害的残暴之人。依家康的智慧，焉能不知这些？家康不把残酷的流言蜚语放在心上的泰然自若状，恐怕也来自这种洞察力。可是，作左却不能这样冷酷地坐视不管，心想：'唉，仙千代丸身在京城，遭人怀疑也是无奈。若失去这唯一的儿子，简直心疼死人。'于是，立即借故母亲大病，为让儿子与母最后作别，要儿子回来。作左对自己儿子的爱情尽管很深，但听到自己养育多年的公子命在旦夕，其伤痛之感又怎能低于思念仙千代之情？既然已经交给了秀吉，也不可现在反悔把人要回，但这样放在京城又实在忍不住担心，仙千代的安全为其次，一定要把公子的情况报告家康。因此，可以想见席间作左大骂凶残秀吉的愤慨豪情。家康也通情达理，将于义丸的事暂放一旁，体谅到作左想叫回仙千代的心情欣然应允。并说母亲大病之辞甚是圆滑，实乃难以拒绝的好借口。勇猛的作左答道，为使孩子顺利回来才提出了这个稳妥的说法。想必也有提防黑心主人的一层原因。另外，与仙千代一起去的胜千代之父，乃是秀吉在印象中颇有好感的石川伯耆守。德川家中，早有人私下怀疑石川的二心。作左虽然是一个忠心不二的人，但当时众说纷纭，家中难免有他的传言并把他和伯耆守归在一起说：'想念儿子的作左岂能不心动？'作左卫门正因为想到，坦荡的心遭人揣摩或清白遭到玷污实在冤枉，所以才迫不及待地要把被人怀疑的种子取回来。"

这是湖州论述本多作左卫门以及在秀吉下雌伏的家康的《鬼作左》中的一节。各位现在还会笑杀，我把大久保湖州列为明治时代才子的蒙昧吗？笑杀或不笑杀，当然各位随意。只是，当我读到我前面提到的《传记私言数则》中的"天自不言，而使人言。然，人声未必与天声一致，人的褒贬毁誉时常与天的公裁龃龉。人世最可怜者，为生前不闻天声而入死者。后人不可不代天而成为其死后的知己"的语句时，为了这位我们所忘记了的湖州，更加深了我的怆然之感。我的文章，不管怎么说也肯定不能代表严肃的天声。不，或许只不过是扬扬得意地夸耀自己发现的人声。但是，却难说未必不是借我文章的机会，来赞美真正的天声《家康和直弼》。如此，我的文章多少应该是对中途倒下的先达的一种悼念。说来，我尽可能细心地指出了孤坟的所在。这寂寞的孤坟前，什么时候才能有人致敬呢？而且，什么时候才能被献上无数的鲜花呢？

四　木村巽斋

今年春天，我正好相隔一年又参观了京都的博物馆。不巧，原来就胃酸过多的胃，当时呈现出了更加反常的状况。所谓"闻韶而忘肉味"，那只是圣人才会的特技。而我哪怕在毛料的衬衣下面感觉到一只跳蚤，也就完了。纵然是在观看坂田藤十郎出演的《藤十郎》，也实在没有安闲注目舞台上情形的余力。何况，胃里浸着的胃酸使得任何享乐都成为不可能。而且当时的陈列品里好像也没有发现什么好的作品。我先从佛画开始，观看了陶器、佛像、古墨迹等，并接连发现了其中的低劣之作。特别龚半千什么人的挂轴，粗大的字迹把纸面涂得满满的，只能是让人觉得，那简直是为了给予我们胃病患者带来自杀的诱惑，才挥笔写下的东西。

这时我迷迷糊糊进入的，是到处悬挂着南画的陈列室。这个展室也没有多大意思。第一，铁翁的山峦就像熔岩的浮石一样，脏兮兮的。第二，藤本铁石的树木就像肉叉子一样，杀气腾腾。第三，浦上玉堂的瀑布就像琉球烧酒一样，咕嘟咕嘟开了锅。第四——总之所有的南画，大致都是让我的神经高度紧张的东西。我愁眉苦脸的，像一个殉教者一样在大玻璃橱窗排列的展室里一路走着。这时候，比奇迹还要猝然显现在我的眼前的，是一幅小型的纸地山水。这幅山水画，乍看上去并没有笔墨纵横之趣。毋宁说，倒是带有几分像是外行人所画的绵软之态。唯独看这一点，玉堂铁翁暂且不论,那小室翠云也可能不得不让上几步。但是,那山石之苔泛青、山杏之花绽开的景致,小室翠云自然不用说,简直可以盖过玉堂铁翁的驰荡的春意。当我眺望这幅山水的时候,立即感受到了穿透厚玻璃传来的脉脉春风,而且感到了充满胃部的胃酸像大潮退去一样变得干涸。木村巽斋,通称将太吉、堂叫作蒹葭的大阪商人,其实就是这幅绘画的外行作者。

巽斋名孔恭,字世肃,是家住大阪堀江的酿酒人家之子。从巽斋自己讲"余自幼年生质软弱,保育为专"的话来看,总之身体好像很弱。可是除了少数例外,多半是健全的精神寄宿于不健全的肉体。同样,巽斋的精神也从孩提时代起就具备了刚毅之力。再加上有一个幸福的资产阶级家庭,为了给予他受教育的机会基本上是不惜一切的。现在让我尝试着把巽斋自己说明其中原委的《传记》中的几节抄记如下:

"余自幼年生质软弱,保育为专。家君怜余,而许种植草木花树。亲族有药铺者,言有物产之学,闻有稻若水、松冈玄达之人。十二三岁时,知京都松冈门人津岛恒之进详于物产,此时随家君京游,而始谒津岛先生,闻草木之事一回。翌年余十五岁,遇家君之丧,十六岁春,余随家母入京,再度从学于津岛氏,得以成为门人。

"余自五六岁,颇解画事,我乡之大冈春卜于狩野流之画有名。因此从而学。春卜曾习芥子园画传,模写明人之画,付梓《明朝紫砚》彩色绘本。余见此,始有唐画之望。此时,家君友人和州郡山、柳泽权太夫(即柳里恭)每每客居。因托友人,学柳泽之画。(中略)十二岁时,有人乃长崎之僧鹤亭,客居浪华。长崎神代甚左卫门(即态斐)之门人。南萍流广传于畿内,始于此人。余从而学花鸟,从池野秋平(即大雅)学山水。

"余十一岁时,亲族儿玉氏为片山忠藏之门人,引余请名字。

片山命余名，名为鹄，字为千里。其后，片山氏住京。余十八九岁时，片山再度下浪华，住立卖堀。余从而受句读。得读四书、六经、史汉、文选等。"

　　如同这几节所显示的一样，巽斋有志于学艺是弱冠未满的时代，巽斋所师事的学者以及画家等也大都是当时的名流。不仅如此，被充满南蛮味道新知识的物产之学所倾倒，自不必说，一旦看到《明朝紫砚》便马上心醉起了那生于长江芦荻之间的南宋派画法，也说明了他少年才有的热情。

　　这个聪明的酿酒铺人家的儿子，就是在这样幸福的环境下徐徐地完成了自我。那自我不是像大雅一样纯之又纯的艺术家。毋宁说，是近于相传"师人之艺可达十六般"的柳里恭一样的趣味主义者。但柳里恭的趣味主义在有着超凡的才气和力量的同时，也不是没有享乐主义的臭味。至少随笔《独寝》中所云"男子甚至可用一生的学问来换取倾城美女的内裙"，显出了他烟花柳巷老行家的面目。总之，这一点是不可否认的事实。但是巽斋的趣味主义虽然缺乏变通自如之妙，却具备好个地道读书人的清白风格。柳里恭又是喝乞丐的茶，又是在马上弹盲女的三弦，所有古怪之事为所欲为。或者说在传说中是为所欲为的。可是关于巽斋的传说，却丝毫也没有脱离常规。所谓最初让世人吃了一惊，也仅限于以下（山崎美成语）程度的逸话："江户笔工凤池堂的主人来游浪华的时候，访问了蒹葭堂。（巽斋）于是递上了一个帖子，意思是：'请稍候片刻，先看这东西解解闷。'（凤池堂的主人）不知是何东西，打开一看，原来是写着所有江户笔工家号的名片册。"当然，这个逸话也不仅仅说明"可以想象其格外好事"。巽斋显然给了凤池堂主人一个无言的寒暄。进而换个随便的说法，就是把笔号满册的名片摆在他面前，言下之意却是说："怎么样？"毫无疑问，由此表现出他辛辣的锋芒。但比起柳里恭来——特别比起《独寝》作者的柳里恭来，巽斋显示出温文尔雅的长者之风，则是确定无疑的。

"余自幼年绝而不知之事，古乐、管弦、猿乐、俗谣、棋类、赌输赢、妓馆、声色之游，凡此种种不得其趣。何况，自少年好事多端，无暇顾也。不好输赢，因余有颐养之意。"

巽斋所说的对于娱乐之事全无兴趣，正如同这一节所讲的一样。

"余之嗜好事，专在奇书。名物多识之学、其他书画碑帖之事，余虽微力，数年来省百费所收，于书籍则无不足。可谓过分。其他收藏之物，虽有本邦古人书画、近代儒家文人诗文、唐土真迹书画、本邦诸国地图、唐土蛮方地图、草木金石珠玉点介鸟兽、古钱古器、唐土器物、蛮方异产之类，皆为考索之用。非他之艳饰之比。"

巽斋爱这些收藏，喜欢向远道而来蒹葭堂访问的客人出示这些收藏。不，与其说是收藏，不如说宛若一个博物馆。少年时期的朋友田能村竹田所说"收藏之法书、名画、金石、彝鼎，以及自蛮夷所出之异物奇品，充积栋宇"，想必不是什么夸张。巽斋说了，这些收藏"皆为考索之用"。唐土蛮方的地图之中，应该远远横卧着欧洲、美洲大陆。不，蛮方夷产之中，肯定夹杂着印花布啦、铜版画啦、放大镜啦、叫作"daraaka"的酒精浸泡的龙子啦，或者克娄巴特拉的金发啦（当然这是赝品）什么的。"考索"了这些收藏的、这位聪明的趣味主义者，面对种种不可思议的文明之相，生出了一些什么样的感慨呢？至少面对着世界之大，都做了一些什么样的梦呢？

"京子浪华之地，自古以来，艺园方面著名之人辈出，也有海内闻名者，但是博大精通方面，能像蒹葭堂的少。（中略）过去，游历长崎的时候，曾习问唐土的风俗，归来后常到黄檗山。某日，随大成禅师游，有人问禅师唐土风俗。禅师手指蒹葭堂说，此人善

知之，不及贫僧费舌。禅师原为唐土之人，投化而住黄檗山。"（山崎美成）

"此人善知之，不及贫僧费舌"的话，究竟是不是赞辞值得怀疑。也或许是给予将生死大事置之度外的、爱好多闻的趣味主义者的当头棒喝。然而，即便是被打了一棒，也改变不了这样一个毋庸置疑的事实，巽斋异常精晓唐土之风。说起来，巽斋是关于中国的最高权威之一。在热爱中国绘画、热爱中国文艺、热爱中国哲学的时代，回报了蒹葭堂主人博学多才的声誉，这是理所当然的。果然，海内的文人墨客随着巽斋大名日震，陆续投奔到他的门下。柴野栗山、尾藤二洲、古贺精里、赖春水、桑山玉洲、钏云泉、立原翠轩、野吕介石、田能村竹田等人，都是他的朋友。特别是田能村竹田——与其说是伟大的艺术家，毋宁说是个好艺术家，他向那个老趣味主义者表示了最美好的敬意。

"余初冠，东游江户，道经阪府，欲访木世肃（即巽斋）。偶有人，拉余欲登天王寺之浮屠。曰：乃丰聪耳王之孕处，阅年已一千余，不唯鲁之灵光巍然独存。余不听。终见世肃。明年西归，再至，乃世肃已没，浮屠亦梵灭。"

巽斋在这名声当中，悠悠结束了他六十年的生涯。这六十年在天真的英雄崇拜者看来，或许很平凡。巽斋传给后世的东西，除了著名的蒹葭堂收集，仅有几卷诗文集和数帧山水画。但是在大正的今日，我们祖国的恬淡无欲竟能把帝国图书馆的藏书坦然化为灰烬，自然也将任由蒹葭堂的收集可怜散佚。酒泡的"daraaka"去了哪里？大雅和柳里恭等人的绘画去了哪里？克娄巴特拉的金发——这种东西怎么了没有关系。可是说到底，必须承认蒹葭堂的主人除了寥寥无几的著书和绘画之外，什么也没有留下。

什么也没有？不，倒并不那么绝对。丰富的蒹葭堂收集——特别是那万卷藏书，向当代的学者及艺术家，出示了几多伟大的先例。这些先例鼓舞他们，使他们飞向新的世界，刚好与罗丹、托尔斯泰，或者塞尚等人给我们带来刺激是相同的。这位后援者兼收集家木村巽斋的恩惠，也就是传给后代的遗产——据严谨的前人评述，必须算作最大的遗产。亦可随便说得刻薄一些，是距离丸善株式会社给予我们的恩惠，五十步或百步之间。至少与富有情趣的富豪或富豪儿子带给我们的恩惠相比，五十步或百步之间。我在面对这种恩惠之时，绝不放弃表示谢意。但是仅仅为了这个目的赞美兼葭堂主人，首先仅仅使后援者感到骄傲，则是有害的！

为了方便起见再重复一次，巽斋所传予后代的东西，仅有几卷诗文集和数帧山水。除了兼葭堂的收集带给当代的恩惠以外，假如我们要寻找巽斋的真正价值，那么无论如何也要从这些作品中——至少要回到刚才提到的那一帧《春山图》上来。那画中磅礴的春意，并不像伟大的大雅一样，富于将自然造化融入自家锅中一样的甘露味。另外，也的确没有像芜村一样，将独一无二的厨刀加于天地的俊秀爽健之风。但却丝毫没有平庸之感。恰好类似长久微笑的明媚爽朗，自然地洋溢于纸面之上。我从某种存在之中，发现了兼葭堂主人的真面目——静静地享受人生的趣味主义者的灵魂。兼葭堂收集并未给当代学者或艺术家带来点滴恩惠，但那也并非我所关心的问题。我只是对于这个趣味主义者——知道如何享受落寞人生的、风流无比的大阪商人，抱有特殊的亲切之感。

我们像帕斯卡所说的一样，是思考东西的芦苇。其实不仅仅这样。一方面是思考，另一方面又是持续感觉的芦苇。当然，即便是不加声明的感觉，想来那风吹叶动也和风的感觉是相同的。但是我们的感觉，未必那么机械。不，很多情况下，确实能意外地从黄昏的微风之中感觉出万里的贸易之风。比如一株扁柏，也许还不如微风更能摇动常人。可是，天才燃烧的凡·高甚至在那一株扁柏之中，也感觉到强烈的生命。因此，为了充分享受落寞的人生，必须在微妙思考的同时微妙感觉。或者说，必须在具备了头脑的同时，也具备着神经。果然，自古以来的趣味主义者多少都有学者的风范，同时常常具有艺术家的特点。钻研物产之学的同时致力于画道的巽斋，正是这样的一个人。他在微妙思考的同时，也是微妙感觉的芦苇——这么说来，巽斋早已不可思议地号为：蒹葭堂主人！

但即使有不带刺的玫瑰，也没有不伴随苦难的享乐。微妙思考的同时，微妙感觉的芦苇正是微妙受苦的芦苇。所以，聪明的趣味主义者为了躲避地狱的业火，必须丢弃天堂的庄严。更加简短地说，就是必须避免一切邪恶。天真的英雄崇拜者，肯定会嘲笑这种趣味主义者的态度为文火之心。但是能否保持文火之心，就是能否保持享乐性态度的问题。否定享乐性态度——任何自古以来的哲学家都没有能够成功地阐明人生的使命是一个事实。古代，就连知之不可而说仁的孔丘，也喜爱文火之心的中庸。而如今，那些整日泡咖啡馆、一事无成的少年，也喜爱彻底的灼热之心。这些暂且不论，贪婪地追求快乐并不是完成享乐的理由。巽斋也不例外。所爱总是中庸。记述了巽斋自身言行的一卷《蒹葭堂杂录》，显示他如何获得心理的平衡。从来没有什么能像贫富的浪漫主义一样，更能抓住文人墨客的心。他们要么夸耀清贫，要么夸耀豪奢。但是，唯独巽斋恬然地安于俭素。

"余因家君余资，每岁所受用不过三十金。因得其他亲友相怜，得以少沉文雅。非百事俭省，岂可为今日之业？世人不知余之实，比为豪家之徒。非余之本意。"

一年三十两的收入，也就是一个月二两二分的收入。再怎么是宝历明和的过去，一个月二两二分的收入，也够不着随意购物的份。即便这样，他竟不光沉于文雅，还留下了蒹葭堂收集。必须说这本身，就是对豪奢之所以低级的说明。（不凑巧，现在旅途之中，手边没有参考书。宝历明和年间，米一担的行情大体相当于银六十毫贯。假如先把金一两算成银四十毫贯左右，然后再按标准换算为米价的话，那么当时一年收入的三十两，仅仅是今天的一千日元不到。当然，这不是什么值得信任的计算，而只是大约的估计。）

"宝历六年，余二十一岁，娶森氏。生质微弱，而不耐照顾余之多病。何况，虽历十年，不产一子。故，家母甚忧之。明和二年，命家人娶山中氏女，使其给仕。（中略）经三年，妻森氏，明和五年冬，产一女。又明和八年，产一女。由妾山中氏助妻之微质，怜爱二女。故之，妻妾反更和好而无嫌恶之事。"

安于俭素的巽斋避免偏爱，是当然的。想必，妻妾之所以没有相互妒忌，不光是因为她们的贞淑吧。

"余自弱冠至壮岁时，精究诗文。应酬多，劳倦赠答。况才拙而不能敏捷，胸怀大为不快。交谊有亲疏。幸托于不才，如限而作为，遇偶兴之至，得佳句为快乐事。"

诗文是巽斋所爱。然而，巽斋就连在这诗文上，也不愿胡乱卖弄自己的才华。即使缺了应酬上的礼数，也坚守着唯等好句欣然入怀的至乐。可以看出这种态度的地方，绝不仅仅是上面举出的几节。支配巽斋一生的东西，的确就是这种微妙的节制。也就是一方面抑制自己，另一方面放纵自己的缰绳控制程度。必须说，蒹葭堂主人之所以能够在清福之中结束自己六十岁的生涯，也不是偶然的。

前面多次提到的《春山图》，一条幽径通向那古木以及巨岩横卧的深处。那幽径的尽头，定是百年积雪覆盖着的、寥无人迹的群峰。世间称之为天才的人，就是那不辞劳苦肯攀群峰、勇往果敢的孤客。踏破百年积雪，当然应是千秋大业。但见山崖花开、闻山涧水鸣的同时，与飞云一起去来也同样是一生的快事。我所喜爱的蒹葭堂主人只身孤影,拄着拐杖,向那寂寞的春山走去。《春山图》所以富有逸趣,许本不足怪……

大正十三年(1924)三月至七月

关于文部省的《假名用法改定案》

揭 侠译

对于我们文部省的《假名用法改定案》，山田孝雄氏已经给予了痛击（参照杂志《明星》二月号）。山田氏的痛击非一般寻常人的痛击。他破当破之物，丝毫不留遗憾。好似参孙手指一动，非利士人的火柴盒便即刻崩溃一样。在山田氏痛击之后还来骂文部省的《假名用法改定案》，又有谁在蒸汽泵问世以后还愿抬出龙吐水以图方便呢？然而想来，要灭火的话一勺水也是有用的。何况一条龙吐水？这就是我不恤陈见想要加入消防的原因所在。

我们文部省的《假名用法改定案》漫然称之为"改定"，但是并没有说明改定的依据何在。政府不说明改定的根据，当然未必值得责备。我在银座街头行走的时候常常走左侧。但并没有说明自己不走右侧走左侧的根据是什么。所以走左侧，是认为方便才走的。

可以给我们下一道命令试试："把日比谷公园的杜鹃砍去，野鸭子杀死！"难道我们不该问一声，是谁和为什么要砍去杜鹃、杀死野鸭呢？就是说，虽然政府不说明命令的根据是什么未必应该责备，但却应该让我们"黎民百姓"相信那是出于方便。制定《假名用法改定案》的国语调查委员会委员诸公，全都是聪明练达之士，又怎能不知这明明白白、理所当然的道理呢？如果是这样，诸公不仅自己相信《假名用法改定案》的方便，而且还可能相信我们也像诸公一样相信它的方便。诸公相信方便，可谓是诸公的自由。但是假如以为我们也应该像诸公一样相信其方便的话——不能不说诸公至少有一些过于乐观。

我当然不能相信《假名用法改定案》的方便。《假名用法改定案》——比如废止了"ゐ""ゑ",用意想必在于删繁就简。但是若认为繁一经删去马上就会方便,则是最危险的想法。要删繁的话,天下又有什么东西比使用暴力更容易的呢?假若我想十分轻易地埋葬《假名用法改定案》,那么就应该在区区笔砚间谴责委员诸公,且在此之前暗杀诸公。我之所以没有暗杀诸公,而是驱动手中之笔——不要说这是为了稿费!第一,是因为暗杀诸公简单是简单,但我相信这绝不方便。废除"ゐ""ゑ"只存"い""え",又有谁能不承认其简单?但是如果不顾忌日本大和语言将会产生混乱的危险,是绝对不应该叫作方便的。国语调查委员会的委员诸公全都是聪明练达之士,岂能是阳里说忠孝、阴里揣炸弹的超伪善的恐怖主义者?然而看一下诸公的行为,诸公的崇拜"简"如同野蛮人崇拜生殖器,简直与恐怖主义者如出一辙。杂志《明星》的同人称诸公为方便主义者(杂志《明星》2月号所载)。方便主义者乎?方便主义者乎?我看诸公倒是"不方便主义者"。

如上所辩,很难承认我们文部省的《假名用法改定案》是出于方便目的。突然公布出这个《改定案》,便恬然以为自己已经尽到了责任,又有谁能不为我们严谨的委员诸公的天真而吃惊?然而崇"简"乃是滔滔的时代风潮。甘粕大尉刺杀大杉荣、中冈艮一刺杀原敬都可谓应顺了这种时代的风潮。因此我们的委员诸公爱"简"如饮醍醐或许并不值得吃惊。快哉!南园的白梅花瓣落在寿阳公主脸上,梅花妆不是继而风靡天下吗?然而,《假名用法改定案》不仅不顾忌我们日本语的堕落,而且会使天下将理性尊严丧失殆尽。例如,请看拟定废除的"ぢ"和"づ"!样子是"ぢ"和"づ",就要被绝对废除吗?如此一来,"常常小面憎い葉茶屋

の亭主"则必须写作"つねずねこずら憎い葉じゃ屋の亭主"。"つね"变为"づね"可以理解，而变为"ずね"则不能理解。"毛脛"读为"けずね"，照此道理"つねずね"不也就成了"常脛"吗？"小面"中的"ずら"也是同样的道理。再比如说到"葉じゃ屋"，又有谁会把"茶屋"写为"ちゃや"，而把"葉茶屋"写为"葉じゃ屋"呢？强迫人们这样写，就是企图让我们失去理性的尊严。东京人发音不准确，常常不分"じ"和"ぢ"、"ず"和"づ"，这大致近于事实。然而仅仅根据这理由便认为可以立即废除"ぢ"和"づ"，天日岂不是比长安还要远？国语调查委员会的委员诸公全都是聪明练达之士，无视理性尊严的危险诸君也应一清二楚。然而观察诸君的所作所为，简直与不相信地球是个泥圆团，或不相信等边三角形的顶角等分线可以等分底边如出一辙。杂志《明星》的同人把诸公叫作"新潮"。"新潮"乎？"新潮"乎？我看诸公倒是陶醉于朴素观念的原始文明主义者。

  我们文部省的《假名用法改定案》，是在金光灿烂的一个"简"字前面不顾日语的堕落、无视理性尊严的东西。我们严谨的委员诸公是否真的要在小学教育中实施这个方案？不，我相信这个方案是在开玩笑。假如不是玩笑，那么不可实施自不待言。即使不实施，对着我国国民的精神生命捅了一刀的罪恶，也是人和天都不能宽恕的。国语调查委员会的委员诸公全都是聪明练达之士，为何要斗胆在圣明的大正时代下此毒手？坦率地说，我对诸公的喜剧精神表示尊敬和同情。然而，不是有句"开玩笑也要有分寸"的话吗？我喜爱诸公玩笑开得如此之大，但却不能不承认这玩笑对世道人心有害而无益的事实。

看一看我们日本文章在明治维新以后的发展，就会知道有许许多多作为我们先辈的天才——换句话说，正是有了这些伟大的卖文之徒的苦心经营文章才得以成就。罗马非一日能竣工。文章又岂能与罗马有异？有关这文章兴衰的《假名用法改定案》如果轻而易举实施，可以说就极大地玷污了红叶、露伴、一叶、美妙、苏峰、樗牛、子规、漱石、鸥外、逍遥等先辈。不，可以说也极大地玷污了我们这些步前人足迹的卖文之徒。我们是生于语言上黑暗时代的人，原先连句读的原则都没有确立。给这个混沌的黑暗时代带来一缕光明的，唯有我们的先辈以及民间学者们仔细添加灯芯的两千年来的长明灯。要使这盏长明灯失去光明乎？我们的命将休，日本的文章将衰。我们严谨的委员诸公对于我等的一命呜呼，必定泰然以对无疑。（同时，当我们墓地上的松树发出飒飒之声时，无疑也会把我们的作品收入教科书且附加上作者也想象不到的注释。）然而，请想一想自从延历寺的烈火烧红了东睿山的天空以来，对日本的文章做出了贡献的究竟是文部省，还是我们？我还从来没有听说过明治三十三年（1900）以来，文部省所推行的多项改革曾有哪一次有益于文章，反倒只是使语格、假名用法的谬误在天下蔓延。谁要了解这种弊害，可以看一看至今仍然充满谬误的报纸杂志等——比如我的小说。但文部省认为自己的破坏欲仍然没有得到完全满足。纵然是玩笑或者其他的什么，发表这《假名用法改定案》也简直是和那炸弹事件如出一辙的玩笑。我不能不奇怪警视厅保安科在取缔这种玩笑上怎么这样宽松。

我当然只是一只苍蝇，附在山田孝雄氏的骥尾之后嗡嗡几声。不过，很难说除了杂志《明星》的读者之外，一天四海的恒河沙人都已了解了《假名用法改定案》的愚蠢。就是说，像预言家圣约翰一样，或者像救世军的大鼓一样，我的意图是在为山田氏的理论加大音量。然而野人不知礼，妄弄猥语恶言，上辱山田孝雄氏，下辱我们严谨的委员诸公，其罪大也。值此欲搁笔之际，谨乞海恕。死罪，死罪。

大正十四年（1925）二月

"私小说"论小见

——给藤泽清造君

揭　侠译

　　文艺上的作品分成许多种类。如诗和散文、叙事诗和抒情诗、正宗小说和"私小说"——这样数下去，肯定还会有其他很多很多。但是，这些名称未必说明了它们本质上存在的差别，而只不过是一些依据量化标准所贴上的标签一样的东西。比如拿诗来说，假设只给符合某种形式的东西冠以诗的名称，则势必把一切自由诗以及散文诗都排除在外。假设给自由诗以及散文诗也冠以诗的名称，那么这些作品所共通的特色，就只是变成了广义上"诗一般"的作品——带有艺术性。所谓韵文艺术和散文艺术的差别，也多半只是复杂化了的诗和散文的差别而已。诚然，散文艺术——比方小说，乍看上去和诗像是有些不同。但差别在哪里呢？与诗相比，小说给我们的铭感更加切合于我们的实际生活，这是人们经常说的话。而且还说，这种铭感即使在小说以外，也只是存在于使用了韵文的小说——叙事诗之中。但是叙事诗和抒情诗的差别也好，客观文艺和主观文艺的差别也好，本质上的差别是并不存在的。不必从西方寻找例证，"兰派"的短歌连作便既是抒情诗又是叙事诗。假设叙事诗和抒情诗已经没有了什么差别，想必一切诗就会像春天一样立即流淌进一切散文之中。

　　讲完了这一番话，我想来探讨一下久米正雄君首先主张、近来又得到宇野浩二君声援的"散文艺术的正道是'私小说'"这样一个看法。要探讨这个看法，就必须弄明白"私小说"是什么。据正宗本家的久米君讲，所谓"私小说"并不是指西方人所说的第一人称小说，而是只要小说描写了作家的实际生活且不属单纯的自传，那么即使是第二人称或第三人称也没有关系。可是自传或者自白，也同样在本质上并不存在与自传性或自白性小说的差别。同样根据久米君的说法是：卢梭的《忏悔录》不过是单纯的自传，而斯特林堡的《痴人的忏悔》则是自传性的小说。但是，通过阅读比较一下两者，尽管我们偶尔能够在《忏悔录》中感觉出《痴人的忏悔》的结构样式，但绝对感受不出两者在本质上的差别。诚然，两者在描写或者叙述上，会有着各种各样的差异。（如果要举出两者外在表现上的最大差异，那就是卢梭的《忏悔录》没有像斯特林堡《痴人的忏悔》一样把对话另行印刷！）然而，那并不是自传和自传性小说的差别，而是卢梭和斯特林堡考虑到时代以及地理因素所造成的差别。这么一来，必须说"私小说"之所以是"私小说"，并不在于它是否是自传，而仅仅在于它"描写了作家的实际生活"——反过来说仅仅在于它是自传。但是，是自传也就意味着是比抒情诗还要复杂的主观性的文艺。我刚才讲过，叙事诗和抒情诗的差别——客观文艺和主观文艺的差别，本质上并不存在，而只是一些依据量化标准贴上去的标签一样的东西。假如已经证明叙事诗和抒情诗没有本质上的差别，那么"私小说"也同样应该在本质上与正宗小说并不存在任何差别。因此必须说"私小说"之所以是"私小说"的原因，本质上是全然不存在的，如果说有的话，那也只是存在于"私小说"中的某个事件被认为等同于作家实际生活中的某个事件这样一个实际的事实之中。也就是说不管久米君的定义如何，"私小说"必然会是这样——"私小说"是带有"不是撒谎"这种承诺的小说。

为慎重起见再重复一次的话,"私小说"之所以是"私小说"的原因就在于"不是撒谎"。这绝对不是我一个人的夸张之辞。"不管怎么巧妙,都无法相信'私小说'以外的小说"的真实性,久米君本人也确确实实不止一次地这么极力主张。但"不是撒谎"这一点,对于实际问题的意义且不说,对于艺术上的问题并不具有任何权威性。哪怕看一下文艺以外的艺术——比如绘画也可以明白:在高野山的赤色不动明王面前,谁都不会去想实际上有没有这个背上披着火的怪物。可仅凭这种理由而对"不是撒谎"付之一笑,也太简单了些。现实中,"不是撒谎"这种说法对于文艺确实好像有些特殊的意义。为什么好像有些特殊的意义呢?这是因为人们普遍认为:文艺比起其他艺术来,与道德以及功利性的认识处于更加深刻的关系之中。可是在与这些东西毫无关系的方面,文艺也和其他艺术是完全一样的。诚然,我们在实际中——在"拿出什么、什么时候、面向谁"来发表的问题上,有时会有道德以及功利性的考虑。但是,作为超越了这一点的文艺本身,是不受任何约束的像风一样极其自由的东西。假如还没有达到完全的自由,那么我们就不能对文艺的内在价值说三道四,于是文艺自然而然地处于一种奴隶性的地位,它上有"被文艺化了的人生观",下有社会主义的宣传机关。方才已经说到文艺是像风一样极其自由的东西。假如是这样的,那么"不是撒谎"当然也会像一片落叶一样,必然会被风吹跑。不,不仅"不是撒谎",而且与"私小说"多少有关的错误见解如"作家在作品中必须时刻率直"的说法,也理应同样会被风吹跑。本来,"率直起来"或者"不欺骗别人"的说法,即便能够成为道德上的法律,它也绝不是文艺上的法律。而且作家这种人,是除了他内心已经存在的东西以外,什么也不会表现的。比方说某一个"私小说"作家,给了他小说中的主人公一个他自身所没有的孝顺的美德。既然小说中的主人公与他不同,那么说他是道德上的撒谎者或许是恰如其分的。可是，具有这种主人公的"私小说"早在还没有发表以前，就已经存在于作家的心中了。所以，他哪里是什么撒谎者，只不过是把自己内心的东西拿出来给大家观看而已。假如还认为他撒谎了的话，那就只能是这样的场合：他为了什么目的，而像卖淫一样出卖了他的天才，耽误了把他内心的"私小说"充分加以外部化（或者说表现）的机会。

所谓"私小说"，就是如上所说的小说。称这种"私小说"为散文艺术的正道，当然是荒谬的。但是，这种说法之所以错的原因并不仅仅限于以上所述。说到底，所谓散文艺术的正道究竟是什么呢？我方才说到散文艺术和韵文艺术之间的差别，并不说明它们本质上存在着差别，而只是依据量化标准贴上去的标签。这么一来，也就不能把散文艺术的正道解释成"最具文艺性的散文艺术"。如不能做这样的解释，那就唯有解释成"最具散文艺术性的散文艺术"。可是，"最具散文艺术性的散文艺术"，归根结底也只是说散文艺术。比如用纸卷烟来取代散文艺术，在烟草的本质上，纸卷烟和叶卷烟（雪茄）没有丝毫的不同。因此，如果说纸卷烟的正道是"最具烟草性的纸卷烟"，自然会很滑稽。如此，只有说成"最具纸卷烟性的纸卷烟"。于是，我根据常识的名称想问一问诸位：所谓"最具纸卷烟性的纸卷烟"，除了一般的烟卷之外又能指什么呢？散文艺术的正道之说，和说"最具纸卷烟性的纸卷烟"完全是一码事。正如这个例子所显示的一样，"散文艺术的正道是'私小说'"的议论，其破绽之处并不单单表现在把散文艺术的正道换成了"私小说"，而是从一开始在构筑空中楼阁的时候就已经露出了破绽。那么，散文艺术的正道这个东西是不是就不存在了呢？从某种意义上讲，未必能说不存在。一切艺术的正道都只是横卧于杰出的作品之中。如果说散文艺术的正道也存在于某个地方的话，恐怕那地点就在这座杰作的山上。

我对于久米君所主张的"散文艺术的正道是'私小说'"这种看法的批评，基本上已经说完。很遗憾，我的立场和久米君的立场势不两立。但是，我对于久米君的议论并非没有一点儿敬意。比如，久米君把"私小说"与自传截然区分开来。前面已经讲到我不赞成他所说的差别根据。但是还必须说，建立这种差别从某种意义上又恰恰切中了文坛的时弊。如果多少有些闲暇的话，我真打算写一篇从这种差别谈起的小论文。另外，我把宇野君的看法彻头彻尾地束之高阁了。这是因为宇野君像久米君一样，斩钉截铁地说了"散文艺术的正道是'私小说'"的缘故。当然，毫无疑问宇野君在他的议论中极力主张："我们日本人的艺术素质，比起正宗小说来，更适合于'私小说'。"但这必须看成是宇野君的玩笑话。为什么又要看成玩笑？这是因为我从我们日本人创造的正宗小说性质的作品之中，《源氏物语》且不论，还可以欣喜地历数出近松的戏剧、西鹤的小说、芭蕉的连句等——不，首先可以欣喜地历数出宇野君本身的两三部小说。

最后我想附带说一句，我所提出异议的问题绝不是针对"私小说"而是针对"私小说"论。假如有人把我看成是只对正宗小说顶礼膜拜的、小乘尝粪之徒，那么不光是我一个人的冤屈，同时也会给日本文坛上许许多多的"私小说"名篇脸上抹黑。

大正十四年（1925）十月

关于"私小说"

揭　侠译

我对于久米正雄君的"私小说"论，抱有若干兴趣。现尝试分析一下他的论点——

（一）"私小说"必须是小说。

（二）"私小说"必须以"私"即"我"作为主人公。（当然，这个"我"未必是第一人称的意思。）

前者的意思在于极力主张单纯的人生记录并不是小说。但这个立场不一定所有人都会赞同。实际上也必须指出，寻求一条界线以区分小说和非小说，是一个很好的争论点。在我看来，关于散文艺术的许多问题好像都与这个立场多少有些关系。

后者的意思在于极力主张将"私"作为主人公的艺术上的必要性。这一点恐怕也不一会完全没有异议。但今日的短歌以及俳谐，大体上就是"私短歌"，或"私俳谐"。假设这个事实是来自于某种艺术上的必要性，则须好好考虑一下为何只有小说一家不能始终是"私小说"呢。

这篇短文的用意，未必是要表明我对于"私小说"论的赞成与否。而只是对"私小说"论是怎样一种有特色的议论，给以匆匆的一瞥。在我看来，久米君的"私小说"论可以继续成为争论点。且成为争论点也必将为深化我们文艺人士的批评精神带来很大裨益。就是说，举出以上两点，目的是愿闻久米君以及各位大方君子的高见。

大正十四年（1925）六月

答藤泽清造君

揭 侠译

我在《不同调》第一号上写了一篇《关于"私小说"》。《关于"私小说"》是试图指出久米正雄君《"私小说"论》的某些特色。藤泽清造君在《不同调》第二号上写道:"你自己为什么不写'私小说'论呢?你的《关于"私小说"》不过用刀仅仅做了一二解剖而已。"藤泽君所说的解剖刀有没有真正触及久米君议论的特色,探讨这种"是"或"非"是文艺批评上的问题。但是,有没有仅仅把所谓的解剖刀放在那里就一动不动,探讨这种"曲"或"直"不是文艺批评上的问题。那是什么样的问题呢?当然是实践伦理上的问题。因此,我也没有必要多费口舌来回答藤泽君。我只是要告诉藤泽君,既然我在《关于"私小说"》中已经达到了我所预期的目的,便丝毫也没有必要进一步展开"私小说"是非论的义务。假如不幸,藤泽君不认可我的观点,那么无论通过文字还是口头,可继续多多论战。不过,到时候可不能醉了。

大正十四年(1925)八月五日

文艺讲座 "文艺一般论"

揭 侠译

我想把文艺这个问题尽量考虑得易懂一些。所谓尽量易懂,也可以换成尽量通俗这个说法。总之,是不用科学思考的方法来考虑问题。与我的这种想法相反,对文艺问题进行科学思考当然亦非不可。不,诸家所讲的文学论,都是立足于这种科学思考的产物。或者说,理应是必须立足于此的产物。假如文学论的目的是在于阐明文艺上的美以及文艺的本质,那么文学论——立足于科学思考之上的文学论,则必须成为美学各论的一种。这可是我力所不及的大事业,而且是与《文艺讲座》目的关系很远的闲余事业。因此,就像我前面所讲的一样,我想尽量通俗地来探讨一下文艺是什么的问题。另外,顺便声明一句,前面已经说了不是立足于科学的思考,所以我的想法当然难免倾向于直观。因而,可能会有不少地方只是我个人的武断。这也是由于议论的性质所限而不得已,还望各位原谅。

一 语言和文字

文艺有小说、抒情诗和戏剧等各种各样的形式。但总之任何文艺都必须使用语言。或者说,都必须使用表现那语言的符号——即文字。当然,禅宗的和尚们是说"不立文字"云云。但千真万确的是,哪怕是任何高僧和睿智之人,只要他不使用语言或文字,就连一首俳句也是无法作出的。这么说，当然并不是讲只要把语言或文字加以排列就能成为文艺。不管你怎么排列语言或文字，"等边三角形顶角的等分线可以把底边二等分"这句话，显然不是文艺。不使用语言或文字的文艺是不存在的——总之，这一点确定无疑。那么，文艺是什么呢？似乎可以说——文艺首先是"通过语言或文字的——将语言或文字作为手段的某一种艺术"。

前面已经稍微提到，把语言或文字加以排列的不一定就是文艺。现在如果将文艺比喻成一个人的话，那么语言或文字就是肉体。肉体再怎么完备，而如果没有灵魂的话，也终归只能是一具尸体。同样，再怎么排列语言或文字，而如果没有使文艺成为文艺的东西，也不能给予文艺的称号。如果是这样的，比起语言或文字来，首先抓住那可以使文艺成为文艺的东西从而明确说明这就是文艺，情况肯定要好得多。但是，这个可以使文艺成为文艺的东西，正好像前面所说的灵魂一样，却不是那么容易把握的东西。灵魂不是在肉体之中，也不是在肉体之外，而只是通过肉体来显示它自己的本来面目。能够使文艺成为文艺的东西，也和灵魂一模一样。在肉体之外寻求灵魂者，是相信幽灵的心灵学家。而要在语言或文字以外寻求能够使文艺成为文艺东西的人——必须说是一些相信类似幽灵之物的神秘主义者。不幸的是，因为我是一个完全按常识办事的人，所以方便起见想首先探讨一下作为肉体的语言或文字的问题。

方才说了"语言或文字"，现在把两者分开只考虑语言的问题。本来语言这东西是为了人与人之间的意义交流而发明的，所以它必定带有某种意义。当然，可能会有人说"啊"、"哦"之类的感叹词并没有什么意思。可是尽管它们不像其他的名词或动词一样具有清晰的意思，但也没人会把"啊，多么可悲呀！"说成"咦，多么可悲呀！"看来，感叹词也各有一套特定的用法——也可以说是具有某种意思。再有，因为语言是利用了我们人类口中发出的声音，所以它必定带有某种声音。这么说，盲哑学校聋哑学生的语言又是怎么回事？进行这种提问是不合适的。哑语虽说是语言，但其实只是代替语言的手势而已，当然不应当成为一个问题。于是，语言第一要具有某种意思，第二则要带有某种声音——这当然都是些最为常识性的问题。但即便是常识，或许对我下面将要展开的议论多少也会有些帮助。

　　再回到前面所讲的问题上来，就是说不使用语言或文字的文艺是不存在的，文艺就是把语言或文字作为手段的艺术。照此推理，文艺也应该是具有某种意思同时带有某种声音。比方说乘电车。为了乘车，必须在付款以后领取车票。不管是为了去公司乘车也好，为了去旅行乘车也好，乃至为了去花红酒绿的地方，都是难以规避的命运。语言也与这情形相同。既然使用了语言，那么它在具有某种意思的基础上还带有某种声音则是理所当然的。就是说，一首诗歌具有一首诗歌的意思，同时还将伴有声音——听起来比较奇怪，总之是要带有音调、曲调之类的东西。当然小说也好、戏剧也好，在这一点上均无两样。一切文艺都应具备意思和声音两个方面（下面进行说明意思与声音的关系）。只是，某种文艺形式不像其他文艺形式一样那么重视声音。或者更准确地说，相对来说不重视听觉效果。我们把这种相对不重视听觉效果的形式叫作散文，把比较重视听觉效果的形式叫作韵文。可是散文、韵文之间的差异当然只是相对的。所以以什么来区分它们的界线难免模糊暧昧。诚然，拿小说和短歌来比较，前者显然是散文，后者显然是韵文。不过这是因为比较了处于散文、韵文两极的形式。如果把位于二者之间的东西即韵文式的散文和散文式的韵文拿来相比，那么肯定很难说清楚。

　　然而就像前面所说，文艺就是把语言或文字作为表现手段的艺术。这么看来，既然考虑语言问题，那么也必须考虑文字。其实，文字这东西是表示语言的符号。大体上也可以说语言就是文字。它具有意思不用说，还带有一套声音。当然，因为是符号，所以文字本身是不发声的。如果哪一天发出了声，那就不是符号而是成了妖魔鬼怪。这么讲，语言和文字是完全相同的吗？那倒未必。文字具有语言所不具备的形式，这形式自古以来往往被等闲视之，但决不可草率地把它归拢到和文艺无缘的一类东西中。如果说语言是表现的手段，那么文字也是表现的手段。如果一方面特别看重语言的意思和声音，但另一方面却又漠视文字的形式，那怎么想都是有失偏颇的。

可是并非偶然，文字的形式自古以来往往被等闲视之。刚才讲到，文字是表示语言的符号——这样认定当然很轻松，其实它不光是表示语言的符号。汉字这种东方的象形文字（仔细区分的话，汉字不仅仅是象形，但因没有必要细分出指事、会意什么的，所以统统以象形为代表），如"quan"是"犬"、"pao"是"跑"一样，一字一义是毫无疑问的。但是，罗马字那般西方文字如 A 是 a、B 是 b 一样，只能是一字一音。也就是说，西方文字不是东方象形文字一样能够表示语言的符号。因此，西方语言除了少数例外（如英语的感叹词"O"等），每个词都是集合了两个以上的文字。这种文字集合的语言并不具备清晰的形式。当然，A 有 A 的形式、B 有 B 的形式是肯定的。但作为一个词来看，它包含着许多词中都有的各种各样的文字，所以作为一个词的形式——形式上的个性这个东西，也就难免变得模糊。正是由于这个原因，自古以来西方人才对文字的形式等闲视之。西方人暂且不说，除了"いろは"这表音文字外还使用着汉字的我们，便没有同样等闲视之的道理。实际上，不管讲文学论的学者怎么等闲视之，意外的是一般民众却不会等闲视之。其证据就是，你们有时候也会微微歪着脑瓜说"这个字真难看"的吧。所谓那个字真难看，也就是在说那个文字的形状，或者在说那个文字给人带来的视觉上的效果。

汉字富于视觉上的效果，无疑是不用多讲的。因而，使用汉字的文艺——尤其是仅只使用汉字的中国的文艺，除了语言的意思和声音以外，还很重视文字的形式。且看袁随园的诗："江水三千里，家书十五行。行行无别语，只道早还乡"。多是字画很少的文字，大大增强了这首淡淡绝句的情趣。当然，这种文字的形式或许不像语言的意思和声音一样，是什么支配文艺生命的大问题。可是就连日本的文艺也多少具有重视文字形式的倾向。此乃毋庸置疑的事实。

最后再重复一遍，文艺是将语言或文字作为表现手段的艺术。具体说来，就是通过（一）语言的意思，（二）语言的声音，（三）文字的形式这三个因素，来传达生命的艺术。接下来的问题，必须转移到这三个因素之间的相互关系上来。

二　内容和形式

前面说了，文艺就是通过（一）语言的意思，（二）语言的声音，（三）文字的形式这三个因素来传达生命的艺术。如果再一次把文艺比作人的话，我觉得这三个因素相当于骨头、肌肉、皮肤。骨头、肌肉、皮肤这三者，并不是骨头是骨头、肌肉是肌肉、皮肤是皮肤一样能够独立作用的东西。无论哪一方都只能是作为整体中的一环在起作用。假如骨头动了，肌肉和皮肤却不动，那么这个人要么是残疾——岂止如此，只能是一个要死不活的怪物。语言的意思、语言的声音和文字的形式这三个因素也都是在整体之中起作用的，这和以上所说没有丝毫不同。刚才所讲的第三个因素——即文字的形式，主要局限于中国的文艺，可以暂且不问。这么一来，所剩下的两个即语言的意思和语言的声音,就成为必须总是坚持整体活动,或者说不坚持整体活动则无法传达生命的东西。就拿短歌来说,一首短歌的意思和一首短歌的声音确实微妙地交织在一起。比如,请看人麻吕的诗:"山间河滩水潺潺,乱云飞渡弓月峰(足びきの山河の瀬の鳴るなべに弓月が嶽に雲立ち渡る)。"此等雄浑的情景,没有雄浑的调子是无从表现的。或者说,这一首短歌给我们带来的铭感——雄浑无比的铭感,只能是来自那情景和调子合为一体的整体。当然,相对不太重视听觉效果的形式——散文,肯定不会像短歌一样总要依赖语言的声音。但是直截了当地说请看夏目先生的《哥儿》和《我是猫》吧。那轻盈绝妙的文章格调,在很大程度上增加了轻盈绝妙作品的效果。因此,必须说散文中也存在着一个语言的意思和语言的声音合为一体的整体。我所说的内容,不外乎就是指这个"整体"。

当然,关于内容历来就有各种各样的解释。实际情况是,某些人们所谓的内容,如果是小说的话是指一篇梗概,如果是短歌的话是指一首短歌的大意。再次拿人麻吕的短歌作为例子的话,人们会把这首短歌的内容单单理解为:"随着山中浅滩的流水作响,弓月峰顶也挂上了云彩。"然而,所谓内容指的就是内在的整体,所以把它叫作一篇梗概、一首大意的话是滑稽的。假如这就是内容,那么一个人与一具尸体便不能不成为同样的东西。进一步讲,某些人所谓的内容,是指作品——主要是指散文中所包含的思想或者道德。比如,他们认为《哥儿》的内容仅仅是要说明"最坏莫过于伪君子。因此,所有的人都应当好好治一治伪君子"而已。这种认识,与内容是内在的整体这句话不相符。就算酒精是从酒中提炼出来的,也没有任何人说酒就是酒精,此乃一个事实。当然,个别的喝酒人有时说大话讲昨晚的酒精发作今天早晨还头疼。这不过是句玩笑话,没有必要较真。关于"内容"这个词,相信另外还有各种各样的解释。而一些人通常所说的内容,统统不是我所主张的内容。我说的内容就像前面所讲到的那样,是指语言的意思和语言的声音合二为一的一个整体。

可是对内容做这种解释的话,难免有人会提出疑问说:"那么,内容是不是就等于文艺本身啦?"实际上,内容和文艺本身基本相差无几。然而,若要问是不是完全相同,回答是那倒未必。老是重复不好意思,再说一遍的话,那就是:文艺是把语言或者文字作为表现手段的艺术。可是,文艺上的作品总是由一些话语来组成。可以说,就没有由单独一个词语所构成的作品。比方讲,就连在所有的韵文中间最短小的俳句,也包含了有着十七个音节的几个词在内。这里,不能等闲视之的是这几个词组成其作品的排列方式。"把书拿来!"以这句话来说,如果胡乱排列——说什么"来书拿"的话,别人自然不能理解。不过,我所讲的排列方式并不是说的这个。而是指,说"秋意深深暗思忖,隔壁邻居何事人(秋深き隣は何をするぞ)"好呢?还是说"秋色迟暮暗思忖,隔壁邻居是何人"好呢?或者说"究竟何事人?相邻暗思忖。暮秋孤寂生,悲凉想邻人。"须考虑排列方式等"究竟怎么表达为好"?就是说,不是辞是否达意的问题,而是词语的排列方式能否传达生命的问题。假如对几个词语的排列方式不能置若罔闻,那么对几个词语组成的一句、一节、一章等的排列方式,毫无疑问也不能不管不问。进而看看分为三部的长篇小说,便会知道由几句话构成的一节,进而由几节构成的一章,进而由几章构成的一篇——这颇为费事的一篇的排列方式,毫无疑问也不能置若罔闻。即文艺上的作品,小自由十七个音节几个词语构成的俳句,大到由几千句、几百节、几十章若干万字构成的长篇小说,统统遵从着某种排列方式——或者说遵从着支配其作品的构成上的原则。凡是不服从这种构成上的原则的,任何内容都不能一跃而成为文艺作品。单纯的内容——缺少了这种构成原则的内容,最后只能像不成桌子形状的桌子、不成椅子形状的椅子一样,成为一个不得要领的东西。也就是说,文艺上的作品一方面在有着内容的同时,另一方面必须有着给予其内容以形式的、某种构成上的原则。相对于前面所讲的内容,我称之为形式的东西,其实就是指的这种构成上的原则。

如上所述,内容是绝对需要形式的。同时,世上也没有不具内容的形式。我说"缺少了形式的内容,与不成桌子形状的桌子、不成椅子形状的椅子是一码事"。因此,缺少了内容的形式,也就和不成桌子的桌子形状、不成椅子的椅子形状成了一码事。这样的东西当然是无法想象的。这么说来,无论是内容还是形式,其实两者是不可分割的——或者必须说它们处于一种不即不离的关系之中。比如,请看前面多次列举的人麻吕的短歌。那雄浑的内容如果不通过"山间河滩水"等词语的排列形式,是不可能存在的。即便存在,那内容和形式也只是一个不知"是云是山、是吴是越",给人印象极其平淡的玩意儿。当然,我前面已经这样做了,下面仍然打算把内容和形式比作水啦油啦一样地展开我的叙述。不过,这种加以对比的议论只是一种姑且的手段,目的是便于说明问题。事实上则必须明白,那是一种无论如何不可分割开来的、被倒霉的因缘捆绑在一起的东西。

对于形式这个词,也有各种各样的解释。的确,我自己在前一章("语言和文字")里论述韵文和散文之间的差异时,说了比较重视听觉效果的形式和相对不重视听觉效果的形式,也使用了形式这个词。另外,当人们一般说到短歌的五七五七七以及俳句的五七五的排列顺序时,也使用形式这个词。然而,这种意义的形式都是狭义上的形式。和我们把炭火简称为火是同一个道理。炭火是火,一点儿也没有错。但广义上的火,除了炭火以外,自然还包括灯火的火啦、火灾的火啦等等。广义上的形式——相对于内容的形式,也像广义上的火一样，是超越了狭义形式的、遍布一切文艺的形式。与广义的形式比较而言，狭义的形式或许可以叫作一种规定。

勉强也罢，以上总算对"内容与形式"的问题做了一个自己的交代。这个问题看似简单，其实非常麻烦。不过我自己认为，这个问题已经按照我自己的认识基本上解决。所以下面就让我们来更加深入地探讨一下内容的问题吧。当然，如果展开内容论，很可能自然地说起与里见弴君的《小说内容论》相同的话来，也或许说起不相同的话来。结果不论如何，都是由于《文艺讲座》的性质所造成的，真的无法避免，还望诸位能够宽容为盼。

三　内容

我前面说过，所谓内容就是指由语言的声音和语言的意思合二为一的"整体"。比方说"山间河滩水潺潺，乱云飞渡弓月峰"这样一首短歌的内容，就是这一首短歌带给我们的、某种铭感的整体。因此，当我们考虑内容的时候，无疑也可以像下面一样分成两层意思：就是说第一，使我们看到了"山间河滩水潺潺，乱云飞渡弓月峰"这样一个情景；第二，使我们感受到了情景中的情调。可以做出这种划分的，当然不仅仅是短歌。俳句也好，小说也好，戏剧也好，一切文艺上的作品都应该能够通用。就拿近松门左卫门的《大经师昔历》来说，毫无疑问也可以分为：一使我们认识到了茂兵卫的悲剧生涯；二使我们感受到了悲剧生涯的悲哀两方面，即认识性的一面和情绪上的一面。因此可以说，文艺上的内容首先是从具备这两个方面开始的。当然，这两个方面事实上也许没有划分得那么清楚。不过，为方便起见，我想也还是能够像上面一样把它们加以划分的。

我在前面说过"等边三角形的顶角的等分线可以等分底边"

不是文艺。这是因为,它完全缺少了诉诸我们情绪的方面。那么某种情景——不仅仅是情景,某种事实什么的也可以,总而言之是指认识方面。这认识方面的、那些全然不成为语言的东西,不论怎样诉诸情绪,也是必须退出文艺圈之外的。如只有通过声音以及色彩才能传达的情绪,当然应该在这个范围以外。近代文艺自从法国的象征主义以来,像表现主义、达达主义等在把握先前文艺绝望了的情绪方面,当然获得了成功。但还是那句老话,文艺是将语言或者文字作为表现手段的艺术。如不能超越这种限制,就仍然不能承认不是文艺内容的情绪。如康定斯基的题为《即兴》的画,只是各种色彩的组合,而看不出究竟是画了什么(如果能有插图就好了,但《文艺讲座》的经济状况确实不许可)。这种绘画所传达的情绪,想必任何达达主义的诗人都是根本无法用语言加以表现的。自然,如果有哪位吹嘘自己达成了表现,那是他的自由。实际上,至少我对此不得不抱有怀疑。不,其实不必举康定斯基的例子也是可

以的。如"道入"陶杯,以及该图所传达的情绪就应该列在文艺的范围以外。当我们被某种事物深深感动的时候,大半总想用"无法形容"来表达。其实不光我们,这也是文艺自身发出的叹息。

　　前面已经讲到文艺内容应当包括认识和情绪这两个方面。由于文艺种类的差别,这两个方面也会自然地产生变化。首先,短歌、抒情诗(短歌当然也可以归入抒情诗之中,但这里所说的抒情诗是指短歌之外的抒情诗)等,是情绪方面占优的文艺,同时也是最接近音乐那种纯情绪性艺术的文艺。法国诗人魏尔伦在著名的《诗的艺术》中说:"最最要紧的是表现出音乐性来。"这当然正因

为是抒情诗，才可以这么要求。可这种要求恐怕短歌也未必能够响应。另外，小说、戏剧等是认识方面占优的文艺，同时也是最为接近哲学那种专事认识性学问的文艺。既然列举了魏尔伦的例子，不妨顺便再举出一个西方人易卜生来，这个挪威的戏剧家甚至倡导问题剧。当然，也正因为是戏剧以及小说，才可以这么倡导。纵然是柿本人麻吕，也肯定作不出问题短歌之类的东西来。就算勉强作了出来，最后也只能成为像歌谣一样的和歌。假设我们现在认为小说、戏剧等排列在文艺的右手，短歌、抒情诗等排列在文艺的左手，那么则必须承认其他种类的文艺显然是位于这两者中间的东西。关于这一点不必一一举例。请原谅。总之，中间状态的东西亦有多种多样是确定无疑的。诚然，文艺的内容是一块地面，它无疑上以"道入"陶杯所传达的情绪为界，下以"等边三角形的顶角的等分线可以等分底边"的认识为界。但是，即使是在这块地面上，一部部在此发芽、开花的作品的内容，毫不夸张地说也是千差万别的。古代，希腊人把诗歌女神限定为九人——而且其中还包括了天文女神及历史女神。假如现代的我们要制造诗歌女神的话，绝不会只有九人或十人。而会需要什么俳句女神、问题剧女神、心理描写的女神、"私小说"的女神、达达主义的女神——总之需要许许多多的女神。

　　文艺内容的复杂性如前所述。看一下文艺的一种类型——如小说，也会有基本上相同的发现。诚然，小说和戏剧等属于文艺的极右派——即认识方面占优势的东西。但是，其中也会在认识因素的多少上——或反过来说在情绪因素的浓淡上，有着无数的差异。比方说菊池宽君的小说，认识方面的因素就非常之多。《忠直卿行状记》也好，《恩仇的远方》也好，都带有哲学的味道。而佐藤春夫君的小说虽然缺乏这种因素，可情绪方面却是丰富的。无论《过于孤独》，还是《阿绢及其兄弟》，大致都可以当作以散文形式写下的抒情诗。然而把一方叫作真的、另一方叫作假的，却是不行的。或许有的君子硬要说行，但我认为不行。我觉得哪一方都有它存在的权利。为什么有这个权利呢？这是因为就像前面讲到的一样，文艺上面以"道人"陶杯所传达的情绪为界，下以"等边三角形的顶角的等分线可以等分底边"所传达的认识为界，可以拥抱多种多样的内容。

如果想把这一点再说得清楚一些，就必须重新回到前面所讲的定义上——使用定义这个词未免大了些，总之有必要回到类似定义性质的东西上来。文艺是将语言或者文字作为表现手段的艺术。另外，语言第一具有意思，第二具有声音。现在，声音暂且不论，语言只要具有意思，就绝不可能摆脱认识的因素。音乐作为表现手段的声音以及绘画作为表现手段的颜色，没有这个因素也可以成立（当然，如果在绘画中画了人、马或者树木等东西，只要能够看出是人、马或树木，就肯定包含着这种因素）。但是语言则应该在于：说到"山"，不论能从"山"中感受到什么样的情绪，但总而言之要有"山"这个东西让人认识。诚然，"噢"啦"啊"的感叹词或许只能传达情绪。可即使能够传达情绪，单单几个"噢"啦"啊"的也是作不出一首俳句的。即使在"松岛啊！松岛，松岛"或者"哎呀呀，好一个樱花吉野山"这样的俳句中，也是要有"松岛"和"樱花吉野山"这样的词语（只是二者都是俗语）。因为文艺以语言作为表现手段，所以无论如何也丢不下认识的方面。不，反倒可以说：文艺比起其他任何艺术来，以它的认识因素之多为特色。假如把绘画和音乐比为金和银的话，那么文艺可以是铁。铁以比金和银更加坚硬为特色。我们的祖先正是利用铁的这个特色，制造出了剑和矛。他们利用文艺的特色——认识因素颇多的特色，过去创作了叙事诗，现在创作出小说，也和创造剑与矛同理。因此，在小说中由于认识因素的多少而产生各种各样的差异，也只能认为是理所当然的。钢铁和锻铁尽管有差别,但在同为铁这一点上是一样的。如果有人对锻铁说,你小子太软不配是铁,想必锻铁也会感到为难。既然具备了铁的特色,那么不管是钢铁还是锻铁,都应该同样作为铁来对待。喜欢什么样的文艺,当然是各位的自由。但,若是哪位说走样了就不行——如不是抒情诗就不是文艺、不是自然主义的小说就不是文艺什么的,则肯定有些问题。何况要进一步细分并试图在文艺上画地为牢,那就更是问题中的问题了。

此外,认识和情绪这两方面不光给文艺带来横向的特色,还带来纵向的特色。意思是说,由于时代的不同,有时认识的因素多一些,有时情绪的因素多一些,分别带给一个时代某种特色。十九世纪前叶兴起的浪漫主义文艺,就是情绪因素居多——毋宁说太多。而作为这种现象的反动,世纪末(所谓世纪末,主要指十九世纪末期)兴起的自然主义文艺运动则以认识的因素居多,是无须赘言的。前面提到的挪威作家易卜生以及英国剧作家萧伯纳等人,都是其中的领军人物。的确,萧伯纳在《易卜生主义的真髓》一书中说过"在戏剧中加入议论,是新时代剧作家的特色"。不仅如此,他还在自己的剧作卷头附上了一篇长长的论文。据他自己的说法是,"自古以来普遍认为,艺术家不可以对自己所描写的东西加以说明。如果这样做了,就会说和画了一幅鸡的画之后注明'这是鸡'一样愚蠢。可是,根本就没有'因为说明了所以才愚蠢'的道理。在大学的画展上,又有哪一位画家不是在自己的绘画下方,注上什么'山景'啦'少女的肖像'啦等等?"当然,萧伯纳的这一番议论即便能够证明给绘画加注并非愚蠢之举,却难以成为给戏剧加上一篇论文的辩护——这是题外话。另外各个时代文艺的变化,并不一定是单纯根据认识方面的多寡,或情绪方面的浓淡来衡量的。其他还有各种各样的看法,如不参照其他的各种各样的看法,理所当然会有许多问题无法说明。

文艺可以有多种多样的内容——换句话说，多种多样的文艺都有其存在的理由，已经如上所述。接下来，要转移到下面的问题。但在此之前，我想稍微讲一下通俗小说的问题。浪漫主义文艺挺好，自然主义文艺也挺好，于是可能有人会问"通俗小说也好吗？"也许没人这样问。咱们就假设有吧。西方也有通俗小说。英国小说家本涅特虽然给自己的通俗小说起了一个好听的名字"空想小说"，但却是通俗小说无疑。要说通俗小说与一般小说有多大差别的话——当然，如果把报纸上的插图小说都认定为通俗小说，那么问题就非常简单地解决了。可再稍微深入一下思考的话，便会发现其区别并不那么清楚。比起空谈的道理来，还是让我们来看一看事实吧。有一部小说是法国小说家雨果写的《悲惨世界》。假设把它变成日本报纸上的插图小说，会否成为通俗小说呢？如果说不会，那也没什么可说的了。但是，黑岩泪香将《悲惨世界》加以编译于是成了小说《啊，无情》，博得了举世的喝彩。最近，久米正雄君又将《悲惨世界》加以编译并命名为《此等悲惨》，好像也同样受到了欢迎。因此，必须说《悲惨世界》作为通俗小说也可以获得成功。从这个例子可以看出，通俗小说和一般小说并没有太大的差别。假如要说它和一般小说有一些区别的话，那么这区别与其说在于"是不是文艺"的问题，毋宁说是文艺价值"或多或少"的问题——或者说不是质而是量的问题。另外，即使作为量的问题来看待，好像也很难断定以通俗小说写成的东西就一定文艺价值低下。要说通俗，必须说近松门左卫门的净琉璃以及井原西鹤的浮世草纸也曾经是十七世纪的通俗戏剧和通俗小说。另外，原本准备在这一章当中讲讲童话故事和无义诗，可是眼看《文艺讲座》接近收尾，这方面就留待日后再讲吧。下面，让我们来考虑一下结论的问题。

余　　论

　　前面讲了内容论的问题。可还想讲点儿什么——毋宁说还有问题可以讲一讲。但一方面《文艺讲座》行将结束，另一方面又怕有臭婆娘裹脚之嫌，所以先到此打住。幸好还有一次讲话的机会，接下来就把以上所述放到实际中应用一下。当然，所谓以上所述，主要是指内容论。

　　究竟应用到实际中的什么问题上呢？选择起来颇令人为难，不妨先来看看技巧的问题吧。技巧在文坛的名声不是太好。但据我看来，好像是一开始就先入为主地给了技巧一个不好的意思，接下来就总说它不好啦、不像话啦什么什么的。这就和说"甲野乙吉是个坏人，这小子真差劲"是一个道理。如果能把甲野乙吉为何是个坏人的道理加以说明，则另当别论。问题是，如果在暧昧模糊之中先把他当成个坏人然后再说他真差劲的话，那么甲野乙吉必定会蒙受不白之冤。技巧——技巧不会喊冤也就算了，可被说成精于技巧的作家——像里见君等人想必会无辜受扰。那么，技巧是什么呢？只要不从一开始就让它带上"雕虫小技"啦、"狗尾续貂"啦这种不好的意思，那么只能认为它是表现某种内容的手段。所谓内容，就像前面讲的既不是一篇文章中所显现的思想，也不是贯穿一篇的情节，而是指将它们全部包含在其中的整体。而且这个整体和形式处于一种不即不离的关系之中，自是不必多讲的。所谓技巧，就是表现某种内容的手段，即给内容一种形式的手段，所以必须说把它等闲视之是不对的。据说，当托尔斯泰听到有人在读普希金的短篇时说了一句话："对！短篇就要这样，从一开始就抓住读者。"眼下正在旅途当中，身边未带参考书，不过至少是说了近似的话。因为这样的窍门啦、诀窍啦就是技巧，所以这方面越巧妙越好。的确在我看来，《安娜·卡列尼娜》的第一章（当然《安娜·卡列尼娜》是部长篇小说）就是托尔斯泰上述话语的真实表现。

下面来看一下与技巧关系较远的、文艺作品所具有的思想问题。在文坛，这一点也动辄会遭到不恰当的非难。有的作品若是具有"人性本善"的思想，就会受到什么孟子也有这种思想啦、这种作品无聊啦之类非议。但是某一作品所具有的某种思想的哲学价值，未必能够等同于作品的文艺价值。如果单单考虑某一作品具有的某种思想的哲学价值，那么歌德也好、莎士比亚也罢，恐怕他们的光彩都要大打折扣。确实，萧伯纳好像曾对莎士比亚的思想投以不屑的一笑，幸而并没有对诗人莎士比亚也投去不屑的一笑。我在前面说了，内容有认识的因素和情绪的因素这两个方面。所谓某部作品具有的思想，就是这种认识因素的进化物。因此，必须说其作品的哲学价值仍旧和所有的认识因素一样，支配着作品的文艺价值。但是，即便某作品的认识因素十分平凡，也未必连作品的文艺价值也会变得平凡起来。如，大家可记得近松门左卫门的净琉璃剧作《长枪权三》中有这样一句话："笹野权三是好男，光彩照人是美男，有情有义性中男。"这句话的认识因素简直就像是扯淡，说到底这句话的认识因素真的乏味透顶，只不过说了"笹野权三君是个好男儿"之意。可是并没有哪个人出来骂，"什么好男好男的！净说废话。"其他作品所具有的思想，与此也不过是五十步与百步的关系问题。当然，如果一部作品中有着前人未曾发现的思想，想必该作品就能够震撼世界。但在文艺上成为问题的，最重要的并不是持有什么思想，而是怎样表现一种思想，即作为一个文艺的整体能够产生何等铭感。易卜生上一世纪末期的《玩偶之家》，除了在戏剧上的成功之外，还因为它有着新颖的思想，所以世人的眼睛为之一亮。而随着那思想新鲜度的丧失，作为过去褒奖过度的反动力，现在倒像是有些贬低过度了。至少可以肯定，在日本文坛存在着这种倾向。然而，既然娜拉的悲剧之中生命的火焰在燃烧，那么《玩偶之家》的文艺价值就应该在世界文艺的天空中自然地占有一个星座。不，或许已经占有也未可知。所谓某某作品可以成为古典，或者能够获得古典的价值，就是指占据了一个星座，那作品唯有的文艺价值被公认。

下面顺便将方才讲的东西拿来，对照一下昨天曾经流行、明天也可能继续流行的无产阶级文艺。当然，在何谓无产阶级文艺的问题上，有着各种各样讨论的余地。不过为方便起见，如果把通俗所说的无产阶级文艺看成是具有无产阶级思想的文艺的话，仅仅凭借有着这种思想，能否成为经济学上的问题姑且不论，依旧难以成为文艺上的问题。实际上仅凭这一点，古往今来任何国家都从来没有作为文艺上的问题，万一有的话想必也只是在日本。如果因为一部作品里没有无产阶级思想就骂它无聊的话，当然是太离谱了。而且文艺上的内容，上以"道入"陶杯所传达的情绪为界，下以"等边三角形的顶角的等分线可以等分底边"所传达的认识为界，是一块宽广的地面。因此，肯定有的文艺其中别说无产阶级思想，就连带点儿思想特征的东西都装不进去。比方抒情诗就是其中一例。我以为天下所有的抒情诗人，哪怕是在工农政府的红旗下面，也仍然会发出与苏格拉底漫步 Akropolis 之丘时相差无几的咏叹来。这一点也没有关系，抒情诗的性质决定了它应当如此。要求这样的抒情诗也要有无产阶级思想，和命令蝴蝶必须把牛排吃掉并没有什么两样。道理看起来明白，但昨日无产阶级文艺流行的时候，甚至出现了所谓的无产阶级俳句。也就是说，出现了主动要吃牛排的蝴蝶。

这样应用于实际问题，还应该有许许多多的废话能说。不过，以下就交给大家自由应用好了。另外本文中遗留的问题，留待以后

《文艺讲座》更新时再讲吧。现在，就宣告我的《文艺泛论》到此完结。

大正十四年（1925）

文艺讲座"文艺鉴赏"

揭　侠译

一

　　要鉴赏文艺作品，则必须具备文艺素养。缺乏文艺素养的人，不管接触什么样的杰作，跟随什么样的良师，结果也只是鉴赏上的盲人。文艺和美术不太相同。这种盲人的例子多出现在喜爱书画古董的富豪身上，则是众所周知的事实。但是有无文艺素养也要看程度的差异，不能像判定有没有桌子或椅子那样加以明确断定。比如，我自己比起歌德或莎士比亚等文豪来，可谓缺乏文艺素养，或者也可能连更加微不足道的作家也比不上。可是，若是和野田大块先生等人相比的话，文艺素养至少俳谐的素养则要多得多。这一点，你们也是同样。因此，对文艺感兴趣的人，可以认为自己具有文艺素养并为之陶醉。至少，自我陶醉肯定是具有幸福感的。

　　这么说，只要具有文艺素养是否就可以很容易地鉴赏文艺作品了呢？答案是否定的。仍然和创作一样，鉴赏也需要经过相当的训练。当然，邓南遮十五岁时出了诗集，还有池大雅五岁时就经常画画，自古以来的英灵汉在创作方面也发挥了天生的才能。不过，这些都是称之为天才的怪物所为，我们凡人可以不必在意。且与其说他们的早熟没有经过训练，莫如说他们是在令人惊讶的短时间内，令人惊讶地接受了深刻的训练则更为妥当。因此，我们凡人就更要坚定自己接受训练的决心。不，不光是我们凡人，就算是任何天才,只要他胸怀超过天才的大志,就当然应该接受加倍的训练。实际上不妨一读有关天才的传记——如森鸥外先生的《歌德传》(关于歌德的名字,森先生与别人的写法不同,常把"ゲーテ"写为"ギョオテ")。所谓天才,甚至可以说就是指一种在任何情况下都不会让受训机会溜走的才能。

  接受这种训练的结果,使鉴赏的深度得以加深,鉴赏的范围得以扩大。那么,这会起到什么样的作用呢?当然,加深或扩大的本身将丰富我们的人生确定无疑。人生如同用生命付款的咖啡馆,如果在此能够品尝到各种各样的滋味,便是莫大的幸福。另外,鉴赏的深度加深,鉴赏的范围扩大,自然还会给创作带来很大的益处。本来艺术这东西——不,与其空发议论,或许举出实例更加容易理解。所谓实例,指的是罗丹的故事。罗丹去佛罗伦萨的时候,看到了米开朗琪罗的雕刻。他所看到的可不是米氏一般的雕刻,而是历来被称之为"毛坯"的、晚年的雕刻。当然,所谓"毛坯"的说法,并没有得到米开朗琪罗自己的证实。那尊雕刻只是在大理石石头中浮现出一个模糊的人影。如加以粗略形容,就像是一个自从开天辟地的远古以来,长期沉睡在大理石石头中的,莫名其妙稀奇古怪好不容易才睁开了双眼的人影。当罗丹看到这雕刻的时候,被这"毛坯"——毋宁说被这茫漠、无限的美所深深打动。于是,他便在那大理石的石块上创作出了半人雕刻——《诗人和缪斯》。因此,罗丹成长的一步与他接触米开朗琪罗的"毛坯"品发生了联系。可是,看到这个"毛坯"的当然并非罗丹一人。古往今来,无数男女出入过陈列着这件作品的佛罗伦萨博物馆,可没有一人像罗丹一样看出了伟大的美。如此看来,必然得出一个结论——罗丹成长的一步和鉴赏前述美发生了联系。这当然是一个真理,它适用于任何艺术家。诚然,能够鉴赏美未必就能够创作出美。可是不能鉴赏的美无论如何也是创作不出来的。因此,自古以来的英灵汉接受鉴赏训练是精益求精的。他们不只在文艺作品的鉴赏上，而且还经常着力于美术、音乐等方面的鉴赏训练，并把在这里敏锐捕捉到的东西活用到文艺创作上。特别是歌德的一生，本身就说明了这种艺术上的永不满足。当然，加深鉴赏的深度或扩大鉴赏的范围会给创作带来很大的益处。对此或许无须多言。可是观察一下有志于创作的人——至少自称有志于此的青年诸君的学习态度，便会发现他们虽然勤于动笔，惯于和稿纸打交道，却并不勤于阅读，也不大和书籍打交道。这样的话，岂止是漏看米开朗琪罗的"毛坯"品，简直和白白从佛罗伦萨的博物馆前通过一模一样。平素我总对这种倾向抱有莫大的遗憾。所以尽管有拉杂之嫌，还是顺便强调了鉴赏训练对于创作的重要性。

　　鉴赏训练的必要性——如果按照有利于我的解释来讲就是这个鉴赏讲座的必要性，如前所述。如果现在为了促进这个鉴赏训练而不得不多说几句，那么可以大致指出以下三点：第一，怎样鉴赏才好呢？其二，鉴赏什么样的东西才好呢？第三，参考什么样的鉴赏评介才好呢？或许以上三点并不能全部代表有助于鉴赏训练的话语。可我又觉得，以上三点大致涵盖了比较重要的所有问题。因此，下面就进入第一个问题。"怎样鉴赏才好呢？"在此之前，我想提请大家注意的是启动鉴赏的临界点。盲人与绘画的鉴赏无关，聋者与音乐的鉴赏无关。同样，文艺的鉴赏则开始于读文解意。万一有人立志于文艺的鉴赏却不识字，便请加紧学习——听起来像是开玩笑。不过这听起来像是玩笑的事儿，也并非人人心知肚明。其证据是，歌人中若有人使用了万叶时代的词语作诗歌，便会招来"使用夹生古语，真是岂有此理"的责难。可是，歌人并不知道你懂不懂古语呀。对于歌人来讲，古语新语是无所谓的，只是使用能够寄托自己生命的话语。或者说，是使用除了此等话语便无法表达情绪的话语。假如有人感到古语夹生，在责难歌人之前，就应该先去读读解略，了解古义而打好自身古语的基础。自己不去这样做，反而一味责怪歌人，既不合理又滑稽。若是连这种滑稽也允许存在，那么不认识英语的人肯定会出来责怪莎士比亚说："为什么要写英语的《哈姆雷特》？"可是并没有人来责怪莎士比亚的英语，而只是有人抓住歌人的古语加以责怪——这显然是一个无视文艺鉴赏原则的实例。文艺鉴赏开始于会阅读文字，能理解意思。这样看，再怎么听起来像是常识性的问题，也有必要在进入正题以前，充分牢记这一原则。

另外顺便声明一句，所谓"会阅读文字和能理解意思"，不能和会读政府公报并能理解意思做相同的理解。我在本文开头的时候讲了，缺乏文艺素养的人，不管接触什么样的杰作，跟随什么样的良师，结果也只能是鉴赏上的盲人。所谓"鉴赏上的盲人"，是指感觉上无法区分赤人人麻吕长歌与银行、公司章程之差别的人。我所说的"理解"，并不是只把樱花理解为一种花木。而是在理解成一种花木的同时，能够自然而然地产生某种感觉——用带有哲学味道的话说，那就是指在进行认识性理解的同时还要做情绪性的理解。

当然，好感、恶感权且不论，总之必须伴随着某种情绪。假如有人立志于文艺鉴赏，却只能将樱花理解为一种花木，话虽刺耳也不得不这么说：此人与文艺鉴赏无缘，最好离文艺远点儿。这比起不识字来更加难以改进。所以是更加致命的弱点。其证据是，请看一些认字很多的文科大学教授，他们时而——毋宁说是经常，比起那些识字更少的大学生，鉴赏上却是更加差劲的睁眼瞎。

二

应当怎样鉴赏文艺作品，当然是个大问题。我的主张是，要首先并且主要面对作品。不要事先带有什么成见,"这个作品是这一类的,那个作品是那一类的。"何况文艺评论家的片言只语,就更不能把它当成一个束缚。能不当束缚便最好别当。总而言之,有必要直接接受作品所给予我们的东西。当然,可能会出现下列疑问,"虽然没有读过他的这部作品,但读过他其他的两三部作品,这种作家的作品又该怎么办呢?"这和前面说的仍然一样。即便出于同一个作家,也不能保证他的作品与以前的作品完全相同。实际上,斯特林堡自然主义时期的作品和以后的作品风格迥异。请比较一下《伯爵令爱由丽艾》和《致达马马库斯》。前者残酷的现实主义与后者梦幻般的象征主义之间显示出了巨大的差异。如果根据一方作品类推出某种成见,再以成见来看待这种现象的话,无论如何是要失望的——即使不失望,说到底也容易在鉴赏上产生混乱。当然,人做不到绝对不带有一点看法。对于任何一部作品,人们都会从作家的秉性、作家的流派、书籍的装订或插图之中得到某种暗示。我的主张并不是要大家排斥这一点,而只是希望把这种影响尽量减少。下面的故事是不关文艺而有关图画的。一个曾画撒罗米插图的叫作比尔兹利的青年,有一次把自己的几幅作品拿给人看。这时,人群中有位名人是惠斯勒,曾画下著名的《卡莱尔肖像》。惠斯勒对比尔兹利的作品没有多少好感,所以最初对出示的绘画并没有特别在意,瞧是瞧了但表现得比较冷淡。可是当他一幅一幅看下去的时候,他却渐渐激动起来,终于对之赞不绝口。据说,听到这话的比尔兹利,对前辈的夸赞格外喜悦,不由得双手掩面大哭起来。幸好比尔兹利的作品打破了惠斯勒对他抱有的成见。可是,万一惠斯勒固执己见呢?那么就不仅仅是一个比尔兹利的不幸,同时也是惠斯勒的不幸。当我读到这则趣事的时候,心想比尔兹利当时肯定会高兴的。同时还想,惠斯勒当时也会同样高兴的。我所说的忌讳成见并没有别的什么意思。而是因为在许多情况下,只是由于评论家的片语只言便容易形成某种看法，结果使得一些优秀作品被人忽略。

然而有时，即使直接面对世界名著也不一定就会产生什么铭感。这种情况下，又该怎么办呢？我要说：不要生硬地迫使自己感动，就那样暂时放放不去读它。其实，无论阅读何等优秀的作品，势必受到读者的年龄、经历或修养的种种制约。因此毫不足怪，任何人都有感到费解的时候。尽管这也并不值得骄傲，但至少应该比自欺欺人、故意装出一副受感动的样子好些。不过以前没有读懂的作品，也要尽量反复读读才好。读着读着，有时就会眼睛一亮恍然大悟。自古以来，禅宗的和尚主张什么"啐啄之气"。这话是把大彻大悟比喻成了小鸡，告诉人们为了一只小鸡的出生，鸡蛋里面小鸡的嘴和鸡蛋外面母鸡的嘴必须同时把蛋壳啄破。理解文艺作品也与此相同。只要读者的心境变化了，就会如破竹一般越过鉴赏的难关。那么要想养成那样的心境，走什么样的道路才好呢？其中一半是后面将要出现的问题，即鉴赏什么样的东西才好呢？或参考什么样的鉴赏评介才好呢？另一半则是人的修炼。换个更加通俗的说法，则是如何成为一个杰出的人。把目标定在文学青年上是不行的，当代才子也不行，自命为才子更是不行，而是要成为一个普通意义上了解人情细微变化的、真正的成年人。这样讲，可能会有读者说出"大事业"之类的风凉话。不过，能够随心所欲地鉴赏的确是人一生的大事业。

所谓率直地面对作品，是指面对作品时的整个心态。从打动心灵的方式来说，必须尽可能仔细地依序阅读。假如是小说，不用说情节的发展、人物的描写方法等等，就连每一行文字的遣词方法亦须注意。我认为，这一点对于有志于文艺创作的青年来说十分必要。请细心阅读那些古往今来被称为名著的作品。一篇铭感之作蕴酿源泉，潜藏在各处。托尔斯泰著名的《战争与和平》是一部空前绝后的长篇小说。然而那令人惊异的铭感必定产生于细微之处的精妙描写。请看罗斯托夫伯爵家里的德国人家庭教师（第一卷第十八章）。这个德国人家庭教师并非主要人物，毋宁说是一个可有可无的小配角。但托尔斯泰就在描写伯爵家晚宴的寥寥数行中，令他的性格跃然纸上：

"德国人家庭教师试图一个不落地记住食物、甜点、酒品等东西的种类。目的是为了在日后发往故乡家人的信中做详尽的介绍。所以每当仆人携着餐巾纸包裹的酒瓶、停也不停地走过时，他就满怀极大愤慨地拉长了脸。可是，却又故意装出一副'谁稀罕这种酒'的样子来。他之所以希望得到酒，不是因为特别口渴，也不是因为根性下贱，只是因为他有着极其优雅的好奇心。不幸的是，竟没有得到一个人的认可。想到这里，他难过起来。"

虽然译文十分拙劣，但我想传达出了大意。就像我前面讲到的那样，如果没有这些细微的美，那么《战争与和平》十七卷的铭感——那坚实而宏大的铭感是不可能产生的。这样说，乃是创作之上的问题。可把它转到鉴赏上来，也就是说如果连这种细微之处的美都不能鉴赏的话，就根本无法清晰地把握住坚实而宏大的铭感。其结果，只能受到某种朦胧的感动。这种仔细的阅读，只要不忘记一篇的大局，读得越细越好。没有生长在俄罗斯的我们，根本不可能连托尔斯泰的小文章也全部通读。这虽然是不得已的命运，但我们要有外国人能看出我们也能看破的气概。中国人自古就有"一字之师"的说法。诗词中哪怕只是一字欠妥，也无法传达神韵。于是便把改正其中一字的人叫作"一字之师"。例如唐代诗人任翻游五台山巾子峰时，在寺庙的墙壁上题了一首诗。诗的内容大致是："绝顶新秋生夜凉，鹤翻松露滴衣装。前峰月照一江水，僧在翠微开竹房。"任翻离开五台山后，已经走了几十里路——大概相当于日本的六町一里的距离吧，忽然想起"半江水"比"一江水"

要好，于是马上不辞辛苦地返回到巾子峰。可是，已经有人把墙壁上的"一江水"改成了"半江水"。据说，落后的任翻凝视着改过的一字，不由得一声长叹说："台州有人。"如果一篇诗的生死业已系于一字，那么"一字之师"就必须同时成为"一篇之师"。把这道理转移到鉴赏上来，知一字的人就是知一篇的人——或者可以换言为要想了解一篇则必须了解一字。现在为了说明一行文字为何不能等闲视之的道理，让我们来看看夏目先生的例子：

"我打开板门来到户外，立即发现大马蹄印里已经积满了雨水。"（《永日小品·蛇》）

"风碰到高房屋，不能随意直着过去，立即弯成了之字形，从头顶斜着向铺路石刮了下来。我一边走，一边用手按住头戴的小礼帽。"（《永日小品·温暖的梦》）

两者都是只用几句话就写出了一件事情的背景，显示出了老到的笔力。前者的马蹄印，使雨中的乡间小道浮现眼前；后者的之字形风，则使大都市的街道浮现眼前。当然不仅是夏目先生的作品才富于这种例子。古往今来的名著，无一不具有这等妙处。不能把握这种妙处，而期望鉴赏上的完美——特别要在创作上得益的话，甚至可以说不可能。

当然，前面已经讲到关注细微之处要建立在不能忽略整篇大意的基础之上。我想，如果把注意细微之处叫作"心的鼓动方式"，那么掌握整篇的大意就可以叫作"心的抑制方式"。或者也可以把前者说成"怎么写"，把后者说成"写什么"。下面就来谈谈"写什么"的问题。

三

上一回说到要进入"写什么"的问题。可是《文艺讲座》临近结尾，这个问题只好留待以后再谈。当然，关于这个问题上一回已经有所涉及，而且和我《文艺泛论》"内容"一节也有相通之处。所以不一定非要留到以后再来谈论。不过，如果只是让我指出实际中应注意之处的话，我要说各种修养对于把握"写什么"的问题虽然都十分必要，但首先要牢记的则是把作品中的事件或人物转移到读者自己身上来——即与自己的经历加以对比。这一点对于小说、戏剧的鉴赏自不必说，对于鉴赏抒情诗也会有些作用。法朗士的语录中有这样一句话："我写了我自己。希望读者读它的时候，能够思考自己。"这的确是一个很好的忠告。比如，要想知道易卜生在《玩偶之家》中写了什么，那么就请想一想你自身的夫妻生活——或者你们父母的夫妻生活。这样，你肯定会比较容易地把握住娜拉的悲剧。或者，你能够发现距离你身边不远的左邻右舍正在发生娜拉的悲剧。就算只是为了鉴赏文艺作品，说到底我们也必须返回到我们自身。其实追根求源，我们鉴赏能力的高低是和我们自身的大小成正比的，关键是我们自己怎么看待文艺素养。自我目标定为文学青年不行，当代才子不行，自称才子更不行。不知不觉，我又在重复上一回说过的话。

那么，鉴赏什么样的作品好呢？我个人认为这只能限于自古以来的优秀作品。借用古董铺的话来说，要想一下就能辨别出真品和赝品，必须总看"真东西"。即使出于参考的目的看惯"赝品"的话，分辨也是容易出错的。鉴赏文艺作品，也和这道理相同。总是接触优秀作品的话，一旦接触到其他作品的时候就会很容易知道其长短。可是，假如一味接触拙劣作品，一旦面对其他作品的长短时则难免反应迟钝。对照一下日常经验，也会马上明白这道理。想必对粪尿的恶臭习以为常的人不懂得玫瑰的芳香。这是再当然不过的事。因此必须指出，一味阅读报纸杂志上的文艺作品，对于培养鉴赏力的损害最大。另外，我觉得这种警惕不仅有助于鉴赏力的养成,而且有助于创作气魄的提高。据说,元代四大家之一的倪瓒先生在竹子和梧桐的茂盛之处,建造了一座"清闷阁",经常在这里欣赏古人的名诗名画。当然要建造楼阁的话,都得先和银行商量好。总之,我们必须亲近自古以来的优秀作品。

虽说是自古以来的优秀作品,可并非要求大家专门去读古代的优秀作品。获益最多而且最容易接近的,想必应当是新文艺的古典。以西方小说为例——西方小说当然是多种多样的,假如以给近代日本带来了最大影响的俄国小说为例的话,我推荐大家读托尔斯泰、陀思妥耶夫斯基、屠格涅夫、契诃夫等人的作品。那些乱赶时髦的事情,交给新闻记者和三越服装店去干就足够了。请体味伟大前人们苦心的结晶。完全没有必要担心会落后于时代。反倒是那些轻飘飘的新作品才会马上过时。下面再举一个绘画的例子。前不久才刚刚去世的印象派大师雷诺阿说:"我们并没有想做什么新鲜的事情,只不过在步先辈大师们的后尘。只是社会把这鼓噪成了新鲜事儿。"希望不仅仅是鉴赏者,而且那些有志于创作的青年们更加要有这种思想。假如有人看到诸君读《万叶集》或者芭蕉的诗而发笑的话,就说芥川龙之介这么说了——对此很可能谁都不会在乎。那么给他一击,就讲这话是雷诺阿说的。非常便于说明问题,所以我就搬出了雷诺阿。

那么,参考什么样的鉴赏评介才好呢?依我自己的看法,比起评论家来,倒是作家写的文艺方面的议论更加有益。这么讲,绝对不是为我自己的《文艺讲座》在做广告。而只是因为作家所写的东西,有很多只有作家才能明白的微妙之处,或者也可以说成是作家创作的苦心谈。关于这方面的议论,如果说古代的东西难以接近,则可从新文艺古典性作家的议论中得到许多启发。如果是和歌方面,我建议大家去读正冈子规的《与歌人书》、斋藤茂吉的《童马漫语》、岛木赤彦的《歌道小见》等。这些书籍不仅对于和歌,而且对于一般的文艺鉴赏不无裨益。另外，对于一流作家文学之外的艺术论或苦心谈，亦不可小视。如果这时觉得古老的东西太难啃，可以看看罗丹、塞尚、雷诺阿的语录等。以下列举的是清朝画家沈芥舟《芥舟学画编》中的几节。这本书历来在南画家中广为阅读，即使这样，它仍旧可以通用于当代社会。不，毋宁说其中有很多话语对当代也颇为中肯。

"华用为巧。巧而纤时，即日远大方。巧而奇，则必轻视正格。若无大方而以正格为非，虽极其美丽、足以惊众骇俗，实则米老之所谓只可将此挂于酒肆之物，而岂是陶写士大夫性情之事？

"若直而无致，板而无灵，亦是病也。所以欲存质者，先宜理径明透而识量宏远。加之以学力，参之以见闻，自然意趣近古而波澜老成。

"若夫通八才子寄情托性，虽非无有雅趣，然而必出入其规矩，动而则不能合，此曰雅而未正。至于师门授受等，胶固已深。既已己正而人非，若亦见稀而怪多，欲以此为非亦未背绳尺。欲以此为正，亦未见越寻常。此曰正而不雅。夫雅而未正者纵尚可，若正而不雅，去其俗几何也？"

本来《文艺讲座》这东西是有讲不完的话的。但是说到底，起先举出的三个问题已经讲完，所以到此打住。一旦到此打住，就像洗澡时光在水里泡泡就出来了一样，有些不太过瘾。但只能认为这是由于《文艺讲座》的关系，万不得已。这一点，还望各位见谅。

大正十四年（1925）

俳句之我见

揭 侠译

一 十七音

俳句以十七个音节为原则。把十七音以外的东西叫作俳句——或称为新倾向之句，还不如称其为短歌（当然，在这种短诗作家像河东碧梧桐、中冢一碧楼、荻原井泉水等人的作品中，事实上也有佳作）。如果仅仅根据内容而把这种短诗叫作俳句的话，那么俳句与其他的文艺形式——如汉诗并无太大的不同。

　　　　初月波中上（何逊）
　　　　明月跃然波中起（子规）
　　　（明月の波の中より上りけり）

单就内容而言，子规居士的俳句就是何逊的诗。同样是喝茶的茶具，茶碗终归不是茶杯。假如使茶杯而成为茶杯在于茶杯这种形式，以及使茶碗而成为茶碗在于茶碗这种形式的话，那么使俳句而成为俳句的，也应当在于俳句这种形式——即十七个音节。

二 季题

俳句未必需要季题。今天叫作季题的，包括像洋葱、天河、圣诞、玫瑰、青蛙、秋千、汗水……各种各样的东西。因此，要作不含季题的俳句，事实上反倒更不容易。尽管不容易，只要季题不是包罗万象，没有季题的俳句也还是可以作的。

何谓季题呢？其实，除了名月、长夜等诗语之外，基本上就是我们日常中所使用的词语。诗语当然有着它作为诗语的文艺价值。但是，把其他一些日常用语，如洋葱、天河等特别作为季题的话，毋宁说对俳句创作是有害的。由于我们把这些日常惯用的词语特别作为季题从而生出了所谓的季节感，反而容易陷入流俗之见。另外，今日的农艺以及园艺已经大大发展，以至于过去的春夏秋冬难以把花草、水果、菜蔬等尽收其中。

俳句完全不需要季题。毋宁说，季题是没有用处的。实际上，短歌没有像俳句一样依靠什么季题。它所依靠的，应当不只是比俳句多出十四个音节。

三　诗语

季题对俳句是无用的。但是，即便季题无用，诗语也绝非无用。如晚春这样的词，就带有我们祖先流传下来的美丽的语感。轻视这种语感，如同轻视我们自己一样。

> 联袂近江人，同来惜晚春。（芭蕉）
> （ゆく春を近江の人と惜しみける）

追记：诗语和非诗语的差别，事实上并不清晰。

四　诗调

俳句既然是诗，那么它自然就应该有着一种诗调。元禄人有元禄人的诗调，大正人有大正人的诗调，这未必是一种错误的说法。然而把诗调的意思限定在是否十七音上，则是所谓的新倾向作家的谬论。

不觉岁尾今又至，快去年市买香火。（芭蕉）
（年の市線香買いにいでばやな）

夏月升御油，不觉悬赤坂。（同上）
（夏の月御油よりいでて赤坂や）

穿行右拐有矶海，金波万顷早稻香。（同上）
（わせの香やわけいる右は有磯海）

这几首诗虽然都是十七音，但诗调各自不同。在这诗调之妙上，大正人终归不如元禄人。子规居士性情豪迈奔放，喜好格外紧凑的诗调。但是，其遗风却使子规居士以后的俳句变得粗乱。如果仅从在诗调上殚精竭虑的角度说，所谓的新倾向作家因为不拘泥于十七音，或许胜过俳人们也未可知。

大正十五（1926）年四月二十三日

附记：草就这篇文章后，读了山崎乐堂氏的《俳句格调本义》一书，获益匪浅。特别是我所主张的恪守十七音这种形式上的认识，觉得有必要做进一步的探讨。顺便（这样说可能有些失礼）在此表示感谢。

关于凡兆

揭 侠译

文章俱乐部的八月号上，室生犀星君写了一篇关于凡兆俳句的评介。我也想模仿着讲讲凡兆。

凡兆有着非常敏锐的头脑。比如：

动静一点点，吓瘫稻草人。
（物の音ひとり倒るるかかしかな）

读了这首俳句，似乎有某种东西急剧地拨动着我们的心弦。同样是稻草人的诗，可是比起太祇的"夜来暴风雨，吹细稻草人（夜あらしの吹き細りたるかかしかな）"的诗句来，则格外富于犀利之趣。另外对照一下《蕉门古人真迹集》中的凡兆的诗：

内外都结冰，海湾见弃船。
（捨て舟のうちそとこおる入り江かな）

的确就更加明显。

还有，凡兆恰恰是由于有着敏锐的头脑，同时显得非常倔强。他曾经向芭蕉请教"积雪之上落夜雨"上面的五个音节，芭蕉以"下京啊"作答。可他听后并不服气。这段趣闻着实可以说明凡兆的另一个侧面。传说是凡兆出狱后的俳句：

> 野猪脖子硬，又到花之春。
> （いのししの首の強さよ花の春）

我想，也同样显示了凡兆的这种性格。

若论天分，我以为在芭蕉门人中间丈草最优秀。不过凡兆也确实才华出众。读凡兆的诗句，想凡兆的性情，不由觉得凡兆入狱恐怕不是偶然的（凡兆因何入狱则另当别论）。

过去，我读到凡兆的如下诗作：

> 晚秋寒雨阵阵降，满屋烧柴窗透光。
> （しぐるるや黒木積む屋の窓あかり）

我便心想，俳谐原来就是这样的。因而非常感动。总之，凡兆不是凡人。

大正十五年（1926）

近松君的正宗小说

揭　侠译

坦率地说，我没有读过多少近松君的东西。实际情况是，直到最近我还一直以为《分手的妻子》以及《秋江随笔》便是近松的优秀作品。可近来读了《现代小说全集》中的近松秋江卷后，竟难以抑制内心的激动。因为我觉得，世间恐怕再也没有一个人能像近松君一样那么自然地表述自己。可是，看看新潮评议会的报道，好像大家都持这种看法。因此，我的言论大概非常陈腐。我所说的近松表述自己，并非说他"直率"什么的，而是像前面讲到的一样是说他"自然"。这里既没有诅咒人间的情绪，也没有为自己羞愧的情绪。假如有人想要得到真正值得一读的自叙传，那么我会首先向你推荐近松君。

但我想说的是近松君的正宗小说。近松君的正宗小说，在文坛好像评价不高。可依我所见，近松君的正宗小说绝非缺少价值之作。就拿最近《喝磷而死的男人》来说，也是一部完整而成功的作品。既然如此，为什么在这个大文坛上却听不到好评呢？此乃文艺评论家诸君用和对待近松君"私小说"一样的尺度加以衡量的结果。近松君的"私小说"，并非"私小说"之上乘之作（关于自叙传和"私小说"间的差异，改日再谈）。其打动我们的东西是因为近松君自我的流露。可是单单作为作品来讲，常常有欠完整。有时失于语感，有时失于情绪。能让读者忘记这些，对近松君来说当然是一得。可是若以同样的态度对待近松君的正宗小说，就好比拿

"丸善"的雨衣来谈论"丸善"的洋书。诚然,"私小说"因自我流露而打动我们,这方面他的正宗小说可能不如"私小说"。但是,仅仅由于这一点不如"私小说"就把他的正宗小说一脚踢开,便与只准"丸善"卖洋书,其他一律不许卖是同一个道理。当然,也可能有人会说"因为'丸善'的雨衣最差,所以才只准它卖洋书"。然而,近松君的正宗小说——至少是最近的正宗小说,依我这个过去不怎么阅读近松君正宗小说的人看来,其简洁扼要有着近似于已故森鸥外先生《芋头和不动之目》的风格。好坏且不问,难道近来的文坛有很多这种味道的正宗小说吗?

前面已经说过,我是受近松君作品感动最晚的一个。因此,我感动的方式可能有些歇斯底里。但是,的确是对其所获评价之低感到意外。另外,我也不了解近松自己是怎么看待《喝磷而死的男人》这部作品的。站在作者的立场上讲,或许我说了让作者感到不快的话。关于这一点,还望近松君多多宽恕。(于鹄沼)

大正十五年(1926)五月二十日

关于泷井君的作品

揭 侠译

看到《十字街头马车》的同人诸君中有人贬低泷井君的小说，想来谈谈自己的拙见。在聆听神的宣判之前，请大家先听一听魔鬼的辩护。只是拙见并不像辩护那样郑重其事。

第一，泷井君的文章，看起来十分晦涩难懂，但绝不是低劣之作。甚至可以说极其精致。我在《养子》等文章里，简直感觉出了南画之风。因为手头没书，所以不便引用例证。但是，那种仿佛产于"飞驒国"、粗硬手织棉布一样带有苍老味道的文章，能写出来真不容易。或许有人会说，不管它容易不容易，写不出来反倒幸福。这样认为，也没有多大关系。我只是想提醒：在说这种话之前，请先了解一下这种文章的味道。

第二，说是泷井君的作品陷入了"Trivialism"。诚然，比起志贺直哉的作品来，泷井君的作品可能过分偏重于平凡事项的罗列。但泷井君作品的有趣之处，一方面也正是在于列举平凡事项。就拿泷井君过去写他父亲的小说来讲，其中提到一个色迷迷的和尚在做什么。这或许可以称之为平凡。可是，假如把这平凡之事去除的话，泷井君作品的美则不知要减色多少呢。

想起来了。我写着写着，终于找到了一个恰当的词。泷井君的作品之美，至少可以相通于古画（并非是"足利时代"的绘画之义）或古俳谐的美。当然，这并不是说他专以这种美为目的，而是说他把这种美作为了必要条件。假如他所立足的不是这种美，而是与唐甘的绘画或科可托的诗歌相通的西方美，那么泷井君的作品或将更加容易地获得认可。因为在泷井君的作品里，其实有着泷井君自己也没有意识到的浓厚的诗性。再往细里说，也因为那是十分具有东方特色的诗性。

假如这里有伯吕纳吉埃尔一类的批评家，按照他"小说必须如此"的标准而排斥泷井君的小说，那么只要不去检查那标准是否合适，则基本上可以讲理所当然。然而，当这里有一位批评上的印象主义者，如果他根据各个作家的小说品味，指出各个现代作家的各自特色，却唯独不承认泷井君的作品，那对泷井君来说未免过于残忍。因为从独特的角度讲，泷井君的作品是十分独特的。

我说了泷井君的作品是独特的。所谓独特，意思就是具有他人不可模仿的价值。泷井君的作品绝不仅仅是对志贺君作品的简单模仿。毋宁说，他比起那些模仿志贺作品的人更具有自己的特色，这才是泷井君作品的长处。

《十字街头马车》同人诸君的作品，常常洋溢着诗一样的精神。当然论及诗一样的精神，东西方之间也有悬殊的差别。既然如此，有人对泷井君的作品不感兴趣，或许也很自然。可是如果多点儿同情心去阅读，我想有些地方说不定是可以相互理解的。出于这个目的，我揣着怀炉，在神崎君的煽动下，草就了这篇文章。本来还想再多写一点儿，无奈正拉肚子，实无余力仔细思考。

大正十五年（1926）六月十四日

片 段

揭 侠译

一 鞭笞

小时候,我因为彩色玻璃画的窗户以及摆动的香炉,爱上了基督教。之后吸引我的是圣人以及福者的传记。我从他们的舍身事迹中,感到了心理上的或者戏剧上的兴趣,并因而仍旧热爱基督教。可是,虽然我爱基督教,但对于基督教的信仰却彻头彻尾地冷淡。仅仅如此还算好。我竟从一九二二年以来,为了嘲笑基督信仰或基督徒,不时写下短文或格言。这些短文依然总是以基督教的艺术庄严作为工具。也就是说,我是为了轻视基督教,反而爱上了基督教。我之所以被惩罚,想必不仅仅是这个原因。可我相信这是受罚的原因之一。

二 唾沫

我曾经这样写过:"全知全能的神的悲剧,就在于神不能自杀。"能够自杀就像是我们的幸福一样!我在这痛苦的三个月期间,经常想到自杀。每当这时,又会感到我的话在冷冷地嘲讽自己。向天吐去的唾沫,必定要落到自己的脸上。我在写这一段的时候,一心向神祈祷:"神希望得到的供物是破碎的灵魂。神啊!你不应该蔑视一颗破碎的、忏悔的心。"

大正十五年(1926)

侏儒警语

林少华译

"侏儒警语"序

"侏儒警语"未必传达我的思想,但可以从中不时窥见我思想变化的轨迹,仅此而已。较之一根草,或许一条藤蔓能伸出更多的分支。

星

古人一语中的:太阳光下无新事。但无新事并不仅仅是在太阳光下。

据天文学家的说法,海格力斯星群发出的光抵达我们地球需三万六千年之久。可是海格力斯星群也不可能永远发光不止,迟早将如冷灰失去美丽的光芒。而死总是孕育着生。失去光芒的海格力斯星群也是如此,它在茫茫宇宙中徘徊时间里,只要遇到合适机会,便有可能化为一团星云,不断分娩出新的星体。

较之宇宙之大,太阳也不外乎一点磷火,何况我们地球!然而,遥远的宇宙终极和银河之畔所发生的一切,其实同我们这泥团上的并无二致。生死依照惯性运动定律循环不息。每念及此,不由对天上散在的无数星斗多少寄予同情。那闪烁的星光仿佛在表达与我们同样的感情。诗人已率先就此引吭高歌,赞美永恒的真理:

> 细砂无数，星辰无数，
> 当有一星，发光予吾？①

但星辰的流转正如人世的沧桑，未必尽是赏心乐事。

鼻

假如克娄巴特拉②的鼻子是弯的，世界历史或许为之一变——此乃帕斯卡③有名的警句。然而恋人们极少看清真相。不，莫如说我们的自我欺骗一旦陷入热恋便将演示得淋漓尽致。

安东尼也不例外。假如克娄巴特拉的鼻子是弯的，他势必佯装未见。在不得不正视时也难免寻找其他长处以弥补其短。所谓其他长处便是：天下再没有如我们恋人这样集无数长处于一身的女性。安东尼也必定和我们同样，从克娄巴特拉的眼睛和嘴唇中寻求弥补。何况又有"她的心"！其实我们所爱的女性古往今来无不有一颗完美——完美得无以复加——的心。不仅如此，她们的服装、她们的财产或者她们的社会地位等等也都可以成为长处。更有甚者，甚至以前被某某名士爱过的事实以至传闻都可列为其长处之一。况且，那克娄巴特拉不又是极尽奢华的充满神秘感的埃及最后女王吗？香烟缭绕，珠光宝气，倘再手弄荷花，约略弯曲的鼻子根本不至于为人目睹。何况安东尼的眼睛！

---

① 日本近代诗人正冈子规（1867—1902）所作。
② Kleopatra（前69—前30），埃及托勒密王朝的末代女王，以美貌著称，以其为题材的电影我国译为《埃及艳后》。
③ Blaise Pascal（1623—1662），法国数学家、物理学家、哲学家。原句为："假如克娄巴特拉的鼻子是低的，地面一切将为之一变。"

我们这种自我欺骗并不仅仅限于恋爱。总的说来，我们都在随心所欲——尽管程度略有不同——涂改事实真相。纵然牙科医院的招牌也是如此：我们眼睛看到的，较之招牌本身，更是急欲打出招牌的欲念导致我们的牙痛，不是吗？当然我们的牙痛与世界历史无关。但这种自我欺瞒是千篇一律发生在每一个人身上的——无论想知道民心的政治家还是想知道敌情的军人抑或想知道经济形势的实业家。我毫不否认对此予以修正的理智的存在。同时也承认统领诸般人事的"偶然"的存在。但，大凡热情都容易忘记理性。"偶然"可谓天意。这样一来，我们的自我欺骗便很可能成为足以左右世界历史的永久力量。

这就是说，两千余年的历史并不取决于一个克娄巴特拉的鼻形如何，而更取决于所在皆是的我们的愚昧，取决于应该嗤之以鼻而又道貌岸然的我们的愚昧。

修　　身

道德是权宜的别名，大约如"左侧通行"之类。

道德赐予的恩惠是时间与力气的节省，而带来的损害则是良心的彻底麻痹。

肆意违反道德者乃经济意识匮乏之人；一味屈从道德者乃懦夫或懒汉。

支配我们的道德是被资本主义毒化了的封建时代的道德。除受害以外，我们几乎没得到任何好处。

不妨说,强者蹂躏道德,弱者则又受道德的爱抚。遭受道德迫害的,通常是介于强弱之间者。

道德经常身着古装出场。

良心并非如我辈的胡须随年龄的增长而增长。即使为了获取良心,我们也须进行若干训练。

一国民众,九成以上为无良心者。

由于年少,或由于训练得不充分,我们在获取良心之前被指责为寡廉鲜耻,这是我们的悲剧。
而我们的喜剧则在于在被指责为寡廉鲜耻者之后终于获取了良心——由于训练得不充分,或由于年少。

良心乃严肃的趣味。

良心也许制造道德。而道德至今仍未造出良心的"良"字。

如同所有趣味,良心也拥有近乎病态的嗜好者。其中十之八九若非聪明的贵族即乃睿智的富豪。

好　　恶

我像喜欢陈年佳酿一样喜欢古希腊之快乐学说。决定我们行为的既非善亦非恶,而仅仅是我们的好恶,或曰我们的快与不快。我只能如此认为。

那么，我们为何在隆冬之日遇见即将溺水儿童而主动跳入水中呢？因为以救人为快。那么，使得我们摒除入水之不快而选择救助儿童之快的尺度是什么呢？乃是更大的快。但肉体的快与不快与精神的快与不快所依据的应当不是同一尺度。其实这两种快与不快并非完全不相容，毋宁说相互融为一体。正如咸水和淡水。未受过精神教养的京阪地区的绅士诸君在啜罢元鱼汤之后复以鳗鱼下饭实际上不也感到无上快乐吗？而且冬泳也显示出肉体之快是可以依存于冷水与寒气的。若对此仍有怀疑，不妨想一下被虐性变态性欲者。那种可诅咒的被虐性变态性欲便是在这种看上去异乎寻常的肉体快与不快之中加入了常规倾向。据我所信，或以立柱苦行为乐或视火中殉教如归的基督教圣贤便似乎大多带有受虐心理。

如古希腊人所说，决定我们行为的无非好恶而已。我们必须从人生之泉中汲取至味。不是吗，就连耶稣都说"勿像法利赛之徒那样终日面带忧伤"。所谓贤人，归根结底就是能使荆棘丛生之路也绽开玫瑰花之人。

侏儒的祈祷

我是穿五彩衣、献筋斗戏的侏儒，唯以享受太平为乐的侏儒，敬祈满足我的心愿：

不要使我穷得粒米皆无，不要让我富得熊掌食厌。

不要让采桑农妇都对我嗤之以鼻，不要使后宫佳丽亦对我秋波频传。

不要让我愚昧得麦菽不分，不要使我聪明得明察云天。

尤其不要使我成为英雄而勇敢善战。时下我便不时梦见或跨越惊涛骇浪或登临险峰之巅，即在梦中变不可能为可能——再没有比这种梦更令人惶恐不安的。如与恶龙搏斗一样，我正在为同梦的对峙而苦恼不堪。请不要让我成为英雄,不要使我产生雄心义胆,永保这无能为力的我一生平安。

我是醉春日之酒诵金缕之歌的侏儒,唯求日日如此天天这般。

神秘主义

神秘主义并不因文明而衰退,莫如说文明给予神秘主义以长足进步。

古人相信我们人类的祖先是亚当,即相信创世纪;今人甚至中学生都相信是猿猴,即相信达尔文著作。亦即,在相信书籍方面今人古人并无区别。上古之人至少曾目睹创世纪,而今人除少数专家根本没有读过达尔文著作却恬然相信其说。较之以耶和华哈气的泥土即以亚当为祖先,以猿猴为祖先作为信念并不更光彩夺目。然而今人无不深信不疑。

亦不限于进化论。即使地球是圆的这点真正知晓的人也是少数。大多数人无非人云亦云笃信而已。若追问何以是圆的,则上愚自总理大臣下愚至低薪一族,无不浑浑噩噩。

下面试举一例:今人无一人像古人那样相信真有幽灵,可是见过幽灵的说法至今绵延不绝。为什么相信那样的说法呢?因为看见幽灵者为迷信所俘虏。何以为迷信所俘虏呢?因为见过幽灵。今人这种论法当然不外乎循环论法。

自不待言,更深入复杂的问题简直完全立足于信念之上。我们对理性置若罔闻,而仅仅对超越理性的某物洗耳恭听。对于某物我只能称之为"某物",连名称都无从觅得。若勉强命名,只能采用诸如蔷薇、鱼虾、蜡烛等象征手法。纵然称为我们的帽子亦可。我们像不戴鸟翎帽而戴软帽和礼帽一样相信祖先是猿猴、相信幽灵的子虚乌有、相信地球是圆的。不相信人的人想一想日本欢迎爱因斯坦博士或欢迎其相对论的情形好了。那是神秘主义的庆典，是匪夷所思的庄严仪式。至于为何而狂热，就连"改造"① 社主人山本氏亦浑然不知。

那一来，伟大的神秘主义者就不是斯维东堡也不是贝美②，而是我们文明之民。并且，我们的信念也同三越③的彩色陈列窗毫无二致。支配我们信念的经常是难以捕捉的流行，或是近似神意的好恶。实际上，西施和龙阳君的祖先也是猿猴这一想法未尝没给我们以些许安慰。

自由意志与宿命

总之，若相信宿命，罪恶便不复存在，惩罚也失去意义，我们对罪人的态度也因之宽大起来。而若相信自由意志，则产生责任观念而免使良心麻痹，我们对自身的态度必因此变得严肃。那么，应何去何从呢？

我想这样回答：应该半信自由意志半信宿命。或应半疑自由意志半疑宿命。为什么呢？因为我们通过我们背负的宿命而娶了我们的妻；同时又因我们拥有的自由意志而未必——按妻的吩咐为其买来披风及和服带，不是吗？

亦不仅仅限于自由意志和宿命，对于神与恶魔、美与丑、勇敢与怯懦、理性与信仰等所有天平的两端都应取如此态度。中庸在英语中为 good sense。据我所信，除非具有 good sense，否则就无以得到任何幸福。即使得到，也只能是炎夏拥炭火寒冬挥团扇那种虚张声势的幸福。

---

① 系山本实彦创办的改造社刊行的综合刊物（1919—1955）。
② Böhme Jakob（1575—1624），德国神秘主义哲学家。
③ 指位于东京日本桥的三越百货大楼。

小 儿

军人近乎小儿,喜欢摆出英雄架势,喜欢所谓光荣,这点早已无须赘述。崇尚机械式训练,注重动物式勇气,此乃唯独小学才可见到的现象。至于视杀戮如儿戏更与小儿毫无不同。尤其相似的是,只要军号军歌一响,便欣然冲杀而不问为何而战。

因之,军人引以为自豪的,必同小儿的玩具相似无疑。用绯色皮条穿起的铠甲和铲形头盔并不适合于大人的雅趣。勋章在我看来也委实不可思议。军人何以能在未醉酒的情况下挂起勋章招摇过市呢?

武 器

正义类似武器。只要出钱,武器即可为敌方又为我方所收买。而正义也是如此,只要振振有词,即为敌方又为我方所拥有。"正义之逆贼"一词古来便如炮弹一般飞来飞去。至于哪一方是真正的"正义之逆贼",极少黑白分明,除非为其辞令所蛊惑。

日本工人仅仅因为生为日本人,便被勒令撤离巴拿马,显然有违正义。如美利坚报纸所说,乃"正义之逆贼"。可是,中国工人也仅仅由于生为中国人便被逐出千住①,此亦有违正义。如日本报纸所说——即使报纸不说——两千年来日本始终是"正义的朋友"。看来,正义还从不曾同日本的利害关系相矛盾。

武器本身不足为惧,恐惧的是武将的武艺。正义本身不足为惧,恐惧的是煽动家的雄辩。武后不顾人天共怨,冷然蹂躏正义。

---

① 东京地名,当时的工业地带。

但遭遇李敬业之乱而读得骆宾王檄文时仍不免为之失色。"一抔土未干，六尺孤安在"——如此名句只有遇到天生的 demagogue（煽动家）方能脱口而出。

每次翻阅史书，我都不由想起游就馆①。幽暗之中，"过去"之廊里陈列着种种正义。形似青龙刀者大概是儒教之正义，仿佛骑士长枪者想必是基督教之正义。此处粗大的棍棒当是社会主义者之正义；彼处带鞘的长剑应为国家主义者之正义。目睹这一件件武器，我屡屡想象一场场征战，感到一阵阵心悸。但不知幸与不幸，记忆中我从未想有过拿一件自身武器的欲望。

尊　王

十七世纪法国有这样一个故事。一天，Duc de Bourgogne② 向 Abbé Choisy③ 问道："查理六世疯了，如何说才能委婉道出这个意思呢？" Abbé 当即回答："若是我就直接说查理六世疯了。" Abbé Choisy 将这句答话列入一生冒险之中并久久为之得意。

十七世纪的法兰西富有尊王精神，致使这样的逸闻流传下来。但二十世纪的日本在富有尊王精神这点上似乎并不亚于当时的法兰西——委实喜幸之至④。

---

① 东京千代田区靖国神社所属武器博物馆，建于1882年。陈列"战没者"的遗物和战利品。
② 布尔哥尼公爵。
③ Abbé Choisy（1644—1724），法国作家。
④ 应视为反语。

创　作

艺术家或许总是有意识地构筑他的作品。但就作品本身来看，有一半存在于超越艺术家的神秘世界。一半？说大半也未尝不可。

妙在我们往往不打自招。我们的灵魂难免自然流露于作品之中。古人所谓一刀一拜①，其意莫非在于诉说对这种无意识境界的敬畏？

创作经常是在冒险。归根到底，竭尽人力之后便只能听命于天。

　　　少时学语苦难圆，只道功夫半未全。
　　　到老方知非力取，三分人事七分天。

赵瓯北这首论诗七绝大约传达出了个中真谛。艺术总是奇妙地带有某种不可捉摸的可怕神威。如若我们一不贪财二不求名，且最后不为近乎病态的创作欲所折磨，我们恐怕就不会产生同这种可怕的艺术格斗的勇气。

鉴　赏

艺术的鉴赏来自艺术家本身同鉴赏者的合作。可以说，鉴赏者不过是以某一作品为题来尝试他自身的创作。因而，任何时代都不失却声誉的作品必然具有足以使种种鉴赏成为可能的特色。但并不是说——正如法朗士所言——足以使鉴赏成为可能并不意味其含义

---

① 或曰一刀三拜。喻雕刻佛像时的虔诚。

带有某种暧昧性而可以随意解释。毋宁说它犹如庐山峰岭，具有堪从各个角度加以鉴赏的多样性。

古　典

古典的作者是幸福的，因为反正都已死去。

又

我们——或者诸君——是幸福的，因为反正古典的作者都已死去。

幻灭的艺术家

一群艺术家居住在幻灭的世界里。他们不相信爱，不相信所谓良心，只是像古之苦行僧那样以虚无的沙漠为家。这点固然有些悲哀。然而美丽的海市蜃楼却是仅仅出现在沙漠上空的。对一切人事感到幻灭的他们对艺术则仍心驰神往。只要一提起艺术，他们眼前便出现常人所不知晓的金色梦幻。其实他们也并非不拥有幸福的瞬间。

坦　白

彻底自我坦白任何人都无法做到。与此同时，为诉说什么又不得不自我坦白。

卢梭是喜欢坦白的人，却无法从《忏悔录》中发现他赤裸裸的自身。梅里美是讨厌坦白的人，但《高龙巴》不是于隐约之间谈了他自己吗？说到底，坦白文学同其他文学的界线并非如外表那般清晰。

人　生
——致石黑定一①君

如果有人命令没学过游泳的人游泳，想必任何人都认为是胡闹；同样，如果有人命令没学过赛跑的人快跑，人们也不能不觉得荒唐。可是无独有偶，我们自一降生便背负这种滑稽的命令。

难道我们在娘胎时学过怎样应付人生吗？然而刚一脱胎，便不由自主地一步步踏入这类似大型赛场的人生。没学过游泳的人理所当然游不出个名堂，没学过赛跑的人势必望尘莫及。这样，我们也不可能完好无损地走出人生赛场。

诚然，世人也许会说："看看前人足迹就可以了嘛！那里自有你们的榜样。"问题是纵使观看百米游泳健儿或千米赛跑选手，也不至于马上学会游泳或赛跑。何况彼等游泳健儿统统都是呛过水、赛跑选手无一不是浑身沾满过赛场脏土的。试看，甚至世界名将不也是在满面春风中隐约透出几分苦涩吗！

人生类似由狂人主办的奥林匹克运动会。我们必须在同人生的抗争中学习对付人生。如果有人对这种荒诞的比赛愤愤不平，最好尽快退出场去。自杀也确乎不失为一条捷径。但决心留在场内的，便只有奋力拼搏。

---

① 作者在上海旅行时的友人。

又

人生类似一盒火柴。视为珍宝未免小题大做,反之则不无危险。

又

人生近乎严重缺页的书。很难称其为一部,却仅此一部。

某自警团员①的话

好了,去自警团上班好了! 今夜星斗也在树梢上凉光熠熠,微风缓缓吹来。就躺在这长藤椅上点燃一支马尼拉雪茄,悠悠然彻夜值班好了! 口渴时喝一口壶里的威士忌,衣袋里还剩有巧克力棒也求之不得。

听,夜鸟在高高的树梢上喧哗。鸟们想必不知晓这次大地震带来的灾难。而我们人则在品尝丧失衣食住之便的所有痛苦。不,岂止衣食住,喝不上一杯柠檬汽水都要使我们多少忍受不适的折磨。人这两脚兽是何等窝囊的动物啊! 当我们最后失去文明之时,那才正如风中残烛一样必须守护垂危的生命。看,鸟已静静入睡,不知盖被和垫枕的鸟们!

鸟已静静入睡,梦大概也比我们的安然。鸟仅活在此时此刻。而我们人却必须活于过去活于未来。这意味必须遭受悔恨和忧虑之苦。尤其是此次大地震不知将给我们的未来投以多大的凄凉阴影。被烧毁了东京的我们在苦于今日饥饿的同时还苦于明日饥饿。鸟们

---

① 日本1918年发生"米骚动"后由警察组织的自卫组织。

所幸不知此痛苦，不，不限于鸟们。

据传小泉八云曾说当人不如当蝴蝶。蝴蝶！如此说来看那蚂蚁好了！假如幸福仅仅意味痛苦少，那么蚂蚁也应比我们幸福。可是我们人晓得蚂蚁所不知晓的快乐。蚂蚁也许没有因破产或失恋而自杀的苦难，但也不可能和我们同样怀有愉快的希望，不是吗？至今我们仍记得，记得自己曾在月色朦胧的洛阳废都怜悯一行都不知晓李太白之诗的无数蚁群！

可是，叔本华……算了，不谈哲学了。反正有一点是确定的：我们和那里的蚂蚁大同小异。哪怕这一点——仅仅这一点——是确定的，那么，我们必须更加珍惜人所特有的感情的全部。自然只是冷冷注视我们的痛苦。我们必须互相怜悯。而欢喜杀戮——绞杀对手甚至比语惊四座还要来得容易。

我们必须互相怜悯。叔本华的厌世观给予我们的教训不也在这里吗？

夜似已过半。星斗依然在头顶凉光熠熠。好了，你喝威士忌吧，我躺在藤椅上嚼一支巧克力棒。

地上乐园

地上乐园的光景屡屡出现在诗歌中。遗憾的是，我从未产生过想在诗人笔下的地上乐园安居的念头。基督教徒的地上乐园终归是单调无聊的全景画卷，黄老学者的地上乐园无非索然无味的中国风味小吃店。更何况近代乌托邦之类——任何人恐怕都还记得威廉·詹姆斯①曾为之战栗。

---

① William James（1842—1910），美国哲学家、心理学家，提倡实用主义哲学、功能心理学。

我们希冀的地上乐园不是此类天然温室，同时也并非兼作学校的衣食供应站。地上乐园大体应该是这样的地方：居于其中，双亲必然随着子女的成长而停止呼吸；兄弟姐妹即使生为恶棍但决不生为白痴，因而毫不互为负担；女人一旦成为人妻，马上借得家畜之魂而变得百依百顺；小孩无论男女，全都可以遵从父母的意志和情感而在一日之中数次或聋或哑或为胆小鬼或为睁眼瞎；甲友不比乙友穷，乙友亦不比甲友富，从而在相互吹捧中获得无上愉悦。

这并非我一人独有的地上乐园，也是普天下善男信女的人间天国。不过，古来善于想入非非的诗人学者都不曾梦想过如此光景。这也没什么不可思议。因为这一梦境过于充满真实的幸福。

附记：我的外甥梦想购买伦勃朗的肖像画，却不梦想得到十元钱。因为十元零花钱过于充满真实的幸福。

暴　　力

人生通常是复杂的。为使复杂的人生变得简单，除了诉诸暴力别无他法。故只具有旧石器时代脑髓的文明人往往爱杀戮胜过爱辩论。

说到底，权力也是获得专利的暴力。即使为统治我等芸芸众生，恐怕也需要暴力，或者不需要暴力。

常 规 做 法

实在不幸，我不具有对"常规做法"顶礼膜拜的勇气。岂止如此，事实上还每每嗤之以鼻。然而有时对其怀有爱也是不容否认的。爱？较之爱或许应称之为怜悯。但不管怎样，反正对"常规做法"无动于衷。果真如此，人生势必变成不堪入住的精神病院。

斯威夫特①的最后发疯，只能说是必然归宿。

据说斯威夫特发疯前夕，曾眼望唯独尖梢枯萎的树自言自语："我很像那棵树，先从脑袋开始报销。"每次想起这段逸闻都禁不住为之战栗。值得暗自庆幸的是，我没有生为斯威夫特那般聪明绝顶的一代鬼才。

楮米树叶

彻底幸福是仅仅赋予白痴的特权。任何乐天主义者都不可能始终面带笑容。假如真正允许乐天主义者存在，那只意味着对幸福何等绝望。

"居家吃饭，楮米树碗；旅途之餐，敷其叶片。"② 此诗抒发的并不纯粹是行旅之情。较之"希望"得到什么，我们更多的是同"能够"得到什么达成妥协。学者想必赋予树叶以林林总总的美名。但若不客气地拿到手中细看，楮米树叶终归是楮米树叶。

赞叹楮米树叶的确比主张以楮米树叶为餐具值得尊敬，但恐怕不如对其付诸一笑显得高雅。至少终生不厌其烦地重复同一赞叹是滑稽而不道德的。实际上，伟大的厌世主义者也并非终日愁眉苦脸。就连身患不治之症的莱奥帕尔迪③有时也在苍白的玫瑰花中浮现出凄寂的微笑……

追记：不道德是过度的异名。

---

① Jonathan Swift（1667—1745），英国讽刺作家，晚年精神失常。
② 《万叶集·卷二》，有间皇子作。
③ Giacomo leopardi（1798—1837），意大利诗人、哲学家，终生多病，悲观厌世。

佛　　陀

悉达多①偷偷跑出王宫后苦修六年。所以苦修六年,当然是极尽奢华的宫中生活的报应。作为证据,拿撒勒的木匠之子②似乎只断食四十日。

又

悉达多让车匿③拉着马辔悄然离王宫而去。但他的思辨癖屡屡使其陷入 melancholy（抑郁症）。那么,偷出王宫后让他舒一口气的,究竟是将来的释迦无二佛④还是其妻耶输陀罗,恐怕很难断定。

又

悉达多苦修六年后在菩提树下达成正觉。他的悟道传说表明应如何支配物质之精神。他首先水浴,继而食乳糜,最后同牧羊少女难陀婆罗交谈。

政治天才

自古以来政治天才便似乎被认为是以民众意志为其自身意志

---

① 释迦牟尼为王子时之名。
② 指耶稣·基督。在约旦河受洗之后在旷野中断食四十天。
③ 悉达多出家时陪他行至苦行林的车夫名。
④ 准确说法应为释迦牟尼佛。

者。其实大概恰恰相反。毋宁说政治天才是以其自身意志为民众意志之人。至少口头表达上能使民众昏昏然相信此乃他们大家的意志。因此，政治天才大约兼有演戏天才。拿破仑曾说"庄严与滑稽仅一步之差"。这句话与其说是帝王之言，更像出自名优之口。

又

民众是相信大义的。而政治天才总是对大义本身分文不舍。但为了统治民众又必须借用大义这一面具。而一旦借用一次，便再也无法摘掉直至永远。若强行摘掉，任何政治天才都只能不日死于非命。也就是说，帝王为了保住王冠在身不由己地接受统治。所以，政治天才的悲剧未必不兼有喜剧。例如兼有古时仁和寺法师举鼎挥舞那种《徒然草》① 中的喜剧。

恋情强于死

"恋情强于死。"这句话也出现在莫泊桑的小说里。但世上比死更强有力的东西不仅仅是恋情。例如伤寒患者等必须吃罢一口饼干方能最后死去便是食欲强于死的证据。此外诸如爱国心、宗教热情、人道精神、名利欲、犯罪本能等等，强于死的东西必定不在少数。换言之，所有激情都比死更强有力（当然对死的激情除外）。以恋情而言，似乎也很难断定它在激情中尤为强于死。甚至看上去容易被认为是恋情强于死的场合，实质上支配我们的仍是法国人的所谓包法利主义——始自包法利夫人的感伤主义，习惯于将我们本身空想成传奇中的恋人角色。

---

① 日本十四世纪著名随笔集，吉田兼好著。见第五十三段。

地　狱

人生比地狱更为地狱。地狱所施加的苦难不曾打破一定的常规。譬如饿鬼之苦，不过是在将要取食眼前饭菜时上面突然起火而已。然而不幸的是人生所给予的苦难并不这么单纯。取食眼前饭菜之际，既有时上面蹿起火苗，又有时意外手到擒来。而津津有味地食罢，既有时上吐下泻，又有时乖乖消而化之。在这种莫名其妙的世界面前，任何人都不可能轻易得手。假如堕入地狱，我保准以闪电速度一把夺过饿鬼饭食。更何况什么刀山火海之类，只消住上三年两载，也就可以处之泰然。

丑　闻

公众喜爱丑闻。白莲事件①、有岛事件②、武者小路实笃事件③——公众从这些事件中找到了多么大的满足啊！那么，公众何以喜爱丑闻尤其热衷于世之名人的丑闻呢？古尔蒙④是这样回答的："因为隐蔽的自家丑闻使之得以显得理所当然。"

古尔蒙的回答一针见血，但未必尽然。连丑闻都制造不出的凡夫俗子们，在所有名士的丑闻中，找出了足以辩护自己怯懦无能的最好武器，同时找到了赖以树立自己实际上并不存在的优势的台阶。"我没有白莲女士那么漂亮，但比她贞洁"；"我没有有岛氏那样的才华，但比他通达世故"；"我没有武者小路实笃……"如此

---

① 日本女歌手白莲私奔事件（1921）。
② 日本作家有岛武郎殉情事件（1923）。
③ 日本作家武者小路实笃离婚事件（1922）。
④ Rémy de Gourmont（1858—1915），法国作家、评论家。

说罢，公众便如猪一般无比幸福地堕入酣睡之中。

又

另一方面，天才便显然具备能够制造丑闻的才能。

舆　论

舆论通常是私刑，而私刑通常是一种娱乐。纵使不用手枪而代之以新闻报道。

又

舆论的存在价值，仅仅在于提供蹂躏舆论的乐趣。

敌　意

敌意同寒气无异。适度则给人以爽快感，而且在保持健康方面对任何人都是绝对不可缺少的。

乌 托 邦

完美的乌托邦所以出现，原因大约是：如不改变人性，完美的乌托邦便无从产生；而若改变人性，原以为完美的乌托邦即黯然失色。

危险思想

所谓危险思想，乃是企图将常识付诸实施的思想。

恶

具有艺术家气质的青年，对"人之恶"的发现总是落于人后。

二宫尊德[①]

记得小学语文课本中大写特写二宫尊德的少年时代。生于贫苦人家，白天帮家里做农活，晚间编草鞋。一边和大人同样劳作，一边以顽强的毅力坚持自学。像所有立志谭即所有通俗小说写的那样，很容易让人感动。实际也是如此，不满十五岁的我在为尊德的志向感动的同时，甚至为自己未能生在尊德那样的穷苦人家而后悔，认为乃自己的一个不幸……

但是，这个立志谭在给尊德带来名誉之时，另一方面当然使尊德双亲蒙受恶名。他们全然不为尊德的教育提供方便，莫如说其所提供的全是障碍。就父母责任而言，这显然是一种羞辱。然而，我们的双亲和老师竟然天真地忘却了这一事实。尊德的父母既不酗酒又不嗜赌。问题只在于尊德，在于无论多么艰难困苦也不放弃自学的尊德本人。我们少年须像尊德一样培养雄心壮志。

我为他们的利己主义生出近乎惊叹的感慨。诚然，对他们来说，甚至身兼男仆的少年都是好儿子无疑。不仅如此，后来还遐迩

[①] 二宫尊德（1787—1856），日本江户末期农村复兴倡导者，通称金次郎。

闻名，大大彰显父母之名——简直好上加好。可是，不足十五岁的我在为尊德的志向感动的同时，还心想未生于尊德那样的穷人家乃自己的一个不幸，正如原已身带铁链的奴隶希望得到更粗的铁链。

奴　　隶

所谓废除奴隶制，指的不过是废除奴隶意识而已。假如没有奴隶，我们的社会连一天都难以保持安宁。就连柏拉图描绘的共和国里都难免有奴隶存在——这点未必出于偶然。

又

称暴君为暴君无疑是危险的，但在当今之世，称奴隶为奴隶同样十分危险。

悲　　剧

所谓悲剧，意为不得不斗胆实施自己引以为耻的行为。故而，引起万人共鸣的悲剧起到的是发泄作用。

强　　弱

强者不惧怕敌人而惧怕朋友。他可以一拳打倒敌人而全然不以为意；相反，却对伤害不相识的朋友怀有类似少女的恐怖。

弱者不惧怕朋友而惧怕敌人。因而又总是四处物色虚构的敌人。

S·M① 的智慧

下面是友人 S·M 对我说的话：

辩证法的功绩——它使我们最后得出这样的结论：一切都很滑稽。

少女——永远清冽的浅滩。

学前教育——唔，主意不坏。总不至于使人在幼儿园时就对知道智慧的悲哀负有责任。

追忆——遥远地平线的风景画，且已加工完毕。

女人——按梅利斯托卜思②夫人的说法，女人似乎天生就未贞洁到起码两个星期才对丈夫产生一次情欲的地步。

少女时代——少女时代的忧郁是对整个宇宙的傲慢。

艰难铸汝为玉——若如此，日常生活中深思远虑之人便失去了为玉的可能。

吾辈如何求生乎——让未知世界多少残留一点。

社　　交

所有社交都必然辅以虚伪。如果丝毫不带虚伪地对我们的挚友倾吐肺腑之言，纵是古代管鲍之交也不能不出现危机。我们每一个人——暂且不论管鲍——无不或多或少地对亲朋密友怀有轻蔑以至憎恶之情。但在利害面前，憎恶也必定收起锋芒。而轻蔑则使自己愈发泰然自若地吐露虚伪。因此之故，为了同知己朋友亲密地交往

---

① 指室生犀星（1889—1962），日本作家。
② Carmichael Mariestopes，英国人，曾同美国的圣佳夫人一起从事节育运动。

下去，彼此必须最充分地具有利害关系和怀以轻蔑。当然这对任何人都是极其苛刻的条件。否则，我们恐怕早已成为谦谦君子，世界也早已出现黄金时代的和平。

琐　　事

为使人生幸福，必须热爱日常琐事。云的光影，竹的摇曳，雀群的鸣声，行人的脸孔——须从所有日常琐事中体味甘露。

问题是，为使人生幸福，热爱琐事之人又必为琐事所苦。跳入庭前古池的青蛙想必打破了百年忧愁，但跃出古池的青蛙或许又带来了百年愁忧。其实，芭蕉①的一生既是享乐的一生，又是受苦的一生，这在任何人眼里都显而易见。为了微妙地享乐，我们又必须微妙地受苦。

为使人生幸福，我们必须苦于日常琐事。云的光影，竹的摇曳，雀群的鸣声，行人的脸孔——必须从所有日常琐事中体悟堕入地狱的痛苦。

神

神的所有属性中最令人为之同情的，是神的不可能自杀。

又

我们发现了谩骂神的无数理由。但不幸的是，日本人并不相信值得谩骂的全能的神。

---

① 松尾芭蕉（1644—1694），日本著名诗人，名句有"青蛙入水古池响"。

民　众

民众是稳健的保守主义者。制度、思想、艺术、宗教，凡此种种，必须使之带有前朝的古色古香才能为民众所喜闻乐见。民众艺术家不为民众所喜爱，未必尽是他们本身的罪过。

又

发现民众的愚未必足以自豪。但发现我们本身亦是民众却无论如何都是值得自豪的。

又

古人以愚民为治国大道。这就要使民众愚得不可企及或贤得无以复加。

契诃夫的话

契诃夫在日记中论及男女差别："女人年龄愈大，愈遵循女人之道；而男人年龄愈大，则愈偏离女人之道。"

但契诃夫的话也无疑等于说男女年龄愈大，愈自动放弃同异性的往来。必须说，这是三岁小儿也早已知晓之事。较之男女的差别，其提示的倒更是男女的无差别。

服　　装

女人的服装至少是女人自身的一部分。没有陷入启吉①的诱惑当然亦有赖于道德之念。不过，诱惑他的女人穿的是从启吉妻子那里借来的衣服。如果不穿借的衣服，启吉恐怕也不可能轻易远离诱惑。

注：请看菊池宽氏的《启吉的诱惑》。

处女崇拜

为娶处女为妻，我们不知在妻的选择上重复了多少次滑稽可笑的失败。差不多该是向处女崇拜告别的时候了。

又

处女崇拜始自知道处女这一事实之后，即较之直率的感情更注重零碎的知识。故必须说处女崇拜者乃恋爱方面的玄学家。或许，所有处女崇拜者全都道貌岸然并非偶然现象。

又

毋庸置疑，崇拜处女风韵同崇拜处女是两回事。将二者混为一谈的人，大概过于小看了女人的演员才能。

---

① 作家菊池宽（1888—1948）系列小说（启吉系列）里的主人公。

规　　范

一个女学生向我的朋友这样问道：

"接吻到底是闭起眼睛还是睁开眼睛呢？"

所有女校的教程中居然没有恋爱规范——我也同这个女学生一起感到遗憾之至。

贝原益轩[①]

我还是小学时代读的贝原益轩逸事。逸事说，益轩曾同一学生哥儿同乘一船。学生哥儿自恃有才学，谈论古今学艺，滔滔不绝。益轩则未置一词，唯静静倾听而已。不多时船靠岸。临别时船上乘客依例互告姓名。学生哥儿始知益轩。面对一代大儒，不禁深感羞愧，乞恕刚才失礼之罪。

当时的我从这则逸事中发现谦让美德。至少为发现尽了努力。但不幸的是，如今甚至半点教训都难以觅得。这则逸事多少能引起现在的我的兴趣是下面的想法：

一、始终沉默的益轩的轻蔑何等恶毒！

二、众船客因高兴学生哥儿知耻的喝彩何等卑劣低俗！

三、益轩所不知晓的新时代精神在学生哥儿的高谈阔论中表现得何等鲜活有力！

---

① 贝原益轩（1630—1714），江户前期的儒学家、教育家，本名笃信。

某种辩护

革新时代的评论家将成语"门可罗雀"用于"猬集"之意。"门可罗雀"乃中国人所创。日本人使用时未必非沿袭中国人用法不可。倘若行得通,形容说"她的笑容简直门可罗雀"也未尝不可。

倘若行得通——一切取决于这不可思议的"行得通"。例如所谓"私小说"不也是这样吗?Ich-Roman 之意即使用第一人称的小说。这个"私"不一定指作家本人。但,日本的"私小说"往往视"私"为作家本人。不仅如此,有时还被看成作家本人的阅历。以致最后竟将使用第三人称的小说也以"私小说"呼之。这当然是无视德意志人或全体西洋人用法的新例。但全能的"行得通"给了新例的生命。"门可罗雀"这一成语还有可能迟早推出类似的意外新例。

这样一来,某评论家便不是多么缺乏学识,而是有些急于追求反乎时流的新例。而受到这位评论家之揶揄者——总之,所有的先觉者们都必须自甘薄幸才是。

制　　约

天才也囿于各自难以逾越的制约。发现这种制约不能不伴随或多或少的寂寞。但不觉之间又反而会生出一种亲切。正如悟得竹是竹、常青藤是常青藤一样。

火　星

探讨火星上有无居民，无非是探讨有无同我们一样有五感的居民。但生命并不一定都具有同于我们之五感这个条件。假如火星上保有超越我们这种五感的存在，则他们今夜也可能随着染黄法国梧桐的秋风光临银座。

布朗基①的梦

宇宙之大无边无际。但构成宇宙的元素不过六十几种。这些元素的结合方式即使极尽变化之妙，也终不能脱离有限。这样，为了使这些元素构成无限大的宇宙，在尝试过所有的结合方式之后还必须永无休止地进行各种结合。由此观之，我们栖息的地球——作为此类结合方式之一的地球也并不仅仅局限于太阳系中的一颗行星，而理应无限存在。这个地球上的拿破仑固然在马伦哥②之战中大获全胜，但茫茫太虚中飘浮的其他地球上的拿破仑在同一巴伦哥之战中一败涂地也未可知。

这便是六十七岁的布朗基所梦想的宇宙观。正误另当别论。只是布朗基在狱中将这一迷梦诉诸笔端时，已对所有革命陷入绝望。也唯独这点至今仍然使我们的心底沁出几许悲凉。梦想已离他而去。我们若想寻求慰藉，就必须把辉煌的梦境移往数万英里之遥的天上——移往悬浮在宇宙暗夜中的第二地球。

---

① Louis Auguste Blanqui（1805—1881），法国空想社会主义者，一生有三十余年在狱中度过。
② Battle de Marengo，1800 年拿破仑结束对奥战争的一场大战。

庸　才

庸才之作纵是大作，也必如无窗的房间，从中根本无法展望人生。

机　智

机智是缺乏三段论法的思想。他们所说的"思想"是缺乏思想的三段论法。

又

对机智的厌恶之念植根于人类的疲劳。

政　治　家

政治家比我们政治盲人还自鸣得意的政治知识，无非纷纭的事实性知识而已。归根结底，其程度同某党魁首挥舞什么样式的帽子大同小异。

又

所谓"理发店政治家"，是指不具有此类知识的政治家。但以见识而论，未必等而下之。以富有超越利害的热情而言，通常比前者还要高尚。

事　实

然而纷纭的事实性知识总是得到民众喜爱的。他们最想知道的不是爱为何物，而是基督是不是私生子。

"武者修行"

我一向以为"武者修行"是以八方剑客为比试对手，对武艺精益求精。而实际上其目的则在体悟普天之下舍我其谁的心理——《宫本武藏传》读后。

雨　果

覆盖整个法国的一片面包。而且无论怎样看，奶油都涂得不够充分。

陀思妥耶夫斯基

陀思妥耶夫斯基的小说充满所有种类的戏谑。无须说，戏谑的大部分足以使恶魔变得忧郁。

福楼拜

福楼拜告诉我们：美好的无聊也是存在的。

莫 泊 桑

莫泊桑犹如冰块。当然有时也像冰糖。

爱伦·坡

爱伦·坡在制作狮身人面像之前研究了解剖学。使坡的后代震惊的秘密便潜藏于这项研究里。

某资本家的逻辑

"贩卖艺术家的艺术也罢，贩卖我的螃蟹罐头也罢，二者其实半斤八两。但一提起艺术，艺术家便认为是天下至宝。如果效艺术家之颦，我也应为一听六十钱的螃蟹罐头沾沾自喜。不肖行年六十有一，还从未曾像艺术家那样自高自大得滑天下之大稽。"

批 评 学
——致佐佐木茂索①君

一个天气晴好的上午。摇身变为博士的 Mephistopheles（靡非斯托）② 在某大学讲台讲授批评学。不过他讲的批评学并非康德的 kritik（批判）之类，而只是如何批评小说和戏曲的学问。

---

① 佐佐木茂索（1894—1966），小说家、资深编辑。
② 十五六世纪德国浮士德传说中的恶魔名字，多次出现在歌德的诗剧《浮士德》等许多作品中。

"诸位，上星期我讲的想必已经理解了，今天我再讲一下'半肯定论法'。何为'半肯定论法'呢？一如字面所示，即一半肯定某作品艺术价值的论法。但是，这'一半'必须是'更坏的一半'。肯定'更好的一半'于此论法是颇为危险的。

"比如把这一论法用在日本的樱花上。樱花'更好的一半'即其色美与形美。但为了用此论法，较之'更好的一半'必须更为肯定'更坏的一半'即肯定樱花的气味。也就是要做出这样的结论：'气味的确有，但，仅此而已。'假若（万一）没肯定'更坏的一半'而肯定了'更好的一半'，那么将出现怎样的破绽呢？'色形的确美，但，仅此而已。'这样一来，就根本谈不上贬低樱花了。

"当然，批评学问题只是就如何贬低某小说和戏曲而言。时至现在已无须解释了。

"那么，这'更好的一半'和'更坏的一半'以什么为标准加以区别呢？为解决这一问题，也还是要上溯到屡次提及的价值论。价值并非古来公认的那样存在于作品本身，而存在于欣赏作品的我们的心中。这样，对'更好的一半'和'更坏的一半'，必须以我们的心为标准，或以一个时代的民众喜爱什么为标准来区别。

"譬如今天的民众不喜爱日本风情的花草，即日本风情的花草是坏东西。今天的民众喜爱巴西咖啡，即巴西咖啡必是好东西。理所当然，某作品艺术价值的'更好的一半'和'更坏的一半'也必须如此区别开来。

"不用这一标准而求助于真善美等其他标准，则是再滑稽不过的时代错误。诸位一定要像抛弃已经泛红的草帽一样抛弃旧时代。善恶不超越好恶，好恶即善恶，爱憎即善恶。这不局限于'半肯定论法'，也是大凡有志于批评学的诸君不可忘记的法则。

"好了，上面大体讲了'半肯定论法'。最后想提醒诸位的是

'仅此而已'这个说法。这'仅此而已'是横竖要用的。第一，既然说是'仅此而已'，那么无疑意味肯定'此'即'更坏的一半'。但第二也无疑意味否定此外的东西。也就是说，'仅此而已'之说法颇有一扬一抑之趣。而更微妙的是第三，隐约之间甚至否定了'此'的艺术价值。否定固然否定了，却又未就何以否定做出任何说明。只是言外否定——这便是'仅此而已'之说法的最显著特色。所谓显而晦、肯定而否定恰恰指的是'仅此而已'。

"这'半肯定论法'，我想恐怕比'全否定论法'或'缘木求鱼论法'容易博得信赖。关于'全否定论法'或'缘木求鱼论法'，上星期已经讲过，为慎重起见重复一次：此论法即以艺术价值本身否定某作品艺术价值之论法。例如，为了否定某悲剧的艺术价值，不妨责备它的悲惨、不快和忧郁，也可以反过来骂它缺乏幸福、愉快和开朗，如此不一而足。'缘木求鱼论法'即是指后一种情况。'全否定论法'或'缘木求鱼论法'诚然痛快淋漓，但有时难免招致偏颇之嫌。但'半肯定论法'毕竟承认了一半某作品的艺术价值，所以容易被看成公允之见。

"讨论专题里有佐佐木茂索氏的新著《春之外套》。那么，下星期来之前请把'半肯定论法'用在佐佐木氏作品的研究之中。（这时一个年轻听讲生问，老师，用'全否定论法'不可以吗？不可以，'全否定论法'至少眼下不能用。佐佐木氏终究是有名的新作家，适用的还仅限于'半肯定论法'。）"

一星期后，得分最高的答案如下所示：
"写得的确巧妙，但，仅此而已。"

母　子

母亲是否适合培育子女还是个疑问。诚然，牛马是母亲养大的。但借自然规律之名为旧习辩护确是母亲的特权。假如可以在这一名目下为任何旧习辩护，则我们应首先为未开化人种的抢婚大声疾呼。

又

母亲对子女的爱是最无私心的爱。但是，无私心的爱对于培养子女未必最合适。这种爱给予子女的影响——至少大部分影响——或使之成为暴君，或使之沦为弱者。

又

人生悲剧的第一幕始自母子关系的形成。

又

古往今来，众多父母不知重复了多少遍这样一句话："我终归是不行了，但无论如何要使子女出人头地！"

可　能

我们并不能做想做的事，只是在做能做的事。这不仅限于我们每一个人，我们的社会也是如此。大概神也未能称心如愿地创造这个世界。

摩尔[①]的话

摩尔在《临死自己的备忘录》中有这样一段话："伟大的画家深知署名的位置，而且绝不把名字第二次写在同一位置。"

当然，"把名字第二次写在同一位置"对任何画家都是不可能的。这点倒不必责备。我感到意外的是"伟大的画家深知署名的位置"这句话。东方画家中从来未曾有人看轻署名位置。令其注意署名位置纯属陈词滥调。想到摩尔竟就此特书一笔，不禁为这种东西方之差而感之叹之。

大　　作

将大作与杰作混为一谈确乎是鉴赏上的物质主义。大作不过呕心沥血的问题。较之米开朗琪罗的《最后的审判》，我倒远为喜爱伦勃朗六十几岁的自画像。

我所钟爱的作品

我钟爱的作品——文艺方面的作品——说到底是能从中感觉出作家本人的作品。要塑造人，塑造具有大脑、心脏和七情六欲的像一个人的人。不幸的是，作家大多是缺少其中一项的残疾（当然

[①] George Moore（1852—1933），英国自然主义作家、诗人。代表作有《一个青年的告白》。

不是说不佩服——有时候——伟大的残疾）。

《虹霓关》观后

非男猎女，乃女猎男——萧伯纳曾在《人与超人》中将这一事实搬上舞台。但这未必始于萧。我看了梅兰芳的《虹霓关》，得知中国早已有戏剧家注目于此。《戏考》① 此外还提到女子如何运用孙吴兵机和剑戟俘获男子的许多故事。

《董家山》的女主人公金莲，《辕门斩子》的女主人公桂英，《双锁山》的女主人公金定等统统是这样的女杰。《马上缘》的女主人公梨花，不仅将自己喜爱的少年将军从马上俘获过来，还逼其与自己成婚而置对方妻室于不顾。胡适先生对我这样说过："除了《四进士》，我想否定所有京剧的价值。"不过，这些京剧至少是极富哲理的。在这样的价值面前，胡适先生难道就不能一息雷霆之怒吗？

经　　验

若一味依赖经验，犹如不考虑消化功能而只顾吞咽食物；但若完全不依赖经验而仅仅依赖能力，则同不考虑食物而只迷信消化功能无异。

阿基里斯

据说，希腊英雄阿基里斯唯独脚后跟并非不死之身。也就是

---

① 王大错撰，考证戏曲之书。

说，要了解阿基里斯，就必须了解阿基里斯的脚后跟。

艺术家的幸福

最幸福的艺术家是晚年声名鹊起的艺术家。由此思之，国木田独步未必不幸。

老好人

女人并不想找老好人做丈夫。男人则总想找老好人做朋友。

又

老好人最像的是天上的神。第一适合对其讲述欢喜，第二适合与之倾诉不幸，第三是可有可无。

罪

"恶其罪而不恶其人"[①] ——实行起来未见得困难。大多数子女都在向大多数父母认真实行这句格言。

桃李

"桃李不言，下自成蹊"，确是智者之言。只是并非"桃李不言"，实则是"桃李若言"。

---

① 《孔丛子》："孔子曰：可哉。古之听讼者，恶其罪而不恶其人。"

伟　大

民众喜爱为人格的伟大和事业的伟大所笼络。但有史以来便不曾热衷于直面伟大。

广　告

"侏儒警语"十二月号上的《致佐佐木茂索君》并非贬抑佐佐木君,而是嘲笑不承认佐佐木君的批评家。就此广而告之或许有蔑视《文艺春秋》读者智商之嫌。但实际上,据说某批评家执意认为是贬低佐佐木君,并且听说这位批评家的追随者亦不在少数。因此需要广告一句。不过将其公之于众不是我的本意。实则是年长同行里见弴①君煽动的结果。为此广告气恼的读者请责怪里见君好了。

——《侏儒警语》作者

追加广告

前面的广告中"请责怪里见君好了"那句话当然是我开的玩笑。实际不责怪也可以。我实在过于敬佩某批评家所代表的一伙天才了,以致多少有点变得神经质。同上。

---

① 里见弴(1888—1983),小说家,原名山内英夫,有岛武郎之弟。

再追加广告

前面追加广告中所说"敬佩某批评家所代表的一伙天才"当然是正话反说。

艺　　术

画力三百年，书力五百年，文章之力千古无穷，此乃王世贞之言。不过，从敦煌出土文物来看，书画阅历五百年之后似乎仍保其力。而文章之力是否能保有千年则是疑问。观念也不可能超然于时流之外。我们的祖先使"神"这一字眼幻化出峨冠博带的道貌人物；我们则在使同一字眼叠印出长须蓬松的西洋绅士。这不限于神，而应认为适用于一切。

又

记得以前看过东洲斋写乐①画像。画中人胸前展开一幅扇面，绘有绿色光琳波②。显然是为了强调整体色彩效果。但以放大镜窥之，则绿色呈现出泛铜绿的金色。对这幅写乐画像我的确感到很美。但我认为同样的变化在文章上也必然出现。

---

① 东洲斋写乐（1603—1867），江户时期浮世绘画家。
② 江户中期画家尾形光琳成就的画风及继承此画风的流派。

又

艺术同于女人。必须笼罩在一个时代的精神氛围或流行风气之中方能显得风情万种。

又

不仅如此,艺术在空间上还身负枷梏。爱一国民众的艺术必须了解一国民众的生活。在东禅寺遭到浪士袭击的英国特命全权公使阿尔科克听我们日本人的音乐唯感噪音而已。他的《驻日三年》有这样一节:"我们登坡当中,听得类似夜莺的莺叫之声。据说是日本人教黄莺唱歌。如果是真的,无疑值得惊异。因为日本人本来是不知晓自行教音乐为何物的。"(第二卷第二十九章)

天　才

天才距我们仅一步之隔。只是,为理解这一步,必须懂得百里的一半为九十九里①这一超数学才行。

又

天才距我们仅一步之隔。同代人不理解这一步千里,后代人则又盲目崇拜这千里一步。同代人为此而置天才于死地,后代人则因之焚香于天才的灵前。

---

① 《战国策·齐策》:"行百里者,半于九十,此言末路之远。"

又

很难相信民众吝于承认天才。但其承认方式通常颇为滑稽。

又

天才的悲剧是被赐予"小巧玲珑且居住舒适"的名声。

又

耶稣:"我虽吹笛,汝等亦不跳。"
众人:"我等虽跳,汝亦不知足。"

谎　　言

无论在任何情况下,我们都不至于向不维护我们利益的人投以"干净的一票"。将"我们的利益"换言为"天下利益",乃是整个共和制度的谎言。必须认为,这个谎言即使在苏维埃统治下也不会消失。

又

拿出互为一体的两个观念,玩味其临界点。这样,诸君就会发现由此繁衍出多少谎言!故而所有成语通常都是一个问题。

又

给予我们这个社会以合理外观的,难道不是因其本身是不合理的——不合理到极点的吗?

列　宁

我最为惊愕的是:列宁是一位再普通不过的英雄!

赌　博

偶然亦即与神的搏斗总是充满神秘的威严。赌博者亦不例外。

又

古来便不存在热衷于赌博的厌世主义者。不难得知其同赌博的人生是何等一拍即合。

又

法律之所以禁赌,并非由于赌博造成的分配方式本身的不妥,实则因为其经济上的心血来潮难以容忍。

怀疑主义

怀疑主义也是建立在一个信念——不怀疑可疑的这一信念之上

的。这或许自相矛盾。但怀疑主义同时也怀疑是否存在全然不立足于信念之上的哲学。

正　直

倘若正直，我们势必很快发现任何人都不可能正直。因而我们便不能不对正直感到不安。

虚　伪

我认识一个说谎者。她比任何人都幸福。但由于其谎言过于巧妙，甚至说真话别人也只能以为是谎言。这点——仅仅这点——无论在任何人眼里都无疑是她的悲剧。

又

毋宁说，我也像所有艺术家那样巧于编造谎言。可是在她面前仍只有甘拜下风：就连去年的谎言她都记得如五分钟以前一样清晰。

又

我不幸懂得：有时只有借助谎言才能诉说真实。

诸　君

诸君害怕青年为艺术而堕落。但请暂且放心好了，他们并不像诸君那么容易堕落。

又

诸君害怕艺术毒害国民。但请暂且放心好了,至少艺术绝不可能毒害诸君,绝不可能毒害不理解两千年来艺术魅力的诸君。

忍让

忍让是浪漫的卑躬屈膝。

企图

做一事未必困难,想要做的事则往往困难。至少想做足以做成的事是如此。

又

欲知他们的大小,必须根据他们已做成的事来分析他们将要做的事。

兵卒

理想的兵卒必须绝对服从长官的命令。绝对服从无非绝对不加批评。亦即,理想的兵卒必须首先失去理性。

又

理想的兵卒必须绝对服从长官的命令。绝对服从无非绝对不负责任。亦即，理想的兵卒必须首先失去责任感。

军事教育

所谓军事教育，说到底只是传授军事方面的知识。其他知识和训练不必等军事教育也可学到。眼下甚至海陆军学校不也在聘用各方面的专家吗？机械学、物理学、应用化学、外语自不必说，还有剑术、柔道、游泳等专业的。再进一步说来，军事用语不同于学术用语，大部分通俗易懂。这样，必须认为所谓军事教育事实上等于零。而事实上等于零的利害得失当然无须计较。

"勤俭尚武"

再没有比"勤俭尚武"一词更空洞无物的了。尚武是国际性奢侈。事实上列强不正在为军备耗费巨资吗？如若"勤俭尚武"也不算是痴人之谈，则必须说"勤俭浪荡"亦可通行无阻。

日 本 人

以为日本人两千年来上忠君王下孝父母的想法，同以为猿田彦命①也抹发蜡如出一辙。差不多到了该彻底还历史以本来面目的时

---

① 日本国神之一，形象怪异。

候了。

倭 寇

倭寇显示我们日本人具有完全可同列强为伍的能力。即便在劫掠、杀戮、奸淫等方面，我们也绝不比来找"黄金之岛"① 的西班牙人、葡萄牙人、荷兰人、英吉利人等差多少。

徒 然 草

我屡次这样说道："你大概喜欢《徒然草》吧？"然而不幸的是，我根本没读过什么《徒然草》。老实坦白，《徒然草》那么有名也几乎是我所无法理解的，即便我承认它适于做中学程度的教科书。

征 兆

恋爱的征兆之一，是她开始考虑以前爱过几个男人或爱过什么样的男人并对这凭空想象的几个人产生淡淡的妒意。

又

恋爱的另一征兆，是她对发现与自己相似的面孔极度敏感。

---

① 十四世纪初，马可波罗在《东方见闻录》中称日本为"黄金之岛"。

恋爱与死

恋爱使人想到死或许是进化论的一个例证。蜘蛛、蜂交尾刚一结束，雄方便被雌方刺死。我在观看意大利行脚艺人演出的歌剧《卡门》时，总觉得卡门的一举一动有蜂的迹象。

替身

我们因为爱她而往往将其他女人作为她的替身。这种可悲情况的出现未必仅限于她拒绝我们的时候。有时由于怯懦有时由于美的需求而不惜将某一女人用为满足自己残酷欲望的对象。

结婚

结婚对于调节性欲是有效的，却不足以调节爱情。

又

他在二十多岁结婚之后再也没有堕入情网，这是何等俗不可耐！

冗忙

较之理性，莫如说是冗忙能将我们从恋爱中解救出来。毕竟淋漓尽致的恋爱首先需要时间。维特、罗密欧、特里斯当——即使从古之恋人来看也无一不是闲人。

男　子

男子向来看重工作而恋爱次之。若怀疑这一事实，不妨看一看巴尔扎克的书简。他在致韩斯嘉伯爵夫人①的信中写道："若计以稿费，这封信也超过了好几个法郎。"

举止做派

过去出入我家的比男人还争强好胜的女梳头师有一个女儿。至今我还记得那个面色苍白的十二三岁女孩。女理发师教女儿举止做派教得十分严格。尤其不允许睡觉落枕，每次落枕都好像非打即骂。近来偶然听说那女孩在地震②前便当了艺妓。听得此言时我固然略感不忍，却又不能不现出微笑——即使当了艺妓，想必她也严守母亲教导，断不至于落枕……

自　由

没有哪一个人不向往自由。但这仅仅是表面。其实骨子里任何人都背道而驰。且看证据：就连对杀人害命毫不心慈手软的地痞无赖都在振振有词地说什么为了国家金瓯无缺而杀死了某某，不是吗？而所谓自由，系指我们的行为不受任何拘束，亦即坚决不对什么神什么道德什么社会习惯负连带责任。

---

① Madame Hanska，俄罗斯乌克兰地区大地主之妻。1850 年同巴尔扎克结婚，婚后三个月巴尔扎克去世。
② 指 1923 年 9 月 1 日发生的关东大地震。

又

自由类似山巅的空气。对于弱者,二者同样是不堪忍受的。

又

毫无疑问,眺望自由即瞻仰神的尊颜。

又

自由主义、自由恋爱、自由贸易——不巧的是任何自由都在杯中混淆着大量的水,且大多是死水。

言行一致

为博取言行一致的美名,须首先善于自我辩护。

方　便

有不欺一人的圣贤而无不欺天下的圣贤。佛家所说的善巧方便,说到底是精神上的 Machiavellism①。

---

① 意大利政治家 Machiavelli(马基雅维利)的思想,肯定政治权术,主张为国家利益而摈除一切道德约束。

艺术至上主义者

古往今来，虔诚的艺术至上主义者大抵是艺术上的败北者。正如坚强的国家主义者大抵是亡国之民一样——我们任何人都不会追求我们本身已有的东西。

唯物史观

假如任何作家都必须立足于马克思的唯物史观来描述人生，那么与此同样，所有诗人都须立足于科佩尔尼克斯的地动说讴歌日月山川。问题是，较之说"金乌西坠"，说"地球旋转几度几分"未必总是那么优美。

中国

萤的幼虫以蜗牛为食时并不完全置蜗牛于死地，而只是使其处于麻痹状态，以便常食鲜肉。以我们日本帝国为首的列强对中国的态度，归根结底，与萤对蜗牛的态度并无不同。

又

今日中国的最大悲剧，就是没有一位足以给无数国家浪漫主义者即"年轻中国"以铁的训练的墨索里尼。

小　　说

真正的小说不仅事件的发展缺少偶然性，较之人生本身恐怕也缺少偶然性。

文　　章

文章中的词汇必须比辞书中的多几分姿色。

又

他们都像樗牛①那样口称"文即人"，而内心中则似乎无不认为"人即文"。

女人的脸

在热情的驱使下，女人的脸每每不可思议地出现少女风情。当然，其热情完全可以是对于阳伞的亢奋。

处世智慧

灭火不如纵火容易。拥有这种处世智慧的代表人物想必是《漂亮朋友》中的主人公。他在热恋的时候已清醒考虑到一刀两断。

---

① 高山樗牛（1871—1902），日本评论家、作家。

又

单就处世而言,热情的不足倒不足为虑。相比之下,更危险的显然是冷淡的缺乏。

恒 产

所谓"无恒产者即无恒心者"已属两千年前的老皇历。而在今天,似乎有恒产者倒是无恒心者。

他 们

我对他们夫妻没有爱便相抱生活委实感到惊讶。而他们则对一对恋人的相抱而死惊讶不已,却是不知何故。

作家所生之语

"振っている"、"高等遊民"、"露悪家"、"月並み"[①] 等语言在文坛使用开来,始自夏目先生。这种作家所生之语,在夏目先生之后也并非没有。久米正雄[②]君所生"微苦笑"、"強気弱気"等即其典型。另外"等、等、等"写法乃宇野浩二[③]所生。我们并不总是有意脱帽。而是在有意视对方为敌、为怪、为犬时不由得摘下

---

① 意思分别为"意气风发"、"高级无业游民"、"凶相毕露"、"凡庸",均为夏目漱石所创。
② 久米正雄(1892—1952),小说家,芥川好友。
③ 宇野浩二(1891—1962),小说家。

帽去。责骂某作家的文章中出现该作家所创语汇也未必属于偶然。

幼　儿

我们到底是出于什么目的而爱幼小的孩子的呢？原因的一半至少在于无须担心为幼儿所欺。

又

我们坦然公开我们的愚而不以为耻的场合，仅仅限于对幼儿或对猫狗之时。

池 大 雅①

"大雅不拘小节，疏于世情。迎娶玉澜为妻时竟不晓房事，其为人由此可见一斑。

"大雅娶妻而不知夫妇之道——此等似乎不食人间烟火之事若说有趣也就有趣，而若说其愚蠢得丝毫不懂常识大概也未尝不可。"

上述引文表明，相信这种传说的人至今仍残存于艺术家和美术史家中间。大雅迎娶玉澜时或许没有交合。但若据此相信大雅不懂交合之事，那么恐怕是因为他本人性欲太强了，故而确信不可能知晓其事而不实施。

---

① 池大雅（1723—1766），江户中期画家，别号九霞山樵等。

荻生徂徕[①]

荻生徂徕以嚼炒豆骂古人为快。嚼炒豆我相信是出于节俭，至于为何骂古人则全然不解。不过今天想来，骂古人确比骂今人万无一失。

小枫树

哪怕稍稍手扶树干，小枫树都会让树梢密集的叶片像神经一样颤抖不止。植物这东西是何等令人惧怵。

蟾蜍

最美丽的粉红色确是蟾蜍舌头的颜色。

乌鸦

在一个雪霁薄暮时分，我曾看过落在邻居房顶上的深蓝色的乌鸦。

作家

做文章必不可少的首先是创作热情，燃烧创作热情必不可少的首推一定程度的健康。轻视瑞典式体操、菜食主义、复方淀粉酶等

[①] 荻生徂徕（1666—1728），日本儒学大家，著有《〈论语〉徵》等。

并非意欲舞文弄墨之人的取向。

又

志在舞文弄墨者无论是怎样的城里人，其灵魂深处都必须有一个乡巴佬。

又

意欲作文而又为自身羞愧乃是一种罪恶。为自身羞愧的心田上不可能生出任何创作的嫩芽。

又

蜈蚣：用脚走一下试试！
蝴蝶：哼，用翅膀飞一下看看！

又

气韵乃作家的后脑勺。作家自身无从看见。若勉为其难，唯有折断颈骨了事。

又

批评家：你就只能写上班人的生活。
作家：难道有什么都能写的人不成？

又

所有古之天才都把帽子挂在我等凡夫手无法触及的壁钉上。当然,并非没有垫脚台。

又

然而唯独那垫脚台不知滚去了哪家旧道具商店。

又

所有作家一方面都具有木匠师傅的面孔,但这并非耻辱;所有木匠师傅一方面也都具有作家的面孔。

又

另一方面,所有作家又都在开店。什么,我不卖作品?唔,那是没人买的时候,或不卖也未尝不可的时候。

又

演员和歌手的幸福在于他们的不留作品——有时我这样认为。

(以下为遗作)

辩 护

为自己辩护比为他人辩护困难。不信请看律师。

女 人

健全的理性发出命令:"勿近女人!"
健全的本能则发出相反的命令:"勿避女人!"

又

对我们男人来说,女人恰恰是人生本身,即万恶之源。

理 性

我对伏尔泰[①]表示轻蔑。假若始终贯穿以理性,那么我们必须对我们的存在诉诸满腔的诅咒。可是陶醉于世界性赞美的 Candide《老实人》的作者的幸福呢?

自 然

我所以热爱自然,原因之一是自然至少不像我们人类这样嫉妒和欺诈。

---

① Voltaire(1694—1778),法国启蒙思想家、作家、哲学家。

处 世 术

最聪明的处世术是：既对社会陋习投以白眼，又与其同流合污。

女人崇拜

崇拜"永远的女性"的歌德的确是幸福者之一。但鄙视母雅狐①的斯威夫特并未发狂而死。这是对女性的诅咒，抑或对理性的诋毁？

理 性

一言以蔽之，理性告诉我们的是理性的无力。

命 运

命运比偶然具有必然性。"命运在性格中"这句话绝非可以等闲视之。

教 授

借用医家之语，既讲授文艺，就应临床才是道理。然而他们至今仍未触摸过人生的脉搏。尤其他们之中有的人声称精通英德文学

---

① 雅狐：英国作家斯威夫特《格列佛游记》"马国"中出现的酷似人的狡猾动物。

但对孕育他们的祖国的文艺则不甚了了。

智德合一

我们甚至不知晓我们本身,何况将我们所知之事付诸实施更是谈何容易!写出《智慧与命运》的梅特林克亦不知智慧与命运为何物。

艺　　术

最困难的艺术是自由地打发人生。当然,"自由地"未必意味厚颜无耻。

自由思想家

自由思想家的弱点在于其为自由思想家。他终究不能像狂热信徒那样进行恶战。

宿　　命

宿命也许是后悔之子,或后悔是宿命之子亦未可知。

他的幸福

他的幸福依存于他自身的无教养,其不幸亦如此。啊,这是何等令人怅惘!

小说家

最好的小说家乃是"精通世故的诗人"。

语汇

所有语汇都必如钱币具有正反两面。例如"敏感"的另一面无非"怯懦"。

某物质主义者的信条

"我不相信神,但相信神经。"

傻子

傻子总是以为自己以外之人统统是傻子。

处世才能

毕竟,"憎恶"是处世才能之一。

忏悔

古人在神面前忏悔。今人在社会面前忏悔。这样,除去傻子和恶棍,也许任何人都无法在不忏悔的情况下忍受俗世之苦。

又

但无论哪种忏悔,可信性都自当别论。

《新生》① 读后

果真"新生"了不成?

托尔斯泰

读罢比留科夫②的托尔斯泰传记,发觉托尔斯泰的《我的忏悔》和《我的宗教》显然是谎言。然而没有比持续述说谎言的托尔斯泰那颗心更令人不忍的了。他的谎言远比我辈的真实更为鲜血淋漓。

两个悲剧

斯特林堡③的悲剧是《随意观览》的悲剧。但不幸的是托尔斯泰的悲剧不是《随意观览》。故后者比前者更加以悲剧告终。

斯特林堡

他无所不知,并且毫不顾忌地言无不尽。毫不顾忌地?不,恐

---

① 小说家、诗人岛崎藤村(1872—1943)自传性质的长篇小说。
② Paul Birukov(1860—1931),海军军官,后活跃于民众文学。
③ Johan August Strindberg(1849—1912),瑞典戏剧家、作家。

怕也像我们这样多少有所算计吧。

又

斯特林堡在《传说》中说他做过死是否痛苦的实验。但这种实验并非儿戏。他也是"想死而未能死成"的人之一。

某理想主义者

他对自己本身是现实主义者这点丝毫不存怀疑。然而这终究是理想化了的他本身。

恐 怖

使我们拿起武器的通常是对敌手的恐怖,并且往往是对凭空想象的敌手的恐怖。

我 们

我们无一不为我们本身羞愧,同时对他们惧之畏之。可是谁都不坦率述说这一事实。

恋 爱

恋爱不过是披以诗的外衣的性欲。至少不披以诗的外衣的性欲不值得称之为恋爱。

某 老 手

他不愧为老手。甚至恋爱都鲜乎其有,除非爆出丑闻。

自 杀

人皆共通的唯一情感是对死的恐怖。道德上对自杀评价不高,恐并非出于偶然。

又

蒙田对自杀的辩护含有不少真理成分。未自杀的人并非不自杀,而是不能自杀。

又

想死什么时候都死得成嘛!
那么试试看!

革 命

革命加革命。那样,我们就可以比今天更合理地咀嚼人间苦果。

死

梅因莱德尔①颇为精确地叙述过死的魅力。实际上我们也因某种契机感受到死的魅力，最后都很难逃往圈外，如绕着同心圆旋转一样一步步向死逼近。

"伊吕波"短歌②

我们生活中必不可少的思想，或许仅是"伊吕波"短歌而已。

命　运

遗传、境遇、偶然——主宰我们命运的不外乎此三者。沾沾自喜者只管自喜就是，但就别人说三道四则属多管闲事。

嘲　讽　者

嘲讽他人者同时亦怕遭人嘲讽。

某日本人的话

给我以瑞士。否则，给我以言论自由。

---

① Philipp Mainländer（1841—1876），德国哲学家，著有《解脱的哲学》。赞美自杀，实际亦自杀。
② 指收录四十八则富有启示性的日本谚语集，如"狗跑正遇当头棒"等。

像人,再像人……

像、过于像人那样的人,十之八九确像动物。

某 才 子

他相信自己即使成为恶棍也不会成为傻瓜。然而数年过后,不仅同恶棍全然无缘,反而一直是傻瓜。

希 腊 人

将复仇之神置于宙斯之上的希腊人哟,你们已洞察一切!

又

而同时又显示我们人类的进步是何等迟缓!

圣 书

一个人的智慧不如整个民族的智慧。只是,如果能多少简洁一点的话……

某 孝 子

他事母至孝。当然,他深知爱抚和接吻可以给其寡母以性的慰藉。

某恶魔主义者

他是恶魔主义诗人。无须说,在现实生活中越出安全地带一次,仅仅一次,便再也不敢问津。

某自杀者

他决心为一件鸡毛蒜皮小事自杀。但这对他的自尊心无疑是沉重打击。他把手枪拿在手里昂然自语:"拿破仑在被跳蚤叮咬时也必定感到发痒!"

某"左"倾主义者

他位于最左翼的左翼,故而蔑视最左翼。

无 意 识

我们性格上的特点——至少最显著的特点——超越我们的意识。

自　　豪

我们最为自豪的仅限于我们所不具有的东西。实例:T精通德语,但他桌子上常放的全是英语书。

偶　　像

任何人都不反对摧毁偶像，同时对将自身塑为偶像亦无异议。

又

然而任何人都不可能泰然自若地以偶像自居，除非受命于天。

天国之民

天国之民首先应不具有胃袋和生殖器。

某幸福者

他比谁都单纯。

自我厌恶

自我厌恶最显著的征兆是企图从一切中觅出虚伪，且丝毫不以此为满足。

外　　表

最怯懦的人看上去向来是最勇敢的人。

人

我们人的特点是犯神决不犯的过失。

罚

再没有比不受罚更痛苦的惩罚。如果神保佑决不受罚则另当别论。

罪

说到底,罪是道德及法律范畴内的冒险行为。因而任何罪无不带有传奇色彩。

我

我不具有良心,我具有的仅仅是神经。

又

我屡屡诅咒他人"死了算了",且他人中甚至包括自己的至亲。

又

我每每这样想道:就像我对那个女人倾心时她也对我倾心一

样,我对那个女人生厌时最好她也对我生厌。

又

三十岁过后,我无时无刻不感到爱的饥渴。随即大写特写抒情诗,却在尚未长驱直进时便败下阵来。不过这未必是我在道德上的进步,只不过是意识到了心里有一副小算盘而已。

又

纵使再心爱的女人,同其交谈一小时便觉得乏味。

又

我常常说谎。但从我口中说出的谎无不拙劣至极,当然诉诸文字时除外。

又

对同第三者共有一个女人我并无意见。可是,不知幸与不幸,通常在第三者尚未察觉这一事实时,我便陡然对那女子生出厌恶。

又

对同第三者共有一个女人我并无不满。但有两个条件:或者同那第三者素不相识,或者亲密无间。

又

对于为爱第三者而欺瞒丈夫的女人,我还是可以生出爱意;但对为爱第三者而置孩子于不顾的女人则深恶痛绝。

又

能使我感伤的,唯独天真无邪的儿童。

又

我三十岁前爱过一个女人。一次她对我说:"对不起你夫人。"我倒未特别觉得愧对妻子。但她这句话却奇妙地沁入我的心中。我直率地想道:说不定我也对不住这个女人。至今我仍只对这个女人怀有柔情。

又

我对金钱淡然视之。当然是因为糊口总还没有危机。

又

我对双亲尽孝。因为都已老了。

又

对两三个朋友，纵使没说实话，也未曾说过谎言。因为他们也没有说谎。

人 生

即使革命复以革命，除了"入选的少数"之外，我们的生活想必也还是惨淡的。而且这"入选的少数"不外乎"傻瓜和坏蛋"。

民 众

莎士比亚也罢歌德也罢李太白也罢近松左卫门也罢，恐怕都将消亡。然而艺术必在民众中留下种子。我在大正十二年写过"宁为玉碎不为瓦全"[①]，这一信念至今仍毫不动摇。

又

且听下落的锤音节奏。只要这节奏。只要这节奏尚存，艺术便永不消亡。

---

① 出现在 1923 年作者在《中央公论》上发表的《妄问妄答》中。

又

　　我固然失败了。但造我之物必然造出别人来。一棵松的枯萎实在不足挂齿。只要存在广袤的大地,便有无数种子孕育其中。

某夜随感

　　睡眠比死亡惬意,至少较为容易。

(昭和改元第二日)
大正十二年(1923)至昭和二年(1927)

芭蕉杂记

揭　侠译

一　著书

芭蕉没有写过一卷书。所谓的芭蕉《七部集》也全部是他的门人所写。用芭蕉自己的话说，这是因为他"不喜欢扬名"。

"曲翠问：有人收集俳句谓之作集，是否起因于这方面的执着之心？翁曰：由于卑贱之心，欲使人知己之高明，或出自扬名后世的欲望。"

这么讲，大致无可非议。可是接着往下读，却禁不住报以微笑。

"所谓集，不外乎选择一些别具风格的俳句，向人展示自己的风格。我没有选编俳谐集之心。然而，自贞德以来俳人们的风格各异，甚至宗因也来倡导俳谐。但我所说的此俳谐有异于他所说的彼俳谐，眼下由荷兮、野水等监修编成了《冬日》、《春日》、《荒野》等。"

按照芭蕉的说法，著蕉风之集不求扬名，而著芭蕉之集则求扬名。如此，不属于任何流派的独立诗人又当如何呢？另外按照这种说法，斋藤茂吉氏在杂志《兰》上发表和歌是不求扬名，而著《赤光》及《璞》，岂非成了"因卑贱之心，欲使人知己之高明"？

但是，芭蕉还说了——"我没有选编俳谐集之心。"按照芭蕉的说法，他所以担当《七部集》的监修，只是摆脱扬名的一种技巧。而且他之所以不喜欢这东西，除了讨厌名声的原因之外，还应当另有某种原因。如此说来，这个"某种"到底是什么呢？

据说芭蕉甚至把极其重要的俳谐称为"一生的路旁小草"。因此，他是不是把监修《七部集》也当成了"虚空"呢？另外在他视著集之事为"丑恶"之前，是否早已把这当成了"虚空"呢？寒山曾在树叶上题诗，可是对于收集那些树叶却显得没有多大兴趣。难道芭蕉也任凭自己的一千多首俳谐像树叶一样变迁？至少在芭蕉的内心深处埋藏着这种心情，不是吗？

芭蕉没有著书，我想是理所当然的。而且，宗师的一生也就没有了交纳版税的必要，不是吗？

二 装订

在俳书出版以前，芭蕉好像提出了许许多多的要求。比如对于正文的写法，他流露了这样的意见：

"写法可以多种多样。只是不希望有一个浮躁的心态。《猿蓑》写得很好。可是，太大了些。作者名字大，看上去不雅。"

另蒙胜峰晋风氏赐教，俳谐的书在芭蕉之前崇尚华美，芭蕉之后则以简朴枯寂为贵。如果芭蕉生在今日，仍然会为了把书弄成九磅、封面使用棉布等事而绞尽脑汁的。也或许像威廉·莫里斯一样，在和后援者杉风协商的基础上，对"Typography"即活字印刷术提出新颖的意见也未可知。

三 自我解释

芭蕉在和北枝的问答中说道："向人说自己的俳句，如同向人讲自己的颧骨"，对自己解释自己的作品持否定态度。但是，这话有些靠不住。因为说这话的芭蕉,也曾不止一次地向其他门人解释自己的俳句,甚至有时还不无得意地谈及自己的苦思所得。

"'冬日鱼店鲜鱼少,咸鲷牙齿亦透寒。'对于这首俳句,翁言道:不经意间吟出,不足以自赞。'又见新松鱼初上,老家莫非是镰仓?'这首俳句才是不为人知的苦思觅想所得。又言,'猴子牙白,山峰升月'是其角之句,'咸鲷牙齿亦透寒'是老朽自己所吟。之所以加上'鱼店'一语,是因为可以自然成句。"

的确是"向人说自己的俳句,如同向人讲自己的颧骨"。但是艺术并不像颧骨一样,是任何人都可以一清二楚的东西。对于萧伯纳总是自己解释自己的作品,想必芭蕉也会多少抱有一些同感吧。

四 诗人

"俳谐是一生的路旁小草,是颇为麻烦之物。"这是芭蕉对惟然说过的话。另外,他还时而向门人流露出轻视俳谐的口吻。这话语对于将人生视为一场梦的隐者芭蕉来说,毋宁是理所当然的。

但是,像芭蕉一样对于"一生的路旁小草"如此认真的人,肯定寥寥无几。不,从芭蕉的用心程度上看,他称俳谐为"一生的路旁小草"的举动,简直让人觉得是在作秀。"土房说,翁曰'学在于常'。翁还用严肃的口吻说:临席,则文台与我间不容发。快速将所思说出,至此无迷茫之念。一旦撤去文台,即成废纸一张。有时如砍伐大树。关键时刻的一击之心,如同切西瓜一般。有人责备我是'吃梨的口气,三十六句皆为闲语'等等,话也都是巧者试图识破我的心才这样说的。"

听芭蕉这语气,像是在教人剑术。怎么也看不出是一个把俳谐视为游戏的、隐者的话语。另外,芭蕉其人说到作俳句时的态度就更加热情奔放。

"许六说，有一年江户某人以召开年初披露会为由邀请翁。翁在我家逗留四五日后，一日降雪，天近黄昏。当时所作的俳句是：

> 海边人声沸，不知嚷什么？（桃邻）
> 拂晓老鼠窜，行舟咯吱声。（翁）

其后，我造访芭蕉庵时，谈到了这首俳句。我言道，其中的'晓'字金贵，如忽视则令人遗憾，有稳如大山之势。闻此言，师起身曰：你听到一个'晓'字，老翁已经无比满足。这首俳句起初想到的是：

> 须磨有老鼠，木船咯吱音。

前句中有'声'字而不是'音'字，因此才加以改写。虽然翻来覆去想到了'须磨有老鼠（須磨のねずみ）'这个地方，可整句仍不太连贯。我说，改后远远胜过'须磨有老鼠'。（中略）'晓'字之功无可比拟。师闻听此言，大喜，曰：尚未有人这般认真对待。只是一旦出自我的口，都露出一副惊呆的神情，哪还管什么好坏，就像鲫鱼醉于泥中。当晚作这首俳句时，我对在场的众人说：为赎姗姗来迟之罪，献上这首俳句为各位消气。"

对于知己的感激、对于流俗的轻蔑、对于艺术的热情——诗人芭蕉的形象在这段佳话之中表现得栩栩如生。特别是面对"献上这首俳句为各位消气"这种大气磅礴之势——且不说隐者如何，就算那些令人景仰的今日的批评家除了敬畏便是幸福之感。

"翁告于凡兆，曰：人在世之时，若有三五首秀逸之作是作者。若有十句者，便是名人。"

就连名人消磨一生，才可得十句。如此一来，俳谐也就不是什么等闲小事。按照芭蕉的说法，那不过是"一生的路旁小草"！
"十一日。晨起又是阵雨。不料东武的其角来临。（中略）他立即前往病床，见师骨瘦如柴，且喜且忧。师也看弟子，唯有双目含泪。（中略）

> 抽签熬菜饭，师徒共夜谈。（木节）
> 四周都是子，结草虫寒鸣。（乙州）
> 蹲地守药罐，寒意阵阵袭。（丈草）
> 欲引喷井鹤，心伤寒雨来。（其角）

每一首都由惟然出声吟咏，师再次看了一遍丈草的俳句，用沙哑的声音夸赞道：'丈草的好，总那么枯寂完整，妙，妙。'"

以上便是芭蕉圆寂前一天发生的事。看来芭蕉对于俳谐的执着甚至强过死亡。假如把这一情节讲给那视一切执着都有罪孽的"谣曲"作者听，那么当芭蕉向苦行僧说了地狱的苦难之后，必定会被安排成一个主角。

在一个隐者身上看到这种热情，要说矛盾是矛盾。尽管矛盾，不也说明芭蕉是天才吗？歌德说他自己作诗的时候，总被 Daemon 即精灵附身。芭蕉为了做一个隐者，不也是饱受诗魔的玩弄吗？芭蕉身上的诗人性情，难道不是比芭蕉身上的隐者性情更加强劲吗？

我爱没有彻底成为隐者的、矛盾的芭蕉。同时，也爱他的矛盾之大。否则，也许会对深草的元政表示相同的敬意。

五　未来

"翁逝世之年离开深川时，野坡问：今后俳谐的作法是否仍然会像现在？翁答：暂时会像现今。五年七年过后将有大的变化。

"翁曰：俳谐有三分已经问世，另有七分还没有问世。"

读到这段趣闻，足见芭蕉确实早已将未来的俳谐看得一清二楚。另外，也许会因此而在芭蕉众多的门人中间闹出一些喜剧来，比如有的人从情面上也要试图改变原来的风格，有的人则会自命不凡认为拿出那七分还没有问世的非自己莫属。但是，上面的话应当是指"芭蕉自身的明天"。也就是说，想必是五六年以后芭蕉自己的俳句将有大的变化这种意思。再就是，已经发表的东西不过只有三成，另外七成还躺在芭蕉的心中这种意思。因此，芭蕉之外的人不要说五六年，就算有三百年，也不一定能有什么变化。所说的七分俳谐之事，也同样如此。芭蕉可不是随便模仿街头卖卜先生的人。芭蕉自身确实在不断进步——对此，我从来就没有产生过怀疑。

六　俗语

芭蕉经常在他的俳谐中使用俗语。比如，看看下面的俳句就可以知道。

于（信浓）洗马
断梅区间雨，抬头见浮云。

其中的"断梅"也好，"区间雨"也好，"浮云"也好，可以说都是俗语。一首俳句的旅情客意充满了无限的寂寞。（诚然，这样盛赞稀世的天才比什么都容易，尤其是盛赞任何人都不会提出异议的古典式天才！）可以说，这种例子在芭蕉的俳句中多得不胜枚举。所以芭蕉亲口说"俳谐的益处在于正俗语"，应当说理所当然。所谓"正"，并不是像文法教师一样纠正语格以及假名用法上的错误，而是在灵活把握语感的基础上赋予俗语以灵魂。

　　身心若放松，傍晚自然凉。

　　编撰《猿蓑》时，宗次希望自己能再有一首收入集中，便接连吟了几首，可是都不理想。一天傍晚，他在蕉翁身旁。翁说，你放松放松，我也躺下。宗次便说，那就恕我失礼了，身心放松自然凉快。听到这话，翁说：这正是俳句，刚才的话可以入集。（小宫丰隆氏对这段佳话进行了很有意思的解释。请参考该氏的芭蕉研究。）

　　这时的"身心放松"，已经不是单纯的俗语。这是诗语，借用蓝眼黄毛西方人的话说，它生动地表现出了芭蕉情调中的颤音。再换句话说，芭蕉之所以使用俗语，并非因为它是俗语，而是因为它可以成为诗语才加以使用的。因此，只要能够当诗语使用，不论汉语词还是文言词或者其他什么词，芭蕉都曾拿来使用。这一点，肯定是不消说的。实际上，芭蕉不仅"正"了俗语，也曾经"正"过汉语词和文言词。

　　　　于佐夜中山
　　　酷暑难耐何以赖，乘凉之处唯笠阴。
　　　杜牧早行有残梦，小夜中山惊不觉。
　　　马上瞌睡犹梦中，醒时月遥茶气腾。

　　芭蕉的语汇就是这样出没于古今东西。不过，正俗语肯定是最容易受人注目的特色。而且，从正俗语之中也的确可以看出芭蕉的功力来。诚然，谈林派的各位俳人——不，就连伊旦的鬼贯也可能先于芭蕉使用俗语。可是，将炼金术用于所谓的平谈俗话之中，则确实是芭蕉的一大功绩。

　　这个显著的特色,好像同时也造成了对于俳谐的误解。误解之一是俳谐易懂;误解之二是俳谐易写。俳谐堕入陈腐——这种事情,时至今日大可不必再来讨论。子规居士已经在他的《芭蕉杂谈》中,指出了此等陈腐的闹剧。只是芭蕉使用俗语的精彩性,今天仍有必要加以强调。不然的话,所谓的民众诗人很可能会无所顾忌地和惠特曼一样把芭蕉也归为他们先达中的一员。

七　耳朵

　　喜爱芭蕉俳谐的人,不打开耳孔是遗憾的。若对于"诗调"之美全然无动于衷,芭蕉的俳谐之美也就只能理解一半而已。

　　俳谐本来就比和歌更缺乏"诗调"。要在仅有十七个假名的生杀之中传达"语言的音乐",须有待大功力之人出现才能做到。而且,执着于"诗调"则有失于俳谐的正道。之所以呼吁"先不要谈芭蕉的'诗调'",大概可以透出其中的信息。但是,芭蕉自身的俳谐很少有忘记"诗调"的。不,有时一些俳句甚至将一句之妙全托于"诗调"。

　　　　夏月升御油,不觉悬赤坂。

　　这首俳句为了描写夏天的月亮,而利用了"御油"、"赤坂"等地名带来的色彩感。这种手段算不得稀奇,毋宁说多少有些老套之嫌。但是,它带给人耳的效果,却充满了与旅行者的心绪极其吻合的、悠悠自得的美感。

> 不觉岁尾今又至，快去年市买香火。

假设"夏月"之句，不是以歌剧歌词而是以乐谱见长的话，那么这一句则是两者皆优之作。到年市买香火，虽说有些苍凉，但肯定能感受到一种亲切感。此外，那兴冲冲的"快去"的语气，宛然可见芭蕉其人内心的欢欣雀跃。还有，再看下面一句，对于芭蕉"诗调"运用的出神入化，我们只能目瞪口呆。

> 秋意已浓寂寞生，不知邻居是何人？

能够把握这庄严"诗调"者，茫茫三百年间唯有芭蕉一人。芭蕉以"俳谐乃万叶集之心"，来教育他的弟子。这话丝毫不是吹牛。这，便是喜爱芭蕉俳谐者必须打开耳孔的原因所在。

八 同上

芭蕉俳谐的特色之一，就是将诉诸眼睛的美与诉诸耳朵的美微妙地结合为一体的美。借用西方人的话说，就是在"Formal element"与"Musical element"的融合上有着独特之妙。即使是芜村这样的大家手笔，只怕是在这一点上也难以步其后尘。以下所列，是载于几董所编《芜村句集》中的有关春雨的所有俳句：

> 春雨之中见伞笠，窃窃私语渐远行。
> 春雨今又降，暮色渐渐浓。
> 逮鱼冬柴尚未沉，转眼之间春雨中。
> 踌躇月亮撒半海，纷纷春雨朦胧中。
> 春雨渐渐沥沥下，绳端悬挂小灯笼。

西京一户人家因有妖怪，长期无人居住而荒置。如今，关于妖怪的传闻消失——

> 人居烟熏壁，屋漏春雨流。
> 袋中装物种，春雨给打湿。
> 春雨落身上，只得戴头巾。
> 小海滩上小海贝，春雨浇成淡红色。
> 瀑口呼灯火，闻声春雨中。
> 莼菜水中生，春雨涨满池。

梦 中 吟
> 春雨潇潇下，可怜不写作。

芜村的这十二首俳句酣畅淋漓地表现了诉诸眼睛之美——尤其如同"大和绘之美"。但是用耳朵听起来，却并不那么酣畅。而且，如果一口气把十二首全部读下来，甚至有一种同一"诗调"重复的单调之嫌。可是，芭蕉在通过这难关之路时，却畅通无阻。

> 正值春雨渐沥下，杂草小路拔艾蒿。

于 赤 坂
> 懒起恋床笫，搅梦是春雨。

我在芭蕉这两句之中感受到了百年的春雨。"杂草小路拔艾蒿"的品位之高，自不待言。起于"懒起"并在"搅梦"一语上踌躇的"诗调"之中，表现了一种近似于柔媚的慵懒。我们最终只能说，芜村的十二首在芭蕉的这两首面前是无能为力的。总之，芭蕉的艺术感觉比起称之为近代人的人们来，是经过了千锤百炼的。

九　画

东方的诗歌不论日本还是中国，都经常把画趣作为生命。诗生于史诗的西方人，说不定会给这"有声之画"贴上歪门邪道的标签。然而，"遥知郡斋夜，冻雪封松竹。时有山僧来，悬灯独自宿"宛如一帧南画。还有那"排排库房后，燕子常飞往"，也自然是一幅浮世绘。其手段足以随心所欲表现出此种画趣，也同样是芭蕉俳谐中不可忽视的特色之一。

野松枝叶茂，即可感凉爽。
酒醉伸头向外看，小窗瞧见葫芦花。
山民行路言语少，只因带刺猪秧秧。

第一是一幅纯然的风景画。第二是一幅风物加上人物的风景画。第三是一幅纯然的人物画。芭蕉的这三种画趣，没有一个是品位低下的。特别是"山民"表达了对于"言语少（おとがい閉ずる）"的强烈畏惧。在表现这种画趣方面，就算芜村也必须退避三舍。（总拿芜村为例，未免有些对不住芜村。但事出有因，谁让他是继芭蕉之后的巨匠呢。）即便是在表现最具芜村特色的"大和绘"的画趣方面，芭蕉也轻而易举地收到了不亚于芜村的效果。

夏日包粽子，只手夹额发。

据说,芭蕉自己把这首俳句称为"物语体"。

十 男色

传说称,芭蕉和莎士比亚以及米开朗琪罗一样曾好男色。这种说法并不一定是空穴来风。元禄可是产生井原西鹤《大鉴》的时代。芭蕉或许随着时代曾爱分桃之契也未可知。实际上,那"有人传说我过去也曾喜欢男色"的话,正是年轻芭蕉执笔《贝覆》中的话语。另外,在芭蕉的作品中,也有一些像"总角生稚气,犹发嫩草味"之类歌颂美少年的俳句。

但我仍旧不能认为芭蕉是性欲错乱。诚然,芭蕉明确讲了"我过去也曾喜欢男色"。可是,首先这话是出于巧弄戏谑之笔的《贝覆》中的一节。因此,如把它当成一个了不得的自我坦白,难道不为时尚早吗?第二,就算是自我坦白,也许会出乎我们的意料,过去的喜欢男色根本不同于现在的喜欢男色。不,假如现在讲曾喜欢男色,丝毫没有必要特别加上"过去"这个词。而且,联想到芭蕉在宽文十一年正月写下《贝覆》时年仅二十九岁,想必他所说的"过去"是指"性的觉醒"以后的几年时间。这个年龄层的 Homo-Sexuality(同性恋)并不特别稀奇。就连生于二十世纪的我们,回想起自己少年时期的性欲,也大致会有几次因美少年而恍惚的记忆。至于称芭蕉与他的门人杜国之间有同性恋一类的传说,说到底只能是小说。

十一 大海彼岸的文学

"某个禅僧向芭蕉问诗。翁曰:隐士素堂精于诗道,为世人所知。他常言,诗是隐者之诗,风雅为妙。""正秀问芭蕉,言:《古今集》里有'雪花纷落下，天空不知晓'、'樱花开时人不知'、'樱花绽开春不知'，一集里面收录了三首相近之诗。收在同一集里且出自同一作者，以前可曾有过这样的先例？翁答道：看来像是贯之的爱用之语。今人虽讨厌此种情形，但古人却未必。唐土之诗，也有此等情形。听丈草前些时候说，杜子美专爱此举。据说近代诗人于鳞的诗中也有这种现象。其诗听过，不过忘记了。"

于鳞是嘉靖七子中的一人，想必是指李攀龙。芭蕉在谈话中提及倡导古文辞的李攀龙，给芭蕉尊敬杜甫带来光明。不过，这一点暂且不论。这里首先想探讨的，是芭蕉其人对于大海对岸文学的态度。从上面的一则趣闻中所看到的芭蕉，一点儿也没有摆出学者的样子。假若将这段趣闻改为当今的新闻报道，芭蕉回答记者提问的态度肯定像下面一样朴实无华。

"当某一新闻记者问及西方诗的时候，芭蕉这样答道：精通西方诗的人，是京都的上田敏。根据他经常的说法，象征派诗人的作品极其幽深且具梦幻。

"……芭蕉这样答道：这种情形，或许西方诗中也存在。最近和森鸥外聊天，据他说，歌德就多有这种现象。另外，近期一个叫什么伊奇的诗人作品中，这种现象也不少。的确，我听到过那首诗，可惜让我全给忘记了。"

能够答到这种程度的人，想必在当时的俳人中也不多见。可是不管怎么说，他对大海对岸的文学不甚了解则是肯定的。此外，芭蕉对于一些不去体味艺术上无法言表的醍醐之味、而一心只读万卷书的文人墨客，好像十分讨厌。起码，他一刻也容不得爱摆学者架子的人，常常向这些人投去他那显示出其天生讥讽才能的、独特的讽刺。

"'山村梅花开，花戏迟迟来。'芭蕉把这首俳句书赠去来，并回复说：这首俳句可以有两个理解。一个理解是山村风寒，待到梅花盛开时节，演花戏的人会来吧。意思是说梅花和花戏两者皆迟。另外一个理解是，山村的梅花早已开放，可是还不见演花戏的人。是说看到山村的偏僻而怀念京城的繁华。翁在回复中还举了一个其他的例子说，去年阴历六月路过五条一带时，见一店前挂着一幅奇怪的招牌，上写道'此处有 hakuran 妙药'。同行的朋友觉得好笑，讥笑说应当写成'霍乱（hakuran）之药'。某却说道：想必'博览（hakuran）病患'会买的。"

这些话对于出自书香门第的去来而言，是比吃那德山之棒还要疼痛的一击。（去来的父亲向井灵兰不仅精通儒、医两道，还翻译过《乾坤辩说》。名医元端以及大儒元成是他的兄弟。）另外顺便提一句，芭蕉还是一名可一语中的的、极其毒辣的讽刺家。一句"想必博览病患会买"，真可谓沉重的一击。其他，还有以下这段趣闻："东武之会，不以盂兰盆节为释教，岚雪对此加以非难。翁曰：若以盆节为释教，正月则为神祇乎？"总之，对芭蕉的嘴爱损人，其门人好像经常为之头疼。不过所幸的是，这位讽刺家两百年前患肠炎什么的过世了。不然，我的这篇《芭蕉杂记》势必也会被他那厉害的毒嘴大大戏弄一番。

芭蕉对大海彼岸的文学不太了解，已经如上所述。那么，他对大海彼岸的文学十分冷淡吗？不，恰恰相反，他简直是非常热心地将大海彼岸文学的表现手法收入自家囊中。这一点，参看一下支考所传来的下面一段趣闻便可知晓。

"某日，翁讲道：最近读《白氏文集》，觉得'老莺'、'筵蚕'两字颇有意思，因此作了下面两首俳句：

　　黄鸟竹丛叫，小鸟寻老莺。
　　五月梅雨下，筵蚕苦桑田。

言黄鸟在竹丛中鸣叫，巧妙透出了小鸟唤寻老鸟的余韵。'カイコ'是怕人不懂"筵蚕"一词，而故意使用了假名写法。其实，'蚕'前应加上'筵'字，是指在家养蚕的景象。"

白乐天的《白氏长庆集》是芭蕉爱读的书籍之一，这在他的《嵯峨日记》中曾经提到。芭蕉对白氏诗集中的表现手法进行脱胎换骨的改造现象，并不少见。比如，芭蕉的俳谐在动词用法上，就运用了独特的技巧：

一声横江传，时鸟四月鸣。

立石寺（前书略）
山寺幽且静，蝉声入石中。

参凤来寺
寒风杉间穿，岩石被吹尖。

这些动词的用法，莫不是学了海对岸文学的字眼？所谓字眼，就是指因一字之工而使全句颖异的字。这一点，请参看一下岑参的下面一副对联。

孤灯燃客梦，寒杵捣乡愁。

可是，如果断言芭蕉是学来的，当然十分危险。芭蕉也许自然而然地掌握了和大海对岸的诗人同样的表现手法。但是，下面的一首俳句也仍然不外乎是暗合吗？

钟声散去花香撞，已经黄昏夕阳时。

根据我的判断，这明显是朱饮山所谓的倒装法在俳句上的运用。

> 红稻啄残鹦鹉粒，碧梧栖老凤凰枝。

上面举出的，是著名的杜甫运用倒装法的一个对子。按照通常说法，必须将对子中的名词加以调换，说成：鹦鹉啄残红稻粒，凤凰栖老碧梧枝。芭蕉的俳句也按照通常的说法来讲的话，则理应颠倒动词的位置，说成："花香散去钟声撞，已经黄昏夕阳时。"虽说一个是名词，一个是动词，但把芭蕉之句作为倒装法在俳谐中的尝试，未必就能说是武断吧。

前人经常提及芜村向海对岸的文学学习了很多东西。可是，对于芭蕉究竟如何，却好像很少有人考虑（假如有这样一个人，自然早就发现了这"鐘消えて"一类的问题）。然而，众所周知，延宝天和年间的芭蕉曾改编了不少如"忆老杜·胡须吹风起，何人叹暮秋"，"夜寒棉衣重，吴天降雪否"等大海彼岸的文学作品。不，不仅仅是这些。芭蕉在《虚栗》（天和三年出版）的跋后面，署名为"芭蕉洞桃青"。"芭蕉庵桃青"未必是一个能够让人联想到大海彼岸文学的雅号。但是，"芭蕉洞桃青"却带上了"凝烟肌带绿，映日脸妆红"的诗中之趣（胜峰晋风氏也在《芭蕉俳句定本》的年谱中，强调可不能漏看了一个"洞"字）。因此必须说，芭蕉——至少是延宝天和年间的芭蕉曾在很大程度上醉心于大海彼岸的文学。再不然斗胆说句话，使堕入谈林风气充斥的鬼窟里的芭蕉开启天才之目光的，也或许就是大海彼岸的文学。于芭蕉的俳谐之中可发现大海彼岸文学的痕迹，当然并不值得大惊小怪。偶读《芭蕉俳句定本》，思考了大海彼岸文学的影响，于是便加在了《芭蕉杂记》之后。

附记：传说芭蕉时常向伊藤坦庵、田中桐江等汉学家请教汉学。不过，芭蕉所受到的大海彼岸文学的影响，很有可能是发自于喜好作诗的山口素堂。

十二　诗人

关于蕉风"连句付合"的议论，樋口功氏的《芭蕉研究》已经讲得非常明确。当然，我不像樋口氏那样相信，蕉门的英才以及芜村等在"发句（即俳句）"方面能和芭蕉不相上下。不过，芭蕉在"连句付合"上有独步古今之妙则完全如同樋口氏所说。而且，他所指出的元禄的文艺复兴反映在蕉风的"连句付合"上，这一点我也很有同感。

芭蕉一点儿也不是孤立于时代之外的诗人。不，毋宁说是一个将自己的全部精神都投入到时代之中的诗人。芭蕉的俳句中之所以偶尔没有显现出其宽度来，正像樋口氏所指出的那样，只能认为那是他仅仅将"我自己的诗歌"当成了俳句的正道。是芜村打破了金锁，把俳句放归于自他无别的大千世界之中。像"忆往昔，险被斩首终私奔；看今朝，夫妻和睦换新衣（お手打ちの夫婦なりしを衣がえ）"或"本来不该输，梦话惊妻醒"等，就是产生于这种解放的作品。芭蕉对于许六的"来至名将桥，迟钝见摇扇"，也只是给予了"这首俳句是名将之作，而全无句主之功"的评价。他若是看了芜村"忆往昔，险被斩首终私奔；看今朝，夫妻和睦换新衣"等作品，想必会对后代竖子的恶作剧眉头紧锁的。当然，芜村尝试俳句解放的好和坏自当别论。但是不看芭蕉的"连句付合"，便前无古人一样地赞扬芜村的小说式的构想，则是十分偏颇的看法。

为慎重起见，再一次重复我前面的看法。芭蕉绝不是孤立于时代之外的诗人，而是一位继《万叶集》之后最切实地把握时代、最大胆地描写时代的诗人。为了了解这个事实，可以对芭蕉的"连句付合"给予一瞥。元禄时代产生了近松、西鹤及师宣。而芭蕉简直写尽了元禄时代的人情，以至于让人怀疑他是不是真的喜欢茶泡饭。特别是他的恋爱诗，相比之下，就连其角看上去也像是一个木强汉。更何况后代的才子们，一个个要么像"空也"般瘦弱，要么像大马哈鱼干，再不然就让人怀疑是一个肾亏的年轻隐居者。

捶布石边女，狩衣送佳人。（路通）
吾之幼时名，不知汝可记？（芭蕉）
召我进宫去，自愧徒虚名。（曾良）
自枕胳膊睡，又觉细腕添。（芭蕉）
时辰已黎明，司殿困意重。（千里）
共寝别离时，欲遮眉色脱。（芭蕉）
让穿木屐去，雨中拂晓时。（越人）
缠绵共寝终别离，犹思纤细婀娜姿。（芭蕉）
本当切菜做副食，哪知心思不在此。（野坡）
不是骑马日，在家寻爱情。（芭蕉）
女子若瞿麦，花开温柔色。（岚兰）
四折棉被中，女子团蜷睡。（芭蕉）

　　创作出这种作品的芭蕉，与近代芭蕉崇拜者心目中的芭蕉是有些不同的芭蕉。如"缠绵共寝终别离，犹思纤细婀娜姿"，就不是淡漠枯寂的隐遁者的作品，而更像面对仿佛出自于菱川浮世绘中的女子或小伙儿美貌，震颤着敏锐感受性的多情的元禄人的作品。"元禄人的"——我斗胆使用了"元禄人的"这种说法。这些作品中抒情诗一般甘露味的境界之高,是文化文政期烟花柳巷常客们梦寐以求也体味不到的。数一下年代的话,他们和吟咏"吾之幼时名,不知汝可记"的芭蕉,只不过相隔了百年。可是实际上,他们比之千年前唱出"可不要忘记了常陆少女啊"的《万叶集》中的女人,难道不是更要俗气万分吗?

十三　鬼趣

芭蕉也像一切天才一样反映了时代的风尚,这在前面已经讲到。其中的一个显著例证,想必就是芭蕉俳谐中的鬼趣。浅井了意把《剪灯新话》改编成的《御伽婢子》,出版于宽文六年。自此以来,这种鬼怪小说一直流行到宽政年间。如,西鹤的《大下马》就产生于这种流行之中。正保元年出生的芭蕉,经历了宽文、延保、天和、贞享年代,辞世于元禄七年。因此不得不说,芭蕉的一生一直都伴随着鬼怪小说的流行。所以,芭蕉的俳谐——特别是当时的世人尚对鬼怪小说感到新颖的《虚栗》以前的俳谐,留下了不时玩弄鬼趣的、颇为巧妙的作品。请看如下例句:

夜风袭来门自开,唯见一轮堂前月。(信德)
不见古人道,露水落地消。(桃青)
屁股空落地,缘何留痕迹?(信德)
小被之中有鳞印,蟒蛇怀恨留痕迹。(桃青)
月亮一招手,疯子立时腾。(桃青)
长尾拖地走,林下杂草生。(似春)
夫隐深山中,尼姑唤声急。(信德)
甘心为鳗鱼,身披七重衣。(桃青)
刀剑护手,素陶易碎。(其角)

马瘦骨如柴，鞭打斯马影。（桃青）
山神搂嫁娘，霎时无踪影。（其角）
忍者为地藏，消踪度光阴。（桃青）
头顶大锅，隐遁别离。（其角）
木槌当子抱，汝是幻影人。（桃青）
原为蜥蜴身，今是金色王。（峡水）
魑魅入袖中，撕碎香甜梦。（桃青）

这些作品中的某些东西，无疑是滑稽的。可像"马瘦骨如柴，鞭打斯马影"啦、"木槌当子抱"啦所带给人的感觉，简直比当时的鬼怪小说还要厉害。芭蕉在确立了芭蕉风格以后，几乎与鬼趣绝了缘。但是他那寄托了无常之意的作品即便不是鬼趣，却总也带有几分无可言表的鬼气。

题于骸骨画
盂兰盆节起晚风，只见灯笼糨糊开。

本间主马之宅，画有一幅骸骨能吹笛击鼓之画，悬挂于墙。

电闪雷鸣时，脸成芒穗形。

大正十二年（1923）至十三年（1924）

宗　师

芭蕉是一位稀世的天才，同时也是一代宗师。可自古以来的天才，不止一人因穷困潦倒而死于穷街陋巷。这样说来，是天才则未必就能因此而成为一代宗师。子规居士在他的《芭蕉杂谈》中，将芭蕉之所以扬名天下的原因归于俳谐自身的"平民化"倾向及芭蕉其人的"知识德行"，并说"那是因为芭蕉是开俳谐之宗的祖师，而并不因为他是文学家"。正如子规居士所说，作为宗师的芭蕉和作为天才的芭蕉自然志趣不一。

为慎重起见再重复一遍的话，就是说芭蕉是一位稀世的天才，同时也是一代宗师。之所以成为一代宗师，其理由当然可以说出很多。比如，芭蕉喜欢像西行一样四方云游且安于朴实无华的生活。无疑，这一点也使得古往今来富于感伤的人们流下了激动的泪水。然而，他成为宗师的最强有力的理由，则因为他是自然天成的宗师。假如不用宗师一词也可以说明问题的话，那就叫他天成的教师好了。子规居士也在其《芭蕉杂谈》之中说，"芭蕉教弟子如同孔子教弟子一样。采取的是因材施教，而不是面对各人讲述绝对的道理。"如其所言，芭蕉在教门下的英才时使用了独特的手法。向井去来的《去来抄》、森川许六的《俳谐问答》等，都清楚地证明了这种事实。现试引《俳谐问答》中"自赞之论"一节如下：

"当时，翁曰：明日当服装换季。可有俳句？说来，让我听听。我于是遵命，吟咏了三四句，可并不合师之意。师说，时下诸门第以及其他门皆异常严肃地看待俳谐，正襟危坐，一动不动如同上锁一般。这不是名人的游戏做法。所担心许子的地方正在于此。除了风雅之外，许子要想想你所擅长的艺术或技能。名人游于危险之处，俳谐也是这样。始终抱有可不能搞糟了的想法，这是拙劣之心，而非高明之肠。师今年初的：

一年又一年，给猴戴猴面。

便是完全的败笔。（中略）我说，名人大师也有败笔吗？师答道：

每句都有。我闻听此言，顿感大悟。"

下面让我们再引《去来抄》中的一节：

"树下仰卧拨枝看，原是软条美海棠。

"翁在路上问去来说，最近其角的集子中收录了这样一首俳句。你认为收录其中的原因是什么呢？去来说，莫不是在于说出了丝樱充分绽放？翁曰：都说出了，还能有什么！至此，去来刻骨铭心。"

芭蕉对许六的态度，可谓循循善诱、婆心有加。但芭蕉对待去来的态度，却又与禅家的当头棒喝如出一辙。另外，芭蕉除了这种随机应变的、独特的教授法以外，还饱含着确如俳谐之父的无限的温情。什么"桑枝折秋风，胸中满悲痛"，什么"久穿袖口已磨脏，可否御寒黑灰衣"，或"悲情坟冢动，哭声惊秋风"，其门人或门人们如悼父兄逝去般的作品，之所以能够打动人的恻隐之心，未必仅仅因为作品的好坏。特别使我伤感的，应是芭蕉下面的一段趣闻。

"前天翻山过，如今花盛开。（去来）

"这是两三年前《猿蓑》中的吟句。翁曰：这首俳句如今没有人听，可以再等上一两年。之后，翁与徒杜国一起云游芳野，途中寄书信给去来。信中说，或称芳野为花山，或被芳野的美景所惊呆而一味感叹，再不然被其角讲的'樱花难吟'之话给震住，以至于芳野无句。不过，现在可是每天行走时吟'前天翻山过，如今花盛开'哦。"

实际上，可以不去过问究竟是否早了一两年。但一行"现在可是每天行走时吟'前天翻山过，如今花盛开'哦"的文字，却包含了情深无比的关爱。

芭蕉作为教师的特色，想必还可以讲出许许多多其他的例子来。但是，仅就以上所举，也应对芭蕉是一个十分优秀的教师给予首肯。门人们拥有这样的教师，其由衷的钦佩之情自不待言。

智　　者

芭蕉轻而易举地就将当时的英才收于门下。前人经常举出这种事实用以强调芭蕉的威望何等之高。芭蕉当然是一位德高望重的君子。至少在人际关系上，他是一位尽量与人和平相处的、精神上的节俭家。

"土芳说，翁经常执意劝人挪动地方。说，某某如今不应该待在那里，即使去和自己有矛盾的人那里也无所谓。这样，年老以后没有什么内疚之处。"

因此，芭蕉不仅在门人中而且在他门的俳人中也没有树立过敌人，这是确凿的事实。然而，假如相信只是因为这个原因才成为了一代宗师，则不免是村夫之见。芭蕉的艺术是俳谐，俳谐是连句付合的尝试。而且，连句付合的优劣与和歌题咏的优劣一样（连句付合其实也是题咏），一般人也肯定很容易看得出来。不，当两人对吟的时候，其优劣之明显如同剑道的对决。芭蕉在这种连句付合上，博得了独步古今之名。许多人在芭蕉面前自然产生敬畏之念，其中也肯定有着这个原因。至少，芭蕉门下的英才们之所以对芭蕉佩服之至，与其说是惧于其威望，毋宁说是原因在此。关于这一点，可以参看一下与狮子庵支考同样的、从不肯轻易让人的许六的《自赞之论》。

"初学之时，随季吟老人流。中期兴起谈林之风，于是急转风向，成为京师田中氏常矩法师的门人。学习俳谐七八年，可谓废寝忘食，一日吐三百韵五百韵。遍览当时所出诸集，以为天下俳谐尽握自己掌中。有一个称为矩门弟子第一人的如泉，其实远不如予。（中略）其时，常矩在某个集子中作了这样的付句：

> 风物时宜，因地不同而异。（前句）
> 难波之足，伊势浴池可得。

人称秀逸之作，而入集。但我等则不取此句。（中略）另外，有桃青的付句：

> 竖耳听去，远处荻声分外怪。（前句）
> 难波芦苇，四方市伊势闻名。

堪称佳句，于是有感而称赞桃青的高明。（中略）当时，天下皆称桃青为翁，据说名人之号遍布四海。予观此人之器，有着非我等能并肩可比的高明之处。自己不是每日欲成名人乎？但愿能与之面晤，以聆听俳谐之新风。（中略）"

吐露"难波芦苇"的，是当时才三十四五岁仍然醉心于谈林之风的芭蕉（前句的作者是信德）。关于这句连句付合的注释，樋口功氏的《芭蕉研究》已经再详尽不过（同书后篇，第三节百韵时代）。假如多此一举叠床架屋的话，用老辣手段以按摩师四方市之名替换为"浜荻"，此举正是把握住了右偏则滑稽、左偏则怪幻这千钧一发的微妙。如果不把这样的人叫作智者，那么什么样的人才能称为智者呢？还有，四十一岁的芭蕉那开辟了一代蕉风的作品，在这一点上也同样如此。

> 海啸大浪来，篱笆亦冲坏。（荷兮）
> 世间多有离奇事，人言大鱼吃死人。（芭蕉）

"仏食いたる"的意思，就像幸田露伴所说的一样，是鱼吃溺水而亡之人。这当然没有像谈林风格一样，卖弄什么歇后语之类的东西。然而，其连接方式的精彩依旧显示出了智者的面目。

<blockquote>
矮柜走了形，盖子合不拢。（凡兆）
一时草庵在，破念不曾停。（芭蕉）
</blockquote>

所谓"麻雀百岁不忘跳，旧时习性断难改"，的确可以说明芭蕉快到五十岁时的连句附和上的才气。

偶　　像

芭蕉在大阪圆寂以后，立即化为偶像。不，不只是化为偶像。简直是开始化为与八百万神灵完全相同的俳谐之神。这种芭蕉的神格化，其本身想必就是一个颇有意思的问题。芭蕉是怎样像基督一样创造了一个个奇迹？各地的城乡大众又是怎样顶礼膜拜芭蕉祠？另外芭蕉的门人又是怎样像基督的十二门徒一样带上了几许庄严？进行诸如此类的研究，不仅对于俳谐而且对于阐明日本的风俗习惯，也是会起到一些作用的。

芭蕉是一个根本不在意一般习俗的偶像破坏者。不用说，经他的手破坏了许许多多的偶像。发出那"俳谐乃《万叶集》之心。丝毫不亚于唐、明及一切中华之英杰"的豪言壮语者，正是芭蕉。扬言"世间并无读了无益之书，比起儒佛之书，似应读些日本书以及其他如净琉璃之书"者，也是芭蕉。一语道破交友原则，称结交其他门派"无碍，只有盗贼和赌徒才不应结交"的，还是芭蕉（不，芭蕉对待盗贼和赌徒，未必像蛇蝎一样加以排斥）。这样一个偶像破坏者自身反倒一下子化成了偶像，虽说这是所有天才不可逃避的命运，但终究是一出实在悲惨的喜剧。

给予这种偶像崇拜沉重一击的，是正冈子规的《芭蕉杂谈》。

这部《芭蕉杂谈》，有可能不会尽显芭蕉的全部本色。但是，它粉碎了罩在芭蕉头顶的光环却是确定无疑的。必须指出，比起建造百十座芭蕉堂、进行千万次芭蕉祭奠来，这才是对两百年前的那个偶像破坏者最好的佛事供奉。

可是，对于芭蕉的偶像崇拜，至今也还没有绝迹。诚然，是子规一击之下将俳谐之神消灭。但是，神丧命之后，圣人依旧存在。比如，吉田絃二郎氏的《芭蕉》可谓一部足以传承的小说。可是作品中的芭蕉却是一个始终表情凝重、轻易不开玩笑、极其感伤的圣人。面对这样的芭蕉，那傲岸的支考和许六也自始至终唯唯诺诺吗？不，就算是我也会毫不客气地将这样的芭蕉一脚踢开的。

古人在青云横卧的天际，造就了俳谐之神。今人在女校运动场的一角，造就了俳谐之圣。假如非要我二者选一，我宁可选神而不选圣。比起吉田絃二郎氏的《芭蕉》，我宁可去读那袋装本的《行脚怪谈》或《俳谐水浒传》等。

气　　质

芭蕉一般被认为是一个正儿八经的隐者。可未必是一个吉田絃二郎氏小说《芭蕉》中所描述的沉默寡言的郁闷者。诚然，芭蕉说过"晚饭后，应该尽快熄灭蜡烛。眼见着夜色深沉，心便会兴奋"，这段有名的趣闻流传至今。然而，这不仅仅局限于芭蕉。假如要我们面对挂钟而作俳句的话，想必也会说出"应该摘掉挂钟。眼见着夜色深沉，心便会兴奋"的话来。

另外，小川破笠在市川柏筵的《老之乐》中记下了这样一段佳话。

"据说，岚雪等人除了作俳句之外，有意躲避蕉翁。原因是觉得窘迫，没意思。"

但是，任何门徒当面对自己所师从的先生时，都会多多少少感觉窘迫的。实际上，夏目漱石先生十分诙谐。可作为门人的我，却的确仍然感到窘迫。何况，破笠也好、岚雪也好，本来就不是什么严谨持身的君子，而都是些晋子其角一样风流无比的才子。因此，他们的所谓"除了作俳句之外，有意躲避蕉翁"，更应当说是在情理之中。

当然，芭蕉感觉人生无常是确实的。至少，经常在他人面前谈起人生无常是确实的。人生的确是无常的。可一而再，再而三无常无常地鼓吹，即便是"芭蕉洞桃青"之语，如同说是教僧的口吻，也只能说太缺乏见识。不过，假如暂且为芭蕉执辩护之劳的话，芭蕉在世的期间正是所谓的元禄黄金时代。想必这一时期的奢侈之风，自然地加剧了芭蕉的厌世思想；而且，就芭蕉自身而言，因为有着前半生喜爱谈林风格的俳谐经历，就更是加深了他那人生如梦幻或泡影的感触。考虑到这些情况，芭蕉之所以极力强调无常，其一或许……也未可知。然而，若给芭蕉的气质打上忧郁的烙印，这一点则未必能够成为什么证据。

最后要说的是，芭蕉经常在他的作品中谈到无常……

诙　　谐

芭蕉看来并不是一个如世人所想象的那样十分寂寞的人。毋宁说，同所有的天才一样，他像是一个非常喜欢诙谐的人。《去来抄》等作品所传诵的趣闻之中，就不乏可以证明这一点的例子。

"有一首我翁经常赞美的狂歌，那就是：想往上爬无抓手，鸣神井底了此生。无名氏之作。

"在三河新城，支考、桃邻当时也在场，白雪问，典故怎么使用才可以出新意？翁曰，某歌仙作诗的体裁中有这样一句话：

身披草席一乞丐，立身北面桥脚旁。

祐经是一个打仗运气很好的人，他设想着复仇之事，想必可以这样形容。期盼了多少年，工藤终于迎来了佳音。连他自己也觉得一直活到建久四年五月二十八日简直不可思议。可如今这句话也已成了对他的悼念。

"翁某日在某贵宅，会开到一半离席去了厕所，总不出来。贵人让人看了几次，过了一会儿，翁才出来。洗手漱口之后，笑着说：常言道人生五十年，我有二十五年是在厕所度过的。云云。

"支考说，游嵯峨的（向井去来的）落柿舍时，众人在谈笑之余，为京都的蕉门之少而叹息。翁笑声如常说，我家俳谐与京城的土地不合。从蘸荞麦面条的汤的甜味便可以知道。萝卜的辣味来得快，可是却和芥末冲鼻子的辣味似是而非。之后，若有健壮人出现，洗刷掉自己心中的执着，不刚不柔，并认识到俳谐就是今日的平常之语时，落柿舍才能成为游山拜佛的团体之一，并可进入小箱的名录之中。"

还有，在芭蕉的俳谐之中，诙谐之语自不待言，而且调皮话、歇后语颇多也是众所周知的事实。关于这一点，并不是像世人所想象的那样，仅仅局限于他在谈林派的影响之下而作的初期之句。就连元禄以后的俳句之中，这种例子也如秋天山野的鹌鹑一样比比皆是。

景清英武震天下，观花却称七兵卫。

正值箕轮笠岛黄梅雨时
笠岛何处在？五月泥泞路。

我舍可摆席,端上小蚊子。

地火尚未熄灭,腊月之末离开京都,
赴乙州新居等候春天
托人置新宅,恍然到岁尾。

在 田 家
莫非憔悴因麦饭,恋人原是艺妓妻。

参拜凤来寺
寒夜求棉衣,旅宿方成眠。

二月吉日,庆贺是橘剃发入医门
初午当吉日,剃成狐狸头。

自美浓路寄书信予李由
午睡对旋花,抄本堆满床。

特别最后的"旋花"之句,是芭蕉圆寂于大阪的元禄七年的作品。因此必须承认,芭蕉一直到死都是喜爱诙谐的。

晚年的芭蕉爱幽玄,讲枯寂余情……

中 国

延宝年间的桃青是谈林风的俳人。可贞享年间的芭蕉,已经不再是谈林风的俳人。也就是说,从延宝到贞享的天和年间,当时的芭蕉庵桃青就像一只离开了猎手的猎鹰一样,飞出了谈林风的圈外。

必须说,芭蕉之所以飞出谈林风的圈外,靠的当然是他的天才。然而,芭蕉确是一位他人赞许、己亦自负的响当当的谈林风俳人。这样一个芭蕉,无疑会比其他人更加难以跳出谈林风的圈外。能够斩断这个金锁——如果这也归于天才的原因,肯定是简单的。但是进而深入探究的话,则必须想象到芭蕉的天才是由于某种机缘才得以慧目开启。那么,这机缘究竟是什么呢?

这个问题的答案同样简单。必定是古人的艺术自然地为其指出了一个渡口。芭蕉热爱和歌,热爱谣曲,热爱书籍,并且热爱绘画。在将近四十岁的芭蕉身上,开始显露出蕉风的寂光净土来。那么究竟是何者成为了机缘呢?如果回答说全部都是,无疑很省事。那么,促使芭蕉开启慧眼的最直接的原因是什么呢?

天和年间的芭蕉作品,带有很多中国文学的味道。当然,"多用汉字,爱听诗歌,以及和歌俳句多出了规定的字数,而不能一气吟出"(《历代滑稽传》),并非始于芭蕉。毋宁说那曾是风靡当时俳谐的一种流行。但是显然,芭蕉也是中国文学的影响进入其骨髓的一位作家。《虚栗》中的"胡须吹风起,何人叹暮秋"、"夜寒棉衣重,吴天降雪否"等中国文学的味道,自不必多讲。就算早就确立了蕉风的四十七岁的芭蕉,也留下了以下作品。

> 钟声散去花香撞,已是黄昏夕阳时。

这是将朱饮山所谓的倒装法运用在俳句上。比如,可以对照以下的例子。

> 红稻啄残鹦鹉粒,碧梧栖老凤凰枝。

杜少陵这首闻名的对子，如果要想理解其意思的话，当然必须把两句中的名词调换位置，改为"鹦鹉啄残红稻粒，凤凰栖老碧梧枝"。而芭蕉的俳句要想理解其意思的话，也必须颠倒动词的位置，说成"花香散去钟声撞，已是黄昏夕阳时（鐘ついて花の香消ゆる夕べかな）"，道理与上面的例子完全相同。如果把这说成是一种暗合那自当别论。假如把这理解为像我所说的倒装法的运用，那么则必须承认芭蕉所受的中国文学的影响是非常大的。

另外再举一例。芭蕉在《虚栗》的跋的后面，署名为"芭蕉洞桃青"。"芭蕉庵桃青"的名字，未必就有中国文学的味道。可是，"芭蕉洞桃青"却有着"凝烟肌带绿，映日睑妆红"的诗中之趣。任何人都可以毫不费力地看出，那特别使用了"洞"字的芭蕉是如何陶醉于中国文学。

芭蕉倾心于中国文学，如上所述。而且必须说，中国文学味道最浓的时期，正像前人已经指出的那样，是写出了《次韵》、《武藏野》、《虚栗》等作品的天和年间。因此，对于打开芭蕉天才慧目最最有效的，很有可能也就是中国文学。

续芭蕉杂记

揭　侠译

一　人

我写过，芭蕉给汉字词也注入了新的生命。《蚂蚁有六只脚》这篇文章或许颇为生硬。但是，芭蕉的俳谐是经常在这近于翻译的冒险中获得成功的。日本的文艺，至少"其光芒总是来自于西方"。芭蕉本人也并不例外。在当代人看来，芭蕉的俳谐该是何等时髦啊。

　　午睡脚蹬壁，丝丝感凉意。

"壁をふまえて"这句成语，取自汉字词。当然，使用了"踏壁眠"之类成语的词，有很多很多。我和室生犀星君把芭蕉这种现代化的兴趣（当代的）算作其风靡一时的原因之一。不过，诗人芭蕉此外还有善于处世的另一面。水平接近芭蕉的各位俳人——如凡兆、丈草、惟然等，在这一点上都不如芭蕉。芭蕉是和他们一样的天才，同时却又比他们辛苦得多。他让其角、许六、支考等人由衷折服的东西，想必在很大因素上是他的俳谐出类拔萃（世间所谓的"德望"，至少在他们身上根本起不了任何作用）。然而，芭蕉为人处世的出色——或者他的英雄手段，应当说巧妙地笼络住了他们。要了解芭蕉通于人情世故，可以参看一下他谈林时代的俳谐。或者通过他的书简，也可以窥测到他操纵东西门徒的技巧。最后，他就是在元禄二年——即踏上《奥州小路》旅途的时候，仍然是一个"强者"。

拜过行者木屐后，出发要登夏季山。

无论是"夏季山"、"木屐"还是"出发"，面对这种气势，恐怕就连曾是"强者"的一茶也会自叹不如。确实，即使作为一个人，他也堪称文艺上英雄一员。芭蕉所持的无常观，并不包含着芭蕉崇拜者所想象的那样的感伤主义。毋宁说那是一条富于不管三七二十一之勇气的、勇往直前走到底的道路。可以说，就连这俳谐也经常被芭蕉称之为"一生的路旁小草"，未必是一种偶然。总之，他是一个后代不用说、甚至也不怎么被同时代所理解的（我不说没有受到崇拜）、令人生畏的无所畏惧的诗人。

二 传记

芭蕉的传记一旦涉及细微之处，直到现在好像还不是一清二楚。但我相信，我大体上已经触及了底部——他做了不道德之事而离开伊贺的家出奔，到达江户以后乃是花街柳巷的常客，不觉间却成了现代化的（当时的）大诗人。另外，为谨慎起见如果再加上一句的话，那就是他肯定没有甚至让文觉也感到畏惧的西行一样的肉体能量，也肯定没有同样抛弃了自己孩子的西行一样的神经能量。一旦除去了他的作品，芭蕉的传记也同所有的传记一样没有任何特别神秘之处。他与西鹤《留下的麻烦》中浪子的一生并无太大的差别。只是，他把他的俳谐——他的"一生的路旁小草"留了下来……

最后要说的是他的出生地伊贺之国，曾是出产"伊贺烧"陶器的地方。在封建时代，想必这地方的艺术氛围对他的产生起到了一些作用。我曾经在伊贺出产的香盒上，硬是死乞白赖地感觉出了枯淡的芭蕉。禅宗和尚经常使用贬人的话语来赞扬人。当面对芭蕉的时候，这种心境使我们也不得不感觉出了某种东西来。他的确是三百年前日本产生的一个骗人精。

三　芭蕉的衣钵

芭蕉的衣钵，在诗的方面传给了丈草等人。另外，或许也传给了本世纪的诗人。不过在生活方面，他只传给了像伊贺一样多山的信浓的大诗人一茶。一代的文明，当然支配着某一个诗人的作品。即使是出于这一原因，一茶的作品也没有达到和芭蕉同样的顶峰。可是，他们二人在内心深处都是走的"自暴自弃的道路"。或许，芭蕉的门徒惟然也是一个这样的人。他没有一茶那样厚颜无耻的根性，却比一茶更值得怜惜。他的疯癫并不是见于戏剧的那种洒脱或趣味。对他而言，其疯癫是家人自不必讲，甚至要将自己的生命也赌上去的疯癫。

万里晴空秋日好，狂人鬼贯对黄昏。

在惟然的作品之中，我想这一句也算不得什么名句。然而，我以为他的疯癫从这一句之中也可以看出来。喜欢惟然疯癫的人——尤其是喜欢轻妙的人，对此可以尽情地、大胆地佩服。可是依我看来，其中打动我们的东西，则是诗人最终不及芭蕉、又接近芭蕉的号啕大哭。假如有哪位批评家指出其疯癫是一种"混乱而不能自持"，那么我将不惜向这位批评家送上我的敬意。

追记：这是《芭蕉杂记》的一部分。

昭和二年（1927）七月

文艺杂谈

揭　侠译

　　登载我们小说的是月刊杂志或报纸。这一点和以前并没有什么两样。但是，看到朋友从西方寄来的带有巴黎圣母院风光的明信片，我不得不产生了下面一些想法。这究竟是一种什么样的想法呢？具体说来，绘画本来就是受建筑控制的，概莫能外。米开朗琪罗的大壁画之所以产生，是因为有着仿罗马式的建筑存在。凡·爱克的小油画产生，是因为有着哥特式建筑的存在。因此，文艺上的作品也许会受到刊载其作品的月刊杂志以及报纸等的影响。现实的情况是，今天的长篇小说就带有某家某家报纸的味道。后代假如进行观察，也同样能够从今天短篇小说的字里行间感觉出月刊杂志的存在来。这或许只是我个人的主观臆想。但是，头脑中浮现出报纸及杂志来，却无疑带有表现派的电影式的空想色彩。

　　如果把报纸以及杂志所登载的小说数量做个统计，一年可能会超过千篇。可是，想来小说的生命却很短暂。在一切文艺的形式之中，没有什么比小说更能表现一个时代的生活。同时从另外一个方面讲，随着生活样式的变化也没有什么比小说能更快地失去力量。诚然，要想了解昨天的生活，则必须去读昨天的小说。然而，这样做只是"为了了解"，而不是为了去感觉那激荡我们心怀的小说的生命。

　　和我同时代的作家们，在书中刻画了更为人性化的忠直卿、俊宽、僧都等。但是，这些人物迟早会被"更加人性化"的忠直卿、俊宽、僧都等所取代。最为朴素的心境——如男女相爱之情，即使出现于《源氏物语》之中也应该能够打动我们。可是，肯定没有谁会为了读几行充满真实的文字，而耐下性子去通读几百页的东西。只有那些切实表现出了朴素心境的东西才能够超越时代，这就是抒情诗的生命要比小说长久的原因。实际上，虽然日本文学有很多，但是却没有一个能够像《万叶集》中的和歌一样具有长久的生命力。

这样一来，小说——恐怕戏剧也是极其接近于新闻界的东西。如严格说来，一个作家，一部作品，都是不能脱离一个时代而独立存活的。这就是小说为了切实表现一个时代的生活而要交纳的租税。正如前面已经讲到的那样，在一切文艺的形式之中，没有什么比小说更加短命。同时在另外一个方面，也没有什么比小说活得更加深切。因此从这一点看来，小说的生命与其说是抒情诗，更是带有抒情诗般的色彩。就是说，小说就像那闪电之中从我们面前一飞而过的灯蛾一样的东西。

接下来要说的是，我读到了大正十五年度除了正宗白鸟氏的时评以外便再无文艺批评的文章。关于正宗氏时评的犀利，应该没有人提出异议。但是，要说除了正宗氏的时评便全然再无时评，至少我个人对此持有疑问。一般说来，要知道有或没有则必须首先去读文艺批评。然而依我来看，却是很少有人去读批评家的文艺批评。年轻的批评家们反对"诗歌精神的欠缺"。这一类的话，是值得我们好好倾听的。

假如要把"私小说"从自叙传中剥离开来，那么区分的唯一标准应当是根据诗歌精神的有无或者多少来定。当然，我所说的诗歌精神，并不是单单指称西方诗歌的精神，而是说东方诗歌的精神也在其中。就以葛西善藏氏的"私小说"而言，我不像某些人所认为的那样，说它是真实地描写了人生才可贵。同时，也不像某些人所认为的那样，说它没有真实地描写人生所以才不可贵。我只是认为，他捕捉到了某种近似于雨中风物的美，正是别人难以模仿的他的特色。但是，就连那些不惜颂扬葛西氏"私小说"的人，是不是都感觉出了这种美呢？对此我持怀疑态度。想必这一点也可以用在泷井孝氏作品的议论上。我甚至认为，如果没有这种美——即没有诗歌精神，任何文艺作品都是不能成立的。

另外我还对无产阶级文艺抱有很大希望。这绝不是什么反语。昨天的无产阶级文艺，只是把作家具有社会意识作为了独一无二的条件。但是使《源氏物语》得以成为《源氏物语》的，既不是因为作家是贵夫人，也不是因为题材取自宫廷生活。这是不言而喻的。批评家们强烈要求所谓的资产阶级作家们必须具备社会意识。我对这种说法不存什么异议。但是我想，对所谓的无产阶级作家也应说上一句：你们则必须具备诗歌精神！

我最近感到我的希望并不是徒劳。例如，中野重治氏的诗就不是像昨日的所谓无产阶级作家们那样缺乏精彩的东西，而是带有一种过去极少见到的、地道的美。也许这类小说或戏剧明天会产生更多。也许，或在我的眼力不及之处已经不断地产生出来。（顺便补充一句，我近来读了中野氏的诗，中野氏在诗中针对久米正雄氏的《万年大学生》使用了"万年小伙计哦"。但是，久米对于那部作品中的主人公并没有蔑视的意思。一旦被指责为"万年小伙计哦"，想必久米也会感到冤枉。这么讲，不是出于对久米的客气。在我们中间，久米当时真的曾是一个最具社会主义者式的激动的大学生。考虑到这一点，难耐今昔之感，于是便有了略加补充的想法。）

既然说到了久米正雄,那就顺便多说几句。作为批评上的印象主义者,我认为很少有批评家能够像久米一样理解各种各样的东西方人。有一次,久米说契诃夫"既不是一个今日的作家,也或许不是一个明日的作家,但却在任何时代都是一个昨日的作家"。作为对于一个我们所熟悉的作家的评价,是十分中肯之言。假如让久米写文艺时评,即使不像正宗白鸟氏一样那么具有思想上的个性,但大半也会像爱吸烟的人可以区分开纸卷烟和雪茄一样,巧妙地分别品味出各种各样的作品的味道(只是在有关我的作品上,赞扬的时候且不说,一旦说了坏话,当然我未必承认久米文艺批评上的锐利眼光)。我纳闷为什么没有一家杂志的编辑请久米来写文艺时评。当然,久米生性怕麻烦,即便求他写他也不一定能够按月交差。

萧伯纳年迈以后好像越发健康而且长期健在。能够领取到诺贝尔奖金,无疑得益于此。但是,萧伯纳的《圣女贞德》在萧的作品中是不是杰作却值得怀疑。即使比《重获长生》强一些,想必也要比《伤心之家》差。我认为萧伯纳的最高水平是他写《康蒂姐》的时期。正像萧伯纳所自居的那样,他不是一个艺术性的作家。毋宁说他是一个道德性的作家。萧伯纳之所以席卷了一个时代,其原因大概在于此处。不过,在后代看来,或许同样因为这个原因而意外不被关注也未可知。作为自己的传记作者,萧伯纳已经得到了亨德森。可是,亨德森有没有波瓦兹威尔对于约翰逊那么大的力量呢?假如没有的话(我想多半没有),萧伯纳死后的名声当然会因此而降低。萧伯纳现在的问题,或许不是"写什么戏剧",而是"得到什么样的传记作者"。

顺便说几句。萧伯纳确实在《重获长生》的序言里谈到了基督的许多事情，并说基督去耶路撒冷自杀性地走向十字架只能解释为精神错乱。但是，我并不这样认为。驱使基督走向十字架的，应当是基督本身的宗教吧。这样说，不是讲他仅仅因为传布了新的宗教而走向了十字架；而是说他在传布新的宗教的过程中，产生了必须走向十字架受难的思想。我过去读过安德烈夫的《加略人犹大》。最近又读了获得好评的帕皮尼的《基督传》。然而，在这一点上两者都和我的见解不同。我并不认为自己的解释是唯一正确的解释。可想起如我解释的那样基督必须接受十字架之难的心情，我觉得其中有着接近于我们平常心的东西。

我基本没有亲近过明治时代的基督教文学（除了德富芦花氏的作品之外）。但是，从基督教文学这句话所想起的，则是文禄庆长时的基督文学。就我所知，向基督徒寄予诗的感情的，好像首先是北原白秋以及木下杢太郎。斋藤茂吉氏在第一版的《赤光》上也有"南蛮男"的连作，我等是走在前辈们所修田埂上的乌鸦。但是，当我写作基督小说的时候，基督教文学的活字书籍基本上还没有问世。我为了得到《鲜血遗书》，走了一家又一家旧书店。这并不是我的辛苦谈。只是想对《红毛杂话》书价贵得离谱，发几句牢骚而已。

昭和元年（1926）十二月

戏剧漫谈

揭 侠译

戏剧是什么？这不是我想讲的内容。我想说的只是我想看的戏剧。

我对于非常戏剧化的戏剧——也就是所谓戏剧性趣味很浓的戏剧，已经腻烦透了。很想看那情节简单到最大限度的、像空气一样自由的戏剧。戏剧这东西，因为性质上的原因或许不可能吸收我的上述意见，但或许也有可能在某种程度上吸收这种意见。

不仅仅是戏剧。对于小说，我现在也感觉到了这种要求。当然我所主张的，并不是要求作家专门去写没有情节的小说，同时也不是说没有情节的小说最高级。而只是说，很希望碰见不是很情节化的小说或者戏剧。列那尔在这一点上，如在岸田君翻译的《葡萄园的果农》中，就开拓了一片前人未踏之地。那看上去像是"灵机一动"，却又不是"灵机一动"所能轻易做到的工作。而是只有那些立足于缜密观察的、具有诗性精神的人才可以偶有所成的工作。不知道法国人自己承认不承认这个工作的独创性？

但是，这对于我们或许是个危险的陷阱。假如像某论者所说的一样，把塞尚视为绘画的破坏者，那么列那尔也就是小说的破坏者。可是列那尔所登上的山峰，总之是前人未曾登过的山峰。我期待着登峰之人的出现。不，其实可能已经有人登上了这山峰。我只是想说，再多些登峰的举动吧。特别对于日本的戏剧，更加想提出这种要求。

"再多有一些 idea 吧！"我总想对日本的文坛这样说。那种希望看到不是很情节化的小说、戏剧的心情，或许就是这种要求的局部性流露。

一切文艺都必须具有广义上的诗的精神。想必戏剧也不例外。首次上演约翰·伽布里亚尔·保尔曼的自由剧场，逐渐从易卜生到梅特林克，然后又从梅特林克转移到了安德烈耶夫。我对小山内君的这种心情——小山内君追求诗歌的心情，感到了莫大的同情。但是，如果允许我冒昧评论的话，与其探求从易卜生到梅特林克，然后又从梅特林克转移到了安德烈耶夫，倒不如说进入易卜生内心深处的诗的精神才或许曾是最最紧要的问题。

我很希望依照原样保留歌舞伎剧。但是，从大小道具甚至到演员的化妆，不知不觉之间都笼罩上了现代的空气。要与这种变迁之力相抗衡，或许只能是徒劳的。可如果能够的话，我仍旧想让布缝的狗面对那月食的月亮叫上一叫。

日本的文艺——特别是戏剧（话剧）并没有深深扎根于传统。然而，有朝一日也自然会有像歌舞伎剧一样成熟的戏剧产生。诚然，日本的话剧运动所走过的道路也许并不笔直。可每想到川上音二郎上演《奥赛罗》的情景——还有川上贞奴上演《嬷娜·娃娜》的情景，则未必为进步之慢而一味叹息。我记得十四五年前（也可能更早些），曾经看过由《忠臣藏》改编成的现代戏。假如我的记忆还值得相信的话，多半是盐谷商会的主人盐谷高贞饰演藤泽浅次郎、总管事大石良雄饰演高田实、俄国人莫罗诺夫饰演五味国太郎——角色分配大概如此吧。我还记得，这出戏的"让出城堡"一场演的是关闭芝浦工厂，蜂拥而至的人群不是武士而是工人们。

回忆起竟然还有过这种戏,想必感慨时光流逝的绝不会仅我一人。我们的祖先把中国的杂剧,甚至发展成了举世无双的歌剧——能乐。一个作家即使消失了,肯定还会有另外一个人出现,代替那作家握住他留下来的锄柄。其他暂且不论,我对日本人的这种艺术素质,至今还没有丧失信心。

昭和二年(1927)四月

关于《今昔物语》

揭　侠译

《今昔物语》三十一卷分为天竺、震旦、本朝三部。说本朝部分最为有趣，想必没有人提出异议。另外，本朝部分中最让我感兴趣的，则是"世俗"以及"恶性"之部——也就是《今昔物语》中最接近社会新闻的那部分。但是——

但是，我对于其中的佛法部分也是多少有些兴趣的。这么说，既不是对佛法有兴趣，更不是对天台以及真言的火祭的烟有兴趣，而只是说对当时的人的心情感兴趣。道命阿阇梨虽然是一个称为阿阇梨的修法导师，却是和泉式部的情人。不过，当他诵经的时候，诸天善神也都皆大欢喜而下降到法轮寺前（本朝卷之二，天王寺别当道命阿阇梨故事　第三十六）。而且，金峰山的藏王、熊野的显灵、住吉的大明神的下凡等等，未必是单纯为了沐浴佛经的功德，而是因为"尤其其音微妙，闻者皆倾耳以听，无不珍贵之"。想来，当时的诸天善神也一定会对护法充满着热情。不过，在他们的热情之中，也夹杂了我们对于音乐的热情才是。

此外，佛法部分告诉了我：当时的人们是怎样切实地感觉到了那些来自天竺的、超自然的东西——佛、菩萨以及天狗等超自然物的存在。我们最终不是他们。法华寺的十一观音、扶桑寺的一尊尊高僧乃至金刚峰寺的不动明王（赤不动）所带给我们的，只有艺术性的——美的激动。然而，他们却活生生看到，或者至少在幻觉中目击了这种超自然物的存在，从而对超自然物的存在产生了恐惧及尊敬之念。如金刚峰寺的不动明王,就有着某种近似于精神病患者梦境般的、阴森森的庄严。那股阴森森的庄严难道真的只是产生于想象吗?

"话说老早以前,河内国若江郡游宜村中有一位沙弥尼……画写佛像……其间,尼因为有一些自己的琐事要办,几日未去寺院。就在这时,那幅画像被人盗走。尼十分难过,强忍着悲伤而四处找寻,但没有着落。……另外,尼发慈悲之心,准备放生。于是,去了摄津国的难波一带。当尼在河边徘徊的时候,有许多人从集市上回来。这时,她看见有一个背挎的箱子挂在了树上,却不见箱子的主人。仔细一听,箱子里有动物响动的声音。心想,箱子里大概关着畜生,我一定要买下来放生才是。……不久,箱子的主人回来了。沙弥尼对他讲:'箱子里有动物响动的声音。我是专门来放生的,准备买下你的箱子,而正在等你。'箱子的主人说:'里面放的并不是生类。'……这时集市上归来的人们围拢过来,听到两个人的对话,便说:'赶快打开箱子,就知道谁说得对了。'闻听此言,箱子的主人撒腿就跑,连箱子也不要了。……见那人跑得飞快早没了踪影,尼打开了箱子,只见箱子里放着的是被盗的佛画……"(同上,尼所被盗持佛自然奉值故事 第十七)

这个故事所讲的树木上的箱子里发出动物的声响,充满了美丽的鲜活气息。画下那金刚峰寺不动明王的,也许并不是专业的画工。但是编造这个故事的(假如可以说成"编造"的话),则是当时民众中的一员而绝非小说家之类。想必他们肯定见过佛菩萨在地上行走的样子,另外还见过老鹰一样的天狗在空中飞翔的情景吧。

我在评论刚才的故事时,使用了"美丽的鲜活气息"一说。美或者不美暂且不说,这"鲜活气息"却可以称为《今昔物语》的艺术性生命。如"三兽行菩萨道兔烧身故事 第十三"(天竺卷之五)之中,《今昔物语》的作者就为兔子加上了如下的形容:

"兔子抖擞精神……耳朵高高直竖,曲背,眼睛瞪得大大的,前腿短,屁股眼儿大开而东西南北四处奔走寻找,可是并没有寻得一物。"

"耳朵高高直竖"以下的话,在收录了相同故事的《大唐西域记》以及《法苑珠林》中难以找到(众所周知,这个故事说的是释迦牟尼佛生前的过去世的事——Jataka中的故事)。因此,必须认为这种鲜活的气息主要有赖于作者写生式的手法。古老天竺的兔子正因为有着这种鲜活劲儿,所以才使得人们活灵活现地感觉到了这一点。

这种鲜活劲儿在本朝部分之中,发出了更加野蛮的光芒。更加野蛮?我终于发现了《今昔物语》的本来面目。《今昔物语》的艺术生命并不仅仅止于鲜活的气息。借用红毛人的话讲,那应该是"brutality(野性)"之美,或者说是距离优美、纤细等最远的美。

"话说老早以前,有一个人从京城到东方去。也不知道那是什么国和郡,当他路过某乡的时候,突然性欲大起,发疯似的想起女人来,而且实在是欲火攻心直想得难受不堪。这时,他发现大道旁的墙内种着又高又茂盛的芜菁。因为是十月左右的光景,所以芜菁的根已经长得很大。这人马上跳下马来,进入墙内,拔了一棵根茎粗大的芜菁,在上面挖了一个洞,接着对着那个洞完成了淫事。之后,这块田地的主人为了收芜菁,带领着奴婢以及小女孩来到这里。收着芜菁,一个年方十四五岁还没有接触过男人的女孩跑到了墙边去玩。这时,她发现了那个男人投进来的芜菁根,说:'这里有一个挖了洞的芜菁。真奇怪!'玩了一会儿后,她削去了发蔫的部分便吃了下去。这样,大家就一起回了家。其后,这女孩不知怎的脸上挂满了忧愁,东西也吃不下,心情也非比寻常。奇奇怪怪的几个月过后,月份满而生下了一个非常可爱的小女孩。"(本朝卷之十六,东方行者娶芜生子故事 第二)

这个故事的本身就带有野趣，已不必多费口舌。但作者那写生式的笔法也表现在"对着那个洞完成了淫事"啦，以及"削去了发髻的部分"啦等两三个地方。这种表现上的特色，当然并不单单是这种故事中才有。例如，源赖光等四天王乘女车的故事（本朝卷之十八，赖光郎等游紫野故事　第二）之中，也确实毫不客气地描写了乘车的情景。《今昔物语》的作者在描写事实上，丝毫不加以润色。而且在描写我们人类的心理方面也是这样。当然，《今昔物语》中的人物就像所有传说中的人物一样，心理并不复杂。他们的心理只有阴影极少的原色的排列。不过，我们今天的心理中，多半也有着与他们心理共鸣的颜色。银座当然已经不是朱雀大路。可是，如果窥视一下如今摩登小伙和摩登女郎的心灵，无聊是无聊了些，但仍然同《今昔物语》中的年轻武士和年轻女官是一样的。

"话说老早以前，有一个年轻貌美的男子。……不知这男子来自何方，只见他行走在朱雀二条的路上。当他要通过朱雀门前时，发现一个年纪大约十七八岁的女子不仅端庄秀丽而且身着美妙服装，正站在大路上。男子把女子叫到门内的一个偏僻处，男的对那女子讲：'……希望你照我说的做。这是一件相亲相爱的事情。'女子答道：'我本不该拒绝你。虽说可以按照你的意思去做，但是假如我那么做了，肯定要丢掉性命。'不管女的再怎么解释，那男子根本听不进去，一心只想着调戏对方，硬是把女子抱到怀里。女的哭泣着说：'你在这人世上有家有口，和我只是露水之交。可悲的是，我会因为救你并和你云雨一场而永远失去性命的。'虽然这样说来讲去，但最终女子还是顺从了那男人的心愿……"（本朝卷之四，为救野干之死而写法花人的故事　第五）

这个故事中的女子其实是狐狸精变化而来的。他们之间的对话，怕是也可在长椅上进行。一夜过后，狐狸精用扇子掩着脸倒在武德殿中。而掩面的那把扇子，正是男子作为纪念送给她的。我把这个故事算作《今昔物语》中最为抒情的故事之一。想必当时在秋天的阳光照射入内的武德殿的外面，野菊花说不定正在开放呢！

作者的这种写生式的笔法，把当时人们的精神斗争也鲜明地描写了出来。他们也像我们一样因婆婆苦而呻吟。《源氏物语》最优美地描写了他们的痛苦。另外，《大镜》最简素古朴地描写了他们的痛苦。最后，《今昔物语》最野蛮地，或者几近残酷地描写了他们的痛苦。从那光源氏的一生之中，我们也强烈地感受出悲哀，而且从兼通卿的一生之中肯定可以感受到程度的激烈。可是从《今昔物语》中的故事，如"参河太守大江定基出家故事"（本朝卷之九）之中所能感受到的，只有一种更加紧迫的窒息感。

"……曾经美丽的女人也渐渐衰老了。定基见此情形，悲伤之心难以形容。然而，女人终因病重而死去。之后，定基悲痛难忍，久久没有将女人尸体埋葬，而是每天搂抱着入睡。许多天以来定基都与之亲嘴，可是女人嘴里冒出了一股股奇怪的臭气。定基这才产生了疏远之心，哭泣着把尸体埋葬……另外，太守见有人送来了活着逮住的野鸡，说：'快！收拾一下，我来活吃这鸟。'一群懵懵懂懂的下人听了这话，禁不住劝说：'太残忍了吧……'但是，最后还是要把活野鸡拿来拔毛开膛。下人哪管野鸡扑棱挣扎，只顾一心拔毛。这时，野鸡的眼里血泪一滴滴流下，并且眨了眨眼睛，看看这个人又望望那个人的脸。既有人看不下去离开现场，也有人笑野鸡会哭，继续无情地拔毛。拔完了野鸡毛以后，下面要卸成鸡块。随着刀起，那鲜血直喷，一刀又一刀下去，野鸡终于发出了一阵奇怪难忍的叫声而彻底死去……"

刚才已经讲到，《今昔物语》充满了野性的美。另外，闪耀着这种美的世界，也绝非只是在宫廷之中。因此，出没于这个世界的人物，上从一天万乘之君，下至土民、强盗、乞丐等。不，未必仅仅如此。甚至也涉及了观世音菩萨、大天狗、妖魔鬼怪等等。假如再一次借用红毛的话来讲，这大概正是王朝时代的"Human Comedy（人间喜剧）"吧。每当我翻开《今昔物语》的时候，都感觉到了当时人们阵阵飞扬的哭声和笑声，而且还感觉到了他们的蔑视、他们的憎恶（如贵族对于武士的憎恶）也夹杂在那声音之中。

我们有时候会向遥远的过去寻找我们的梦。可是，据《今昔物语》所讲，就连那王朝时代的京都也并不是比东京以及大阪少了娑婆苦的地方。诚然，牛车熙熙攘攘的朱雀大道想必是繁华的。可是，一旦走进那里的小巷，也有野狗争食路旁尸体的现象，而且到了夜晚更加可怕，一切超自然的存在——巨大的土地菩萨、变为女孩的狐狸精等等，都曾行走于春天的星光之下。修罗、饿鬼、地狱、畜生等的世界，并没有总是在现世之外……

> 可不要醒来！孩子们。
> 街道上呆立的东西旁，
> 即使乌鸦吵吵嚷嚷，
> 在丰收的大御酒斟满之前，
> 可不要醒来！孩子们。

昭和二年（1927）四月

文艺的，过于文艺的

刘立善译

一 没有像样"故事"的小说

我不认为没有像样"故事"的小说是最佳作品。所以，我不主张专写没有像样"故事"的小说。首先，我的小说大抵有"故事"。没有素描，绘画就无从成立。与此完全相同，小说建立在"故事"的基础之上（我所说的"故事"的涵义，并非单有"物语"一意）。严格说来，如果完全没有"故事"，任何小说都不能成立。故此我对有"故事"的小说表示尊敬实属理所当然。自《达夫尼斯与赫洛亚》① 这一故事诞生以来，一切小说和叙事诗都立足于"故事"之上。既然如此，谁能对有"故事"的小说不表示敬意呢？《包法利夫人》有"故事"，《战争与和平》有"故事"，《红与黑》也有"故事"……

不过，决定一篇小说价值的尺度，绝非"故事"的长短。不言而喻，"故事"的奇特与否，更应是小说评价标准范围之外的事。（众所周知，谷崎润一郎的小说，多数建立在奇特"故事"的基础之上。谷崎润一郎建立在奇特"故事"基础之上的小说中的数篇，或将流芳百代之后。但这未必因为将生命寄托于"故事"的奇特与否。）进而言之，有无像样的"故事"，亦与作品能否流

---

① 古希腊晚期作家朗戈斯的田园式恋爱小说。

芳后世了不相涉。一如前述,我不认为没有"故事"的小说或没有像样"故事"的小说是最佳之作。但我认为这种小说可以存在。毋庸置疑,所谓没有像样"故事"的小说,并非指一味描写身边琐事的小说,而是指所有小说中最接近于诗的小说。它比散文诗更接近于小说。我重复第三遍,这种没有"故事"的小说,我不认为是最佳之作。然而从"纯粹"的角度看,从没有通俗趣味这一角度看,它却是最纯粹的小说。再以绘画为例,没有素描,绘画无从成立(康定斯基①的题为《即兴曲》等数幅绘画例外)。但是将生命寄托于色彩而非素描的那种绘画,是可以成立的。幸运的是,传入日本的几幅塞尚的画,足以明确证明这一事实。我对近似于这种画的小说颇感兴趣。

那么,是否确有这种小说?德国初期自然主义作家们着手创作过此类小说。但是在近代,无人能及勒纳尔(仅据我的见闻)。譬如勒纳尔的《菲利浦一家的家风》(收入岸田国士译《葡萄园里的葡萄种植者》之中),乍读之时,会怀疑是一篇未完成的作品,实际上正赖于独具的"慧眼"与"敏感的心",才得以完成。这里再次引塞尚为例。塞尚为我们后代留下许多未完成的画,就像米开朗琪罗留下了未完成的雕刻一样。不过塞尚那所谓"未完成的画",究竟是否真的未完成,人们自然多少持有疑问。实际上,罗丹即称米开朗琪罗未完成的雕刻为"完成之作"……不过与米开朗琪罗的雕刻和塞尚的那几幅画相异,勒纳尔的小说显然不带有未完成的疑问。不幸的是我孤陋寡闻,不知法国人如何评价勒纳尔,但法国人好像没有充分认识到勒纳尔的事业带有独创性。

此类小说除了洋人,再没人写过吗?这里,我愿向我们日本人

---

① 康定斯基(1866—1944),俄国画家、艺术理论家,长期在国外活动。他是抽象主义的奠基人。

列举志贺直哉的《篝火》等几个短篇。

我称此类小说为"没有通俗趣味"。我所说的"通俗趣味",意指对事件本身感到的趣味。我今天站在大街上,看人力车夫与司机吵架。我不仅看,还从中感到某种趣味。这种趣味的本质何在?无论怎么思忖,我也认为这与看戏剧中的吵架产生的趣味毫无二致。若说二者有相异之处,则在于戏剧中的吵架不会给我带来危险,而大街上的吵架或许不知何时会殃及我身。我并非旨在否定为我们带来如此趣味的文艺,但我相信还存在高于如此趣味的趣味。何谓这种高级趣味呢?我想专对谷崎润一郎氏做如下回答:"《麒麟》开头的几页,就是提示此等趣味的最佳一例。"

所谓没有像样"故事"的小说,就是缺乏"通俗趣味"的作品。不过最佳作品绝不缺乏"通俗趣味"(问题在于对"通俗"一词做何解释)。勒纳尔笔下的菲利浦,这个贯穿了诗人眼睛与心灵的菲利浦,他之所以给我们以趣味,一半原因在于他是和我们相近的一个凡人。称如此趣味为"通俗趣味",未必有失允当。(不过我不愿把我评论的重心置于"一个凡人"上,倒是想置于"贯穿了诗人眼睛与心灵的一个凡人"上。)如今,我知道许多人是为了这种趣味才亲近文艺。不消说,我们对动物园里的长颈鹿绝不吝惜惊叹之声,而且对我们家中的小猫也会怀有绵绵爱意。

然而,如果像某一评论者所说,塞尚是一个绘画的破坏者,那么,勒纳尔则是小说的破坏者。从这个意义上讲,勒纳尔暂且不论,作品带有宗教气息的纪德也好,带有市井气息的菲力浦[1]也好,都程度不同地行走在行人稀疏的、布满陷阱的道路上。对这些作家的工作,即对以法朗士和巴雷斯[2]以后的作家们的创作,我很

---

[1] 菲力浦(1874—1909),法国小说家,其作品以写卑微阶级的痛苦见长,如《鹧鸪老爹》等。
[2] 巴雷斯(1862—1923),法国小说家、散文家。

感兴趣。那么，我所说的没有像样"故事"的小说，指的是何种小说呢？我又为何对这种小说感兴趣？其答案大体上尽写在以上数十行文字之中。

二　答谷崎润一郎

以下，我有责任对谷崎润一郎的评论做出回答。不过回答内容的一半已出现在第一节里。对谷崎提出的"凡文学中最富于结构美者，即为小说"这一观点，我不敢苟同。任何文艺形式，就连仅仅十七音的俳句也有"结构美"。不过若按这个逻辑推论下去，必会曲解谷崎的见地。尽管如此，其实所谓"凡文学中最富于结构美者"，与其说它是小说，不如说它是戏曲。当然，最像戏曲的小说或许远比像小说的戏曲更缺乏"结构美"。然而从总体上看，戏曲确比小说富有"结构美"。实际上这些说法不过是评论的枝叶问题。总之，小说这种文艺形式是否最富有"结构美"姑置不论，但它毕竟富有"结构美"吧。此外，谷崎说："删除了故事情节的趣味性，等于放弃了小说这种形式所拥有的特权。"这个见地我当然可以理解。对这一问题的解答，权当我已写在第一节里。谷崎说："日本小说最欠缺的，是以小说的结构能力，即以几何学的手法将错综复杂的故事情节组合起来的能力。"果真如此吗？我不能草率地赞同谷崎的论点。自《源氏物语》的古昔时代开始，我们日本人就具有将错综复杂的故事情节组合起来的能力。即使单看具有这种能力的现代作家，也可列举出泉镜花、正宗白鸟、里见弴、久米正雄、佐藤春夫、宇野浩二、菊池宽等。而在这些作家当中依然大放异彩的，就有"我们的兄长"——谷崎润一郎氏。我绝不像谷崎那样悲叹东海孤岛之民没有"小说的结构能力"。

围绕"小说的结构能力"，论述起来还可论述它几十行文字。

但要达到这一目的，还须进一步详述谷崎的评论。这里我顺便附言，关于"小说的结构能力"，我认为我们日本人不亚于中国人。不过中国人絮絮不休地写出了《水浒传》、《西游记》、《金瓶梅》、《红楼梦》、《品花宝鉴》等长篇小说的那种体力，我认为日本人实不及也。

我还想回答谷崎的如下一句话，即"芥川君攻击故事情节的趣味性，攻击对象或许不在结构方面，而在素材方面"。我对谷崎使用的素材毫无异议。《克利浦恩事件》、《小小的王国》、《人鱼的叹息》，我觉得谷崎这些作品的素材应用是充足的。此外，对于谷崎的创作态度，除了佐藤春夫，恐怕我是最了解的人之一。我鞭挞自己，同时也想鞭挞谷崎（当然谷崎知道我的鞭子上不带刺）。这是为了审视旨在活用素材中那份"诗的精神"，或者说是在于探明"诗的精神"之深浅。谷崎的文章大概比司汤达的文章还要著名。（如果暂且相信法朗士的观点，十九世纪中叶的作家群中，就连巴尔扎克、司汤达和乔治·桑①也不是名文作家。）尤其在让文字产生绘画性效果这一点上，司汤达几乎是无能为力的，因此谷崎不是司汤达的俦类。（这里，作为相关负责人可以举出布兰代斯。）不过司汤达的作品中充满了"诗的精神"，此乃唯有司汤达才可达到的境地。即便福楼拜以前唯一的艺术家梅里美，也要略输司汤达一筹。这已是无须赘述的问题。归根结底，仅在这个问题上，我对谷崎润一郎抱有期望。创作了《文身》的谷崎是诗人；不幸的是，创作了《正是为了爱》的谷崎，却与诗人相距甚远。

"伟大的朋友呀，返回你本来的道路！"

---

① 乔治·桑（1804—1876），法国女小说家，代表作有《魔沼》等。

三　我

　　最后，我要重复一句话：今后我也不想聚精会神专门创作没有像样"故事"的小说。我们只去做人人都能做的事，我怀疑，自己的才能是否适合写这样的小说。而且写这样的小说，绝非寻常的工作。我之所以写小说，是因为在一切文艺形式中，小说最富有包容力，任何东西皆可充塞进去。假设我生在完成了长诗创作的欧美洋人的国家，我或许不是小说家，而是一个诗人。我向各种洋人频送秋波，可到如今反思起来，自己内心挚爱的，是诗人兼记者的犹太人——海涅。

昭和二年（1927）二月十五日

四　大作家

　　如前所述，我是一个杂家。但是当一个杂家未必是我的弊端。当然，也不是任何人的弊端。古来称为大作家者，皆为杂家。他们把一切东西都抛入了他们的作品之中。歌德是古今的伟大诗人，即便不是全部，至少大半原因在于他的驳杂，在于他那胜过诺亚方舟里的乘客般的驳杂。然而严密想来，驳杂不如纯粹。因此，我对大作家总是投以疑惑的目光。诚然，他们足以代表一个时代，但是他们的作品如果足以撼动后代，那唯有归结于他们是非常纯粹的作家这一点上。"大诗人没有什么了不起，我们唯以纯粹的诗人作为我们的目标。"《窄门》（纪德著）里主人公的这句话，绝对不同凡响。我在论述没有像样"故事"的小说时，偶然使用了"纯粹"一词。现在，以此词为机缘，我打算论述一番最纯粹的作家之———志贺直哉，从而使本论的后半部自然变成《志贺直哉论》。

不过，由于时间与场合关系，话头会钻进哪条岔道，连我自己也无法保证。

五　志贺直哉

志贺直哉是我们当中最纯粹的作家，或者说是最纯粹的作家中的一员。不言而喻，评论志贺直哉并非由我开始。因我忙迫，不，莫如说因我懒散，至今没读过那些评论。故此不知何时我或恐会重复前人之说，也许不至重复前人之说……

（一）志贺直哉的作品首先是活出精彩人生的作家之作品。精彩？所谓活出人生的精彩，首先该是像神那样活着吧？也许志贺直哉不像地上的神那样活着。但至少他确实活得清洁（这是第二个美德）。当然，我说的"清洁"，并非意指一个劲儿用肥皂洗，而是指"道德上的清洁"。这样一来，志贺的作品或许显得内容狭窄，实则非也，反倒很广阔。为何说很广阔？因为我们的精神生活被附加道德属性之后，必然要比未被附加之时广阔得多。（不言自明，所谓"附加道德属性"，并非意指教训。除了物质性痛苦之外，痛苦大多源于道德属性。不消说，谷崎润一郎的"恶魔主义"也出自这一属性〔恶魔是神的两重人格者〕。再举出一例，我从正宗白鸟的作品中感受到的，不是他屡屡论及的厌世主义，倒是基督教式的灵魂绝望。）当然，这种属性深深扎根于志贺的心底。而刺激志贺如此属性的，是近代日本诞生的道德天才武者小路实笃。恐怕武者小路实笃是名副其实的唯一的道德天才。武者小路实笃对志贺直哉产生的影响非同寻常。为慎重起见，我再重复一遍，志贺直哉是一个活出清洁人生的作家。这一点从他的作品的道德性语气里，可见一斑（《佐佐木的故事》结尾，即为显例之一）。同时，从志贺直哉作品的精神痛苦里，亦可窥见他的人生清洁度。贯穿其长篇小说《暗夜行路》的,其实就是人们容易感受的道德灵魂的痛苦。

(二)在文学描写方面,志贺直哉是一个不依赖空想的现实主义者。而且其现实主义细密度,毫不落后于前人。专论这一点,我可以毫不夸张地说,志贺直哉比托尔斯泰还要细致入微。这一特点有时又将志贺直哉的作品归于平淡。关注细致描写这一点的人对此类作品会感到满足。没引起世人注目的《廿代一面》就是此类作品的一例。然而收到此种效果的作品(譬如小品《鹄沼行》)倒也极尽写生之妙。顺便谈一下《鹄沼行》。这篇作品的细节全部立足于事实,唯有"凸起的小圆肚上,沾满了沙子"这一行,确属虚构。曾在这篇作品中出场的某人读了此行之后,竟然说道:"啊,当时××的肚子上的确沾满了沙子!"

(三)文学描写上具有现实主义倾向,未必限于志贺直哉一人。志贺直哉把立足于东洋传统文化基础的"诗的精神"注入现实主义之中。不妨说,这一点恰是志贺直哉的追随者们无法企及的。志贺直哉的这一特色,我们,至少我本人难以企及。我未必能明确保证志贺直哉本人是否意识到这一点(十年前的我,把一切艺术活动都纳入了意识领域之中)。这一点即使志贺本人没意识到,实际他也为自己作品涂上了特色。志贺直哉几乎把全部生命寄托在《篝火》、《真鹤》等作品的这种特色中。这些作品不亚于诗歌,写得颇具诗歌性。(当然,诗歌中包括俳句。)从被当代流行语称作"为人生"的作品——《可怜的男人》中,也可读出这一特色。面对皮球一样膨胀着的女人乳房,吟咏道:"丰收了!丰收了!"这毕竟绝非诗人之外的人所能达到的艺术境界。相对说来,当代人对志贺直哉文学这种品位的"美"不太注意,这令我感到有些遗憾("美"并不只存在于极佳的色彩之中)。而且对其他作家表现的"美"也不予以注意,这也令我感到有些遗憾。

(四)身为作家的我,一直关注志贺直哉的艺术技巧。我发现

《暗夜行路》的后篇在技巧上也取得了一大进步。这个问题，也许作家以外的人不感兴趣。我只想简洁表明，处于文学生涯初期的志贺直哉，便掌握了卓越的艺术技巧。

  却说在古代，女人的旱烟袋比现在男人的旱烟袋粗，做得结结实实。烟袋嘴儿上镶嵌的美女"玉藻前"手摇着桧木扇图。……一时间，他迷上了那新颖醒目的工艺品。他觉得，这枝旱烟袋与高个儿大眼睛高鼻梁的漂亮女人是不协调的，与整体姿容丰润的女人，却似乎非常协调。

这是志贺直哉《他与大他六岁的女人》的结尾。

  代助走到花瓶右侧的多层书架前，从上面拿下一本很沉的影集。他站在那里，打开影集里的金属卡子，开始一页又一页地翻看起来。翻到中间的时候，代助的手突然停住了，这里有一帧二十岁左右女子的半身照片。代助低下头来，凝视着照片上女子的脸。

这是夏目漱石《其后》第一章的结尾。

    出门日已远，不受徒旅欺。
    骨肉恩岂断，男儿死无时。
    走马脱辔头，手中挑青丝。
    捷下万仞冈，俯身试搴旗。①

---

① 此诗是杜甫《前出塞九首》中的第二首，芥川引用时，漏掉了"男儿死无时"和"走马脱辔头"两句。

这是更古老的杜甫的《前出塞》组诗中的一首，不是《前出塞》的结尾。上述的文与诗，皆作用于人的眼睛，换言之，这些文与诗的共同特色，表现在通过近似于一幅人物画的造型美术效果，激活了结尾。

（五）这最后一段属于"余论"。读志贺直哉的《偷孩子的故事》，容易令人想起了井原西鹤的《孩童地藏菩萨》(《大下马》)。读志贺直哉的《范某的犯罪》，令人想起了莫泊桑的《艺术家》。《艺术家》中的主人公也是向女人身体周围甩去飞刀的艺人。《范某的犯罪》的主人公于某种精神黎明中，利落地杀死了女人。《艺术家》中的主人公也要千方百计杀死女人，但尽管积多年功夫，飞刀还是扎不到女人的身上，全扎在女人身体周围。而且知道男人居心的女人却冷静注视着男人，甚至还露出了微笑。井原西鹤的《孩童地藏菩萨》自不待言，就连莫泊桑的《艺术家》与志贺直哉的作品也毫不相干。为了不让后世的批评家们谬称志贺直哉的作品是模仿之作，我在此稍加补充说明。

六　我们的散文

按照佐藤春夫的说法，我们的散文是口语文，所以口语怎么说文章就该怎么写。这也许是佐藤春夫无意中提出的观点。但是这句话里包含一个问题，即包含着"文章口语化"这一问题。近代散文或许是沿着"口语怎么说文章就该怎么写"这条路走过来的吧？作为其显例，（最近的）我可列举出武者小路实笃、宇野浩二、佐藤春夫诸位的散文。志贺直哉的散文也不例外。然而，我们的"口语表达法"与欧美洋人的"口语表达法"的相异问题暂且不谈。事实上，我们的"口语表达法"并不比邻邦中国的"口语表达法"更富音乐性。毫无疑问，我有"口语怎么说文章就怎么写"

这一愿望。另一方面，我又想"文章怎么写口语就怎么说"。就我所知，夏目漱石先生常常就是"文章怎么写口语就怎么说"式的作家。（"文章怎么写口语就怎么说"，它并不进而意味着"口语怎么说文章就怎么写"这一循环论。）"口语怎么说文章就怎么写"式作家，如前所述，确实存在。可"文章、口语一致"式作家，何时能在东海孤岛上人才蔚起呢？

我想强调的不是"说"，而是"写"。我们的散文恰似罗马一样，不是一日就可建成。我们的散文早自明治时代开始，慢慢地发展而来，由明治初期作家奠定了散文的基础。这一点姑置不论，哪怕审视较近的时代，我也想阐明诗人为散文所尽的努力。

夏目漱石先生的散文未必借助了其他因素，但是先生有的散文受到了"写生文"的良好影响。那么"写生文"由谁开创的呢？它源自天才的俳人兼歌人兼批评家正冈子规。（不单在"写生文"方面，在我们的散文和口语文方面，子规也留下了不小的功绩。）回顾这一事实，必须承认，高滨虚子、坂本四方太等人也都是"写生文"建筑师中的一员。（当然，创作了《俳谐师》的高滨虚子，在小说方面的成就，容另行考察。）在现代文学中，我们的散文也深蒙诗人的恩惠。问其究竟，北原白秋的散文即为一例。北原白秋诗集《回忆》的序言，给我们的散文增添了近代色彩和气息。从这个意义看，北原之外，尚可举出木下杢太郎的散文。

当代人似乎认为，诗人立于日本的"帕尔纳索斯山"① 之外。其实，小说与戏剧的存在并非和一切文艺形式了不相涉。诗人在其

---

① 帕尔纳索斯山，位于希腊中部品都斯山脉中的一座高山，海拔2452米，是古希腊的圣地，有诸神居住。芥川以此代指文坛。

本职工作之外，又随时向我们的工作施加影响。这并非仅是上述事实的证明，与我们同时代的作家中，可以列举出诗人佐藤春夫、诗人室生犀星、诗人久米正雄等人。这个事实明确证明了我的见解。是的，不单是这些作家，就连最地道的小说家的里见也留下了几首诗。

诗人们或许会或多或少感叹自己的孤立。然而让我说，毋宁说这是"光荣的孤立"。

七 诗人的散文

诗人的散文中存在力所不能及的局限，他们的散文常常与他们的诗歌一样，大都是未竟之作，甚至连芭蕉的《奥州小路》也不例外。特别是《奥州小路》的开头一节，打破了充满全篇的写生情趣："日月者百代之过客，往来之年亦为旅人也。"我们读这第一行，感到后句平易轻快，载不动前句的深邃厚重。（对散文也雄心勃勃的芭蕉，评价同时代的井原西鹤的文章有"浅显低俗之姿"。喜爱"枯淡美"的芭蕉对井原西鹤的文章做出如此评价，完全是顺理成章的事。）虽然如此，芭蕉的散文的确还是对作家们的散文产生了影响。纵观芭蕉以后出现的所谓"俳文"的散文，亦可得出这样的证明。

八 诗歌

当代人认为，日本诗人站在"帕尔纳索斯山"之外。一个理由在于，当代人的审美眼光尚未达到诗歌的高度。但另一理由是，诗歌毕竟与散文不同，它难以包容我们生活的全部感受。（诗，如果用陈旧的词汇讲，新体诗在包容我们的生活感受方面，要比短歌与俳句自由。纵使有"普罗列塔卡尔塔"①的诗,也不可能出现"普罗列塔卡尔塔"的俳句。)诗人们亦即当代歌人们做过这方面的尝试。其显著例证就是《悲哀的玩具》的作者、歌人石川啄木留给我们的工作。今日谈及这项工作恐怕已是老掉牙的话题。不过,"新诗社"除了诞生了石川啄木,还诞生了手拉"俄底修斯之弓"②的另一位歌人,此人就是歌集《祝酒》的作者吉井勇。《祝酒》中的短歌吟咏的内容,都带有小说气息(或者说都带有心理描写的影子)。就这一点而言,在隅田川畔秋日黄昏里消磨光阴的吉井勇和石川啄木(与贫苦搏斗的石川啄木)两者相映生辉。(顺便言之,《阿罗罗木》之父正冈子规与《明星》之子北原白秋,齐心协力打造我们的散文,两者也相映生辉。)如此现象并非仅仅发生在"新诗社"。斋藤茂吉在歌集《赤光》中,则相继发表了《致仙逝的母亲》和《阿广》等作品。此外,斋藤茂吉如今正在逐步完成十几年前由石川啄木留下的工作,或者说正在逐步完成所谓"生活派"的短歌。总之,无人能像斋藤茂吉那样,将自己的工作广泛涉及方方面面。斋藤茂吉歌集中的每一首诗歌里,都有倭琴、大提琴、三弦或工厂汽笛在奏响。(我说的是"每一首",而非"一首之中"。)沿着我的这条思路继续写下去,或将不知不觉地写成《斋藤茂吉论》。为了照顾全文,必须就此打住。以后方便时我还会写到斋藤茂吉。一言以蔽之,像斋藤茂吉那样工作欲望强烈的歌人,恐怕在前人当中也不多见。

---

① "普罗列塔卡尔塔"是前苏联无产阶级文化运动及其杂志的名称。
② 俄底修斯是荷马史诗《伊利亚特》和《奥德赛》中足智多谋的英雄。在向珀涅罗珀求婚的男人当中,唯有俄底修斯手拉强弓,以显示本人无与伦比的威力。

九　两位大家的作品

毫无疑问，任何作品都不可能离开作家的主观。然而假设使用"客观"这个方便的标签，自然主义作家群中最客观的作家就是德田秋声。这一点，正宗白鸟可谓站在与之相反的立场上。正宗白鸟的厌世主义与武者小路实笃的乐天主义恰好形成了对比，而且两者几乎都是合乎道德的。德田秋声的精神世界也许是灰暗的，但那是一个小宇宙，是久米正雄所说的"德田水"那样飘荡着东洋诗情的小宇宙。在那里纵使存在俗世之苦，地狱也没有燃起烈火。然而正宗白鸟肯定让人们窥见了地下的地狱。确实在前年夏天，我读完了随手拿起的一本正宗白鸟作品集。针对熟知人生表里而言，正宗或恐并不亚于德田。不过令我铭感的，至少其中最迫近我的心灵深处的，是自中世纪以来撼动我们的、近似于宗教情绪的那样一种感觉：

　　　　从我，是进入悲惨之城的道路；
　　　　从我，是进入永恒的痛苦的道路①。

追记：写完此文两三天之后，又读了正宗的《论但丁》，感慨良多。

十　厌世主义

按照正宗白鸟的观点，人生永远是暗淡的。正宗为了阐明这个

---

① 这是《神曲·地狱篇》第三歌开头刻在地狱之门上的铭文。

事实，创作了形形色色的"故事"（不过，正宗的作品中，没有像样"故事"的小说也不少）。为了展开这些"故事"，他使用了各种各样的技巧。就冲这一点，"才子"称号送给正宗理所当然。但我这里想说的，是正宗的厌世主义人生观。

我和正宗一样，坚信任何社会组织都无法拯救我们人类的苦难。就连法朗士笔下恰似古代面包神的乌托邦（《在白石上》①），也不是佛陀空想的超越生死变化的永恒净土。生老病死必然与哀别离苦同时来折磨我们。确实在去年秋天，我读到陀思妥耶夫斯基的子女或孙辈饿死的电报后，更加无法不作如是想。不言自明，这是共产主义者统治下的俄国发生的事情。纵然到了无政府主义者的世界，我们人类毕竟是人类，归根到底不可能始终过着幸福生活。

"金钱是祸根"，这是自封建时代以来的名言。随着社会组织的变化，金钱引发的悲剧或喜剧必然会程度不同地有所减少。是呀，我们的精神生活也要承受某种程度的变化。如果强调这一观点，我们人类的未来或许被说成一片光明。因为有金钱，一些悲剧或喜剧得以中止。但金钱未必是捉弄我们人类的唯一力量。

正宗白鸟与无产阶级作家的立场相异，本在情理之中。或许因为方便，我也会成为共产主义者。但是从本质上看，到任何时候我也毕竟是一个报刊撰稿人兼诗人。文艺作品迟早必定会消亡，据我目前耳闻的学问，就连法语语尾的连读，都正在逐渐消失。所以，波德莱尔诗歌的音乐感，明日自然也会相异于以往。（不过，无论那种事情结局如何，与我们日本人无关痛痒。）然而，一行诗的生命，长于我们的生命，我今天也像明天一样，并不以自己是"怠惰之日里的怠惰诗人"——一个梦想家为耻。

---

① 1904 年，法朗士在《人道报》上发表连载小说《在白石上》，表达了他对社会主义社会的憧憬。

十一　半被忘却的作家们

我们如同钱币一样，至少具有两面。当然，具有两面以上的人绝非稀少。洋人写出《艺术家及其人》的人物传记副标题，恰好展示了人的两面性。虽然"作为人"失败了，但"作为艺术家"却成功了的人，谁也比不上强盗兼诗人的维永。按照歌德的见解，悲剧《哈姆雷特》是思想家哈姆雷特誓报父仇而引发的王子悲剧。这也可谓是人的两面相克的悲剧。我们日本历史上也有这样的人物，征夷大将军源实朝作为政治家是一个失败者。而作为和歌集《金槐集》作者，作为歌人和艺术家的源实朝，却是卓越的成功者。应当断言，"作为人"——或者作为其他什么的都失败了，最终连作为艺术家都没成功，这才是最具悲剧性的。

然而，作为艺术家是否成功，这很难断定。实际上，曾经嗤笑过兰波①的法朗士，后来却向兰波致敬。虽然排错的字很多，但有了三册（？）著作，这对兰波来说是幸福的。假设没有著作……

在我的前辈和熟人当中，有几人曾写过两三篇很好的短篇小说，后来不知不觉间，却被人们忘却了。和今天的作家相比，他们或许欠缺功力。不过"偶然"现象也发生在文艺创作方面（如果有作家根本不承认"偶然"，那他只能是一个例外）。现在搜集被人们忘却的作家们的作品，恐怕近乎不可能。如果可能，这对他们本人有益暂且不说，还会泽及后人。

"生于此世，是早还是迟？"这不只是洋人的喟叹。我对福永挽歌、青木健作、江南文三等人也怀有这等喟叹。某时，我发现洋文杂志登载的栏目为《半被忘却了的作家们》的系列广告。大概

---

① 兰波（1854—1891），法国象征诗人，有诗集《在地狱中的一季》等。

我也将成为一个名登系列广告的作家吧？作如是说，并非谦逊。就连英国浪漫主义时代走红的《僧人》的作者刘易斯，也已成为名登系列广告的作家之一。半被忘却的，未必都是过去的作家。把他们的作品当作一篇作品阅读时，它未必劣于当代各家杂志上刊载的作品。

十二　诗的精神

我面晤谷崎润一郎，阐述了我的反驳之论，并接受了他的反问："那么，您所说的'诗的精神'指的是什么？"我说的"诗的精神"，是指最广泛意义的抒情诗。当然，我以此回答了谷崎。谷崎说："若是这样，岂不一切皆然？"当时，我一如所述，并没否定一切皆然的说法。《包法利夫人》、《哈姆雷特》、《神曲》与《格列佛游记》等，皆为"诗的精神"之产物。既然任何思想皆可被纳入作品之中，就必须通过"诗的精神"这一圣火炼上一番。我要说的是，如何能让圣火炽烈燃烧起来。这也许多半要依赖天赋的才能。是啊，出人意料的是，努力的力量竟然无效。圣火热度的高低，直接决定一篇作品价值的高低。

世界上充斥着令人腻烦的不朽杰作。一个作家死了，即使三十载光阴流逝，也会给我们留下十篇值得一读的短篇小说，这样的作家不妨称其为大家；留下五篇，可将其列入名家行列；最后，能留下三篇，也还算是一个作家，成为这样的一个作家也绝非易事。还是在洋文杂志上，我发现威尔斯说的一句话："短篇小说是两三天内写出的东西。"是否用两三天，暂且不论，如果交稿截止日期迫在眉睫，谁都能在一日之内赶写出来。而断言任何时候皆需两三天方可竣事，此乃威尔斯之所以是威尔斯的特点。因此，他写不出精彩的短篇小说。

十三　森先生

　　最近，我读了《森鸥外全集》第六卷，实在觉得不可思议。先生学贯古今，识压东西，如今已自不待言。先生的小说和剧本大抵无可挑剔。（在日本也诞生了许多所谓新浪漫主义的作品，但像森先生剧作《生田川》那样完美的作品，毕竟不多。）至于先生的短歌与俳句，即使带着偏袒的心态欣赏，最终也无法进入作家作品之列。在当代，森先生是一位具有超凡听觉的诗人。譬如，读剧本《玉篋两浦屿》，即可窥见先生如何通晓日语的声响。先生剧本里的语言声响与他的短歌、俳句不无相似之处，同时剧本的样式结构规整。这一点恐怕主要是森先生极尽人工的结果。

　　然而，先生的短歌与俳句则失去了某种微妙的东西。就诗歌而言，只要抓住了微妙的东西，即可不必在乎某种程度上的巧拙。先生的短歌与俳句巧则巧矣，奇怪的是并不迫近我们的心灵。大概因为先生只把短歌与俳句作为业余爱好的缘故吧？然而这种微妙在森先生的剧本与小说当中也没露出锋芒（我这么说，并非否定森先生的剧本和小说的价值）。相反，夏目先生的业余爱好——汉诗，特别是他晚年作的绝句等，成功地捕捉到了这种微妙（倘不顾忌别人讥讽偏信偏爱）。

　　我经过此一番思索，得出结论是：森先生毕竟不像我们是天生的神经质。另一结论是：归根结底，与其说森先生是位诗人，不如说他是别样类型的人。写出《涩江抽斋》的森先生无疑是空前的大家。对这样的森先生，我怀有近似于恐怖的敬意。是啊，尽管以前我没写，先生的精力和聪明天资，深深打动了我。某时我曾在森先生的书斋里与身穿和服的森先生交谈。书斋近似方丈室，书斋的一角放着一张镶边的薄席子，好像为了防虫蛀已开始晾晒东西似的，那薄席子上面搁着几封旧书信。先生这样对我说：

  最近来了一个人，他把柴野栗山（?）① 的书信汇集起来，出了一本书。我看那书印得挺不错，便说："可惜书信没按年代顺序编排。"那人回答："日本人的书信偏偏只写月日，无论如何也没法按照年代顺序编排。"我指着这些旧书信说："我这里有北条霞亭②的几十封旧书信，而且都是按年代顺序排列的。"

现在我还能记得当时先生昂然的神情。对这样的先生瞠目惊视者，未必仅我一人。不过说句实话，我倒希望与其留下法朗士的一部《霞娜·达克传》③，不如留下波德莱尔的一行诗。

十四　白柳秀湖④

  同样在最近，我读了白柳秀湖的文集《倾听无声》。《我的美学》、《关于羞耻心的考察》与《动物的发情期与食物的关系》等一系列小论文，令我感到趣味盎然。如《我的美学》一题所示，白柳从事美学研究。而《关于羞耻心的考察》则表明他从事伦理学研究。后者姑置不问，稍加介绍前者。美的诞生，与我们的生活密切相关。我们的祖先爱篝火，爱林间流水，爱盛着肉

---

① 柴野栗山（1736—1807），江户时代中期的儒学学者。
② 北条霞亭（1780—1823），江户时代后期的儒学学者，森鸥外著有传记《北条霞亭》。
③ 《霞娜·达克传》（1908），法朗士晚年写的一部两厚册的历史著作。霞娜·达克，旧译贞德，法国民族英雄。
④ 白柳秀湖（1884—1950），小说家、史论家。他创立了文学社团火鞭会，发行文艺杂志《火鞭》。

的陶器，爱可打倒敌人的棍棒。美作为这些生活必需品，自然而然地诞生了。

在我看来，这些小论文至少远比当代很多超短篇小说更值得尊敬。（白柳在小论文的结尾注明："这篇小文是文坛一隅的唯物美学的呼声，或者说绝对写于有关唯物美学的翻译出现之前。"）我对美学一无所知，何况关于唯物美学，我更是一个与之无缘的人。然而白柳提出的美的发生论，为我提供了构筑我的美学思想的机会。白柳氏没有谈及造型美术以外美的发生问题。十几年前，我于某山中客舍听见鹿鸣，不由得对人产生了深深怀念。一切抒情诗大概都发源于鹿鸣，发源于雄鹿呼唤雌鹿的声音。不过，对于这种唯物论美学，俳人自不待言，或许就连远古歌人也通晓其理。至于叙事诗，确系发源于太古之民的闲谈。《伊利亚特》是诸神的闲谈。这种闲谈必定令我们感到了充满野蛮的庄严之美。然而只是"令我们"而已。太古之民从《伊利亚特》中必能感受到他们的悲喜苦乐。不仅如此，他们还能从中感受到他们心灵的炽烈燃烧。

白柳秀湖从美中发现了我们祖先的生活。而我们不仅是我们，当非洲大沙漠里出现都市的时候，我们就成了我们子孙的祖先。所以我们的心情恰似地下的泉水，将流传给我们的子孙。我与白柳秀湖一样，对篝火怀有亲近感，且由亲近感进而怀念太古之民（我在《枪岳纪行》一文里略微笔涉过这一感觉）。不过"近似于猿类的我们的祖先"为了笼起篝火，怎样地煞费苦心呢？不言而喻，发明了点燃篝火的人是一个天才。但是能让篝火继续燃烧下去的，毕竟也是若干个天才。当我思考着他们煞费的苦心之时，不幸的是，我并不认为："今天的艺术可以彻底消泯了。"

十五　文艺评论

批评也是一种文艺形式。我们或者称扬或者贬抑，归根结底都是为了表现自己。对映照在银幕上的美国演员——且是已不在人世的维伦特纳，我们恣意送去了掌声，目的并非让对方欢喜，只是为了表达自己的好意，进一步说，目的是表现自己……

我们的小说和戏剧，或恐远不及西洋人的作品，而文艺批评确实逊色于西洋人的作品。在这种荒芜的文艺田园中，我只爱读正宗白鸟的文艺评论。借西洋人的话来形容，批评家正宗白鸟氏的态度简洁得非常到位。且正宗白鸟的文艺评论未必就是单纯的文艺评论，有时就是文艺中的人生评论。我手指间夹着香烟，愉快地阅读过正宗白鸟的文艺评论。我时常想起石块滚动着的一条路①，在这条道路上的阳光中，感受着残酷的欢快。

十六　文学的处女地

英国正在关注曾长久遭受冷落的十八世纪文艺。其原因之一，大战之后人们都在追求明朗的感觉。（窃以为，整个世界岂不全都人同此心吗？与此同时，连未遭大战打击的日本不知何时也感染上这种思潮，真觉不可思议。）另一原因是，由于十八世纪文艺遭到冷落，易为文学家们提供研究的素材。水槽边无米粒，麻雀不会飞来。文学家们亦复如此。所以被冷落，也是其自身被发现的原因。

如此现象在日本也不例外。雅号"俳谐寺"的小林一茶暂且

---

① 正宗白鸟以"石块滚动着的一条路"来形容人生之路是不平坦的。

不提，天明时期①以后俳人们的事业，几乎不为后人所顾及。我想，这些俳人的业绩会逐渐显露出来。不过，用"平庸"一词无法涵盖的另一方面，也会逐渐显露出来。

遭到冷落，未必全是坏事。

十七　夏目先生

令我惊叹的是，不知何时，夏目先生成了"风流漱石山人"。我所认识的夏目先生是一位才气焕发的老人。他心情不畅时，前辈诸位暂且不说，后进的我们也是毫无办法的。我曾经认为，诚然，所谓天才就是这么回事。大概在秋余冬始的一个星期六晚上，先生和来客说着话，脸根本不转到我这边就说："给我拿支烟来！"可偏偏我不知香烟放在哪里。万般无奈下，我问先生："烟放在何处？"先生不回一言，猛然（这样说并无丝毫夸张）把嘴巴往右侧一晃。我战战兢兢朝右边望去，终于发现了客厅一角桌子上的香烟。

《其后》、《门》、《行人》、《路边草》等作品，都是先生这种热情的产物。先生或许甘居枯淡。实际上确曾多少甘居于枯淡之中。然而连我所知道的晚年，先生也绝非所谓的文人，更何况《明暗》以前的先生，性情一定是激烈的。每当我想起先生，就对他那老辣无双的感觉又有了新认识。一次，我向先生咨询人生境遇问题。当时先生的胃口似乎挺舒服，他对我这样说："对你，我没有什么可劝告的，只是我若站在你的位置上……"确实，和上一次朝我晃嘴巴相比，此时更令我大为折服。

---

① 天明是光格天皇的年号（1781—1789）。

十八　梅里美书简集

梅里美读了福楼拜的《包法利夫人》之后说道："这是在浪费超凡的才能。"浪漫主义者梅里美也许实际上就是这样感知了《包法利夫人》。不过梅里美书简集（致某一位不为人知的女子的恋爱书简集）中包含了多种多样的话语。譬如，自巴黎发出的第二封信内容是：

桑·欧纳雷街住着一个贫困的女人。她几乎一次也没离开过她那寒酸的亭子间。她有一个十二岁的女儿。女儿午后去歌剧院上班，大都午夜回家。某夜，女儿来到楼下看门人的屋里，央求道："请借给我一支点亮了的蜡烛。"看门人的妻子尾随她上了亭子间，发现屋里躺着贫困女人的尸体。女儿从提箱里拿出一束书信烧了。她对看门人的妻子说："妈妈今夜去世了，妈妈临死前对我说，这些信不要看，把它们全烧掉！"女儿既不知父亲的名字，也不知母亲的名字。要说生活之路，她就是坚持不懈地去歌剧院上班，她有时扮演猴子，有时扮演恶魔，只是干跑龙套的活儿。母亲对女儿的最后训诫是："永远当跑龙套的演员，永远要善良。"女儿至今仍遵照母亲遗嘱，始终是个善良的跑龙套演员。

顺便再引用一个农村的故事，这是由戛纳发出的信，内容如下：

格拉斯附近有一个农夫倒在山谷底死了。不知是前一天夜里跌落下来的，还是被谁抛入山谷的。于是，作为死者同伴的一个农夫向他的朋友说明："我是杀人犯。"朋友问："为什么？"答曰："那个家伙诅咒了我的羊。我请教了我的羊倌，在锅里煮了三根铁钉之后，便口念咒文。当晚那家伙就死了。"……

这本书简集收集了自一八四〇年至一八七〇年（梅里美殁年）

的书简。(他的《卡门》是一八四四年出版的作品。)上述故事本身恐怕构不成小说,但是若能抓住主题,则有可能写成小说。莫泊桑姑且不论,菲力浦便根据这些故事写了若干漂亮的短篇小说。当然,我们不能像高山樗牛说的那样"超越当代",且统治我们的时代短暂得出奇。我从梅里美的书简集里发现了落穗之时,不由得萌发了这样一番深刻的感觉。

梅里美开始给某一位不为人知的女子写信之时,已经为世间留下了数篇杰作。从那时起,到他辞世之前,他是一个新教徒。梅里美是尼采之前的"超人"崇拜家,心里琢磨着这样的梅里美,我多少也感到有趣。

十九　古典

我们只能写自己完全熟悉的事情。古典文学作家亦复如此吧?大学教授从事文艺评论时,总是忽略了这一事实。不过,也许不能断言忽略这一事实的人都是大学教授。总之,对于晚年创作《暴风雨》时莎士比亚的内心世界,我怀有一种近似于同情的感觉。

二十　传媒活动

再次引用佐藤春夫说过的一句话:"口语怎么说文章就该怎么写。"实际上我真的按照口语的表达方式写过文章。可是无论怎么写,想说的话还是没完没了。在这一点,我觉得自己实质上是个记者。故此,我把职业记者当作兄弟看待。(不过,人家要是说"我不接受你的感情",我便只好悄悄作罢了。)传媒活动毕竟是历史(新闻报道像历史一样,也有误传),历史毕竟是传记。历史这种传记与小说到底有多大差异呢?实际上,自叙传与"私小说"没有明确的差异。倘若暂且不听克罗齐的议论，把抒情诗之类的诗歌也列为例外，那么一切文艺都是传媒活动。在明治、大正两个时代里，留下了并不逊色于所谓文坛作品的报纸文艺作品。姑且不谈德富苏峰、陆羯南、黑岩泪香、迟冢丽水等人的作品，就连山中未成写的通讯，文艺性也不次于当代各家杂志上登载的杂文。不仅如此……

报纸文艺的作家们在自己的作品上并不署名，所以，许多作者连名字都没能流传下来。现在，我可以从报纸文艺的作家当中列举出两三位诗人。"删除我一生中的任何一个瞬间，我都不能成为今天的自己。"这些人的作品（哪怕我不知道该作家的名字）只要能给我诗一样的激动，在今日记者兼诗人的我看来，照样是我的恩人。"偶然"把我造就成为作家，这个"偶然"又把他们造就成为记者。如果认为除了装入口袋的月薪之外还能拿到稿费是幸事，那么我比他们幸福。（虚名不是幸福。）如果这一点除外，我们和他们在职业上毫无差别。至少我是个记者，现在依然是记者，不言而喻，将来还是个记者。

诸位方家暂且不提，我对记者的这个天职经常感到腻味，这是事实。

二十一　正宗白鸟的《论但丁》

正宗白鸟的但丁论，压倒了前人的但丁论。至少在独特性上，或许并不亚于克罗奇的但丁论。我爱读正宗白鸟关于但丁的评论。对于但丁的"美"中不足之处，正宗几乎不加指责。他是故意这样做的吧？或恐是自然而然这样做的。已故的上田敏博士也是一位但丁研究家，并且打算翻译《神曲》。不过看博士的遗稿可以得知，他不是根据意大利原文翻译《神曲》的。博士的加译之处证明，是根据卡里①的英文译本转译过来的。如果依据卡里的英文译本却大谈但丁的"美"，恐怕会堕入滑稽。（我也只读过卡里的译本。）不过，但丁的"美"，即便读的是卡里的英文译本，也是可以感觉出来的，这是确凿的事实。

从另一方面看，《神曲》是晚年但丁的自我辩护。蒙受"靡费公帑"之嫌疑的但丁，毕竟和我们一样，肯定有必要进行自我辩护。不过，但丁到达的天国，对我来说多少有些厌倦。问题在于，事实上我们正行走在地狱里吧？或者因为但丁终究亦未能升入净罪界之外的境界。

我们皆非"超人"。就连气魄雄壮的罗丹亦因创作了著名的巴尔扎克塑像而遭恶评时，他的神经也是痛苦不堪的。被从故乡放逐出去的但丁，他的神经也必然是痛苦不堪的。尤其是死后化作幽灵，在他儿子身上显现出来，这在某种程度上表现了但丁的精神特质——从儿子身上表现出来的他的遗传精神特质。实际上，和斯特林堡一样，但丁也是由地狱里逃脱出来的。现在，《神曲》的净罪界里有着近似于病愈后的那种欢喜。

不过，那种欢喜还没品味到但丁的"皮下一寸"，而正宗在《论但丁》这篇论文中，却品味到了但丁的"骨肉"。论文中出现的，既非十三世纪，亦非意大利，而是我们居住的俗世。和平，唯有和平，这不仅是但丁的愿望，也是斯特林堡的愿望。正宗不是仰望式地看待但丁，我喜爱他的这种态度。如正宗所述，与其说贝雅特丽齐是女人，不如说她近似于天人。假如读了但丁之后立即就面晤了贝雅特丽齐，我必会感到失望。

我写这篇文章时，想起了歌德。歌德描写的弗丽德里凯几近可怜。不过波恩大学教授涅克发表己见，认为弗丽德里凯未必就是那

---

① 卡里（1772—1844），英国文学家，他所译的《神曲》，于1814年刊行。

样的女人。不消说，笛采等理想主义者不相信这一事实。可是歌德认为涅克说的并非假话。还有，听说弗丽德里凯居住过的塞森海姆村也与歌德描写的大不相同。蒂克①专程访问了这个村庄后，竟然说道："后悔，不该来。"贝雅特丽齐的情况也与此相同。贝雅特丽齐虽然并没表现出她自身的特质，却表现出了但丁的特质。但丁直到晚年还在憧憬着这位所谓"永远的女性"。然而"永远的女性"只住在天国里。加之那个天国里充满了"未曾体验的后悔"，恰似地狱将"体验的后悔"展现于烈焰之中。

我读《论但丁》时，感觉到了隐藏在铁制假面下的正宗双眼的目光。古人云："君看双眼色，不语似无愁。"归根到底，正宗双眼的目光令我感到可怕。或许正宗的这双眼睛是一双假眼。

二十二　近松门左卫门

我和谷崎润一郎、佐藤春夫两人一起，事隔好久又去看了木偶剧，那木偶比演员还美。尤其不动的时候，很美丽，而耍木偶的黑人倒叫人觉得毛骨悚然。实际上，戈雅作画时在人物的背景上常常衬托以这种感觉。我们难道要受那种东西——令人毛骨悚然的命运摆布吗？

但是这里我想说的不是木偶，而是近松门左卫门。我在看小春和治兵卫②时，好像初次想起了近松门左卫门。相对于写实主义者井原西鹤，近松博得了理想主义者称号。我不了解近松的人生观，他或许仰望长天喟叹我们的渺小吧？抑或每当他考虑到天气情况，便挂虑翌日的收入。这些事今天的我们确实无人知晓。只是看近松

---

① 蒂克（1773—1853），德国早期浪漫派代表作家，代表作有《金发的艾克贝尔特》等。
② 近松的净琉璃戏《情死于天网岛》中的两个主人公，小春是妓女。

的净琉璃戏,能感觉到近松绝非理想主义者。到底何谓理想主义者?在文艺方面井原西鹤是写实主义者,同时在人生观上他又是现实主义者(至少据其作品看,可作如是说)。然而文艺方面的写实主义者未必就是人生观上的现实主义者。是啊,写了《包法利夫人》的作家,在文艺方面则是个浪漫主义者。如果称追梦的行为是浪漫主义,那么近松也是浪漫主义者。但另一方面近松还是强悍的写实主义者。把中村雁治郎①的形象从"小春和治兵卫"的河内屋中抹掉吧!(因此,人们去看木偶净琉璃戏。)这样一来,最后剩下来的不是别的,正是眼光遍及人生各个角落的写实主义戏剧。确实,那里面必定夹杂着元禄时代的抒情诗。倘若把创作了夹杂着抒情诗的戏剧作者称作浪漫主义者,则证明了理拉丹②的话并非谎言。如果我们不是傻瓜,就统统是浪漫主义者。

元禄时代的戏剧手法与现在相比,多少显得有些不自然,但与元禄时代以后的戏剧相比,很少在手法上耍小聪明。如果说没受到后者手法的搅扰,那么"小春和治兵卫"在心理描写上就绝没离开写实主义。近松注视着主人公的官能主义和个人主义,关注他们中间存在的某种不可思议的现象。把小春和治兵卫两人引入死地未必是太兵卫③的恶意,治兵卫的妻子阿三与岳父的善意也在折磨着小春和治兵卫。

近松经常被喻为"日本的莎士比亚"。"日本的莎士比亚化"或许要比历来诸位大家评价的更显"莎士比亚化"。首先,近松像莎士比亚一样,几乎是超越理智的(应当想起拉丁人种的剧作家莫里哀的理智),而且在戏剧中布下美丽的一行文字。最后,在悲剧高潮中点出喜剧的场景。我看着《情死于天网岛》里被炉旁边

---

① 中村雁治郎(1860—1935),歌舞伎的著名演员。
② 理拉丹(1838—1889),法国小说家、戏剧作家,代表作有《未来的夏娃》等。
③ 在《情死天网岛》中,太兵卫是治兵卫的情敌。

的乞食和尚，几次浮想起《麦克白》中人们酩酊大醉的情态。

自从高山樗牛发表见解之后，近松的"世话物"①被置于历史剧之上。近松在历史剧中并没有始终贯彻浪漫主义，这一点多少带有莎士比亚特色。莎士比亚在都市罗马置放了一个钟表后，不复在乎它的存在了。近松无视时代束缚的程度超过莎士比亚。他甚至把神代的世界全都设定为元禄时代的世界。剧中人物的心理描写屡屡异常带有写实主义特色。譬如，就连历史剧《日本长袖之始》中巨旦与苏旦兄弟之争的描写，也和历史剧中的一个场景完全一样。且巨旦之妻的心情以及巨旦杀父之后的心情，恐怕在当代亦可通用。还有，素盏呜尊的恋爱②虽然可怕，有史以来却丝毫没有变化。

不言而喻，近松的历史剧要比历史荒唐无稽得多。然而正因为如此，他的历史剧中才有着"世话物"中没有的"美"。这是不争的事实。例如，我们想象一下这样的场景：日本南部海岸偶然漂来的船里有一位中国美女。(《国姓爷交战》) 这样的场景至今仍然给我们以异国情调方面的某种满足。

不幸的是，高山樗牛无视这些特色。近松的历史剧未必低于他的"世话物"。但是我们对封建时代的市井有着相对的亲身感受。元禄时代的河庄与明治时代带有色情服务的小酒馆相似。小春，特别是身为坤伶的小春，与明治时代的艺妓相似。我们可以在近松的历史剧中，如实地、比较容易地感觉到这种事实。几百年光阴流逝之后，换言之，连封建时代的市井都变成梦中梦之后，当我们回顾近松的净琉璃戏时，必会发现，他的历史剧未必低于他的"世话物"。其实在另一方面，历史剧也描写了与"世话物"同时代的诸

---

① 净琉璃戏、歌舞伎中描写当代世态风俗人情的作品。
② 素盏呜尊是日本神话中天照大神的弟弟，他恋上了琼琼杵尊（姐姐天照大神的孙子）的妃子木花开耶姬。

侯生活。历史剧之所以不像"世话物"那样给我们以如实的感觉，乃因封建时代的社会制度让我们对诸侯生活感到很生疏。不可思议的是，就连九重云上的灵元法皇也爱读近松的净琉璃剧本。究其根源，或许在于近松的出身，或许在于灵元法皇对市井的事情怀有好奇心。从近松的历史剧当中，我们未必感受不到元禄时代的上流阶级。

我一边看木偶剧，一边思考此类事情。木偶剧似乎在趋于衰微，不仅如此，净琉璃戏也不按原作来说唱了。然而我对木偶剧和净琉璃戏怀有的浓厚兴趣，却远超过对其他戏剧怀有的兴趣。

二十三　模仿

西洋人蔑视日本人擅长模仿这一特点，还蔑视日本人的风俗习惯（或者道德）的滑稽特色。我读了堀口九万一介绍的一本名叫《阿雪》的法国小说梗概（载于《女性》三月号），才思考起这一事实。

日本人擅长模仿。我们的作品也是西洋人作品的模仿品，这是不争的事实。不过西洋人也和我们一样，毕竟也擅长模仿。惠勒斯[①]不也是在油画的基础上模仿日本的浮世绘吗？是的，他们在他们同行之间也相互模仿。如果进一步追溯以往，伟大的中国为他们提供了多大程度的先例？他们或他们的模仿或许可称之为"消化"。假如可以称其为"消化"，那么我们的模仿也是"消化"。同样以水墨作画，日本的"南画"不是中国的"南画"。我们在大街边的露天小店，按照我们的语言来购买、"消化"炸猪排。

如果以模仿为方便的话，没有什么事情能好得胜过模仿。

---

① 　惠勒斯（1834—1903），美国画家，擅长人物、风景、版画。

我们并不认为我们有必要挥舞祖先传下的名刀与他们的坦克、毒气作战。即便在不需要物质文明的时代，必然也要努力去模仿。实际上，就连身披轻纱的希腊、罗马等暖国国民，如今也穿起"北狄"① 发明出来的、十分耐寒的西装。

西洋人认为我们的风俗习惯滑稽可笑，这也丝毫没有什么奇怪。他们对我们的美术，特别是对我们的工艺美术，很早就表示出某种程度的赏识。必须断言，这是因为工艺美术是有目可睹的缘故，而我们的思想和感情等，未必是肉眼所能轻易看见的东西。江户时代末期，英国公使 Sir Rutherford Alcock（阿鲁寇克）看见一个接受艾灸的孩子，便嘲笑我们日本人因为迷信而如何遭受折磨。潜藏于我们的风俗习惯中的感情与思想，即使在今天，在诞生了小泉八云的今天，对他们来说依然不可理解。不言自明，他们必然要取笑我们的风俗习惯。同样，我们也觉得他们的风俗习惯滑稽可笑。例如，埃德加·坡由于是个酒鬼（因为好似酒鬼），死后多年，名声依然不佳。然而，在夸赞"李白斗酒诗百篇"的日本，这种事无疑是可笑的。虽说这样相互蔑视乃难以避免的事实，但毕竟是可悲的事实。而我们从我们自己身上，也并非感觉不到这般悲剧。是啊，我们的精神生活大抵是新的我们向旧的我们开战。

然而我们能够比他们更多几分地了解他们。（这一点，对我们来说，或许是不光彩的。）西洋人对我们不屑一顾。在他们看来，我们是尚未开化的野蛮人。不过住在日本的他们未必代表他们。恐怕他们不足以作为支配世界的西洋人的榜样。因为有丸善书店，他们或多或少能知晓他们的灵魂，这倒是千真万确。

顺笔附言，他们在本质上与我们并无二致。我们（包括他们）

---

① 罗马以北的北欧曾被视为野蛮的土地，这里是对英法德等国家的戏称。

都是乘坐在诺亚方舟里的一群人兽，且方舟里面是黑暗的，特别是我们日本人坐的船舱，还经常遭到大地震的袭击。

堀口九万一连载于杂志上的关于《阿雪》的梗概介绍，偏偏尚未结束，而且没登载堀口九万一理当附加的作品批评。尽管如此，我还是突发此想，匆忙走笔，涂成此文。

二十四　为"代人创作"辩护

"古代画家都有众多杰出弟子，近代画家却没有。理由在于他们为了金钱，或者为了远大理想才教弟子。古代画家教弟子，意在让弟子代替师傅创作，故而他们把技巧上的秘密毫不保留地传给了弟子。弟子杰出，不足为奇。"勃特勒的此一番话，在某一方面道出了事理的真实。固然，天赋的才能并非仅因此而生，却能因此受到许多促动。最近我才知道福楼拜在指教莫泊桑时倾注了多深的心意①。（福楼拜读莫泊桑的稿子时，甚至发现连续两篇文章结构相同，他都要说三道四。）但无法期待任何人都达到如此程度（即使弟子富有才气）。

今天的日本甚至要求大量生产艺术。即便作家本人，若不大量生产艺术，就很难保住衣食。然而量的提高，结果大抵是质的下降。所以古人的那种做法，或许因让弟子代替创作，才诞生了众多才子。然而封建时代的俗文学作者自不待言，明治时代的报纸小说作家也完全没使用这种方便手段。至于美术家，譬如罗丹，他作品的某一部分就曾让弟子代为创作。

具有如此传统的"代人创作"，今后或恐还会继续下去。这种

---

① 据莫泊桑长篇小说《皮埃尔和若望》自序，福楼拜谐谑地称莫泊桑是"我的弟子"，激励人们用自己的眼睛去发现人才。

做法未必会把一个时代的艺术推向俗恶。弟子掌握了技巧之后再独立创作并无不可。这样一来，师傅的名气可以传到第二代、第三代。

不幸的是，我还没有让别人代我创作的机会。我有可对别人的作品进行再创作的自信。但唯一的困难是，对别人的作品进行再创作，比纯粹的自己创作还要麻烦。

二十五 川柳

"川柳"是日本的讽刺诗。但是"川柳"备受轻视，绝非因为它是讽刺诗。毋宁说，"川柳"受到轻视是因为"川柳"这一名称带有江户趣味，好似文艺以外的其他东西。或许众所周知，旧"川柳"近似于俳句，且俳句在某些方面也包含了近似"川柳"的因素。其显例就是初版《鹑衣》（？）中收录了横井也有的连句。其连句与带有色情插图的"川柳"集《俳风末摘花》一模一样。

　　葬礼饰以白莲花，盛开恰似新曙色。

谁都得承认这样的"川柳"近似俳句。（不消说，白莲花是假花。）后代的"川柳"也不能说全是俗恶之作，这些"川柳"也表现了封建时代商人和手艺人的心境，将他们的悲欢表现在谐谑之中。如果称后代的"川柳"全是俗恶之作，那么必须断言：当代的小说和戏剧也同样属于俗恶之作。

小岛政二郎以前曾指出"川柳"中的官能描写问题，后代人恐怕会指出"川柳"中的社会苦闷问题。对"川柳"我是门外汉，不知何时"川柳"也会像抒情诗或叙事诗那样，在《浮士德》面前通过吧？不过，诵读"川柳"，需要身穿江户时代流传下来的夏季短外褂之类的。

> 区区诗人何所嗜?
> 各位不妨听端详。
> 人人厌烦糟心事,
> 我倒很想说了唱①。

二十六　诗型

故事里讲,有个公主在城里静静地睡了数年。除了短歌与俳句,日本的诗型也和故事里讲的公主别无二致。《万叶集》里的长歌暂且不提,催马乐②、《平家物语》、谣曲、净琉璃戏,皆是韵文。在这些韵文文学中,肯定沉睡着许多诗型。将谣曲分行写,仅此,谣曲就自然现出近于现代诗的诗型。这里必定包含着我们使用语言的必然韵律。(现今的所谓民谣,至少在诗型上大都与"都都逸"相同。)仅是发现这样的公主,即可谓趣味盎然的事,更何况唤醒公主呢?

不过今天的诗,若用更古一些的术语来说,即新体诗,它或许正自然地朝这条道路走来。此外,昨日的诗型对于包容今日的感情,果真已派不上用场了吗?当然,我并非强调必须蹈袭过去的诗型,我只是从过去的那些诗型中感受到某种生命力。同时我还想提议:要比现在更加有意识地把握住那种生命力!

不论任何方面,我们都是生活在激烈的过渡时代,因而矛盾重重。单说光线,至少在日本,光线或许不从东方却从西方照来,或

---

① 此诗出自《浮士德》第二部第一幕。译文引自绿原译《浮士德》,人民文学出版社1997年版第231页。
② 日本的一种雅乐歌曲。

者说光线是由过去照射过来的。阿波利奈尔①等人的连体诗,与日本元禄时代的连句有相似之处,只是数量远没完成。当然,并非任何人都能唤醒"诗型"这位公主。与其说只要出现一个斯温伯恩②,莫如说只要出现一个具有更大力量的人——"片歌的道路守护人"③。

在日本过去的诗中,流动着某种绿色感觉。这某种感应,我非但捕捉不到,就连活用的能力都没有。不过,我的感受能力,自认不在他人之后。我的这等能力在文艺上,恐怕微不足道,然而那朦胧绿色的"某种感应",竟出奇地牵系着我的心。

二十七　无产阶级文艺

我们不能超越时代,也不能超越阶级。托尔斯泰谈论女人时,毫不顾忌猥亵。这足以令高尔基惊愕且退缩。高尔基在与哈理斯的对谈中实话实说,倾吐衷情:"我比托尔斯泰更注重礼貌。如果我学习了托尔斯泰,人们就会解释道,这是我的秉性使然,是我的庶民出身使然。"哈理斯对高尔基的此一番话注释道:"高尔基依然是庶民,这一点流露于他因自己的庶民出身而害羞。"

确实,世间诞生过几个中产阶级革命家。他们把自己的思想表现在理论的实践方面。他们的思想果真超越了中产阶级吗?马丁·路德④背叛了罗马天主教,而且他看到了妨碍他工作的恶魔形象。马丁·路德的理智很新颖吧?但他的灵魂毕竟不能不看到罗马天主

---

① 阿波利奈尔(1880—1918),法国超现实主义诗人,诗集有《动物小唱》等。
② 斯温伯恩(1837—1909),英国诗人,其著名诗剧《阿塔兰忒在卡吕冬》表现了一种独特的韵律美。
③ 这是俳人建部绫足(1719—1774)的自称。片歌是和歌的一种,古民谣,有五七七调和五七五调。
④ 马丁·路德(1483—1546),德国的宗教改革者。

教的地狱。这种事实不仅存在于宗教界，社会制度方面也是如此。

我们的灵魂被打上了阶级的烙印，然而束缚我们的未必仅是阶级。从地理方面看，大到日本国，小到一市一村——我们的出生地也在束缚着我们。如果再考虑到其他遗传因素与境遇等，我们不得不惊叹于我们自身的复杂性。（而造就了我们的东西，未必都能反映到我们意识中来。）

卡尔·马克思暂且不论，自古以来女子参政权的提倡者都有贤妻陪伴。如果说连科学的产物也展示出这种条件，那么，艺术作品，特别是文艺作品则展示出所有的条件。我们与不同天气下不同土壤里发芽的野草别无二致。同时，我们的作品也恰如具备了无数条件的草籽。如果是在神的眼中，我们的一篇作品大概能展示出我们的整个生涯。

那么，何谓无产阶级文艺呢？不消说，首先，人们认为它是在无产阶级文明之中开花的文艺。现今的日本没有此等文艺。其次，可以认为它是为无产阶级奋斗的文艺。这样的文艺日本并非没有。（假如瑞士是日本的邻邦，这样的文艺或许会诞生得更多。）再次，即便没有共产主义或无政府主义这样的主义，它也是以无产阶级灵魂为根基的文艺。当然，第二类无产阶级文艺与第三类无产阶级文艺未必不能共存。然而，只要诞生的是新文艺，则必须是出自无产阶级之魂。

我站在隅田川的河口，眺望聚集一处的西式帆船与驳船，不由得感受到当今日本未得到任何表现的"生活的诗"。要歌颂这种"生活的诗"，非有这种生活的体验者不可。至少须常与这种生活体验者为伴。把共产主义和无政府主义思想加进作品中，未必是件难事。然而，毕竟唯有无产阶级的灵魂，方能使作品中一如煤炭般发出黑油油的光芒，具有诗的庄严。英年早逝的菲力浦，正是具有这种灵魂的人。

福楼拜在《包法利夫人》中把资产阶级的悲剧描写得淋漓尽致。但福楼拜对资产阶级的蔑视,并没能使《包法利夫人》不朽。令《包法利夫人》成为不朽之作的,是福楼拜的才能。菲力浦除了具有无产阶级的灵魂,还具有凝练的技巧。所以,任何艺术家都要为作品的圆满而奋进。圆满完成的作品结晶呈方解石状,成为留给我们子孙的遗产,且经得起风化作用的考验。

二十八 国木田独步

国木田独步是才子,说他"拙笨"纯属用词不当。阅读国木田独步的任何作品,都不会感觉写得很拙笨。《正直者》、《巡查》、《竹栅门》、《非凡的凡人》……每一篇都写得灵活巧妙。说国木田独步是"拙笨"的,那么菲力浦也是"拙笨"的。

不过,说国木田独步"拙笨",也并非完全事出无因。他没有写过富有戏剧性发展的故事,也没写过长篇作品(当然两者均无)。他蒙受"拙笨"这一评语,自然是来自这一缘由吧?然而他的天才或部分天才,确实亦存在于此。

独步具有敏锐的头脑,又有一颗温柔的心。不幸的是,两者在独步身上失去了调和,故此他是悲剧性人物。二叶亭四迷和石川啄木也是这种悲剧中人。不过,二叶亭四迷不像他俩那样有一颗温柔的心。(或者说,二叶亭四迷具有比他俩更强健的行动能力。)因此,二叶亭四迷的悲剧远比他俩的悲剧平静。二叶亭四迷的一生或许就处于这种并非悲剧的悲剧之中。

进而审视独步,因为有敏锐的头脑,他不能不俯视地面;因为有温柔的心,他又不能不仰望天上。前者在其作品中化作短篇小说《正直者》与《竹栅门》等,后者则化作短篇小说《非凡的凡人》、《少年的悲哀》和《绘画的悲伤》等。自然主义和人道主义都钟爱独步，并非偶然。

不消说，具有温柔心灵的独步，是个诗人（此话意思未必指他写过诗）。他是相异于岛崎藤村和田山花袋的诗人。田山的诗近似于大河，这种诗在独步的心中无法找到；藤村的诗近似于花圃，这种诗在独步的心中也无法找到。独步的诗韵显得紧迫，就像他在一首诗中表现的那样，总在呼唤着"高峰的云哟"。少年时代的独步爱读的书籍之一是卡莱尔的《英雄论》。卡莱尔的历史观或许打动了他。但更自然的，则是独步触及了卡莱尔诗的精神。

如前所述，独步具有敏锐的头脑。《自由在山林》一诗必然要转变为小品文《武藏野》。恰如其名所示，"武藏野"确系平原。但是那里的杂树林一定"间伐"了群山。德富芦花的《自然与人生》与独步的《武藏野》恰好形成了对照。在客观描绘自然方面，两者难分上下。但是后者比前者较多带有沉痛色彩，而且是带有包含了广阔的俄罗斯之后的东洋传统古色。似是而非的命运依赖这种古色，将《武藏野》装点一新。（大概有许多人从独步开拓的《武藏野》路上走过，但我记住的仅有吉江孤雁一人。当时吉江孤雁的小品集似已经消失在"书的洪水"之中。但他的小品集却富有近似于梨花般朴素纯真之美。）

独步双脚踏在地上。然后，与所有的人一样，直面野蛮的人生。不过他内心世界里的诗人，永远是诗人。敏锐的头脑临近死亡时，还让独步创作了《病床录》。此外，独步还创作了散文诗《沙漠的雨》。

如果从独步的作品中举出最为完美的作品，当数《正直者》与《竹栅门》。当然，这两篇作品未必能展示出诗人兼小说家独步的全部特色。我从《猎鹿》等小品文中发现了最和谐的独步，或者说发现了最幸福的独步。（中村星湖的初期作品与独步的此类作品相似。）

自然主义作家皆专心致志地走在地上，唯有独步一人，时常飞到天上……

二十九　再答谷崎润一郎

我读了谷崎润一郎的《饶舌录》，再次产生了撰写此文的兴致。当然，我的志向并非仅为回答谷崎。世间少有能不夹私心相互展开激烈论争的对手。但是，我发现了第一个有这种境界的人——谷崎润一郎。在谷崎看来，这或恐是"添麻烦的好意"。虽然如此，谷崎若能像吃点心一样多少听一下拙论，我就心满意足了。

世间，并非唯有艺术是不朽的，我们的艺术理论也是不朽的。我们不是总在评论何谓艺术的事吗？确实，这种思考使得我的笔头滞涩。不过为了阐明我的立场，我还得暂且玩一会儿理念的乒乓球……

一、也许恰如谷崎所云，我在"左顾右盼"。不，恐怕确实如此。不知源于何种恶缘，我做事欠缺勇往直前的勇气，即使偶尔有了这种勇气，做起事来大抵也是屡战屡败。我曾提出的"没有像样'故事'的小说"这一议题，恐怕也是其中一例。但我说过被谷崎引用过的一句话："仅据是否纯粹这一点，即可确定艺术家的价值。"当然，这个观点与我以下观点并不矛盾，即我不认为"没有像样'故事'的小说"为最佳之作。我想从小说和剧本中观察艺术家面目的纯粹程度。（没有像样"故事"的小说——譬如日本写生文小说，未必都展示了艺术家纯粹的面目。）谷崎说："论及'诗的精神'云云，我不甚了了。"我以上的几行文字，足以回答谷崎的疑问。

二、对于谷崎氏提出的"构成能力"，我也能理解。我认为，日本文艺，尤其是当代文艺，缺乏这种"能力"的事，未必就该否定。若按照谷崎所云,这种"能力"未必只出现于长篇小说之中,由此推论,我以前列举过的诸位作家也都具有这种"能力"。这是一个带有比较性质的问题,纵然立足于某一标准之上论述有无这种"能力",也无济于事。另外,谷崎说,我不及志贺直哉的原因在于"肉体力量感的有无"。这一说法,我完全不能赞成。谷崎比我自己还高估了我。梅里美在他的书简集里引用了一位老外交家的话:"我们无须谈论自己的短处。即使自己不谈,别人也必然会谈给我们听。"我也准备部分信守这一箴言。

三、谷崎说:"歌德的伟大,在于他作品规模宏大且不失其纯粹。"此言深中肯綮,我无异议。有驳杂的大诗人,却无不纯粹的诗人。将大诗人造就成大诗人的缘由,或者说至少后代人称其为大诗人的缘由,均归结于他的驳杂。谷崎大概觉得"驳杂"是一个低俗的概念。此乃因我们的审美情趣相异。我将歌德界定为"驳杂",其中未必包含"嘈杂之感"。若按谷崎的语汇含义推论,"驳杂"可与"包容力大"同义。但以"包容力大"来评价古来的诗人价值,是否将其看得过重?将波德莱尔和兰波看作伟大诗人的人,不把光环套在雨果的脖颈上。对他们的心情,我寄予了颇多同情。(其实,歌德具有煽动我们嫉妒心的力量。就连对同时代的天才没表示出妒意的诗人们,不少也朝歌德发泄郁愤。不幸的是,我连表示嫉妒的勇气都没有。根据歌德传记的记述,他除了稿费和著作权费,还能领到退休金和生活补贴。歌德的天才暂且不提,也不论养育其天才的境遇和教育,以及生成其精力的肉体健康,纵然如此,依旧对歌德羡慕不已的人,恐怕不限于我一个人吧?)

四、这一节不是对谷崎的回答。关于我与谷崎两人论争的相异,谷崎认为或许是源于"各自体质的相异"。对谷崎的这一见解,我想流露一点感慨。谷崎喜爱的紫式部,在《紫式部日记》中有一节这样写道:

清少纳言其人，神情甚为得意。她端出聪明的架势，信笔写着汉字文章。不过仔细一读，发现写得拙劣之处颇多。如此这般，一个人很想发挥与他人相异的特色，其结果必然相形见绌。将来如此可悲的倾向只能日趋严重。力不从心地显示"物哀"情趣，并一一追寻风情之同时，人自会变得空茫浅薄。空茫浅薄之人，岂有好结果？

清原家族的男人男根坚挺，我无法以清原家族中的少女自居，但是读了《紫式部日记》这篇文章（虽然紫式部的科学知识修养尚未进步到言及体质的相异），我强烈感到谷崎在劝诫我。值此"再答谷崎"之际，关于论争的谁是谁非姑置不论，我之所以流露出这般感慨，并非仅因《饶舌录》的文章韵律堂堂，亦因我想起早年深夜在汽车里向我讲授艺术的谷崎润一郎。

三十　"野性的呼声"

日前，我观看"光风会"展出高更的《塔希提的女人》（？）时，感到了某种斥拒之力。站在装饰性背景前面的橙黄色女人，从视觉上感觉出她在挥发出野蛮人肌肤的气息。仅此一点就多少令我厌烦，加之人与装饰性背景失去协调，自然令我感到不快。美术院展览会上展出的两幅雷诺阿的作品，水平都超过高更。当时我觉得，尤其是小小的裸女图，画得多么富有魅力！随着时光的流逝，高更画的橙黄色女人，逐渐慑服了我，这种艺术威力近似于我仿佛已被塔希提女人死死盯住。同时，法国女郎在我心中尚未失去魅力。就画面上的美感而论，我想，法国女郎较塔希提的女人更美。

在文艺中我也有近似于此的感受。我感觉诸位大家的文艺评论中也存在"塔希提派"与"法兰西派"。高更，至少是我见到的高更，他在橙黄色女人的内部世界里表现了一个人面兽，而且比写实派画家表现得更为深切。某位文艺批评家，譬如正宗白鸟，就以是否大抵表现了一个人面兽作为批评的尺度。但是又有某位文艺批评家，譬如谷崎润一郎，则认为不能以是否大抵表现了一个人面兽来作为批评的尺度，而应以包含了一个人面兽的画面之美作为批评的尺度。（诸位大家的文艺批评尺度并不止于上述二例。确实，还有实践道德尺度与社会道德尺度。不过对那些尺度，我不太感兴趣。我相信，这不足为奇。）当然，"塔希提派"未必不能与"法兰西派"并存。两者的差异就像人世间发生的一切差别那样朦胧。然而暂且举其两端，即两者存在差异这一点上，毕竟无可置疑。

根据"歌德·克罗齐·斯宾汉商会"的美学理论，上述差异会在"表现"一语之中烟消云散。然而事实上，一部作品完成之后，常会令我们或令我驻足歧路。古典艺术家已经巧妙地在歧路上走过一次。我等群小之辈不及他们之处，恐亦在此。雷诺阿，至少我眼中的雷诺阿在这一点上恐怕比高更更加接近于古典艺术家。但雌性橙黄色人面兽似乎总想引诱我。在我们当中，能感觉到这种"野性的呼声"的人，不会仅限于我自己一人吧？

我像同时代出生的所有造型美术的爱好者一样，非常钦佩充满了沉痛力的凡·高。不知从何时起，我又对雷诺阿产生了兴趣。这大概因为我内心世界的"都市人"使然。此外，我与当时轻视雷诺阿的艺术爱好者的审美倾向，恐怕也有乖违之处。十余年过后再进行反思，卓越完成了艺术创作的雷诺阿，确实依然撼动着我。而凡·高画笔下的侧柏和太阳也再度吸引着我。这种吸引与橙黄色女人的吸引也许相异。但论及某种迫切性，即刺激艺术性食欲方面，两种吸引产生的作用一模一样。它会变成发自我们灵魂深处的某种执着的表现欲。

恰似我对雷诺阿怀有恋恋不舍之情，在文艺作品方面我也喜爱优美的作品。从"乐园"中走过的人，不可能轻易地忘掉那种魅力。我们"都市人"尤其禁不住那种魅力的诱惑。不消说，无产阶级文艺的呼声曾经打动过我。不过与此相比，倒是这个问题从根基上撼动了我。做到纯粹，这种事对任何人恐怕都有困难。不过从表面看，在我认识的作家当中，达到这样境界的人并非没有。我一直对这类作家多少怀有羡慕之情。

不知是谁给我贴的标签，我成了所谓"艺术派"的一员。（世界上恐怕仅有日本存在这种名称，或存在产生这种名称的氛围。）我并非仅为了自身人格的完成而创作，当然，也不是为了革新现今社会组织而创作，只是为了造就我内心世界的诗人，或是为了造就诗人兼记者。故此我不能将"野性的呼声"等闲视之。

有位朋友读了我那篇对森鸥外先生的诗歌流露不满的文章后，谴责我在感情上对森先生太刻薄。至少我并非有意识地对森先生抱有敌意。不，毋宁说，我衷心钦佩森先生。千真万确，我对森先生心怀羡慕。森先生不是拉车的马那样一心只看前头的作家，也不像意志那样从不左顾右盼。小说《苔依丝》里的帕弗奴修不向神祈祷，而向生活在拿撒勒的人之子基督祈祷。我怀有一种总难接近森先生的心情，这大概是因为我感受到与帕弗奴修相似的叹息吧？

三十一　"西洋的呼声"

我由高更的"橙黄色女人"身上感觉到"野性的呼声"；又从雷东①《年轻的佛陀》（土田麦仙收藏？）里感受到"西洋的呼

---

① 雷东（1840—1916），法国画家，有"象征主义艺术家之父"之称。

声"。这种"西洋的呼声"毕竟撼动了我。谷崎润一郎在他自己心中感到了东洋西洋的相克。而我所说的"西洋的呼声",或许与谷崎所谓的"西洋的呼声"多少有所不同。因此,我决定写一下我所感知的"西洋"。

"西洋"总是由造型美术中向我发出呼唤。至于文艺作品,特别是散文在这一点上反映得不甚明显。原因之一,我们人是人面兽这一点上,东方西方无大差别。(引用我们身边的一个例子,某医学博士凌辱了一个少女,其男性心理竟和神父塞尔久斯对待百姓女儿的心理毫无二致。)原因之二,我们的语学素养在捕捉文艺作品之美时,显得力不从心。我们,至少我对西洋人写的诗文的意思,是能够理解的。但是对于我们祖先写下的诗文,例如对野泽凡兆的俳句"艳美垂杨柳,树腿有两条",我就不能津津有味地品嚼到一字一音之末。"西洋"通过造型美术向我发出呼唤,如此现象未必偶然。

扎根于"西洋"根底的,永远是神奇的希腊文明。如古人所云,水之冷热唯人一饮方可自知,对待不可思议的希腊文明也是如此。若想最简略地说明希腊文明,我劝大家去看日本保存的几件希腊陶器,或劝大家观赏希腊雕刻的照片。那些作品之美就是希腊诸神之美,或者说完全官能性的所谓肉感美中,包含了某种超自然的魅力之美。这种渗入岩石中的、类似麝香气味的莫名之美,也流露于诗行中。我读瓦莱里的作品时(不知西洋人的批评家如何评价他的作品),不期邂逅了很早以前波德莱尔就时时撼动我心灵的那种美,而最直接地让我感觉到希腊文明的,是前已举出的雷东的那幅画。

围绕希腊主义与希伯来主义在思想上的对立,众说纷纭。我对那些议论没太大兴趣,只当听街头演说,听一下而已。至于希腊之美,即便我这个此类问题的门外汉,对其也会深感"惊讶"。我就是从这里——希腊，感受到有异于东洋的"西洋的呼声"。贵族让位于资产阶级，资产阶级迟早也要让位于无产阶级吧？然而只要西洋还存在，不可思议的希腊文明就必然会吸引着我们，吸引着我们的子孙。

我写这篇文章时，浮想起传入古代日本的亚述①竖琴。也许是伟大的印度会让我们东洋与西洋握手，此乃未来之事。西洋，最具西洋特色的希腊，现在尚未与东洋握手。海涅在《流放的诸神》中写道，被十字架赶走了的希腊诸神，住在西洋的一个偏僻农村里。虽然是偏僻农村，但毕竟是西洋。他们若在我们东洋大概一刻也待不下吧？西洋纵然接受了希伯来主义的洗礼，也还是与我们东洋血脉不同。其显例恐怕出现在色情文学领域。就连他们的肉感本身，亦与我等大异其趣。

某些人从终结于一九一四年或一九一五年的德国表现主义之中，发现了他们的西洋。又有某些人，当然更多的人从伦勃朗和巴尔扎克身上发现了他们的西洋。现今，秦丰吉则从洛可可②时代的艺术中发现了秦氏的西洋。我不能说此类形形色色的"西洋"并非西洋。不过我害怕的是这些"西洋"背后那只永远清醒着的凤凰——神奇的希腊。害怕吗？或许并不害怕。我觉得神奇的希腊具有近似于动物性的磁能。我一边排斥它的吸引力，一边却奇妙地渐渐为它所吸引。

我若能做到视而不见，最好面对这样的"西洋的呼声"能视而不见。但能否做到"视而不见"，这未必由我。终于在四五天前的晚上，我和室生犀星又叼起久违的烟斗③，和年轻人闲聊之间，想起已经淡忘了十余年的波德莱尔的一行诗（无疑，从实验心理

---

① 亚述是公元前十八世纪至七世纪间建立在西亚底格里斯河上游一带的奴隶制帝国。
② 法国十七世纪的装饰、建筑、美术等方面的艺术样式，风格纤巧、精美、浮华。
③ 借指堀辰雄、中野重治以室生犀星为核心组成的"烟斗会"。

学上讲，可谓趣事）。接着又想起了雷东那幅充满神奇与庄严的画。

与"野性的呼声"一样，"西洋的呼声"也想把我带向他方。"琐罗亚斯德"① 时代的诗人是幸福的，他从阿波罗与狄俄尼索斯身上发现了他的偶像。生存于当今日本的我，不能不感到文艺在自己身上发生了无数分裂。这种现象是否仅发生在我一人身上？仅发生在易受外界影响的我一人身上？我想，将最具西洋特色的文艺作品翻译成日文时，神奇的希腊在起着妨碍作用。或者说，神奇的希腊甚至妨碍我们日本人正确理解（语言学上的障碍暂且不说）最具西洋特色的文艺作品。一幅雷东的画，是的，就连某时在法国美术展览会上展出的莫罗②的《莎乐美之舞》，在这一点上，也自然令我联想到隔断了东西方的大海。如果将这个问题颠倒过来看，必须断言，西洋人搞不懂汉诗也是理所当然。我约略听说过，大英博物馆里有一位东方学者。可是他翻译的汉诗，至少不能向我们日本人传达原作的醍醐真味。尽管他的汉诗论贬盛唐，扬汉魏，打破前人之说，我们日本人仍无法对其轻易首肯。毕加索从黑人艺术中发现了新的美。但是何年何月他们才能从日本的艺术中，譬如从大愚良宽书中，发现新的美呢？

三十二 《大道无门》

所有的小说，在另一方面皆为处世术教材。所以在极广义上，无妨说小说具有教育性。乍一看宛似超越红尘的《碧岩录》等短篇集，即为其最显著的例证。（我对禅宗一无所知，但我却带着偏

---

① 琐罗亚斯德是"琐罗亚斯德教"的创始人，"琐罗亚斯德教"于公元前六世纪创立于波斯东部，中国史称其为祆教、火祆教、拜火教。
② 莫罗（1826—1898），法国画家，《莎乐美之舞》（1876）是其代表作。

爱，读过一遍短篇集《碧岩录》。）当然，这类小说中的处世术与作者的人生观密切相关。里见弴的长篇小说《大道无门》就是一例。

里见弴是位哲学家。不知何故，里见弴的这一侧面常被忽略。然而论及里见时，这一事实是无法忽略的。此前里见写过《多情佛心》，这次又著《大道无门》。两部小说连书名都带哲理性。加之，阅读里见的感想，大体皆带哲理性，若更加严谨地说，乃富于理想主义色彩。而这位理想主义者在现实面前毫不气馁，反而高扬着写有"莫惧幻灭"字样的大旗向前突进。

我评论哲学家里见，倒并非想卖弄奇谈。在这一点上，我要将里见与其他作家截然分开。不，也许应当说不是与"其他作家"，而是与"外观上近似于里见的作家"截然分开。某一批评家称里见为颓废派，我认为其观点不正确。诚然，里见确实描写过无数的男女爱情，但任何一篇作品中均看不到有颓废倾向。甚至其任何一篇作品中也没见过殉情情绪。里见的作品中并非始终贯彻着现实主义。阅读《大道无门》从他的人生态度中，我感到一切理想主义者的庄严。

此前，里见这样评论永井荷风："永井是最优秀完善的人。但遗憾的是，他没有一部作品是竭尽全力创作出来的。"此言，栩栩如生地透露出理想主义者里见的形象。里见所谓的"竭尽全力"，并非意指为完成一篇作品的形式而竭尽全力，乃在于竭尽全力活出囊括于作品中的人生。因此里见的作品里无颓废气息并非偶然。至于我所谓亦无殉情情绪，里见自己已将其解释为"真心"哲学。

里见是理想主义者，但不是天生的理想主义者。他是由现实主义者的气质不断精进的理想主义者。武者小路实笃恐怕是天生的理想主义者的代表，而菊池宽大概是天生的现实主义者的代表。里见恰似于两者中间笔直伸展起来的小说家。我们亲爱的卡里班也生活在里见的内心世界里。然而,卡里班也唱着耶利亚尔的歌。我们在《大道无门》里毕竟也感受到耶利亚尔的歌。不仅如此,耶利亚尔的歌远较两三个理想主义作家更加接近于上天。

里见技巧之纯熟,已有定论,我不必在此锦上添花。所谓的"白桦派"作家们皆头戴明晃晃的理想主义色彩的头盔,手执理想主义色彩的钢枪,分别策马奔向文艺淘汰赛的广场。在这些作家中,里见像马上的冉·达克一样别具特色。不过里见戴的头盔上,也有一根理想主义的鸟羽在阳光下闪耀着一缕白光……

三十三　批评的时代

批评与随笔的流行,表明了文艺创作萎靡不振的一个侧面。这并非一己之见,而是佐藤春夫的观点(载于《中央公论》五月号)与三宅几三郎的观点(载于《文艺时代》五月号)。我对两位偶然揆其同一的观点颇感兴趣。两位的观点切中肯綮。如佐藤所云,今天的作家肯定已是精疲力竭(敢说"我不累"的作家纯属个别)。或因无休止地创作(世界上没有哪个国家能像日本这样勉强地粗制滥造),或因身边琐事,或因年龄不饶人,总之,理由繁多各不相同,却多少都感到羸顿。其实,西洋作家中也有不少人到了晚年便写文艺批评以消磨时光。

佐藤强调,在这文艺批评的时代,更有必要触及文艺的根本性问题。三宅氏要求有"最具根本意义的批评",这一观点,恐怕与佐藤无大差异。我也希望每人撰写文艺批评的笔尖都滴着鲜血。文艺批评中,以什么作为最具根本意义的尺度?言人人殊。"真正的批评"的出现,也许尚有实际困难。尽管言人人殊,我们仍要提出自己的信条和疑问,此外别无选择。目前正宗白鸟在《文艺评论》和《论但丁》中,出色地做了这项工作。从批评的角度看,正宗的评论也许还可举出一些缺陷，可后代人总有一天会像拉萨尔①所说的那样，"与其指责我们的过失，不如理解我们的热情。"

三宅说："把批评全部委托给（原）小说家，有阻滞文学进步发展之虞。"我读到这句话时，想起了波德莱尔的一句话："诗人是天生的批评家，而批评家未必是天生的诗人。"确实，诗人天生便是批评家。至于天生的批评家之批评对于"批评"这一文艺形式的完成，到底有无作用力？这自然是另一个问题。期待三宅所说的"真正的批评家"的出现，恐怕未必仅我一人。

但日本文坛被某种传统旧套所束缚。例如诗人室生犀星写小说和剧本，绝不被视为业余爱好；而小说家佐藤春夫时常写诗，却被奇怪地看作业余爱好。（我记得当时佐藤愤慨地说："我作诗绝非业余爱好！"）如果让我举出符合"小说家万能"这一论断的事实，我觉得佐藤正是其例之一。小说家兼批评家时，其具体事实也与此相同。我读《鸥外全集》第三卷，获知批评家鸥外先生是如何凌驾于当时"专业批评家"之上，同时也了解到，没有批评家的时代是多么寂寥。若列举明治时代的批评家，我想举出森先生、夏目先生以及正冈子规居士。东京的淘气鬼斋藤绿雨尽管在森先生的西学与幸田先生的和汉之学之间左右借鉴，但毕竟没能跻身于批评家之列。（不过，对于除了随笔别无杰作的斋藤绿雨，我总是怀有同情。至少绿雨是个文章家。）这是余论……

批评家森先生为自然主义文艺兴盛的明治时代做了准备。（但似非而是的命运在自然主义文艺兴盛的时代，把森先生造就成一位反自然主义者，这或因森先生的眼睛望得更远。一言以蔽之，连早在明治二十（1887）年就开始评论过左拉和莫泊桑的森先生，居

---

① 拉萨尔（1825—1864），德国小资产阶级社会主义者，主要哲学著作有《工人纲领》等。

然成了一位反自然主义者，这真可谓似非而是的现实。）我若将当代亦称作批评的时代——三宅说："我们对理当到来的日本文学隆盛期，难道不殆感绝望吗？"假如幸运的是此言仅为三宅一人之感慨，那么，我们将如何安心等待新作家们的到来呢？或者说又将怀着何种不安，等待新作家们的到来呢？

所谓"真正的批评家"，是为了把稻壳从大米中区分出来才拿起批评之笔的吧。我也时常觉得自己心中存在这种救世主式的欲望。然而大体上我不过是为了自己，我不过是为了理智地歌颂自己才创作。对我而言，写批评几乎与写小说作俳句如出一辙。我读了佐藤与三宅两人的评论文章，为了给自己的文艺批评附一篇序言，急匆匆草成此文。

追记：此文告竣后，受堀木三克的启发，获知宇野浩二的批评中使用过《文艺的，过于文艺的》这一题目。我既非故意模仿宇野，也无意与无产阶级文艺结成统一战线，只是由于专论文艺问题，才漫不经心地加上这样一个题目。想必宇野会理解我的心情。

三十四　"新感觉派"

现今评论"新感觉派"的是非，恐怕已事过境迁。但我读了"新感觉派"作家们的作品，又读了批评家关于"新感觉派"作家的批评，遂产生了写点什么的欲望。

至少在任何时代，诗歌都因为"新感觉派"而进步。室生犀星说："松尾芭蕉是元禄时代最大的新人。"此论深中肯綮。在文艺方面，松尾芭蕉总是为了成为更新的新人而努力。既然在诸多文艺形式中，小说和剧本都具备诗歌的要素，既然是广义的诗歌，就应对"新感觉派"寄予永久的期待。我记得北原白秋是怎样一个"新感觉派"诗人。（"官能解放"一语，当时是诗人的标语。）我还记得谷崎润一郎是怎样一个"新感觉派"作家。

不消说，我对今日的"新感觉派"作家颇感兴趣。"新感觉派"作家，至少其中的论客们发表的理论，要远比我对"新感觉派"的思考新颖。不幸的是，他们的理论我不甚明白。也许我理解不了的仅是"新感觉派"作家的作品。我们开始发表作品时，获得了"新理智派"①之名（不过我们自己确实没用过这个名称）。理当断言："新感觉派"作家的作品，在某种意义上比我们的作品更接近"新理智派"。何谓"某种意义"呢？即他们所谓的感觉带有理智之光。我与室生犀星一起欣赏碓冰山上的月亮时，他突然说：妙义山的形状"像似生姜"。听了这句话，我发现妙义山的形状宛如一块老姜。这种所谓感觉，不带有理智之光。而"新感觉派"作家们的所谓感觉，例如横光利一为我引用了藤泽桓夫的一段话，"马好像褐色的思想一样，奔驰而去"，以说明其中飞跃着所谓"感觉"。这种"飞跃"我也并非一无知晓，很显然，这一行文字建立于理智性联想之上。他们必然向他们的所谓"感觉"上添加理智之光。他们的现代特色或在于此。若以"感觉"的"新"为目标，我还是认定，将妙义山"感觉"成一块"老姜"，这才是更新的"感觉"。恐怕是将其"感觉"为早在江户时代就有的一块"老姜"。

不言而喻，"新感觉派"必然诞生。它又和所有新生事物一样（文艺方面的），绝非轻而易举即可完成。如前所述，比之"新感觉派"作家的作品，我对他们的所谓"新感觉"不敢苟同。不过批评家对他们作品做出的批评恐怕也苛刻过甚。至少，"新感觉派"作家是在朝新的方向迈步。任何人都应当承认这一点。对他们的努力付之一笑，不仅会打击今日的"新感觉派"作家，对他

---

① "新理智派"是文坛对芥川和菊池宽等人的称呼，也称其为"新现实派"。

们日后的成长，乃至对继其后而来的"新感觉派"作家树立其坚定目标，均是一大打击。不言自明，其结果不能促进日本文艺的自由发展。

然而，无论如何称谓，所谓有"新感觉"的作家，今后必然还会出现。确实早在十余年前，我偕久米正雄参观了"草土社"的展览会之后，记得久米感叹道："看这庭院里的扁柏，竟也显得带有'草土社'特色，真是不可思议。"显得带有"草土社"特色，这正是十余年前的所谓"新感觉"。期待明日的作家能有这种所谓"新感觉"，这未必仅是我轻率的思考。

假如真正追求文艺上的"新东西"，追求的或许不外乎这种所谓"新感觉"。（当然，新意无关紧要的观点，当在这个论题范围之外。）就连具有所谓"目的意识"的文艺①，倘若暂且不问"目的意识"本身之新与旧（即使过问，萧伯纳的出现亦系十九世纪九十年代），其实也是众多前人曾经走过的路。更何况我们的人生观恐怕已悉数纳入"伊吕波纸牌"之中。不仅如此，这些新与旧的问题已非文艺上的，或是艺术上的新与旧的问题了。

我知道"新感觉派"怎样地不为同时代的人们所理解，例如佐藤春夫的《西班牙犬之家》至今不失其新意。何况载诸同仁杂志《星座》之当时，会"新"到何种程度。然而《西班牙犬之家》的"新"，并没震动文坛。我想，佐藤本人是否会因此怀疑自己这篇作品的新意，进而怀疑其价值？当然，这种事在外国恐怕也很多。但如此现象尤甚者，难道不是我们日本吗？

---

① 这里指具有明确的阶级意识和社会变革意志的文学。

三十五　解嘲

我已多次重复，我并未主张专写"无情节的小说"。因而无论如何我也没站到与谷崎润一郎截然相反的立场上。我只是希望人们也承认"无情节的小说"的价值。若有论客完全不承认其价值，此人便是我真正的论敌。我与谷崎争论不休时，并不希望有人袒护我（当然，也不希望有谁去袒护谷崎）。我们估摸自己比谁都清楚，我们并非在辨别彼此论争的是非。最近我看杂志上的广告，竟连我的《有情节的小说》也被改成了《无情节的小说》。故此我突然决定撰写此文。"无情节的小说"究竟是怎么一回事？看来想让人们理解并非易事。我尽可能阐述了我所能阐述的观点，仅有两三个熟人正确理解了我的观点。对其余的人，我只能说，你们爱怎么理解就怎么理解吧！

三十六　歇斯底里

我听说，歇斯底里的疗法是，让患者把自己的心事都原原本本写出来，或者都原原本本说出来。由此我想到，纯新的文艺之诞生，或许受益于歇斯底里。虎头燕颔的罗汉暂且不问，其他任何人都或多或少带有歇斯底里性质。尤其诗人，其歇斯底里倾向尤其强烈。三千年来，这种歇斯底里无时无刻不在折磨着诗人们。诗人们有的因此而亡，有的因此而疯。然而，他们努力歌颂自己因此产生的悲喜。这一切绝非不可想象。

假如从殉教者或革命家中可以列举出某种受虐狂，那么诗人中的歇斯底里患者不在少数。"非写不可的心情"，就是朝树下洞穴呼喊"国王的耳朵是马耳朵"的那个神话中人物的心情。倘无此心情,至少《痴人的告白》(斯特林堡著)肯定不会问世。进而言之,这种意味的歇斯底里往往会风靡一个时代。《少年维特之烦恼》和《勒内》①的问世,也是源于时代的歇斯底里。歇斯底里还是全欧洲都参加了十字军的缘由,不过这也许不属于"文艺的,过于文艺的"的问题。自古以来,癫痫被冠以"神圣病"之名。由此类推,或许可称歇斯底里为"诗性疾病"。

想象一下歇斯底里发作时的莎士比亚和歌德,这种想象是滑稽可笑的。人们认为这种想象恐怕会伤害他们的伟大,造就他们伟大的,是存于歇斯底里之外的他们的某种表现力。他们的歇斯底里发作了几次?这大概是心理学家研究的问题,而我们研究的问题则在于表现力。我撰写此文,突然想象到太古的森林里,有一个无名诗人突然歇斯底里大发作。他大概成了被部落里人们嘲笑的对象。然而歇斯底里促动了他的表现力,那表现力的产物,恰似地下泉水,几代地流淌下去。

我并不尊敬歇斯底里。不消说,歇斯底里型的墨索里尼是世界性的危险。但是倘若歇斯底里绝迹了,令我们喜悦的文艺作品将会大大减少。因此我愿为歇斯底里辩护,愿为不知何时成了女人特权、但事实上人人都多少带有其可能性的歇斯底里辩护。

上个世纪末,文艺确实陷入了时代性的歇斯底里状态。斯特林堡在其《蓝书》中给这个时代性的歇斯底里冠以"恶魔的举动"之名。到底是恶魔的举动还是善神的举动?我们当然不得而知。不过诗人们大都曾歇斯底里发作过。根据目前刊行的比尔克夫写的传记,就连那般强健的托尔斯泰也曾陷入半疯癫状态,离家出走了。这与最近见诸报端的某一位女性歇斯底里患者,几无相异之处。

---

① 法国作家夏多布里昂(1768—1848)的第二部小说。内容是女主人公亚美丽心中爱上了胞弟勒内,她在入修道院落发那一刻,向弟弟吐露了真情及出家的原因。

三十七　人生的随军记者

记得岛崎藤村称自己是"人生的随军记者"。近日又风闻广津和郎把这一词语用到正宗白鸟身上。我对两人使用的"人生的随军记者"一语的涵义，其实非常清楚。其意义大概相对于近来诞生的新词"生活者"。不过严格说来，生于俗世，谁也无法成为"人生的随军记者"。不管我们愿意与否，人生强制我们做一个"生活者"。不管我们愿意与否，非让我们尝试生存的竞争不可。有的人想主动获胜，有的人在冷笑、机智和咏叹中采取防御性态度，最后一种人则以混沌意识"处世"。但归根到底，事实上任何人都是迫不得已的"生活者"，都是接受遗传和境遇支配的人间喜剧中的登场人物。

他们中间有人高奏凯歌，有人一败涂地。而无论哪一方，只要还活在世间，就皆如佩特所云："都是缓期执行的死囚。"缓期执行的这段时间活用于何种目的，这是我们的自由。是自由吗？究竟有多大程度的自由？我们心中无数。无疑，我们是背负错综复杂的因缘生于斯世。而那错综复杂的因缘，就连我们自己也未必能全部一清二楚。古人早以"Karma"① 来说明这个事实。所有近代理想主义者大都向"Karma"挑战。然而他们的旗帜和刀枪只不过显示了他们的能量而已。不消说，他们显示能量自有其意义。付诸如此行动的人，并非仅限于近代理想主义者。确实，我们从卡内基的能量中也可以感受到坚实的力量。如果感受不到坚实的力量，便无人愿去读实业家和政治家的励志故事。不过"Karma"并不因此而失

---

① 梵语，意为"业"，佛教徒称一切行为、言语、思想为"业"，分别称作身业、口业、意业，合称"三业"。"业"本来包含善恶两面，善业恶业各有报应，但通常专指恶业。

去其自身的威胁力。生出了卡内基的能量的，是卡内基带来的"Karma"。我们除了向我们各自带来的"Karma"低头，别无选择。"Karma"若是赐予我们，至少赐予我"断念"这一"天惠"，这也就证明我命中只该如此。

我们在不同程度上都是"生活者"。对强健的"生活者"，我们的敬意油然而生。也就是说，我们永远的偶像非战神玛斯莫属。卡内基暂且不论，就是尼采的"超人"，剥其表皮观之，亦系玛斯的化身。尼采向波尔基阿①发出赞叹之声，实非偶然。正宗白鸟在《光秀与绍巴》②中，让"生活者"中的"生活者"光秀嘲笑绍巴。（这样的正宗白鸟被称作"人生的随军记者"，真可谓似是而非的事。）这并非光秀一人在嘲笑，我们也会不经意间发出同样的嘲笑。

我们的悲剧或喜剧，潜在于难以仅是"人生的随军记者"的事实中，也潜在于我们背负着"Karma"的事实中。但艺术不是人生，维永为了他的抒情诗传于后世，需要"长期败北"的一生。让失败者失败吧！他或许会违背社会的习惯亦即道德，或许会违背法律，甚至异常违背社会礼节。违背这些社会框束导致的惩罚，当然须由他自身来承受。社会主义者萧伯纳在其《医生的窘境》中，宁可救助平凡的医生，也不救无德无义的天才。至少应该说，萧伯纳的态度合情合理。我们喜欢看博物馆玻璃门里的鳄鱼标本，但现实中习以为常的事是，与其竭尽全力救一条鳄鱼，不如竭尽全力救一头毛驴。"动物保护会"至今也没宽大到要保护猛兽毒蛇，原因即在于此。换言之，这是人生中的内部规则问题。再度引维永为例，他虽然是第一流的罪犯，却也是第一流的抒情诗人。

---

① 波尔基阿（1475—1507），文艺复兴时期意大利的政治家。
② 正宗白鸟创作的剧本，绍巴系著名连歌师，光秀是一位勇将。作者将绍巴描写成小心谨慎的艺术家，以期与勇将光秀形成反差对照。

有位女士说："我们一家人里没有天才，这是幸福。"她说的"天才"这个词里毫无嘲讽之意。我也以我家里没有天才感到心定神安。（当然，从我所谓的天才的属性中，根本列举不出违背道德的要素。）田园和市井的人们当中，有许多人比古今的天才更具备"生活者"的美德。西洋人在"人"的名义下，经常列举同样存在于古今天才当中的"生活者"之美德。但我不相信这种新的偶像崇拜。"作为艺术家"的维永姑置不论，"作为艺术家"的斯特林堡，也值得我们一读。而"作为人"的斯特林堡，要远比我们尊敬的批评家XYZ君更难相处。因此对待我们文艺上的问题，任何时候也不可最终"须看作者人品"，倒不如强调"须关注这些作品"。不过即使强调"须关注这些作品"，在阅读"这些作品"之前，若干世纪却恰似一条大河，"这些作品"随着世纪的河水流走了。那"若干世纪"或者又像一根稻草，把作品统统扫进"忘却之河"，飞快地冲走了。如果不信仰艺术至上主义（有这种信仰与为吃饭而写作，两者未必矛盾。至少只要不是仅为吃饭而写作的话），事实则如古人所云：作诗不如种田。

我相信，岛崎藤村自不待言，正宗白鸟亦非"人生的随军记者"。两位方家的才气再大，也绝不可能遽然变成前所未有之人。在我们的内心世界里都同时存在"光秀与绍巴"。至少我身上存在如下倾向：涉及自己时，我多少偏于绍巴；涉及其他人时，我多少偏于光秀。因此我们心中的光秀未必嘲笑我们心中的绍巴。但光秀想嘲笑绍巴的心理，确实存在。

三十八　古典文学

所谓"挑选出来的少数读者"是不是能欣赏到最高境界之美的少数读者？我心中无数。毋宁说，这里指的是，能够接触到展现作品中的作者心境的少数读者。所以不论什么样的作品，或者说不论什么样作品的作者，只能获得"挑选出来的少数读者"，无法获得其余读者。但是这与获得"未被挑选出来的多数读者"，毫不矛盾。褒赞《源氏物语》的人，我曾遇过许多，但真正读过《源氏物语》的人（是否理解或得其妙趣暂置不论），在与我交往的小说家当中仅有两人——谷崎润一郎与明石敏夫。由此看来，所谓古典文学，或许是五千万人中极少有人读的作品。

然而，《万叶集》的读者远远多于《源氏物语》的读者。原因未必在于《万叶集》的艺术品位高于《源氏物语》，亦非因两者间横亘着散文、韵文的鸿沟，而是因为将《万叶集》中的作品一篇篇单独欣赏时，篇幅比《源氏物语》短小得多。确实，东西方的古典文学作品中，能拥有大量读者的皆非长篇。至少，再长也无非是短篇的合集而已。爱伦·坡依据这一事实，提出了他在诗歌方面的原则。比尔斯（Ambrose Bierce）也依据这一事实，提出了他在散文方面的原则。在这一点上，我们东洋人愿意接受智慧而非理智的引导，自然成了西方的先驱。可是在我们东洋人当中，偏偏又没有西方那样的人物，能够根据事实造起理智的建筑。若要尝试构建理智的建筑，长篇《源氏物语》至少在不失其声价这一点上，恰巧可以提供很好的素材。（不过，爱伦·坡的诗论已涉及东洋西洋的差异。他指出，大体上一百行诗为最佳长度。当然，十七音的俳句，或许会被他排斥到"警句性质"的名称范围内。）

所有诗人的虚荣心，无论本人是否明说，其本质都是执着地希望名垂后世。不，这里并非指"所有诗人的虚荣心"，而是指"发表了诗作的所有诗人的虚荣心"。有些人一行诗没写，却知道自己是诗人。（他们是大诗人还是小诗人暂且不说，在他们诗一样的生涯中，他们是最平和的诗人群。）如果因为性格与境遇的关系，仅给作了韵文诗或散文诗的人冠以诗人之名,那么,所有诗人存在的问题,恐怕不是"写了什么",而是"没写什么"。当然,这对仅仅依赖稿费为生的诗人们来说,生活或有不便。说到不便,我们可以观察一下封建时代的诗人石川六树园①。他同时还是旅店老板。若是连鬻文这项工作也没有,我们或许会找份经商的工作。我们的经验或见闻也许会因此扩充开去。对于仅靠鬻文则无法维持生活的古代,我时常感到些许歆羡。但是现今这样的当代,也会为后代留下古典作品。不消说,为谋稻粱而写的东西未必就不能成为古典作品。(如果"为谋稻粱而写"乃是作家最富情趣的姿态。)恰如法朗士所云,要想飞往后代,须以身轻为条件。这样一来,被称为古典的作品,恐怕当是人人容易读懂的作品。

三十九　通俗小说

所谓通俗小说,即较通俗地描写了具备诗一样性格的人们的生活;所谓艺术小说,即较富诗意地描写了未必具备诗一样性格的人们的生活。正如众人所说,两者的差异并非一清二楚。不过通俗小说中的人物们,确实具备诗一样的性格。这绝非反论性的说法。若为反论,那是因为事实本身的形成就带有反论性质。任何人的青年时代,性格都会或多或少为诗情的淡荫所笼罩,但随着年龄的增长,诗情的淡荫便逐渐消散一空。(在这一点上,抒情诗人确实永远是少年。)所以,通俗小说中的人物们,容易像老人一样陷入滑稽之中。(不过这里所谓的通俗小说,不包括侦探小说和大众文艺。)

追记:草成此文后,我出席了《新潮》座谈会,受鹤见佑辅

---

① 石川六树园即石川雅望(1753—1830),国学学者、狂歌师。

的启发，想到了所谓通俗小说与西洋人所谓的"Popular Novel"（大众小说）的差异。我的所谓通俗小说论，并不适用于"Popular Novel"。本涅特（Arnold Benntt）① 给自己的"Popular Novel"冠以"Fantasies"（幻想文学）之名，是因为他的作品向读者展示了一个事实上不可能存在的世界。本涅特的如此界定，未必意味着幻想文学作品中存在幻怪之气，而意味着在那个世界里，人物或事件皆未被打上文艺性的真实烙印。

四十　独创

当代正在对明治、大正时代的文艺进行总结，其原由我不得而知，其目的何在我也不清楚。然而《现代日本文学全集》也罢，《明治大正文学全集》也罢，不用说自是文艺上的一个总结，而明治、大正名画展也可算是对绘画进行的一个总结。我观察这些"总结"，深感独创之难。"不食古人糟粕"，此话人人都能信口说出，但是看他们的工作（或许即便看了工作也白搭），则会更加感到独创之不易。

纵然我们尚未意识到，实际上不知不觉地在走前人的老路。我们所谓的独创，只不过稍微超越老路。仅仅跨出一步，哪怕就是一步，往往也会震动一个时代。若要故意反叛，反倒愈发摆脱不了前人的套路。从道义上讲，我也是一个赞成艺术叛逆的人。事实上叛逆者绝非稀少，也许其数量远超过重走前人老路的人。他们确实反叛了。但他们并未明确感知反叛了什么。大体看来，他们的反叛，与其说是反叛前人，不如说是反叛重走前人老路的人。若对前人有所感觉，他们或许也曾反叛过，但那儿必然会留下前人的足

---

① 本涅特（1867—1931），英国作家，代表作有《老妇人的故事》等。

迹。研究传说的学者从大洋彼岸的传说中发现了许多日本传说的故事情节类型。穷原竟委地观察，艺术也不乏其模本。（如前所述，我相信，作家们并没意识到他们使用模本。）尽管艺术的进步或曰变化非常期待大人物的出现，但若越级跃进，则无法改变艺术的面貌。

在这种缓慢的步伐中，有人或多或少地追求变化，值得我们尊敬（菱田春草就是其中之一）。新时代的青年们相信独创的力量，我则希望他们更加相信独创的力量。即便是微小的变化，也不会出现于独创之外。自古以来，世上就有前人扎成的一把大花束，哪怕能往这把花束里再插入一枝，也是伟大的事业。为达到这一目的，要有扎成新花束般的热情。这股热情或为错觉，若嗤笑其为错觉，那么古往今来的艺术天才们毕竟也都追求错觉。

但是，明确认识到这股热情属于错觉的人是不幸的。何谓"明确认识到这股热情属于错觉的人"？恐怕他们自己也必然有些错觉。对于此类问题，我拿不出高见。不过观察对明治、大正的文艺进行的总结，我深感独创的艰难。参观了明治、大正名画展的人，在品评诸多绘画的优劣。然而至少还有我一个人，无暇去发那般议论。

四十一　文艺上的"极北"

文艺上的"极北"，或曰最具文艺性的文艺，令我们心平神静。接触这些作品时，我们唯有感到心醉。文艺或曰艺术在这方面有着惊人的魅力。倘以人生所有的实践侧面为主，可以说任何艺术的根底都或多或少具有降伏我们的力量。

海涅在歌德的诗歌面前老老实实低下了头。而对圆满无缺的歌德不驱使我们投身于实际行动，海涅又发泄了满腔不平。我们不能仅将此简单视为海涅的心情。海涅在《德国浪漫主义运动》一节里，观点逼近了艺术的母胎。一切艺术越富有艺术性，越能平静我们的热情（实践性的）。接受这种力量的支配，我们就不易成为玛尔斯的儿子。能安心居住在那里的人——纯粹的艺术家们自不用说，连傻瓜们也是幸福的。不幸的是，海涅没能得到这块净土。

无产阶级的战士诸君将艺术当作武器，我趣味盎然地眺望着他们。战士诸君何时才能得心应手地挥舞这个武器呢？（当然，像海涅的男仆那样无法挥舞这个武器者，当属例外。）但这个武器也许不知何时又会令战士诸君安静下来。海涅一边受到这个武器的抑制，一边又挥舞着这个武器。海涅无言的呻吟或许就潜藏于这个武器之中。我全身都感受到了这个武器的力量。故而我不像一般人那样眺望挥舞武器的战士诸君。其中我所尊敬的一人，希望战士诸君不忘艺术的降伏力，且能运用艺术这个武器。幸运的是，他的希望似乎与我的期待不谋而合。

他人对此事或许会付之一笑，这一点我也早有精神准备。我的见地或许肤浅，即使不肤浅，十年前的经验也早已告诉我，一个人的话不易被别人理解。然而我毕竟一边像普通人那样努力不止，一边终于开始察觉到艺术的巨大降伏力。仅此一项，对我来说就是一件大事。如海涅所言，文学的"极北"与古代石人一样，纵令含着微笑，也永远是冷静的。

昭和二年（1927）二月至七月

续文艺的，过于文艺的

刘立善译

一 《死者生者》

　　《文章俱乐部》在征询意见时提问：大正时代的作品有哪些还留在诸位大家的记忆中？我想回答，却终于失去了机会。留在我记忆中的，首先就是正宗白鸟的《死者生者》。这篇作品和我的《山药粥》同月发表，故而给我留下的印象尤深。《山药粥》没有《死者生者》写得那样好，只是有几分新意而已。《死者生者》的评价不高，《山药粥》的评价也不高。我尽可不必自我吹嘘了。我记得，当时久米正雄读完《死者生者》之后，这样说："好像读后感似的，是这种印象很深的短篇小说。"回答《文章俱乐部》征询意见的诸位大家，好像无人举出《死者生者》。然而不论有幸还是不幸，《山药粥》却进入了诸位大家的回答之中。

　　恰如这个事实所证明的，世人总好关注新事物。只要从事新事物的创作，终归可成为作家。但这样的作品，未必能留下指甲划痕般的痕迹。我依然认为《死者生者》非《山药粥》所能比。我觉得，正宗作为短篇小说家写《死者生者》前后，他已是最具艺术性的作家，尽管当时的正宗似乎未必很有声望。

二 时代

我时常这样想：纵然我没出生在这个世上，也一定会有别人写出我这样的文章。因此与其说那是我的作品，不如说那是生长在一个时代土地上的几棵小草中的一棵。于是我的作品不能成为我个人的骄傲。（实际上，若不等待适合他们从事创作的时刻的到来，他们也可以写出前所未有的作品。尽管一个时代的影子会理所当然地映现在他们的作品中。）每当想到这里，我就感到出奇失望。

三 日本文艺的特色

日本文艺的特色，首先是与读者的关系亲密（intime）。这个特色是好是坏，特别是在目前，没人在意。

四 阿纳托尔·法朗士

根据 Nicolas Ségue（尼克拉·赛居）著《与阿纳托尔·法朗士的对话》来看，这个微笑的怀疑主义者确是一个彻底的厌世主义者。这一点在 Paul Gsell（保尔·葛塞尔）的《与阿纳托尔·法朗士的对话》中却没表现出来。有人问："您作品中的人物都在微笑吧？"对此，法朗士野蛮地回答："他们因为怜悯才微笑，这不过是文艺技巧而已。"

按照法朗士的观点，人生的安定建立在意志力量与行动力量之上，而且由于意志的活动，我们必须全神贯注于此。这不是人人皆能做到的，特别是对于受到理智与感性诅咒的我们。

"乐园"中的思想家、"德雷福斯事件"中的运动员、《企鹅岛》的作者法朗士，因此使自己面目一新。不过从唯物主义的角度解释，或许法朗士的老龄与疾病使他的人生观变得阴暗起来。在其作品中，这一点似一根粗绳，将较为平常的作品、或曰事实上的劣作（譬如《红卵》）连接到他一生的文艺体系上。病态的《红卵》之类，或许是法朗士的必然之作。我相信，根据《与阿纳托尔·法朗士的对话》和法朗士书简集，我能写出更新的《法朗士论》。

这位法朗士是背着十字架的牧羊神。不过新时代从他的内部世界里可以发现的，恐怕仅是连接上一世纪与本世纪的桥梁。世纪末来到人世的我，毕竟从这样的法朗士的内部世界里发现了有史以来的我们。

五 自然主义

我们到了一定年龄，自然则赐予我们《春的觉醒》①；饥肠辘辘时，自然赐予我们旺盛的食欲；上战场时，自然赐予我们躲避枪弹的本能；过了几年（或几个月）姘居生活后，自然赐予我们厌嫌再与那女人交往之感；此外……

不过社会的命令与自然的命令不相一致，岂止如此，还屡屡相反。仅止于此，倒也无妨。我们自身还有某种奇异的东西，它否定自然的命令。所以在理论上，一切自然主义者或者必须站在最左翼，或者站在最左翼对面的黑暗之中。

"到地球外边去！"波德莱尔的这行散文诗，绝非桌上的产物。

---

① 《春的觉醒》（1891）是德国的一部戏剧，剧名象征着人的性欲萌动。

六　汉姆生①

性欲中有诗,这一点前人早已发现;食欲中也有诗,这一观点的提出,却有待汉姆生的出现。我们是多么庸愚。

七　语汇

"平明"一词,意为"黎明"。不知何时,这个词的意思变成了"手工精细"。"先人"一词,意为"死去的父亲"。不知何时,这个词的意思变成了"古人"。我使用"态度"一词时,取其"姿态"与"形象"这一层意思。我以"大红莲"一词形容火势凶猛的火灾。由此可见,我们的语汇发生了相当程度的混乱。"随一人"的原意为"多数人中的一人",但如今人们将其理解为"第一人"。大家都错了,错误自然也就随之消失了。因此,治理这种混乱的对策是:大家都错!

八　科克托②的话

"艺术是科学血肉化的结果。"科克托此言深中肯綮。不过按我的理解,所谓"科学血肉化的结果",并非给科学附上血肉,这种活儿连手艺人做起来都不难。艺术的血肉中自然藏有科学。各类科学家不过是从艺术中寻找他们的科学。艺术的尊贵性,或者说直观的尊贵性就在于此。

---

① 汉姆生(1859—1952),挪威作家,代表作有《饥饿》等。
② 科克托(1889—1963),法国诗人,创作上追求奇巧,有"卖弄文字的魔术师"之称。

我担心科克托的话会令艺术家走错方向。一切艺术杰作或许止于"二二得四",却未必始于"二二得四"。我并非鼓吹要抛弃科学精神。我想指出的事实只是:恰恰相反,科学精神潜藏于看重"诗性精神"的意识之中。

九 《如果我是帝王》

在《如果我是帝王》这部电影里,精通各种犯罪的抒情诗人维永变成了杰出的爱国者,还变成了莎劳特公主纯情的恋人。最后他集聚了民众的拥戴,成了所谓"民众一方的人士"。若让维永出生在连卓别林都不断谴责的今日美国,上述状况尽可不必论及。历史人物恰似《如果我是帝王》这部电影中的维永,变幻莫测。实际上,《如果我是帝王》是美国拍的电影。

我一边看电影,一边历数使维永逐渐变成大诗人后三百年的星霜,我不由得想到"盖棺论定"这个成语的怪异。"盖棺论定"之后发生的事,不可能超出神化或兽化的范围。然而几个世纪过后,仍能接受人们焚香礼拜者,只是"幸福的少数"。维永在另一方面不正是作为一个爱国者,作为"民众一方的人士"兼模范恋人,受到人们焚香礼拜的吗?

不过,我的感情在此一番思考过程中,仍将开口明确表态:"归根到底,维永是大诗人。"

十 两个西洋画家

毕加索总在攻城,进攻非贞德则无法攻陷的城池。毕加索恐怕知道自己无法攻下这座城池,但他仍在礌石火矢下倔强地独自攻城。离开这样的毕加索,再看马蒂斯,好多人总能因此感到轻松自适。马蒂斯在海上飞驰快艇,那儿根本没有枪炮声和硝烟气味,有的只是粉地白条鼓满海风的三角帆。我偶然看到了上述两人的画,我同情毕加索,对马蒂斯怀有亲切感与歆羡。即使在我们门外汉看来,马蒂斯也具有把艺术带进现实主义之中的本领。马蒂斯的这种本领,虽然时常为他的画增添光彩,或许有时也令他绘画的画面装饰性效果或多或少出现破绽。问我选哪一方,我想选择毕加索,选择火燎盔缨、枪柄折断了的毕加索。

昭和二年(1927)五月六日

文坛小语

刘立善译

一

文艺之士谢世后,为他守墓的门生不少。正冈子规与《阿罗罗木》同仁的关系,爱伦·坡与波德莱尔的关系,以及德田秋声生前与中村武罗夫的关系,都足以证明这一事实。如果说已经谢世后的名声——至少三十年的名声(三十年里著作权还有效)得益于守墓者的力量,那么,养育弟子并非徒劳无益。当然,弟子愈是高才,其师受益愈大。然而并非人皆能有高才弟子。君可见岩野泡鸣门下无人。人事不及天命。所以归根到底,不如悉由偶然。

二

文坛也是一个社会。若仅以文才自居,则不能称雄文坛。故此不可不长于世故。身为作家不如先做社会人,此言意即作为社会人的某某,远远超过吾侪。理当拊掌大笑矣。

三

在资本主义社会,一页稿子稿费几元或几十分的制度不可避免。当然以作品产量的大小来换取优劣,这不公平。生于这个社会的小说家、戏剧家、批评家等，须有大量生产出产品的实业家那样的能力。或如永井荷风所云，无力养活父母子女兄弟之人，不可从事文艺这一职业。所谓老来文笔愈发令健壮者亦不可及者，指的就是超过吾侪、具有实业家能力的作家。观其作品，太仓之粟陈陈相依，几乎百年如一日。眼看此辈成为老大作家，此亦理当拊掌大笑矣。

四

按照社会学家的观点，无论社会怎么变化，乞丐、流浪者之类的"褴褛阶级"依然存在。这一点，作为社会的文坛亦无大差别。甲大家离去，乙大家走来，而无关紧要的杂文家依然如故。若说文坛果真存在永垂不朽之物，那就是文坛上的"褴褛阶级"。

五

文坛依然如故，作家新旧交替，文坛却了无变化。纵然在社会主义统治下，文坛也是如此。若在无政府主义统治下，文坛了有变化之事，并非不可期待。（遗稿）

大正十四年（1925）八月

关于明治时代的文艺

刘立善译

一

明治时代的文章家,首推尾崎红叶和樋口一叶,对此,无人提出异议。继之推举谁为好呢?我首先屈指数到了斋藤绿雨。作为批评家,斋藤绿雨不值一读;作为小说家的斋藤绿雨,可一笑了之;作为俳人的斋藤绿雨,可否算作俳人?不详。但是作为文章家的斋藤绿雨,似乎不可小觑。《无盖衣箱》、《雨蛙》等文章暂且不问,请试读并细细品味小说《油地狱》的开头几行。

二

毋宁说,斋藤绿雨应当是个讽刺诗人。没成为讽刺诗人,或者说未能始终执着地要做讽刺诗人,原因主要在于日本的讽刺诗尚不发达。斋藤绿雨很可怜。

三

称"红露"为明治时代两位大家,其谬误可谓甚矣。幸田露伴不过读古今之书,通和汉之事而已。他不及红叶的才气,文章亦远在尾崎红叶之下。幸田露伴的大作《留胡须的男人》之庸劣,终令我将之弃置一旁。

四

泉镜花有独步古今之才,只是生不逢时。森鸥外对泉镜花的批评往往言辞显得苛刻。其缘由在于森鸥外深通西洋文学,以屠格涅夫、都德、莫泊桑等作家为尺度来衡量泉镜花。后来自然主义者视泉镜花为文学邪道,未必值得诧异。诸公碌碌,依他人而成己之功,何以骂泉镜花?

五

斋藤绿雨右携森鸥外,左提幸田露伴,出现于在当时的文坛。这是由于他不谙东西之学,不惧见识低浅。黠即为黠,而明即为明乎?

六

樋口一叶的《青梅竹马》堪称杰作。对此,无人提出异议。除此之外的小说(恐怕《浊流》除外)不值一读。不过,该女子行文有水到渠成之妙,称其有天赋,不可乎?

七

森鸥外翻译的西洋文学,对明治时代的文艺产生了很大影响。这是自不待言的事实。然而森田思轩的"翻译小说"亦不可忘却。思轩之文无视语格,不注重假名拼写法,颇得简劲奇峭之趣。故此，对苦于汉文脉与倭文脉之相互调和的明治时代文章，产生了很大影响。泉镜花初期作品中，往往可发现来自思轩的影响。

八

可怜呀，老樱痴！更可怜呀，老逍遥①！过去的世间，已推逍遥于樱痴之上。当今之世，两者孰先孰后，不得而知。未来之世，能推樱痴于逍遥之上乎？

九

根岸住着飨庭篁村，又住着正冈子规，构成了明治年间恰好的一对。与谢芜村有俳句云：

春季菜花黄又黄，月出东方日西下。

子规是欲升天上的月亮，篁村是将坠落的太阳。或者说，只是已经坠落的太阳。（遗稿）

大正十四年（1925）十月

---

① 樱痴即小说家、剧作家福地樱痴（1841—1906）；逍遥即小说家、剧作家坪内逍遥（1859—1935）。

小说作法十则

刘立善译

一、我们应当懂得，在所有的文艺当中，首数小说是非艺术性的。唯有诗才是文艺中的极致。小说不过是依赖小说中的诗才列入文艺之中。所以，小说与历史乃至传记在实质上毫无二致。

二、小说家既是诗人，又是历史学家和传记作者，故此必须与人生（某一时代某一国家的）相涉。从紫式部到井原西鹤，日本小说家的作品证明了这一事实。

三、诗人惯常向他人倾诉自己的衷情。（你看，为了追求女人，诞生了恋歌。）小说家既然是诗人又是历史学家和传记作者，那么归类于传记的自传作者，也应存乎作家之中。因此小说家必然比常人更加频繁地直面自身暗淡的人生。这就使小说家自身中的诗人常常感到缺乏实践的力量。如果小说家自身中的诗人比历史学家和传记作者更加强健有力，那他的一生难免愈伸张愈悲惨。爱伦·坡就是一个好例。（不消说，若让拿破仑或列宁成为诗人，必然诞生出非凡的小说家。）

四、如上所示，小说家的才能有三项，可归结为：诗人的才能；历史学家和传记作者的才能；处世的才能。令这三者互不相克，这在前人也是至难之事。（若不将此作为至难之事，其人必是庸才。）小说家恰似汽车驾驶学校里尚未毕业的司机，驾车满街乱跑，别想指望一生平安无事。

五、既然别想指望一生平安无事，就仅能指靠体力、金钱与单身立命（放纵主义）。不过应当料及这两者的效应在某种程度上小得出奇。要想获得较为平和的一生，归根到底，莫如不当小说家。我们要记住，一生过得较为平和的作家，都是自传细部写得模糊不清的小说家。

六、要想在当今之世一生过得较为平和，小说家最重要的，是要练好处世才能。不过这与能否留下戛戛独创之作的创作水准，意义不同。（当然，两者不矛盾。）所谓处世才能，与其说是指上层支配命运（能否支配不敢保证），不如说是指下层对什么样的傻瓜都恭敬相待。

七、文艺是以文章为表现载体的艺术，所以推敲文章当是小说家不可怠惰的事。我们应该悟及：若对一词之美不能达到心醉神迷，其小说家资格则多少会存在缺欠。井原西鹤获"荷兰西鹤"之称，未必由于他打破了一个时代小说方面的束缚，而是因为他知道通过俳谐悟出了言词美的真价。

八、一个时代里一国的小说，自然要处于种种约束之下（此为历史所决定）。要当小说家的人，必须努力顺从这个约束。顺从约束的益处首先是，可以坐在前人肩头上写自己的小说；其二，由于显得一本正经，才不会招致文坛之犬的狂吠。但如此一来，又与能否留下独创之作的那种创作水准，产生意义上的不同（当然，两者不矛盾）。天才多将这种约束蹂躏于脚下（但不能保证能否蹂躏到世人想象的水平）。故此天才或多或少都要驰骋于天命或曰文艺的社会进步（或曰变化）之外，不能恰似淌在渠中之水。天才只是游离于"文艺的太阳系"之外的一颗行星，故而天才当然不为当代所理解。若能从后世觅得知己，他便成为有待发现的珍宝。（这不仅局限于小说领域，也通用于一切艺术。）

九、想当小说家的人，要时常警惕自己对哲学思想、自然科学思想、经济科学思想做出的反应。只要人兽依旧是人兽，任何思想与理论都无法支配人兽的一生。因此须知对上述思想做出的反应（至少是有意识的），对于人兽的一生即对于整个人生多有不便。真实地观察，真实地描写，即谓写生。小说家方便的做法莫过于写生。不过这里所说的"真实"，是指"他自己观察的真实"，而非"付了借据之后的真实"。

十、一切的小说作法皆非黄金律。当然，这篇《小说作法十则》亦非黄金律。一言以蔽之，能成为小说家的便理应成为小说家，不能成为小说家的便理应不能成为小说家。

附记：我对任何事物都是一个怀疑主义者。不过我在这里坦白，无论怎样要做一个怀疑主义者，在诗的面前我还不能是一个怀疑主义者。同时我还要坦白，即便在诗的面前，我也想努力做一个怀疑主义者。（遗稿）

昭和元年（1926）五月四日

十 根 针

揭　侠译

一　某些人

我知道这世上某些人的某些事。这些人做任何事既靠直觉又解剖之。也就是说，一枝蔷薇花在他们看来，既是美丽的，又毕竟是植物学课本中的蔷薇科植物。实际上，即便在折一枝蔷薇花的时候……

仅靠直觉的人们，要远比上述那些人幸福。美德之一——严肃认真，那些人（既靠直觉又解剖之）是得不到的。那些人将自己的一生全部消磨在可怕的游戏上。一切幸福因他们的解剖而减少，同时一切痛苦也因他们的解剖而增加。"倘不生于斯世"一语，用于那些人身上，实恰如其分。

二　我们

我们未必是我们。我们的祖先全都活在我们的内心世界里。若不服从我们心中的祖先，我们必将陷入不幸。"过去之业"一语，就是比喻性地用于说明这种不幸。所谓"发现我们自身"，其实就是发现活在我们心中的我们的祖先，同时，也是发现支配我们的天上诸神。

三　乌鸦与孔雀

我们最感到可怕的事实，是我们毕竟不能超越我们自己。如果摘去一切乐天主义的蒙眼儿，乌鸦到什么年月也成不了孔雀。某诗人写的一行诗，永远是他的诗作的全部。

四　空中的花束

科学在说明一切事物。将来的科学也是如此。然而，我们重视的仅是科学本身，或者说重视的仅是艺术本身。换言之，我们重视的是我们抓住的仅仅展现我们精神飞跃的空中的花束。且不说 L'homme est rien（"人是虚无"），就我们在"作为人"这一方面讲，并无太大差别。"作为人"的波德莱尔，心中布满了精神病院。而《恶之花》和《小散文诗》，却从未出自他人的手笔。

五　2+2=4

"2+2=4"是真实的。然而必须承认，实际上在"+"这一空间里存在无数因子。就是说，所有问题都被包含在"+"之中。

六　天国

假如能造出天国，它只存在于地上。这个天国当然就是荆棘丛中开放蔷薇花的天国。在那里，除了安于"断念"这种绝望的人们，还有很多狗在溜达。不过，成为狗也不是坏事。

七　忏悔

我们为一切忏悔而动心。然而一切忏悔的形式都是:"不要做我做过的事!要做我说的事!"

八　再谈某些人

我还知道某些人。他们对什么事都不轻易感到满足。一个女人、一个理念、一枝石竹花、一片面包,他们都极想搞到手,谁也没有他们活得那样奢侈,同时谁也没有他们活得那样凄惨。不知不觉之间,他们沦为各种东西的奴隶。这样一来,纵使赐予别人天国,或者赐予别人去天国之路,也不能让他们成为天国中人。他们得到的是"多欲丧身"一语。纵然将孔雀羽毛做的羽毛扇或用喝人乳的猪崽做出的佳肴送给他们,他们也绝不会感到心满意足。他们必然只有追求悲惨与痛苦(除了不求而获的必然的悲惨与痛苦之外,还有其他东西)。在这里掘出一条鸿沟,将他们与其他人隔离开来。他们不是傻瓜,却比傻瓜还傻。拯救他们的只能是他们自己的脱胎换骨。所以他们终归无法得救。

九　声音

一般认为,在众人的叫喊声中,绝对听不见一个人的说话声。事实上肯定听得见。只要我们心中还残留一股火焰。不过他的声音被听见有时或许要有待于后世麦克风的出现。

十　语言

我们难以把我们的心情传达给他人。问题在于被传达的他人。"拈花微笑"[①] 的古代自不必说，甚至一百几十行的新闻报道也不能与他人的心情相沟通。这种现象并非根本不可理解。能理解"他"的语言的，总是第二个"他"。然而"他"必然像植物那样生长，所以某一时代"他"的语言，除了第二个某一时代的"他"，别人不可能理解。是啊，连某一时代的"他"自己在另一时代的"他"自己看来，或许都有他人之感。所幸的是，"第二个他"相信自己理解了"他"的语言。（遗稿）

昭和二年（1927）七月

[①] 释迦牟尼在灵鹫山说法，手拈鲜花给众人看，没有反应，唯弟子摩诃迦叶悟其真意而微笑。这个传说是禅宗讲究"以心传心"境界的源头。

西方之人

刘立善译

一 请看此人

大约在十年前,我从艺术的角度爱上了基督教,尤其是天主教。长崎的"日本圣母寺"①至今仍留在我的记忆中。这样的我不过像一只乌鸦,不停地拣过北原白秋和木下杢太郎撒下的种子。几年前,我又对基督教的殉教者们产生了某种兴趣。殉教者的心理恰如一切狂信者的心理,给我带来异常的兴趣。最近,我终于开始爱上了四个传记作者告知于我的耶稣其人。今天的我不能像看路人那样看耶稣。不要说西洋人,就是今日的青年人也会嗤笑这样的我。不过生于十九世纪末的我,开始注目他们已经看腻的、毋宁说干脆想要搬倒的十字架。诞生于日本的"我的耶稣",未必眺望加利利的湖泊,却能望见结满鲜红果实的柿树下的长崎海湾。所以,我将不顾忌历史事实与地理事实。(至少这样做不是为了躲避困难赶潮流。若拿出一丝不苟的态度,五六册《耶稣传》会很轻松地为我发挥作用。)而且,我无暇去忠实地列举耶稣的一言一行。我只按照我的感受来记述"我的耶稣"。严厉的日本基督教徒们,大概会接纳我这个鬻文之徒笔下的耶稣。

---

① 这里是指长崎的大浦天主堂。

二　马利亚

马利亚是一个普通的女人。某夜，她感受圣灵，生下了耶稣。我们从所有女人身上都能或多或少地感觉到马利亚的存在。同时，从所有男人身上也能或多或少地感觉到马利亚的存在。是啊，我们从炉内燃烧的火中，从田地里的蔬菜中，从脱釉素烧的广口瓶中，从做得结结实实的凳子中，都或多或少地能感觉到马利亚的存在。马利亚不是"永远的女性"，而是"永远要保护万物的女性"。耶稣之母马利亚的一生都在奔往"泪之谷"。马利亚在无尽的忍耐中，走过她的一生。世间的智慧、愚钝、美德，皆存乎她的一生之中。尼采的反叛，不是反叛耶稣，而是反叛马利亚。

三　圣灵

我们从风和旗子中，或多或少会感受到圣灵的存在。圣灵未必就是"圣物"。圣灵只是"永欲超越之物"。歌德总是冠圣灵以"Daemon"① 之名，他时时提防着，生怕为圣灵所逮。可是圣灵的孩子们——所有的基督，随时都有为圣灵所逮的危险。圣灵既非恶魔，亦非天使，与神相异自不待言。我们时常看见圣灵行走在善恶的彼岸。在善恶的彼岸，不知是有幸还是不幸，龙勃罗梭② 发现圣灵正走动在精神病患者的脑髓上。

---

① 英文：守护神，又有恶灵、恶魔之意。
② 龙勃罗梭（1836—1909），意大利精神病理学学者、犯罪人类学学者。

四　约瑟

耶稣的父亲、木匠约瑟实际上就是马利亚自身。约瑟之所以没有像马利亚那样受到尊敬，原因也来源于如此事实。无论以何种偏袒的心理去看待，约瑟也毕竟是第一个零余者。

五　以利沙伯

马利亚是以利沙伯的朋友。生施洗约翰的，就是祭司撒迦利亚之妻以利沙伯。麦田里开出了芥菜花。归根到底，这只能说是偶然。支配我们一生的力量，也活动在这"偶然"之中。

六　牧羊人

确实，马利亚因圣灵而感孕之事，使牧羊人议论纷纷，且议论愈盛，其丑闻愈甚。耶稣之母、美丽的马利亚从此登上了人间之苦的途程。

七　博士们

东方之国的博士们看见耶稣之星出现了，便提着装有黄金、乳香、没药的宝匣，去献给耶稣。不过在博士们当中，其实只有两三个人，余者皆未察觉耶稣之星的出现。而目击者的众博士当中，有一人伫立高台上（他最年长），仰望闪烁夜空上的星星，满怀怜悯耶稣之情，说道："又出现一颗！"

八 希律

希律是一台巨大的机器。由于存在暴力,为了省去一点麻烦,我们永远需要这种机器。希律惧怕耶稣,因此杀光了伯利恒的幼儿。当然,耶稣之外的基督也混杂在被杀死的幼儿当中。希律的双手或许被幼儿的鲜血染得鲜红。在这双手面前,我们必然感到不快。不过这是对几世纪前发明的断头台感到不快。我们当然不能恨希律,也不能蔑视希律。是呀,倒不如说我们只为他感到可怜。希律总是坐在宝座上露出真实的忧郁神情,俯视掩映于橄榄树和无花果树中的伯利恒国。他连一行诗也没留下来。

九 漂泊精神

年幼的耶稣去了埃及,而后又"往加利利境内去了。到了一座城,名叫拿撒勒,就住在那里①"。我们从调转到佐世保或横须贺工作的海军军官家中,也能看见这样的幼儿。耶稣的漂泊精神或许在他形成自己的性格之前就潜藏于这种境遇之中。

十 父亲

耶稣住在拿撒勒之后,大概知道自己并非约瑟的孩子。或恐他已知道自己是圣灵的孩子。但与前者相比,后者绝非重大事件。"人之子"耶稣此时确实是第二次降生。"女仆之子"斯特林堡首先背叛的,是他的家庭。这是他的不幸,同时又是他的幸福。耶稣

---

① 出自《圣经·新约·马太福音》第二章。

恐怕也是如此。在这种孤独之中，他幸福地遇到了先于他降生的基督——施洗约翰。在我们心中，我们也感知了耶稣遇见约翰之前的心灵阴影。约翰吃野蜂蜜，吃蝗虫，住在荒野上，然而约翰住的荒野未必没有阳光。至少和铺展在基督心中的荒野相比……

十一　约翰

施洗约翰是一个不能理解浪漫主义的基督。他的威严像矿石一样留在那里闪着光。约翰不及耶稣，恐怕原因就在于这个事实。给耶稣施洗的约翰有如橡树一样雄壮。然而身陷囹圄之后的约翰，却丧失了枝叶里充满的橡树力量。他最后的恸哭和耶稣最后的恸哭一样，永远撼动着我们。"基督是你还是我？"

约翰最后的恸哭，未必仅仅是恸哭。粗大的橡树虽在枯朽，但外观上枝杈伸展依旧。约翰若是连这种气力都已丧失了，二十几岁的耶稣绝不会冷静地说：

"尽可把我现在做的事讲给约翰听。"

十二　恶魔

耶稣基督禁食四十天之后，直接与恶魔进行了对话。我们为了与恶魔进行对话，也需要某种形式的禁食。我们当中，有的人在与恶魔对话间禁不住恶魔的诱惑。同时，有人却能顶住诱惑保全自己。不过，我们当中有人一生也没与恶魔对过话。耶稣首先拒绝了面包，且没忘记对此举加一注释："人活着不是单靠食物[①]。"接着，他又拒绝了恶魔的理想主义者忠告——依仗你自身的力量。耶

[①]《圣经·新约·马太福音》第四章。

稣为此举准备了辩证法："不可试探主你的神。"最后，他拒绝了"万国与万国的荣华"。这和拒绝面包看起来似乎没什么两样。然而，拒绝了面包不过是拒绝了现实的欲望。耶稣在其第三个回答中，拒绝了我们心中永无断绝的现世之梦。在这场超逻辑的逻辑决斗中，胜利者无疑是耶稣。雅各与天使较力，恐怕也属于这种决斗。最后恶魔只好在耶稣面前低下了头。耶稣没有忘记自己是马利亚的孩子，以致他与恶魔的对话无形中被赋予了重大意义。不过这次与恶魔对话在耶稣的一生中未必是个大事件，因为他在他的一生中多次说过："撒旦退去吧！"实际上，《耶稣传》的作者之一——路加，在记录了与恶魔对话事件之后，又附记道："魔鬼用完了各样的试探，就暂时离开耶稣[1]。"

十三　最初的门徒们

耶稣年仅十二岁就显露出他的天才。然而即便他受洗之后，也无人成为他的弟子。他从这个村庄走到那个村庄，心里肯定深感寂寞。后来终于有了四个门徒——四个渔夫跟在他的左右。耶稣对这四个门徒的爱，纵贯了他的一生。他被门徒们围绕着，即刻成为口若悬河的古代记者。

十四　圣灵的孩子

耶稣成了古代的传教者，又是古代漂泊者。他的天才不断飞跃。他的生活践踏了一个时代的社会规范。在不理解他的弟子当中，时常有人歇斯底里发作。然而总体上，他心中充满了欢喜。

---

[1]《圣经·新约·路加福音》第四章。

耶稣从他的诗中感受到了何等热情呢？"山上的教诲"是耶稣二十多岁充满激情的产物。他感到任何前人皆不如己。不消说，他大海一般高超的、天才的宣传，招来了敌人。然而敌人也害怕耶稣。这无非因为，与其说敌人知晓了耶稣，不如说敌人知晓了人生，从而对人生感到恐惧。这样的敌人，无法理解耶稣这个天才的器量。

十五　女人

许多女人都爱耶稣，其中抹大拉的马利亚①，忘了与耶稣一面之识，招致七个恶鬼的攻击。她甚至由此感受到超越职业的、诗一样的恋爱。耶稣命终之后，她第一个凑近前去瞻仰，正是受了恋爱之力的驱动。耶稣也爱许多女人，尤其爱其中的抹大拉的马利亚。耶稣与她诗一样的恋爱，至今仍散发着燕子花般的芳香。耶稣经常看她，以安慰自己的寂寞。后世，或者说后世的男人们对于他俩诗一样的恋爱，态度是冷淡的（不过这里特指艺术性主题之外的情况）。而后世的女人们永远嫉妒抹大拉的马利亚。

"为何耶稣不先告知母亲马利亚自己的复活呢？"

这就是她们流露出来的最伪善的叹息。

十六　奇迹

耶稣经常显现奇迹。对他来讲，显现奇迹比打个比方还容易。因此他对奇迹心怀嫌恶之感，因此耶稣感受到自己的使命。这些都是他传教讲道的结果。耶稣显现奇迹，正像后代的卢梭长啸一样，

---

① 抹大拉是地名，抹大拉的马利亚是耶稣的女信徒之一。

必定为他传授宗教之道带来不便。然而他的"小羊们"始终渴望奇迹。耶稣总得在三次渴望中满足他们一次。他的人性的、过于人性的性格，也表现在这一方面。耶稣每次显现奇迹后都肯定不谈自己的功绩。

他说："你的信仰救了你……你的灾病痊愈了。"

不过，耶稣显现奇迹，无疑又是科学的真理。某时，迫不得已而显现奇迹时，一个久病不愈的痛苦的女人触碰了他的衣服，他随之感到"有能力从身上出去"了。对于显现奇迹，耶稣总是有点儿踌躇不决。其缘由显然在于前述实感中。后代的基督教信徒自不待言，即便与耶稣的十二门徒相比，耶稣也是遥遥超过他们的、卓越的理智主义者。

十七　背德之人

对耶稣来说，他的母亲、美丽的马利亚未必是他的母亲。耶稣最爱的是遵从其道之人。甚至在众人聚集之处，满怀激情的耶稣也敢无所顾忌地大胆说出自己的这种心情。马利亚一定悄悄站在门外，倾听耶稣讲的此一番话吧？我们在自己心中感受着马利亚的苦涩，即使我们从内心感受到耶稣的激情。耶稣或许又时常怜恤马利亚，当他不仰望辉煌的天国之门，而眺望真实的耶路撒冷之时……

十八　基督教

基督教是诗一样的宗教，"似非而是"之处颇多，就连耶稣本人亦无法实践。耶稣因其天才，竟然笑弃人生。王尔德从他身上发现了第一个浪漫主义者，实属理所当然。根据耶稣的教导，"所罗门极尽荣华的时候,他所穿戴"的还不及被风吹动的一枝百合花①。耶稣的道,存乎诗一样的、生活不为明日忧的境界之中。为什么而生活?不消说,是为进入犹太人的天国。但是,一切天国不可能一成不变地存在下去。到处是散发着香皂气味的蔷薇花的基督教天国,不知不觉地消失于空中。取而代之,我们又造出了若干天国。耶稣是呼唤我们憧憬天国的第一人。他那"似非而是"的理论,使后代诞生出无数神学者和神秘主义者。他们的议论大概令耶稣感到茫然。他们当中有的人要比耶稣更加迷于基督教。总之,耶稣指给我们看的,是存在于现世彼岸的东西。我们总能从耶稣身上感受到我们的追求——催促我们登上无限之路的号角声。同时,我们也总是从耶稣身上感受到不断折磨我们的东西——近代终于展现出的人生之苦。

十九　传教者

我们只能看见我们身边的东西。至少迫近我们的,唯有我们身边的东西。耶稣像所有传教者一样,直接地感觉到这种事实。新娘、葡萄园、毛驴、手艺人……他的教导至少要利用一次自己眼前的人或物。"好撒玛利亚人"和"放荡儿子的归宅"就是他的杰作。专门使用抽象语言的后代基督教特色的传教者——牧师们,从未考虑过基督教的宣传效果。后代的牧师们自不必说,即使与后代的基督们相比,耶稣也绝不是一个逊色的传教者。因此,他的宣传价值与西方古典文学难分轩轾,堪称向旧焰添新柴的传教者。

---

① 《圣经·新约·马太福音》第六章。

二十　耶和华

耶稣经常说的，当然是天上的神。"不是神创造了我们，而是我们创造了神。"唯物主义者古尔蒙的这句话，也许令我们心中欢喜。这句话割断了垂挂在我们腰间的锁链，同时给我们腰间又新添上一根锁链。新锁链恐怕比旧锁链更结实。神从巨大的云头降入纤细的神经系统中，并在所有的名义下仍然居于神的地位。不消说，耶稣可以经常直接见到这位神（不可想象没见过神的耶稣却能见到恶魔）。耶稣的神也恰如所有的神一样，社会色彩浓烈。不过神毕竟是与我们同时诞生的"主神"。耶稣为了神，亦即为了诗的正义而战斗不止。他的一切"似非而是"的理论皆源于此。后代神学最想于诗的范围之外解释耶稣这些似非而是的理论。于是留下了无人读过的、令人厌倦的无数书籍。今天看来好似滑稽可笑，伏尔泰曾为杀死"神学"中的神，挥舞他的长剑。然而，"主神"没有死，耶稣也没有死。只要钢筋混凝土的墙壁上还长着苔藓，神就一直君临于我们头上。但丁把弗兰采斯加[①]推进了地狱。然而某时又把这个女人从火焰中救了出来。悔改过一次的人，或曰有过美丽瞬间的人，永远存在于"无限的生命"之中。神亦被称作感伤主义的神，恐怕就是因为这种事实。

二十一　家乡

"没有先知在自己家乡被人悦纳的[②]。"大概这是耶稣的第一个

[①] 弗兰采斯加是《神曲》第五歌中犯有通奸罪的女性。
[②] 《圣经·新约·路加福音》第四章。

十字架。他终于必须把整个犹太地域作为自己的家乡。有了火车、汽车、轮船、飞机的今天,所有基督便把全世界作为自己的家乡。当然,所有基督皆不为家乡所悦纳。实际上,悦纳了爱伦·坡的并非美国,而是法兰西①。

二十二 诗人

耶稣觉得,一枝百合花要比"所罗门极尽荣华的时候"更美丽。(不过他的弟子中,无人能像他那样对百合花心醉神迷。)但他和弟子交谈时,却并不顾忌打破交谈的礼节说粗话。"岂不晓得凡从外面进入的,不能污秽人。因为不是入他的心,乃是入他的肚腹,又落到茅厕里。这是说,各样的食物都是洁净的②。"……

二十三 拉撒路

耶稣听到拉撒路逝世的噩耗,空前地落下了眼泪,或者说落下了迄今从未明落过的眼泪。耶稣的这种感伤主义,促使拉撒路死而复生。不顾念母亲马利亚的耶稣,为何却在拉撒路的姊妹俩——马大和马利亚面前落泪呢?理解这个矛盾的人,就等于理解了耶稣天才的利己主义,或者说等于理解了所有基督天才的利己主义。

二十四 迦拿的飨宴

耶稣爱女人,与女人交往他并不顾忌,就像容许穆罕默德与四

---

① 这里指盛赞爱伦·坡的作品的,却是法国诗人波德莱尔。
② 《圣经·新约·马可福音》第七章。

个女人做爱一样。他们谁也不能超越一个时代,或者说无人能够超越社会。然而在爱女人的行为中,最重要的是耶稣确实跳动着一颗爱自由的心。后代的超人在狗群中要戴上假面①。不过耶稣戴假面也同样感到不自由。所谓"炉边的幸福"② 这一谎言,耶稣当然一清二楚。美国的基督——惠特曼,也选择了上述意味的自由。我们从惠特曼的诗行里,经常可以感到耶稣的存在。耶稣依然大笑着俯视充满了舞女、花束和乐器的迦拿的飨宴。当然,另一方面,这里面或多或少存在着耶稣必须排解的寂寞。

二十五　在离天很近的山顶上问答

在高山顶,耶稣和先于他降生的基督们——摩西与以利亚聊了起来。这是比与恶魔交战更显得意味深长的一件事情。耶稣在几天前就告诉他的门徒,他须赴耶路撒冷,将被钉在十字架上。耶稣会晤了摩西与以利亚,就是他处于某种精神危机的证据。耶稣的"脸面明亮如日头,衣裳洁白如光",未必仅由于两位基督降临他的面前所致。在耶稣一生中,这是最严肃的时刻。关于耶稣与摩西、以利亚的谈话内容,耶稣传记作者没有将其记录下来。不过耶稣的问话是:"我们应当如何生活?"耶稣的一生很短暂,他在此时——刚到三十岁时,品尝到了必须对自己一生进行总清算的痛苦。恰如拿破仑所言,摩西是长于战略的将军,以利亚也远比耶稣富有政治天才。而且今日并非昨日,红海的波涛若非涌荡如壁,火焰车则不会从天而降。耶稣一边和摩西、以利亚谈话,一边愈发感到不雅观的死的逼近。在离天很近的山顶上,在冰一样清洁的日光

---

① 尼采于《查拉图拉如是说——为一切人而不是为一人的书》中,把教会断定为"伪善的犬";在《善恶的彼岸》中说道:"深邃的精神都爱假面。"
② 平和、平凡的家庭生活看似幸福,实际上其中也存在很大的不自由。

下，唯有成群的巨岩巍然耸立。但是深谷底下，大概曾散发过石榴和无花果的香气吧？那里的每一家烟囱或许升腾过淡淡炊烟吧？对于下界的人生，耶稣恐怕不会不感到怀恋吧？然而无论愿意与否，耶稣的道路通向了不受世人欢迎的天上。宣告耶稣诞生的那颗星不想给他以和平，或者说生了他的圣灵不想给他以和平。"下山的时候，耶稣吩咐他们（彼得、雅各及其弟约翰）说，人子还没有从死里复活，你们不要将所看见的告诉人①。"在离天最近的山顶上，耶稣确实想把自己与先死去的"伟大死者们"②的谈话，偷偷地记在他的日记里，留存下来。

二十六　恰如小孩

耶稣讲的反论之一，即"我实在告诉你们，你们若不回转，变成小孩子的样式，断不得进天国③"。这话说得毫无感伤主义情调。耶稣比谁都更接近小孩的事实，正表现在他的这一反论上。同时使他这个圣灵之子的立场明确化。歌德在《托夸多·塔索》中，也歌颂了圣灵之子——他自己的痛苦。"恰如小孩"，意即返回幼儿园时代。按照耶稣的说法，人若无法得到任何庇荫，则无法进入黄金之门，只能成为不耐人生磨炼之人。这里潜藏着耶稣对世间人智的蔑视。耶稣的门徒们对于诚实地（《耶稣面对稚子图》之所以给我们带来不快，原因全在于后代伪善的感伤主义者）站在他们面前的小孩，怎能不感到惊讶呢？

---

① 《圣经·新约·马太福音》第十七章。
② 指先于耶稣得到神的启示成为伟大的先知者的摩西、以利亚等。
③ 《圣经·新约·马太福音》第十八章。

二十七　前往耶路撒冷

耶稣成了一代先知。同时他自身中的先知——或者说生育他的圣灵，自然而然地开始捉弄他。我们从烛火焚烧的飞蛾中，也能感受到耶稣的存在。飞蛾仅因生为一只飞蛾，才为烛火所烧。耶稣同飞蛾一样。萧伯纳在他的作品中，对去了耶路撒冷被钉死在十字架上的耶稣，发出了雷鸣般的冷笑。不过耶稣骑驴进入耶路撒冷之前，已经背上了十字架。这对耶稣来说，是近乎无奈的命运。因此，他是天才，毕竟又是"人子"。这个事实告诉我们，几个世纪以来，"弥赛亚"一词支配了耶稣。耶稣骑驴，在众民"和散那"① 的欢呼声中，从铺着树枝的路上走过。此时的耶稣既是他自己，又是一切以色列的先知们。据传说，耶稣之后出生的一位基督②在走向遥远的罗马途中，被复活了的耶稣责问道："你去向何方？"如果耶稣不去耶路撒冷，同样也会被某位先知责问道："你去向何方？"

二十八　耶路撒冷

耶稣进了耶路撒冷城之后，进行了他最后的斗争。这种斗争缺乏润泽，充满了某种酷烈。耶稣诅咒路边的无花果，因为无花果背叛了他的预期，没有结出一个果实。慈爱万物的耶稣，这时却歇斯底里发作似的发挥着他的破坏力。

"该撒的物当归给该撒。"③

---

① "和散那"原意为求救的意思，后用为欢呼声。
② 这里指耶稣的十二门徒之一的彼得，约于公元64—67年间，彼得在罗马殉教。
③ 出自《圣经·新约·马太福音》第二十二章。

这已不是血气方刚的青年耶稣说出的话。人生开始向耶稣复仇。这是老成的耶稣面对人生（当然，他是重视天国超过重视人生的诗人）说出的话。这句话里潜在的未必仅是他的处世智慧。耶稣对自摩西时代以来依然如故的人间愚昧，大概感到厌烦。耶稣的烦躁使他"进了神的殿，赶出殿里一切做买卖的人，推倒兑换银钱之人的桌子和卖鸽子之人的凳子"①。

"这座殿宇不久将会坍败。"耶稣说。

鉴于耶稣的如此状况，一个女人把香膏浇在他头上②。耶稣命令他的门徒们不要责备这个女人。然后，耶稣将自己面对十字架时的心情，悄悄融入了不理解他的门徒们说的温和话语之中。耶稣任凭香膏散发着香气（这对每每满身灰尘的耶稣来说，肯定是稀奇事件），平静地对门徒们说："你们不常有我。她将这香膏浇在我身上，是为我安葬做的。"③

客西马尼的橄榄树比各各他④的十字架悲壮。耶稣在这里拼命地与他自身搏斗。或者说，拼命地与他心中的圣灵搏斗。各各他十字架的影子，逐渐要映在耶稣的身上。他尽知这一事实。然而他的门徒们，甚至就连彼得也不理解他的心情。即使在今天，耶稣的如下祈祷也有感动我们的力量：

"我父啊，倘若可行，求你叫这杯离开我，然而，不要照我的意思，只要照你的意思。"⑤

在人们厌嫌的半夜里，所有基督必然做这样的祈祷。然而耶稣的所有门徒并不理解他那"心里甚是忧伤几乎要死"⑥的心情。他

---

① 出自《圣经·新约·马太福音》第二十一章。
② 出自《圣经·新约·马太福音》第二十六章。
③ 出自《圣经·新约·马太福音》第二十六章。
④ 《圣经·新约》地名，耶路撒冷近郊山丘，是刑场。
⑤ 出自《圣经·新约·马太福音》第二十六章。
⑥ 出自《圣经·新约·马太福音》第二十六章。

们睡在橄榄树下……

二十九　犹大

后世不知从何时起，令犹大头上闪耀着恶的光环。然而犹大未必是十二门徒中最恶之徒。就连彼得在鸡叫之前也曾说过三次自己不认识耶稣。犹大出卖耶稣与今日的政治家们出卖他们的首领别无二致。帕皮尼[1]也把犹大出卖耶稣的事件看作大谜。显而易见，耶稣处于可能被任何人出卖的危机之中。按理说，除了犹大之外，祭司长们还能列举出几个"犹大"来。但是犹大具备了被人利用的各种条件。当然，条件之外，再加上了偶然性。后世称耶稣为"神之子"，同时在犹大身上发现了恶魔。犹大出卖了耶稣之后，吊死在白杨树上。犹大是耶稣的门徒，他听见了神的声音。或许他的自尽亦为明证。犹大比任何人都更憎恨他自己。不消说，钉死在十字架上的耶稣折磨着他。而利用过他的祭司长们的冷笑，毕竟令他感到愤怒。

"你所做的快做吧。"[2]

耶稣对犹大说的这句话里，充满了轻蔑与怜悯。"人子"耶稣恐怕从他自己心中也感受到了犹大的存在。不幸的是，犹大没有理解耶稣的讽刺。

三十　彼拉多[3]

在耶稣看来，彼拉多只是偶然出现的人物。彼拉多最终不过是

---

[1] 帕皮尼（1881—1956），意大利诗人、小说家，著有《基督传》。
[2] 出自《圣经·新约·约翰福音》第十三章。
[3] 彼拉多是罗马第五代代总督，他根据罗马法，把耶稣钉死在十字架上。

一个代名词。后世给这个官员添加了传说的色彩,然而法朗士没受这种色彩的欺骗。

三十一　宁可释放巴拉巴也不释放耶稣[①]

"宁可释放巴拉巴也不释放耶稣。"如今也是如此。巴拉巴企图发动叛乱,又杀了许多人,祭司长和长老们却很自然地宽恕了他的罪恶。尼采把后世的巴拉巴喻为街头之狗。祭司长和长老们当然要对巴拉巴的所作所为感到憎恨与愤怒,但对耶稣的所作所为,恐怕一无所感。若有所感,便是围绕他们的社会性而感。他们的精神奴隶们,亦即只是肉体健壮的兵丁们,给耶稣戴上了荆棘冠冕,又给他穿上了紫袍,且欢呼着:"犹太人之王,安息吧!"耶稣的悲剧发生在这种喜剧当中,尤显悲惨。在精神方面,耶稣确系犹太人之王。然而不相信天才的群犬,是的,相信可轻而易举发现天才的群犬,在犹太人之王的名义下,嘲弄着真正的犹太人王。"耶稣连一句话也不说,以致巡抚甚觉稀奇。"[②] 恰如《耶稣传》作者记述的那样,对于祭司长和长老们的讯问与嘲笑,耶稣概不作答,而且确实也不能做出任何回答。倒是巴拉巴或许能昂起头来,对所有事情都做出明确回答。巴拉巴只背叛了他的敌人,耶稣却背叛了他自身,或者说背叛了他自身中的马利亚[③]。所以,与巴拉巴的背叛相比,耶稣的背叛才是最根本的背叛。同时又是"人性的,过于人性的"背叛。

[①] 巴拉巴是一个囚犯,耶稣被捕时此人正在狱中候审。彼拉多想释放耶稣,遂让犹太人从耶稣和巴拉巴中选其一。众人受祭司长的煽惑,选了巴拉巴,他因此获释。
[②] 出自《圣经·新约·马太福音》第二十七章。
[③] 耶稣信仰的第一步,起自与自己内心最大的绊脚石——自然的感情(对马利亚的爱)诀别。

三十二　各各他

十字架上的耶稣毕竟是"人子"。

"我的神，我的神，为什么离弃我？"①

当然，英雄崇拜者们会对他的话语发出冷笑。更何况并非圣灵之子的人，他只能从耶稣的话中找到"咎由自取"的感觉。"以利，以利，拉马撒巴各大尼"②，这不过是耶稣的悲鸣而已。耶稣因为如此悲鸣，更靠近了我们。他还将一生的悲剧更加现实地告诉了我们。

三十三　虔诚哀悼

耶稣的母亲、年事已高的马利亚在耶稣的尸体前哀叹。此类画被称作"Piéta"③，其意未必旨在表现感伤主义气氛。不过，画家们要想画虔诚哀悼时的马利亚，必须画仅与耶稣在一起的马利亚。

三十四　耶稣的朋友

耶稣有十二个门徒，却无一个朋友。若说他有一个朋友，那就是来自亚利马太的约瑟。"到了晚上，有亚利马太的约瑟前来，他是尊贵的议员，也是盼望神国的人。他放胆地去见彼拉多，求赐耶稣的尸体。"据说马可是比马太更早的古人，马可在他的耶稣传

---

① 出自《圣经·新约·马太福音》第二十七章。
② 意即："我的神，我的神，为什么离弃了我？"
③ 意大利语，意即："虔诚哀悼。"

记中记下了意味深长的一节。这一节话与如下说法大异其趣。有人称耶稣的门徒们"皆为跟随服侍基督之人也"。约瑟恐怕是一个比耶稣更富世间人智的基督。他"放胆地去见彼拉多，求赐耶稣的尸体"。这一点表示了他对耶稣何等深切的同情。教养深厚的议员约瑟，在这关键时刻直率到纯粹。后世对约瑟的态度之冷淡，远远超过对于彼拉多与犹大的态度。但是，约瑟或许比十二门徒更熟知耶稣。将约翰的头颅置于盘中，它虽然残酷，却是美妙的《莎乐美》。耶稣寿终之后，安葬他的人当中就有亚利马太的约瑟。同约翰相比，耶稣还算从中找到了幸福。约瑟若没当上议员，或许会像一切的"如果……"那样，可以始终不过问此事。

耶稣在无花果树下，或者在施以镶嵌工艺的杯子面前，大概会时常想起他那身为"基督"之友的——约瑟。

三十五　复活

雷南认为，是抹大拉的马利亚的想象力，促使她最先看见了耶稣的复活。说是由于想象力的作用，其实是耶稣令抹大拉的马利亚的想象力出现了飞跃。

丧子的母亲马利亚，经常盼望孩子复活，看着孩子如何转生。耶稣有时变成诸侯，有时变成池上的鸭子，有时又变成了莲花。耶稣向马利亚以外的人也显现了死后的自己。这表明了爱耶稣的人何其多。耶稣死后三日复活了，然而失去了肉体的他，想撼动整个世界则需要漫长的岁月。为此而尽了最大力量的是"记者"保罗。他全身心地感受了耶稣的天才。把耶稣钉死在十字架上的人们，随着几个世纪光阴的流逝，恰似人们承认莎士比亚的复活一样，开始承认耶稣的复活。死后的耶稣确实历尽变迁。支配一切事物的潮流也支配了耶稣。克拉拉所爱的耶稣并非帕斯卡①尊敬的耶稣。耶稣复活后,群犬似的那一类人又以他为偶像,在耶稣的名义下依旧横行霸道。在耶稣之后诞生的基督们与耶稣为敌,原因正在于此。他们在去大马士革途中,必然也会从敌人那里发现圣灵。

"扫罗,扫罗,你为什么逼迫我?踢开带刺的鞭子绝非易事。"

我们伫立于茫茫人生中,唯有睡眠给我们带来平和。所有自然主义者都像外科医生一样残酷地解剖这一事实。而圣灵的孩子们却总是给这种人生留下某种美的东西,留下某种"永远想超越现实的东西"。

三十六　耶稣的一生

不消说,恰如所有天才的一生,耶稣的一生燃烧着激情。他接受的不是母亲马利亚的支配,而是父亲圣灵的支配。他那十字架上的悲剧,确实源于此处。耶稣之后出生的基督之———歌德,希望"与其缓慢衰老,不如快下地狱"。然而正如斯特林堡所言,歌德不但缓慢衰老,而且晚年还成了神秘主义者,圣灵与马利亚以相互平衡的状态存乎这位诗人心中。歌德的"大异教徒"之名未必不当。在实际人生方面,歌德比耶稣更广大。毋庸讳言,与其他基督们的人生相比,歌德的人生就更显广大了。宣告歌德诞生的星星,大概比宣告耶稣诞生的星星更圆,更闪闪发光。不过,我们爱歌德并非因他是马利亚之子。马利亚的孩子们在麦田里或长椅上,到处都有。是的,在兵营、工厂和监狱里,有很多马利亚的孩子。我们爱歌德,唯因他是圣灵之子。我们的一生时时与耶稣同在。歌德在

---

① 帕斯卡(1623—1662),法国哲学家。

他的诗行里经常揪耶稣的胡须。耶稣的一生是悲惨的,却象征了其后出生的圣灵之子们的一生(就连歌德也不例外)。基督教将来或许会灭亡,至少它会不断地变化,然而耶稣的一生会时时撼动我们,因为用于下凡登天的、惨然折断的梯子,于昏暗的空中倾斜在拍打着地面的暴雨里……

三十七　东方之人

尼采称宗教为"卫生学"。这个意义的"卫生学"并非单指宗教,道德与经济也属于"卫生学"。这一切自然会保佑我们一生健康。"东方之人"大抵要将这种"卫生学"建立在涅槃之上。老子时常令"无何有之乡"向佛陀致意。但是我们没有像区分肤色那样,明确分出了东方西方。因此耶稣的一生,或者说基督们的一生,才撼动了我们。"古来英雄之士,悉归山阿。"此歌永远在我们中间流传。而"天国近了"的话音,毕竟令我们站立起来。在这方面,老子与年少的孔子,或者说与中国的耶稣——孔子,进行了对话。野蛮的人生总在或多或少地折磨着基督们,愿做太平草木的"东方之人"们亦不例外。耶稣云:"狐狸有洞,天空的飞鸟有窝,人子却没有枕头的地方①。"恐怕连他自己都没意识到,他的话语里包蕴着可怕的事实。我们除了变成狐狸或飞鸟,很难再找到栖身之窝。

昭和二年(1927)七月十日

---

① 出自《圣经·新约·马太福音》第八章。

续西方之人

刘立善译

一 再看此人

耶稣是"万人之镜"。所谓"万人之镜",并非说万人皆须模仿耶稣,而是说仅由耶稣身上即可发现万人的每个自己。此前我描写我心中的耶稣,杂志社限定交稿日期逼近,只好被迫搁笔。眼下我又多少有了点闲暇,便想再次补写我的耶稣。大概无人对我的文章、特别是对我写的耶稣感兴趣。但是从四福音书中,我清楚地感受到了向我发出呼唤的耶稣形象。补写我的耶稣,这是我自己欲罢不能之事。

二 他的传记作者

在耶稣传记作者中,约翰最取悦耶稣。与闪耀着野蛮之美的《马太福音》和《马可福音》相比,是的,即便与巧妙叙述了耶稣一生的《路加福音》相比,《约翰福音》也会让生于近代的我们品尝到一股人造的甘露滋味。不过,约翰也宣传了耶稣一生中意义颇丰的事实。我们从约翰的耶稣传记中或许会感受到一种焦虑的氛围,从此外的三个传记作者身上,却能感受到某种魅力。若对人生失败的耶稣不添加独特的色彩,他则难以成为"神之子"。约翰给耶稣添加色彩之时,至少采用了最现代化的手段。约翰宣传的耶稣不像马可和马太宣传的耶稣那样具有天才性的飞跃，但他宣传的耶稣确实显得庄严而温和。马可宣传耶稣时首先注重简古，恐怕在耶稣传记作者中顶数马可最熟悉耶稣。马可宣传的耶稣带有栩栩如生的现实主义倾向。我们在他写的传记中与耶稣握手，拥抱耶稣，再多少夸张地说，还能闻到耶稣的胡须气味。不过，我们也不能拒绝约翰宣传的庄严而富有怜爱之心的耶稣。总而言之，与他们宣传的耶稣相比，后世宣传的耶稣，特别是将耶稣视为颓废者的某一俄国人笔下的耶稣，纯粹在毫无意义地伤害耶稣。耶稣可以无所顾忌地蹂躏一个时代的规范（妓女、税吏和癫痫病患者都是他的谈话伙伴），但是耶稣照样能看见天国。把耶稣画成孩子的画家们，自然是对这样的耶稣怀有近似于怜悯之情。（与离开娘胎之后就高声宣布"唯我独尊"的佛陀相比，耶稣显得格外无所凭依。）他们向作为稚子的耶稣表示怜悯。无论其厚薄，意义都远远超过对作为颓废者的耶稣表示的同情。无论耶稣饮葡萄酒醉到何等程度，他心中的某物也必须望着天国。因此，而且仅仅因此，才发生了他的悲剧。那个俄国人并不知晓某时的耶稣是如何地近似于神。四个耶稣传记作者却无一不在注视这一事实。

三 共产主义者

耶稣与所有基督一样，具有共产主义精神。在共产主义者看来，耶稣的话全部与《共产党宣言》无异。走在耶稣前头的约翰甚至说："有两件衣裳的，就分给那没有的。"[1] 但耶稣不是无政府主义者。我们在他面前，自然而然要露出真面目来。（不过耶稣不能操纵我们人类，也不能被我们人类操纵。因为他不是约瑟之子，

---

[1] 出自《圣经·新约·路加福音》第三章。

而是圣灵之子。）议论耶稣心中的共产主义者，这对于距离瑞士遥远的日本来说，至少伴有不便。至少对于日本的基督教徒来说，确系如此。

四　不抵抗主义者

耶稣又是一个不抵抗主义者。这是因为他竟连自己的同志也不相信，恰如近代的托尔斯泰怀疑他人的真实一样。不过，耶稣的不抵抗主义似乎更加柔软，软得就像静静沉睡的白雪，虽凉却软……

五　生活者

耶稣是生活速度最快的生活者。佛陀为了成佛得道，在雪山中住了几年。可是耶稣接受洗礼再经过四十日的禁食后，立即成了古代的"传教者"。他恰似一根行将燃尽的蜡烛。他的所作所为或他的传教活动，就是这根蜡烛的烛泪。

六　传教活动至上主义者

耶稣最爱的，是他那异常惊人的传教活动。若说他还爱着其他什么，那便是他想成为大无花果树树荫里年长的先知。那时，和平必定降临于耶稣头上。他那时可以宛如古代贤人一样，在一切的妥协之下微笑。然而不知有幸还是不幸，命运并没赐予耶稣这种安宁的晚年。即使被赐予"受难"之名，那也正是他的悲剧。由于这种悲剧，耶稣永远流露出青春的神情。

七　耶稣的钱包

耶稣的收入恐因他的传教活动而异。他是一个不中绳墨之人。竟能说出"勿为明日忧"的话。不中绳墨之人？我们从此不难发现存乎耶稣内心世界的共产主义者。总之，耶稣听凭天才的飞跃，不顾及明日之事。写了《约伯记》的"传教者"的心胸，也许比耶稣的心胸更加开阔宏大，而耶稣却有本领将《约伯记》里没有的温良深藏腹中。这个本领有助于他大大增加收入。在他被钉死在十字架上之前，其传教活动的市价最高。但是与他死后的情况相比，现在美国的圣经公司年年神圣地占有利润……

八　某时的马利亚

耶稣十二岁就显示出他的天才。据耶稣传记作者之一的路加所云，"孩童耶稣仍旧留在耶路撒冷。他的父母并不知道……过了三天后，就遇见他在殿里。他坐在教师中间，一面听，一面问。凡听见他的话的，都惊讶于他的聪明和他的应对。"这时的耶稣正像中学时代不学逻辑学却擅长逻辑学的斯威夫特一样。当然，如此早熟天才的例子，在世界上并不少见。耶稣的父母找到他时，母亲说："你父亲和我伤心来找你。"耶稣却异常平静地回答："为什么找我呢？岂不知我应当以我父的事为念吗。"可是"他所说的这话，他们不明白"。这种事恐怕接近于事实。而感动我们的却是如下一段文字："他母亲把这一切的事都存在心里。"[①] 美丽的马利亚知道耶稣是圣灵之子，此时，马利亚也许既觉得孩子可爱又深感悲哀。耶

---

① 以上引文均见《圣经·新约·路加福音》第二章。

稣的话大概令马利亚必然地感到自己对约瑟有愧,并令她总在回顾自己的过去。最后,或许在一个索然无味的夜里,她想起了令自己惊诧的圣灵的形象。"人什么也不是,事业才是一切。"福楼拜的这种心情充满幼年耶稣的心中。然而作为木匠妻子的马利亚,此时大概必须去面对昏暗的"泪之谷"。

九　耶稣的确信

耶稣确信他的传教迟早必会为众多读者所赞扬。因有如此确信,才使他的传教富有威力。他确信自己会为临终的审判而自豪,换言之,他确信自己为传教的胜利而骄傲。这种确信或许时常发生动摇。但大体上耶稣是在这种确信之下自由地公开发表他的教理。"除了神一位之外,再没有良善的。"[①] 他诚实表白了自己的内心世界。耶稣明知自己并非"善者",却为诗化的正义奋战不止。尽管这种确信已成事实,然而无疑这是他的虚荣心使然。耶稣和一切基督一样,也是永远憧憬未来的"超傻瓜"。倘若相对于"超人"一词可以再造出"超傻瓜"这一词的话……

十　约翰的话

"看哪!除去神的羔羊背负世人罪孽,有一位在我以后来,反成了在我以前的。"[②] 据说这是施洗约翰看见耶稣时,对他周围的人讲的话。雄赳赳的易卜生将斯特林堡的肖像挂在壁上,说道:"这里有一位比我更优秀的人。"易卜生的这种心情与约翰的心情

[①]　出自《圣经·新约·马可福音》第十章。
[②]　见《圣经·新约·约翰福音》第一章。

相似。我们从约翰的话里可以感受到的，毋宁说是玫瑰花一般的理解之美，而非荆棘一般的嫉妒。年少的耶稣具备怎样的天才性，无须赘言了。不过，约翰当时也是最具天才性的人，恰似约旦河高高的芦苇沙沙作响，轻抚着星星……

十一　某时的耶稣

耶稣被钉在十字架上之前，曾为门徒们洗了脚。以"大过所罗门"自居的耶稣能表示出这般谦逊，怎能不令我们感动。此举并非要给门徒们留以教训，而是因为耶稣自认与门徒们一样，都是"人子"，才自然地有了此举。这要比约翰看见耶稣时说出的"看哪，神的羔羊"，显得更加庄严。任何人探索通往和平之路时，与其向耶稣学习，不如向马利亚学习，马利亚是一味忍耐着现世之苦向前行进的女人。（天主教认为，通过马利亚进而达到耶稣的境界，乃是常规。这未必事出偶然。要想直接达到耶稣的境界，这在人生中时时都是危险的。）或许马利亚除了是耶稣的母亲，还是一个没有所谓新闻价值的女人。耶稣能给门徒们洗脚，他当然也想拜倒在马利亚的脚下。然而即便此时，他的门徒们也不理解他。

"你们已经干净了。"

这句话融入了耶稣于谦逊中感知死后的胜利自豪这一希望（或曰虚荣心）之中。其实，耶稣带有反论性地、恰在这一瞬间劣于自己的门徒们，同时又百倍地优于他们。

十二　最大的矛盾

耶稣一生最大的矛盾，是他尽管理解了我们人类，却没能理解他自己。他知道，彼得竟也在鸡叫前三说不识耶稣。耶稣之言的另一层意义，就是告诉人们：人是何等软弱无力，然而他忘了自己也同样软弱无力。要理解以耶稣一生为背景的基督教，人们必须利用如下诡辩，即把耶稣的作为——说成"是为了应验先知 X·Y·Z 的预言"。不仅如此，最终当这诡辩成了旧货币后，还须借用哲学和自然科学的一切力量。归根结底，基督教不过是耶稣创作的教训主义文艺而已。如果删除他的（耶稣的）浪漫主义色彩，托尔斯泰晚年的作品，是最接近耶稣的古代教训主义文艺作品的。

十三　耶稣的话

耶稣问他的门徒："我是谁？"回答这句问话并不难。耶稣既是"传教者"又是传教界的人物，或云既是名曰《譬如》的短篇小说作者，又是名曰《新约全书》这部小说性传记的主人公。我们大概从众多的基督中也可以发现这个事实。耶稣也必须把他的一生作为附于他作品的索引上。

十四　孤身

"耶稣……进了一家，不愿意被人知道，却隐瞒不住。"这是马可说的话，也是耶稣传记其他作者之言。耶稣经常要隐瞒自己，但是他的传教活动和奇迹，把众人的目光集中在自己身上。这种结果与耶稣去了耶路撒冷，与彼得称他为"弥赛亚"所造成的影响，并非毫不相干。不过，耶稣爱橄榄树林和满是岩石的大山，远远超过爱他的十二门徒。耶稣从事传教活动和创造奇迹，是他的性格力量使然。在这一点上，他和我们一样，必然发生矛盾。但是，他当上"传教者"后喜爱孤身，这是无可置疑的事实。托尔斯泰临终时说："全世界受苦的人颇多，为何只炒作我一人呢？"因声名日隆而觉不安，我们也确有如此心情。耶稣成了著名"传教者"，此时他或许时常怀念身为木匠儿子的往昔时代。歌德借浮士德之口，说出了自己的这种心情。《浮士德》第二部第一幕，正可谓歌德的叹息之作。幸运的是，浮士德伫立于草花开放的山顶……

十五　耶稣的叹息

耶稣讲完"譬如"之后，说道："你们为什么不明白呢？"他经常重复这声叹息。此事发生在像他那样熟悉我们人类并像他那样过着豪放生活的人身上，显得有些滑稽。然而，他时常歇斯底里般本能地这样呼喊。傻瓜们杀死耶稣后，全世界到处建起了教堂。我们在这些教堂中依然可以听见他的叹息："你们为什么不明白呢？"这不仅是耶稣一人的叹息，也是后世悲惨死去的所有基督的叹息。

十六　撒都该派信徒与法利赛派信徒

事实上，撒都该派信徒与法利赛派信徒比耶稣更加永垂不朽。指出了这一事实的人，是《进化论》的作者达尔文。撒都该派信徒与法利赛派信徒，今后也会如地衣类一般永远生存于地面上。"适者生存"这一理论用在他们身上，恰如其分。在地面上他们是最强的"适者"，他们看重毫无感激的、严谨的处世之道。马利亚或恐因耶稣非当此类而悲伤吧？歌德斥骂贝多芬，正是斥骂存于他心中的撒都该派信徒与法利赛派信徒。

十七　该亚法

大祭司该亚法身上集聚着后世对他的憎恨。该亚法大概憎恨过耶稣。不过，后世的憎恨未必投注于该亚法一人身上。因为拥戴该亚法对憎恨或嫉妒耶稣的众人而言，颇为有利。该亚法大概身穿闪光华美的长袍，冷峭地望着耶稣。现世与彼拉多一起嘲笑过于平和的圣灵之子，在松明炽烈燃烧的火光中……

十八　两个盗贼

对于耶稣之死，评价很低。原因显然在于，他和两个盗贼同时被钉在十字架上。其中一个盗贼肆无忌惮地谩骂耶稣。盗贼的骂言表明，他从自己心中发现了人生失败者耶稣。后一个盗贼比前者更具妄想。耶稣可能因为这个盗贼的话语而心动。他安慰盗贼的话，同时也是安慰自己的话。

"你们因为你们的信仰，必进天国。"

后世人对这个盗贼表示了同情，而对另一个盗贼——谩骂耶稣的盗贼，无非仅有蔑视。这正显示了耶稣讲授的诗的正义的胜利。然而他们——撒都该派信徒与法利赛派信徒纵然在今天，也还在暗中赞赏谩骂耶稣的盗贼。事实上，对两个盗贼而言，进天国并没有啜无花果汁与香瓜汁那般重要。

十九　兵丁们

兵丁们在十字架下分耶稣的衣服。除了衣服，他们再看不见耶稣还有其他东西。他们必定都是肩宽腰圆的模范兵丁。耶稣一定俯视着他们，蔑视他们的所作所为。但同时或又表示认可。耶稣除了理解自己，还理解我们人类。按照他的教导来推想，耶稣最讨厌带有感伤主义色彩的咏叹。

二十 受难

被钉在十字架上的耶稣虽然多少怀有虚荣心,但他毕竟受到了肉体痛苦与精神痛苦的折磨。尤其当他望见凝视十字架的马利亚时,他是痛苦的。耶稣拼命大声念着"以利,以利,拉马撒巴各大尼"(尽管这是他喜欢的一节赞美歌)。其后,他在断气之前,口中还大声说着什么。从中我们只能感受到迫近死亡的力量。不过根据马太所言:"忽然殿里的幔子从上到下裂为两半,地也震动,磐石也崩裂,坟墓也开了,已睡圣徒的身体,多有起来的。"[1] 耶稣的死确实给很多人以这样的精神冲击。(没记下马利亚发病患了脑贫血一事,是为了尊重《新约全书》的威严。)就连对耶稣一言一行都加以永远的注释的帕皮尼,记述此事也不过引用了《马太福音》的说法。帕皮尼自欺的那种诗一样的热情,在此也露出了马脚。实际上,耶稣之死,对于妄信他具有先知性天才的人们,即对于在耶稣身上发现了以利亚的人们,产生的冲击与我们的感觉非常相近,所以耶稣之死比乘火焰车上天还要可怕。他们因此受到了精神冲击。不过,上了年岁的祭司们,大概并未遭到此等冲击的嘲弄。

"看见那个场面了吗?"

他们的话语带有极度的散文情调,飞越环绕耶路撒冷长着橄榄树的群山,从耶路撒冷传到了纽约和东京。

---

[1] 出自《圣经·新约·马太福音》第二十七章。

二十一　文化的耶稣

耶稣不为众门徒所理解，乃因其过于"文化人"的特征（他的天才另当别论）。门徒们大致上都是希求耶稣创造奇迹，而哲学兴旺的摩伽陀国的王子，并不比耶稣更能创造奇迹。耶稣是一个文化人，这与其说是耶稣的罪过，倒不如说是犹太人的罪过。耶稣是一个不亚于罗马众诗人的一流"传教者"，同时又是个连抛弃爱国精神也在所不惜的文化人。（马可在其耶稣传记中，自第七章第二十五节起，记述了这一事实。）施洗约翰穿着骆驼毛的衣服，吃的是蝗虫和野蜂蜜，并以野人的面目出现在耶稣面前。耶稣像约翰所说的那样，以圣灵的名义施洗，接受了他洗礼的人，除了十二门徒，还有妓女、税吏、罪人等。我们从这些事实中自会发现耶稣怀揣一颗温柔的心。他又经常把纤细的神经表现在他显现的奇迹之中。文化人耶稣在十字架上完成了野蛮至极的死。而野蛮的施洗约翰因为文化性的《莎乐美》，自己的头颅却被盛在盘中。命运在此也没忘记为他俩显现反论性的戏弄。

二十二　致穷人们

耶稣的传教活动安慰了穷人和奴隶们。当然也方便了不想去天国的贵族与富人们。他的天才必定驱动了他们。不，不只是他们，我们也能从他的传教活动中发现某种美。我们也知道，有的门怎么叩也叩不开的。钻过窄门，对我们也未必有幸福可言。不过，耶稣的传教活动，总是像无花果一样带有甜味。他确系以色列人民中诞生的古今罕见的"传教者"，又是我们人类古今罕见的天才。"先知"一词，在他以后不再流行。他的一生总是驱动着我们。他为了被钉死在十字架上，为了传教活动至上主义而牺牲一切。歌德委婉地表示出他对耶稣的蔑视。恰如后世的基督们或多或少嫉妒歌德一样。我们像以马忤斯①的旅人们一样，自发地追寻将我们的心灵燃烧起来的耶稣。

昭和二年（1927）七月二十三日

---

① 《圣经·新约》的地名，耶稣基督复活后，与两个门徒在这里谈论死而复活之事。

书评

《未来》创刊号

侯 为译

在诗歌的创作中，令人叹服者当属三木露风极为敏锐的情景捕捉。《女性》是他最为杰出的作品。在读过《村落》第一节时，就令人不禁想起凡·高的《向日葵》。我似乎觉得，它有着无法与川路柳虹的口语诗妥协的性格。这次读《相》，也是在看到最后一行时非常失望。不知何故，我们很难对柳泽健诸多作品中显现的象征性倾向给予充分的肯定。我只觉得《泪》作很有情趣。山宫允的《智慧之塔》，使人清楚地看到作者苦练内功的严谨心境。MASHINO氏的英文诗中，《TO R. M.》堪称佳作。毫无疑义，至少要比他的戏剧《智慧树》出色。读了新城和一的诗，总感到它是一种积极意义上的半成品，是前途有望之作。而诵读《瞳眸与心灵》时，此种感觉尤为深切。不过，我希望这种半成品状态别持续太久。西条八十的《在海上》，令人联想起梅特林克的小诗 Ⅳ Ⅴ Ⅶ 等。但其格调，却是模仿王尔德《公主的悲哀》第一节段。最初很喜欢这首诗，但看了该作者《假面》第三号的诗作之后，便觉得那种古代童谣般的亲切感，从此荡然无存。服部嘉香的很多作品内容过繁（或许说缺乏形式美更符合逻辑），《沉落的地平线》即为例证。《雪日》一作浑然天成，跃动着整体的微妙和谐。这些作品仅次于三木的诗作。散文中，山宫氏的《诗歌的象征》和柳泽氏的《巴赫曼论》，使我兴趣盎然。山宫氏的许多译作中有忠实的注解，令人对译者的学术风范肃然起敬。据说，柳泽将在下一期中评介塞萨尔·弗兰克,希望比巴赫曼评介更加自由且富主观性。灰野庄平的随感《见不可见》用词巧妙,仅此亦值得一读。他的戏剧《向着绿意摇曳的天空》,不断展现蓝衣女子、紫衣女子、橙衣女子的鲜亮色彩,还没读完就疲惫不堪。顺带说一句,其体裁相当高雅。只有前言开头中的"年四回刊未来派",令人难解其意。

大正三年(1924)四月

关于松浦的《文学的本质》

侯　为译

　　松浦先生的《文学的本质》，是将近一年间的大学讲义加以若干修订后出版的。当时，我正是这门课程的懒惰学生之一。与其说我在此为先生的新书作评，莫如说作为一名学生，谈谈对于先生文学论的感想。

　　先生新书的主旨是信仰的表白。据先生说，文学的本质是"面对死亡的人"肉眼所无法看到的，须得用远离利害和因袭的智慧来捕捉，而不应受到时间、空间乃至作家个性等一切属性的限制。恰如"在一朵野菊花中发现神灵"，摒弃所有限制才能在方寸间找到某种超越性。而为了把握这种超越性，只有摒弃智解追求感悟。我最感兴趣者，正是先生的这种信仰。

　　不止于此，先生还说文学的本质即艺术的本质，同时也是"生命的无尽源泉"。文学根底中潜藏的神秘力量，无疑是贯穿于自然与人生的伟大神旨。因此，论证文学真谛就是朝相对性之外迈出一步，进而瞻望至高无上的绝对——"卸去了蒙面的神灵"。先生在绪论中说，"燃尽与实际生活相连的一切自我，才能显现绝对自由的自我。由于抛弃了一切时空因缘，反而生存在包容这一切的永远生命中。这既是宗教上的悟道，也是艺术上的悟道。"先生爱用"艺术的救济"和"文学的涅槃"等词汇，无疑正是出于这种信仰。从这个意义上讲，先生的新书不只是先生艺术观的阐述。从某个方面讲，也同时阐明了先生立足于上述信仰的人生观和世界观。

先生为从其他方面直接论证，常常将这种信念搬出客观论证的方便之门。欲将自己的信念移植予他人者，只能借助于分析与综合。其实，正是基于逻辑正确性的论证，构成了先生新书的皮肤和骨架。先生正是从古今东西的文学和身边的社会现象中，觅得前述论证的素材。恕我冒昧，自己在这两个方面不能赞同先生的全部论点。但只要对先生的信念有所同情和理解，其"文学的旋律世界与绘画世界"中阐发的音乐旋律与建筑结构进行的对比，或亦将成为众多读者感兴趣的问题之一。

最后，我想谈谈贯穿于先生新书的特色，即先生对古代日本的思慕和对古代东方的同情。先生从世阿弥十六部集中发现了此般艺术观，并在印度教的宇宙论中领悟了它。作为此种信念的乌托邦，先生当然须（像曾经师事的小泉八云一样）将思慕的目光，投向耸立在往昔苍穹中的富士山、山茶花和煮茶的轻烟。不过我相信，对先生来说，古代日本不仅是情趣中的隐遁之所。对古代日本的思慕之情，还来自某种感悟。即文明中潜藏的某种要素，将给未来的人类带来幸福。先生面前展现出无限的未来，如同充满希望和欢乐的天空。我期望如此，且确信如此。就此搁笔。

大正五年（1916）一月

《翡翠》（片山广子著）

侯　为译

　　正像佐佐木信纲在序中所说，这位作者脱离原有境地，迈向新的路途。"白狐背负彼岸花，嬉闹金色夕阳下。"若说这样的诗句代表了作者的过去，那么，"春日悠然望冬青，栖鸟振翅腾九霄"，则暗示着未来。当然，后者的表现形式与内容尚显幼稚。但却远离了浅显，接近了深邃。至少对于作者具有极深的意义。而且，这部诗集之所以与其他《心花丛书》分别编撰，原因亦在此处。列举其中三首，以尽评介之责。

　　　　　灌木枯枝灰蒙蒙，冬青化雪亮晶晶。
　　　　　大树摇叶阳光下，小雀摆尾枝条间。
　　　　　踏石静立家门前，满院瑞香花烂漫。

此外还有抒发母亲胸怀的诗作。

　　　　　心怀热望无逡巡，风华正茂总青春。
　　　　　绕膝爱子唤娘亲，志得意满享天伦。

　　野口米次郎的序也切合书中内容。装订非常别致潇洒。

大正五年（1916）六月

《薄雪册子》(久保田万太郎著)

侯 为译

此书收集了作者近作四部小说和两部剧本。作品大都表现了作者的固有倾向。因此，评论的对象必然是倾向之本身。简而言之，久保田作品中固有的基调，是经历某种特殊洗练的感伤主义。我着重强调"某种特殊洗练"的说法，不仅因为作者的强项正在于此，亦因作者自己似亦满足于此，且坚守自己独有的立场。毋庸赘述，这种洗练与所谓"东京情趣"有关。（顺带说明，我最同情的是感伤主义。）且此种特色毫无缺憾地表现于作品之中。大体说来，他的剧本要比小说优秀，《花映天空》的末尾则有一种感人至深的悲怆。东京——至少是现在的东京，拥有如此有特色的作家，令我们的心中充满了感激（姑且不论作者其他的长处）。

大正五年（1916）八月

《来自驹形》（久保田万太郎著）

侯 为译

这是作者于创作小说、剧本的间隙中写下的感想、通讯和剧评集锦。有趣的是，书中各篇首先令我想象到作者的生活。更为有趣的是，作者的生活与我等的生活差异很大（特别是通讯中有趣之处颇多）。且与自传体小说不同的是，此等意趣可供单独品味，读来轻松愉快。第二，我认为作者的特殊词汇（不仅限于此作）格外有趣。他与我等日常使用的词汇差异甚大，因而更觉意趣盎然。基于此种意趣，我愿推荐此书。当然也许有人会说，仅向我这类人显示特殊意趣，未必可当作推荐理由。但是，倘若连我都认为相当有趣，那与作者具有同样生活和语汇喜好的广大读者，必然拥有更多的同情和兴趣。

另外还想补充一点，此书装帧精美并得以顺利出版，令我等同人十分羡慕作者以及诸位大师。

大正五年（1916）十一月

《藤娘》（松本初子著）

侯 为译

运用技巧，未必与态度率真背道而驰。某种技巧在作者的运用之下，反而常常表现了作者的率真（既有积极意义也有消极意义）。《藤娘》的作者，其所用技巧虽说极为绚丽灿烂，但大体亦属此类。所以，姑且不论由衷讨厌此等技巧的人，诸多赞赏者必定以微笑面对作者的率真心灵。当然，其率真心灵与作者意欲表达的对象是否一致，或许尚有些许疑问。

此缩印本的诗歌中，增加了前一种版本的诗歌《柳叶》等三百首。为避免繁琐，此处不再列举。

大正五年（1916）十一月

《微明》（新井洸著）

侯　为译

　　此乃《心花丛书》之一。但与该丛书的其他诗集相比，技巧方面（石榑除外）的差距颇大。此外，说到确切把握自然的认真态度，几乎超过其他所有的人（石榑也不除外）。从这两点上看，作者在竹柏园中是值得瞩目的诗人。此说绝不过分。如下实例可以证明。

　　河畔寻陋房，向晚独来寝。夜色尚未浓，雷电闪窗棂。
　　黄昏大潮涨，我自乘船行。舷边频颠簸，眩晕不堪忍。
　　黄梅未见雨，信风劲愈烈。大河狂涛起，波涌连天雪。
　　细雨润万物，邮递马车红。刨冰店前灯，久旱喜甘霖。

大正六年（1917）一月

《代表诗选》（若山牧水 金子熏园共选）

侯　为译

　　本诗集选自各位现代诗人的代表作，且依主题不同分类编成。诗集在比较各位诗人的特色方面，在体现各个时期的诗歌变迁方面，以及在有利于诗歌的创作方面，皆属绝无仅有。我愿向天下读者推荐这部诗集。

大正六年（1917）一月

《晋明集续》读后感

侯　为译

　　《晋明集续》两卷是几董诗稿的第二集（古今书院出版），附有胜峰晋风的解说和远藤蓼花的校订。我读此书时，发现了如下文章。说发现或许夸张，其实胜峰在其解说中也曾引用此段。但从我的感觉来说，的确是一种发现。

　　　　僧人丈草乃蕉门十哲之一，却无见秀逸之作。大概可说，此篇序文不无超群之处，不及"支考许六"。（原文为汉文——译注）

　　我说过看到此文时有所发现，未必是偶然所致。几董是一位在崇拜其角之余，自诩晋明之号的俳句诗人。仅此便可描摹几董之形象。但必须承认，对于丈草的轻蔑更加显露出他的本来面目。
　　许六《自得发明之辩》中的言辞气势非凡。"两周年忌辰祈祷冥福时，于深川芭蕉庵中，吾令其自画像并作序。

　　　　霜雪染鬓喋无语，正襟危坐气凛然。

（略）无人能看到这首佳句，可叹其鸿志命短。

　　　　故人衣襟只手牵，犹若纳豆有丝连。（岚雪）

岚雪在恩师忌辰诗会上极尽调侃之能事,亦将其诗流传于世借以糊口,世间不以为然。"(略)

尽管言辞过激,或正如许六所言。但除"五老井主人"之外,就再无缅怀先师的闪光诗句了吗?先不说两周年祭奠诗会如何,下列丈草的诗句确属此类诗中尤物。我确信,与其说在凭吊许六,莫若说捕捉到了生命的精髓。

芭蕉坟前祭恩师,病体自危无来日。
阳炎蒸腾幽幽丝,坟外徒羡冥冥时。

当然,许六原本并非轻蔑丈草。
"丈草乃人才也,春华秋实大体相应。"
这是《同门评》中的说法。但看到支考"才气最好"、其角"才气极好"之类的说法,就不能不说有失敬重。而查阅丈草之诗句,其澄澈意境与其角之大才相比,却自创出了别样乾坤。

大原彩蝶翩翩舞,朦胧春月款款行。
潇潇春雨扰春眠,空空寝榻留洞天。
伊吹峰峦残雪少,敝舍木枕陈垢多。
青田绕庵宿骚客,翠谷穿峡拂熏风。
市衢错落起兀峰,五月斑斓升彩云。
清风矮屏遮不住,凉意丝丝透心脾。
风潇雨骤将拂晓,岚霁云开露双星。
一只蜻蜓扑进门,匆忙捕蝇灯罩里。
且枕钟槌度寒夜,战战兢兢陪病人。
正午小睡漆木枕,门边常开鸡冠花。

登高回首望大海，茸屋唯恐阵雨来。
炭火烧旺驱寒夜，清晨犹剩五六尺。

信手拈来，丈草的诗句颇得波澜老成之妙。"伊吹山顶残雪少，敝舍木枕陈垢多。"如此残雪之美，丈草之外谁曾捕及？而几董却大言不惭地说"全无秀逸之作"，更称之为"不及支考许六者"。

河东碧梧桐已在此书之正文末尾，论及《晋明集续》在诗歌中的史料价值。但是除了俳谐史学家，恐无人产生兴趣。几董的风貌——在天明时期多数诗人中，也算传承了芜村的衣钵，其艺术家风貌已在书中清晰地勾勒出来。对于热爱俳谐诗歌、热衷于创作的我们，实可谓心心相印。为此，我向同好之士推举《晋明集续》。

大正十三年（1924）七月十四日

《高丽之花》读后感

侯 为译

《高丽之花》是室生犀星的新作，或可说是第三位室生犀星的新作。第一位室生犀星，创作了诗集《抒情小曲集》；第二位室生犀星，创作了《爱的诗集》；第三位室生犀星，创作了《忘春诗集》。《高丽之花》，是最后写下《忘春诗集》诗人的新作。在推出新作的室生犀星心中，"曾几何时潜伏了古老的日本风俗"。

第一位室生犀星，是赤裸了末梢神经、富于感伤的青年。他将触摸到的东西——或可说将精神触手触摸到的东西化作数篇美丽的小诗。但刹那间刮起强大的俄罗斯文学飓风，将他抛向了狂涛汹涌的人生旅程。第二位室生犀星，在如同黎明寒气般的痛切感激中倾吐苦闷。同时，他讴歌了征服苦闷之后的喜悦。

> 激情高扬
> 苦闷必将震撼人心
> 必将震撼人心

第二位室生犀星，在其后的家庭生活中——在"拽落的天堂"中享受幸福的休憩。第二部《爱的诗集》，显然是在讲述这幸福的休憩。同时，也表述了作为小说家的室生犀星的苏醒。不过，作为诗人的室生犀星仍如感受了春天气息的球根一般，发生着难以察觉的变化。《忘春诗集》便是散发出这种变化幽香的长寿花。

> 我总是
> 朝那平板无奇的点景石观望
> 将它搬进家门
> 百看不厌朝思暮想
> 栽几株修篁
> 再将无语的生命之石摆放——

《高丽之花》的室生犀星——第三位室生犀星，便怀有此种心境。如此说来，室生犀星的心境或已等同于所谓文人的心境。但是，尽管室生犀星历经了三次蜕变，却仍旧保持着朴素细腻的诗人风貌。当然，诗中意境富于东洋色彩。然而他却从未堕于游戏之中，或丧失掉鲜活的诗魂乃至肌肤感受般的独特表现。即使与名扬天下的"断肠亭"相比，亦有一种自结茅庐于孤峰之巅之感。

> 洁白的高丽香盒
> 美不胜收
> ……
> 香盒沉入梅花一点
> 方寸之物溢满桌面
> 怦然撞击我的心扉
> 仿佛古高丽人的威严

方便起见特此说明，虽然《高丽之花》是室生犀星的新作，而君之前世并未全然隐没。第一位室生犀星在《庭院前》的描写中，表现了雪的媚态。

恰如星点飘落下，温馨甜蜜酣睡中。

第二位室生犀星的《洋灯》一篇，则令人想起了《爱的诗集》的诸篇作品。

> 众友聚会此灯下
> 痛痛快快吃夜宵
> 急急忙忙奔闹市
> 快去快回时间紧
> 诸君点亮昏暗屋
> 和颜悦色再畅谈

这些诗作与《爱的诗集》形成了鲜明的对照！《爱的诗集》中的幸福，恰似冰清玉洁的辉煌幸福。而《洋灯》中的幸福，则仿佛灯光般娴静而温存。我读到《高丽之花》中此作，不禁回想起室生犀星的半部生涯，且对他的大踏步跨越颇感羡慕。因此，在推介《高丽之花》的同时，也对其创作《抒情小曲集》和《爱的诗集》的过去略添笔墨。

大正十三年（1924）十月

关于《镜花全集》

侯　为译

值此《镜花全集》出版之际，我也作为脱离了参订资格的评论家发发议论。第一，镜花先生的作品也常包含某种议论。这对天下的镜花爱好者来讲，或许是异端邪说。但先生的作品——特别是先生的长篇小说的确多含议论。《风流线》、《守灵物语》和《妇系图》等，可以说篇篇如此。而这些议论，大都属于发自诗人正义感的伦理观。捕捉不到这种伦理观的读者，只能片面地看到先生作品中来自江户的豪侠之气。但我相信，这种伦理观是使先生作品另类于全体"砚友社"现实主义作品的根由。不仅如此，甚或也另类于"砚友社"以外的自然主义作品。

例如，可以将尾崎红叶的《多情多恨》和《金色夜叉》与先生的作品进行比较。前者或许在措辞上具备了后者的原型。但先生的伦理观，却完全不为红叶所知。先生与自然主义的先生互不相容，也不只是因为措辞。实际上在自然主义文坛中，连小栗风叶的作品也被贴上了自然主义的标签，甚至要给永井荷风的作品贴上同样的标签。而最终未将先生的作品归类于此，乃因无法接受先生那带有诗歌光环的伦理观。

此种伦理观早就赋予先生的作品以独特色彩。《贫民俱乐部》（首次入集的初期作品之一）中的一篇就有反映。据《贫民俱乐部》中的女主人公阿丹讲，慈善未必是善。然而为贵族富豪之徒提供自我庇护的机会，则必定是恶。贫民忍饥挨饿仍须团结起来拒绝慈善，如此才能寻求未来的幸福。我之所以对此种伦理观颇感兴趣，并非仅仅依据如上理由。它并非只是先生明治二十年代（一八九〇年前后）的个人伦理观，同时亦属大正年代（一九二〇年前后）的无产阶级伦理观。

不止于此，这种伦理观还涉及先生喜好的超自然存在——幽灵和妖怪。当然，先生初期的作品并非没有规避恶灵。如《汤女之魂》中的蝙蝠，即为此种恶灵之首。然而其后的超自然存在，却不知何时有了伦理上的提高。《深沙大王》中的秃佛、《草迷宫》中的恶左卫门等，都在神秘微光中审判着我们的善恶。他们手中衡量罪孽的尺度从不依据什么伦理学，而只是依据那诉诸我们心绪的诗情的正义。非但如此——莫如说为此他们具备了独一无二的美丽威严。《天守物语》即此类作品中最为完整的一部。我们的文学，自《今昔物语》以来并不缺少超自然存在，且近世更有《宇月物语》等佳作。这是事实。但除了谣曲的压轴大腕之外，有谁能以此美丽的威严为之加冕呢？

第二，先生的作品富于独特的语言表现。这也许毋庸赘言。但我相信先生的文章超出世间所说的独特。先生能够在一篇作品中既用口语又用文言，更加汉诗、汉文及独特的名词用法。此般作家在明治和大正年间绝无仅有。若想找出与之匹敌者，恐怕只有独创谣曲的室町时代的天才们。以上特色，自然也是先生另类于所有文坛阵营的要素。第三——若论及第三和后面的问题，就必须考虑篇幅的限制。

但只要有上述两种特色，便足以打倒先生。党同伐异在文坛，与世间毫无二致。必须明白，胆敢忤逆一代风潮，纵无丧命之虞，却有文坛存亡之危。但文坛终未能将先生打倒。《镜花全集》十五卷显示了先生的胜利。它不仅鼓舞了天下的镜花爱好者，更使人相信诗情的正义，并极大地鼓舞了我等冷血汉。撰此拙文，表我一家之言。倘若我的评介因谈及无产阶级伦理观而令先生苦笑不堪——"本是山中人,爱说山中话"——只有乞望先生的宽容。(于修善寺)

大正十四年(1925)三月

《镜花全集》的特色

侯 为译

一 作品

无须我赘言,镜花先生的作品涉及小说、剧本、随笔三个方面。且所有作品大放异彩,天下无双。其取材构思,或捕捉市井之豪侠传奇,或涉及深山之幻怪异事,或描述闺阁之儿女情长。总之包罗自然、人生、社会之万象。且笔致行文兼具绚烂苍古之风,可谓日本语所能达到的最高境界。岂止如此,旗帜鲜明的理想主义人生观亦光辉四射,表明先生既是伟大的艺术家,又是伟大的思想家。必须承认,《镜花全集》十五卷,是明治大正时期文学乃至整个日本文学的一大金字塔。

二 编辑

编辑由镜花先生亲自主持。小山内薰、谷崎润一郎、里见弴、水上泷太郎、久保田万太郎、芥川龙之介各位参订。镜花先生的著作历时三十余年之久,译品数量也多达五百余篇。很多都已载于报纸杂志,因而未能出版单行本。镜花先生的编辑方针,是将所有断简零墨无一遗漏地收集在内。分为小说、剧本、随笔三个类别,各类作品按年代顺序排列。毋庸置疑,《镜花全集》显示了天才镜花先生孜孜笔耕的足迹,也记录了近代日本文艺史上异彩纷呈的一页。

三　校正及印刷装帧

校正以及印刷装帧等，由小村雪岱、浜野英二承担，他们倾注了超越职业责任心的献身热情。他们两位多年师奉镜花先生，对先生的人格与艺术心怀极大的敬意。因此与坊间的"全集类"校正或印刷装帧，自然不可同日而语。也就是说，《镜花全集》字字概无鲁鱼之谬，行行皆显珠玑之妙，堪称万古之定本。

大正十四年（1925）三月

《太虚集》读后感

侯 为译

在左右着我等的迷信中，最为牢固者乃是对脂肪的迷信。人们总是容易轻信，胖子比瘦子迟钝。但这纯属无稽之谈。瞧瞧极为敏感的 Sainte-Beuve 体重，此说即已不攻自破。我相信岛木亦可作为例证之一。当然岛木也以"迟钝者"自居，但我们显然将此作为了谦逊之辞或欺骗英雄"劳拉"的手段。有诗为证。岛木在《太虚集》中，写了许多"迟钝者"难以企及的诗句。

世上存多舛，人生有几何？芳函盼日久，此朝得文墨。
（土田耕平病卧饭山未归）

秋日艳阳老，东京皆烧焦。秀发妙龄女，隅田堤畔抛。
（关东震灾）

"迟钝者"无论怎样千锤百炼，都不可能完成此般诗句。且即便是古今才子，创作此等诗句的确亦需千锤百炼。若说岛木锤炼的经历——与其在此无谓浪费笔墨，莫如先看《太虚集》的诗句。

挺挺拔拔林，曲曲弯弯路。昨晚雨水急，松针聚几处。
（有马温泉）

朝阳映清晨，举目望远山。青嶂翠峡里，云蒸霞蔚间。
（四季）

春霖款款降，柞树沙沙响。莫非此山中，新叶已初长？
（山间温泉）

这些诗句并未令我感觉有猛烹极炼之遗痕，恐怕缘于岛木的锤炼极为细致。若未经锻造亦可得此平实中隐含超逸妙趣的诗句——岛木就更非所谓"迟钝者"。但分析岛木（我总是分析作家先于分析作品）应该知道，令岛木自嘲为"迟钝者"之人，除了迷信脂肪，还有一个对牛的偶像崇拜在作祟。牛既是"迟钝者"，也是无比的强悍者。于是现代的拜牛教徒，不知何时开始将"迟钝者"作为引人注目的必需条件。岛木绝不是"迟钝者"，但岛木的强悍却毋庸置疑。或许就是因此，岛木自然获得了"迟钝者"的称号。《太虚集》中的诗句亦颇富于男子汉的刚强，此亦无须多费笔墨。不过，此种天资刚健并未使俨如信浓群山的岛木产生躁裂病。这完全归功于岛木竭尽全力勇于进取的功德。

故旧接踵去，来日量无多。感怀念契友，何惧黄泉迫？
（夜诗会）

这种气宇轩昂的诗句，只有坚忍不拔（只能这样说）、不断进取的岛木才能作出。

我亦华颠老，风烛到残年。盛年已不再，天堂去不远。
（左千夫忌日）

大气凛然中包含了沉痛反响的此种韵味，食人间烟火者亦无法体会。此等诗句或许未必是《太虚集》中的绝唱，但我对这些诗句——这些极为苍劲的诗句不禁产生敬慕之至的心情。倘若问我最难产生敬慕之情的是哪些诗句——答难于问。不仅如此，岛木不论高下地给《太虚集》中的诗句赋予了超凡的完美。强选一首，反会因其美妙招致莫名的危险。

晨播冬菜籽，地垄细耕耘。白昼匆匆过，红土茬茬新。

岛木是现代日本最成熟的作家之一。无论街头之犬怎样狂吠，此般事实无法撼动。即令岛木出生在长安的盛唐时代，《太虚集》也能在书市上卖出三千部以上。不信的话——至少以为我在说笑的人，可将韦苏州的五言绝句与岛木的诗句作比。岛木的品格可与古人相比，结果不言自明。

深秋艳阳高，古都空寂寥。霜叶尽色衰，旷野皆萧条。

（明日香）

兹楼日登眺，流岁暗蹉跎。坐厌淮南守，秋山红树多。

（登楼）

情境当然不同，但其沉稳静谧的韵致却彼此悠然相通。岛木若生在盛唐——至少会因《太平洋会议》和《流放之歌》等作而遭到流放。趁便诵读岛木诗句，得与大海彼岸那位官卑禄微的诗人神交。妄评万死。

大正十四年（1925）七月

《冬草》读后感

侯　为译

在我们第三代《新思潮》同人中，最先自成一家风格者既非菊池宽，亦非久米正雄，更非山本有三和丰岛与志雄，而是《冬草》的作者土屋文明。久米《牧场的兄弟》以前的作品，山本《女亲》以前的作品，丰岛《恩人》以前的作品等，其完美程度皆不如土屋在大正二、三（1913、1914）年间的作品。更何况菊池宽及我等之辈。土屋连载《山上相闻》和《白杨花》时，我等尚未从暗中摸索的藩篱迈出一步。

我记得，当时曾与土屋文明争论过一位年轻诗人的作品。当时土屋雄辩地向我阐释了东洋式的抒情诗，指出我的鉴赏眼光常有些许误差——论及诗歌我总是愚蠢透顶。我能够记住柿本人麻吕乃至藤泽古实之类无用的名字，全靠土屋苦口婆心的阐释（并非说土屋这般教师绝无仅有，而是说信州松本女校的学生记性皆不如我）。听过前述阐释之后，我也曾诵读土屋的诗歌，感受到土屋的父辈胸怀。

土屋文明长了一副红脸膛，留着帽刷似的胡须。他还有偶尔展露胸毛的狂放。但这些只是表象而已。原本的土屋却是极为敏感，恐怕也是易受伤害的类型，恰似"落叶下露珠未干的龙胆花"，或"白沙清泉中林立成长的山萮菜"，包蕴着"和美的魂灵"。或许土屋会对此番言语表示不满。但只要《冬草》之诗存在——只要四个音节中有三个音节含 U 的《冬草》之名存在，我都不会考虑任何异议。

《冬草》中三百八十首诗，至少向我展示了"和美的魂灵"式的土屋文明，或展示了"和美的魂灵"式的土屋文明升华的轨迹。我开头说过，《新思潮》同人中最先自成一家风格的是土屋文明。但他未必是天下诗人中最为完美者。有时过分满足于"和美的魂灵"，而难免流于甜俗；有时又惧怕满足于"和美的魂灵"，而险些堕入板俗。但满足或不满足于"和美的魂灵"——都别问土屋去向何方。总之，此时我会感觉到一种愤怒，恰似未能赶上目睹神田大火灾的愤怒。

　　山麓连漫坡，阔野绕小村。人家两三户，矮房隐土中。
（富士见高原）

啰唆半天，却只抄录一首在此。怎奈此诗中多少尚存令我向土屋表示敬意的滋味。倘若有人说到此诗绝无仅有——因而导致土屋妄自尊大，当然非我所望。不过万一真有人说此诗绝无仅有，我则随时准备应战。尚有二三十首短歌可供探讨。

土屋并非天下诗人中最完美者。然而，《冬草》在一卷之中突破了几道藩篱。不止于此，《冬草》卷尾一首及《冬草》以后的诗句，转向了具有某种孤寂轻快的崭新意境。土屋独自突飞猛进，绝非令我开心之事。但土屋亦尝尽千辛万苦，仍使我既解气又痛快。

恐怕不仅是我，第三代《新思潮》同人皆有同感。值此结束拙文之际，我向土屋文明遥寄祝语：生命不息，战斗不止。
大正十四年（1925）九月

平田先生的翻译

侯 为译

"国民文库刊行会"的《世界名著大观》中第一部十六册的——这实在太长了点儿。但不管长与不长，国民文库刊行会《世界名著大观》中第一部十六册的大部分，都是由平田秃木先生翻译的。我只见过平田先生一次。他是一位美男子，温文尔雅，嗓音甜美。总之，他酷似早年《文学界》的一位同人，甚为潇洒。就是这位潇洒先生，翻译了国民文学刊行会《世界名著大观》第一部十六册的大部分。至少对我来说，那是神乎其神的。本来，风雅潇洒很难与精力充沛相联系，但平田先生的翻译却网罗了狄更斯、萨克雷、兰姆、梅瑞狄斯、詹姆斯、哈代、王尔德、康拉德等诸多作家。而我自己，别说翻译，就连理解其中某些作品的大意——比如《利己主义者》（梅瑞狄斯）都很困难。这位潇洒先生竟翻译了十六册的大部分——请先生恕我失礼，坦率地说，的确如我前述，人不可貌相。

翻译如此大量的作品当然已非易事，特别像平田先生那般认真地翻译更不容易。我相信，尽管我们日本人在日语中使用了大量英语，却并不熟悉英国的文学。说到为何如此，原因之一是，日本普及了英语反倒轻视了英国文学；原因之二是，英国碰巧不幸地在上世纪末未能成为世界文学的中心，自然导致对其文学等闲视之。然而，上世纪末的英国文学未必缺失光彩。如佩特、王尔德、萧伯纳、穆尔，亦可谓人才辈出。不过，虽说上世纪末碰巧未能成为世界文学的中心,但若因此而对以维多利亚王朝为中心的历代英国文学不屑一顾,不能不说过于轻率。其实仅就狄更斯而言,其汹涌澎湃的人道主义精神也影响了托尔斯泰和陀思妥耶夫斯基。倘若普及英语导致轻视英国文学,亦如普及了石头和沙子而轻视日本的阿尔卑斯山。单从读解来讲,攀登梅瑞狄斯、詹姆斯、佩特等英国文学的巅峰,已非一般的外语能力可及。平田先生的翻译向我等日本人介绍那般英国文学,其裨益之大毋庸赘言。我想,既然已有这样的译作(且附有原文),那么再将《大卫·科波菲尔》、《机会》和《苔丝》用于外语教科书便实属不可能。

我只读过平田先生译作中的《名利场》和《利己主义者》。但从已读作品推测未读作品,此番日译本《苔丝》和《机会》必定也是极为出色的。本来,像我这样的晚辈,没有资格对先生的译作指手画脚。但我非常担心,先生的巨大成就仍会被人视同于坊间庸劣之物,因而撰此小文。如能承蒙平田先生海涵,实为三生之大幸。

大正十四年(1925)

《轮回》读后感

侯　为译

　　长篇小说《轮回》，是前辈森田草平时隔十年的作品。不仅如此，它还是一部三十二开纸、六百一十七页的巨作。据说，森田为了完成这部作品，前后费时三年，倾注了全部精力。森田自己也说过，其实"我觉得较有力度的作品，除《煤烟》、《自传》外就是这部。或者可以说，《煤烟》、《自传》要排除在外，而唯有这部作品"。因此不难看出，森田将此作视为其人生之纪念碑。

　　《轮回》是一部恋爱小说。但又不是单纯的恋爱小说，而是以悲剧式亲子关系为背景的恋爱小说。森田将主人公迪也的父亲设定为麻风病患者。不仅如此，且将迪也设定为母亲阿繁与土居的私生子。因此，尽管迪也并未继承麻风病患者的血脉，只是这个家庭的一员，但与小夜子的恋爱，仍旧只能以破裂而告终。当然，森田并没有为迪也向社会公然发难。但迪也那抒情诗般的嗟叹，也是对社会的一种抗议。读者会在《轮回》中随处聆听到这种抗议。"无论怎样……从此我将肩挑家庭的重负立身于社会……我为自己是此家之一员而感到耻辱。"

　　若将迪也父子的悲剧作为贯穿《轮回》的纵轴，那么佐证《轮回》的横轴便是"番太"阶层的悲剧。森田并非身处为此阶层代言的地位，而只是在书中描写了自然形成的代言人——生于此阶层的姑娘阿粂，或以阿粂为中心的一个家族。关于他们或他们生活的描写，虽不具有迪也父子那般悲剧效果，但第九回、第十回、第十二回却充满了精彩的文字。其实,《轮回》里较多的人物中,若讲令人饶有兴趣的性格人物,所有读者都会毫不犹豫地首推阿粂。连我在阅读《轮回》时,也多次想对这位从十九岁开始卖身的女人——具有健全道德的女人,致以会心的微笑。

  无论从哪个角度看,《轮回》的写作手法都是严谨缜密的。森田不厌其烦地细述了每一幕情景。例如迪也与小夜子藏身乡下小菜馆那段(第二十五回及二十六回),极富水彩画意趣且悠然闲适,甚至细腻地描写了小夜子鼻头上渗出的汗珠。当然,此般细述主义并非总能奏效。我认为森田文笔若再精简一些,反倒会更添精彩。其实,书中对土居藏身之所进行的略写,确实意外地收到了更加鲜明的效果。此乃明证。

  但《轮回》还具备其他的鲜明特色。读完《轮回》,我当然对迪也深怀同情,对其父母则更加同情。他们始终没为自己做出辩解。而我却自然而然地感觉到,他们身上反映出某种最具人性化的欲望——希求孩子理解与同情的父母之心。这对森田来说,或许是一种帮倒忙的赞词。但我如今仍然深刻铭记的,就是这种效果。那种无以名状的、东方式的、令人刻骨铭心的无助感。感受到这一点,就不会后悔读了《轮回》。妄评多罪。

大正十五年(1926)二月二十三日

《野猪、鹿、貉》

侯　为译

听我养母说，幕府末期银座一带尚有貉妖怪。有个喝醉酒的裱糊匠人（也可能是个老板），腰间系着钱袋走到布袋巷口，只见路旁躺有一貉。匠人走到旁边，它突然像被踩了尾巴似的狂叫不已。匠人当然吃惊不小。可不知何时，腰中别着的钱袋和身边的貉都已消失不见。这就是貉为偷钱袋迷惑匠人的传说。

如今的银座一带当然已无貉。据早川孝太郎《野猪、鹿、貉》（乡土研究社出版）中介绍，就连远江国的横山也渐渐听不到貉惑人的故事了。不过，此类的传说仍旧保留。此类传说营造出险山恶水、人迹罕至的氛围，自然比裱糊匠的故事更加瘆人。

某男傍晚途经此地，恍见有人坐于路旁石上。近前一看，却不知是男是女，亦不知正面背面……

此类传说要比市井怪谈可怕得多。当然，正像《野猪、鹿、貉》那样的标题，书中并非皆为貉的故事，也并非皆为令人毛骨悚然的故事。我读此书，也常领略到横山特有的美丽景致。

此外还写道，本村邮差山口来到山中的伐木工棚，在金床平高原看到了无数野鹿。（略）来到金床平高原时，八月十五的满月照得四下亮如白昼。他在一望无际的广阔草原上首次看到鹿群，顿觉惊诧不已。据说，野鹿不计其数，犹如放马一般散开在如水月光中。它们似乎不知有人走近，仍在安详地漫步游荡。这既令人恐惧，也令人手不释卷。野鹿有的立在中央挡住去路，有的立在路边目送背影……

　　看到关于群鹿的描写，恐怕不止我一人会想起福楼拜《三故事》中的狩猎一段。《野猪、鹿、貉》想必在民俗学方面会有很多贡献。不过，即便对我这样的外行来说，此书透出的恐怖感和美感都是极富魅力的。说实话，我最近不曾读过这样令人愉快的书。也就是说，我须在喝药的间隙草撰此评。若未曾谋面的作者也责怪我多管闲事，我将不胜荣幸。

大正十五年（1926）十一月二十七日

《庭苔》读后感

侯 为译

我现在身居大阪，手边没有冈麓的诗集《庭苔》，唯有阅读《庭苔》时的印象历历在目。

《紫杉》所载大都并非东京人的诗作，也只有冈麓是例外。哦，不只是冈麓，高田浪吉的诗作亦属例外。高田的诗是东京人所谓"城里人"的诗。我在本所区居住到二十岁，故而每当看到高田的和歌体诗作，心中便油然升起了亲切感。同时坦白地说，当我深陷于艺术的自我厌恶中时，也易生不满情绪（恳请高田将此言当作自家人的任性）。但冈麓的诗歌，却并非我等踏着水沟盖成长者的诗。因此，我始终能在高田的诗中感受到某种亲切。

是否东京人的诗当然与其艺术价值无关，但这无疑可说是一种特色。

我现在身居大阪。在大阪？可是近年来东京已与大阪毫无二致。灭掉了东京料理的大阪，也在毁灭着东京的建筑。若想在如今的东京寻觅二十年前那样——或明治时代的东京那样的安谧街道，也只有去那躲过大地震劫难的山手区背街。在阅读《庭苔》时，我常常切身地感受到这座东京城。特别是民居围墙外泛黄梧桐落叶随风飘飞的景象，还有围墙内静静上演的传统喜剧和悲剧的百姓身影。

此文或许不能当作《庭苔》的评介文章。但愿读者对我这门外汉宽大为怀。幸甚。

即兴赋诗一首:

此宅不曾遭火焚,满院青苔碧如茵。

昭和二年(1927)三月

《发自狱窗》读后感

侯 为译

我与和田久太郎未曾谋面，对这位社会活动家只有模糊的印象。除我之外，想必还有不少人曾论及此君。我只是读过收录其杂文、俳句、诗歌的《发自狱窗》。故而愿意介绍一下书中展现的和田其人。

和田在其书简（致堺利彦，八月十九日）中写有此言。

> 前日在所读《玄耳庵中国丛书》的《兴亡》一文中看到，徽宗临终之际曾说："此地（均州）若有人死必以火焚尸。至五成时投入既定石坑，且置之时日。取坑中之水制成灯油。"……此时我突然想起，早年欧洲战争激烈时，德军从尸体中提取油脂的行为曾引起日本思想界的愤慨，且强烈抨击为"恶魔暴行！""人道大敌！"后来，和田与高畠素之辛辣地讽刺那些人的伪人道主义："不愧是德意志！完全而彻底，很有意思。在战争中冷漠地杀害活人的人道主义者，将从死尸提取油脂者骂为恶魔，实在滑稽可笑！"……然而，我读此书时突然感到，"宋朝的那些家伙才真正是冷漠残酷！"……然而理性却绝不将此看作恶行。有了悖逆理性的感伤主义，才会叫嚷"太残酷了！"……

和田久太郎在此书简中推心置腹。此心并非社会活动家之心，而是与我等灵犀相通之心。我不想在此侈谈理性的力量，也不想侈谈和田之心。但是，此心的主人同时也是拥有敏锐头脑的唯物主义者。这对和田来说，当然是悲剧性的矛盾。但也是生于同一时代的我等共有的矛盾。或许，和田因有此矛盾而无法变得伟大，但却能够为我们带来诸多亲切的感受。

如前所述，和田既作俳句又作短歌。说到巧拙之分，其短歌毕竟不如俳句。正像《诗作的回忆》中所说，这对于十三岁就开始习作俳句的他是理所当然的。他喜爱那位坚忍不拔的俳谐寺一茶。但他的俳句无论怎样看，都不像一茶那般辛辣。取而代之的，是比一茶更加深厚的温情（我无一遗漏地读过《发自狱窗》中的俳句）。狱中生活果然也在其俳句中投下了阴影。实际上，"牢狱抽干我膏血，暗红臭虫都饿瘪"那般诗作，无疑体现出悲怆之感。但即便如此，仍与一茶的坚忍相去甚远。

和田久太郎恐怕并不在乎其俳句是巧是拙。在身陷囹圄的和田面前，我也没有勇气侈谈诗歌。无论是非祸福，其俳句都令我震撼不已。如前所述，我对和田毫无所知。但读了《发自狱窗》，我得知在遥远的秋田监狱，还有天下的一位诗人。

> 张口欲涂咽喉药，仰头无心见云峰。
> 暮春梅雨渐沥沥，牢狱旧书垢层层。
> 炎天浓云兆凶年，旧麦饭里虫渐多。

创作此类俳句者，非和田莫属。我也想过，或许和田创作此类俳句仅为解闷儿而已。然而其才华及修炼，却早已超越了"解闷儿"。我面对《发自狱窗》，一气呵成此文。因为，这对于我们"怠惰日月里的怠惰诗人"来说，不乏解闷儿之趣。

昭和二年（1927）三月

剧评

絕

版

评《结婚之前》

刘立善译

前　言

记得是赫尔①的短篇小说。不过，即便记忆有误，也不可责备我。总之，是某一个美国人写的小说。小说里有个名叫惠斯帕林·加雷里的人，只要把耳朵对着某一位置，对方讲的事，声音再小也全能听见。所以他认为只要自己留神，每个房间的声音肯定会立刻朝他传来。怀着这种想法，便到剧场去看戏，偶然发现果然如此。其后接二连三发生了各种事。

当然，这是小说里讲的事，迄今为止我认为纯属随意胡编乱造，没把它当回事。然而，近日在玄文社社员长谷川巳之吉君高超手腕的拉拢下，大老远地从镰仓赶到帝国剧场，观看苏德尔曼②原著、松居松叶氏改编的《结婚之前》之时，结果也偶然发现帝国剧场里也存在与前述奇异现象类似之处。赫尔小说中的主人公似乎置身于管弦乐队之中，而我不是置身于那种有后顾之忧的地方，我的位置在堂堂一等坐席正中间，稳坐椅子上，三楼和四楼的说话声听得一清二楚。不，岂止于此，我坐在那里时，甚至昏暗的石灰顶棚上鸽子扇动翅膀的声音，宛如剥啄银箔似的，隐隐约约传来，听

---

① 赫尔（1820—1900），美国女作家。
② 苏德尔曼（1857—1928），德国小说家、戏剧家。

得十分清楚。

  如果认为我在说谎，诸位不妨请亲自去体验一次。我坐的位置倒是写出来了。不过，这么公开写出来好不好，不问一下帝国剧场专务董事或其他什么人，却吃不准。现在我说其大致位置，即从前面右侧入口与舞台左前方画一条直线，再由左侧第二个入口与舞台右前方画一条直线，我恰好坐在两条直线的交叉点上。既有幸坐在那里，便有义务写一下关于《结婚之前》的种种评论。在演出的中间休息十分钟里，我得以听到一楼到四楼的观众口头发表的剧评。以下发表的评论记录，皆是观众的评论，我不过将其按顺序整理一下而已。

正　　文

伯父　那个名叫韭山物右卫门的老头儿，真是个老顽固。不论有多偏僻的乡村，现在那种人可能一个也没有。

侄子　有。说不定观众里就有这种人。

作家　我喜欢那个老头儿。他天真无邪有可爱之处。特别是对死去的妹妹的感情，可谓是一种美。苏德尔曼或许将老头儿的陈腐思想算作悲剧原因之一，但这无非是作者戴着傻瓜眼镜观察的结果。

女儿　妈妈，那人不是有点儿像我爸吗？

母亲　你呀你，哪有那种事。

女儿　但是，看他那个难伺候的样子，老板娘阿玉怪可怜的。

母亲　啊，那倒是的。别说你，妈妈也很担忧阿玉的处境。

学生甲　老头儿可真是冥顽不灵。

学生乙　他是新思想的敌人。"旧人物啊，你的名字叫韭山物右卫门。"

剧评家 加藤精一演过了头，简直像演即兴滑稽短戏，演砸了。剧中人本来不是那样的。

报社记者 尤其是演员退场，好像没有演好。

剧评家 在素质所能及的范围内，演员用尽了浑身解数。如果提意见，应当说森律子的潜力还没全部发挥出来。这么说有点儿苛刻，不过第一幕闭幕时放声大哭的表演，似乎还可以再下点儿功夫。

女儿 妈妈，我觉得阿久米挺可怜，非常可怜。但是健太郎要是和阿久米结合，阿里又怪可怜的，我不知怎么安排才好。

母亲 我说你呀，这叫人各有命，有什么法子！

作家 我讨厌阿久米这个家伙。那种歇斯底里的女人，最难对付了。就以她对健太郎的爱而言，一会儿哭一会儿笑的，那种爱是否伟大得到了广而告之的程度，值得怀疑。另外，她对沦为乞丐的母亲的感情，更加夸张。总之，她太感伤了，有着感伤家特有的夸张癖，对这个人物不可疏忽大意。

艺妓甲 太叫人感动了，世间的事都难以心想事成。

艺妓乙 可不是嘛。哎哟，您睡着了？

绅士 哦，要开幕了？

公司职员甲 如果娶那么个女人，倒不错。

公司职员乙 再带着陪嫁钱过来，就再好不过了。

公司职员甲 开什么玩笑。我会像健太郎一样，有勇气拒收陪嫁钱。

剧评家 森英治郎扮演的健太郎演得也不精彩。要能再沉稳点儿才好。他演与伯父吵架，像在做交易。不过他还驾驭剧中的配角慈妙，这倒是令人同情。

报社记者 我觉得从观众席里传来了秋月桂太郎的说话声。

伯父 健太郎这个男人太走极端。因此凡完成不了的东西，他就自己主动毁掉它。
侄子 那种事，年轻人谁都会那样干。说不定什么时候我也会……
伯父 所以，我让你将他作为前车之鉴。
作家 那家伙也不行。我最讨厌那人。在任何方面都过于自负，却没有起码的自信。大肆炫耀自己如何刻苦学习，大学毕了业，这事从旁看都害羞。他嘴上说不爱阿里，却又同她结婚，即便出于道义，不也实在太无情了吗？加之，他人又有些怪僻的诗人根性，时而走路时手里拿着一枝百合花，时而坐在船上沉思，越发叫人感到无奈。相比之下，无论阿里如何任性，如何孩子气，也比健太郎强得多。健太郎抓住阿里，盛气凌人，说什么她是个无意志没感情的女人。要是能转换性别，不妨认为阿里是一个地道的男子汉。
艺妓甲 阿里是不是太孩子气了？
艺妓乙 可是，人人都这样呀。
公司职员甲 难道日本女人都是那样吗？如此想来，真觉得好没意思。
公司职员乙 不知为什么，近来这种女人极少见。大抵都是阿里加阿久米除以二的类型。
报社记者 水野早苗扮演的阿里，演得不坏吧？
剧作家 可谓不好不坏吧。
学生甲 实际上，当今社会有慈妙那样想法的青年僧侣比较多吧？
学生乙 是的。我们与他只是职业不同，实质上也是慈妙的一种。
侄子 伯父大概不喜欢慈妙吧？
伯父 是的。那也是个难对付的人。他师傅的为人比韭山物右卫门强，因此我觉得他师傅格外可怜。
剧评家 横川唯治扮演的慈妙演得也不成功。不过那个角色即便不是横川演，谁演都不会成功的。

报社记者 总之，因为台词生硬，大为减色。

剧评家 一言以蔽之，抽了一根下下签儿。不仅如此，大概在《韭山家的外边》那一幕吧，向阿久米倾吐恋情的场面，直率得牵强，毫无自然韵味可言。

报社记者 总之，和尚换上俗人服装，仅此一点就容易有滑稽感。直率过分反倒适得其反。

艺妓甲 明明是个和尚，竟也玄谈那种难懂的大理论。没有比这更可笑的事了。

艺妓乙 哎呀，最近的和尚已经开放了。

作家 讨厌的和尚。如果迟早要跳出寺院，倒不如以女乞丐小夜为伴，行脚化缘。那小夜有非常可爱之处。

女儿 妈妈，我觉得那个乞丐可恨。阿久米对她那么好，她还是什么东西都偷。

母亲 有那种人，你要小心才是。最近你……

剧评家 村田嘉久子扮演的小夜演得最精彩。她与走进来的阿久米抱在一起，表演喘气的场面也演得恰到好处，直至偷盗一事败露之后做出的假笑这一情节发展，都演得不错。概括说来，这出戏里女演员演得很成功，村田嘉久子可谓演得最优秀。国民协会那帮人不得不谦虚谨慎努力奋进。

报社记者 南部修太郎在《时事新报》上也曾谈及此事。哎呀，你想起了什么事，在独自发笑？

剧作家 什么？我眼前浮现出音羽兼子扮演的女仆领班，她得意扬扬晃着双肩表演着女仆的动作，妩媚动人，演得真不错。

绅士 哎呀，怎么还不开演？

大正七年（1918）七月

有乐座的《杀害女人的油店地狱》

刘立善译

在剧场有乐座看了《杀害女人的油店地狱》，顺便又粗略读了近松门左卫门作的同名净琉璃。之后的心情与此前看剧时一样，依然非常沉郁。

原因在于，剧中主人公河内屋的与兵卫是元禄时代或者享保时代的人，他是个地道的恶少。天王寺屋的小菊与其他客人一起去了野崎，他便对小菊蛮横地拳脚相加。义父不把家产转交给他，他就对义父又踹又踢。最后为金钱所困，杀害了无辜的油店老板娘。可当他杀害老板娘时，不知怎么想的，竟然极端自私自利地讲番大道理："噢，你肯定不想死，这是理所当然的。你越爱你的姑娘，我也越觉得父亲疼爱我，他很可爱。你给我钱，我必须保住男子汉的自尊，你就认命死去吧！"这种"道理"无论怎样说，也不会有人肯"认命死去"。与兵卫煞有介事地讲了上述一番"道理"，又被油滑倒了，连连摔跟头，费好大劲才站了起来。因此谁都认为，理应将与兵卫当成狂人对待，他是名副其实的恶少。

在有乐座看《杀害女人的油店地狱》，戏中的所有悲剧全部源于与兵卫一个人的病态悖德性。与兵卫如果是个稍微健全点儿的人，如果是个稍微有点儿教养的人，他就根本不用去哀求诚实正直的油店老板。倘若如此，与兵卫就不会给有着武士气质的舅舅和关心兄长的妹妹添很大麻烦；与兵卫的生母和继父不管怎样总是可以安度余生的。只要没有与兵卫这种例外的人格，可以说就不会发生杀害女人的油店地狱的悲剧，而且如前所述，与兵卫是个不知于何时何地会干出何事的害人的半疯子，因此，纵然《杀害女人的油店地狱》是出悲剧，人们也不会认为是迫不得已才发生的。尽管悲剧必然要发生，但人们却觉得在千分之一比例的左邻右舍中，也不可能发生这样的悲剧。所以我看完那场戏，读了净琉璃，觉得荒唐，但心情还没达到极度同情别人的悲伤以至无法忍受的程度。说《杀害女人的油店地狱》是告诫人们应该把恶少送进管教所的"教训剧"，我们可以接受，而毫不认为它是能令我们正常人因此自省惊诧的悲剧。

当然，并非说近松门左卫门一无可取之处。即便就《杀害女人的油店地狱》而论，贯穿全剧的极为纯熟的艺术技巧，足以证明他是一个无愧于大艺术家之称的人物。是的，毋宁说艺术技巧极为纯熟，导致了恶少河内与兵卫的性格活跃过分，从而令我感到缺憾的是，有点儿搞不清楚与兵卫最后的悔恨究竟在多大程度上真实可信。如此说来，就刽子手与兵卫的杀人动机而论，企图偷钱那也许是与兵卫的瞎胡闹，实际上也许是因为他没能说服油店老板娘，一时为消除由此引起的心头怒气所致。总而言之，最可怕的人唯有恶少。

大正八年（1919）二月

剧评一束

刘立善译

评大正九年（1920）一月的明治座

我看了在明治座演出的戏剧。第一个节目《信长记》是冈本绮堂的作品，剧本写得绝对不错，是的，毋宁说归纳得很巧妙，遗憾之处是深度不足。单看这个戏，信长烧比睿山的理由显得过于简单明了化（问题不在于史实，我是从戏剧效果方面讲的）。好，就算这个理由还说得过去，在要毁坏山门之际，也理当有形形色色的纠葛。再退一步，就算作品现有的纠葛还可以，那些纠葛中也应当再多少包括一些内在的微妙机理。左团次扮演的信长瞠目大喝一次，便草草解决了纠葛，看了总觉得不过瘾。

其次，谈一谈我发觉的另一件事。这个戏里最倒霉的是小团次扮演的渔夫六右卫门。他的女儿被比睿山延历寺的僧兵抓去，他自己也身中流矢而亡。小团次扮演得很成功，看着老气横秋酷似琵琶湖上的渔夫，叫人觉得甚至小团次本人都非常可怜。本来战争全不顾及个人的命运，这是无可奈何。如果聊用讽刺性语言，这是今后戏剧所要涉及的最大的真实。

演员中的猿之助扮演恶僧善住和尚，轻而易举地获得了成功。不过有人指责他的成功来得太轻松，说什么可以让他顺便去吉野山，兼演由横川扮演的禅师觉范这一角色。

中幕的上部演的是《一条大藏卿》。中车扮演的大藏卿这个假傻瓜，几乎演得出神入化。迄今为止，我未曾看过那种逼真的假傻瓜。而假好人的坏人八剑勘解由总想算计别人，最后反被别人算计，实属理所当然。但是中车渐露其本性时，人们总是有这样的看法：所谓一条大藏卿是其假名，真实人物是阿倍贞任。所以应当断言：大藏卿装傻瓜是成功的，而中车演的大藏卿却不能不说是失败的。

中幕的下部是《关小调》。这个节目无论如何不该登上东京明治座的舞台。以寿三郎扮演的手代和助为首，"自由剧场"① 的名演员们不断说些愚昧的台词，那情景真是极其惨不忍闻。"京屋内"一场闭幕时，店里茶房说的台词，尤其如此。允许在明治座上演好像用带裂纹的次纸制作的锦绘一样拙劣的作品，或者说上演像缺页颇多的《情话新集》那样拙劣的作品，虽说他们是"新剧"剧团里的下层演员，但也太可惜了，更何况让寿美藏、松莺、秀调等人上场，这几乎是对人权的一种蹂躏。

第二场戏是《小猿七之助》，据说这是冈鬼太郎的作品。我之所以认为这个戏组合得手法高超，而且既具新意又有趣，并非仅因《关小调》所引起的烦恼所致。不过，为使这个戏能让人感到一种纠缠不已的因果恐怖感，每一幕的舞台大抵都有热闹过甚的场面，这是遗憾。因此，尽管神佛前灯里的丁香油迸溅出来，害得御幸的眼睛疼，却根本不能酿出阴惨的情绪。当黄昏六点的钟声终于响起之时，我觉得自己非常对不起正全身心投入地扮演着七之助的左团次。此外，秀调扮演的阿泷，猿之助扮演的白旗金太，演得都不错。其中中车扮演的网打七藏可谓出神入化，这次确实令我敬服。至于节目进入尾声之际，两个男人争风吃醋的事，恕我不做评论。

---

① 由剧作家小山内薰（1881—1928）于1909年创立的"新剧"剧团。

评大正九年（1920）十月的市村座

我看了在市村座演出的歌舞伎。

开场戏《伊达安艺尽忠录》的脚本是根据碧琉璃园的小说改编而成。我不知道那篇小说，有关改编手法的好坏暂且不论，不过从舞台演出效果看，按理不能说是成功的。首先，情节的发展几乎可谓荒诞无稽。市川米升扮演的侍女阿杉（即高尾妹阿杉）是个轻佻女子，她的突然出现，最终只能令人感到情趣俗劣。尤其是尾上伊三郎扮演的松川要这个人物，所幸戏是在大正时代太平年间演出，否则人们会怀疑，大概是来看戏的农村武士睡觉醒来犯糊涂不辨方向跑到舞台上了。其次，一幕一幕实在不成戏。这样说并非由于认为此戏是毫无新意的现实主义。那种廉价的现实主义毕竟挽救不了松松垮垮的每一幕。第三，台词极其拙劣。尤其动不动就蹦出一些可怕的新玩意儿，看戏都快成了灾难。尾上菊五郎扮演的伊达纲宗说什么"为何祸神折磨我，出于己而返于己，难道又将寂寥闲居？"这样一来，即使原田甲斐不说，别人也一定要说纲宗的精神异常。

脚本是这等水平，我对戏中的众角色就更不能佩服了。首先，最无特色的是菊三郎扮演的酒井雅乐头。不过这个角色在一幕中一言不发，只是神情极阴险地坐在高处。观其面貌总有点像"御大老"①，我佩服这一点。其次是菊五郎扮演的第二个角色原田甲斐，严格地说，是指坐在江户幕府最高法院里的原田甲斐。也许是因为他站起来时和服短裙下面突然露出了赤脚，我想咨询一下剧评家三

---

① 辅佐江户幕府将军的最高执政官。

宅周太郎君：原田甲斐任"江户家老"① 是其主业，当梳头师新三是其副业吗？接下来是三津五郎扮演的松波辰之丞，他富有勇猛奋进之气，这是可取之处。但如果总那样焦躁性急，无论他如何隐蔽于地板下，立刻就会被玩助新十郎扮演的善良可爱的奸臣之辈发觉。至于主演中村吉右卫门所扮的主人公伊达安艺，总觉得似乎不够精彩，没有达到让观众吃惊得屏住气息的程度。当然这不是因为表演水平低，就连我这等对歌舞伎感觉迟钝的人，一听到那种瘆人的颤抖声音，心里都受到了某种程度的感动。但接下来的瞬间，其形式主义叫人生厌。受这种倾向影响，这次的伊达安艺虽然没给我留下不快的印象，但我也没对其心生敬佩之意。

不消说，第二场戏《打开金库》是筛选出来的几幕，而且每一幕之中还有多处内容被删掉。尽管如此，其舞台上的演出效果远远好于开场戏。不过让我讲，舞台上四谷外城门护城河畔的背景大道具，我根本无法接受。以那种全景立体画似的舞台而论，默阿弥的戏剧韵味百分之八十左右确实消失净尽。大道具小道具的改进，差不多即可，道具永远要虑及上演戏剧的条件要求，应当与该戏诞生之时的舞台相协调，同步发展。毫不客气地把背景做成油画风格，而歌舞伎中数名演员轮流说的"七五调"台词却依然如故，这种处理形式宛似向古人苦心孤诣创作出来的名作上泼粪。尽可以稍做如下思考：在西装外面扎上三尺长的和服腰带，其感觉协调吗？我若是菊五郎，我不肩挑卖日本杂烩火锅菜和热酒的小摊床，而是肩挑卖中国面条的小摊床，让那不尊重剧作家和演员的俗人大吃一惊。

演员菊五郎扮演的富藏，果然演得最精彩。在熊谷河堤分手的场面也流露出与恶徒相符的人情味，令我愉快。不过富藏被逮捕后

---

① 江户时代驻在江户藩邸的家臣之长。

待遇好像不错，身体健康，胖得浑圆。吉右卫门扮演的藤十郎，我不佩服。富藏的度量变得可怕，藤十郎突然想杀掉他，对如此心情若不进行更细致的处理，这个角色尽可以不由吉右卫门扮演。

顺便补写一点，根据与我一起看戏的行家的观点，第二场戏的序幕中出现的轿行老板，是一个不懂轿行规矩的门外汉。就连第六代尾上菊五郎扮演的男仆都吃蘸酱杂烩火锅，"播磨屋"可要留心，别上了连抬前杠的轿夫和抬后杠的轿夫都分辨不出来的外行轿行老板的当。

评大正九年（1920）十一月的明治座

看了明治座演出的戏。

开场戏《明治维新》是与石版画《彰义队奋斗之图》相差不大的有趣的戏。在几幕中，似乎数第三幕《三本木艺人屋》最有戏剧性。桂小五郎表演的艺人君勇的刚愎自用性格这一段，即使对于演员是必要的，对于观众却是无用的。演员中猿之助扮演的桂，寿三郎扮演的两个角色——大山与船夫角藏，都尽了最大努力。至于担当配角的演员们，懒惰散漫者不在少数。"自由剧场"的著名演员左升就是其中一人。特别令人觉得滑稽的，是序幕《蛤御门之变》中，群众演员里有一个商人，他一边笑嘻嘻，一边冒着枪林弹雨在逃跑。

中幕的上部是《大关千两帜》。寿三郎扮演的铁岳演得还可以，寿美藏扮演的稻川也不坏。这种角色总的来说，演技的细节引人注目，而演技中没有静静演出带有净琉璃特色的韵味，这是遗憾。不过演到这种水平是寿美藏的神经比作者近松半二塑造的人物更敏锐的结果，我的指责或许是错误的。秀调扮演的阿常演得也挺好。尤其是每当看着阿常那水灵灵的美色，多少人都一定会佩服她决心卖身是得当的选择。顺便补充一点，妻子为了丈夫而登青楼这种事件，在戏剧和通俗绘图小说中算不了什么，而在巴尔扎克的作品中却是悲剧中的悲剧。若把这种现象完全说成是东西方的差异，当然倒也可以省去麻烦。因为着急，此事留待将来再论，不管愿意与否，我还必须评论中幕的下部和第二场戏。

中幕的下部是冈鬼太郎所作《义贞的使者》，作得不太好。因为圣秀和梅枝父女的纠葛尽管在兜圈子，但其最终还是欠缺发展的情趣。不过从其戏曲中，可以感到真正艺术家的细致周到，仅此一点，作者前途有望。左团次扮演的出家人圣秀，演得极像我的一个和尚朋友，所以我说不出演得是好还是坏。圣秀爱马过甚，对待马宛如对待女儿梅枝一样，给马起名"松风"，颇像镰仓时代的父亲，富有海阔天空般豪气。当代军人虽多，却没有一个彪悍的父亲给马起名"宫城野"，给女儿起名"信夫"。

第二场戏是《剃头匠》。左团次扮演剃头匠在大船上的一场戏很精彩。他一到奥田屋就显得朝气蓬勃，也许像剃头匠的弟弟。我认为，松茑扮演的妓女和秀调扮演的梅枝对换一下，或许效果会更好些。寿美藏扮演宗七，远比稻川恰如其分。这里也补充一点，有人劝宗七加入剃头匠行列时，紧靠在宗七身边的妓女把手伸进他的怀中，说了一句："哎哟，瞧这汗！"舞台上这一句话，产生了面目可憎般的效果。无论怎么说，我觉得近松先生已经意识到这一点。因为有事，对节目尾声的《小栗栖长兵卫》，恕不评论。

评大正十年（1921）一月的帝国剧场

我去了帝国剧场。

开场戏《雪女五枚羽子板》是冈本绮堂根据近松的原作改写而成。它美如锦绘，欣赏起来总觉得挺不错的。梅幸扮演的侍女中川因为松助扮演的赤松入道的缘故,残酷地冻死了,她的灵魂变成了"雪女"①。虽说是冻死的,但根据我的目测,她被关在大约二三十坪②的院子里,表演了各种动作后才辞世,那种死法可爱至极。然后,中川的丈夫——由松本幸四郎扮演的藤内太郎,与宗之助、勘弥、宗十郎、长十郎兄弟四人一道,都化装成雪女,顺利摸进仇人家,取下赤松的秃头。这时赤松问化装了的藤内太郎:"你是哪个混账东西?"松本幸四郎扮演的藤内太郎,立即用女人声音回答:"我是被你害死的侍女中川的亡灵。"此处令我觉得非常痛快。五个雪女最后变成雪男五枚羽子板一事,竹屋主人③也许早就说过。顺笔提及,假设中川没冻死,与藤内太郎结了婚,她的名字一定会叫作"藤内中川"。即便有叫"中川藤内"的人,也极少有叫"藤内中川"的人。如果有,我想他一定是米·野口的追随者。以上所云大致上是玩笑话。认真思考,第二幕开幕时,幕还没拉开就开始降雪,饶有趣味。真的,因为降雪,连坐在二楼的我们都感到寒冷。不过,实际上戏演到高潮、关键之时,暖气开始渐渐凉起来,帝国剧场里出现了不应出现的寒气。

第二场戏是大村嘉代子创作的《柳桥新话》。这也是类似通俗绘图小说性质的戏,欣赏起来果然挺不错。坐在我身旁的某家夫人,频繁看着她丈夫,感慨地说:"好,这一幕真好。"这一幕里有梅幸扮演的艺妓,她大力宣扬:女人的恋爱严肃认真,男人的恋爱心猿意马。那位夫人大概对这一点感兴趣吧?小静是个优秀艺妓,但是每当她独处时,便有一坏毛病,爱叨咕似乎三弦歌曲集里自言自语的话:"悄悄春雨中……"这一点我实在接受不了。话头及此,宗之助扮演的珊瑚珠阿绮羽明朗爽快,不是小静那样廉价的

---

① 雪夜里出现的白衣女妖,亦称"雪女郎"。
② 日本的面积单位,一坪约合 3.306 平方米。
③ "竹屋主人"是小说家、剧评家飨庭篁村(1855—1922)的雅号。

诗人，观之觉得痛快。然而据说宗十郎扮演的田之助最终喜欢小静超过喜欢阿绮羽。当然人各有所好，是的，田之助是一个擅长演戏型的人，他告别青楼前往横滨之前，还对小静说："我一刻也没忘记你。"此话是否当真，很是靠不住。

总之，一月的帝国剧场，戏剧演得像浮世绘版画和通俗绘图小说，非常漂亮。而一等坐席票价五元八十分，票价绝不便宜这一点，毕竟不次于浮世绘版画和通俗绘图小说的行市，作如是说并非过言。从剧场里连日爆满这一现象看，人们大概觉得为了欣赏幸四郎与梅幸的妙技，票价昂贵也在所不惜。如此看来，我不说什么，先写出这篇剧评为好。若有人说这篇剧评写得低劣不当，反正我也写烦了，就权当没写这篇剧评。

评大正十年（1921）二月的歌舞伎座

《南都起火》是部平庸之作。由于演出将其缩短或抻长，愈发无趣。特别是东大寺火灾废墟一场，歌右卫门扮演的刘藻这个女人以恶鬼罗刹的幻影为对手，在舞台上追逐厮打，惨不忍睹。不过，在蓝红灯光下，形象宛似源平时代的恶少一样的众恶鬼追赶美女的场面，倒也多少能满足一点观众的施虐狂心理。说到这样的事，左团次扮演的粗野法师永觉僧跑去救重衡的场面，就像电影里警察们前去逮捕恶棍一样，似有一股勇壮情趣。歌右卫门扮演的重衡卿悠然自得，很有品位，不管怎么说，若非歌右卫门扮演重衡卿，观众看不到这样精彩的表演。

《船上的辨庆》中的舞蹈饶有趣味，开场戏《南都起火》无法与之相比。因为《船上的辨庆》的舞蹈中不存在思想倾向这种干扰物，观赏起来觉得大抵都不错。其中梅幸扮演的阿静和知盛，演得都是堂堂妙艺。写得很地道的那种小说，肯定在月刊杂志上也极难发现。因此，多见藏扮演的义经虽有却全然等于无，虽说这是无可奈何的艺术性相异，我对此却聊感可怜。段四郎扮演的辨庆演得挺好，如果辨庆能有更好的风度，当然会演得更好。我望着辨庆，发现段四郎长得有点像我的朋友。我的朋友要是上了年纪，一定也会变成那样的中年男子，准会建议后辈九郎判官与阿静夫人分手。所谓我的朋友，即《反射的心》的作者中户川吉二君。

看《镰仓三代记》，让我想起了这样的事：有人说，歌右卫门那样的老人实不该扮演时姬那样的角色，叫人觉得不自然。然而我看歌右卫门扮演的时姬，还是觉得与其让年少貌美的少年扮演，不如让歌右卫门扮演。也就是说，在我看来，扮演那种水平的时姬，歌右卫门的老龄全都隐没于表演艺术的背面去了。仅就他的那种表演艺术风度而言，我认为正走红的青年诸君难以模仿。多见藏扮演的佐佐木高纲，怎么看与江户时代也不吻合，而且挥发着当代的恶臭，与歌右卫门形成了很好的对照。羽右卫门扮演的三浦之助，对其进行评论本身，或许就是一种俗气。顺便写点废话，这个戏好像古老，但拿到今天演，立刻就成了新剧。因为可大致安排如下：北条时政任某会社社长，三浦义村任该会社的工会主席兼罢工领导人，时姬任北条时政的女儿兼义村的意中人，佐佐木高纲任社会主义者，富田六郎任国粹会会员。角色做了以上安排后，只要不掏出寝觉丸的短刀，掏出的是手枪或证件即可。于是佐佐木高纲若脱下工人工作服，穿上写着"不劳动者不得食——列宁"字样的衬衫，观众必喝彩无疑。是的，这绝非玩笑。我想，与《镰仓三代记》相比，观众一定会因这个戏而激动。实际上剧坛过度忘记了戏剧与当代人心的接触，民众艺术家首先必须向这方面注入清新活力。所谓劳动文学不就是这样肤浅地创作出来的吗？

《御祭佐七》这个狂言，看多少遍最终也只觉得佐七愚昧可怜。归根结底，能将这种属于歌舞伎第二个节目的表演观赏下去，恐怕或多或少因为人的情痴之心隐约可见的缘故。羽左卫门扮演的佐七到了法场显得过于轻佻,观之,心里甚不舒服。梅幸扮演的小丝,不愧美妓之名,一听她的说话声,却是个堕落女人。

新富座的《一谷嫩军记》

刘立善译

看了《一谷嫩军记》一剧。

在中国看戏时,因为规矩太多,觉得这种戏外行没法看懂。然而看日本戏,只要愉快的理性没有麻木,终究也得不到艺术享受,与看中国戏几乎没有区别。例如,序幕里类似工地的围墙,必须看作一谷的寨门;看到数人穿紧腿裤、头缠布巾形象飘逸可爱时,不要认为他们是黄米年糕店伙计在闹事,而应看作平家出征的士兵。此外思考一下台词,更觉有点古怪。并非指责此戏,而是我这个戏剧的外行好久没看戏,所得印象,正始于这一惊叹。

接下来的场面——熊谷与敦盛的交战,宛如去了染房的和服拆洗晾晒场似的,捆扎浸染的布都彻底晾干了。实际上曾策划海战,之所以陆战,与其说是受史实制约,不如说是舞台大道具的特殊功能使然。这里出场的熊谷次郎直实,似乎富有风流气质,不像关东武士。敦盛把斗篷严严实实盖在未婚妻玉织姬的尸体上,再把尸体放在盾牌上,让海水将其漂走,这是非常聪明之举。不过敦盛和玉织姬当然都是由活着的演员扮演的,他俩在熊谷打开的斗篷背后敏捷地爬到盾牌上。熊谷打开斗篷时摆出的姿势旨在挡住观众视线,不让看见两人的动作。熊谷的这一姿势宛似小孩子用包袱皮之类捕捉流萤的架势。我也和周围观众一样,情不自禁地笑了起来。对此发笑并不奇怪。日本戏剧中有"黑衣",当然,在一谷海边有黑衣人出场收尸,看着未必雅观,但比起尸体在打开的斗篷背后慢慢爬动，至少在观众眼里不显得可笑倒是真的。尽可能不用"黑衣"，这固然不错，不过这种"尽可能"若过于牵强，会更加滑稽可笑。既然舞台上出现长着人脚的马，我们与其轻视老规矩，不如重视老规矩似乎更为自然。对繁多的规矩发出惊叹的我，在第二场尚未结束之时，竟然如此尊敬起规矩来。特别是交战前一度落幕之际，敦盛的坐骑没驮主人，只驮着马鞍跑了出来。这一幕我什么时候看，都会感到愉快。

至于熊谷军营一场，这个戏的作者是谁，我当然不知道，总之作者是个巧手。对此，我不能不再三佩服。是的，过于佩服的结果，竟至产生失礼的推测：那人或许既是作者又是小偷。安排敦盛的母亲藤方吹"青叶笛"，敦盛的身影映在纸拉门上，打开纸拉门，有敦盛的盔甲，基本上以这一场面通贯戏的始终。总之，敦盛确系勇士。然而给抛弃了浮世的熊谷配上了不抛弃浮世的宗清，这不显得肤浅，是一功绩。此外，熊谷之妻相模对哀叹敦盛之死的藤方表达了自己的思念之情，然而，当相模得知儿子小次郎的噩耗后，又立即陷入莫大愁叹之中。应当说，这些地方都是很好的发掘。创作此戏的古人考虑得面面俱到，的确不同凡响。若有反对拙见的君子，不妨将现代精神现于笔端，写出新戏，就像古代的思想感情还活在这一幕三场的戏中那样。只要做不到这一点，那么，即使正吃着盒饭，也须向这出戏致敬。大约几年前，曾想象古时那些梳着发髻的人阅读改写的《一谷嫩军记》的情形，甚至觉得至少那时比现在幸福。

以下评论演员。然而读者和我都感到困惑的，是我的鉴赏眼力问题。我也知道优秀的文艺，我也知道拙劣的文艺，但是关于非优非劣大致属于中等的文艺，我就搞不清它优到什么程度（或者说劣到什么程度）了。譬如，五世市川三升扮演的源义经显然是拙劣的；中村吉右卫门扮演的熊谷则显然是优秀的；至于十三世守田勘弥扮演的敦盛，若说奉承话，可称其为优秀，如果心怀吵架的情绪，也可称其为拙劣。所以我向读者发出警告，关于演员的评论不甚可靠。话虽这样说，如果认为关于演员的评论全是彻头彻尾的胡说八道，我也感到不快。

我说过中村吉右卫门表演得优秀，但是观其扮演的熊谷，感到的唯有悲伤，不解之处不是没有。据《一谷嫩军记》看，平山武者平素总向熊谷降灾。总之，敦盛斩小次郎首级之时，平山武者招来了恶事，至少使敦盛斩小次郎首级的时机提前了。可见平山武者降灾的手法非同小可。我若处于那种场合，纵令难免悲伤，也会与此同时向平山武者发出强烈的嗔恚之念。然而中村吉右卫门扮演的熊谷毫无不悦之色。这是我感到不满的第一个地方。其次，熊谷再度皈依佛门，法号"莲生坊"，但他的心情与"莲生坊"不甚吻合。他的审美观中平易轻快意识过浓，他很聪慧，像一个口念佛经手敲钵盂或葫芦舞蹈的半俗僧人。如果这是原著的趣旨，理所当然只有将之取消。风闻中村吉右卫门的技能富于近代情趣，在他看来，未必有必要重视上述问题。这是我感到不满的第二个地方。

我写了一点关于中村吉右卫门的事，似乎再没有什么可说的了。若顺笔补上一句，即熊谷的坐骑前蹄演得也很精湛。不知那是由谁表演的，马闲立时，一会儿晃头，一会儿前蹄刨地，这些细微动作，显示出不甚被人们察觉的妙处。数年来，我看过几出戏里的马，像熊谷的坐骑这样的马，一次也没见过。

再顺便谈一谈三世中村时藏扮演的相模和玉织姬。显然，相模演得很糟。尽管相模是武士夫人，也没必要那样张开双臂。总之，中村时藏扮演相模这个角色时，手的动作始终不自然。不过，此人扮演的玉织姬倒不赖。深思起来，玉织姬是个小姐型女人，当平山武者杀玉织姬这个女子时，她却说着小孩般的话："来个能人把这个坏蛋杀死！"加之此刻她又遇到了熊谷，她把小次郎的首级当作了敦盛的首级，在悲惨的梦幻中死去了。（当玉织姬处于垂死之际，竟然让她错把小次郎当作敦盛，这是熊谷不可饶恕的不道德行为。尤其此时纵目望去，哪儿也看不见平山身影，当时要是我，会悄语告诉她敦盛已脱险之事。这样一来，即使两人同赴黄泉路的愿望不能如愿，但大概不至于死得那般悲惨。受到梦幻的安慰还算好，然而观看为梦幻所折磨的人，这纵是戏中事，我也感到不快。）中村时藏扮演玉织姬，将她演成那样一个小姐型女子，可见有相当的表演功夫。这里我说一件与此戏无关的事，时藏或者与时藏年龄相仿的演员的演技中，好像有个新动向，不受歌舞伎老规矩的约束。时藏是不是一个人气很旺的演员，我一无所知。不过，即使把相模演得很拘谨，终有一日会进入自由之境，纵情展示才华。

最后想补充的内容是儿童演员的事。我和萧伯纳的观点一致，除非万不得已，不愿让孩子演戏。远观交战中的熊谷与敦盛，效果还算可以。至于中幕《阿波的鸣户》里的阿鹤，让孩子扮演那样的角色，年龄那么幼小，让他们记住表演的技巧，这岂不是在毒害孩子的灵魂？就算我是演员，也不愿孩子扮演阿鹤那样的角色。不消说，一边观看别人孩子扮演的阿鹤一边喝彩不止，这无论如何我也做不到。那种观众，半世纪前曾向孩子表演的惊险杂技喝过彩，而在一个世纪前，甚至对佐仓宗五郎判处孩子死刑的场面，也照样大肆喝彩。

大正十一年（1922）三月

帝国剧场上演的俄罗斯舞蹈

刘立善译

我不晓得俄罗斯舞蹈怎么样。原本是略知一二,可是一旦走进帝国剧场的同时,竟忘得一干二净,至少我想尽力忘掉它。"尽力就能忘掉吗?"若有人依理这样驳斥我,我无话可说。不过我所知的"一二"是名副其实的"一二",就算没忘,也没什么了不得的。故此我的印象完全是外行的印象,举例说来,宛如古时荷兰人看到日本花魁后的印象。我的印象是否正确,这一点我自己也不敢保证。只是若说多少有点可取之处,其一是我没受到外界因素的强烈影响,其二是我能按照我的感受如实写出我的印象。

我看过的俄罗斯舞蹈有《阿玛丽拉》、《肖帕尼亚那》,以及《天鹅之死》等七种舞蹈。对于《阿玛丽拉》我感到很是无奈。第一,其背景就令我不快,森林的颜色、天空的颜色以及石栏的颜色都非同寻常。第二,带有戏剧风格的情节也令我不快,毕竟是美丽的吉卜赛姑娘与伯爵的恋爱,无论伯爵如何像瓦托①,其恋爱中莫名其妙的甜美也令人觉得不舒服。歌剧若向舞台投降,人还是连眼睛都闭上为好。闭眼观舞蹈,那可就万事皆休了。第三,安娜·巴甫洛娃扮演的吉卜赛姑娘令我感到不快。夸张、肉感、歇斯底里,一言以蔽之,不过是一种颓废。产生那种东西的社会,爱那种东西的社会,无论怎样打完折扣后再去思考,那个社会也是情欲化的变

---

① 瓦托(1684—1721),法国画家,有作品《难以解释》、《野外的聚会》等。

态世界。我并不是比别人更道德，对于特殊旺盛的情欲，我愿意表示敬意，不过对于病态的、孱弱的、卑劣的情欲，我不能表示同情。《阿玛丽拉》的一幕里，至少吉卜赛姑娘的舞蹈中充满了那种性质的情欲。幕刚落下，我就开始在内心里一边诅咒着安娜·巴甫洛娃、帝国剧场以及约我写评论的杂志《新演艺》，一边猛地朝楼下跑去，于是遇到了三岛章道君。三岛君是位绅士，不像我这个无赖派艺术家。"感觉如何？"三岛君问我。"感到厌恶。"我这样感觉着，想起了几年前的事。几年前，也在这条走廊里，我发出了同样的痛骂。那次是看俄罗斯大歌剧。归根到底，难道我和俄罗斯是冰炭不相容的关系吗？不，我对《阿玛丽拉》也还是有……这件事留待后述。继《阿玛丽拉》之后的是舞蹈《肖帕尼亚那》，对这个舞蹈我的态度也是冷淡的。舞台给人的感觉好似装手帕的匣子或西洋小说封面的画。所幸这个舞蹈如其名称所示，不是戏剧，而且在淡蓝色聚光灯下，白色舞女时隐时现，望去还是很美。我虽然说对《肖帕尼亚那》的态度冷淡，但没有此前看《阿玛丽拉》时产生的那种主动不快的感觉。我是指精神方面的欣赏。从肉体方面欣赏时，有两三次我感到轻度的头晕目眩。总之，西洋舞蹈时而像陀螺滴溜溜一个劲儿转，时而轻巧地跳到空中。在卫生方面，至少在看客的卫生方面，那种舞蹈似乎不会为之带来太好结果。侥幸的是我仅仅是头晕目眩而已，演出的间歇时，我去走廊一看，吸烟室的桌子下面有位绅士在哎呀哎呀地呻吟。我问了一下，那位绅士答道，自己简直就像晕船一样晕俄罗斯的舞蹈。不过读者尽可以不必真的惊讶，这是我的"小说"。

然而，当《天鹅之死》等七种舞蹈的演出开始之时，我立刻变得快活起来。不知不觉间，艺术好似雾中月，从舞台上放射出朦胧的光。

《天鹅之死》很美。至少比《瀕死の白鳥》这个日语的译名美得多。总之,在感觉安娜·巴甫洛娃的舞蹈巧妙之前,首先就给人一种软骨病患者的感觉。实际上我除了称日本人是软骨病患者,还没见过哪国人能有那样极其屈伸自如的柔软身姿。不言而喻,"软骨病患者"一词给人的感觉是畸形。我因为这种感觉,一会儿觉得瘆人,一会儿又觉得滑稽,一会儿想起了角兵卫狮子①,一会儿联想到安娜·巴甫洛娃是否也喝俄罗斯的醋,净想些无聊的事,总之,没有进入纯粹的艺术欣赏的状态。但是及至看《天鹅之死》时,不可思议的是软骨病患者的感觉一扫而光。从安娜·巴甫洛娃的手腕和脚上,我感觉到了天鹅的颈项和翅膀,同时还感觉到了航道与涟漪。更让我感到迷惘的,是我竟然感觉到了耳朵听不见的声音。安娜·巴甫洛娃能把舞蹈表演到这种境界,堪称绝妙。纵然有颓废气息,我也不会闭上眼睛的。一句话,我欣赏到了美的东西。在此之上还有不满,那是僭越的不满。安娜·巴甫洛娃好!帝国剧场好!约我写评论的杂志《新演艺》也好!

令我快活的,不只限于《天鹅之死》,还有巴里宁扮演的丑角以及巴里宁与安娜·巴甫洛娃合演的《巴库斯的节日》。遗憾的是现在无暇一一详述。最后想写的是我对俄罗斯舞蹈的整体印象。

看俄罗斯舞蹈,我有一种无可名状的感受,那是与《天鹅之死》迥然不同的,是更富朝气、更野蛮、更充满阳光、更有燕麦气味、更近似东方特色的某种感受。不知何故,它未能像《天鹅之死》那样被予以强有力的表现,只是在各种舞蹈中不时闪现出来。我称赞了《天鹅之死》,《天鹅之死》也未令我不安。我和法国诗人一起,沐浴着那个世界的风。而另一个"某种感受"却难以说清。可怕的俄罗斯天才在其粗大血管中,都藏有这"某种感受"。讲到这里,可以看出俄罗斯舞蹈似乎具有无限的可能性。这样想来,我觉得让

---

① "角兵卫狮子"是日本越后地方的狮子舞,角兵卫是做狮子头的能工巧匠,故有此称。

我感到难以接受的《阿玛丽拉》，也不是随便一个傻瓜稀里糊涂就能创作出来的。俄罗斯与我，未必是冰炭不相容的关系。

大正十一年（1922）九月

市村座的《四谷怪谈》

——附《御所五郎藏》

刘立善译

制造议论,是件易事。即使评论《四谷怪谈》,只要套用某些理论,任何议论都可以发表。

第一,《四谷怪谈》是一出告诉我们鼠害可怕的戏。除掉那么多老鼠,不是石见银山的灭鼠药之类所能解决的。和传统的灭鼠药相比,倒是应当使用先进的最新灭鼠药。然而不幸的是,文化文政时代①的应用化学非常幼稚,许多坏人在出庭做证前被老鼠咬死了,宝贵的证据材料难免归于消失。这是至关重要的大事。于是乎研究灭鼠药的重要性,理应不低于火药和毒气研究。为确立一国的司法权时,灭鼠药也起着重大作用。就《四谷怪谈》而言,未尝不可以发这样的议论。

第二,《四谷怪谈》是对心灵学的问题做出解答的戏。无论作何思考,女主人公阿岩亦非性格有趣的人。尤为可怜的是,阿岩不懂得谐谑的妙趣。如若不信,尽可以从阿岩与宅悦的应酬中觅得证据。若是诸君邻居家的夫人,虽说处于穷厄之时,与那个按摩师宅悦应酬之间,开个玩笑总还是可能的。近似愚蠢的阿岩一旦化作幽灵后,即刻变得富有谐谑感,她有时从灯笼里露出脸来,有时从洗

---

① 1804 至 1830 年间。

脸盆里伸出手来，有时让自己的丈夫抱着石刻的地藏菩萨。就是说，阿岩作为人的性格在死亡的一刹那间泯灭了，而阿岩作为幽灵的性格重新发出呱呱之声。可见人的性格未必一成不变。死亡，特别是残酷的死亡，会引发急剧的性格变化。就《四谷怪谈》而言，未尝不可以发这样的议论。

第三，《四谷怪谈》是向封建道德高举叛旗的戏。按照封建时代的道德，不报君父之仇的人，无非是披着人皮的禽兽。所以阿岩也好阿袖也罢，宁可牺牲自己的贞操，也要报一家之仇。其结果如何？只是白流鲜血。如此现象并非仅发生在她俩身上。为因缘所系的善男信女大都死于非命。为偿一人之命而要了另一人之命，从中会产生多么可怖的悲剧？会如何惹得天怒人怨？会如何使大地变得黑暗一片？凡此种种，在《四谷怪谈》这出鬼戏中，可以说描写得淋漓尽致。面对《四谷怪谈》，我们应当思索复仇之恶，应当思索远自封建时代的复仇近至当代的死刑这所有的复仇之恶。就《四谷怪谈》而言，未尝不可以发这样的议论。

第四，《四谷怪谈》是宿命主义者写的戏。宿命则无所顾忌，宛如疯狂的大象，或者恰似刹车失灵的汽车，冷酷地蹂躏着我们。恶人伊右卫门、善人源四郎、阿岩、阿袖、直助权兵卫，无一例外，最终在不辨善恶的宿命面前成了可怜的傀儡。善人因为是善人，恶人因为是恶人，男人因为是男人，女人因为是女人，不管其情愿与否，都必须流血。伟大的鹤屋南北①以黑幕的黑色、血红色衬以竹丛②的绿色上，描绘出一幅残酷的宿命图。就《四谷怪谈》而言，未尝不可以发这样的议论。

第五，《四谷怪谈》是……哎，要想随意告一段落，大发任何

---

① 鹤屋南北（1755—1829），江户时代后期的歌舞伎作家，《四谷怪谈》是其代表作之一。
② 这里的"黑幕"、"血红"（糨糊制作的鲜血）、"竹丛"皆指舞台道具。

议论均可。(不消说,议论文化文政时代的颓废情调或者鹤屋南北的写实主义等,这是中学生也能做到的事。)所谓"大发任何议论均可",意即"做任何辩护均可"。换言之,即"进行任何非难均可"。譬如,就文化文政时代的颓废情调而论,喜好流血和色情,是否可将其界定为"颓废情调",还是个疑问。有时或许非但不是"颓废情调",倒是最健全的情调。实际上,不受文明诅咒的古代诗歌或绘画,都极尽残酷与猥亵之能事。此外,就鹤屋南北的写实主义而言,作品中幽灵出没,这不是写实主义。若将此界定为写实主义,约翰的《启示录》也理应是写实主义作品。

不过,这里仅有一事不许有议论的余地。《四谷怪谈》也许可说是明朗的作品,也许可说是滑稽的作品,但总的来说,戏剧是非凡才能的产物,《四谷怪谈》可说是在时代的灰尘下现出了盖有名人图章的戏剧。这是谁都不能否认的事实。偶尔,五月里的市村座演出《四谷怪谈》之同时,还演出《御所五郎藏》。《御所五郎藏》是河竹默阿弥①根据柳亭种彦的小说改编的。不消说,这个戏改编得并不坏。御所五郎藏以及星影土右卫门与妓女逢州,都像剪出来的锦绘②那样的人物。这句话的隐意是,再看一下这剪出来的锦绘背面,却能发现糊着旨在加固画面的废纸。与这些人物相比,可以发现《四谷怪谈》中的人物塑造得既不美也不雅,但非常泼辣。仅作如是说,或恐不能得到诸君首肯。古来名人描写的人物自然而然就超越了时代,可以活在任何时代的空气中,所以也活在当代空气之中。哈姆雷特只要戴上礼帽,就很可能去东京银座散步;葛兹③只要穿上坎肩,肯定被警察盯梢。故此要想修改某作者描写的人物的既定形象,可以让那个人物暂时自由活动在当代空气中,经

---

① 河竹默阿弥(1816—1893),日本歌舞伎作家。
② 锦绘是铃木春信于1765年创始的彩色浮世绘。
③ 歌德的戏剧《铁手骑士葛兹·封·贝利欣根》中的骑士。

过这种实验的人物，其印象依旧未趋淡薄，那就确非冒牌货。然而，柳亭种彦与河竹默阿弥塑造的人物禁不住这种实验。仅把江户改成东京，柳亭种彦与河竹默阿弥笔下的那种人物随之就不见了，这是一目了然的事。五郎藏即使身披无袖长外套，也不可能坐在咖啡桌旁；土右卫门有了手枪那一天，就连一起去看电影的伙伴，他也一定要欺负的；逢州若是换成西洋发型，在招女仆的考试中大概就得落榜。

然而，鹤屋南北描写的人物归根到底都能活在当代。直助权兵卫坐上汽车或许就会变成相当出色的实业家；阿岩穿上带有家徽的白领和服礼服，似乎可以成为爱国妇女会的一员；特别是伊右卫门，他纵使当上小流氓团伙的头目，谁也不会感到不合情理。是的，他再喝了高酒精度的洋酒，保证能一边喊着"阿岩，你动摇了"一边舞起短刀来。

盖有名人图章的，并不仅限于人物方面，情景描写的手法也独出心裁。鹤屋南北抛出石子儿很少偏离目标。他抛出的石子儿几乎每颗都起到了强化全局效果的作用。不过这已经是被讲旧了的话题，于兹无须赘述。另外，纵然是未被讲旧了的话题，只要看这次演出的《四谷怪谈》的序幕——伊右卫门浪宅的那一场，谁都会不难理解的。

因此，《四谷怪谈》是出自名人手笔的戏剧。然而当代的名角儿把《御所五郎藏》演成功了，却没把《四谷怪谈》演成功。充其量演成功的只限于六世尾上梅幸扮演的阿岩和新十郎扮演的秋山长兵卫。六世尾上菊五郎扮演的宅悦和直助权兵卫，只能期待其未来的成功，不过，他的表演效果还远比十五世市村羽左卫门扮演的伊右卫门强得多。思索起来，数市村羽左卫门扮演的伊右卫门最不像，他是窃取了伊右卫门之名的一个无用之人。六世大谷友右卫门扮演的佐藤与茂七是……如此逐一评论演员，或许是忠实的剧评家的义务。能围绕演员展开评论，也许或多或少要向当代的名角儿及大导演表示敬意。不过，我是不忠实的剧评分野里的外行，且是天生的怀疑主义者。当代的名角儿及大导演中，能否有一人瞥一眼我写的剧评？对此，我不能不怀疑。所以我谢绝像专家那样，或者像善良的博闻多识者那样逐一评论演员。恳请热爱演员的诸君若碰上了我写的剧评，甘认这是因缘吧。

我已写过，当代名角儿没把《四谷怪谈》演成功。其失败的原因何在？确实，《四谷怪谈》是诞生于封建时代的戏，想让当代名角儿演这样的戏，恰似向对面一列出租汽车租用三人抬的轿子，或者大概与到近处中国饭馆订购冰镇生鲤鱼片，没有太大区别。《御所五郎藏》同样也是诞生于过去的戏，并且演员除了羽左卫门，其他人都把力量注入《四谷怪谈》，而非注入《御所五郎藏》。至少尾上菊五郎扮演的宅悦或直助权兵卫，如果未演成功，也是竭尽全力而后已的光荣的失败。那么，为何《御所五郎藏》成功而《四谷怪谈》失败，其原因当另找。这里再重复一遍质疑，为何失败了？我的回答很简单：《四谷怪谈》比《御所五郎藏》难演。

《四谷怪谈》是远比《御所五郎藏》难演的戏。第一，正如我在前面已写了很长文字所表述的那样，阿岩与伊右卫门不是类型化的偶人，有其栩栩如生的一面。不消说，让这样的人物生动起来，并非易事。第二，鹤屋南北忠实地写出了时代原貌。故而时代发生变化后，难以把握其微妙之处。第三，《四谷怪谈》确实是四谷的"鬼故事"，而且是极具鬼趣的"鬼故事"中的"鬼故事"。所以难以向我们当代人提供完全的形象。此外再列举下去，还会有各种理由。但大体上仅举出这些足以立刻明白《四谷怪谈》的难点所在。至于《御所五郎藏》，几乎没有那样的难点，它的舞台设在昨日不破伴左卫门与名古屋山三郎曾因细故而发生过争风吃醋纠纷的仲町；戏中人物可以让逸见铁心斋来代替星影土右卫门；情节宛似

"草双子"①。因此，当代名角儿把它演成功了乃理所当然，而且也没有什么了不得的。把《御所五郎藏》演成功了，就像吃下三碗饭后，吹牛说能让肚子鼓起来一样。

遗憾的是，由于上述理由，当代名角儿把《四谷怪谈》演失败了，把《御所五郎藏》演成功了。若问我到底哪个戏有趣，我不得不这样回答：失败了的《四谷怪谈》比成功了的《御所五郎藏》有趣。趣从何来？我自身体验过的"鬼故事"，道出了其中缘由。据说自古以来演《四谷怪谈》的时候，总会发生形形色色的怪事。我的体验或许也是其中之一。昨天刚过中午，恰好我正在继续撰写此稿，女仆进了我的房间，递给我一张来客名片。我看完后，赶忙奔向前门，可前门无人，只有雾岛杜鹃花盛开在格子门外。我回过头来问女仆："客人在哪儿？"

"哎哟，这是怎么回事呢？刚才还站在那儿……"女仆讶异得神色慌张起来。

"是一位什么样的人？"

"是一位年长者，神采奕奕的。"

我又看一遍名片，名片上以"勘亭流"风格的字体清楚地印有"鹤屋南北"字样！我豁然醒悟，由于某种原因，鹤屋南北一直活到当代。所以，《四谷怪谈》有趣，并非事出偶然。

大正十二年（1923）五月

---

① 日本江户时代中后期流行的绘图小说。

金春会的《隅田川》

刘立善译

　　一个早春之夜,我去看了金春会在富士见町细川侯舞台上演出的"能"。与其说去看金春会演出的"能",不如说是去看樱间金太郎主演的"能"——《隅田川》①。

　　我来到池座时,谣曲《花筐》等已经演完,《隅田川》还没开场。无论看什么戏,我除了看池座中满满当当的观众,从没看过什么有趣的戏,不过我朋友写的新剧例外。看他们的新剧,基本上忘掉了观众。因为彼此置身于同一池座里,作者看台上演出自己写的戏,这时的作者是比观众更有趣的观赏目标。但这种事有没有都无所谓。总之,我一直觉得观众比戏更有意思。欣赏"能"的时候也是如此。最近,"能"的观众中杂以许多年轻姑娘,而且年轻姑娘们无一不是强抑着小哈欠,硬端出庄严仪容。今夜的观众里不但年轻姑娘多,我的左右还坐着胖得浑圆的法国大使克罗代尔等五六个西洋人,并移动着观剧用的小型望远镜。我没看台上的《隅田川》时,以观看宛如杜米埃②创作的讽刺画似的观众而感到满足。当然,我早有精神准备:我也是这幅讽刺画中的一人。

　　《隅田川》静静地开演了。这里的"静静"并非有无皆可、含

---

① 金春会是"能"的一个流派;《隅田川》的内容梗概是,母亲为了寻找被人贩子拐卖了的儿子梅若丸,由京都找到了隅田川畔。在这里,神经异常的母亲知道孩子已经不在人世,遂哀痛不已,后与儿子的亡灵相会。《隅田川》有"狂女能"之称。
② 杜米埃(1808—1899),法国画家、雕塑家。

义肤浅的形容词。伴随着宝生新氏的"此人是武藏国隅田川的渡口艄公"这句台词,半空中一条荒郊大河隐隐约约静悄悄浮现眼前。我宛如在一阵风中嗅到了食饵气味的猎犬,感到传来了微微的战栗,这么说或许听起来好像有点非同寻常。我没学过谣曲,对于"能"一无所知,所以我讲的话靠不住也是不言自明的事。然而,宝生新短短的台词确实给我带来了战栗。不仅如此,根据经验来推测,这种战栗是烽火,它预告艺术兴奋即将袭来。唯有此事,无论别人怎么说,我自认是真确的事实。

接着,一个年轻旅人开始静静地走进通往舞台的廊桥。遗憾的是,这个"能"的演员名字我没记住,他特别像"云霞越过远山,越过远山,走过重重关隘,诸国踏遍"才来到似的,是个瘦削的青年。宝生新扮演的渡口艄公仪表堂堂,像他那种极有男子汉气魄、长得胖胖的渡口艄公,古往今来,不可能在隅田川上划船。可是,观众根本不认为仪表堂堂的渡口艄公与剧情不协调,就像歌舞伎的舞台背景以圆形火光来表现月亮时,观众看了并不觉得失调一样。"能"并不比歌舞伎更拘泥于写实的世界,现实性不足的诸多现象可倏忽消失在诗歌之中,而过剩的现实性反倒具有破坏舞台幻觉的力量。从这个瘦削的旅人形象上,我多少感受到了过剩的现实性。也就是说,这个旅人有点过于令人联想到从在原业平[①]以来,隅田川渡口河面上也可能漂着溺水的死狗。当然,这不是扮演旅人的"能"的演员的罪过,只是由于演员被迫担当了这个角色的不幸所致。我也是个枯瘦的人,故而既对旅人感到不满,又对其表示同情。

不过,这个旅人虽然瘦削,却是不寻常的旅人。此人集若干个

[①] 在原业平,《伊势物语》里的主人公,《隅田川》引用了《伊势物语》的《东下》一段。

前来寻找隅田川渡口的寂寞旅人于一身，是他们的名誉代表，还是艺术安排的前兆角色。这个旅人前来广而告之："从京城来了一个疯女人。"我一边听着渡口艄公说的"首先，过河后，正为一事吵嚷得骚然不宁"这句台词，一边觉得武藏野上的草浪之中出现了一条路，昔日阳光照耀的路的那一头，人群隐约嘈杂。由京城来的疯女人或许也夹杂其间。是的，灯光下，不知不觉疯女人已经走过廊桥，静静地接近了舞台。

疯女人由樱间金太郎扮演。接近舞台布景的第二棵松树时，看到樱间金太郎的身姿，心中感叹道：真是个美丽的疯子呀！涂着黑漆的斗笠闪着光，淡淡的影子落在面颊上，身着浅蓝色衣服，显得身姿苗条，我觉得好像遇到了类似当麻寺画卷之类上的女官。疯女人慢悠悠地发出感叹："真个是，为娘的心啊……"那种声音，那是有点无法形容的声音。若做勉强的解释，那是华丽、寂寞而清澈的声音。坐在我身旁的外国人也看着他的夫人说道："奇妙的声音！"至少，外国人一定能听懂声音的。此外，疯女人俯首掩面遮泪动作的细致，竟达到令人觉得其面目丑陋惹厌的程度。我再次觉得衬衣下面流动着轻微的战栗。

疯女人在伴唱声中终于来到了隅田川渡口。但是她不交钱，有男子汉气魄的渡口艄公就不想让她白坐船。"是京城人士也好，是狂人也罢，你倒好好疯上一次，给我看看。"艄公向疯女人提出了这般自私的要求。我从两人的问答中发现了天才的悲剧。天才也像这个疯女人一样，为寻求某种东西而旅行。不幸的是，我们不理解这种热情。就连志同道合的旅人对那种痛苦也冷淡地视而不见，更何况于养活老婆孩子以外再也捕捉不到人生意义的、幸福的天下渡口艄公，恰如把天才的热情错当作耍杂技用的狗一样，三千年来恬然重复着"疯上一次，给我看看"这句话。为了糊口，天才也只好把自己的痛苦作为当众出丑以博得看客开心的资本。如今，疯女人在渡口艄公面前跳起了自己业余爱好的舞蹈。

疯女人的舞姿很漂亮。特别是穿着白袜的双脚活动得非常微妙,唯有那双脚,即使现在想起来,也觉得确实是令人不快的东西。我当时甚至怀有一种欲望,真想摸一下那双脚。至少我怀有让她脱下白袜,凝视其足的欲望。总觉得那双脚不是平凡肉体的一部分,似乎脚心皱纹里一定隐藏着细细的眼睛。不过(我也像大多数批评家一样,没有忘掉加上"不过"两字),若让我指出缺欠,金太郎的艺术中也许存在心境过美之处,正因为如此,如果错了一步,就可能生出"纤巧"这一弊病。古人肯定没有甘居此境吧?而且为了在表演方面获得苍古之意,古人即便舍弃生命也在所不辞吧?我正这样思考之间,随着"艄公且让她上船吧,无论如何载着她,一起旅行吧"这一伴唱,静了下来。与此同时,疯女人单腿跪着,在叉开双腿站着的艄公面前合掌,悲伤得似乎要昏厥过去。除了上一代的坂东秀调,我多少也看过著名旦角的表演,但不记得有谁能比得上如今金太郎的美。获得古意,这固然很好,纵令得不到古意,只要能达到如此漂亮,至少不能说还有什么缺憾。

如果评论此后的《隅田川》,无非是白费口舌。诚然,《隅田川》中没有使用少年演员这一点,也许是值得注目的一个尝试,但针对这一点,外行的我没有资格评论,也没有评论的兴致。梅若丸的幽灵没有出现①,我毫无不满足之感。是的,我想,迄今在这种场合特意使用少年演员,借机必须让美少年登场,这恐怕是足利时代的遗风。总之,从《隅田川》中我发现了美的东西,为此我感到满足。我只要能讲出此言,这就足够了。

倘若顺便再补充一点,那就是最先引起我的兴趣的,是那些欣

---

① 传统的《隅田川》有两种演法:一种是扮演梅若丸的少年演员从坟墓中出来,一种是梅若丸的幽灵由坟墓中显现出来。

赏"能"的观众。萧伯纳说过,在拜罗伊特市欣赏瓦格纳的歌剧①时,需要仰面朝天躺着,或者只用耳朵听。唯有遥远的西洋未开化的国家需要这个忠告。日本人欣赏艺术之道,似乎无师自通。那天晚上"能"的观众大都在眼前放着谱本,几乎不眺望舞台!

大正十三年(1924)二月

---

① 拜罗伊特市位于德国东南部,1876 年,德国作曲家、乐剧的创始人瓦格纳在这里建了歌剧院,以演出自己的乐剧。

曲 艺 场

刘立善译

某一个春夜，我与由德国归来的高中时代的朋友登上了某曲艺场的二楼。好几年没进曲艺场了。不仅如此，迄今为止，演员的讲台我也只望过七八次。今夜我进了曲艺场，对场内卖艺的艺术家诸君一定是非常失礼。说实话，偏巧赶上了下雨，为避雨，我俩才进了曲艺场。

这个曲艺场的天棚是方格形的，说书台也不是以往见过的那种只有边框才涂漆的杉木门。那说书台装修得极其雅致，令人觉得，如果把神乐殿改造成茶室时，一定就是这个样子。我发现，虽说是曲艺场里的说书台，却是展一艺于天下的舞台，极不容易建造。

登上说书台的演员，是一位年少的落语①演员。落语演员？实际上能否称其为落语演员，这一点我颇不清楚。若以艺术为基准来下判断，他的确是一个从事模仿的艺人。好容易卖弄了两分钟口舌，又忽然把棉坐垫推到一边，开始模仿木偶戏里的木偶动作。模仿的不是日本木偶，而是活泼的西洋木偶。我再次发现，任何艺术都伴随着劳动。

接下来登台的是女琵琶师。此人下穿绿裙，上着粉红披风，美如田园之春。琵琶甚小，比厨房里用的圆笊篱稍大一点。她情意缠

---

① 由一个人讲滑稽故事逗人发笑的一种曲艺，类似中国的单口相声。

绵地讲着那须与一①射落扇子的故事。据说古昔的天德寺了伯②听了一首琵琶曲后,潸然落泪。我很侥幸,没有落泪,反倒觉得那须与一可爱得无可名状。她弹奏的曲子中的那须与一骑在套着后鞴的木马上,拉开弓背较细游戏用的杨弓,瞄准两三丈开外的扇子。

继之出现的是落语演员。这回是地道的落语演员,的的确确说了一席相声。说的究竟是"一席"还是"半席"或者"四分之一席",这一点我不能保证。尽管确系落语演员,然而是颇显吵闹的演员。海涅把徒劳无益的饶舌形容为"舌头的颤动",而眼前此人岂止是"舌头的颤动",简直是舌头的强烈鸣动。我望着他那充满活力的脸,想起了仅去过七八次的以往那个曲艺场。

我第一次听的是柳桥说的落语。我模糊的记忆如果准确,那么,柳桥是一个肤色苍白、长着一个扁脑袋的落语演员。当时我还是小学生,我能记住孝顺铁匠的名字,就是因为听了柳桥说的落语。继柳桥之后,也许不是继柳桥之后,能记得起来的是圆乔。他长得与其说像人,不如说更近似食火鸟。他开始说书时,有个本事,声音很低,纵然坐在离说书台最近的前边,也根本听不清他说什么。继之留在我的记忆里的,是名曰"弥太佩"的落语演员。我后来发现就是"弥太佩"马乐。马乐准是吉田勇君写的俳谐亭句乐。马乐剃个板寸头,总露出因饮酒被烧得通红的胸口。之后,是坐着一动不动说起落语来滔滔不绝的圆藏;或者是把和服外褂脱在说书台上,红脸膛的游三;或者是好像连枯骨上都长着舌头,说落语像演戏似的桂小文治。或许与今天的落语演员比,他们都不文雅,例如游三就令年少的我不能接受,但他们都比今天的落语演员表演得精彩。借西洋人的话说,至少他们十分清楚自己干的这一

---

① 镰仓时代初期的武将,以善射著称。
② 即佐野了伯(1558—1601),战国时代武将,任下野国泽山城城主。

行。然而现在说书台上的落语演员……不,已登上说书台的人,动的不是嘴,而是娟秀的男装女士在舞剑。

舞剑女士后面,跟着一个身披和服外褂留着八字胡的绅士。绅士在剑舞开始之前——读者也许不相信我以下要讲的事,至少我的老父听了之后,会付之一笑:"瞎扯。"然而这不是虚构,那绅士在剑舞表演开始之前,向观众讲解云井龙雄①的诗!事关民众,不可谓不庄严,俗恶当然也庄严,它丢失了曲艺场上历经百年锤炼成就的江户的"风流"。虽然"风流"澌灭,但只要庄严的俗恶存在,就未必用得着绝望。俗恶令我的嘴唇或多或少浮现出嘲笑。我不知道天生的通达世故的人是否憎恨俗恶,至少我不能憎恨俗恶。公然在讲台上讲解云井龙雄的诗,这并非由俗恶酿成的馊主意,而是类似把冒牌的天国②之剑强卖给农村的暴发户那样的罪恶。听其讲解,感到有种诱惑,真想把那留八字胡的绅士一枪打死。

没能将这种诱惑付诸实践,原因之一,我平生从不揣手枪。此外还有理由。当绅士把诗讲解完毕,舞剑的女士伴随绅士的诗朗诵,雄赳赳地舞起剑来。我是一个胆小鬼,任何剑舞给我的印象都只是危险。然而这一场女士舞剑却立刻叫我想起了幸福的少年时代,大约在明治三十年前后"牛御前"③的祭祀活动中,杂技团的棚子里常常表演这种女士舞剑。

到此为止,女士的剑舞表演无可非议,但女士表演完剑舞,放下剑,解下束衣带子,收拾停当后,这次就像由云井龙雄变成了阿龙似的,表演起少女手舞来。这不是善恶的问题,而是超越了善恶的悲剧。(这是我们生活中共同存在的二重职业的悲剧。)在这种悲剧的深深感动之下,我失去了一切意志,同时也失去了要枪杀那

---

① 云井龙雄(1844—1870),明治维新的志士,后因企图颠覆明治政府,被处以死刑。
② "天国"是日本刀剑之祖,传说他造出的剑一拔出鞘,天就降雨。
③ 东京都墨田区的牛岛神社旧称。

位留八字胡的绅士的诱惑。如美学家所云：悲剧的意义确实在于净化人！

"喂，出去。"我连忙站了起来。

"出去啊？雨还在下吧？"

我的朋友也只在乎雨，不愧是个善于断念的东京人。彼此走出宽木门后，没有顺着屋檐走，一直走到潇潇春雨中。归根结底，今天的曲艺场似乎连避雨的作用也没能起到。

大正十三年（1924）五月

Gaity（歌提）[①]座演出的《莎乐美》

——致"我们"中的一人久米正雄

刘立善译

……我记得车票是托横滨的原君买的。至少我不记得专门去横滨买过车票。我们不是在当夜才把车票拿到手的，确实提前一两天就买到了二等票，票价大约两元或两元五角。

我们四个一高的学生坐上黄昏的火车，七点零几分就到了横滨。然后走过了哪几条街，如何去的，已经记不清了。不过记得走到某处的坡路时，黑黝黝之中看不见一排排房屋，只见一方玻璃窗灯火通明，窗内盛开着许多菊花。那大概是专卖给洋人的花店或其他什么店吧？朝窗里望了一眼，好像一个人也没有，可是菊花丛上，有一个香烟圈清楚地飘在空中。经过窗前，一阵喜悦浮上心头。不消说，我们当时是一群坚定的浪漫主义者，对这种事，我们的感动也像对叶芝的 The Land of Herrt's Desire（《心愿之乡》）中海关的旗帜流露出的感动一样。

开演之前，歌提座前面有七八个西洋人在静静交谈或者漫步。我们夹杂在他们中间，在灰暗的剧场周围转悠，剧场周围异常寂静。我总记得涂着石灰的剧场墙壁上好像没看见有闪着灯光的窗户。所以当我听到眼前墙壁处突然砰的一声，立刻就有一个身穿号

[①] 荷兰人赫克特于1870年在横滨建的剧场。

衣的男子从开着电灯的门口露出身影走向大街时，我大吃了一惊。比这个男子更引我注目的，恐怕是站在门口的一个年轻的西洋女子。她背着电灯光站在那里，脸型的美丑看不清楚。她身穿蓝衣服，是个姿容端丽的女子。我忽然感到这个女子是某一悲剧里的主人公，不消说，她在两三周内会爱上某人，犯下罪恶，因此服毒身亡。但是从她口中吐出的话，我现在还清楚记得如何令我产生了极度的幻灭感。从这个浪漫女子口中吐出的，是把我的火气压在嗓门里的、比鹦鹉还拙劣的日语："然后，你借吉他。忘了，不行，是借吉他，错把它当作小提琴，借来，不行！"

这把不知到什么地方去借的吉他，她说完话过了二十分钟后，令我再次产生了强烈的幻灭感。阿兰·维尔基①巡回演出团的舞台监督，让与《莎乐美》同时上演的《佛罗伦萨的悲剧》中的好色男子，操起这把吉他。

《佛罗伦萨的悲剧》落下帷幕后，我们坐在昏暗的二楼后侧椅子上，热切等候《莎乐美》的开演。奇妙的是，我们的前后左右没有洋人坐候节目开演，他们有的跑到一楼去吸烟，有的去酒吧喝酒。此前我一边看《佛罗伦萨的悲剧》，一边被坐在我左边的老年洋人的腋臭熏得受不了。幸运的是，呈淡红色秃顶的他，现在没坐在座位上，然而混有香水味的、无法形容的腋臭气味，还残留在我的鼻孔里。为了驱逐这种气味，我多次像马一样打响鼻儿。接着，飘在那一带的是类似烧胶皮的气味。起初刚能闻到，过了一会儿，渐渐浓得呛人。从二楼俯视，坐满洋人的一楼舞台前的高级座位处，不知何时朦朦胧胧冒起烟来。我终于发现这股烟与即将开演的《莎乐美》有关。

然而，直到黑暗突然笼罩剧场，眼前幕布拉开之时，我也没搞

---

① 英国的巡回演出团，1912年到日本，在歌提座演出了《莎乐美》。

清烟与《莎乐美》到底有什么关系。四方形微明的舞台深处设有一个高台，高台后面挂着黑幕，此外再没使用其他任何背景。舞台的左前方有一眼贴着金纸的水井，在脚灯照耀下闪闪发光。水井左右各有一个高高的奇怪的香炉，升腾着笔直的烟。原来像烧胶皮似的极带野蛮气的那股恶臭，竟是这近似烽火的香炉烟的产物。不消说，那是舞台监督的手法，他想在嗅觉方面酿造出东洋式的幻想。然而我被这烟呛得直咳嗽。也许是必然联想，我想起了赛璐珞工厂的大火灾。

不仅如此。演员们也令我失望，主要登场人物之一的"年轻的叙利亚人"或仆人多次令我产生过残酷的幻灭感。"年轻的叙利亚人"裸露出肥胖的手脚，挺胸得意地伫立于舞台深处的高台上，可是他的身高按我的目测，充其量不过四尺七寸。把这个矮小男子当作是受到希律·安提帕宠遇的卫队大尉，就像命令人们把金鹤香水当作喜马拉雅山出产的昂贵的甘松香油一样。是的，或许是强迫观众这样认为。实际上扮演仆人的女演员显然正坐在由现代文明生产出来的、一根椅子腿时价六元或七元左右的椅子上。关于服装道具不整以及演员与角色不般配的事，未必以不发牢骚为佳。只要莎乐美很美，只要扮演莎乐美的女演员美得像"映在银镜里的白蔷薇花"，我们可能没过五分钟就把"年轻的叙利亚人"的身高与仆人的椅子忘得一干二净。只要莎乐美很美，我就会一边捕捉 How beautiful（多么美丽）、How strange（多么奇妙）等总之是不离 How（多么）的台词的只言片语，一边把全部希望寄托在王妃希罗底的女儿、犹太的公主、美丽的莎乐美的出场。

莎乐美终于由舞台右侧静静地来到黑幕前面。借用"年轻的叙利亚人"的台词，她应当"像水仙花一样，像银花一样"，来到黑幕之前。这时，我即刻举起望远镜。不要错以为我手里拿的是看剧专用的小型望远镜，这是一八七九年或一八八〇年我叔叔测量伊豆半岛时使用过的望远镜,后来送给我了。我举起这个大望远镜,眺望着遥远的莎乐美。我不晓得莎乐美命令人割下乔卡南的头颅时,她年龄有多大,但总不至于是进养老院的年龄,该是近似入女子学校的年龄吧?好,就算是岁数不小,我认为至少肯定还能有女大学生那般韶华。然而这个莎乐美显然是一个浓施粉黛的老妪,脸颊与脖颈上布满皱纹自不待言,两颊的衰瘦也非同寻常。特别是在犹太王国的月光照耀下,玉臂雪肤理当与大理石竞白,然而莎乐美的胳膊宛似晒干了的长萝卜,又瘦又细。哎呀,只要莎乐美姿容端丽……我在望远镜圆镜片中清楚看见了她时,感到我的浪漫主义终于必须像罗马帝国一样没落下去。

然而,有的风既能把火吹灭,也能把火吹旺。俗恶至极的现实主义朝我的浪漫主义击了一拳,而我的浪漫主义因为这一拳反倒炽旺起来。这只是因为我从这个"犹太的老公主"身上忽然联想到森鸥外先生名文中的如下一节:

> ……女王的身材很矮,脸型尖棱,黑眼睛微微下陷,穿着甚劣,直言不讳地讲,仿佛一个贫寒的妃嫔的装束。如此令人感到奇异的形象,使此女优之风雅举止殊异于其他二人。我心中思忖,若是一个年轻美貌的姑娘有这般举止,将会如何?女王前行,已来到舞台边一排脚灯之处。此时,我心中怀疑自己的眼睛,感到心在剧跳。我一时间竟不敢向身边的绅士打听她的名字。我知道此女优的名字。绅士,她的名字叫阿奴恩恰塔①……

我多次举起望远镜眺望舞台上的莎乐美。是眺望莎乐美?不,

---

① 森鸥外译安徒生《即兴诗人》中的一段描写韶华已逝的美女落魄的形象。

那不是莎乐美，那是《即兴诗人》中的阿奴恩恰塔，至少是阿奴恩恰塔的姐妹。好像往遗体上装点了脂粉似的、生于西班牙的"阿奴恩恰塔"，哀惨地在"灯盏稀少、昏暗"的威尼斯的小剧场里邂逅往年恋人。威尼斯的小剧场还不如日本横滨寒酸的小剧场。扮演莎乐美的那位女演员大概也是手里拿着几封旧信，把手放在干瘪的乳房下面，或者她手里拿的是几年前在她住的宾馆房间里画的她扮演蒂德时的油画，否则，也许她手里拿的是美术明信片……

……阿奴恩恰塔重又开口："我与你重逢，重逢之后，越发觉得你是一个有情之人。可是，蔷薇已经凋零，天鹅不复歌唱。想来，你沐浴着圣母的恩泽，我也尤当命交好运。如今我仅有一个请求，安冬尼奥啊，请让我如愿以偿。"我吻着阿奴恩恰塔的手说道："无论什么要求，只要力所能及，定当尽力。"阿奴恩恰塔说："若是这样，请把今宵之事当作梦幻忘掉！今后，无论在何时何地相遇，你与我都是陌路之人，这是我唯一的请求。别了，安冬尼奥，来世若生在美好世界里，也许还能相逢。"她握住我的手……

莎乐美在香炉冒出的烟气中一边喊着 I will kiss thy mouth（我要吻你的嘴唇），一边终于向由金纸水井里钻出来的先知乔卡南伸出了手。我忘掉了剧中仆人的椅子，忘掉了"年轻的叙利亚人"的身高，一心凝视展示于眼前的浪漫主义世界。那里没有《莎乐美》的作者、戏剧家王尔德，也没有王尔德的戏剧《莎乐美》。我想的只是孤寂的阿奴恩恰塔和方才悄然回到没点灯的阁楼小窗前的安冬尼奥，眺望着辉映在威尼斯宫殿与寺院上的寒月……

以上是我于十四五年前看的《莎乐美》的印象，也是日本舞台上首演《莎乐美》的印象。后来,我又看了松井须磨子主演的《莎乐美》。归根结底,须磨子扮演的莎乐美,与其说她漂亮,不如说她年轻。然而我永远也忘不了的,是那个上了年岁的莎乐美,那个漂流到横滨的无名的英国女演员……

大正十四年(1925)七月

人物记

人文庫

岩野泡鸣①

张云多译

好像是在秋天的一个深夜。

我和岩野泡鸣氏一起,坐在开往巢鸭的电车上。泡鸣氏昂然地把穿着斗篷的肘部搭在洋伞把上,同往常一样声如洪钟地给我讲了许多东西,诸如西洋花草的栽培方式啦,他自悟的健胃方法啦,等等。

谈话当中,不知为什么,话题转到了当时引起轰动的一本小说的销售上。于是,泡鸣氏便旁若无人地说:

"哎,什么崭露头角的作家,恐怕卖不了那么多的。我的书,一般能卖……册,你能卖多少?"

虽然有些不好意思,但我还是说出了《木偶师》的销售量。

"全都是那样吗?"泡鸣氏穷追不舍。

有许多新进作家著作销量比我高。我举出两三篇小说,说出了我所知道的销量。当然,不幸的是,这些书多数都比他的著作畅销。

"是这样啊。没想到都卖得不错呀。"

泡鸣氏的脸上瞬间掠过了一缕怀疑的阴影。不过,千真万确仅仅是一个瞬间。还没等我做出任何回答,他的眼里便迅速重现了刚

---

① 岩野泡鸣(1873—1920),日本自然主义文学代表作家之一,主要作品《耽溺》、《泡鸣五部作》,以及评论《神秘的半兽主义》等。

才那种充沛的光芒。与此同时,宛如天下令人怜悯一般,从容不迫地这样说道:

"其实,那是因为我的小说难懂!"

诗人、小说家、戏曲家、评论家——这些称谓还是由他人去决定为好。至少,在我眼里,岩野泡鸣氏是一位可爱得近乎令人感到庄严的乐观主义者。

丰岛与志雄

张云多译

丰岛比我早一年在文法科毕业，是我的前辈，得以同他推心置腹，却是最近的事。我第一次知道丰岛与志雄这个名字，大概是他在一高校友会杂志发表《粉红色的球》那篇小品的时候。但是，不知为什么，留在我记忆里的却是"登志雄"。我记得是在同丰岛见面之后，这个"登志雄"才被纠正为"与志雄"。

操办第三次《新思潮》时，出版商启成社的人和我们同人在本乡丰国二楼聚会，我同丰岛初次见面就是那个时候。当时，我畏缩在最靠边的角落里，突然有一个年轻人走过来坐在我面前，他穿着藏青色白花和服，身材高大，肤色白净。我觉得当时他还没有戴眼镜，不过已经记不确切了。我同他谈到了小说。毫无疑问，这个人就是丰岛。总之，他当时给我的印象是非常规矩，不爱说话，而且，我似乎还觉得他是个男子汉。我这里之所以说"似乎"，那是因为我记得后来有一次在鸿巢咖啡馆还是什么地方聚会，大家曾探讨过丰岛的男子汉风采。

从那时起，我同丰岛始终断断续续地相互交往着。有一次他因事到我家里来，说是喜欢蒙克的画，并把拿在手里的书递给我看。我记得当时好像还有这样一件事情：我以为他同样会喜欢居伊，便把居伊的素描拿给他看，但是他说不喜欢。后来，我们曾在一个剧场的二楼会过面。当时，他身穿平纹绸外褂，头发梳得油光发亮，俨然一副大家风度。我还记得，后来在《新思潮》创刊一年之后的那年秋天，大家在某处聚会吃饭时也见过他。我称赞他的《台球厅的一角》时，他却说自己对作品并不特别有把握。这恐怕就是当时的事。再后来——后来全都忘记了。但是，千真万确的是，我们之间进行的只是一般朋友的交往。然而，从本人始终关注地阅读丰岛作品这一点来看，也许丰岛所写的东西还是相当强烈地吸引着我的兴趣。

然而，如今我们却变得能够相互聊一些诙谐话题了。不过，我却不清楚这是从什么时候开始的。我既觉得好像是在"三土会"成立以前，又觉得好像是在那以后。

丰岛的为人同我在他作品中感受到的极为相似。有人俏皮地形容说，那是因为丰岛"总在秋天里"。世人大概都对丰岛性格的这个侧面了如指掌。但是，丰岛人格上的令人爱戴的恶人特点，却是从其艺术上难以领悟的。接触多了就会发现，他有一种类似大好人公卿恶①的地方。而且，它给丰岛人格添加上了某种"动感"。看到这种情况，对丰岛在生活上拥有相对较多的情趣也就不难理解了。因此，根本不是丰岛"总在秋天里"。相反，是秋天在丰岛的心中。

大正七年（1918）四月

---

① 歌舞伎中扮演公卿的恶人的角色。

菊 池 宽

张云多译

　　我和菊池宽在一起，从来没有感到过拘谨。而且，根本没有无聊的感觉。我认为，若是跟菊池在一起，即使溜达一天恐怕也不会厌倦（尽管菊池也许会厌倦）。我之所以这样说，是因为跟菊池在一起，总有一种跟兄长在一起的感觉。总觉得他不仅对我的优点能够理解，即使自己暴露出毛病来，他也能够给予同情。而且，实际追溯一下过去的记忆，的确是没有一次不是如此。只是作为弟弟的我，时常仰仗他的好意，说出一些很不相宜的随心所欲的空话。但是，他能让我说出这种话来，我就更加感到他像一位兄长。

　　当然，这种兄长的感觉，一部分也是菊池的渊博学识所致。他的学识是多方面的，而且都理解得极为深入。但是，我认为，菊池让我产生兄长感觉，主要恐怕还是他的人格完满的结果。那么，他的人格如何呢，这很难概括成一句话，但是如果能把"久经世故之人"这个词所含有的一切俗气全都消除，那么菊池正是一位卓越的"久经世故之人"。其证据就是，即使像我这种平素喜欢玩弄辛辣诡辩的人，在跟菊池辩论问题的时候，哪怕是辩论取得了胜利，也还会觉察到自己的论点仍有疏漏，全然没有大获全胜之感。何况，当我辩论失败的时候，他则会像久经世事的大伯那样不厌其烦地阐释正确意见，使人产生一种极为怜悯之情。总而言之，我认为这其中的原因，恐怕就在于：无论在思想上还是在感情上，菊池都比我更能付出辛劳。因此，即使是在更加切身的场合，例如向菊池请教现实生活问题时，他也总会比任何人更加设身处地地为我提供各种意见。这种设身处地是我们，尤其是我所效法不了的。不，说实在的，有时我对自己的事也并不设身处地思考，甚至暗中因此而沾沾自喜。事实上，到目前为止，我在个人问题上，的确多次恳请过比我自己更为设身处地的菊池。在当今的世界上，能让我产生这种兄长情结的人，除了菊池之外，别无他人。

还有一些其他事情想写，关于菊池的艺术问题，我在《帝国文学》（正月号）上发表过一篇短文，这里就以其代之，不再叙述。最后，我要再补充一句：在《新思潮》的同人当中，菊池是最好的父亲，又是最好的丈夫。

大正七年（1918）十二月

佐藤春夫

张云多译

一、佐藤春夫是诗人,首先是一位诗人。或者说,他比任何人更加诗人。

二、因此,其作品的特色也就在于富有诗意。不顾其诗去读佐藤作品,犹如要吃南瓜却买魔芋。最终无缘得以满足。既已不得满足,便此非南瓜云云,愚蠢至极。于是,莫如天竺之外求取南瓜。

三、佐藤作品之中,并非没有讥讽道德者,亦并非缺乏讽刺哲学者,然而其思想光环总是一片诗情。因此,只要诗情得以满足,佐藤则不惜崇拜乃木大将,同时打死大石内藏助①也在所不辞。应当说,佐藤身上诗佛和诗魔兼有并存。

四、佐藤的诗情,似乎最接近世人所讲的世纪末期情调。优美而兼带幽渺情趣。《田园的忧郁》和《阿绢及其兄弟》无不如此。堪称当代之奇。对此不能肯首的人,难道真的都是爱吃南瓜之徒吗?

大正八年(1919)五月

---

① 大石良雄(1659—1703),赤穗浪士首领。

久米正雄

张云多译

久米是个感官敏锐的乡下人。

不仅写的东西如此。现实生活情趣上,也有许多带有乡下人特点的地方。但是,唯独感官,远比稀里糊涂的城市人来得敏锐。假如你认为没那回事,那么请阅读久米的作品。色彩啦,空气啦,他都描写得极为鲜明,特别清新。如果仅就这一点而言,在现在的文坛上,恐怕没有几个能超过久米的。

当然,也不是说带有乡下人特点,就没有好的一面。不,恐怕应当说久米的缺点的一面,就正是在这里。所谓朴素的抒情情调等,完全都是源于这个乡下人。

让我顺便再加上一个限定吧。那就是尽管久米是个乡下人,但却并非一般的乡下人。本来,我这样说也担心有人会问他到底是什么人,不过我要说的是:久米的乡下人中,包含着许多浮华时髦的素质。久米作品中的浓艳之处,便来自这里。这一点有时多少会让人联想起柯拉德尔①,但是不言而喻的是两者在总体上并无相似之处。

对久米这种特征漠不关心的人,即使阅读久米的作品,恐怕也不会产生兴趣。然而,这种特征又绝非总是明摆在那里——久米正雄依然是久米正雄。

大正八年(1919)八月

---

① 作家名字,不详。

江 口 涣

张云多译

江口绝非所谓的好汉。他具有更加复杂和更加含蓄的性格。爱憎变化也有纯真质朴之处，但其中隐含着接近病态的固执。如果江口自身不无恶感的话，这一点可以用"现代式"一词来形容。总而言之，在憎恨和热爱的时候，总有一种近乎冷酷无情的东西促使江口情感中烧。铁加热时，有所谓黑热状态。就是看上去是黑色，但用手一摸，马上就会把手烧焦。我感到，江口纯真质朴的性格，就是这种黑热状态下的铁块。再重复一遍，江口绝对不是有如普遍铁块一般的所谓好汉。

另外，江口的头脑构造不属于批评家，而是属于创作家。即使发表议论，他也不是借助逻辑，而是按照直观推论。因此，江口的批评有时还会跑题。不过，这种跑题总是发生在为业已基本接受的铭感添加理论旁证之时。铭感本身很少有错误。有人认为"至于技巧之类，修辞学家也懂得。能抓住作品力量和生命的，却是真正的批评家"。这是一种貌合神离的谎言。外行人也能理解作品的力量和生命。因此，托尔斯泰和陀思妥耶夫斯基的译作才有销路。如果只有真正的批评家才能理解，那么任何剧团都不会上演斯特林堡和易卜生的剧作。那些不仅能抓住作品力量和生命，而且对技巧和内容之间的微妙关系独具慧眼的人，才能成为真正的批评家。我觉得，江口作为批评家的强项，就在于他能直觉出这种微妙的关系。这似乎没有什么了不起，但它竟然是当今的批评家所欠缺的一个强项。

最后，作为创作家的江口，总体上有一种倾向，那就是以人类兴趣为中心的、不是描写心理而是描写事件的倾向。我觉得这种倾向在《马夫》和《红色风帆》中有特别明显的体现。但是，江口的人类兴趣的背后，往往潜藏着无论如何也难以视为健全的异常性。关于这一点，菊池在上个月的《文章世界》上曾经指出过，这里用不着再加重复，只是我感到这种异常性似乎就是江口那种黑热铁块性格的必然结果。他的描写驾轻就熟，几乎能让人联想起谷崎润一郎的宏伟的描述。有一种极力前推之感。但是，遗憾的是，江口并非完全驾驭了这种前推能力。这种能力变得并非盲目之时，就是江口变成真正江口之日。

过去，江口屡屡玩弄非难攻击的笔墨。因而，似乎遭受了好坏各种误解。把江口称为好汉，就是一个好的误解。坏的误解，就是把江口当作马大哈对待。这些误解，全都需要替江口澄清。如果把江口视为好汉的话，那他是个忧郁的好汉。假如把江口看作马大哈的话，那他是个极有教养的马大哈。我在《新潮》上发表的《人之印象》，从来没有写得这样长。我之所以执意要写，是因为我感到同我们的伙伴们相比，江口和江口的作品遭到的歪曲最大。假如这篇匆忙赶写的文章能有助于正确评论江口，我将感到无限幸福。

大正八年（1919）十月

大须贺乙字[①]

张云多译

我跟大须贺乙字氏只见过一两次面。所以，他和我几乎就是点头之交。

其间有一次，在一个聚会席上见到他，他同往常一样略带醉意，拉着我大谈老庄思想。主要论点好像就是说，老庄思想对日本国民性的影响，在俳句里体现得特别明显。我还记得，当时他还引用某某中国人的绘画理论，证明自己的见解有充分根据。

后来，出于某种需要，我曾经写信给他，询问他当天引用的绘画理论的作者和书名。于是，收到了由夫人代笔的回信，说他眼下正发高烧，不能回信。我事先不知他病着，自然非常过意不去。但是，由于家中琐事缠身，也就只是过意不去而已，连封慰问的信也没给他写。然而，后来过了一两周时间，我却收到了他的亲笔回信。遗憾的是信的内容同我的问题有些出入，但那是一封极为谦恭恳切的珍贵的信件。我又一次感到过意不去，马上给他写了一封兼带慰问的感谢信。尽管如此，从当时的心情来讲，我想得还是相当乐观，以为他可能早已大病初愈。不，这并不是我当时的心情。在我自己患上流感，并在高烧折磨下呻吟中，突然接到他的噩耗以前，我依然一直相信他的病情正在痊愈。我大吃一惊。而且，在病榻上发了一封吊唁的信。

---

① 俳句诗人。

可以说，他和我的交往仅此而已。但是，昨天我顺手翻开笔记，上面竟用铅笔胡乱写着五六个古人难句。那是我想找机会请他解释而写的备忘。眼下，我还在吃药，但是白天总算能坐在书房里了。乙字氏恐怕已过"二七"。我感到，我当时那种悲凉的心绪，至今仍然没有散去。

大正九年（1920）二月

近藤浩一路

张云多译

近藤君是位有名的漫画家。现在，作为走正道的日本画家，他也很有名。然而，这并不是偶然的。漫画中含有构思滑稽的漫画，又有绘画本身滑稽的漫画，还有二者兼有的漫画。近藤君的大多数漫画，不是上述两者兼有的漫画，就是绘画本身滑稽的漫画。不过，态度一旦认真严肃起来，一页漫画自然马上就会变成一幅山水。

近藤君的绘画，意境并不淡泊。在类似南宗画的山水之中，也隐含着某种加工润色的色彩浓厚之处。它能让人明显地体会出艺术家的贪婪以及要从各种事物中汲取营养的欲望，实在叫人开心。

当今的流行，并非过去的流行。过去的流行，总是对一切反抗表现冷淡。今天的流行，则总是对一切非反抗表现冷淡。面对两种流行犬牙交错的现代日本，近藤君恐怕也需要稳坐金刚座位之上，拼命进行一番修炼。

同近藤君第一次见面，正好是去年现在这个时候。当时，他口称神经衰弱，意气极不高涨。但是，看他手里拿着一根近乎木棒的樱木手杖，即使再神经衰弱，恐怕还是有能力打死一条狗的。不过，最近见到他时，他说神经衰弱好了，脸上很有精神。健康肯定是恢复了，但其间他的名声大振也是事实。当时，我跟他些许谈起过小杉未醒氏。他那光头也是同往常一样，书生样子也和以前毫无二致。然而，那根木棒一样的伟大的樱木手杖，却再也没有在他的手中重现。

大正九年（1920）五月

南部修太郎

——十八条优点

张云多译

一、会英、俄、德三种外语。但是，不知会到何种程度。

二、一丝不苟。如，写信过去，他肯定回信。

三、热爱家庭。尤其，对母亲更甚。

四、勇于论战。

五、热心于作品的斟酌。写得慢，往往是由于屡屡推敲。

六、对自己作品的评价谦虚。对大多数作品都是说："那篇东西不怎么样。"

七、忠实于每月评论。

八、不充当半瓶子醋行家，不提出貌似聪明的过分要求。

九、容貌和风采都不卑微。

十、不缺乏精进之志。如，想写大作，购买难以读完的书。

十一、不随便放荡。

十二、视力好。一起走在路上，能替你观看远处东西，十分方便。

十三、对绘画和音乐也有兴趣。但是，好像两者都不太行。

十四、有朝气蓬勃之处。

十五、不说讽刺和挑刺儿的话。

十六、信件和稿子的字都好认。

十七、精通陆海军术语。因为少年时代曾有当兵的志愿。

十八、为人正直。这里并不是不说谎话的意思，而是即使偶尔说谎话，也是说那种反倒让人知道他很正直的谎话。

大正九年（1920）七月

菊 池 宽（又及）

张云多译

菊池在生活方式上总是追求彻底，从不拘泥中途。自己认为正确的事，便毫不迟疑地付诸实行。其信念合理而且肯定富有较多的人情味。对此，我肃然起敬。我等是隐藏在艺术之中的，但菊池是显现在艺术之上的——虽然这样说也许不当，但是在菊池那里，艺术似乎只是他生活的一部分。艺术家大体上可以分为两类：一类就像托尔斯泰那样，是对怎样看待人生感兴趣的人；另一类是像福楼拜那样，是对怎样看待艺术感兴趣的人。菊池显然是属于前一类的艺术家，在这个意义上，他接近"为人生而艺术"这种主张。

菊池的小说，也像他的生活态度一样，写得大胆而果断。因而，好像缺乏入微的妙处。有些人对此感到美中不足，但那是挑剔的一方有误。菊池的小说，即使缺乏妙处，但作为小说却是货真价实的。我觉得，这比除了入微妙处之外别无他物的作品，不知要好上多少倍。

菊池虽然是个生活方式勇敢的人，但他却绝对不是缺少温情的人。对物质上困窘的人，他格外同情。这方面的例子不胜枚举，但不便公开，这里暂不列举。拿我自身的例子来说，我在工作上以前曾得到菊池的许多安慰和鼓励。不，除了得到他这种嘴上的开导之外，我更是屡屡默默地感受着菊池的深情体贴并坚强起来。因此，在工作上，当然在现实生活问题上也是如此，我曾多次和菊池商量过，今后也还打算商量下去。只有一件事，就是关于色情的事，我还没想同他进行商量。

　　还有，菊池头脑聪明，这是高中时代就在我等之间出了名的。他外语很好，我觉得这归根到底不过就是他头脑善于分析的一种表现而已。至于在所谓理智程度方面，文坛上能同菊池分庭抗礼的人，肯定是屈指可数的。有一个下雨天，我跟菊池在外面散步。当时，我感兴趣的是映现在泥水中的电车倒影和雨水打湿的发亮的洋伞；菊池却一直看着街前的招牌和标志，关注店名的读法和珍奇职业的名称。我觉得，菊池的理智之心，在这些小事上也可见一斑。

　　另外，菊池在家里不仅是个好丈夫和好父亲，而且似乎兼为一个好邻居。到菊池家去，屡次见到好多邻居的孩子聚在一起，跟菊池夫妇以及菊池的孩子玩耍。有一次，菊池一家不在，只有邻居的两三个孩子看家。既然和孩子们关系这么好，那么，跟孩子父母的关系亲密，也就不足为奇了。在我等之间，甚至还有菊池是否马上就要当选镇议会议员的风评。

　　从前面所讲的事情来看，我觉得：在菊池那里，菊池特有的境界已经完全形成。而且，其境界是我相当羡慕的境界。我认为，如果一个作家在复杂多变的现代享受着接近单纯的生活，那么那不仅是一部分感叹地观察自然和人生的诗人式作家，而且是菊池那样的人。

大正九年（1920）十二月

小杉未醒

张云多译

前年冬天,香取秀真氏品尝手贺湖鸭美味时,在场的天冈均一氏曾冷不防对初次见面的小杉未醒氏扔过这样一句话:"小杉君,你的画比你本人温情得多啊!"当时,我就意识到天冈翁也让小杉氏的外表给欺骗了。

确实,乍看上去,小杉氏有一副天狗俱乐部①成员那种勇猛雄壮的面容。事实上,同他初次见面时,我对他那非凡的风采,便有一种满是瘴气硝烟的感受,觉得他与其号称未醒山人,莫如自命未醒蛮民更为恰当。但是,后来一接触——也谈不上是接触,反正一接触,我就发现人不可貌相,他是一个细心温情的人。当然,今后再接触下去,这种见解也许还会改变。但是,眼下我所见到的小杉未醒氏,是一位同我们缘分意外相近的感情式人物,他怯懦,富于温情,有时恶感强烈。

因此,依我说,他这个人和他的画,并不像天冈翁所认为的那样有什么不协调的地方。他的画就像竹子一样,也是从他那张面容上直接生长出来的。

小杉氏的画,无论是西洋画还是南宗画,都一样柔和。然而,并不轻快。总是奇妙地伴有令人伤感的凉意。我在那里看到了同我们一样接受现代洗礼的小杉氏的身影。假如胡乱形容一下的话,那

---

① 押川春浪、水谷竹紫等明治末期文人创立的俱乐部,喜欢摔跤,英勇异常。

就是透过梅花书屋①的窗口往里一看，他这个唐人并没有悠闲地吟咏林处士的诗文。他好像正独自面朝炉火，认真思索着什么，Rêvons……e feu s'allume（做个梦吧……火正在燃烧）②。

我顺便再加一笔，小杉氏也擅长诗歌。不过全是五言绝句，总共只有十首到十五首。这一点，跟我很相似。但是，从质量上看，他的诗也许比我的更好。当然，也许更差。

大正十年（1921）二月

---

① 窗台旁边摆放梅花的书斋。
② 法国诗人魏尔伦（1844—1896）的诗句。

森 先 生①

张云多译

在一个夏夜，我和朋友山宫允君拜访过观潮楼②，当时我还是东大文科的学生。记得森先生穿着白衬衫和白色士兵裤。把小儿子放在膝上，谈论着法国小说和中国戏曲。谈话当中，先生竟把《西厢记》和《琵琶记》搞混了，发现先生有时也会出错，我反而对他增加了亲切感。房间坐落在可将根津一带尽收眼底的二层，我觉得那根本就不是永井荷风氏在《矮齿木屐》中所描绘的那种房间。那时候，先生脸色晒得黝黑，感觉很有军人气质，但并没有威严生硬的印象，在充满英雄崇拜之情的我等心中，先生只是一个快活的存在。

另外，夏目先生葬礼时，我曾坐在青山殡仪馆门前的帐篷里担任接待，突然有个身穿防霜外套、头戴礼帽的人，把名片递到我的面前。此人相貌英俊，可谓颇具神采，实为世上少有的相貌。我一看名片，上面写着森林太郎。哎呀，是先生啊！我恍然大悟时，先生早已走进了殡仪馆。当时，我之所以没有认出先生，是因为那时先生的脸色已不黝黑。当时，先生已从陆军退役，既不必再去官厅上班，也不用再受风吹日晒。（未定稿）

大正十一年（1922）八月

---

① 森鸥外（1862—1922），日本现代文学一大家，与夏目漱石齐名。代表作《舞姬》，开日本浪漫主义文学之先河。
② 森鸥外宅邸名称，位于东京文京区。

恒 藤 恭

张云多译

　　恒藤恭是我一高时代的亲密朋友，还一同在中寮三号宿舍住过一年。当时，恒藤还没有进法科，是一部乙组，即英文科的学生。

　　恒藤总是早晨六点钟起床，午休时睡午觉，晚上熄灯前刷好牙，然后钻进被窝。其生活之规律，简直就是伊曼纽尔·康德再世，或者就是一个钟摆。当时，我们班里有不少诸如久米正雄或菊池宽之类的天降之才，这些豪杰都有别于恒藤，他们或饮酒或起哄，犹如天马行空，犹如公共汽车狂驰街头，喜欢放纵的生活。因此，同这些豪杰的生活两相对照，恒藤的生活并非一般地有规律，而是突出地有规律。我虽然身为恒藤的亲密朋友，但是终归没能同他一样规矩，而是跟大多数人一样睡懒觉，跟大多数人一样熬夜，总是平庸地过日子。

　　恒藤还是个秀才。看不出他特别用功，但成绩总是名列前茅，而且还兼修诸如法语、拉丁语之类。此外，休息的日子还到植物园去写生。我也多次受命陪同，坐在他身旁读上半天的书。恒藤所画的水彩画中，让我记忆最深的是一幅画有冬枯杜鹃花的画。但是，遗憾的是，它留在我的记忆里，并不是因为画得美妙，而是因为他告诉我那是杜鹃花之前，我一直以为是一头牛。

　　恒藤又是论客。说这件事之前，还有一点想写，那就是恒藤也能写诗。当时，我们班诗人和歌人不少。当时的久米正雄曾经吟道："天才之心实如变色龙一般。"当时的菊池宽曾经写道："一坐到教室课桌面前，就有一种要大喊大叫的冲动。"当时的恒藤有诗数篇，也就不足为怪。其中一篇说：

> 神灵总是高高在上，
> 生命种子播撒园中，
> 成熟之时贪婪饱尝。
>
> 因为神灵高高在上，
> 众生赞誉神的美名，
> 此物结果虚幻无常。

回过头再重新写，就是恒藤还是个论客。打那以后十余年来，我不知道天下还有其他像他那样令人生畏的论客。如果另有一人的话，那只能是儿岛喜久雄君。现在，即使跟恒藤相见，我也很少跟他争论，因为明明知道一旦争论，必败无疑。但是，一高时代，无论是吃饭还是散步，我们都没头没脑地争论。而且，记得争论的都是些艰深的问题，诸如纯粹思维、西田几多郎、自由意志、柏格森等等。我从这种争论中，总结出了自己的辩法。听说《格列佛游记》的作者斯威夫特至今对逻辑学仍很生疏，但却夸口说辩论并不艰难。想必他亲密朋友中肯定也没有恒藤恭这样辛辣的论客。

恒藤同时还是个谨严的人。他不好酒色，不乱说话，处身清白，与我等有天壤之别，同室同级的藤冈藏六也是个谨严的人，但却并不是没有谨严过度之嫌。"召妓酒馆的作用是什么？"这位藤冈藏六就屡屡难为过我。在藤冈看来，肯定召妓酒馆比科恩的学说更加令人费解。恒藤并不是不知道那种事，似乎是知道然而谨严。而且，这种谨严贯穿到细微的一言一行之中。例如，恒藤不往楼下尿雨。所谓尿雨，就是夜里从宿舍窗口随便往下撒尿。在特定的时间和场合，我也并非全不尿雨。我问他："你为什么不尿雨？"恒藤说："假如让别人给尿了，我会为难的。所以我不尿。你为什么尿雨？"我回答："让人家给尿了，我也不怕，所以我尿雨。"另外，恒藤也不整治管饭的人。摔碟扔桶的事，我也不怎么干。我问恒藤："你为什么不整治管饭的人？"他说："因为我觉得无谓地损坏器物不好。你为什么也不干？"我回答说："不是不干，是不会干。"

如今，恒藤在京都帝国大学讲授施塔姆勒和拉斯基，我在东京卖弄文字。一年相见，仅一两次而已。想起过去徘徊在一高校园菩提树下谈笑不倦的朝朝暮暮，不胜怀旧之事甚多。于是，应改造社之邀，马上撰写此文。时于大正壬戌年菊花未发之重阳。

大正十一年（1922）九月

久米正雄(又及)

——效仿久米正雄文体

张云多译

　　新时代的浪漫主义者乃是三汀①——久米正雄。高歌"眼泪系理智之薄明、感情之灯火"的久米、在草花皆白充满凉意之时也不失好人面影的久米、在接受花枝招展的美妓劝酒的瞬间亦能为"未被邀请之客"感叹的久米——对如此多情善感的久米,大家都说可爱。然而,我觉得对任何悲伤都能坦然忍耐的、勇敢得令人怜悯的久米正雄,却格外叫人开怀。

　　这里的久米已不再怯懦。而且,在他那灿烂的微笑当中所能见到的,只是他在原有素质基础上锻炼而成的、非同一般的才子的刚强。进而,他在杯盘狼藉之时那种从容不迫的态度,也不由得让人嫉羡,俨然一个总把人生暗示成玫瑰色光环的浪漫主义者。他总是知其诱惑而不抵抗诱惑,比如他承认跟相送至途中的美妓"窃窃私语之后"的荒唐,却又"特意假惺惺地高声互道再见",然后才随着脚下木屐的声响一个消失在大路方向,另一个消失在小巷方向,不过这也未必就能激起人们的厌恶。

　　以前,在同乡某某的饭馆里,我曾和久米喝醉过曼哈顿鸡尾酒,醉后我也谴责过他生活上的懒散,但是后来看到久米安然的一

---

① 久米正雄的俳诗笔名。

家风格形成之后,便领悟到了鸡在地上啄米、鸭在水中捉鳅的道理,感到有一种"在美梦藏在心中之时,看到一轮迟到的微微发黄的月亮升起"在夜深人静的人家深处的、令人不忍离去的情趣。现在,可爱的三汀正在蜜月旅行①途中,不在东京……

小阳春光暖,望小岛,伸频引劲梦魂率。(三汀)

大正十二年(1923)十二月

---

① 大正十二年十一月同奥野艳子结婚。

谷崎润一郎

张云多译

　　一个初夏的午后，我和谷崎氏到神田去逛街。那一天，谷崎氏同样也是身穿黑色西装，系着一条红色领带。那条伟大的领带，使我感受到了它所象征的浪漫主义。其实，并不是我一个人这样。路上的人，不论是男是女，恐怕都有和我一样的感觉。对面走过来的人，没有一个不诧异地看着谷崎氏的脸。但是，谷崎氏怎么也不承认这个事实："那是看你的呀。你穿那么一件旅行外套嘛。"

　　的确，我是穿了老爷子的旅行外套，没穿夏日风衣。但是，茶道师傅和菩提寺的和尚，都是穿旅行外套的。能引起世人注目的，实在莫过于那条类似红玫瑰、非同凡响的领带。但是，谷崎氏跟我一样，都是不尊重逻辑的诗人，所以我也就没再让他勉强接受这个真理。

　　这期间，我们来到里神保町的一家咖啡馆，觉得嗓子干渴，想喝点汽水之类的。我要好饮料之后，又仔细观赏一遍谷崎氏颔下那燃烧着的浪漫主义烽火。这时，一位脸上白粉业已脱落的女服务员，两手端着杯子来到我们桌前。杯中清澈得无以挑剔的汽水冒着细泡。女服务员在我们面前各放一杯，然后——我至今对那个服务员的话还记忆犹新！女服务员不忍离去，一只手搭在桌子上，凝眸注视谷崎氏的胸前。

　　"啊，您系的领带，颜色真好呀。"

　　十分钟之后，离开桌前时，我决定送她五毛钱小费。同所有的东京人一样，谷崎氏也是一个对给人无用的小费感到轻蔑的人。此时此刻，这五毛钱小费自然也未逃脱谷崎氏的冷笑：

"喂，她不是没关照我们什么吗？"

我对这位前辈的冷笑并不感到羞愧，还是把一张皱皱巴巴的纸币递给了服务员。这位服务员并不仅仅为我们端来了汽水。实际上，她还为我向天下揭示了关于红色领带的真理。我至今也不曾给过比当时那个五毛钱更有诚意的小费。

大正十三年（1924）一月

佐藤春夫（又及）

张云多译

不幸的是，佐藤春夫总是误解我。我写《献给有岛生马君》时，佐藤曾对我这样说："你如果能总那样说话就好了。那样，就旗帜鲜明。"我总是旗帜鲜明的。对自认为是傻瓜的人，我从来没有当面说他聪慧或者明达，只是没有明说他是傻瓜。认为这是旗帜鲜明，应当说是佐藤的误解。

另外，我写《保吉的笔记》时，佐藤又对我这样说："嗯，这个好。不过，依我说，你不承认未完成之美，我替你感到遗憾。"这同样也是佐藤的误解。我对未完成之美并不冷淡。若不然，根本不会像我这样有心思恬然地净发表未完成的作品。

还有一次，我偶然谈起"想写喜剧"，佐藤又对我这样说："若是喜剧，恐怕你会马上写出来的。"我生性严肃，如果不是全神贯注，很难开出玩笑来。佐藤把这一点误解成了同世人一样容易。

而且，在一个新进豪杰赞美佐藤贬低我的时候，佐藤给我写了这样一封信："把我和你相互比较，我感到很不自在。"应当说，这同样是误解。我不认为一篇《古琴伴歌》的作者会同新进豪杰具有同等程度的头脑。其实，我真的是感谢佐藤的这种深情厚谊。

还有，大地震过后相见时，佐藤又对我这样说："银座重建的时候，我们两人恐怕都要白发苍苍啦。"这是佐藤对我抱有的最大误解。有一次，我看到佐藤赤身露体，他有一副跟诗人并不相称的魁梧的躯体。无论如何，我没有可能跟佐藤共享天年。面对丑陋的晚年——这理所当然便是众神赐予佐藤春夫的注定命运。

大正十三年（1924）二月

饭田蛇笏

张云多译

一个星期四的晚上，我到漱石先生那里去玩，不知为什么赤木桁平不停地赞扬蛇笏。当时，我还是一个不曾摆弄俳句的人。当然，也不知道蛇笏这个名字。但是，对这样一个了不起的人物都一无所知，实在心不甘情不愿，所以就拜读了几篇饭田蛇笏所作的俳句。当初，赤木当场就连续背诵了他的妙句。但是，我却不像赤木那样，并不觉得美在哪里，而且，还坦率地说"没啥意思"。于是，遇事认真的赤木，马上就给我当头一棒："你根本不懂俳句。"

正好也就在那前后，我漫不经心地看了一眼《杜鹃》，见虚子先生也在滔滔不绝地对蛇笏表示敬意，还摘录了几篇俳句。那时，我对蛇笏的评价，仍然是否定的，尤其不喜欢他以夫人歇斯底里为题材的俳句。我甚至认为，这类事情与其用来写俳句，还不如用来写小说。打那以后，我便把这事忘到了脑后。

这个过程中，我也开始作俳句了。于是，有一次在岁事记上发现了蛇笏的俳句："得绝症，心境平，美指拨火桶。"这个俳句所具有的魅力，足以让我彻底改变对蛇笏的评价。我开始注意出现在《杜鹃》上的蛇笏的名字。当然，也剽窃了那个俳句的意境："肺痨苦，双颊美，冬帽戴头顶。""娼女悲，十指白，恰似白皮葱。"在蛇笏的影响下，我造出了这样一些俳句。

当时，还有一件可笑的事。我同赤木争论过俳句之后，一不小心称赞了一下蛇笏，赤木马上狠狠地嘲笑我说："你终于也赞赏蛇笏啦？""别开玩笑了。事实上，促使我犯这个错误的，正是你的背诵！"我也勉强嘲笑了他一番。这是因为博闻强识的赤木桁平，在称赞蛇笏时头脑紊乱，曾把俳句"眼前芋露耀眼亮，远处山峦起伏真"误背成"眼前芋露耀眼亮，远处山峦起伏齐"。

然而，一两年之后，我又久违了《杜鹃》。但是，还在关注蛇笏。有一次，会见一位俳句青年，他说在一个俳句会上见过蛇笏，还说"蛇笏那家伙，傲慢至极"。我对遭到诽谤的蛇笏，顿时抱有一种信赖之感。这其中，一个原因是因为我本人也情愿傲慢，这是同类相怜。但是，除此之外，出于各种原因，我总觉得俳句诗人似乎都是格外善于处世的奸诈之徒，感到"傲慢至极"这种谴责是很难接受的。我认为，遭到如此诽谤的蛇笏，肯定要比不曾遭受谴责的人更加高尚。

打那以后，又过若干年，今天我已同饭田蛇笏（不再是以前的蛇笏，现在是饭田蛇笏君）进行书信往来了。正像我预料的那样，蛇笏君的书信，带有一种极其俊爽的风格。的确，遭到年轻人"傲慢至极"的诽谤，也许是自然的。面对蛇笏君的信件，我重又感受到了他的足以信赖。

　　　　春雨细无声，放眼望，积雪皑皑甲斐山。

这是我的近作。顺便献给身在甲斐国的蛇笏君。最近，我又心血来潮地时常写俳句。然而，由于一度远离句作一事作祟，往往立刻陷入苦吟不果之境。往年接受蛇笏君鞭策的那种激情，似乎已经一去不返。总之，蠢人除了按蠢人方式玩味句作之外，似乎已无地自容。

吾宅亦花开，谁人知，无非粗茶一瞬香。

如蒙先辈蛇笏君怜悯一笑，实为荣幸。

大正十三年（1924）二月

久保田万太郎

张云多译

我所了解的江户人,如果在有缘文坛的人中寻找,第一个是后藤末雄君,第二个是辻润君,第三个则是久保田万太郎君。这三位性格各异,但江户人风采和江户人气质,却基本如出一辙。其中,在后天上也不诬称江户人的,当属久保田万太郎君。至少,不带"山手"气息却富有"町人"特色者,当属久保田万太郎君。

江户人处事达观。既然处事达观,不积极逞强自不待言。可以说,久保田君的艺术和久保田君的生活,都显示着这种特色。久保田君的主人公,总是一些停留在道德微明之上的乡下无名男女。这类男女在契诃夫作品中也屡屡出现,但契诃夫的主人公,多数都会让我们读者哄堂大笑。久保田君的主人公,比契诃夫的主人公更加哀婉,犹如日本的烟丝比俄罗斯的纸烟更柔和一般。不仅如此,在久保田君的笔下,就连作品中的风景,也总是潇洒的淡彩画。还有,如果观察一下久保田君的生活——在了解久保田君生活方面,我并不是最肤浅的一个。但是,在他的微笑中,就能感受到他的全部生活。微微苦笑是久米正雄君强加在日语词汇中的新俗语。久保田君有时浮现的微笑,不妨也称为微微苦笑。不过,依我说,把它称作微微哀笑也未尝不可。

处事达观,不积极逞强自不待言。但是,也不应当消极无为到处事达观的程度。我们让久保田君达观一次看看,他肯定是无动于衷。谈笑之间也是如此。酩酊大醉之后,更是如此。久保田君的主人公，也总是不失这种顽固成分。这又同契诃夫的主人公面目相异。应当说，久保田君的主人公，是想弯可弯但想折不易的——同雪压的青竹如出一辙。

尽管这种不争强好胜的顽强特色，并不是江户人的全部，但却近乎江户人的全部。我是一个长在东京的书生，无论在先天上还是在后天上，都已失去江户人资格。因而，不能全面理解久保田君的艺术和道德态度。但是，对他的小说和戏曲抱有的敬意和热爱，并不一定落于人后。这就是用这三页稿纸撰写久保田万太郎记的缘由。久保田君，这篇东西能否蒙你首肯？莫非还是不能首肯吗？我已经知道，一旦将你冷落，你就会顽固坚持。我又为何要勉强你首肯呢？

顺便再说一句。小说家久保田万太郎君，亦即俳句诗人伞雨师傅，这是众所周知的。我日前向久保田君展示俳句一首："神不知，鬼不晓，阴云乍起星月夜。"伞雨师傅称绝。数日之后，我又将其改为："冷冰冰，凉飕飕，阴云忽满星月夜。"伞雨师傅摇头说不行。然而，我还是对后者坚持不舍。久保田君还是不取后者。这不清楚地看出我们的差异了吗？

大正十三年（1924）五月

宇野浩二

张云多译

宇野浩二是个聪明的人。同时，也是一个多情的人。也许他特有的喜剧精神会让人迷惑。但是，让我迷惑的事，却寥寥无几。

非但如此，即使不发挥喜剧精神的时候，宇野浩二这个人也像其他许多多情与聪明二者兼备的人一样，很少郑重其事。对体现喜剧精神本身，他也并不郑重其事。这有时也许会给宇野浩二带上怪物之感。然而，这其中存在一种独特的魅力（例如，与变色龙相反的魅力）也是事实。

宇野浩二原名格二（或作"次"）郎。从他那浅黑色的脸色看，肯定是叫格二郎。尤其是弹三弦时的宇野，实在应该是跟"浩"字相差甚远的"格"字。

顺便也写一下宇野的脸型，我端详他的脸型时，每每都会产生一种食欲。关于他那张脸，我曾经有过这样的空想：可以把面颊到耳朵那部分加工成冷肉。放在盘子里，微红之中掺有白色脂肪。但是，翻过来一看，变得粗糙的颊部皮肤上却残存着蓬松的鬓毛。其实，真的把这种东西放进嘴里，是否能像想象中那样喝上两杯，实在是个很大的疑问。恐怕加再多的佐料，他那鬓毛所带有的烟味，都会像羊肉味一样，扑面而来。

孩儿来，利镰高举向宇野，割下鬓草送马夫。

大正十三年（1924）七月

室生犀星

张云多译

室生犀星是个彻底圆满的人。实际上，直到现在，我也不认为自己会像室生犀星那样的圆满。如果简单归结一下，所谓自我圆满的人，可以认为就是自成一家的人。也可以认为就是根本不依赖他人便能生活的人。如果夸大其词的话，室生简直就是旁若无人地端坐在宇宙面前，口中还高喊：室生犀星在此。这里的端坐并不是件容易的事。粗略环视一下周围，我认识的伙计们，大都惧怕些什么。当然，表面上毫不惧怕。内面上——也许没有"内面"这个词。夫子对自己也说吾己无畏。但是，内心深处还是多少有些畏惧。在这种恐怖的有无方面，室生犀星是非常顽强的。他既不顾及世人，也不想让世人顾及自己。他弄弄院子，写写故事，玩玩芋形水壶——也就是像前面所说的那样，他面对日月星辰，端坐在鱼眠洞①洞天，口中高喊：室生犀星在此。同室生熟了之后，我不仅对这一点特别佩服，而且对这一点特别佩服本身又使我感受到非同寻常的幸福。前些日子，我在评论《高丽之花》时提及了诗人室生犀星，所以这次便简述一下友人（与其这样说，莫如就说是室生）的为人。这篇东西说不定还会遭到室生的斥责："啊！"

大正十三年（1924）十二月

---

① 室生犀星的俳句笔名。

泷田哲太郎

张云多译

泷田君总是胖胖的。不仅如此,脸色也总是红红的。夏目先生称泷田君为金太郎①,这也并无不当。不过,他那眯眯细眼,倒跟菊慈童②,极为相像。

我在大学时期,跟泷田君初次见面打过招呼,那以来大约十年,我们一直亲密地交往。泷田君请我饱尝过鲑鱼寿司的美味,让我得了严重的胃痉挛。还有,争论过云坪之后,送我兰竹一幅。实际上,在众多的编辑当中,我最情投意合的正是泷田君。但是,不知什么原因,至今我也没有跟泷田去过一次茶馆。恐怕泷田君觉得跟我这种人无话可说吧。

泷田君是个热心的编辑。特别在鼓动作家撰写小说和剧本方面有独到之处。我等也始终受着泷田君的鞭策,他对我的作品时常给予鼓励和赞美,还给我看过先辈的堪称苦心结晶的作品,所以我不知不觉之中,竟写了近百篇短篇小说。这是我最最要感谢泷田君的。

另外,我还因为预支中央公论社的稿酬而不时麻烦过泷田君。记得第一次预支的钱是十元左右。我连这么几个钱都凑不上,最后便在晚上八点钟,造访了泷田君的旧宅。泷田君的旧居,坐落在从

---

① 传说中的怪童,身红体胖,力大无比。
② 能乐《菊慈童》主角名,戴眼睛眯缝着的面具。

西片至菊坂的小巷里。我拜访这座房子，前后仅此一次。但是，至今我还记得在门内，也可能是在院子里，开着许多无名的白花。

除本职文艺工作之外，泷田君还喜欢书画和古董。除了现代人的作品外，泷田君还让我看了几幅椿岳和云坪的上好之作。当然，可能还有许多珍品，我没有看过。不过，据我所知，泷田的藏品都比现代人的作品要好。其实，泷田君对我的欣赏眼光是很不以为然的。"芥川的美术理论，实在不像文学理论那么叫人信服呀。"泷田君总是这样笑话我的不学无术。

泷田君对日本文艺贡献颇多，这不用我多加描述。如果说当代文人全都受过泷田君的关照，那虽然可以讨好死者，但绝非死者所能接受。诚然，我等年少之徒，常给泷田君添麻烦。但是，泷田君本人恐怕也并非不曾仰仗过我等的前辈，诸如德田秋声氏、田山花袋氏，等等。

接到泷田君讣告那天晚上，我和室生君前去吊唁。泷田君头朝北躺在所谓的观鱼亭①里。看到他的面容，我顿感一种无以言状的凄凉。这并不是因为我失去了一位对我温情的友人，也不是因为我失去了一位对我宽容的编辑，那是因为我失去了泷田君这位伟大的、热情的人。如今"七七"已过，每当想起泷田君，还是凄凉不尽。在日本，恐怕很少有人能像泷田君那样热烈地生活过。

大正十四年（1925）十一月

---

① 泷田为自宅一个房间起的名字。

泷田哲太郎（又及）

张云多译

跟泷田君第一次见面，好像是在夏目先生府上。但是，当时的事，没有留下任何记忆。

泷田君第一次来我家，是我大学毕业那年秋天——我初次给《中央公论》写《手帕》的时候。泷田君谈到那篇小说时，对我说："有点讽刺意味呀。"

后来，泷田君就每隔两三个月来我家一次。

有一年春天，我写不出东西来，感到很是倦怠。当时，泷田君为我拿出谷崎润一郎君的稿子（那实在是一篇苦心痕迹历历在目之作），给我很大鼓励。我因之增加了勇气，总算写了出来。

我这一方不怎么拜访泷田君。就是泷田君年终每每举行的招待宴会，我也只有一次列坐末席。那大约就是震灾发生的前一年——恐怕是大正十一年（1922）的年底。我在那天晚上初识了田山花袋、高岛米峰和大町桂月各位。

另外，泷田君病中，我也只去看望过一次。泷田君已很憔悴，跟过去夏目先生称他为金太郎的时代，已经判若两人。但是，他还是向我和与我同去的室生犀星君出示了画册，说话依然很有精神。

最后一次跟泷田君相见，是今年的初夏，当天正好是戏剧联合会观赏日，我去了新桥舞蹈剧场。病情小有好转的泷田君，跟三个女儿一起前去观看。看到他的脸色，我情不自禁地说了一声："瘦了好多呀。"这句话肯定是给泷田君带来了不快。泷田君望着同我在一起的佐佐木茂索君说："我比芥川还瘦吗？"

接到泷田君讣告，是十月二十七日傍晚。我和室生犀星君一起，到泷田君家中吊唁。泷田君朝北躺在面向庭院的客厅，遗容竟然比上次见面时更加接近往常的泷田君。我跟他夫人谈到这一点。"那是因为浮肿了……也许还是因为给他塞了棉花吧。"夫人这样对我说。

关于泷田君，我并不是除此之外再无可谈。但是，匆忙之间所能谈的，仅有这些。

大正十四年（1925）十一月

夏目先生和泷田

张云多译

那是我走出红门①不久，跟久米正雄到一高去的时候。之前，因为接到一封夏目先生的来信，信的内容是说"每到星期四就有恶棍前来硬让我写字给他们拿走"，后来我把这封信拿给泷田去看，他觉得太不像话，便去责问夏目先生，听说夏目先生曾经致信泷田，表示歉意。当时，夏目先生的接待日是星期四。我们是中午去玩，泷田则是晚上请他写些玉版笺之类。因此，泷田有很多夏目先生的墨宝。泷田热心购买书画和古董，他曾亲口说过，有一次在日本桥中街闲逛，根本不想买，但是一看到明器之类，不到一个小时就买了一千元还是一千五百元的东西。其实，他遇事全都是这个样子。震灾发生过后，也是因为身体虚弱，他的搜集癖好大大减退。最后一次相见好像是四五月份，在新桥舞蹈剧场廊下，有人从后面叫我，我回头看了半天，没有认出是谁。那个大块头的人竟然变得非常瘦小，只是脸上微带一些红晕。过去，我不止一次地说过，我认为：上自德富苏峰、三宅雄二郎各位，下至比我等更年轻的人，泷田都借助书稿有过交往，知道许多作家的逸闻趣事。如果有朝一日他把《中央公论》编辑一职让人而赋闲，写部回忆录一定非常有趣。

大正十四年（1925）十一月

---

① 东京大学的正门为红色。

夏目先生

张云多译

第一次跟先生见面时，谈论的话题是普通人中是否喊过万岁。于是，我说从来没有喊过。这时，先生说有一次在一个人的婚礼上，人家叫他带头高呼万岁，当时喊过一次。他还说，已经记不太清楚了，后来还喊过两三次。接着，还谈及为什么万岁难喊出口的问题，先生说那是因为在人前抛头露面叫人不好意思。我说，那也可能，不过人在兴奋高喊的时候，万岁毕竟不像叫好那样容易上口，恐怕是因为"万岁"一词的音调难发吧。当时，先生对此断然否认。因为我执意坚持，先生便不耐烦地不再作声，我也泄了气。我发现，打那以来，先生一直对我有些反感。

有一回，我说志贺的那种文章，我是想写也写不出来。而且，问先生怎样才能写出那种文章来，先生便说：心里不要想是在写文章，怎么想就怎么写，才能写出那种东西。而且还说：那种东西，我也写不出来。

先生曾经说：有一次，我走在路上，突然拉车的马离开马车，向我追了过来，于是，我逃进旁边的一户人家，但是那匹马是在追我还是在追别人，我至今不得其解。

正冈子规在《一滴墨汁》还是什么地方，曾经提到他和先生一起在早稻田一带的田头散步，惊奇地发现漱石竟然不认识水稻。后来，我跟先生谈起过这件事。当时，先生竟自吹自擂地说：什么啊，我知道大米是从种在田里的东西磨出来的，我也知道种在田里的东西就是水稻，只是不了解水稻——眼前那水稻和大米的结合，正冈那是没有从理论上进行这种思考。

有一天晚上，大家向先生发起了猛烈的论战。我觉得这也未尝不可，但是久米有些担心，他问小宫这样向先生挑战好不好。于是，小宫说：那是先生的拿手好戏呀。还说：先生喜欢跟大家对着干，然后再把大家打垮。

埃利西埃夫君对先生说：翻译您的作品时，"庭に出た"和"庭へ出た"有什么不同？先生则说：我也弄不清楚了。

铁刀木手杖故事：铃木看到先生小说里有关铁刀木手杖的故事以后说，铁刀木坚硬得很，怎么也削不成手杖。先生则表情严肃地说，当今都有切削钢铁的机器了，铁刀木不可能削不成手杖。

看过安井曾太郎的画之后，先生曾说：精细程度，跟我正好相像。

因为一点小事，先生就会发火。有一回，我跟他说：听说高楠顺次郎讲夏目不应当待在大学里，应当出去当作家。先生立刻怒火中烧地说：依我看，高楠才不该待在大学里呢！

先生刚下到浴池里，旁边的一个人便溅他一身水（或者是洗澡水）。先生气不打一处来，马上抓住那个家伙，骂了一声浑蛋。

先生说：骂完之后，马上害怕起来，心想这可怎么办，幸好这时对方碍于我的气势，向我认了错，我也就万事大吉了。

一天夜晚，一处发生火灾，先生看过火灾回家，不巧碰上刑警划地戒严。刑警问他：你是从哪边过来的？如果从起火地点来说，应当是从对面过来的；若是从自家方向来说，应该是从这里过来的。于是，他回答说：按我家说，我是离开那边过来的；按火灾现场来说，我是从这边回来的。刑警听后说：不管如何你先在这里等一会。正好附近堆放着木材，先生就坐在上面等起来，而且觉得去一趟警察局也挺有意思。这时候又有一个人触犯警戒被抓了过来。于是，刑警对先生说：你可以走了。因为先生正想去警察局走一趟，便又对刑警说：若不然我再等一会吧。刑警则说行啦行啦，他这才回来。

先生喜欢搜集古董，有一次买了一件东西，但看不清上面的字，一打听原来写的是"专利权"三个字。

我记得是过年的时候，先生的饭菜里增加了栗子。本来，先生有糖尿病，不吃甜东西。可是，先生却一边吃栗子一边说：我老婆认为所谓甜东西就只有点心，她认为其他东西都没问题。说着，又歪着脖子狠吃了起来。

岛崎柳坞的故事。

先生说罗丹是骗子，莫泊桑是个类似扒手的家伙。

(谈话)

大町桂月

——打野鸭

张云多译

最后一次同大町先生见面，是大正十三年（1924）的正月，当时是跟随小杉未醒、神代种亮和石川寅吉诸君，到品川滩涂去打野鸭。记得我们是一大早就在本所一桥一侧的船员宿舍会合，从那里开汽艇顺大川而下。小杉君和神代君，都是杰出的狩猎家。而且，听说我们的一个船夫也是狩猎名人。然而，尽管有这样三位禽兽屠杀大家在场，当天我们连一只野鸭也没有打到。不，不管是野鸭还是墨鸦，所有来到品川滩涂的鸟类，一看到我们的船，就一齐飞走了。桂月先生对没有打到野鸭好像甚为欢喜，他拍手大笑说："真棒，如今的野鸭识字了，都进了禁止狩猎地区。"而且，他头戴一顶类似防空头巾的黄褐色怪帽子，嘴边胡须上还挂着酒滴，旁若无人地高声大笑，光这一点就足以把野鸭吓跑了。

由于这种情形，那一天只是让海风吹了近十个小时，野鸭是一只也没打到。但是，重新回到一桥岸边时，对猎鸭未果痛快不已的桂月先生，醉意似乎有些清醒，反倒说："我说好要给孩子拿回两只野鸭的。有什么办法没有啊，孩子好像是要把鸭子送给学校老师的。"于是，就决定到附近的鸡肉店，买两只用粘鸟胶捕捉的野鸭。这时，小杉君则说："野鸭身上没有枪伤不行，在这里给它们各开一个枪眼吧。"

但是，桂月先生却像孩子一样摇着头说"什么呀，这就足够啦"，然后顺手用旧报纸把满身粘鸟胶的两只野鸭包好拿了回去。

大正十四年（1925）十二月

刚强才子和温柔才子

张云多译

佐佐木①是刚强的才子,小岛②是温柔的才子,总之两个人都是才子。有一回,我和佐佐木君散步,有个人跟他撞了个满怀,见他申斥对方的架势,我大吃一惊。说实在的,当时佐佐木君的架势令人感到,他简直就是跟他同姓的蒙古王③的子孙。小岛君也是东京人,所以也很会骂人。但是,小岛打架的情景,我是怎么也回想不起来。另外,两个人都是认真钻研的人。佐佐木君给我的启发很大,比如他两三天以前还在我这里,再见面时就能讲些皮兰代洛的什么戏剧和撒拉·贝尔纳的回忆录之类。小岛也是个通晓日本与中国、东方与西方的读书人。我觉得这一点不是体现在小岛君的小说里,而是体现在小岛君的童话里。最后,两个人身体都很棒,都有长寿之相。这也许是因为我处在病中,感觉特别突出。有时我就想,等到有一天他们上了年纪,佐佐木君下巴留着胡须,小岛嘴里镶上满口义齿,他们会一起议论:"现在的年轻人实在是……"我的日子过得并不愉快,但每每想到这里,心情就亮堂一些。(于汤河原)

大正十五年(1926)一月

---

① 佐佐木茂索,小说家。
② 小岛政次郎,通俗小说家。
③ 佐佐木承二郎(众议员,因在议会起哄而有名)的绰号。

岛木赤彦

张云多译

最后一次跟岛木相见，大概是今年（大正十五年）正月。那一天，斋藤请我吃晚饭，席间谈到了六韬三略和早发性痴呆问题。吃饭的地点，不是别处，就是东京站前的花月饭馆。饭后我又和斋藤坐上乘客稀少的国有电车，去了《紫杉》发行所。我记得，当时电车里坐着一位非常苗条的女学生，像是中国少女。

进发行所之前，我们还在空瓶堆积如山的小路左侧撒了一泡尿。为了慎重起见，我要说清楚，此事的发起人并不是我。我仅仅是遵从了前辈斋藤的高教。

在发行所下面的客厅里，谈话人围成一圈，其中有岛木、平福、藤泽、高田（？），还有古今书院的主人，如果往好里说，当时那个客厅里是萧条闲散的。作为茶点的柑橘，也小得可怜。我特别对这份柑橘，怀有一种与《紫杉》相近的亲切感（不过，因为患有胃酸过多症，我实际上一个也没有吃）。

岛木很是憔悴，因之让人感到两只眼睛很大。大家谈的话题，大概就是正在发行的《长冢节全集》。谈及谈话的某君时，岛木苦笑一下说："真是下贱！"他那口气极具特色，把"下"字说得很重。我同某君不仅不曾相见，某君的作品也不曾拜读。但是，让岛木这么一说，我立刻也觉得某君确实下贱。

然后，岛木又朝后坐定，挽起衬衣下摆，让医学博士斋藤给他注射神经痛注射液（因为当时岛木穿着西装）。打第二针时好像很疼,岛木用手捂着腰,开玩笑地叫道:"斋藤君,真够受的啊。"这个所谓的神经痛,实际上就是令岛木致命的癌肿痛。

又过了两三个月,我从土屋文明君那里得到岛木的噩耗。后来,又读了斋藤发表在《改造》上的《赤彦临终记》,斋藤说岛木是寿终正寝。但是,它却给当时同样处在病中的我,带来了不小的怆然之感。也许是因为脑中残留着这种铭感的缘故。我在拂晓的梦中,梦见自己参加岛木的葬礼,跟许多人共作和歌。"眼圆腰胖宽,柿村人不还"——梦醒之后,唯独这几句还清晰地留在我的记忆里。上联五个字并不是已经忘却,恐怕根本就没有作。直到如今,每当想起这个梦,我都感到无限惆怅。

<blockquote>
有朝一日魂飞天,
吾身无牵自欣然。①
</blockquote>

这不仅仅是对岛木的追怀。同时,又是我病中撰写本文的心绪。

大正十五年(1926)九月二日

---

① 岛木赤彦的最后遗作之一。

萩原朔太郎

张云多译

中野重治君在《驴马》的某期上，论述过萩原朔太郎君的《纯情诗集》。我高兴地读过那篇论文。后来又过了几周，堀辰雄君谈话时又说："萩原的诗里有一种所谓的音调。而且，是一种来自西洋音乐的音调。"我对他的说法也有同感。中野君的论文，是从社会主义者的角度论述萩原君的诗。用不着我在那篇论文上再叠床架屋，多此一举。但是，正是由于上述因缘，我开始琢磨萩原君的诗。《吠月》和《青猫》等作的作者萩原君，是位能自由表达病态般敏锐感觉的诗人。这恐怕是任何人都承认的。但是，正像堀辰雄君所讲的那样，在这些作品里，也可以感知出诗人的听觉。在众多的日本诗人当中，没有不讲韵律的诗人。但是，作品中真正伴有韵律的诗人，屈指一数不足十人。萩原君喜欢吉他，然而，却没有准确的消息证明萩原君本身是否承认其作品存在"语言音乐"。萩原君曾经进言佐藤春夫，说他的诗是"十年以前的诗"。（对这种说法，佐藤君回答说："不是十年以前的东西，是十九世纪九十年代的东西。"）据我所知，十九世纪九十年代乃是最富艺术的时代。我也是在十九世纪九十年代的艺术氛围中长大成人的。这种少年时代所受的影响，不是轻易可以摆脱的。近来，随着年龄的增长，我对这一点感受日益强烈。但是，是"十年以前的诗"这一点，并不比"是诗"更重要。"是诗"的条件之一，就是要有韵律。读到萩原君的忠言，我感到萩原君似乎并没有清楚地意识到他自身的听觉——至少是不曾认识得那么重要。如果有人追问原因,那是因为著有《琴歌》和《秋刀鱼之歌》等诗的诗人,跟萩原君一样,也具有与纪之国①海滨贝壳相似的听觉。

萩原君是否意识到了他自身的听觉——这也许是个枝节问题。但是,它同时又多少暗示着萩原君的激情在哪里。萩原君的激情不在听觉而在视觉,这是不言而喻的。比这更加重要的是,萩原君还有论文集《新的欲望》。据我所知,《新的欲望》恐怕就是《纯情诗集》激情的思想升华。

萩原君身为诗人,同时又是一位不能不热衷这种激情升华的思想家。应当说,萩原君跟室生犀星君的最大悬隔就在这里。室生君相安于天之诸神赋予的诗人智慧。然而,不幸的是命运给予萩田君的是理智。我想大胆地称之为"不幸的是"。理智永远是黄色炸药。而且,在理智上,萩原君受了尼采的不少影响。萩原君不像室生君那样享受清福,并不是偶然的。关于这一点,比较一下萩原君的《纯情诗集》和室生君的《抒情小曲集》,大家就会一目了然。从一个侧面来讲,《纯情诗集》并不一定是纯情诗集。尽管它采用了抒情的表达方式,但是到处都显现着理智的尖锐锋芒。阅读《纯情诗集》时,咏叹前桥风物的诗,给我留下了堪称痛心疾首的印象。同时还有一个印象,那就是跟《吠月》和《青猫》相比,萩原君的真面目也许就在这里。那么,萩原君的真面目是什么呢?那就是:一个叛逆人天的固执的富有诗意的无政府主义者。

萩原君是位富有诗意的无政府主义者。这种无政府主义的灵魂,不仅仅体现在萩原君的艺术上,似乎也体现在萩原君的艺术观上。佐藤春夫君自十年前开始便逐渐扎根在日本文学传统之中。室生犀星君也在《忘春诗集》之后扎根于传统之中。然而,唯独萩

---

① 佐藤春夫出生在和歌山县新宫市。

原君全然不顾传统。如果说他稍有所顾，那就是他说"蝶"① 这个词一定要真正读作 Tefu。不，不仅仅是日本文学的传统，萩原君甚至有勇气不顾古往今来国内外空前绝后的艺术传统。《吠月》和《青猫》等令一代人震惊的、表达方式由近乎病态的敏锐感觉造就的作品，也许就是发源于这种艺术上的无政府主义。

无论是作为诗人，还是作为思想家，萩原君是否已经圆满，这还是个疑问。《吠月》、《青猫》和《纯情诗集》之类被打上"圆满"烙印的作品格外多。这是萩原君的悲剧，同时又是萩原君的荣光。恐怕萩原君不会给今天的诗人而是会给明天的诗人以很大的影响。那种影响，恐怕要和今天的诗人业已从萩田君那里接受的影响、风韵相去甚远。我曾经阅读过萩原君赞扬已故山村暮鸟君的《圣三棱水晶》的文章。但是，依我来说，萩原朔太郎君自己正是《圣三棱水晶》，或者就是上天诸神造"诗"的试管。

我原本跟萩原君约定，《纯情诗集》出版时要写一篇评论。然而，时至今日仍未履约。今天撰写这篇文章，为的是不违前约，并不仅仅是因为《近代风景》约稿。

大正十五年（1926）十一月

---

① 在《惊人的忧郁》一诗中，强调"蝶"（てふ）要原封不动地读为 Tefu，即把蝴蝶翅膀摩擦空气的声音作为一种韵律。

犬 养 健

张云多译

犬养君的作品,我大都读过。而且,我读过的作品,都没有敷衍了事之处,都是精心细作。如果说缺点的话,那恐怕就是因为过于精细而缺乏暗示力量。

另外,犬养君的作品,全都是柔和而美丽的。这种柔和和美丽,是在其他作家身上难以发现的。它给我的感觉,似乎就像一棵嫩绿的翠柳。

有一次,我见到已开始工作的犬养君。当时,我看犬养君的面容,(如果并不有失敬意的话)如同刚刚跟女人交欢过一般。每次想起犬养君,都会浮现出当时那个面容。同时,感到犬养君的作品都是精心细作实在并不偶然。

昭和二年(1927)六月

内田百闲

张云多译

内田百闲氏是夏目先生的门下，我尊敬的前辈，擅长文章，兼通志田派古琴。

著有《冥府》一卷，拥有不寄他人篱下的特色。但是，非常不幸，出版后即遇震灾，未为世人广泛流传。这是令我遗憾的事。内田氏作品中，除《冥府》外，佳作并不算少。尤其是刊在《女性》上的《旅顺开城投降》等数篇，实为响当当的独创之作。然而，读过这几篇的（据我所知）只有四人，即室生犀星、萩原朔太郎、佐佐木茂索和岸田国士君。这同样是令我遗憾的事。值此天下书肆把新作家的新作品推向市场之际，内田百闲氏为何无人问津呢？我曾想和佐藤春夫氏一起再版《冥府》，时至今日身微力薄仍未奏效。内田百闲氏的作品，虽然多少带些俳句意境，但其梦幻特色并不落于人后。这恐怕是我记述的上述各位和我共同的心声。现在内田百闲氏住在早稻田宾馆。难道没有人前去拜访，向他索取作品吗？我特意撰写这篇拙文，并不仅仅为了友情，而是因为我真心实意地相信内田百闲氏的富有诗意的天才。

昭和二年（1927）七月

杂录

自序跋

校对之后

侯　为译

○我打算今后仍采用与本月作品相同的素材进行创作。我的小说被归入历史小说之列，令我无法忍受。当然，我也不觉得该作有何过人之处。不过，将来会有起色。(《新思潮》创刊号)

○《酒虫》取材于《聊斋志异》，情节与原作几乎雷同。(《新思潮》第四期)

○"酒虫"应采用日语"音读"而不是"训读"。我对此颇为在意，所以附加说明。(《新思潮》第六期)

○我在《新小说》第九期上，发表了小说《山药粥》。

○据说篇幅还有余地，所以再写一些。据松冈来信，《新思潮》在新潟县拥有众多热心读者，其中不乏有志于创作的青年。我希望这支队伍成长壮大，既是为了《新思潮》杂志，也是为了日本。同人自豪，并非止步不前。

○有人批评我写的东西太小巧玲珑。不过，我乐于创作虽小巧玲珑却形式完美的作品。艺术圣境容不得半成品。若想打造鸿篇巨制，创作完美的小型作品是必由之路。时髦却不够完美的大部头，对我来说毫无意义。(以上是《新思潮》第七期)

○《香烟》一作的素材，来自过去所读高木的《比较神话学》。使用时稍加改动。原书亦未注明传说出处。

○发表于《新小说》杂志的《烟袋》，素材也是从加州藩的元老那里听来的故事,使用时也曾稍加改动。以前发表的《虱子》、本篇以及下月将要发表的《明君》,都是他人为我收集的素材。

○原以为同人都很自信,其实差异很大。很多同人都从其他作家的作品中索取素材。对于那些创作中认真把握一切素材的作家,且不论其写作的行为本身,仅视其把握素材的巧妙方式和写作方式即令我肃然起敬("自然派"作家中也有此类同人)。与其说我仅仅对此倾向一见钟情,莫若说我的感佩方式是更为合理的。

○作家受到赞扬必定会高兴——此种看法未免有些自以为是。

○并非只是评论家对作家评头论足,作家也会对评论家评头论足。且作家评头论足的逻辑,从客观上亦可决定其正确与否。(以上是《新思潮》第九期)

○夏目漱石先生与世长辞。没有比这更加令人扼腕痛惜的。虽然先生生前十二分努力地工作,但他的去世仍令人痛惜不已。原因在于,先生近年终于达到其重要的转折点。此外,先生像所有的伟人一样,能以五十岁为期迈出更加伟大的步伐。

○从我个人来讲,无论别人怎样恶语相加,只要能够得到先生的赞赏,即感志得意满。同时,我也对将先生作为唯一标准的危险感到恐惧。

○其后我被杂务缠身,今年正月无法投入工作。即使投入了工作,也为时间所迫导致太多缺憾。如今想来,深感不快。这不仅仅发自个人的良心,只顾及给杂志编辑们平添诸多不便,心中已十分愧疚。

○今后若有新作,能用则用。早有如此愿望,近来此愿愈加强烈。

○而且,我要平心静气地坐下来,在能力所及的范围内向大部头挑战。虽说早有计划,却总预感要失败,因而犹豫不决。正如阿米埃尔所说:"舞剑空练,莫如一朝实战。"

○每每想到夏目先生底力十足的进步，我必然感到羞愧难当，从心底感到羞愧难当。

○文坛正向即将到来的某种目标运动。灭者自灭，生者自生。今年必有佳作问世，我深信不疑。我们皆已小试身手。（以上是《新思潮》第二年第一期）

大正五年（1916）三月至大正六年（1917）一月

写于《罗生门》之后

侯　为译

　　本集短篇除《罗生门》、《貉》和《忠义》外，大都是过去一年中——按虚岁是二十五岁时写的作品。且一半作品曾载于我们自己经营的杂志《新思潮》。

　　此间我还是东京帝国文科大学的懒惰学生，一周只听六七次课，考试时总是写些暧昧含糊的答案蒙混过关。毕业论文，只用了个把星期就突击完成了。就这样一边沉醉于旁门左道，总算勉强毕了业。这多亏母校各位教授雅量无边。遗憾的只是自己太过偏执，未能表达由衷的感激之情。

　　在写《罗生门》之前，还曾写过几个短篇。若加上未曾发表的作品，恐怕有此集的两倍之多。当时的我身兼作家、读者和评论家，倒也未曾有何不满。当然，我半路杀出，当了第三代《新思潮》同人，也曾发表过一部短篇。但《新思潮》不久停刊，自己也便恢复了原状，成为与文坛无缘者。

　　如此过去一年左右，记得曾向《帝国文学》新年号投稿，被退了回来。不久又投第二篇，终被采用。之后又投第三篇，过了半年多才得见天日。这第三篇，即编集于此的《罗生门》。该作发表后不久，听人说加藤武雄读了我的小说。我要解释清楚，我只是听说他读了我的小说，而并非褒奖了我的小说。不过，仅此我也心满意足。我开始知道，自己的小说还有朋友以外的读者。同时也知道，自己的小说也可以有朋友以外的读者。

接着，久米、松冈、菊池、成濑和我，五人共同创刊了第四代《新思潮》。我在第一期上发表了小说《鼻子》，得到夏目漱石先生的来信赞扬。这是我的小说初次获得朋友圈外的评论和赞扬。

之后不久，经铃木三重吉氏推荐，《芋粥》在《新小说》上发表。但首次在《新思潮》以外的杂志上投稿，是《希望》刊载的《虱子》。

我在本集之后记下前述经历，只是想好歹纪念一下创作那些作品时的自己。至于我的创作观念或态度，自然会有其他阐述的机会。不过近来我愈发明白，只有以自己的方式走自己的路，才能多少有些长进。因此，我常常感到所谓"新理智派"、"新技巧派"之类的称号对自己只能是些麻烦。因为在那些称号的归纳下，我竟毫无勇气相信自己的作品具有鲜明而纯粹的特色。

最后，我想对不断激励我的《新思潮》同人郑重致谢。就连本作品集——作为同人之一的著作，也是在各位的盛名之下，才得以向未来宣示它微不足道的存在。当然，我对此已感到十分满足。不过纵非如此，我也未必不满。谨此寄语各位同人。

大正六年（1917）五月

我与创作

——《香烟与魔鬼》代序

侯 为译

我常从古老的故事中取材。因此，有人以为我是个专找冷门货色的人，犹如整日侍弄古董的老朽。然而我却并非如此。我从小受的是旧式教育，所涉书籍皆与现代关系不大。现在仍旧如此。书中本来自有素材。因此，读书并非只为着寻找素材（当然，为找素材而读书亦无不可）。

然而即便有了素材，若自己不能深入其中——即素材与自己的表现欲望不能浑然一体，仍旧写不出小说。勉强动笔，也只能写些支离破碎的东西。我曾多次急于求成，就吃了这种亏。然而令人颇感头疼的是，此种浑然一体的状态不知何时光顾。有时拿到素材一拍即合，而有时手中素材行将遗忘殆尽，才能有所感悟。无论是正在吃饭还是正在读书，抑或正在厕所里，状态出现时，眼前顿时为之一亮。

有了状态，我便立刻动笔。上午、晚上六点到十二点最容易出活儿。过了十二点，就算当时写得专心致志，翌日再看却往往不尽如人意。说到写作的天气，刮风的日子不好。季节呢，则以十月到四月为宜。环境必须安静，光线适度即可，并无过多限制。

动笔之后，易生焦躁。当然，这也是周围环境所致，并非铁定的规律。至少应有相当平和的心态，可我从来难以做到，写作时动辄呵斥家人。

若能避免心浮气躁,写作就会比较顺利。有时甚至觉得,逐字书写太费功夫。若遇笔头艰涩,便随手翻阅桌上的书籍。两三页之后,写作又可继续。而翻阅的书,则可不拘一格。我从小养成了阅读字典的毛病,甚至阅读过狄克逊的熟语词典。当然,笼统称为写作,但删改的功夫亦须包括。因此,从成稿的页数和所用时间的比例来看,我的效率并不算高。需要删改之处,毫不吝惜。但即便如此,仍有不足之处。

说到写作时的心境,与其说是在打造作品,莫若说是在孕育作品。无论人物还是事件,发展过程本应做到绝无仅有。我觉得,写作就是在一步步地摸索这唯一的过程。方向错了,写作必然难以继续,勉强为之则必然出岔。因此,必须始终小心谨慎。即便小心谨慎,仍会留下败笔,这令我痛苦不堪。

此外,文中时时遇到令人颇费心思之处。我常因时空所限,出于无奈地规避使用某些词语,又或莫名其妙地顾虑语句的风格。比如"柳原"这样的镇名,我觉得此处应是满目苍翠,因此若非找到相称的表现绿色的词语,我宁愿弃而不用。我确曾经历过这种神魔附体般的奇妙境遇。

作品完成后,我总是累得精疲力竭,心想近期不再动笔。然而一星期辍笔不写,却又空落落的难受,又想写点儿什么。此般过程周而复始。长此以往,我到死都无法摆脱这种折磨。

写出作品付梓成书,读来却往往心生厌腻。此前总是痛感:比起写作技巧,那般观念更是无可救药。换而言之,与写作过程相比,平日的生活早已令我生厌。而后再读作品,时而有新的看法,或者感觉愈发糟糕。总之,因时而异。

大正六年(1917)六月

《开化之杀人》附记

侯　为译

此小说在《中央公论》发表时,有人来信提醒:Pall Mall 的发音应该是"佩尔梅尔"。可我仍认为,既然另有 Pell Mell 一词,就应读作"帕尔玛尔"。此外,我想还会有读者以为我不知此词发音而写信相告。为避免烦扰,特此说明。

大正七年(1918)

《巴尔塔萨尔》之序

侯　为译

　　我也同许多青年一样，初次执笔是翻译西方小说。当年我是第三代《新思潮》杂志同人，原文选自阿那托尔·法朗士的短篇。《巴尔萨泽》即其中一篇。

　　现在，我应《新小说》杂志记者的要求，又将此文付印。此时回想起的，是作为《新思潮》青年同人默默无闻的过去。当时，不管写出何等佳作，大杂志社一概拒绝我等同人投稿。如今却连此等支离破碎的旧译稿，都有了梅开二度的机会。这样是否公平？我只有追忆过去，惨然苦笑。

　　时代毫不留情地向前推移，自己的小说难以发表的时代必将到来。届时我也只能同样地惨然苦笑，并将一切视为过眼云烟。因为除此之外，我尚未学会礼遇时代的规矩。

　　任凭他人怎样评论，说我不愠不火也好，半途而废也罢，又或者暧昧不清也罢，我只想同样付之惨淡苦笑。

大正八年（1919）六月

《影子灯笼》附记

侯　为译

　　《世之助的故事》本应编入《傀儡师》中。但因触犯了当局的禁忌，到头来只能删减之后收入本集。

　　两篇译作是《罗生门》之前的旧稿，为凑页码不得已添于卷末。

　　其他作品，皆为《傀儡师》之后的创作。

大正八年（1919）十二月十五日

写于《黄雀风》之后

侯 为译

众所周知,《黄雀风》是《春服》之后的短篇集。《黄雀风》的书名并无深刻寓意,只因曾有"此节东南常有风,俗名黄雀风"之说,取之以承接《春服》之义。

装订同样委托小穴隆一君。他虽然一条腿做了截肢,身心反倒更加爽健。为之高兴者,并非仅我一人。

又承神代种亮君校正书稿,一并深表谢意。

大正十三年(1924)六月二十一日

《梅·马·莺》小序

侯 为译

《梅·马·莺》收录了我短篇以外的作品。当然,也有不少选自《点心》和《百草》。我希冀将自己短篇以外的作品收在一集之中,恳望读者理解并包涵。

大正十五年(1926)十月十五日

追记:取名《梅·马·莺》,并无其他深意,取悦于字面感觉而已。此乃出版之人士提出的问题,顺便在此说明。

《杜子春》附记

侯　为译

虽然作品名为《杜子春》，但较之著名的《杜子春传》则有多处不同。(三)的结尾处有一首七言绝句，采用了吕洞宾的诗。少男少女读者权且将它当作"宝宝别哭不怕痛"之类的俗语。

大正九年（1920）

《夜来之花》附记

侯 为译

　　这是《影子灯笼》之后的短篇集。其中《杜子春》和《阿耆尼之神》两篇虽为童话，但照例收入本集之中。

　　本书装帧委托小泽忠兵卫和小穴隆一。他俩为我何等劳心费神、精益求精，不了解其为人者必定难以想象。想到二位如此热情，我不禁为自己的拙作感到羞愧。

大正十年（1921）二月十六日

《点心》自序

侯 为译

所谓点心,是指早饭前或午前午后哺乳前的小食品。若将小说戏剧比作正餐,那么这些随笔只能当作点心之类。此外,四五年来我像吃点心似的常常撰写随笔。本书以"点心"为名,即出于此因。

据说,过去那位板桥的三娘子,曾烧烤年糕摆于餐桌,当作飨客的点心。吃了此种点心,客人立刻变成驴子。而吃了我家闲点的人,或许也会变成驴子。倘若导致自吹自擂,没准儿还会变成长颈鹿呢!(于澄江堂)

大正十一年(1922)四月十六日

《娑罗花》自序

侯　为译

　　这是我在一九一六年至一九二二年之间的作品选集，遴选时并非仅仅根据作品的优劣。第一卷中，我想尽量收集各种意图下创作的作品。

　　根据《和汉三才图绘》，娑罗花"白色单瓣状似山茶花而易凋"。这些作品，或许也似娑罗花般极易凋落。于是，我便依此偶发之念，拟定此集书名。

大正十一年（1922）七月

写于《邪宗门》之后

侯 为译

《邪宗门》是我年少之作未定稿,本无成书出版之必要。而此次付印,一来是应书店之托,二来是作者囊中羞涩。

且以未定之稿付印的原因,不仅在于作者的疏懒,还因作者心境亦像溪流一般无法逆转。

大正十一年(1922)十月

《春服》后记

侯 为译

《春服》中，收集了《夜来花》之后的短篇。不过，《老年素戈鸣尊》却是《夜来之花》以前的作品。

除去例外，《春服》中收集的皆为二十岁以后的作品，因此书名定为《春服》。

印在卷首的作者照片，摄于明治二十九年（1896）十一月，是和服裙裤的贺喜。此照亦无深意，只为纪念《春服》之前的少年时代，随意从箱底选出了一张而已。

装帧仍是委托一游亭小穴隆一。小穴今春患病，正当校正《春服》时做了截肢手术。除了装帧校对，作者平时也事事叨烦小穴氏。草拟此文，作者怆然之感良多。

大正十二年（1923）二月九日夜

《春服》普及版前缀

侯 为译

　　《春服》普及版因震灾而早于预期销售，内容皆与精装版相同。只是，一游亭的装帧稍有纰漏，卷首竟无照片。而与精装版《春服》后记自相矛盾者，仅此而已。为慎重起见，特做说明。

大正十三年（1924）三月

俄译本短篇集序

侯　为译

　　我的作品译出了俄文本，自然甚感愉快。在近代外国文艺当中，俄罗斯文艺对日本作家——毋宁说对日本读书阶层的影响最大。就连不甚了解日本古典的青年，也知道托尔斯泰、陀思妥耶夫斯基、屠格涅夫和契诃夫的作品。仅此足以证明，我们日本人对于俄罗斯格外亲近。不仅如此，据我自身的体会，就连 Europe（欧洲）产生的近代政治天才列宁，之所以没能得到欧洲的理解，或许就因为列宁是属于东方的政治天才。他为理想而激情澎湃，同时也最最了解现实。天才列宁与日本的政治天才源赖朝、德川家康十分接近。或可说，他是充满东方花草芳香的巨型电机车。近代日本文艺之所以受到近代俄罗斯文艺的巨大影响，无疑也是因为近代世界文艺受到近代俄罗斯文艺的巨大影响。但我认为最根本的原因，是俄罗斯人具有某种与日本人相近的性格。我们近代日本人通过（durch，through）俄罗斯的现实主义作品了解俄罗斯。同样，俄罗斯读者也了解我们日本人（我们日本人在世界上除了美术和美术工艺之外，在艺术方面完全是孤立的）。在日本的现代作家当中，我算不上大作家。不仅如此，我甚至怀疑，自己的作品是否最适合译介到俄罗斯。公元一千八百八十年以后的日本，诞生了众多的天才。这些天才们或像 Walt Whitman（沃尔特·惠特曼）那样，向人类送去了万岁的呼声；或像 Flaubert（福楼拜）那样，准确地反映了资产阶级的生活；或向整个世界，赞颂了日本独具的传统美。

若能以拙作俄译本为契机，使那些天才的作品为俄罗斯人所了解，那般喜悦恐非独属我一人。此文简单无奇，却是将你们的娜塔莎、索尼亚感同姐妹的一名日本人所撰。请以此心态阅读此书！

昭和二年（1927）一月

序跋

《春城诗集》序

侯　为译

　　我于俳句，纯属门外汉。因此，让我为室贺君这本诗集作序，十分出乎我之意料。

　　不过，我对室贺君的生活方面倒也略知一二。这些信息对于想要走近室贺君艺术的人来说，或许饶有兴味。倘若仅饶有兴味尚能带来些许利益的话，那我根据此般信息作序，或可于一定程度上免除意外的非难。

　　室贺君的职业为游商，故而白天拉车四处销售杂货。此时，看到他的人会深感诧异。这位面色红润、身高马大的游商，居然是《春城诗集》的作者。更无人能够察知，那顶大草帽下闪烁着一双熟读托尔斯泰、陀思妥耶夫斯基的睿智瞳眸。当他靠游商赚够当月衣食费用，生意便暂且休止。尔后，时间皆用于读书与作诗。他即以此方式，读完了《安娜·卡列尼娜》和《罪与罚》。对于室贺君来说，灵魂饥饿无疑与肉体饥饿一样痛苦。

　　迫于这种灵魂饥饿，室贺君很久以前就在追求着基督教信仰，如今已是内村鉴三的门徒之一。他以游商为业，也并非仅为解除肉体饥饿。此间的报道或可证明。

　　我每次在《约翰·克利斯朵夫》中读到其游商伯父戈德福里德时，总会想到室贺君。即使在朴素、坚定的信仰之中，他也完全是戈德福里德的追随者。少年克利斯朵夫通过这位虔诚的游商，从

"银白迷雾飘荡的地面和闪光的水面上",从青蛙高鸣、蟋蟀低吟与黄莺婉转的"大自然"妙曲中启发了乐感。本诗集的作者和读者之间,是否亦可构建此种交融?门外汉的我,无从推测。不过,倘若室贺君生活的直接表现真能带来前述交融,那么转达他生活片断的我,也就心满意足了。

大正六年(1917)十月二十一日

《心灵的王国》跋

侯 为译

菊池宽曾说过他要出书，让我写跋。我觉得自己不是写跋的合适人选，所以当初只是敷衍答道："嗯，要是能写就写吧！"可当他再次催促时我才幡然醒悟：或许天下甘愿将我所写之跋附于书后者，除了菊池再无他人。抑或不必如此谦虚：或许对我而言，天下甘愿写跋附于其书之后者，除了菊池亦无他人。若果真如此，为之写跋不仅令他满意，于我亦属开心之事。所以我便欣然允诺："好吧！那我很快就写！"

但在写跋之前，尚有一事提请注意。对我来说，菊池的确是最好的朋友。但对身为作家的菊池来说，我并不想自诩为最好的评论家。再者，打开自家窗户所见之庐山，充其量只是自家所见之庐山而已。那么纵令我想自以为是，也不会具备此般性质。因此，尽管我动辄抓住菊池的作品耍贫嘴，却不希望各位轻易认定此即菊池之本来面目。假如现有一位慧眼如炬的大评论家，赞叹"菊池乃极为罕见之天才，而芥川之流无足挂齿"——罢了，即使当今尚无此等大评论家却也无妨。只求各位明了，我对菊池的评论并非判定千古铁案。仅此足矣。

话归正题。综观菊池作品，首先具有鲜明的特色，毋庸赘言，即作品中跃动着理智的火花。他不断清拭辛辣理智眼镜上的阴翳，不知疲倦地透彻剖析眼前出没往来的人间万象。在谈论敬吉跟女人投海殉情令人同情还是令人羡慕之前，首先应探究两人的跳海是否值得同情或羡慕。同样，在谈论若杉庭长宽待犯人之前，倘未弄清庭长的内心动机亦不可轻易歌功颂德。所以，菊池很少受自鸣得意情绪的蒙蔽，很少失态于一叶障目之偏颇。即便偶尔受到蒙蔽，他也会迅速拭去理智眼镜上的阴翳，且对蒙蔽了他的情绪凶猛报复。事实上，在英国空军将校为仇敌尹梅尔曼大尉举行盛大葬礼时，受到英雄感动的菊池反而进行了冷酷的抨击："你们抬棺的架势，简直就像抬着优胜奖杯！"当然，受抨击之前扪心自问并感到愧疚的，不仅是那些将校们。

所以，在面对菊池的作品时，眼前仿佛骤然展开了阴天般的萧条景象。令人悲哀的自我矛盾阴影无处不在，或可说利己主义的寒风扑面而来。本以为那是一位可爱的卖报姑娘，其实却是向贵客撒谎骗钱的少年。同时，因有暴虐无道的"忠直卿"，必欲击鼓讨伐之。然而暴虐无道者并非君王，倒是周围的家臣。且彼等家臣无论怎样打量，却皆为忠臣，因此才令人头疼。有句话叫"茫茫无是非"。果然，在这暗淡的世界上并无彪炳是非的天日光明。"忠直卿"也好，卖报姑娘也好，在凄冷的空气中皆似瞎狗乱逛找不着北的路人。

倘若菊池的作品特色到此为止，我或许不会产生为之吹捧的冲动。幸而他的理智并未止步于此。或应说比起理智，生活的意志更令他无法在此世界安分守己。总之，追究至此，他的理智在所有人情冻结之前急转直下。他远离了原因，瞩目于结果，再进一步，连结果都抛开而瞩目于过程。比如，纵令燃起堪为崇尚的献身烈火，关注原因时却往往留下利己主义的丑恶余烬。但若忘却献身之火源泉的光和热抑或无理蔑视献身，虽不为神灵所知，至少对于人生实属无谓的闲余时的恶作剧。不，纵令忘却了光和热，那闪烁跃动的火焰也永远美丽。道德当然是要嬗变的。今天我们以生命为代价而争夺的，明天或许就变成不屑一顾的泥土。但以命相争者本身，则正是值得我们敬仰的。

至此,在仿佛阴天景象般萧条的菊池作品视野中,已现出了一道幽光。我那可悲的矛盾阴影亦不似从前那般阴暗,利己主义风潮亦频送脉脉暖风。因此即令房顶站着狂人,现在也不会击掌发笑。可悲的是,启吉得到了大岛绸欢天喜地,他人却以情理之名冷嘲热讽,说什么"因恩人死去,你才能够得到"。光明穿透千重迷雾,照到人间已所剩无几。此时的阳光,已不能似秋日艳阳般朗照人间。但即便如此,也不会再像从前那样使人徘徊于是非的丁字路口。我等对于照亮菊池作品的这道幽光倍感亲切。即便只为渗出幽光的满天云影,也该对这位作家的才能表示尊重。

我奉菊池之命写跋,指出其作品的特色。而天下众生读此跋文,或许会骂:"怎么搞的?这也太轻描淡写了!"不过,既然此文附在书后令菊池满足、我也开心,就请那些谩骂者也像《宝贝》中的启吉那样,一笑了之吧!因为,从众人相互推销"行善快感"的意义上讲,菊池和我同样也是"真正的世间珍宝"。

大正七年(1918)六月

《桂月全集》第八卷序

侯　为译

桂月先生的文章淡若白水。喜爱先生文章的少年学生亦大有人在。然而，天下少年中真正理解先生文章且能玩味个中妙趣者，却少之又少。据我所见，精晓先生文章者未必皆属少年学生，尚有不少儒雅之士。"云门的糊饼赵州的茶"，不解其味者必遭当头棒喝。而桂月的白水，解其醍醐谈何容易？

如今已出《桂月全集》，欲求诸贤知己，诚乃适得其所。我因此向先生恭贺。先生鹭文数卷，能沾几许春醪？

大正十年（1921）七月

《井月诗集》跋

侯 为译

空谷下岛先生编辑的《井月诗集》即将出版。井月连草庐亦未曾搭建,只以乞讨为生。因而,大海捞针地收集其诗作绝非易事。首先,我必须对编者锲而不舍的精神表示钦佩。

翻开《井月诗集》,其中决然不乏蹩脚之作。当时天明年代的遗音早已绝迹,明治时期新风尚未兴起,井月亦备受世风之熏陶。但欲言山岳之高者,必先丈量巅峰。井月虽被时代风潮所卷,却念念不忘古俳谐之大道。"莲花绽开款款舞,熏风扑面习习吹。"以下散见于诗集中的佳句,讲述了当时的境况。且其书法及至《幻住庵记》之时,已堪称出神入化。其次,我为慧眼独具的编者得此佳作而欢欣。

而我受益匪浅者,尚不止于此。古时,天竺国"鹿头梵志"曾常观骷髅,以手击之即可言明死因。譬如,"此乃男子是也。众病集而百节酸痛,殒命而终。此人死,落趣三恶。"但佛祖释尊以"优陀延比丘"骷髅试之,对方却呆然答曰,"既非男亦非女。不见生不见断,亦不见同胞往来。"实在不知所云。进入"无余涅槃"的比丘因"无始无终,亦无生死,尚无八方上下可去之处",故而不及梵志之神识。不仅限于"优陀延",如令其叩击井月骷髅,梵志也只能喟然长叹。即使在这艰难的近代,涌现此类人物亦将令我等罪孽深重的凡夫俗子心生奋勇之情。在介绍井月诗歌的同时,编者也准确地介绍了井月其人。最后,我要对此表示谢意。

大正十年(1921)十月

写于《一茶诗集》之后

侯　为译

今日读完《一茶诗集》。读完之后，终感慊然。

一茶之诗，皆为主观句式。元禄人之诗句，亦为主观句式。元禄人与一茶的差异，在于人生观之差异。元禄人的人生，乃面对自然的人生。而一茶则面对现世，即今人所谓"生活"。可以使一茶与元禄人产生差异者，即在此处。毫不夸张地说，"明月皎皎巡碧水，秋夜沉沉入阑珊。"这是松尾芭蕉吟诵明月的诗句。而同样是吟诵明月，一茶的诗却可谓扬眉吐气，"明月松间照泉石，此趣江户谁人知？"

除一茶之外，执着于现世者亦大有人在。"谈林江户座"诗人之中，或应屈指可数。不过，他们皆未涉足写照尘世艰辛的领域，因而无法比及一茶的深刻。此亦是一茶独树一帜之缘由。一茶亦堪称好汉。

但从对人生的态度来看，他首先讴歌了生活。其次，他又不畏生活困苦，凸显与"谈林江户座"某君一脉相通的特色。此派流俗亦喜爱一茶，因此未必可贺。

前有元禄人之诗境，后有一茶派之诗境。其间亦有尝试折中者，即所谓凡常诗人。凡常者并不单单意味着肤浅，还意味着与邻人智者探讨人生哲理。

进一步从对人生的态度来说，元禄人的法灯已被天明人所继承，但却未必可说，一茶也已继承元禄法灯。天明人比一茶更加直接地崇尚自然。不过,到底是"夜半亭"屋顶高还是"俳谐寺"塔顶高,至今尚存疑问。

一茶既然独具如上特色,深受当代人喜爱则不无道理。石川啄木为自己的诗集题名为《悲哀的玩具》,而俳谐对一茶来说恐怕也不过是"悲哀的玩具"而已。以一茶和啄木的态度来看,吟诗作赋只为言志,终不如写小说。我读俳句既不悲亦不喜,只图于天人合一处油然地腾涌烟云,尝尽无限的禅机。试看芭蕉作品,"天凉好个秋深时,邻居何人我不知。"字里行间总关乎"生活"。借用魏尔连的话说,岂非"诗者仅此而已,其余皆为文学"乎?一茶诗境未知此中醍醐,是我深感慊然的因由。

大正十一年(1922)三月

《菊池宽全集》序

侯　为译

　　人们在比较司汤达和梅里美时说，司汤达比梅里美伟大，但梅里美却更像一位艺术家。言下之意或在于，事实上司汤达不像梅里美那样，为每部作品赋予浑然天成的意趣。或可说他缺乏那等才能。在此意义之上，菊池宽与文坛的少数作家相比，也未必是卓越的艺术家。比如，在其作品中，本应收到诗情画意效果的描写却频出破绽。而但凡存在此等倾向，则无论何等杰作，都无法充分满足追寻作品微妙效果的喜乐型读者。

　　人们在比较萧伯纳和高尔斯华绥时说，萧伯纳比高尔斯华绥伟大，但高尔斯华绥却更加趋近于艺术家。意下大体是指，除了纯粹的艺术感染力之外，萧氏太过急于表露作者的人生观、世界观或某种思想。依此而论，比较菊池宽与文坛的少数作家，菊池氏也非纯粹的艺术家。比如此前曾有人说，自他出道以来便有了主题小说的称谓。只要存在这种倾向，菊池的多数作品也便不能给人以充分的满足。正如绘画排斥传说一样，文学也会被排斥于思想之外。此乃一种艺术神论。

　　无论从以上哪个方面来看，判定菊池宽是否艺术家之疑问并不难解。但这两个"艺术家"词语却各有限定。第一种意义上的"艺术家"资格，比如说与梅里美比较时，司汤达便显见逊色；第二种意义上的"艺术家"资格，乃更加狭隘立场上的问题。如此看来，在评论菊池宽的作品时仅用此等尺度衡量，难免被指责有欠妥当。那么菊池宽的作品经过如此折扣,还能留下何等显著特色呢?要想评定他的价值,先应在此沉下心来。

何为菊池的显著特色?诸君定会与我同样,罗列很多特色。比如其构思能力、其性格解剖、其哀思愁情——这些当然为其作品增光添彩。但我却想指出,除此之外还有一个——哦,应该是意义更加深刻、令人更加兴趣盎然的特色。此乃何许特色?此即扎根于道德意识、不留任何情面的现实主义。

《文艺春秋》中收集了菊池宽的感想文章,有一节叙述了此类内容。"现代作家皆具备人道主义,且皆属现实主义者。"正如菊池所言,现代作家基本上都具有前述倾向。而现代作家此种倾向最为显著的,其实就是菊池宽本人。他的作家生涯刚一开始,就被贴上了利己主义作家的标签。他随处所见皆为利己主义,当然为其现实主义做了反证。不过使他成为现实主义者的,显然是道德意识的力量,是打破散沙上的旧道德并在磐石上建立新道德的、发自内心的力量。以前他跟我争论善与美的风貌,至今仍历历在目。"那当然啦!善要比美还重要嘛!我认为善是最重要的!"——对于他来说,善的确重于美。其后,他的作家生涯应称其为探索善的辛劳历程。扎根于此种道德意识的现实主义小说和戏剧——现代可以在这里、恐怕只能在这里,找到他们的代言人。他之所以转眼间名声大振,不能不说是顺理成章。

在第一高等学校时,他以《可笑的易卜生》为题,撰写了评论萧伯纳的文章。人们可以从他的戏剧中,找到爱尔兰戏剧的影响。但是在此之前,我首先想提到的既非戏剧亦非小说方面的影响,而是萧伯纳对其观照方向的影响。用萧伯纳的话来说就是"所有文艺都是媒介",而不必考虑这种意识之有无。但菊池宽不像萧伯纳选择纤细的线条,而是描绘了粗犷轮廓的画卷。即使这些画卷有失细腻微妙的效果,但其中洋溢着波澜壮阔的激情,却是连我们朋友之间也难以抹杀的事实。(天下还能找出比作家伙伴还严厉的鉴赏家吗?)只要了解这个事实,无论怎样打折扣,菊池的实力仍然不容争辩。菊池或许并非聚集于帕纳赛斯山的众神,但其力量与风貌宛如雄踞佩利昂山的巨人。

然而,在用尽无情的现实主义之后,菊池会在人们心中的何处构筑新道德呢?美已然被抛弃。而真与善两座巅峰,或许仍在冰封雪盖与深谷横隔之中。从此意义上讲,菊池的前途充满了艰难险阻。看过了巴黎和伦敦的菊池——当然见不见他本人都无妨,而我最想见到的,正是跨越巅峰仰望奇异彩虹的菊池——我们未知的智慧之光映照下的菊池。

大正十一年(1922)三月

《文艺趣味》序

（《文艺趣味》代序 未定稿辞典之一部分）

侯 为译

　　凡例　原有发音假名不另注释，转呼发音者添注假名。有"——"标记者为日语词，有"＝＝"标记者为汉语词。（标记略）

　　忘却——忘掉，遗忘。例如："忘了银座有柳树。""难忘的学生时代。"

　　彷徨——犹疑不定，不知何去何从。例如："在滨町河岸彷徨。"

　　放言——信口开河，说大话。例如："我们放言，不为艺术的艺术而献身。"

　　茫然——无依无靠，激动得不知所措。例如："我们看完自由剧场的《Tintagiles》之后，茫然良久。"

　　仿佛——似乎。例如："一幅广重的画，仿佛百年江户。""读了永井荷风的《法国故事》仿佛游览了法国。"

　　放埒——放纵。例如："我们何时停止放纵，在家中悲叹老之将至。"

　　生际——额部等发际。例如："我们的额发也开始秃谢。"

　　墓标——坟墓上的石木标志。例如："这本《文艺趣味》不仅是我的，也是我们的青春墓标。"

　　博识——学识渊博。例如："你学过法律，精通江户艺术，又爱好Rococo（洛可可）装饰艺术，博识令人羡慕。"

麦酒——同啤酒。例如："你在柏林住了四年，既喝麦酒发了胖，也长了见识。"

树梯——立起梯子。例如："这本《文艺趣味》即使没有我的偏袒，也不失为一部好书，它为天下诗人树起了与山上诸神共逍遥的云梯。"

爱妻——心爱的妻子。例如："你在日本居住数月，又要与新婚爱妻回到柏林。"

走书——飞快地书写。例如："我正在走书草拟《文艺趣味》序文，并想赠送给你。即祝健康。"

秦丰吉——帝国大学德意志法学毕业，三菱公司职员兼鹜文业者。本职工作水平如何不得而知，文章足可自成一家。同窗好友久米正雄、芥川龙之介等人，皆推崇其文才，还有明星松本幸四郎。借此可知其人风貌。

大正十三年（1924）四月二十八日

The Modern Series of English Literature 序

（《英国现代文学丛书》序）

侯　为译

　　大学生喜欢新潮。强迫喜欢新潮的大学生读 Macaulay（麦考莱）和 Huxley（哈克斯雷）可以说近乎残酷。当然，若编入教科书中，无论何等新颖的名篇必然导致乏味。这也是我经历过的悲剧。不过，纵令它是乏味的，新的总比旧的容易产生兴趣。而且，新的英美文艺就像大陆作品的英译本一样，不是那么容易读懂的。要想轻松地读懂它，就必须针对新文艺进行特殊的外语训练。为了这个目的，教科书中的作品多少加入些新的内容，也的确很有必要。编者认为，这套丛书也会使诸多学生受益。

大正十三年（1924）七月

第一卷序

　　将此卷称作 Modern Fairy Tales（《现代童话集》），或许不太妥当。编者编辑此卷时，除了 Wilde（王尔德）和 Lady Gregory（格雷戈里夫人）之外，还打算加上 Barrie（巴里）。但由于篇幅及其他原因，不得已将 Peter Pan（《彼得·潘》）的几篇换成了 The Jungle Book（《丛林故事》）中的几篇。

　　这些作品大半是所谓少年文学。若此类作品因上述原因被冷落，则难免招来本末倒置的责难。此卷中收集的 Kipling（吉卜林）和 Wilde 不仅被称作少年文学之白眉，实际上在他们的散文中也被公认为是最富特色的杰作。

大正十四年（1925）

第二卷序

关于此卷收集的作品，没有什么特别要说的。如若定要做些补充，读过这些作品，就仿佛回首观望 Victoria（维多利亚）朝以后阳光普照的文艺大道。英美文学也并非与世界文学全无关联，Poe（爱伦·坡）对 Baudelaire（波德莱尔）作品的影响自不待说，Stevenson（斯蒂文森）的作品——这一卷收集的 Markheim（《马科海姆》）赋予铤而走险杀人的主人公以 Dostoevsky（陀思妥耶夫斯基）的形象。因此，回首观望英美文学之大道，或许同时也会令人想到世纪末风起云涌的世界文学大道。

大正十四年（1925）

（第三卷序缺如）

第四卷序

Shaw（萧伯纳）、Galsworthy（高尔斯华绥）、Lord Dunsany（唐塞尼爵士），三位作家已为大家所熟知。厄文或许也是大学生耳熟能详的名字之一。但为慎重起见，补充说明一下：他是一八八三年出生于爱尔兰 Belfast（贝尔法斯特）的戏剧家兼小说家，在一九一五年爱尔兰文艺运动中成为 The Abbey Theatre（艾贝剧院）的 manager（总监），且参加了一九一七年的欧洲大战。这篇 The

Critics（《批评家》），并不能反映他的整体风貌。但事实上，它是一篇极为风趣的讽刺剧佳作。

而且，萧伯纳写 The Dark Lady of the Sonnets 是为了筹建纪念 Shakespeare（莎士比亚）的国家剧院。这部独幕剧中的 Shakespeare 并非传统文学史家所说的 Shakespeare，而是彻头彻尾的 Shaw 式的 Shakespeare。这一点与《凯撒和克莉奥佩特拉》中的凯撒一样，被认为是显示了萧伯纳式伟人风格的作品。

大正十四年（1925）三月

第五卷序

Beerbohm 和 Walkley 这两位评论家都是批评方面的 impressionist（印象派）。但众所周知，Shaw（萧伯纳）不是只满足于"brilliance"（哗众取宠）的评论家，而是大声疾呼所谓 Life-force（生命力）哲学的永不止步的评论家。若将前两者称作"art for art's sake"（为艺术而艺术的）评论家，Shaw 当然会被称作"art for life's sake"（为人生而艺术的）评论家。可以说，十九世纪八十年代的英国文学，大都从"art for art's sake"的精神向"art for life's sake"的精神转变。也就是说，对照三者的散文即可洞察同一时代英国文艺的转变。当然，给 Shaw 的一篇作品配上 Beerbohm 和 Walkley 的数篇作品或许比重会失调，但因有人认为后两者的 essays（散文）从来都被闲置，所以特别在此卷多多益善地添加了编者喜爱的作品。

而且回头再看 Butler（巴特勒），他用 Neo-Lamarckism（新拉马克学说）的进化论批驳了 Darwin（达尔文）的进化论，因而是一位不彻底的德国式思想家。Shaw 在 Butler 的进化论中发现了他的进化论——本卷收编的 Darwinism and Vitalism（《达尔文主义和生机论》）的思想。也就是说，他附加了 Darwin among the Machines（《机器围绕中的达尔文》）的小论文。再附带说明一点，Butler 除了 Life and Habit（《生命与习惯》）等有关进化论的著作之外，还留下很多优秀作品。如：将 Odyssey（《奥德赛》）的作者确定为非 Homer（荷马）的女诗人的 The Authoress of the Odyssey（《奥德赛的女作者》）；除 Swift（斯威夫特）的 Galliver's Travels（《格列佛游记》）之外，创造了新式的讽刺小说 Erewhon；最后尚有细腻表现当代社会的小说 The Way of All Flesh（《众生之路》）等。而在他生前，却并未得到英国文坛的一丁点儿青睐。

收录另外两篇 Essays，并无特别深意。只因其足以反映富于犀利笔锋的近代 essayist（散文作家）的风貌。

大正十四年（1925）三月

第六卷序

正如收集在第八卷的短篇富于 realistic（现实主义），收集在本卷的短篇也大都飘逸着 romantic（浪漫情趣）。不过，列于本卷的作家名字并不都富于浪漫情趣。比如 Arnold Bennett（阿诺德·本涅特）等，即为拥有强烈法国式 realist 作品的作家。但我相信，这些短篇作家的实力完全与其作品相称。可以说，在 Roads of Destiny（《命运之路》）这篇作品中，即已尽显构思奇才 O. Henry（欧·亨利）的风貌。而且除了号称 O. Henry 的美国作家 William Sidney Porter（威廉·西德尼·波特）之外，其他四人皆为仍然健在的英国作家。

Herbert George Wells（威尔斯），生于 1866—

William Sidney Porter（波特），生于 1862，卒于 1910

Enoch Arnold Bennett（本涅特），生于 1867—

Gilbert Keith Chesterton（切斯特顿），生于1874—

Max Beerbohm（毕尔保），生于1872—

大正十三年（1924）十月

第七卷序

M. Crawford（克劳弗）的名字也不时地传入我国。A. Bierce（比尔斯）和A. Blackwood（布莱克伍德）两位作家，已在《第三卷序》中做过介绍。但是关于其他三位作家，也需做出介绍。

1. E. Benson（本逊，1867— ）是英国作家。从他兼为考古学家来看，他与R. James（詹姆斯，参照《第三卷序》）有相近之处。在The Man Who Went Too Far（《远行之人》）中，异教神Pan（潘）的出现也未必属于偶然。

2. V. O'Sullivan（欧萨利凡，1872— ）是美国作家，也是颇有声望的短篇小说作家。The Interval（《间歇》）的末段手法与Bierce的老辣手法相近。

3. F. Wood（伍德）是美国的女性作家。出生年月不详。有人说她"差不多在半个世纪以前出生"。The White Battalion（《白色部队》）是她最初问世的作品。欧洲大战在Ghost Story "幽灵故事"领域中也留下不少作品，这也是其中令人兴趣盎然的作品之一。

大正十三年（1924）七月

第八卷序

本卷收录了英美作家的作品。这些作家如今仍然健在。

S. Aumonier（奥末尼尔），D. Easton（伊斯顿），P. Truskott

（特拉斯科特）三位是英国作家。其他则是美国作家。当然，只有 Abdullah（阿卜杜拉），如其名所示他并非欧洲人，而是出生于 Afghanistan Kabul（阿富汗的喀布尔）的阿拉伯土耳其血统的东方人。

这些作品充溢着以简练为宗旨的近代短篇特色。特别是出生于俄罗斯、后加入美国籍的 B. Rosenblett（罗桑布莱特）的 In the Metropolis《在大都市》，为其中之佼佼者。

还有 H. Rhodes（罗德斯）的 Extra Men（《编外人员》），是在欧洲大战中诞生的、新美国的传说。或者说，它堪与 Irving（欧文）的 Rip Van Winkle（《瑞普·凡·温克尔》）和 Hawthorne（霍桑）的 The Gray Champion（《灰色斗士》）比肩齐名。

大正十三年（1924）七月

《各种风骨帖》[①] 序

侯 为译

　　见诸公之画,如见诸公之面。眼横鼻直,样态相似。骨骼血色,情状不一。吾笑杜陵老诗人,见画中之马而不见人。秋夜灯下翻开此册,一面夭夭,一面垂老。借问灵台方寸镜,吾面却与何人同?

大正十三年(1924)十一月

芥川龙之介笔记

---

① 《各种风骨帖》为泷田樗阴氏所藏画册。收录百穗、古径、靫彦、未醒、恒友、芋钱六家画作。

《春的外套》序

侯 为译

　　这是无法以昔日之时尚构思的小说，是颜料尚未干透的写生画。但它却是以今日之时尚明明白白构思出来的小说，是泛着光泽的油画。佐佐木茂索的作品在这一点上，具有与今日之时尚一致的特色。支撑他作品的，并非人生记录的新鲜亮丽，而是幅幅画面透出的精益求精的精神，具有无可挑剔的美感。

　　然而，昔日之时尚又是所谓"缺乏余裕之小说"，是匆忙而紧迫的人生中匆忙紧迫的片断。但今日之时尚——不，今日之时尚也是所谓"缺乏余裕之小说"。佐佐木茂索的作品，则有与当今时尚不太一致的特色。其作品主题自不待说，就连作品中的某些情景都那样飘逸灵动，都像春云游走般富于恼人的从容。

　　而相反于昔日时尚者，乃夏目漱石先生笔下的所谓"余裕派小说"。与今日之时尚相反的，也是佐佐木茂索笔下的所谓"从容不迫的小说"。但佐佐木的作品不像夏目先生的作品那般富于苍劲感，取而代之的是无可争议的近代色彩。过去，拜伦在《赋诗法》中说过"阴影胜于色彩"。佐佐木茂索君的作品是从容的，同时也充盈着极其细微的情绪差异。这是除他作品之外，在所谓"余裕派小说"中十分罕见的特色。我评价他的作品具有近代色彩，并非胡言乱语。

　　佐佐木作品的特色当然不止于此，但我相信以上两三点最为显著。值此首部短篇集《春的外套》完成之际，他向我索序一篇。

这既表明他对我的信任,且我也认为,能够借此为诸位读者提供一些方便。

大正十三年(1924)十一月九日夜

《镜花全集》目录开口

侯　为译

　　镜花泉先生乃独步古今之文宗。先生乃俊爽之才，描写美人妙笔生花，仿佛太真阁前烂漫牡丹逸散芬芳；先生清超之思，描写鬼怪出神入化，仿若邹湛宅外蔓生柳浪之莺歌。这早为众人赞不绝口，毋庸我等赘言。但先生亦开辟了明治大正文艺中之浪漫主义大道，其艳者浓于巫山雨意，其壮者烈过易水风涛。此中展现的镜花世界既堪称一代壮举，亦堪称彪炳百世东西艺苑之大观。

　　先生所作小说、剧本、随笔等，长短错落五百余篇。纵可吞却江户三百年风流，万变皆由寸心生；横可曲尽海东六十州人情，一息贯通千余载。真可谓天衣无缝之绝技。古往旧事集于胸中似蓝玉渐温润，今来新物发于笔下如明珠愈粲然。非但如此，先生的见识直出本性，素来不乏道破西洋新思想之作。讥笑世俗，怒斥邪恶，一片冰心来自天外，轩昂气概振荡我等眉宇。试以先生等身著作与法国浪漫主义诸家相比，其品质如同擎天七宝之大柱，凌驾于梅里美巧技之上；其数量如同拔地千仞之巨树，堪与巴尔扎克之丰硕比肩。先生大业何其宏伟？

　　先生之伟业立于先生之天资。虽说如此，其中半边理应归功于三十余年孜孜不倦于文字精进勇猛之功。休言文人骚客多清闲，瘦容岂止为诗狂？往昔自然主义新兴，世俗趋之若鹜。尘雾常使高鸟悲，泥沙频令老龙愁。先生立于此种逆境，仍然只手力撑浪漫主义颓澜，孤节苦守"红叶山人"衣钵。鉴此足以体察其坎坷不遇之情,独往阔步之意。我等皆为心织笔耕之徒,虽非闻听市中良骥长鸣即矜夸知己,却也每每望及野上白鹤回旋而激励壮志。一朝挥却妖风阴霾,海内文章皆归镜花先生。啊,撒谎!先生何曾不经忧患而成伟业?我等抚额瞻望镜花楼上祥云,虽为欣喜笑逐颜开,却也捺不住辛酸泪盈双眼。

值此为先生编辑十五卷《镜花全集》,向后世留传巨灵神斧雕痕之际,我等承赐先生智慧,以荒疏之才忝为参订校对之职。虽绵薄之力不堪重任,但编辑当代振聋发聩之鸿篇巨作,实乃责无旁贷。遂望广集散佚江湖之万千碎玉残珠,不敢有丝毫疏漏。先生独创别样乾坤,恐后无来者。古人云:"欲穷千里目,更上一层楼。"博雅的诸君子得此《镜花全集》,应尽情领略前所未有之壮观景象。先生阳光晶澈文,哀欢双双照人生。春水栏前漂虚碧,春山云外叠乱青。《镜花全集》十五卷目录尽列此文之后,读者欲知其中概略,敬请浏览。

大正十四年(1925)三月

《近代日本文艺读本》缘起

侯　为译

　　我于大正十二年（1923）九月一日——也即发生大地震的当天，通过朋友神代种亮的介绍，接受了书商兴文社石川关于编纂《近代日本文艺读本》的委托。根据石川的计划，拟定出版收录了明治及大正时期各位作家作品的副读本选集。我不认为这是何等大事业，所以应承可以做一下看。然而一旦接手却发现，此项工作格外辛苦。其实，我连本职工作都难以顾及，因而意外之余曾多次想到推辞。但每次石川都巧妙地讨我欢心，使我多次尝试未能如愿。比如，《近代日本文艺读本》原本须经文部省审查，是供学校使用的副读本。要想通过审查，则须删除有岛五郎和武者小路实笃两位的作品。删除两位的作品当然会刺激天下之好奇心，无疑会使两位的著作发行量成百倍增加。我对此销售预测并无异议。但我欲将《近代日本文艺读本》编成真正的"近代日本文艺读本"，所以仍然决定保留两位的作品。石川氏欣然接受了我的意见，当场收回初衷说："那就不要上报审批了。"此举恐非轻易即可做出的牺牲，而石川对我大都是此种姿态。我为此牢骚不断。经过一年有半之后，终于完成五册《近代日本文艺读本》的编纂工作。值此大功告成之际，记下这段缘起并非仅为向世人宣告 Book-making（编书）男儿的毕生大业，同时也望后人切记教训：轻率许诺既折磨自己也折磨别人。

《近代日本文艺读本》序

《近代日本文艺读本》收编了一百四十八篇（将短歌与俳句数首或数句作为一篇作品），主要是明治、大正诸位作家作品中，与道德、法律、社会惯例等不相抵触，且具有文学性或文学史上值得一读的作品。但这并非意味着，此读本之外再无其他作家。其实编者鉴于各种情况，将明治初叶诸作家——比如河竹默阿弥忍痛割爱。岂止如此，虽说读本的作品能够反映各位作家风貌之一斑，但能否尽窥全豹却有疑问。将此读本视为近代日本文艺选集，不仅误解了编者，恐怕还会累及明治、大正诸作家（无论此读本是否遗漏）。编者只是相信它比以往的文学读本有若干长处，期待它能对文学教育有所贡献。

文学教育的特长不必在此多言，不过编者想谈谈文学教育的"特短"。文学教育除特长之外，有时也须说说"特短"。说到何为其"特短"，却都是与文学教育没有直接关系的词语，诸如志短畏缩、偷安姑息等。志短畏缩之辈也好，偷安姑息之徒也罢，他们一定更加喜爱文学，但却往往相同于园艺的喜好。若因有人喜爱文学而学坏就要杀一儆百，那我们为预防中暑就必须砸碎太阳了。编者编辑此书，当然不愿肯定文学教育的"特短"。但万一有人因此书而中毒——编者就只好去理论各位教育家、各位长者和各位青年同样存有"特短"了。

此读本能够成书，除编者的努力之外，亦靠各位盛情相助。许多作家慷慨允诺刊载大作，尤其是如下作家不辞辛劳，对全文或部分进行再度加工。他们是：有岛生马、佐藤春夫、广津和郎、上司小剑、长田干彦、藤森成吉、久米正雄等。在读本的编纂中，泉镜花、铃木三重吉、久米正雄、久保田万太郎、菊池宽、广津和郎、室生犀星、小岛政二郎、佐佐木茂索等，还提供了多方便利。而我对于他们，却难免有失礼之处。作为编者，在此深表谢意。

大正十四年（1925）十月

《近代日本文艺读本》凡例

一、《近代日本文艺读本》收编的作品与其说是一人一篇（比如森鸥外），莫若说是一作家一篇（比如除了小说家森鸥外和翻译家森鸥外，还有戏剧家森鸥外）。

二、《近代日本文艺读本》收录作品共计一百四十八篇。除其中的十余篇外，皆为单篇独立。

三、《近代日本文艺读本》收录的作品，基本按照初一到初五中学生读书能力编排（不过为慎重起见提醒各位，作品易读并不等于容易欣赏）。

四、《近代日本文艺读本》收录的作品，在文字和拼读上保持一定的统一，但各位作家的特殊用法并未改动。此项工作及校对委托神代种亮氏完成。

第一集序

此集所收作品中，坂本四方太的《向岛》发端于正冈子规的写生文散记。此外，斋藤绿雨的《新诗体范本》并非为展示评论家斋藤绿雨的作品而收，而是选载其中三篇实例，展示明治以后日本罕见的模拟诗。

大正十四年（1925）十月

第二集序

此集所收作品，并无特别需要说明的事项。若要勉强说明——即使勉强，亦无特别需要说明的事项。

大正十四年（1925）十月

第三集序

此集中森田思轩的《路易·菲利普王的出走》，乃除了森鸥外、二叶亭四迷等的散文译作之外，对日本小说曾有影响的一篇散文译作。思轩的文章常常忽视语法规则。编者为保留原文极富奇趣的风貌，未做丝毫修改。

大正十四年（1925）十月

第四集序

此集所收作品中飨庭篁村的《与太郎料理》，足可窥见明治中叶以轻妙著称的所谓"根岸派"文风。且在此读本作品中，也是唯一令江户末期至明治初叶小说产生反响的作品。

大正十四年（1925）十月

第五集序

此集所收作品中，樋口一叶的《水上》并不足以反映小说家樋口一叶的作品全貌，但却足以反映小说家樋口一叶的生活。或许亦可反映当时文坛的一个侧面。由于编者也想在读本中收录日记体文章，所以特别编入了《水上》一作。

大正十四年（1925）十月

《未翁南甫诗集》序

侯　为译

　　二位的诗集即将出版，我受室生犀星之托谨表祝忱。我于诗歌学识肤浅，且少有机会拜读二位的作品，因此，对即将出版的诗集不敢妄加评论。不过，去年即大正十三年（1924）夏初我曾造访室生，首次在金泽市度过了一周时光。其间与二位相处的经历，已成为我一生中最愉快的回忆之一。当时我与二位以及室生、小畠贞一前往某茶室，写下了《草味年糕》和《蜗牛》的诗句。在斑斓艳丽的色彩中，瘦高如鹤的桂井那沉吟琢磨的姿态如今仍记忆犹新。本以为太田是一位酒客，可他几乎没动酒杯，令我颇感意外。体格健壮的太田面对汽水杯手执毛笔沉思的神情，我也不会忘记。说到难忘的事，还有出了茶馆看到古风民宅上空的朦胧月轮。我家院中，现在竹叶遍地。阴雨连绵，想必金泽嫩叶已老。菜店门前堆起了杏子，犀川河也涨水了吧！这些或与二位的诗集毫无关联，但我怀念金泽也就是怀念二位。所以聊记曾游往事，以此作序。

大正十四年（1925）七月四日

《弱冠》后记

侯　为译

时间，公元前六世纪中叶。
地点，天竺拘萨罗国王宫。
一位年轻国王，在佛法守护神"梵天"像前祈祷。

梵天啊！
我烦透了我的飨宴，请让我感受饥渴吧！
我烦透了我的才女，请让我感受孤独吧！
我烦透了莲花净土，请让我感受俗尘吧！
我烦透了珠玉珍宝，请让我感受贫困吧！
我烦透了拘萨罗国，请让我远走他乡吧！
我烦透了自己的心，请让我洞察人心吧！
梵天啊！伟大的梵天！
我烦透了我的快乐，请让我感受痛苦吧！

时间，现代。
地点，东京市外田端区某人家。
平木二六独自端着杯子和石竹花进屋。然后将石竹花插在杯中，面对书桌奋笔疾书。杯中映出二六的脸，与拘萨罗国的国王全无二致……

大正十四年（1925）七月

《芜村全集》序

侯 为译

　　我比他人更加迫切地期待你的《芜村全集》。这当然是我个人的事。但世界如此广大，不会再无与我想法相近之人。为此，我须表明我迫切期待的原因，以此代序。

　　首先，我亦与常人一样，了解何为芜村之画与诗。我还了解芜村有过怎样的生涯。然而，芜村走过怎样的道路才成其为芜村，我却仅有极为模糊的想象。

　　芜村乃一代天才。仅仅认可其为天才，当然亦无可厚非。但堪称一代天才的芜村，却并非一朝一夕可以成就。我便想清楚地了解芜村奋斗之轨迹。

　　芜村走过了怎样的道路？仅凭几董先生编辑的《芜村诗集》，亦可获得前述的模糊想象。此外，芜村在《春泥集序》中也写到，曾求教于其角、岚雪、素堂、鬼贯等人。而欲捕捉其间的详尽信息，尚需依照你之所编包罗发句、连句、散文诗及书简的《芜村全集》。你的《芜村全集》中囊括许多不曾出版之新材料，更能满足了解芜村的愿望。

　　若能得到你的《芜村全集》，我会凭借这理性的好奇忘掉黑夜的漫长。这与得到"智慧环"玩具时的孩童般的喜悦相仿。请为我孩童般的喜悦欢笑吧！不过请别忘记，即便是孩童般的喜悦，有时也无异于白云之上邂逅古人。

谨呈：颖原退藏先生

芥川龙之介

大正十四年（1925）九月八日

《笑话》序

侯 为译

"……剧院按照 Mile. Quinault 的要求，取消了一位大龄女演员扮演姑娘角色的资格。于是，那位女演员怒吼起来——我演了四十年姑娘，取消我的资格无论如何太过分了！"

这是我翻开书页阅见之一节。《笑话》未必只是畑耕一短篇集的题目。不幸的是，人间故事多为"笑话"，然而捕捉"笑话"却未必是人皆所能的艺道。畑耕一却轻而易举，且出色地做到了这一点。因此，我要为畑耕一吹嘘一番。

大正十四年（1925）十月十日

《新编复仇全集》序

侯　为译

时间，现代的某个秋夜。

地点，大阪的某条街道。右侧有咖啡馆。

嘴叼雪茄的直木三十三身穿中国服装（但没戴帽子），手提裆裤，漫不经心地从左边出场。来到舞台中央时，数十名头戴草笠的武士像影子般出现在左右。

武士之一　站住！

三十三　（漫不经心地——或者说不屑一顾地）干什么？

武士之一　你就是直木三十三吗？

三十三　正是。

武士之一　好生无礼！你还记得我们吗？

三十三　这个，我觉得你们形迹可疑。声音倒是有点儿耳熟……

武士之一　（甩掉草笠）我是荒木又右卫门。

另一武士　（同上）我是崛部安兵卫。

另一武士　（同上）我是神原健吉。

另一武士　（同上）我是宫本武藏。

另一武士　（同上）我是岩见重太郎。

其他武士七嘴八舌地自报家门，一片嘈杂听不真切。

又右卫门　都是因为你，我们被剥夺了传说的生命。此次相会已是第一百年。来吧，咱们堂堂正正地决一胜负。（渐渐逼近）

三十三　（惊讶地）你们真不中用！（环视武士们）简直像在拍 location（外景）。

又右卫门　什么？拍、拍、拍、拍外……

三十三　拍外景。

又右卫门　（初中生似的）拍外景？

三十三　对了。拍外景就是拍电影。那好，荒木又右卫门！

又右卫门　（不由自主地）什么事？

三十三　你前几天才翻过伊贺岭的吧？你能到这儿来，知道是托谁的福吗？

又右卫门　（蔫头耷脑）那，当然是托您的福了……

三十三　那好，老老实实一边待着去。

安兵卫　你太放肆了。你敢这样，我安兵卫（拔刀）就要像"高田马场"的过去一样……

三十三　（微微苦笑）别胡说了，你才斩过几个人？

安兵卫　（绝望地）啊啊，你全都知道了。

神原健吉　（冷冷地）那么，神原健吉与你问话。

三十三　什么？神原健吉？喂，又右卫门，你帮我拿一下裆褴。（将裆褴递向又右卫门，并从衣袋中掏出本子、铅笔等）喂，安兵卫，把你的刀借我用一下。

安兵卫　（愕然地）你想用"关孙六"名刀？

三十三　（焦急地）我要削铅笔。（夺过安兵卫的刀）这么说，你就是幕府末期第一剑客神原健吉，对吗？

健吉　（非常满足地）当然是！怎么，你有什么事吗？

三十三　我还有话问你。（扔出安兵卫的刀，打开本子）这儿太暗，有盏路灯就好了。

安兵卫　（拾刀）那边倒是有一家咖啡馆。嘿嘿嘿嘿嘿。

三十三　那，到那边去吧！（欲行又止，转向其他武士大声地）你们还有什么说的吗？有屁快放！你们知道是谁给你们 Humanity

(人性)的吗?

　　菊池宽和泽田正二郎一起从右边急急忙忙上场。

菊 池 宽　嗨!直木!振作点儿!

　　菊池宽等边回头看,边向左方下场。

三 十 三　(稍稍难为情地)怎么样?还有什么不满意吗?

武 士 们　(七嘴八舌地)不,一点儿也没有了。真是的,都怪喝了安兵卫的酒……多有冒犯,真不好意思……请多多包涵……

三 十 三　那,大家一块儿来吧!请你们喝一杯鸡尾酒。

又右卫门　(担心地)可是,人这么多……

三 十 三　(从又右卫门手中接过褡裢)酒钱就让兴文出版社来付嘛!

　　三十三和几十名武士气宇轩昂地走进咖啡馆。

大正十四年(1925)十一月二十四日午夜

《道芝》序

侯　为译

　　久保田万太郎是我的前辈。无论是作为小说家，作为俳句诗人，还是作为初中校友，他都是我的前辈。对前辈的作品圈点品评或许失敬，但或可表明久保田对后辈的厚待。为此，我乐于为此诗集写几行序文。

　　久保田本是极富东京地方色彩的作家。指出此种特色的，我并非第一人。诗人、评论家福士幸次郎首开先河。而久保田的这种特色，或比福士指出的更加强烈。

　　除久保田之外，极富东京地方色彩的作家还有许多。但东京的东京人——直接描写江户时代平民区居民的作品却不多。实际上，平民区的居民们已在久保田的小说和戏剧中感受到了自己。这绝非单纯的形容，而是毋庸置疑的纯粹事实（因此平民以外的读者有时难以接受久保田的小说和戏剧）。不过……

　　不过我想说的并非久保田的小说和戏剧特色，而是久保田短歌发句的特色。他的发句按照季语来分，涉及人事方面的诗句颇多。不仅如此，天文及地理方面的诗句也大都飘逸着人性化的——平民区生活的色彩。他还常常使用东京的地名和店名（使用东京方言毋庸赘述）。

药研崛

夏日阑珊已渐老，大又柳丝仍绰约。
秋望广寒有倩影，逝者围巾今尚存。

赠马场孤蝶先生

水谷旧塘化平地，旷野之上风筝飘。

久保田的发句，较之其他诗人更富抒情诗意。此种心境令久保田常将"空寂"、"哀婉"等词语，用在"十七音诗"中。但最富情趣的，却未必限于专门使用此类词语的诗句。

红灯高挂明晃晃，新人映得亮鲜鲜。
夫妻双双旧漆箸，碗里块块凉豆腐。

最后，久保田喜欢在最后五字中用"けり"。此集中的发句不超过一百五，使用"けり"处竟多达四十二句。这恐怕亦产生于久保田对于咏叹的渴望。若伊藤左千夫的诗堪称他自己所讲的"呼唤之诗"，久保田的发句或堪称产生于东京的"咏叹发句"。

一言以蔽之，久保田的发句就是公元一千九百年以后东京人的发句——令人感受到他小说家兼戏剧家的背景。毋庸赘述，此种特色鲜明的发句中不乏佳作。而久保田即便在旅途之中，也仍然是"伞雨亭"。

隆冬瑞雪飘大地，富士山巅隐桑田。

我在深夜灯下，一气呵成这篇拙文。我当然颇觉意犹未尽。可当我再次提笔，却又感到并无特别的话要说。所以，值此收笔之际，我也作一发句，聊博久保田一笑。

夜半春雨细无声，濯清屋瓦还晶莹。

昭和二年（1927）四月四日

《我的日子我的梦》序

侯 为译

为宇野浩二的《我的日子我的梦》作序。首先想说感觉意外的是，他的诙谐抒情诗居然很少获得知音。宇野笔下总是充满笑声，因而常被混同为剧作家。然而，宇野的诙谐抒情诗是前无古人（恐怕也后无来者）。宇野曾流露过他对自己抒情诗的轻蔑。当然，轻蔑与否是他的自由。但他的特色，前人的确不曾具备。读者在书中定会遭遇许多玩笑，同时亦可窥见玩笑背后恋爱专家的叹息。

此外，我想谈谈宇野的文学地位。因有此种诙谐抒情诗，在许多人眼中，他似乎不走"文艺正道"。而我对所谓"文艺正道"，却有些许的怀疑。即便宇野偏离了所谓"文艺正道"，也不值得烦恼忧虑。作者义无反顾地将"雅而不正之物"置于"正而不雅之物"之上。《芥舟学画编》中的作者见识，在文艺上也是通用的。我想宇野可尽管以"雅"为目标，而不必在乎"正"。

最后想说的是，我也曾同宇野一起见过此书中的女主人公——梦子。其实，她较为贴切地体现了宇野的抒情诗。撰此拙作之际，我想起甲斐驹岳的皑皑白雪和纷纷飘落的红叶，还有陪伴梦子的、几年前的宇野浩二。如今，宇野或许仍旧保持着当年的旺盛精力。而我，却不知何时变得懒散。"梦子"并非只是女主人公的名字，还是我等梦之化身。

昭和二年（1927）五月七日

《人鱼之叹》

(广告)

侯 为译

  谷崎润一郎乃当代鬼才。笔下铺展百段锦绣,胸中蕴藏万千珠玑。尤其是提及《人鱼之叹》和《魔术师》两篇,真可谓天下第一奇文。一则尽述天风海涛之苍浪,风流才子恋慕星眸玉面之水怪;二则细描深夜冷月之凄清,妖姬化为孔雀的玉面魔君之幻术。才鬼奔放,仿佛盘古开混沌暗世;文章瑰丽,似女娲炼五彩玉石。加之水岛尔保布挥笔作画,有声之画与无声之诗相辅相成,真好比沉香亭北牡丹放,未央殿前月成双。古往今来勘与此书比肩者,只有比尔兹利插画的王尔德神品《莎乐美》。值此金鸡报晓东海天,新日本文艺曙光普照世界之时,划时代的名著即将面世,敝堂亦觉无上荣光。况且,此实乃文坛空前之伟业。恰似恒河万里碧波翻,乍现并蒂大红莲。

答问

森先生的风格

侯　为译

风格也与其他相同,百读不厌。每读一次,都会发现未曾察觉的美感。此种风格是真正的风格。真正的风格,如今也是寥寥可数。

森先生的风格正是真正的风格之一。

大正六年(1917)十一月

谷崎的文章

侯 为译

○谷崎具有非常深厚的日本古典文学素养，从其文章中亦可看出。这种状况，在如今的文坛中实属罕见。谷崎博学多才，尤其是熟读《源氏物语》、《荣华物语》等古典名作。故此，他的作品富于类似的韵味。在日本古典文学造诣颇深的基础上，他还受到汉文学的巨大影响。其汉文并非通常所见的生硬汉文，而是小说、稗史、杂剧中端丽柔和的词句。

○他也涉猎坡和波德莱尔的作品。但那对他的文章与风格，影响并不深刻也不大。日本古典的影响则更大、更深刻。因此，他的文章丰满而瑰丽。

○他在创作方面颇具匠心。表面看去大刀阔斧，实质却是精雕细琢、精益求精。

○曾几何时，谷崎在以京都为背景创作历史小说之际，对书中人物的语言感到困惑。他对我说，现代日语的表现力十分有限，而通常的古雅词语又觉得不够味儿。某日，在京都看到过路的两位女商贩，买了其中一位的特产，好像还买了对方头上插着的鲜花。当时，另一位女子拉住谷崎说："我的，侬也买一只好啦！"其语调令他久久难以忘怀。于是，他产生了强烈的欲望，想以现代京都话为基础，创制古时或曾用过的语言。此一席话，俨如名匠苦心惨淡的经验谈，听之获益匪浅。谷崎正是如此匠心独运的作家。

○谷崎对于文章韵律颇为讲究。因日语词尾千篇一律，克服由此导致的单调呆板也便成了痛苦的负担。为此目的，他颇费苦心且卓有成效。

〇谷崎不仅在韵律方面讲究，其行文笔触也精雕细刻，付出了难以想象的努力。所以切不可读其译文，非原文不读。

〇他对写成的文章，从韵律上、从所用象形文字的感觉上，都要进行超乎寻常的推敲。他曾在《中央文学》杂志上谈过此事。他极为敏感，所以选用词语不仅达到了美的标准，也使语感达到了实际目的。比如"うち"这个词，常人使用"家"这个汉字，他却选用"内"字。

大正七年（1918）一月
（谈话）

栩栩如生的文章

侯　为译

我喜欢能使景色栩栩如生的文章，而不喜欢没有此种特点的文章。要让我说，写出"天空是蓝色的"与写出"天空如同钢铁般湛蓝"，第一印象便截然不同。前者只是感受到"蓝色的"，而后者则感受到"如同钢铁般湛蓝"。此处加上"如同钢铁般"的修饰不只是技巧，还相应地捕捉到了颇为贴切的情状。此种准确的捕捉技巧，在夏目漱石的文章中独特而卓越。在收录于《四篇》里的《永日小品》中，《蛇》的开头写道："打开木门来到街上，只见硕大的马蹄印中贮满了雨水。"只此一句，便充分展现了雨中村道的实景。我喜欢这样的文章。

"疾风撞上高楼大厦，不能由了性子照直闯过，于是猛然跟随闪电转弯，向石板路俯冲下来。我边走边用右手按住礼帽。"

这是《温暖的梦》中的一段，也是非常妥帖的表现手法。我认为，还是《永日小品》中《昔日》一文的开头最为精妙。在漱石的作品中，随处可见我所喜爱的表现手法。

大正七年（1918）五月

铃木[①]的小说

侯 为译

有观点认为,铃木的艺术在自然主义风潮以后,既代表文坛好的倾向,也代表不好的倾向。举例来看,他的小说无一不具有某种观点。这的确堪称新的特色。然而此种观点往往并未深深扎根于他的人生观和世界观中,正是理应受到批评的缺点。

从好坏两方面的意义上讲,要想读到时代标本式的作品,铃木的小说尤为合适。故以一言荐之天下。

附记:不过,在他的近作中,却有文坛红人难免的忙中落笔之弊。为了铃木,恕不详论。

大正七年(1918)九月

---

① 铃木善太郎。

我所厌恶的女人

侯　为译

要而言之，我厌恶蠢女人。特别是自作聪明的蠢女人，实在俗不可耐。名留青史的女人反正都不是蠢女人，此话不足为证。说到现代的女人，若指名道姓地直言蠢女人之标本，岂非大不敬？因此同样免谈为宜。总之，无论贵妇小姐，我厌恶蠢女人。不过，遗憾的是，我没有工夫和篇幅详细说明"蠢"之含义。

大正七年（1918）十月

写小说始自朋友煽动

侯　为译

　　小学时代，我家附近有一爿租书店。高高书架之上，摆着很多讲评书的读本。未知何时，我已将它们全都读完。不久，我在这些书的引导之下，又读了《八犬传》、《西游记》和《水浒传》。然后，又开始读马琴、三马、一九、近松的作品。同时，从十岁开始，我还学习了英语和汉学。高小一年级时，读到德富芦花的《回忆录》、《自然与人生》等。初中时代又热衷于泉镜花的作品，并将其全部作品读完。此外，还读过很多汉诗。夏目漱石和森鸥外的作品，几乎统统读过。初中五年级时，在校友杂志上登载了《义仲论》，是我第一次尝试写作并发表文章。不过，当时我并未有过当作家的念头，却想将来当一名历史学家。

　　初中毕业后免试进入一高的英文科，那时已无当历史学家的念头。仍旧爱读小说，读的多为德川时代的作品。后来，又从德川时代的净琉璃剧作和小说，转移到西方的作品。适逢自然主义文学运动，便如饥似渴地阅读当时文坛流行的屠格涅夫、易卜生、莫泊桑等人的作品。

　　高中毕业进大学，读的小说多为中国的作品。我如醉如痴地读了《珠邨谈怪》、《新齐谐》、《西厢记》、《琵琶行》等。日本作家中我最爱读的，乃是志贺直哉的《留女》。此外，尚有武者小路实笃。在当时读过的作品中，令我尤其激动不已的，是《约翰·克利斯朵夫》。

以上主要是曾经提及的我的读书经历。说到创作的动机,最初源于大学一年级时,与丰岛、山宫、久米合办第三届《新思潮》。当时,撰写了短篇小说《老年》。不过,仍未确定志在当作家。那时看到久米经常写小说和剧本,便想到那样的文章自己也能写。而且久米也使劲地煽动我,所以,就尝试着写了《丑八怪》和《罗生门》。如此说来,写小说的最初契机乃是久米的煽动。《丑八怪》和《罗生门》,都在《帝国文学》上得以发表。当然,两篇皆未引起任何人的注意,完全被置之不理。时至今日,交往甚密的赤木桁平也对《罗生门》不屑一顾。

我又加入其后第四届《新思潮》同人,在第一期上发表了小说《鼻子》。此作得到夏目、小宫、铃木三重吉的垂青,受到了赞赏。以此为契机,三重吉让我在当年的《新小说》特刊上发表了小说《芋粥》。以前的《罗生门》与这部《芋粥》,皆取材于《今昔物语》。《今昔物语》无论当时抑或现在,都令我爱不释手。其后至今一直创作小说。然而真正产生创作小说的勇气,还是最近半年的事。

大正八年(1919)一月

反串女角

侯　为译

所谓"戏"，是指日本的旧剧。现已改称为"剧"。剧中的女性人物，由男性演员反串演出。因此，在论及关于女角的好恶时，必须考虑对反串演员的影响。我所喜爱的戏子首先要求脖颈细长，穿布袜须使脚形优美（女演员暂且不提）。这样，反串女角的演员才能满足外形方面的要求。其对独创角色的演绎以及演技，乃是决定好恶的第二大因素。最后，还得看扮演者的演绎和表演是否成功。我确信，无论阿染、政冈抑或姐妃阿百，皆为我所喜爱的戏子。因为只需如此做戏，我想既无迷恋阿染之忧，亦无被姐妃阿百杀害之虞，且可对其性格与行为进行纯粹艺术性的鉴赏。所以，即使同一角色，我仍会由于演员不同而好恶有异。这是我对您的简略回答。

大正八年（1919）一月

寄语有志于文学家诸君

侯　为译

有志于成为文学家的初中生，必须努力学好数学。否则，头脑思路总不清晰，终难成为优秀的文学家。切记此言。

有志于成为文学家的初中生，必须努力学好体操。否则，体弱多病，终难成就人生大业。切记此言。

有志于成为文学家的初中生，必须对国语作文等课程淡然处之。倘若精通于此类课程，那便连半个文学家都难以成全。切记此言。

我反复强调，那些自认因不善数学、厌恶体操反而自得丰厚文学天分的人，那些自认国语分数高、作文得"甲"多即为天才的人，在向天下宣示自己愚蠢的同时，也冒渎了文学之大道。此乃经验之谈。我的初中时代即未依此法而有效度过，如今仍十分懊悔。以此告诫诸位有志于成为文学家的青年。

大正八年（1919）三月

我爱读的书

侯 为译

眼下尚无爱读之书可言,因而难以谈出什么感想。不过,这一星期在病床上读完了小泉八云的 Interpretations of Literature(《文学解读》)二卷以及 Appreciations of Boetry(《诗歌赏析》)一卷,方知这是近来难得觅见的好书。毋庸赘述,它对国人中亲近英国文学者是绝好的指南。对喜好《怪谈》、《心灵》之类作品的人,也近乎与八云促膝谈心,聆听他的谈笑风生。岂非快事?特此奉告。草草。

大正八年(1919)四月

谷崎润一郎论

侯　为译

小说家中除了森鸥外先生，像谷崎润一郎这样精通日本古典的人恐怕再无一人。

谷崎曾重读西田博士的《自觉中的直观与反省》。我对此记忆犹新。谷崎对哲学如此热衷，世人似乎知之不多。不过，谷崎于此方面绝未旁落人后。

谷崎的批评眼光亦颇为精透。不过，遗憾的是，关于谷崎的作品和我自己的作品，有时我不能认同谷崎的见识。一笑。

谷崎于文章之道的雕龙绝技世人皆知，无须我赘言。

大正八年（1919）四月

我的生活

侯　为译

　　早上九点起床。早餐是面包、牛奶和红茶。拿来《每日》、《读卖》两大报纸，先浏览社会新闻（《时事》和《读卖》一两年前进入文坛后，就不再阅读）。
　　然后，心情好便到这间书斋来写小说。心情不好就不写。读书。
　　中午吃普通的米饭，三碗左右。并无特别喜爱的食品。抽烟不仅限于一种，有烟卷、洋烟丝和雪茄等。
　　洗澡水自家烧。每天或隔天洗澡。
　　很少剪头发，怕是三个月也不剪一回。

　　散步没有规律，也就是到东京街区找人、买东西时才走走路。
　　说到酒，日本酒和西洋酒我都很少喝。偶尔会喝一点点，却未感到有何美味。并无哪家特别喜欢的菜馆。与人同去饭馆，走到哪家算哪家。
　　几乎没有什么游戏专长，也就会一点儿游泳。
　　看戏，看电影，也听音乐。不过，未必非去正规的场所不可。尤其是最近，即便去看戏，也净顾了与人谈话。从此意义上讲，我必须做的事，就是至少每周到外面去感受一次人潮的涌动。这在大街上就能做到。实际上，这对于我来说是非常要紧的事。若非如此，我便觉得自己必定要萎靡颓废。

我戴帽子,有时是黑色折顶礼帽,有时是咖啡色呢礼帽。对于服饰,没有特殊的偏爱。我厌恶不三不四的打扮。正如所见,我使用的是这两张紫檀木桌。一张摆放书籍等物,一张摆放稿纸写作。至于书箱,我不喜欢廉价西洋家具店前的那种。喜欢什么动物呢?我养猫。可以看看吗?这是西洋品种的虎皮大猫,脖子上系着银色铃铛。

至于外语,我只能阅读英语。其他如德语、法语、意大利语,统统只是知其皮毛。

我既生为男性,自然喜欢女性。不过,我尤其喜欢爱读我的小说的女性。

大正九年(1920)一月
(谈话)

久米正雄印象

侯　为译

约稿让我写写久米正雄。

然而，像久米这样的朋友，我很难写出什么印象。为什么呢？

第一，久米的性格已大体为世人所熟知。如今再做一点儿增补，根本毫无意义。

第二，即使为世人所熟知，若我有写的兴趣倒也罢了。但以前已多次谈论此类话题，也写过文章。所以，从情理上来讲也已无心再写。

第三，继而说到能否在大体印象上进一步深入，这也伴随着三个困难。

一者，如果深入地写，对与我等同样了解久米的人来说不无益处。然而对远观久米的读者诸君来说，却极易引起荒唐的误解。比如，假设他有A性格，若再说他还有B性格，那就必须也对B性格详细注释，否则读者无法如实理解B性格。如此铺陈，便如编纂《久米正雄传》一般耗时费力。看来，只要不对传播错误的久米形象感兴趣，那么，深入地阐述并出版专论就应慎重考虑。

二者，即便不考虑读者会产生怎样的误解，其中或许还有久米自己不想公之于众的内容呀。或许他自己都不愿承认那些内容的存在。若将之公示天下，也需有个理由。可是，只要久米和我还活着，这种理由做梦也不会找到。如此看来，我既不想写，也不能写。到底还是不写为宜。

三者，那么能否在此二者之间进行取舍选择呢？即使不会发生前两者所说的弊害，仍会导致造成圈内熟悉、圈外莫衷一是的结果。倘若我自作主张倒也无妨，但这并非我的职责。既然读者已经反感，我又不愿意写，所以最好还是作罢为好。

说来说去，久米印象并非轻易能够写好的。为使大体了解久米的世人多少增加些相关知识，我只是简单地谈了谈文章难写的原因。我亦须将此文送交《中央文学》，聊以塞责。若蒙久米正雄爱好者诸君理解，不胜荣幸。

大正九年（1920）六月

答 问

侯 为译

我与散步?
只是在外出办事时顺便散步。

我的起床时间和就寝时间?
起床——上午八点,就寝——午夜一点。

我的创作时间?
上午,抑或晚上。

我的爱好?
多种多样。尤为喜爱音乐、书画和游泳。但讨厌比赛。

用一句话描述我?
佐藤春夫——像上等领带夹一样感觉的人。

我喜欢的饮料和食物?
茶、日本料理和中国料理。

大正九年(1920)六月

爱读书籍印象

侯 为译

我儿童时代爱读的书籍首推《西游记》。此类书籍，如今我仍旧爱读。作为神魔小说，我认为这样的杰作在西洋一篇都找不到。就连班扬著名的《天路历程》，也无法同《西游记》相提并论。此外，《水浒传》也是我爱读的书籍之一。如今一样爱读。我曾将《水浒传》中一百单八将的名字全部背诵下来。我觉得即使在当时，《水浒传》和《西游记》也比押川春浪的冒险小说有趣得多。

到了升初中之前，我开始喜欢德富芦花的《自然与人生》、樗牛的《平家杂感》和小岛乌水的《日本山水论》。同时，我也爱读夏目漱石的《我是猫》、泉镜花的《风流线》和绿雨的《霰酒》。所以，我不可笑话别人。我也有过《文章俱乐部》中《青年文士录》所描写的"托尔斯泰、坪内士行、大町桂月"时代。

初中毕业之后读了很多书，却无特别喜欢的。笼统地说，喜欢王尔德和哥且那种华彩绚烂的小说。这也许与我的性格有关，也许是出于对日本自然主义小说厌烦的逆反心理。但从高中毕业前后起，不知何故，我的志趣和观念发生了巨大转变，又对王尔德和哥且等作家的作品特别反感。此时，我开始倾倒于斯特林堡等作家。从当时自己的心境来讲，我认定不具备米开朗琪罗那般魄力的艺术如同瓦砾。我想，这也是受当时所读《约翰·克利斯朵夫》等小说的影响。

此种心态一直维持到大学毕业以后，但对燃烧般力量的崇拜渐渐淡化。从一年前开始，最吸引我的则是具有沉稳力度的书籍。不过，只是沉稳却无力度的作品我并无兴趣。从此意义上讲，我现在最感兴趣的是司汤达、梅里美和日本的井原西鹤等人的小说。这些作品开卷有益。

顺便一提，最近我取出《约翰·克利斯朵夫》重读，却没有了过去的兴致。我想，或许当时的作品已时过境迁。于是，取出《安娜·卡列尼娜》读了两三章。激情依旧。

大正九年（1920）八月

痛感危险

侯 为译

此文并非像样的感想文章。令我十分气恼的是，诸多琐事使我的写作计划落空。除了那些外部障碍，我对自己的实力不足痛感懊丧。此外令我惊诧不已者，乃是以前未曾察觉、或即使察觉亦未切实感受到的危险重重。手的进步先于头脑的进步，这或许只是最小的危险。精明者能够克服这种危险，同时从危险中摄取营养并有所长进。自己是否有此绝招？想了想，心里还是没底儿。

此外，我对评论家别无他求。首先想说的是，如果以为作家肯定会读评论文章，未免太过自以为是。因为，偏巧有的作家从来不读那些文章。哦，最近的我也是同类之一。所以，我对评论家的态度颇为冷淡。

勉强论及感想，如此而已。

大正九年（1920）十二月

卓别林及其他

侯 为译

最近没怎么读书。不过读到刊于《改造》九月号的久米正雄的《病床》——原名"Charlie In His Sick Bed",觉得很有意思。此外还读了今年三月前后刊于某杂志的文章,说爱尔兰作家 St. John G. Ervine 在此次战争服役中,看了查理·卓别林的电影后激动万分,想起曾赞扬卓别林是世界第一的喜剧演员。卓别林得知此事会作何感想?而如今又如久米正雄这篇《病床》中所写,收到高桥邦太郎的书信抑或受到阿宾的赞扬,何者会令其高兴呢?

或许,卓别林收到高桥邦太郎的书信会高兴。

此外,我在同人杂志《象征》中(记不清题目了)读到伊藤贵麻吕的作品,感觉还算不错。近来,同人杂志非常火爆。然而,年轻作家中有很多人连自己要写什么都不知道。伊藤却言之有物,前途有望。只是,我希望他的作品如同其名,更多一些古雅。

我不太看电影,但最近看了谷崎润一郎编剧的《蛇性之淫》。比我想象的好。想必制作方面不会轻松。只是,美中尚有不足。家庭场景中的人物总在拉门跟前,拍摄角度太过单一。此话恐怕勉强。不过,若从各种角度拍摄一定更富立体感。最后,希望拍摄更多表现王朝时代的电影。

大正十年(1921)十月

《新潮》问大正十一年（1922）年度计划

侯　为译

秋天，我常到田端散步。看到各家三色苋、秋菊、大波斯菊竞相开放，我艳羡不已。每年我都打算播种，却又总是忘记。明年一定多撒些花种，让自家的周围鲜花如海。

今年时时外出旅行，生活忙碌，身体也不好。明年一定要好好修身养性，尤其想让身体强壮一些。医生说我这种人最好吃些壮骨粉，我便打算吃壮骨粉。此外，还想练练体操。最近正在学习新式的瑞典体操。

我到田端的裱装店去裱画，但见店内悬挂着高村光太郎的墨宝，妙不可言。由此我想，自己的字真是丑陋不堪。明年该去学学书法。说是学书法，字写好写坏又当别论，只想把草书记住。所以，明年我的收信人若不知《草诀百韵歌》，就读不懂信的内容。恳请留意。

我还想尝试各种创作。

大正十年（1921）十二月

答《新潮》问月评存废

侯　为译

我认为保留为好。理由是这样的：刊物反映读者心声，可以保持与作者之间的张力。这是为文坛着想的理由。从我自己来讲，看到批评意见，即可对评论家的思想、修养一览无余。此乃快事（当然在自己的作品挨批时，就不那么愉快了）。

若保留月评，不妨将其一分为二：即总体月评和当月应予瞩目作品的评论。总体月评委托报社文艺部或杂志社，以现行六号字来做。其他则委托各位评论家，对当月引人瞩目的作品进行评论。

此外，说到可否有报纸杂志专职评论家的问题，我想是见仁见智。现在能否实行，尚存颇多疑问。所以，此事应暂缓。

在日本，杂志上登载的作品是评论家的对象，而成书后的作品却无人关注。如此，且不论《暗夜行路》与《桐树地》何者为名著，如果只是关注《暗夜行路》而忽视《桐树地》，显然就有失公平。

报纸杂志宜向书籍方面开拓。

大正十一年（1922）一月

答《新潮》问文坛沉滞的原因

侯 为译

　　文坛正在沉沦——此话似有不妥，但有沉沦倾向却是事实。说到原因何在，至少有一部分可以归结为作家与评论家之间的隔阂。

　　我是不读《时事新闻》的，也不看《读卖新闻》，只是浏览赠送的文艺杂志。所以，我说不出更加确切的意见。总之我认为，如今的评论家在观点上与作家距离甚远。

　　例如在自然主义、人道主义繁盛时期，作家和评论家都以某同一主张为中心，采取肯定或否定的行动。如今的文坛却已没有此种现象，作家各自为事业呕心沥血。与其说方式上具有共同点，莫如说作家大都另辟蹊径。但评论家大多没有站在不同作家的立场上进行深入探讨。虽说不很明显，却与作家各自一贯的艺术倾向近乎无缘。这是因为作家超越了评论家，还是评论家超越了作家？也许很难断言，但我认为有隔阂是毋庸置疑的事实。

　　因此，评论与创作始终各行其是。也就是说，文坛的活动没有条理。这种杂乱无章，难免给人以粗俗的印象。

　　因此，只要作家与评论家步调一致，沉沦倾向应能得到部分改观。为此，作家与评论家应当有一方向另一方靠拢，或者一方应当沦落。除此二者别无出路。不过无论哪方，沦落毕竟不好。所以，皆应努力进取。

　　简而言之，文坛沉沦多因评论家之无人。

大正十一年（1922）七月

谈在《中央公论》通宵写作的感受

侯　为译

我缺乏回答此问的资格。理由之一，是我并未怎么熬夜。理由之二，是我缺乏诗人的感受力。

不过，非要我谈感想的话，我所感觉的深夜就是十点到十二点之间。近来，电灯光线柔顺了许多，壶中沸腾的水声也响亮了许多，常常感到某种清寂。读书和写作自不必说，近来连闲聊都是兴致最高。

十二点以后几乎没有夜晚的感觉。当然，也不是白昼。若将白昼比作男性，将夜晚比作女性，那么此时便是中性的时间。此间心境平和。尽管也有焦躁和兴奋，但不似从前那般强烈。常言道"丑时过三刻，房梁三寸落"，我倒觉得连低落的房梁都快要升腾起来。

黎明总是平凡的。可以说，只有某种最轻松的、揭露现实的感觉。

大概就是以上感受。不过，十二点以后的感受中有个例外。某年三月一个夜晚撰写约稿，有一处怎么写也不尽如人意。正在冥思苦想之际，突然传来头遍鸡鸣。当时如同当头棒喝。不过，别想天上掉馅饼。我倒是记住了一条：写不出来的地方，即使聆听鸡鸣，还是写不出来。

大正十二年（1923）三月

我若生为女子

侯 为译

尽量做出温良贞淑的样子，尽量抓住情投意合的丈夫，尽量巧妙地操纵丈夫，尽量使自己有更大发展。丝毫不想得到所谓经济上的独立。因为，那样反而会导致毫无余力的奴隶般人生。

大正十二年（1923）四月

答《新家庭》对旅行和女人的感想

侯　为译

想想看，如果有人洋洋得意地对你说：邻居太太用什么牌的香水、喜欢什么长相的男人、想去哪个温泉，你们恐怕一点儿都不想听。或许有人还会因邻居太太厚颜无耻而怒不可遏。但是让小说家、音乐家或画家谈论这个问题，你们就觉得津津有味，无论怎么饶舌也要洗耳恭听。

这是什么原因呢？当然，我们艺术家与邻居太太相比，多少也能说些有趣的事。然而，并非别无其他原因。比之邻居太太，你们对艺术家更感兴趣。因为感兴趣，所以自然会洗耳恭听。当然，令人开心的是，我对你们也感兴趣。而细想原因，就觉得这种感兴趣不正确。我不愿旁人对我拥有不正确的兴趣。

其实，我们艺术家也都是与邻居太太毫无区别的人。若有哪位艺术家大吹大擂，好像他从天而降，那么此人非傻即疯，要么就是说大话。当然他会写小说，会画画儿。然而，拥有这种技术与做鞋做面包并无两样。到鞋店去问香水的牌子，到面包店去问女性的审美观，或许是消磨时间的有趣方式。但这也只能是消磨时间的有趣方式而已。

不仅如此，若兴趣过浓则难免导致荒诞无稽，这是指由兴趣转为了崇拜。比如动物园的娃娃鱼，若只是感兴趣倒未必会发生危险。但若转为崇拜的话——我不知会发生什么。总之不会有好的结果。崇拜鳄鱼的埃及人，甚至让鳄鱼吃起人肉来。

本来，我们艺术家既是小说家或音乐家，同时也是父亲和丈夫。在身为小说家或音乐家这一点上，只要留下某种杰作，就已具备了被人崇拜的资格。但身为父亲和丈夫，是否也值得尊敬呢？这是值得怀疑的。不，就连自古以来的天才，也有许多作为父亲和丈夫而不值得尊敬者。当然，不值得尊敬就对其作品嗤之以鼻，无疑是错误的。自古以来，天才往往因小人而悖运。但是，出了杰作便将作者的所有人格神化，同样也是错误的。何况有人并无特别的建树，却以小说家、音乐家或画家自居，人为地制造盲目崇拜。这就更应受到谴责。

我不喜欢任何偶像崇拜。无论英雄崇拜还是天才崇拜。同时，我也厌恶极易导致偶像崇拜的感伤主义。在艺人崇拜已成往事的现在，已无那种封建时代的贵小姐，将尾上菊五郎吐出的脏痰郑重其事地包裹起来，并注明"尾上菊五郎先生之痰"。但却未必没有人喜好珍藏克莱斯勒穿过的拖鞋。我是想横扫这种愚蠢的倾向，所以对于《新家庭》杂志记者提出的有关女人和旅行的问题，若不能讲得比邻居太太更加有趣，我便不想自吹自擂。可事实上叫我说得比邻居太太更加有趣，虽非不能，却心中厌烦。所以，若遵守自己的信念本应守口如瓶，但迫于《新家庭》记者的老辣手段又不得不说。那么，除了女人和旅行，就必须加上某些有益于世道人心的事情。为此，如上所述，我奉劝大家切勿听我讲述女人和旅行。

我不是旅行家，无缘赴西方旅行。东方也只是去了中国的几个地方。国内，我所了解的只有京都、长崎等少数城市，再有就是枪岳和驹岳等少数山区。去长崎时，曾给一位艺伎写了"都都逸"的题名，却被报纸传为花名。此外，去木曾山时跟朋友和两三位艺伎去看了电影，也遭到报纸的嘲弄，说当时我和朋友都戴着红色的土耳其帽。这些当然都是谣传。郑重起见我特别告知大家，花名或已广为流传,但今后永远不会再戴红色的土耳其帽。

大正十二年(1923)七月

《澄子的短歌》

侯 为译

我不喜欢别人送书给我。想读的书买来读，不想读的当然就不买。送给我《澄子的短歌》令我难堪，送回去也是难堪。总之，我不情愿地读了一遍。

《默哀》、《新芽》、《幼年沉思》（之二）尚佳。概而论之，不似野口雨情的序诗那般卑俗。

大正十三年（1924）三月

我的生活（之二）

侯　为译

醒来立刻起床，大概是八九点。夏日稍早。夜晚大概十二点睡下，总要读点儿什么。瞌睡一来便掩卷就寝，换个小些的灯泡将光线变暗。

阅读报纸，有《朝日新闻》和《每日新闻》。其他报纸文艺栏中但凡对我有所褒贬，即刻有人通知。所以，于此并无忧虑。我读报纸与吃饭同时进行，先从海外电讯看起。最近，尤其关心中国的动荡形势。其次关心的是社会栏。最不感兴趣的就是股市行情，当然，也并非一眼不看。章回小说，一般就看五个单回。

不曾为散步而散步。纯粹的散步一年只有一次。一年一度的旅行或在春天或在秋天，且爱山甚之于爱海。我一旦出行，时间往往拖得很久。在旅馆登记簿上总是填"大阪每日新闻职员"。

西装、和服都适合于我。外出住宿，倘若是和式房间，即以和服为宜，无须脱鞋的房间即穿西装。随身携带物品有黑色西装和条纹西裤，冬夏仅此一套。洗澡自家烧水，大概两三天一次。头发很少打理，大约三个月剪一次。常常自己刮胡须，用的是安全剃刀。

用餐时间还算有规律。早餐有燕麦片、牛奶和鸡蛋。本身饭量不大,午餐、晚餐都是两碗米饭。

西餐、中餐皆可(关西地方的拙劣西餐除外),最喜欢日本料理。一般不会胡吃乱喝,但普通食物从不忌口。不过,只有一种无法接受,就是蚕豆。我不喝酒。当然,逢场应酬也得喝一两杯。我认为,最美不过白葡萄酒。我很爱喝茶,桌旁火盆总是吊着铁壶,一天要喝三壶茶水。嗜茶如命。沏茶爱用煮茶方式。有时也喝咖啡、红茶。因担心失眠,晚上绝不喝红茶。非常喜欢水果,但最好是不酸的,比如柿子、葡萄干、桂圆肉和香蕉等等。我尤其喜欢无花果。与此相反,我不喜欢有酸味的东西。首先是橘子,因为我胃酸过多。食用点心则视其砂糖质量的优劣,或对胃肠的益害。"和三"或"大岛"点心于胃无害。近来,我对渡边町"千本"店的点心大加赞赏。距离较近,也因信赖其所用砂糖的质量。不过,无论是干点心还是软点心,我都在西餐中食用。我从不吃零食。每日吸烟量平均为"金蝙蝠"牌两盒、"敷岛"牌两盒。吸烟最多是在写作和应酬的时候,因此星期天会客时吸烟量最大。烟卷的种类越多越好,因为习惯了一个牌子便会索然寡味。进口烟卷喜欢细卷的"萨尔塔纳"牌。最讨厌"ABC"那样的粗卷金嘴雪茄。

非常喜欢书画古玩。只要有钱,我要多买古往今来的东亚古玩。我还爱听音乐。不过,近来懒得听了。在学生时代,曾特别热衷于欣赏音乐学校的演奏会。对于戏剧,我最近希望看的是翻译剧。有时也看朋友的戏剧新作。几乎不去曲艺场。看电影则是间歇性的。也就是说,除非欲望强烈,否则无论何等好评如潮,我都无心去看。

我喜欢胡枝子、黄花龙芽、芙蓉等日本特色的花草。十分讨厌盆栽。我讨厌狗。虽然以前也曾养过两只。如今不妨在家里养狗，但我仍然害怕外面的狗。最近，因为猛犬遗失了珍爱的丝带。那是今夏，我在轻井泽戴着刚刚得到的宽檐帽，去拜访久保田万太郎。他家门口，两只大狗冲我狂吠。我看到狗眼死死盯着我的帽子，于是特意摘帽夹在腋下，丝带随即掉落于路旁。我想去捡，可两只大狗固守不离，使我无法捡回丝带。遗憾不已，却也只能放弃丝带走进久保田家。回来再看，丝带好像已被叼走。最终未能找到。

至于业余爱好，除了和歌发句别无他能。对比赛输赢毫无兴趣。别人说我输不起，我倒不以为然。

我对书斋的光线并无苛求。只要有墨水、笔、稿纸，且窗明几净即可。

开始创作之前，我往往心情不爽。类似于便秘的不爽。写作中思滞笔涩时，就此暂停。有时，干脆将其抛置一边。但总有一天，还得如期完成。我最讨厌喧闹。孩子、大人一吵，我即严厉呵斥。我还讨厌家人与我寒暄，且非要我回礼不可。一年间从冬到春这段季节，乃是最适宜我的创作氛围。一天之中，上午最好。不过，晚上也写。

我用的稿纸，是本乡区"松屋"造的半幅黑格纸。用半幅纸是因为经常需要改写。我不爱用自来水钢笔，就用普通的蘸水金笔（G）。写书信等时偶用毛笔。

对孩子，只要不碍自己的事，就采取放任主义。
大正十三、十四年（1924、1925）？

答《文艺俱乐部》问东京感想

侯 为译

变化剧烈的都会

让我谈东京印象,实乃强人所难。因为,要想得到某种印象,无论主动、被动都须有某种新鲜感。但我生在东京,长在东京,住在东京。可以说,我的神经已对东京麻木到极点,几乎说不出印象。

不过,幸好东京又是个变化剧烈的大都会。比如,半年前还是花栏杆的京桥,如今已变成西洋式的石桥。因此,并非毫无东京印象。像我这种懒于出门的人,特别容易对细微变化感到惊诧。所以,话题便会增加。

居住不适的地方

笼统地说,如今的东京并非居住舒适之所。比如说大川,在我儿童时代还有百根桥桩,河中浅滩芦苇丛生。而现在却变为都市中的河流,零乱而肮脏。尤其是近来建起了美式摩天大楼,无论立在哪里都那般丑陋不堪。此外,电车、咖啡馆、林荫道和汽车,对我都毫无吸引力。

但在这并不令人愉快的市区中,从别致的橱窗灯光和鳞次栉比的屋檐阴影中,却仍能找到美感。而像我等凡人,既感受不到都市特有的美感，亦无其他能够舒适居住的处所。

广重的韵致

当然，如今的东京并未完全失去往日浮世绘中的景象。一个夏日傍晚，我走进本所区一桥旁的公共厕所，出来时淅淅沥沥地下起雨来。当时，一桥与竖川的水色与广重名画中的景色毫无二致。但这种机会却是可遇不可求的。

郊外的感觉

顺带说说郊外。概而言之我讨厌郊外。理由首先是，那里有一种旅馆区或新辟城区的怪异氛围。可以看到所谓的武藏野，但我不喜欢那种不伦不类的感伤情绪。话虽如此，我所居住的田端也是东京郊外，所以不太愉快。

大正十三年（1924）

西装与和服

侯 为译

最近一看到男士就想到，日本的男人也体面起来了。然而穿西装或穿和服的日本女士，却不显得比过去姣美。尤其是看到冬天不穿毛皮外套却是一身客车售票员装束的女士，便觉得整个日本似已变穷，心里没着没落。不过概而言之，年轻姑娘穿西装倒是比"新徐娘"穿西装精神。我想，可能是因为打网球之类的运动，使年轻姑娘的身段变得适合穿西服。另外，对"新徐娘"不利的是，无论装扮如何洋气，她们的言谈举止都不像西洋女子。比如，走相也罢坐相也罢，乃至手放茶杯的动作，怎么看都带着一股日本味儿。

然而一穿和服，中年以上的女性就比年轻姑娘风雅。本来年轻姑娘的和服就色彩艳丽，最近流行的更是艳丽有加。因此，难以做出趣味高雅的和服。

至于穿和服好还是穿西装好，先不问好的程度，总之都不好是个事实。因为现代日本女子穿西装太日本味儿了，而穿和服又太西洋味儿了。所以，都不能令人赏心悦目。

然而，这种过渡期是产生新美感的必由之路。所以，即便穿得不伦不类地在街上走，也是为将来的日本文明付出的壮烈牺牲。

最后我想再加一句，我对现代日本妇女的这种牺牲精神表示尊敬和热爱。

大正十四年（1925）一月

真情实感

侯　为译

我从未见过柳原烨子。

我只是拜读过一些她的作品。我认为柳原拥有艺术天分，但坦白地讲并不丰富。社会对柳原离婚问题的态度当然极为庸俗低劣。凡常人等对那类问题并不十分憎恶或忧虑，只是特别兴致勃勃。兴致勃勃倒也无妨，但却应该光明正大地对待。而不是一面标榜正人君子，一面又像初中生演讲般喋喋不休。我从报纸上读到，柳原的物质生活也很困窘，因而对她十分同情。同时，我也对文明私刑的残酷颇感不快。当然，柳原对此事的处置或许有欠明智，至少采取的方法与我的观点相去甚远。但那是小事一桩。比之社会及报端表明的其亲属的处置态度，柳原更值得同情。受岛中君之托，我将平日所思直言不讳地写了出来。但愿对于柳原没有失礼之处。

大正十四年（1925）二月

假如我有来生

侯　为译

倘若我能原封不动地带着自己今生的个性转生，首先还是要转生为人。不过要生得再聪明些，再壮实些，再男子汉一些。且要尽量转生在有钱人家，可以一辈子不为糊口而疲于奔命。虽然有人说，出生在太过富有的人家，会因不受苦不奋斗而无法健全地成长。但只要我的个性不变，即无此忧。所以，仍是生在富豪人家最好。

此外，我还有个别样的想法。倘若真的能够转生，也可转生为低下于人的牛马，且做点儿坏事就死。这样，神佛或将我变成低下于牛马的麻雀或乌鸦。再做点儿坏事就死，于是将我变成鱼或蛇。再做点儿坏事就死，变成蝴蝶或蚯蚓。再做点儿坏事就死，变成松树或苔藓。再做点儿坏事就死，变成细菌。变成细菌做点儿坏事死后，神佛会把我变成什么呢？我觉得，会让我转生为牛马。再按前面的顺序做点儿坏事就死。

大正十四年（1925）三月

我的桌子

侯　为译

材料。紫檀。

尺寸。横二尺八寸，竖一尺六寸五分。（附带说明，没有任何装饰雕刻。）

来由。本人结婚时，夏目先生的夫人将此作为贺礼赠送给我。不过，是夫人给我钱，到神田区一带的硬木家具店购买。记得已将收条和余款送归夫人手中。那是大正七年（1918）一月的事。

爱惜。只因长年使用，产生了些许亲密感。（附带说明，我不想要特别高级的桌子。）

其他无甚可写。当然，真要想写，也许能写上二三十页。

大正十四年（1925）九月

云　峰

侯　为译

几座云峰当空倒，一轮皓月山顶悬。（芭蕉）
云峰巍然耸九霄，缘自四泽皆枯槁。（芜村）
云峰绵延连蹊径，蚂蚁蜿蜒下九天。（一茶）

此处并非仅仅感佩于芭蕉之大名。《云峰》的确出类拔萃，略胜一筹。论及理由，乃"云峰"一句的波澜壮阔无人比拟。

大正十五年（1926）八月

几无索求

侯　为译

我对居宅几无索求。我知道索求一发便不可收拾。前年我修建了书斋，可到了冬天却奇冷难耐。更何况美国的木材开始泛黑，令人感到无尽的虚空。

我对庭院同样几无索求。我不愿像室生犀星那样，倾注心血营造庭院。毋宁说，我在精神上并无倾心营造的余力。我已满足于田端那座随意种了箭竹和棕榈的庭院。

现在我想要的房舍，首先是日照充足，取暖设备齐全，且房租低廉。庭院里，也应多少有些空地。我会找室生商讨一番，院里铺些压菜石并栽上松树。相信足可令我心满意足。

昭和二年（1927）二月

藤森的《马脚》

侯 为译

某杂志刊登了藤森成吉的《马脚》。作品中人物以日清战争中的勇士原田重吉为原型，出现了焦点问题。《文艺时报》的记者让我谈谈感想，于是决定说上两句。其实没有什么值得大谈特谈。《马脚》中原田重吉的故事只有两三行而已。就算藤森有点儿反军国主义的思想，也丝毫感受不到他对原田重吉有何恶意。因而大可不必据此纠缠不休——我这样想并非偏袒同行。

倘若原田重吉（不加敬称并非轻蔑，而因他是历史人物）今仍健在，率先杀入玄武门本应是他一生的骄傲，所以将此说成"因为胆小"，他一定感觉不快（藤森当然不知此事）。原田重吉的确值得同情，风烛残年更是令人悯怜。

作为事实，我当然不知道最先杀入玄武门是怎么回事。但正像藤森传述者，若是隐藏于门背后而最先杀入，自然比一马当先易被击中安全得多。此亦不难想象。无论何人，只要没有特殊情况，当然希望避开枪林弹雨而功成名就。就连战国时代的豪杰，也都必定使些手腕，以求保全性命并立战功，甚至还会考虑到日后的邀功请赏。

我还记得再现原田重吉的玄武门剧情。剧中的原田重吉确在日清战争后做过伐木工。藤森是否听信了《马脚》中演员的道白？这要去问藤森。但我看过此戏，所以听到此等传言，倒愿相信他的落魄致死。

昭和二年（1927）二月
（谈话）

《年糕小豆汤》

侯　为译

看了久保田万太郎的《年糕小豆汤》，我也感到一种写作的冲动。震灾以后的东京除"梅园"和"松村"之外，像样的汤店几乎绝迹。取而代之的，是满街的咖啡馆。我们已无法去广小路的"长盘"店，品尝满碗的"翁汁粉"。对我们这些戒酒的伙伴来说，这确是不小的损失。岂止如此，对我们的东京也是不小的损失。

不过，能有堪与"长盘"店"年糕小豆汤"媲美的咖啡馆，仍可谓我等的幸福。然而，喝这样的咖啡现在也已不太可能。为此，我不能不将汤店的消失，列为一大不幸。

与西餐、中餐同样，"年糕小豆汤"以东京的为最佳（或曾经最佳）。红毛人不知此味。若是早知，定会像麻将牌一样风靡世界。帝国宾馆和"精养轩"的经理们，最好找机会向红毛人推荐一碗"年糕小豆汤"。红毛人已经喜爱上了"油炸菜"，他们也一定会——虽然喜爱与否尚有疑问，但的确值得推荐。

我现在也是手执钢笔脑中想象：遥远的纽约，俱乐部中坐着七八位红毛男女，边吸溜"年糕小豆汤"，边谈论查理·卓别林的离婚问题。还有，在巴黎某家咖啡馆里，也是一位红毛画家，正在品尝"年糕小豆汤"——作如此想象者无疑是闲人。不过，那位膀大腰圆的墨索里尼，是否也会吸溜着"年糕小豆汤"考虑天下大事呢？随意想象一下，倒也开心。

昭和二年（1927）五月七日

答《妇女画报》喜爱何等女人

侯 为译

我们眼中的女人容貌,并非那么容易描述。首先,这是问我对何等长相的女人感兴趣。所以,的确不是什么大问题。但无论怎样琐碎,只要是伟人的事就兴趣盎然。比如,拿破仑喜欢什么样的帽子,歌德使用哪种牙膏。我也想略知一二,不过仅限于伟人。非伟人者如邻居户主用哪种香皂,我才不去管它呢。旁人也不想知道。所以,为了回答问题,我亦须自吹自擂地假称为伟人。没有自吹自擂,我就无法回答。这是难以回答问题的第一个理由。

即使没有自吹自擂地乔装伟人,也未必没有回答这个问题的方法,那就是写出应答此问的精彩著作。这样,作为名著本身有了价值,我也就无须充当伟人。不,只要我写出了名著,我也便成了伟人。实际上在中国,李笠翁仅就女人的皮肤和容貌,就曾洋洋数百言。

但要写出如此名著,能力暂且不提,现在的我也没有那个工夫。这是我难答此问的第二个理由。也就是说,或者具有非凡的自吹自擂本事,或者撰写非凡的名著。两者皆不具备,便无法回答前述问题。那么说到两者哪个容易,当然自吹自擂容易。

但只有一点颇感为难。无论我怎样自吹自擂,在回答此问的同时,自吹自擂随即破灭。如若不信,可以想象拿破仑威风凛凛地阐述帽子,或歌德上帝一般悠然自得地阐述牙膏。此时的他们的心境,必定没有遥望莫斯科大火或写作《浮士德》时那般威严。我身处此种滑稽立场并认真论述这个问题，是何等自吹自擂。当然，这也并非简单的艺术。如此看来，回答此问到底已无可能。

问　您对标致的容貌和不标致的容貌何者感兴趣？

答　我对匀称的容貌感兴趣。不过，我对生来缺乏表情的匀称容貌不感兴趣。因而有人得出结论，说我更喜欢不标致却表情生动的容貌。弄得我也搞不懂，自己到底喜欢标致的容貌还是喜欢不标致的容貌。

问　您喜欢女人的哪种脸形？

答　首先喜欢圆脸，其次必定是长脸。而对于我，反之亦为真理。但我大体喜欢瓜子脸。

问　理智的容貌和激情的容貌，您觉得哪种更有魅力？

答　想到花容月貌，我眼前就浮现出智情意兼备的形象。而其他的却总是令人失望。

图书在版编目（CIP）数据

芥川龙之介全集.第4卷/〔日〕芥川龙之介著;揭侠,林少华,刘立善译.—济南:山东文艺出版社,2005.3
ISBN 978-7-5329-2367-0

Ⅰ.①芥… Ⅱ.①日…②揭…③林…④刘… Ⅲ.①芥川龙之介—全集②现代文学—文学评论—日本③杂文—作品集—日本—现代 Ⅳ.①I313.15

中国版本图书馆CIP数据核字(2004)第100727号